红旗谱

梁 斌 ———— 著

中国青年出版社

目 录

卷 一 ———————————————————— 001
卷 二 ———————————————————— 223
卷 三 ———————————————————— 375

卷 一

1

平地一声雷,震动锁井镇一带四十八村:"狠心的恶霸冯兰池,他要砸掉古钟了!"

那时小虎子才十五岁,听说镇上人们为这座古钟议论纷纷,从家里走出来。宅院后头,不远,有一条弯弯曲曲的长堤,是千里堤。堤上有座河神庙,庙台上有两棵古柏树。这座铜钟就在柏树底下,矗立在地上,有两人高。伸拳一敲,嗡嗡地响,伸直臂膀一撞,纹丝儿不动。

老人们传说:这座钟是一个有名的工匠铸造。钟上铸了满下子[1]细致的花纹:有狮子滚绣球,有二龙戏珠,有五凤朝阳,有捐钱人家的姓名、住址,还有一幅"大禹治水图"。村乡里人们,喜欢这座古钟,从大堤上走过,总爱站在钟前看看,伸手摸摸。年代久了,摸得多了,常摸的地方,铿明彻亮,如同一面铜镜,照得见人影。钟上映出向晚的霞光,早晨的雾露,雨后的霓虹,也能映出滹沱河上的四季景色。不常摸

---

[1] 满的意思。

的地方，如同上了一层绿色的釉子，黑油油的。

小虎子听得说，要为这座古钟掀起惊天动地的大事变，一片好奇心，走上千里堤，看了一会子古钟。伸出指头蘸上唾沫，描绘钟上的花纹。他自小为生活忙碌，在这钟前走来走去，不知走过多少趟，也没留心过钟上的花纹。心里想："怪不得，好大一座铜钟哩！也闹不清到底能卖多少钱，也值得这么大惊小怪？"

他看完了钟，一口气跑下大堤，走回家去。一进门，听得父亲响亮的喊声。

父亲说："土豪霸道们，欺侮了咱几辈子啦！你想，堤董他们当着，堤款被他们吞使了。不把堤防打好，决了口，发了大水，淹得人们缴不起田赋银子，他又要损坏这座古钟！"

另一个人，是父亲的朋友，老祥大伯的声音："又有什么办法？人家上排户商量定了，要砸钟卖铜顶赋税。也好，几年里连发几场大水，这个年月，一拿起田赋百税，还不是庄户房子乱动？"

听得两个人在小屋里暴躁，小虎子扒着窗格棂儿一望，父亲坐在炕沿上撅起小胡髭，瞪着眼睛发脾气。听得老祥大伯说，猫着腰，虎虎势势[1]跑前两步，手巴掌拍得呱呱地响，说："我那大哥！我那大哥！这还不明白？那不是什么砸钟卖铜顶田赋，是要砸钟灭口，存心霸占河神庙前后那四十八亩官地！"

老祥大伯打嘴上拿下旱烟袋，扬起下巴，眨巴着眼睛，想了老半天，豁地明白过来，愣了半天，才说："可也就是！自从他当上堤董，把官

---

1 说人虎虎势势是形容粗壮有力。说举止虎势，是形容动作威武而略带粗莽。如：朱老忠长得虎虎势势的。他虎虎势势跳前两步。

地南头栽上柳树，北头栽上芦苇。那林子柳树也多老高了。看起来，他是存心不善……"说到这里，沉下头去，下巴挂在胸脯上，翻来覆去思索了老半天，猛抬起头来说："可谁又管得了？"

父亲脸庞忽地往下一拉，说："谁又管得了？我朱老巩就要管管！"

老祥大伯张开两条胳膊，望天上一挥一扬说："管什么？说说算了，打官司又打不过人家。冯兰池年轻轻就是有名的刀笔。咱庄稼脑袋瓜子，能碰过人家？"

父亲气呼呼，血充红了眼睛，跺脚连声："咱不跟他打官司，把我这罐子血倒给他[1]！"

朱老巩，庄稼人出身，跳跶过拳脚，轧过脚车，扛了一辈子长工。这人正在壮年，个子不高，身子骨儿筋条[2]，怒恼起来，喊声像打雷。听得冯兰池要砸钟灭口，霸占官产，牙齿打着嘚嘚，成日里喊出喊进："和狗日的们干！和狗日的们干！"不知不觉，传出一个口风："朱老巩要为这座古钟，代表四十八村人们的愿望，出头拼命了！"

那天黄昏时候，朱老巩坐在河神庙台上，对着那座铜钟呆了老半天，心里想："顶公款，就等于独吞，我不能叫冯兰池把四十八村的公产独吞了！"看看日头红了，落在西山上，夜暗像一匹灰色的轻纱，从天上抛下来。他一个人，连饭也没吃，走到小严村，去找严老祥。老祥大娘正点着灯做晚饭，看见朱老巩走进来，低头耷脑坐在台阶上。她说："老巩！算了吧，忍了这个肚里疼吧[3]！咱小人家小主，不是咱自个儿事情，管的

---

1 指同别人拼命。

2 这里是说人的身体结实。说东西"筋条"是有"韧"的性质。

3 受了这份委屈吧。忍了这口气吧。

那么宽了干吗?"

朱老巩说:"一听到这件事情,我心气就不舒。冯兰池,他眼里没人呀!"

老祥大娘说:"算了吧,兄弟!一辈子这么过来了,还能怎么样了人家?"

朱老巩说:"不,到了这个节骨眼儿上,就得跟他弄清楚!"说着话儿,看看天黑了,严老祥还不回来,他拿起脚走出来。老祥大娘叫他吃了饭再回去,他也没听见,一股劲儿走回锁井镇。

一进村,朱全富在街口上站着,看见朱老巩从黑影里走出来,往前走了两步把他拉住。搜到门楼底下,把门掩上,说:"大侄子!我有个话儿跟你说说。听呢,算着。不听,扔在脖子后头[1]算了。"

朱老巩说:"叔叔说的话,我能不听!"

朱全富摸下胡子说:"听说你要为河神庙上的铜钟,伸一下子大拇手指头,是真的?"

朱老巩点着下巴说:"唔!"

朱全富猫下腰,无声地合了一掌,说:"天爷!你捅那个马蜂窝儿干吗?我知道你爹、你爷爷,几辈子都窝着脖子活过来,躲还躲不及,能招是惹非?哪有按着脑袋望火坑里钻的?"

朱老巩说:"我知道他厉害,人活百岁也是死,左不过是这么回子事了!"

朱全富摇摇头说:"别,别呀!好汉子不吃眼前亏,那么一来,你就交上歹运了!"

---

[1] 丢开不管。与"置之脑后"意思相当。

朱老巩和朱全富，在黑影里说了一会子话。朱老巩说："要说别的，我听你。说这个，我主意已定！"

说着，他放下朱全富，走出大门。回了家，也没吃饭，坐在炕沿上待了半天。等虎子和他姐姐吃完饭，睡了觉，他从门道口摘下把铡刀，在磨碌石上磨着。

夜里，小虎子睡着睡着，听得磨刀的声音。他睁开大眼睛，扒着炕沿一看，父亲眯缝起眼睛，在一盏小油灯底下，悄悄磨着那把铡刀，磨得刀锋雪亮。朱老巩看见虎子睁着大眼看他，鼓了鼓嘴唇，说："唔！虎子！明儿早晨，你立在千里堤上看着。嗯！要是有人去砸钟，快来告诉我。嗯！"小虎子点着头听了父亲的话，眨巴眨巴眼睛，把脑袋缩进被窝里。

第二天早晨，他早早起了炕，抱着肩胛足了足劲，走上千里堤。他学着大人，把手倒背在脊梁后头，在杨树底下走来走去，走了两趟又站住。

眼前这条河，是滹沱河。滹沱河打太行山上流下来，像一匹烈性的马。它在峡谷里，要腾空飞窜，到了平原上，就满地奔驰。夏秋季节，涌起吓人的浪头。到了冬天，在茸厚的积雪下，汩汩细流。

流着流着，由南往北，又由北往东，形成一带大河湾。老年间，在河湾上筑起一座堤，就是这千里堤。堤下的村庄，就是锁井镇。锁井镇以东，紧挨着小严村和大严村。锁井镇以西，是大刘庄和小刘庄。隔河对岸是李家屯。立在千里堤上一望，一片片树林，一簇簇村庄。

小虎子一个人在那里站着，听见林子北边芦苇索索地响，秋风起来了！

秋天了，可村庄里没有柴草，土地上没有谷捆。泛滥的河水，在原野上闪着光亮。西北风吹起，全家大小还没有遮冬的衣裳。他搂起双膝，坐在庙台上，想睡一刻。河风带着凉气吹过来，吹得大杨树上红了黄了的叶子，扑棱棱飘落下来。白色的芦花，随风飘上天空。

他看到堤坝上的枯草，在风前抖颤，身上更觉冷飕飕的。

正睡着，堤岸那头过来两个人，说着话儿走到跟前。他们把油锤和盛干粮的褡裢放在庙台上，每人抽起一袋烟，吧嗒着嘴唇围着铜钟转。小虎子一下从梦里跳起来，愣怔眼睛看了看，返身跑下堤，尥起蹶子[1]跑回家来，拍着窗格棂说："爹！爹！砸钟的扛着榔头来了。"

朱老巩又在磨着一把大斧子，听得说，用手指头试试锋刃，放在一边，皱起眉头想了想，拿脚走上长堤去。他猫下腰，直着眼睛，看着那两个人，压低嗓音问："你们想干什么？"

铜匠是两个小墩子个儿[2]，翘起下巴，看着朱老巩说："砸钟！"

朱老巩问："钟是你们的？"

铜匠说："花了钱就是俺的。"

朱老巩往前走了一步，又问："你钱花在谁手里？"

铜匠说："花在冯堤董手里。"

朱老巩怒气冲冲，大声喊叫："你钱花在冯堤董手里，去砸冯堤董。看谁敢动这座古钟！"登时红了脖子，气愤得鼓动着胸脯。

铜匠瞪了他两眼，不理他。两个人悄悄吃完干粮，脱下蓝布棉袄，提起油锤就要砸钟。朱老巩二话不说，叉开巴掌，劈脖子盖脸打过去，说："去你娘的！"一巴掌把铜匠打了个大骨碌子[3]，滚在地上。铜匠爬起来一看他这个架势，不敢跟他动手。转身跑下千里堤，去叫冯兰池。

---

[1] 原意指劣性牲口踢腿。这里是形容人吃惊后，连蹦带跳撒腿飞跑的样子。

[2] 身体粗短有力。

[3] 摔了一跤。

当时,冯兰池才三十多岁,是锁井镇上村长,千里堤上堤董,是个长条个子,白净脸。这人自小儿是个吃饭黑心,放屁咬牙,拉屎攥拳头的家伙。他穿着蓝布长袍,青缎坎肩,正在大街上铺子门口站着,手里托着画眉笼子,画眉鸟在笼子里鸣啭。他正歪着头儿,眯缝着眼睛品鸟音。听说朱老巩阻拦卖钟,左手把衣襟一提,一阵风走上千里堤,打老远里就喊:"谁敢阻拦卖钟,要他把全村的赋税银子都拿出来!"

朱老巩看见冯兰池骂骂咧咧走了来,把两条胳膊一绷,拍起胸膛说:"我朱老巩就敢!"

冯兰池把画眉笼子往柳树上一挂,气势汹汹,扭起脖根轴子问:"谁他娘裤裆破了,露出你来?"

朱老巩听冯兰池口出不逊,鼓了鼓鼻头,摇着两条臂膀赶上去,伸手抓住冯兰池的手腕子,说:"姓冯的,你把话口儿说慢点!"他瞪起眼睛,鼓起胸膛,气得呼呼的。

这是人命事,四十八村的人们听得说,朱老巩和冯兰池为这座钟,要"白刀子进去,红刀子出来"!一群群,一伙伙,缕缕行行走了来。不凉不酸[1]的人,来瞧红花[2],看热闹。心不平的人,来站脚助威。堤岸上,大柳树林子里,挤得乌压压人山人海。大家暗下里议论:"看他们霸道成什么样子?""想骑着穷人脖子拉屎?看不平了就上手呀!"

小虎子站在庙台上看着,心上敲起小鼓儿,害怕闹出大事来。听得人们谈论,觉得父亲干得好,心上一直助着劲。

---

1 事情没有关系到自己的利害得失而采取的一种淡漠态度。

2 看热闹。

朱老巩睖睁[1]眼睛，看了看四围热情的乡亲们，合起虎口，把冯兰池的手腕子一捏，说："姓冯的，你来看……"他扯起冯兰池走到铜钟跟前，手指戳着钟上字文说："钟上明明刻着：'……大明朝嘉靖丙午年，滹沱河下梢四十八村，为修桥补堤，集资购地四十八亩，空口无凭，铸钟为证……'你不能一人专权，出卖古钟！"他越说越快，直急得嘴上喷出唾沫星子。

一句话戳着冯兰池的心尖子。他倒竖起眉毛，抖擞起脸蛋子，麻沙[2]着嗓子说："咥！住口！铜钟是我锁井镇上的庙产，并不关别村的事。你朱老巩为什么胳膊肘子往外扭[3]？好事的人们要在钟上铸上字文，居心讹诈！"

他这么一说，气得朱老巩暴跳起来，摔过他的右手，又抓起他的左手，说："呔！胡吣[4]，仗着你冯家大院财大气粗，要霸占官产……"他抡起右手，往大柳树林子上画了个圆圈。

冯兰池看朱老巩恼得像狮子一样，心里说："他真格儿要想跟我动武？"镇定了精神，把辫子盘在帽盔上，把衣襟掖在腰带上，撇起嘴说："不怕你满嘴胡吣，现有红契在我手里。"伸手从衣袋里掏出文书来。

朱老巩一见四十八亩官地的红契文书，眼里冒出火星子，啪地一手朝红契文书抓过去。冯兰池手疾眼快，胳膊一抽，把红契文书塞进怀里。朱老巩没抓住红契地文书，拍了拍胸膛，说："河神庙前后四十八亩庙

---

[1] 吃惊发怔的眼神。

[2] 沙哑着（嗓子）。

[3] 和自己人不一心，甚至帮助别人，出卖自己人。

[4] 胡说八道。

产,自从你当上堤董,凭仗刀笔行事,变成你冯氏的祖产。冯兰池呀冯兰池!今天咱姓朱的要跟你算清老账,要是算不清楚,我叫你活不过去。"

冯兰池一听,脸上腾地红起来,恼羞成怒,猛地一伸手,捋住朱老巩的领口子。他瞪起眼睛,唬人说:"朱老巩!你血口喷人,不讲道理。有小子骨头,来,试试!"冯兰池火起来,五官都挪了位置。把朱老巩从长堤上拽下来,拉到大柳树林子里。四十八村的人们,齐大伙儿跟到大柳树林子里。两个人,一递一句儿,冯兰池满口唇舌掩盖,搁不住朱老巩利嘴揭发,翻着冯家老账簿子,一条一理儿数落,羞得冯兰池满脸飞红。他又把朱老巩从柳树林子拉上千里堤,四十八村的人们,也拥拥挤挤跟上千里堤。冯兰池举起手,指挥铜匠说:"来!有我一面承当,开锤砸钟!"

这时,小虎子在一边看着,他气呀,急呀,两眼睁得滴溜圆。看着冯兰池,凶煞似的,拽得父亲流星拨拉[1]地。他眼角上揹着泪珠子,攥紧两只拳头,撑在腰上,左右不肯离开他爹。

四十八村的人们,对着这个令人不平的场面,掂着手可惜这座古钟的命运,替朱老巩捏着一把冷汗。铜匠刚刚举起油锤要砸钟,人群里闪出一个人来。这人宽肩膀,大身量,手粗脚长,手持一把劈柴的大斧子,横起腰膀走上去,张开大嘴说:"你砸不了!"

人们一看,正是严老祥。

这刻上,朱老巩慌忙跑回家去,扯出那个铡刀片。他一行跑着,大声喊叫:"老祥哥,不能让他们砸了这座古钟!"喊着,又跑上大堤。

铜匠脱了个"小打扮儿",重又举起油锤。朱老巩跑上去,把脑袋

---

[1] 身子被拖拉得不平衡,摇摇摆摆,东来西去的样子。

钻在油锤底下,张开两条臂膀,搂护着古钟说:"呸!要砸钟,得先砸死我!"小虎子一看,油锤就要击在父亲的脑壳上。他两步蹿上去,搂紧爹的脑袋,哭出来说:"要砸死我爹,得先砸死我!"

铜匠干睁着大眼,不敢落下油锤。

四十八村的人们,眼睁睁看着,偷偷落下泪来。朱全富说:"天爷!瞎了我的眼睛吧,不要叫我看见。"老祥大娘哭出来说:"咳!欺侮死人啦!"

小虎子两手抹着眼睛,他想不到父亲披星星戴月亮,做了半辈子苦活,走到这步田地上!

冯兰池还是坚持要砸钟,嘴上喷着白沫,说出很多节外生枝的话。他说:"官土打官墙,钟是全村的财产,砸钟卖铜顶公款,官司打到京城,告了御状我也不怕。"

朱老巩反问了一句说:"锁井镇上,大半个村子土地都是你冯家的,顶谁家公款?"这时,他横起眉棱下了决心。闪开衣裳,脱了个大光膀子。小辫子盘在头顶上,总了个搊扭儿[1]。他叉开腿,把腰一横,举起铡刀,晃着冯兰池的眼睛。张开大嘴喊着:"大铜钟,是四十八村的,今天谁敢捅它一手指头,这片铡刀就是他的对头!"

老祥大伯也举起大斧子说:"谁敢捅这铜钟一手指头,日他娘,管保他的脑袋要分家!"

冯兰池睽睁眼一看,怔住了。朱老巩和严老祥,就像两只老虎在他眼前转。冯家大院,虽然人多势众,也不敢动手,只得打发人请来了严老尚。

---

[1] 把辫子一圈圈盘起来,然后系个结。

严老尚，绰号严大善人。这人气魄大，手眼也大[1]。庚子年间，当过义和团的大师兄，放火烧了教堂，杀了外国的传教士。在这一方人口里还有些资望。乡村里传说，这人骨头挺硬。有一天，他正开着"宝"，开到劲头儿上，用大拇指头捺上了一锅子烟，说："嗨！递个火儿！"旁边一个人，用火筷子夹个红火球儿走进来，问："搁在哪儿？"严老尚把裤脚往上一捋，拍着大腿说："放在这儿！"那人咧起嘴角说："嘿！我娘，那能行？"严老尚把眉毛一拧，仄起头儿，指头点着大腿说："这，又有什么关系！"红火球在大腿上一搁，烧得大腿肉哧溜溜地响，他声色不动。

这个大高老头子，弓着肩，提条大烟袋，走上千里堤。看见朱老巩和严老祥逗着打架的式子，捋着他的长胡子，笑花了眼睛，说："干吗？青天白日在这里要把式，招来这么多人，不像玩狗熊？"

朱老巩气愤愤地说："我看看谁敢损坏这座古钟？"

严老祥也说："谁要损坏这座古钟，他就是千古的罪人！"

严老尚冷笑一声，说："哼哼！狗咬狗，两嘴毛罢啦！"伸出右胳膊，挽住朱老巩的左手，伸出左胳膊，挽住严老祥的右手，说："一个个膘膘楞楞，一戳四直溜[2]的五尺汉子，不嫌人家笑话？"说着，望严老祥瞪了一眼。严老祥给他扛过长工，见严老尚拿眼瞪他，垂下头不再说什么。他俩跟着严老尚走到大街上荤馆里。严老尚叫跑堂的端上酒菜。

小虎子还是一步不离，跟着他爹，心里扑通乱跳，又是害怕，又是激愤。

---

[1] 办法多的意思。

[2] 挺挺实实，身子结实。

严老尚嘴唇上像擦上油儿[1]，比古说今，说着圆场的话儿。朱老巩坐在凳子上喝了两盅酒，听得漫天里当啷一声响，盯住哆哆嗦嗦地端着杯子的手，静静愣住。又听得连连响了好几声，好像油锤击在他的脑壳上。大睁了眼睛，痛苦地摇着头，像货郎鼓儿。冷不丁抬起头，抖擞着手儿说："嗨！是油锤击在铜钟上？铜钟碎了？"

朱老巩明白过来，是调虎离山计。他一时气炸了肺，眼睁睁看着严老尚，吐了两口鲜血，倒在地上，脸上像蜡渣一般黄。

严老尚也一本正经拍桌子大骂道："这他娘的是干什么？掘坟先埋了送殡的！给朱老巩使了调虎离山计，又掀大腿迈了我个过顶[2]！"说着，把大袖子一剪，就走开了。

这时，严老祥可慌了神，抱起朱老巩，说："兄弟，兄弟，醒醒！留得青山在，不怕没柴烧啊！事儿摆着哩，三辈子下去也是仇恨，何必闹这么大气性！"

小虎子流着泪，忙给老爹捶腿，捏脖子。

朱老巩垂下头，鼻子里只有一丝凉气儿。严老祥看他一下子还醒不过来，两手一抄，把朱老巩挟回家去。

这场架直打了一天。太阳偏西了，四十八村的人们还在千里堤上愣着。眼看着铜钟被砸破，油锤钉着破钟，像砸他们的心一样疼痛，直到天黑下来，才漫散回家。

这天晚上，滹沱河里的水静静流着。锁井大街上死气沉沉，寂寞得厉害，早早没了一个人、一点声音。人们把门关得紧紧，点上灯，坐在

---

1 意指嘴油滑善说的意思。

2 这里是说被人利用了又受到玩弄的意思。

屋子里沉默着，悄悄谈论，揣摩着事情的变化和发展。在这个时代里，朱老巩是人们眼里的英雄，他拼了一场命，并没有保护下这座古钟，争回这口气来。他们的希望破灭了，只有低下头去，唉声叹气，再不敢抬起头来了！

朱老巩躺在炕上，一下子病了半月……

炕上有病人，地下有愁人。那时，母亲早就死了，小虎子和姐姐成天价围着炕转。日子过得急窄，要汤没汤，要药没药，眼看病人越黄越瘦。那时姐姐才十八，正是青春的年岁，像一枝花。她看着父亲直勾勾的眼神，心里害起怕来。

朱老巩说："闺女！娘死了，参疼你们，舍不得你们。可是，我不行了！"他凝着眼神，上下左右看了看姐姐。又说："闺女！你要扶持兄弟长大！"又摩挲着小虎子的头顶说："儿啊！土豪霸道们，靠着银钱、土地，挖苦咱庄稼人。他们是在洋钱堆上长起来的，咱是脱掉毛的光屁股骨碌鸡[1]，势不两立。咱被他们欺侮了多少代，咳！我这一代又完了！要记着，你久后一日，只要有口气，就要为我报仇……"他说到这里，眼神发散，再也说不下去了。

小虎子和姐姐趴在炕沿上，哭得泪人儿一般。

朱老巩看孩子们哭得痛切，一时心疼，口里涌出血水来。一个支持不住，把脑袋咕咚地摔在炕沿上。他失血过多，一口气上不来，就把眼睛闭了！

姐弟两个，扑上父亲的尸身，放声大哭起来。这天晚上，严老祥一句话也没说，把脑袋垂在胸脯上，靠着槅扇门站着。到了这刻上，他两

---

[1] 人身体赤裸裸的，一丝儿不挂，叫光屁股骨碌鸡。这里是指穷的什么都没有的意思。

手搂住脑袋,慢吞吞走出来,坐在锅台上,无声地流着眼泪……听孩子们哭得实在悲切,又一步一步走进小屋,蹲在朱老巩头前,凄惨地说:"兄弟!你带我一块回去!我对不起你,后悔拦着你,没闯了关东……"

2

三十年以后的一个春天,从关东开进一一二次列车,直向保定驰来。列车通过一座长桥。轮声隆隆,车身震荡。汽笛一声吼叫,把朱老忠从梦里惊醒过来。猛地一起身,没站住脚,趔趄了两步,倒在座椅上。同车的人们,以为他得了什么症候,都扭过身来看。说:"他是怎么了……"

这时候,一个中年妇女急忙走过来,揉着朱老忠的肩膀说:"醒醒儿,你是怎么了?"见朱老忠满脸通红,睫毛上吊着泪珠子,忙递过一块花条子粗布手巾,说:"快擦擦,你看!"那妇女有三十六七岁年纪,高身干,大脚,微黑的脸色。满脑袋黑油油的头发。说话很是干脆、响亮,一腔外地口音。朱老忠摘下毛氄氄的山羊皮帽子,把老羊皮短袄的袖子翻卷过来。敞开怀襟,小褂没结着扣儿,露出胸脯来。他接过手巾,擦了一把汗,说:"啊呀!我做了一个梦。"又摇摇头说:"不,不是个梦。"

妇人伸手给他掩上怀襟,说:"看你,叫风吹着了!"

他合上眼睛,略歇一歇儿。又慢悠悠撩起眼皮,走到车窗跟前。探头窗外一看,黄色的平地,屋舍树林,土地河流,正落向车后。路旁柳树青青,阳光通过绿柳,射进车窗,将淡绿色的影子照在他们身上。他两手凭着窗，嘴上轻轻念着："快呀，真是快呀！三十年时光，眨眼之间，在眼前溜过去了。如今，四十开外的人了，才回到家乡啦！"猛地，他又想起父亲逝世的时候，正和他现在的年岁差不多，也许正在这个年岁上。

一个黑黑实实的、十七八岁的小伙子，挨到他的跟前，问："到了家？不是还有一两天的路程吗？"

另一个七八岁的男孩，听说到了还没见过的家乡，也挤过来，扒着窗户说："哪里？还没有到嘛！"

大的，叫大贵。小的，叫二贵。中年妇人，是孩子的母亲。一说到了老家，孩子们都高兴。朱老忠也抖擞着精神说："人，到了边远的地方，一见了直隶人，都是乡亲。回到保定，就像到了家乡一样，身上热烘烘的。"

真像到了家乡一样呀，他们心上兴奋得突突跳起来。朱老忠还是迷迷怔怔[1]，心里想：当他出外的时候，正比大贵小一点，比二贵大一点……他舒开两条胳膊，打了个呵欠，又低下头去。眯糊上眼睛，细细回味梦里的情节和人物。父亲朱老巩，那个刚强的老人，矫健的形象，永远留在他的心上，不会磨灭。又想起姐姐，三十年不通音讯，她……想着，他的思想，不知不觉又沉入过往的回忆里。

父亲过世了以后，剩下他和姐姐过日子。还和过去一样，他每天出去做活，回来姐姐做熟了饭，两人一块吃。年岁小，日子过得艰难。有天晚上，姐弟两个正插着门儿睡觉，有人从墙外咕咚咕咚跳过来。姐姐爬起身子，悄悄把他捅醒，说："虎子！小虎子！你听墙外头跳过人来！"

他睡得迷迷糊糊，扒着窗格楞往外一看，月亮地里，有人走近小屋。

---

[1] 心神不清。

影影绰绰，看见那两个人，脸上都蒙着白布，露着两个眼儿。走过来扒着窗户说："开门！开门！"

吓得姐姐浑身直打机灵。他说："姐姐！甭怕甭怕！"话是这么说，外面敲门声，一阵紧似一阵，连他自己心里也打起噤呻来。

两个强人，在窗棂外头，贼眉鼠眼地唬着："开门不开？不开，我们就要砸！"

他蹑手蹑脚走到外屋，擒起一把禾叉，立在门道口锅台上。姐姐站在他的脊梁后头，浑身哆嗦圆了。那两个家伙果然要砸门，咣！咣！咣地几家伙，把门砸开。一个箭步，跳进屋子来。他举起禾叉一叉，也没叉住。强人挣着叉杆抓住他，摁窝儿[1]拧过胳膊，按在地上，把他捆起来，嘴里塞上棉花套子。姐姐嚷了两声，要往外跑，被强人拦腰搂住，拖到屋里……

听见姐姐惨叫，他心里气呀，急呀，年纪小，骨头嫩，又有什么办法？

等强人走了，姐姐踉踉跄跄走过来，脸色惨白得怕人。颤着手，解开绳子放了他，说："虎子！走吧，走吧，逃活命吧！爹爹死了，霸道们不叫咱姐弟活下去呀！"

他眯瞪瞪瞪眼睛，说："一个人，孤孤零零，怎么走法？"

姐姐哭哭泣泣，包上几件破衣裳，捆上一条破棉被子，说："去找老祥大伯，叫他送你。走吧！普天下，哪里黄土不生芽，非死在这儿？"

他问："你呢？"

姐姐说："我？"她说出一个字，又沉默住。瞪起眼睛，在黑暗里盯着弟弟。老半天，才哭出来说："兄弟，亲兄弟，甭管我了，我见不

---

[1] 没动地方，马上、立刻的意思。

得人啦。你走吧，走吧!"

黑夜里，周围静寂得厉害，姐弟两个踏着月光，偷偷走出小院子。出了门，往西一扭，沿着房后头的水塘，走进大柳树林子，到了河神庙底下，小虎子又站住。父亲的形象，现在他的眼前。姐姐扯着他的手说："快走!快走!"才沿着千里堤走出来。出村时引起一阵犬吠，离远听得千里堤外头，滹沱河里水流声，哗哗响着。走到小严村村东，下了大堤，走进老祥大伯家里。

老祥大伯，听说十几岁的孩子也要出外，心上皱起疙瘩，半天不说话。老祥大娘也暗里抽泣，看着朋友的孩子为难。实在难离难舍呀!等公鸡叫了一遍，天快亮了，老祥大伯杀了杀腰[1]，在房顶上摘下那杆红缨枪，扛在肩上。叫他儿子志和背上行李。穿过梨树林子，送虎子出村。走出梨树林子的时候，老祥大娘又把他叫回来，拍着他肩膀说："虎儿!虎儿!不管走到哪里，莫忘了给我来封信。嗯!常言说：'儿行千里母担忧'啊!你娘虽死了，还有我，还有你姐姐，心上牵你。孩子!"她说着，又流下眼泪来。

路上走着，志和说："虎儿哥，出去了，找到了落脚的地方，也给我来封信，我去找你。"

他回过头，盯着志和走了七八步，说："不，兄弟!几年以后，我一定要回来!"说着，抬头一看，老祥大伯高大的身影，扛着长枪，在后头跟着。

走了十里路的样子，他们才分手了。

他一个人悄悄离开锁井镇，上了保定。那时候，这条铁路早就修上，

---

[1] 用力把腰带扎紧。

没有钱，坐不上火车，沿着铁路旁的村庄，要着饭，到了北京。在北京，看见了很多拖长辫、戴花翎缨帽、坐着八抬大轿的老爷们。他在那里当了半年小工，又到天津学织毯子。织着织着，爹爹的容貌就现在他的眼前。一想起爹的死，心上就烦躁不安。他想：这一条线一条线的，织到什么时候是个头儿呀？又背上铺盖卷，提起腿下了关东。

他一个人，在关东的草原上走来走去：在长白山上挖参，在黑河里打鱼，在海兰泡淘金。受了多少年的苦，落下几个钱，娶下媳妇，生了孩子，才像一家子人家了。可是，他一想起家乡，心上就像辘轳一样，搅动不安。说："回去！回到家乡去！他拿铜铡铡我三截，也得回去报这份血仇！"

车身颠荡，摇得身子巍巍颤颤。他眯糊着眼睛，回忆了一生的遭遇。想到这里，不知不觉出了一口长气，眼上掉出泪花来。放开铜嗓子，铜声响器地喊出来。同车的旅客们都停止了声音，你看着我，我看着你，笑着纳闷儿："这人儿，是怎么了？"

火车还没有进站，徐徐慢下来。旅客们开始鼓捣[1]行李，准备下车。大贵他娘，也从座位上站起来，伸手打个舒展，才说取下行李，朱老忠说："不忙，不忙，一忙就要失手。"

听得说，贵他娘停住手。又递过手巾说："看你，再擦擦汗。"

朱老忠接过手巾，说："在北满的时候，还冷着呢，一进关就热了。"

火车一进站，嘈杂的声音像潮水般涌上来。用旧道木夹起来的围墙上，有卖烧鸡的，卖甜酱的，卖"春不老"[2]的，一股劲儿乱喊。

---

[1] 搬弄、拾掇、摆布、整治等意思。

[2] 北方一种菜。其叶腌了可吃，为保定特产。

火车进站了，脚夫推着手车走上来。检票员手里拿着钳子，开了栅门，等待收票。等不得火车停住，就有人从窗口扔出行李，又从窗口跳下车去。看人们着急，大贵和二贵也着了急，扛上包袱向外撞。朱老忠一把将大贵捞回来，又一把将二贵也捞回来，连连说："不慌，不慌，慌什么？"

抓回二贵，大贵又挣出去，伸直脖子望人群里钻。他把脑袋伸到人们胳肢窝底下，三扛两扛，像泥鳅钻沙，钻出人群去。

二贵见哥哥先出去，也挣脱了父亲的手，伸起脑袋向人群里碰。这边碰碰，那边碰碰，他哪里碰得动？又低头耷脑地走回来，红着脸，钻在娘胳肢窝里。

朱老忠背着褥套，看着他的两个儿子，摸着胡髭，笑模悠悠儿说："青年人，就是爱抢先儿！"

贵他娘说："哼！两头小犊儿！"又摩挲着二贵的头顶，说："看看，长出抵角芽儿不？"低头看了看二贵，笑了笑。二贵也笑了。

朱老忠带着一家大小下了车，人挤，一时走不出栅口去。在月台上停住脚，扬起头望着站上的房屋树木。他离开家乡的时候，这站房才修上，铁道两边的树才栽上。如今铁路旁的树木，遮住多老大的阴凉儿……

3

等旅客走完,月台上人稀了,朱老忠才带上一家大小走过栅口。

进了候车室,看见一个人,在售票处窗口背身站着,胳肢窝里夹着一把铁瓦刀,手里提着个小铺盖卷,铺盖卷上裹着块麻包片儿。朱老忠看他的长身腰,长脑瓜门儿,挺实的腰膀,心上一曲连[1],急跳了几下,扪着心窝说:"嚄!好面熟的人!"他停住脚,仔细瞧着,看那人端着烟袋抽烟的硬架子,完全像是练过拳脚的,完全像!看他满脸的连鬓胡髭,却又不像。

朱老忠抿着嘴儿暗笑一下,抬起脚,兴冲冲走过去。一下子,把被套角儿挂在那人的腿胳肢上,挂个侧不楞[2],仄歪了两步又站住。那人慢搭搭回过头来,问:"你干吗碰我?"

这时,朱老忠已经走过去。又返回身来,睁圆了眼睛,泄出两道雪亮的光芒,射在那人的脸上。听语声,看相貌,心里肯定说:"是,一

---

1 心上一曲连,就是心猛然颤动了一下。

2 差点摔倒的意思。

定是志和!"

一个警察,离老远看见这个阵势,颠着步儿跑过来。还没跑到跟前,朱老忠扔下被套,跨过两步,一把抄住那人的手腕子,说:"兄弟!你在这儿发什么愣?"

那人把手一甩,抽回胳膊,皱起浓厚的眉毛,抬起眼睫,弓起肩膀仔细打量朱老忠。又看看贵他娘,看看大贵和二贵。喑哑着嗓子,一个字一个字儿说:"你认错了人吧?"

朱老忠又赶上去,攥住他的手,哈哈大笑说:"没有,我没认错人!"

说到这里,那人睃睁眼睛,盯了朱老忠老半天。在朱老忠身上找不出什么特征,看到大贵、二贵的脸形、鼻子、嘴,又睁起两只大眼睛,盯了一会子。猛地,朱老忠幼时的相貌,在他内心唤起了久远的回忆。他"啊"了一声,扬起颏儿,扳着指头,暗暗算计。摇摇头,悄悄儿说:"三十年,三十年不见了啊!"迈开大步赶过来,抬起长胳膊搂住朱老忠。不提防胳肢窝里那片铁瓦刀,当啷一声掉在洋灰地上,惊动了周围的人们,一齐扭过头,睁起怀疑的眼睛看。

那人就是严老祥的儿子严志和。他和朱老忠,从小儿跟着老人们在一个拳房里跳跶过拳脚,在一块儿背柴火筐,大了在一起赶靛颏鸟,打短工儿。朱老忠远走高飞的时候,他背上行李送出十里以外。想不到三十年以后,在这里会见了!严志和跟朱老忠站在一块儿,正比朱老忠高一头。严志和这时心上一闪,记起和父亲扛着长枪送朱老忠离开锁井镇的情景儿。

严志和抱起朱老忠,把大下巴墩在他的肩膀上,瞪圆眼珠子说:"虎子哥,你可回来啦!"两颗大泪珠子,从眼角里掉出来,落在朱老忠的脸颊上。

朱老忠反身，捧起严志和的脸，这么看看，那么看看，拍拍他的长脑瓜门，说："兄弟！想啊！想啊！想你们呀，我回来了！"

那个警察，提着警棍转游了一溜遭，最后看到他俩的虎势子，总有些放心不下。旁边一个浑身风尘的老太太，插嘴说："离乡背井，还不够受的？还你一拳我一脚的！"那个警察又提起警棍，颠起脚儿跑过来，把人们赶散一看，严志和正攥住朱老忠的手，说："哥！你一去三十年，三十年音讯全无！"

朱老忠说："甭说写信，一想起家乡啊，心上就一剜一剜的疼！"又扯住严志和的手说："来吧！这是你嫂子，这是你两个侄子。"他摸着嘴巴上胡髭，笑眯眯儿站着。

严志和笑咧咧地说："哎呀！出去的时候，嘴上还没有毛毛。回来，老婆孩子一大堆了！"

那个警察，看他们完全不像打架斗殴，是在异乡逢着亲人，就鼓突起嘴，嘟嘟囔囔说："以为是他娘的干什么，也这么大惊小怪！"

朱老忠一听，扭过头横了他一眼，回头又对严志和说："说了半天，还不知道你去干什么？"

朱老忠一问，严志和红了脸，怯生生愣了一下，吭吭哧哧说："我要闯关东，离开这个愁根子！"

朱老忠说："怎么，你也要下关东？"他也愣了一刻，心里想，他在关东三十年，多咱一想起家乡啊，想起老街旧邻，想起千里堤上的白杨树，想起滹沱河里的流水，心上就像蒙上一层愁网。这才一心一意要回老家。千里迢迢，好不容易赶回来，志和又要走。他又问："到底是为了什么呀？"

严志和颤着嘴唇，低了一会儿头，才说："要去找我那老人家。"

朱老忠眯了一下眼睛，说："怎么，老祥大伯也下了关东？"

严志和说："提起来，一句话说不完，咱先找个地方住下再说。"

严志和猫腰拾起瓦刀，就势双手一抢，把被套扛在脊梁上，就向城里走。朱老忠和孩子们背着行李，提着包袱，在后头跟着。

朱老忠进了城，大街上人来来往往，车马也多。一眼看去，完全不像从前的老样子，添了几处洋式楼房，玻璃门面。不知不觉走到万顺老店。店掌柜拿出一串钥匙，开了一间小房，问严志和："没上得了车？"

严志和说："碰上老熟人，给你招个买卖来。"又指着朱老忠，"他就是锁井镇上朱老巩的儿子，我们是生死之交。"说着，把被套往炕上一扔，听得咕咚一声响，又说："好重的行李！"

店掌柜是个细高挑儿，听得说是朱老巩的儿子，搓着手走上来，上下打量着朱老忠。左瞧瞧右看看，笑着说："朱老巩，好响亮的名儿呀！当年老人家在世的时候，每次上府都住我这儿。倒不是高攀，咱们还是世交，老巩叔和我爹相好了一辈子！"他攥起朱老忠两只手，抖了一抖，说："真是，老子英雄儿好汉，你和你们老人家精神头儿一模一样。"

自从朱老巩死了以后，方圆百里出了名，一直流传到现在，人们还是忘不了他。有个说梨花大鼓的先生，给他编了个小书段，叫"朱老巩大闹柳树林"。那个说书先生，自从编了这个小书段，也就出了名。人们戏上、庙上、送号还愿的，净爱打车摇铃请他去说书。白胡子老头们，只怕孩子们把朱老巩忘了，夏天拉着孩子们找个树荫凉，冬天坐在热炕头上，嗑瓜子儿，像讲《三国演义》一样，讲讲朱老巩的家世和为人。直到把孩子们感动得流下眼泪来。如今一说起朱老巩，大人孩子都知道。要是有人看见朱老忠的身貌、长相、脾气和性格，就不难想起他的老爹朱老巩。

朱老忠听店掌柜说是世交，立时笑了，拱了拱手说："那时节我还年轻，不记得了……"

店掌柜也说："没说的，一家人。你这咱晚才打关东回来？带回多少银子钱？"

朱老忠说："哪里来的钱？还不是光着屁股回家。"

掌柜的说："下关东的老客们，有几个不带银钱回来的。不落钱，谁肯傻着脸回家。"

朱老忠说："这倒是一句真话，一辈子剩不下钱，把身子骨儿扔在关东的多着呢！"

店掌柜拿了把笤帚来，扫着地问："怎么样，东北有战事没有？"

朱老忠从柜房里拿出把缨摔[1]，挥着满身的尘土说："眼下东北倒是没有战事……咳！民国以来，天天打仗。这年头，有枪杆子的人吃香！今天你打我，明天我打你，谁也打不着，光是过来过去揉搓老百姓。"一面说着，皱着眉心笑，似乎军阀混战的硝烟，还在他们鼻子上缭绕。

店掌柜说："各人扩充自个儿地盘呗！别的不用说，不管哪个新军头一来，先是要兵。要兵，人们就得花钱买。还叫人们种大烟，又说什么'……谁敢种大烟一亩，定罚大洋六元。'你看看这个，不是捂着耳朵捅铃铛？"

严志和伸起脖子说："你不种，他硬要派给你种。种，还得拿'种'钱，什么世道儿？他娘的快把人勒掯[2]死了！"他抽着烟，嘴上嘟嘟囔囔说个不休。

---

1 掸帚。

2 故意为难的意思。

今天来了老朋友，店掌柜热情招待。说着话，搬了个炕桌来，又沏了壶好叶子，一包"大翠鸟"香烟。说是今天的饭由他准备。还说："你们以后上府，一定住我这儿。如今没有别的了，就剩下这几间破房子！"说着话，又忙着去张罗饭食。

贵他娘洗个手脸，说："我上街看看。"带着孩子们出去了。

朱老忠斟上两碗茶，跨上炕沿问："兄弟！你倒说说，怎么单身独马，一个人闯关东？"

严志和喝了口茶，低头坐在炕沿上，老半天，才伸直脖子咕嗒咽下去。摇了摇头，不说一句话。

朱老忠看他像有很沉重的心事，慢慢走过来，坐在一边。拍拍他的肩膀，问："你可说呀！"

严志和还是低着头，连连摇晃，不说什么。

实在闷得朱老忠不行。他知道严志和自幼儿语迟，你越是问，他越是不说。问得紧了，他还打口吃。朱老忠说："你还是这个老脾性，扎一锥子不冒血！"

严志和沉着头呆了一会子，才从嘴唇里一个字一个字儿蹦出一句话来，说："甭提了，看咱还能活吗？"

朱老忠一听，话中有因，紧皱眉头问："村乡里又出了什么大事？"

严志和慢吞吞地说："可是出了大事情！"他说了这么一句话，又停住。摇晃着脑袋，老半天才说："说起来话长呀……前三年，咱地方打过两次仗，闹过两次兵乱。锁井镇上，冯老兰和冯老洪，闹起民团来。他们拉着班子壮丁打逃兵，打下骡子车和洋面来发洋财。不承望，逃兵们打保定捅来了一个团，架上大炮，要火洗锁井镇。冯老兰慌了神，上深县请来个黑旋风，从中调停。你想，黑旋风是个什么家伙，硬要锁井镇上拿出大洋五千块,这才罢兵。五千块洋钱摊到下牌户身上呀,咳!庄园地土乱打哆嗦……"

严志和说起话来,总是慢慢儿地。本来一句话说完的事情,他就得说半天。朱老忠一听,心窝里像有一股火气,向上拱了拱。抬起头,舒了一口长气,才忍住。待了一会儿,他问:"他们上牌户不出?"

严志和说:"我那大哥!你还不知道?上牌户哪里出过公款银子?回回都是下牌户包着。"

严志和说着,朱老忠心里那股火气,像火球一样在胸膛里乱滚。他攥紧拳头,在胸口上砸着,问:"谁是冯老兰?"

严志和说:"就是冯兰池呀!他儿孙们大了,长了胡子,村乡里好事的人们抱他粗腿,送了个大号,叫冯老兰。"

这时,朱老忠心里那个火球,一下子蹿上天灵盖,脸上腾地红起来。闪开怀襟,把茶碗在桌子上一蹾。伸手拍拍头顶,倒背了手儿走来走去。又停住脚看看窗外,闭住嘴缄默了老半天。盘脚坐上炕沿,问:"他还是这么霸道?"

严志和把两条胳膊一伸,放大嗓音说:"他霸道得更加厉害了!"

朱老忠一时气愤,浑身一颤,右大腿一簸,一下子碰着桌子档儿。哗啦一声,把茶壶茶碗颠了老高,桌子上汤水横流。这时,朱老忠猛醒了过来,伸开胳膊搂住茶壶,不叫滚落地上。嘴上打着响舌儿,说:"啧,啧,失手了,失手了!"又笑嘻嘻儿找了块擦桌子布来,擦干桌子上的茶水。

严志和并没有看出朱老忠心气不舒,心里想:"这人儿,倒是山南海北闯荡惯了,变得一点没有火性。"

朱老忠抽着烟,闭上眼睛待了一会儿。猛然间放开铜嗓子说:"好!他更加厉害了。好,出水才看两腿泥!"一下子震得屋子里嗡嗡地响。

一说到锁井镇上冯老兰,好像仇人见面,分外眼红。可是他不露声色,暗自思忖……

严志和直了直腰,看着朱老忠愣了一下,想:"别看不动声色,脾气许是越发耿直了。"

朱老忠又问:"你们也没跟他打官司?"

严志和说:"看怎么打吧!锁井镇上出了个朱老明,串通了二十八家穷人告了状,我也参加啦。头场官司打到县,输到县。二场官司打到保定法院,输到保定法院。三场官司打到北京大理院,又输到大理院了!"

朱老忠猛地抿了一口茶,吧咂吧咂嘴头儿,用着沉重的语音说:"好!朱老明是个硬汉子!"

严志和说:"亏他是能干的人,领着人们上城下县打了三年官司,也把官司打输了。"

朱老忠问:"输到底了?"

严志和说:"都输得趴下了!不用说,朱老明是拿头份儿,我也饶上了一条牛,输了个稀里哗啦呀,过不成啦!"

朱老忠问:"锁井镇上的事,碍着你什么?"

严志和说:"那天,我到镇上去赶集,回来碰上朱老明,在他家串了个门儿。听他念叨打官司的事,我心里不平,就说:'我也算上一份!'一句话,输了一条牛。咳!完啦!走啊,在这地方咱算是直不起腰来。"

朱老忠看严志和是个义气人,够朋友。把眉峰一锁,说:"那就该不打这官司!"他立起身来,在地上走了两遭,把头一摆说:"不走!"

严志和问:"不走?"

朱老忠梗起脖子,摇摇头说:"不走。"

严志和又低下头去呆了一会子,说:"不走又怎么办?把我肚子快气崩了,我就是爱生闷气。那个土豪霸道,咱哪里惹得起?"

朱老忠红着脖子脸,把胸膛一拍,伸出一只手掌,举过头顶,说:"这天塌下来,我朱老忠接着。朱老忠穷了一辈子,可是志气了一辈子。没有别的,咱为老朋友两肋插刀!有朱老忠的脑袋,就有你的脑袋,行吗?"

严志和忽闪着长眼睫毛,看着朱老忠,愣了抽袋烟工夫。看朱老忠刚强的气色,像个有"转花儿"[1]的人,才有些回心转意。颤搭着长身腰,说:"听大哥的话。要不,咱就回去?"

朱老忠看说动了严志和,又鼓了鼓劲,说:"回去,跟他干!"

严志和慢慢儿抬起长眼睫毛,说:"我的大哥,干得过吗?"他说着,又连连摇头。

朱老忠看严志和又松了劲,走过去拍着他的肩膀,温声细气儿说:"拉长线儿,古语说得好,大丈夫报仇,十年不晚。"

听了这句话,严志和弯下腰,沉着头,"瓷"[2]着眼珠盯着地上。想起他爹严老祥离乡前后的情景。

严老祥和朱老巩是同年生人,比朱老巩大三个月。自从朱老巩大闹柳树林,又过了几年,一连发了两场大水,涝得籽粒不收。秋天又连连下起雨来。那天,天刚放晴,阳光在天空照着。严老祥不言声儿蹲在千里堤上,看着滹沱河里翻滚的水流。堤边上河蛙,咕儿哇儿乱叫唤。年景不好,使他上愁。忽地闻到身子后头有浓烈的烟味。回头一看,冯老兰正在他背后站着抽烟,瞪出一对网着血丝的大眼,直盯着他的脑袋。严老祥浑身寒颤了一下子,慢悄悄站起身来,走开了。他怕冯老兰抽个

---

[1] 有办法、有能力、有经验。

[2] 瞪眼的意思。

冷不防，把他推进大河里，被洪水卷走了。

严老祥走回来，圪蹴[1]腿儿蹲在门前小碌碡[2]上。独自一人，低头扬头抽了一袋烟，又抽一袋烟。总疑忌冯老兰的眼睛里有事，半天也忘不了那阴毒的眼光，想起来又后怕。

他又想起：朱老巩死了，他失去一条膀臂，单丝不成线，孤树不成林，只怕冯家对他不利。猛地想起要离开锁井镇，离开这仇气地方，走西口，下关东……

严老祥想到这里，从小碌碡上站起来。这时，千里堤大杨树上，老鸦呱啦呱啦乱叫唤。他一个人，拎着烟袋，走上千里堤，走走转转。想到，当他还在壮年的时候，那时他们还住在滹沱河的下梢[3]里。在连年荒涝的年月，把最后一间房子、一亩地，卖净吃光，推上一辆虎头小车，带上老婆孩子和全部家财——一条破棉被和一口破铁锅，沿着滹沱河的堤岸，走到大严村，投靠了严老尚。严老尚看他着实能做活，就收留下了。冬天，严家给几件破烂衣裳。青黄不接的季节，给点糠糠菜菜，给个一升半碗的粮食。一家人苦做活，过了多少穷愁日子，才在村前盖了三间小房。后来又在村南要了二亩地，好不容易安起家来。如今，看看年纪老下来，要离开可爱的家乡，闯到边远的关东去。他心上热火缭乱，像在沸水里煮着。咳呀！难呀，难呀，穷家难舍，熟地难离呀！

他站在堤坝高处，看着低矮的家屋，比河里的水浪还低。只要河水向外一溢，就要冲掉。他积攒了二十年的工钱，要的二亩地，就得淹进

1　蜷缩，弯曲到一起。

2　北方轧地的石磙子。

3　指河的下游。

深深的河水……想着,泪满眼眶,禁不住夺眶而出,流到衣襟上……

咳!老朋友死了,他觉得孤独,觉得寂寞。眼看秋天快过去,田地里是水,街道上空空的,满目荒凉、空阔……一忽儿,觉得他的心,像是悬在缥缈的空中。于是,下定决心,要离开老婆孩子,离开他血汗建立起来的家园……

一想到离开家乡,他心上又热烘起来……

独自一人在那里站着。看看太阳,快晌午了,走回家去,跟老伴要了一双布袜子。走出来,坐在门前井池旁洗了洗脚,把袜子穿上。又把严志和跟孙子运涛叫到跟前,说:"儿呀!我扛了二十年的长工,流了二十年血汗,盖上这几间土坯小房,要了这二亩地,算是给你们成家立业,对得起你们了。"说着,他流下眼泪来,说:"你老巩叔叔死了,如今老霸道还是无事生非,动不动找咱的茬儿,欺侮咱。我要是不离开这块地方,怕是早晚落不了囫囵尸壳儿。我要闯关东,去受苦啊!"

严志和一听,觉得爹爹像是到了秋天树叶黄的年岁上,他还要受苦,走关东,眼泪刷地流下来,说:"爹!甭走啊,你一辈子不是容易,咱也有了家屋住处,有了孩子们,这还不好吗?"

老祥大娘也说:"你心里想的什么哟?今年年景不好,还有来年。田地上长不出东西,咱养梨树。梨树上长不出东西,咱学治渔……你想的是什么哟!"说着,挥泪大哭了一场。

运涛那时还不到十岁,一听爷爷要离开他闯到关东去,趴在爷爷腿上不起来。

严志和说不转严老祥,转身找了老驴头来。老驴头跺跶着两脚,气急败坏地说:"老祥叔,你要下关东?不行!谁要叫我去,叫我离开这家,说什么我也不干。我老爷爷生长在这儿,叫我离开这儿,说什么也不行,打死我也不行。"他一面说，一面比画着，心上满带火气。

正说着，老套子背着筐走过来，在一边听着。听清严老祥要出外，笑眯糊糊说："咳呀，出什么外呀，外头给你撂着金子哩，还是撂着银子哩？即便撂着金子银子，那金窝银窝不如咱自己的穷窝儿呀。大伯！别走啊，不看别人，看着咱孩子们面上，也不能扔下他们不管。"

老驴头嘴唇厚，也说不清个话，急得跺脚连声，说："不能走，你就是不能走！"

会儿不多，集了一堆人。绵甜细语，你说一个理儿，他说一个理儿，谁也说不转严老祥。他觉得，这些年幼的人们，嘴上无毛，办事不牢，没有多少人生的经验。他们的话，听不听两可。

那天晚上，朱全富打了四两酒，把严老祥请到家里，叫老婆摊了两个鸡蛋，就着炕沿喝着。说来说去，严老祥还是要闯关东。

第二天，老祥大娘到邻家借了半斤面来，给他做了一顿好饭吃。为了使他回心转意，守着老婆孩子把日子过下去。

可是说什么也不灵，他下定决心，要闯关东。

严老祥吃过早饭，硬叫老伴给他打叠铺盖、衣服，对着一家人说："好，我要走了！这二亩地，只许你们种着吃穿，不许去卖。久后一日我回来，要是闹好了，没有话说。闹不好，这还是个饭碗。你看，咱在下梢里时候，把土地卖净吃光，直到如今，回不去老家。咱穷人，土地就是根本，没有土地，就站不住脚跟呀！"听了老人的话，直到如今，不管手头上有多么急窄，严志和不肯舍弃这二亩地。这就是他家的"宝地"，每年打不少粮食。

老人家说了一场话，不管老祥大娘哭得死去活来，背上铺盖卷就要走。严志和掉下两点眼泪说："爹，甭走啊！"又指指运涛和运涛他娘，说：

"也看着咱这大人孩子们!"老人家摆摆头说:"人多累多,我要闯关东!"一家大小送他上了千里堤,严志和背上铺盖卷儿,沿着大堤走到锁井镇南。严老祥在河神庙前头上了船,要坐船上天津,下关东去。那年雨水连天,河水挺大。严志和立在河神庙前大青石头上,望着那条小船飘飘悠悠去远了。一去十几年没有音讯。他一想起老人一辈子不是容易,心里就难受得不行。想着,不知不觉又说出口来:"我想下关东,把他老人家找回来。就是他不在人世了,把老人家骨殖找回来,心里也是痛快的!"慢慢讲着,还是不抬起头来,把头低到桌子底下,哭起来。

朱老忠说:"兄弟!我不怕你心里难受,告诉你吧!关东三省,地方大着哪,你知道他在哪一省?就是知道他在哪个省,你知道他在哪个县?哪个村?"

严志和猛地抬起头来问:"真的?像你这一说,我那老人……"说到这里,他转动眼珠看着房梁,老半天没有说出话来。屋子里的空气低沉下来,两个人互相听得见心跳。

朱老忠也想起那个慈悲的老人。看严志和沉着脸呆着,走过去拍拍他的肩膀说:"兄弟!你没出过远门,如今这个世道,我怕你一个人出去,把身子骨儿扔在关东。"停了一会儿,又说:"那年有河间府的一个乡亲,从东满到黑河,说有一个锁井镇上姓严的,在那里兴家立业了。咱写个信去问问,要是他的话,你再去。要不是他,你也就别去了。咳!我不知道他老人家也下了关东,要是知道,得找找他。现在说也晚了!"

严志和点点头说:"大哥说的倒是个高明理儿。"

朱老忠说:"我怕你蒙着头去了,人找不回来,你也回不到老家了。"说了这句话,抽着烟,在屋子里走动了几步。猛地想起一件事情,抬起颏儿问:"我那老姐姐呢?"

严志和说:"这会儿不跟你说。"

朱老忠说:"你说说有什么关系!"

严志和把头一摆,说:"不。"

两个人交谈了一会儿,屋子里的空气又沉寂下来,你看看我,我看看你,谁也不再说什么。

严志和一场话,引起朱老忠满腔愁绪。他想起北中国雪封冰冻的群山,山上的密林。他曾在那原始的森林中,伴着篝火度过严寒。如今离开广阔的原野走回来,一想到锁井镇上有个冯老兰在等着他,三十年的仇恨,在心中翻腾起来。心里说:"从南闯到北,从北走到南,躲遍天下,也躲不开他们。"可是,他并不后悔,一心要回到祖祖辈辈居住的老家去。他想:"我要回去,擦亮眼睛看着他,等着他。他发了家,我也看着。他败了家,我也看着。我等不上他,我儿子等得上他。我儿子等不上他,我孙子等得上他。总有看到他败家的那一天,出水才看两腿泥!"

4

第二天,一扑明儿¹,严志和到南关雇了一辆骡车来,把被套、包袱,装到车上,贵他娘和孩子们也坐上去。严志和跨上外辕,朱老忠跨上里辕,赶车的把式拿起鞭子,哦吁了两声,车子向前移动了。

大车走过南大桥,出了南关,一直向大敌洼里走去。正是仲春天气,柳树出芽,麦苗儿也长老高了。经冬的土地松泛起来,田野上有人轰着牛、赶着驴耕田。一伙伙人们,正在耕地。严志和一见了土地,土地上的河流,河流两岸泅湿的洼田,洼田上青枝绿叶的芦苇,心上就漾着喜气。心里说:"还是回到家乡好。"

朱老忠一踏上家乡的土地,就像投进母亲的怀抱,说不出身上的舒帖劲儿。他说:"在东北,季候晚,很晚很晚的才耩地呢!"

严志和说:"咱这里也比过去耩得早了。我记得咱小的时候,麦芽儿发,耩棉花。谷雨前后,才种高粱谷子。这咱晚,人们觉得庄稼还是耩早点

---

1 天似亮不亮的时候。类似"黎明"。

好，都把高粱谷子提前耩了。常说：'秋儿秋女秋庄稼。'[1] 就像你吧，早早儿有俩大小子，也就帮上生活。要是老得哼拜拜哼唻唻[2]才有孩子们，咱老了，孩子们还没长大呢！"

贵他娘瞅着志和说话，不紧不慢，像细水长流，不住地抿着嘴儿笑，说："看志和会说的！"说完这句话，她的脸上忽拉巴儿[3]阴暗起来。她有一桩心事：说起回老家来，就觉得回到老家一辈子有了落脚之地，心才落实。可是到了家乡，连个站脚地方都没有！她问："志和！俺回去就在你家里站脚？"

严志和说："那有什么说的，回去，你们就住在我家里。今年粮食不多，托着掖着[4]也过得去。然后，我和运涛、江涛，帮上你们一家子，把房盖上。看样子你们也不能空着手儿回来，再把我种的你们那一亩地利，算给你们。合计合计，筹借筹借，也能要个三亩五亩吧，再打着个短工，日子也就过得去了。"

朱老忠说："常说'手眼为活'，走遍天下是指着两只手闹饭吃。"
严志和说："可不是，用咱的两只手盖起房屋住处，再用两只手刨土种地。"

贵他娘也说："咳！走遍天下，不过是为着端个碗哪！"

这辆大车，走在干涸的道路上，在春天的阳光下，慢慢悠悠，摇摇荡荡，向着南来的风走去。严志和身上像漾着酒意，晕得想要睡着，又想起他离家的情景：

---

1 北方谚语，有早能得利的意思。儿女大，老年人能早受赡养，庄稼熟得早，便可早到口。

2 老年人（或病人）因身体虚弱而常有的舒气声。

3 忽然。

4 苦干熬煎，即想尽一切办法的意思。

在失败的日子里，朱老明拄上拐杖走到他的家里——朱老明在闹很严重的眼病，用破袖头子擦着眼泪说："兄弟！官司输到底了，不能再翻案。我的庄园土地去卖一光，是朋友的，凑凑钱吧！"严志和看着朱老明愤慨的样子，点点头说："放心吧，老明哥！输成房无一间，地无一垄，我严志和没有翻悔。"

等朱老明摸着路儿出去，他也送到门口，看走远了才回来。不言声儿，走到小棚子里，牵起牛来向外走。涛他娘问："你下地吗？"严志和嘟嘟哝哝说："我不耕地了！"他这么说，涛他娘可是没有听见。走到集上卖了耕田的牛，把钱给朱老明送去，剩下几块钱掖在腰里。严志和觉得没法回家，涛他娘要问"牛呢？"他没法答对。一个人在村边坐了半天，一时又想起他爹，年纪老了，独自一人待在关东，不由得眼上掉下泪来。

就在那天晚上，一家人都睡着觉的时候，他把心一硬，背上行李，拿上瓦刀，走出家门来。

他想：如今转游了一溜遭儿又回去，怎么板着脸见人呢？

第二天太阳平西，这辆车才走到锁井镇近郊。朱老忠老远望见千里堤上，大杨树的枝干在太阳下闪着白光。天气暖和和的，桃李树正是放花季节，映着夕阳放散香气。有的梨树嫩枝条上长出绿叶，生了茸细的白毛。黑色的棉花虫儿在树枝间飞舞。

朱老忠用手拍了拍身上的尘土，跳下车来。停了一刻，扬起颏儿，笑笑说："到家啦！到家啦！"一股热烘烘的劲头儿，在血管里荡动。

严志和也纵身跳下车辕，说："这才是真到家了哩！"他一看见自己的土地，就高兴起来。走进梨树行子，单腿跪下，把手伸在垄沟里，一刨一刨，用手指在潮黄土里轻轻描着，捏起一颗谷种，拿到眼前，眯着眼睛看了看。

朱老忠走过去，猫下腰问："出了芽儿？"

严志和说："刚扭嘴儿[1]，是我离家前一天才耩上的。"又把那一粒谷种，好好儿放进垄沟，芽儿朝下，插进土里。先拨上点湿土，再埋上潮黄土，然后拨上干土盖好。

自从那一年，严老祥下了关东，严志和也就离开严家，顶门立户，过起日子来了。

媳妇又在土坯小屋里生了江涛，当江涛一落草的时候，严志和听得说"又是个小子！"笑嘻嘻高兴得合不上嘴儿，骄傲地说："咱门里几代单传，到了我这一代，算是改换门户了！"其实，改换门户的，是他不愿祖祖辈辈土里刨食儿吃，春冬两闲，就学起手艺来。学了学木匠，觉得手指头挺粗。学了学铁匠，还是不行。最后学到泥瓦匠，觉得挺对路。从此半工半农，"一艺顶三工"，一家人才不吃糠咽菜了。这时，又在村边要了三亩沙土岗子。他们就在这沙地上栽起梨树来。

骡车走到九龙口，看见窑疙瘩上坐着两个人。一忽儿，那个小人儿从窑上跑下来，喊着："借光！你们看见一个大高个儿、连鬓胡子的人吗？"

严志和一看是江涛，急忙把脑袋躲在朱老忠身子后头，拍拍朱老忠说："看吧！这就是我跟前那个小的，江涛。"

朱老忠笑着说："光问你爹，你爹是个什么样儿人？"

江涛走到跟前，说："我爹呀！他是个连鬓胡子，长脑瓜门儿，大高个儿。他呀，你要是不跟他说话儿，他就一天不开口。你要是不叫他吃饭，他就低下头做一天活。我娘要是不说给他洗衣裳，他就一年到头穿着那个破褂儿。你们要是知道，就说给我吧！要是不知道，也给打听

---

[1] 将要发芽了。

打听。自打他跑了，愁得我娘不行呀！"

听问得恳切，朱老忠对严志和说："你听，把孩子想糊涂了！"又对江涛说："你问的是浓眉大眼的那一个，是吧？"

江涛说："是呀，你们一定知道。"

朱老忠说："我只知道一个。"

江涛说："一个就行啦，还要多少呢？"

说着，严志和一下子从朱老忠背后抬起头来，张开胡子嘴，呵呵笑着。江涛看见父亲，三步两步蹦上车去，搂住严志和的脖子，说："你可回来啦，可把我娘牵坏了[1]！"他把头扎在严志和的怀里，笑着。眼上滚下两颗大泪珠子。

严志和抱起江涛，说："回来了，回来了，我怎么能不回来呢！"

运涛离远看见江涛坐在大车上，走过来。心上一阵颤抖，提上水罐，也从窑疙瘩上跑下来。一眼看见父亲，脸上露出笑容，说："我爹回来了！"当他看到几个陌生人，又合上嘴，不说什么。

严志和指点说："这是你虎子大伯，那是你大娘，那是大贵、二贵。从今以后，你们在一块儿打短工做活，拾柴拾粪，有了帮手了。"

"虎子大伯？"运涛睁起大眼睛说，"光听得说过，可没见过面。"

朱老忠走到运涛面前站住，歪起头儿，左看看，右看看。拍拍运涛，两手扳着他的肩膀，撼动了一下，提高了嗓门儿说："好孩子们！长了这么高！"

严志和"出走"以后，涛他娘打发运涛和江涛，找遍了亲戚朋友家，

---

1 想念苦了。

都异口同声说："没见个踪影!"每天夕阳趴在地皮上,弟兄俩才走回来。一进门,老奶奶还坐在门限上絮叨:"没良心的,又走啦!又走啦!"

涛他娘在灶膛门口吹火做饭,看老婆婆想儿想得疯癫。抬起头来,眼里揩着泪花说:"娘!甭说他了吧,你儿不是那没情没义的人哪,他能忘了咱们?"

老祥奶奶用拐杖戳着地说:"小的时候,有情有义。人一长大了,翅膀管儿硬了,就没情没义了。唉!我这条老命也算活到头儿啦!"

一念叨起志和,涛他娘就心慌得不行。定了定心,才说:"娘!什么事情是命里注定的,人死不了就有回来的日子。别上愁了吧,愁得好儿歹的,老人家又该受罪了。大长的天道,梨树也该收拾了,我又没个空闲伺候你老人家。"

停了一刻,老奶奶嘟嘟囔囔说:"咳!为起个女人,连个男人也管不住……"说到这里,又停住。她本来想抢白涛他娘两句,责备她,为什么好好儿地叫志和走了。可是一想到自己也没有办法拦住自己的男人,就把话头缩回去。

涛他娘听话不顺耳,立时羞红脸,低下头去。心里说:"俺也在年轻时候过来,俺也长得花枝呀似的,可是……"

运涛坐在台阶上,听祖母和母亲谈话,他觉得父亲出走,还有更重大的原因。抬起头,望着清凉的天空,抱起胳膊说:"活阎王们,要赶尽杀绝呀?"江涛坐在运涛一边,他不哭,也不说什么,只是张着两只大眼睛,看着天边上一颗大明星,慢慢升起。这孩子年岁虽小,心灵上却已经担负着自从远祖以来的、深重的忧愁和不幸。

老奶奶受不住小院里的沉闷,拄起拐杖站起来,弯着腰出了一口长气。在门道口破斗子里抓了把土粮食,嘴里打着"咯咯",把鸡唤过来。

看鸡群点着头儿再也看不见啄食,才一步一步走出去。

老奶奶走到门前小井台上,拿起拐棍磕磕那两棵杨树。这还是"老头子"在家的时候,在井台边栽下的两棵小杨树。"老头子"不管早晨晚上,端着水瓢浇灌,伸手摸摸,两眼盯着,盼它们长大。小杨树一房高,嫩枝上挑着几片明亮亮的大叶子的时候,把涛他娘娶了来,住在这小屋里。自从那时,她做活做饭,才算有了帮手。小杨树冒出房檐高,叶子遮成荫凉,风一吹叶子哗啦啦响的时候,媳妇生下运涛。她喜欢得什么儿似的,好容易当上奶奶了。她亲手在窗棂上拴上块红布儿,在小杨树上绑条绳儿,晾上运涛的红兜兜、绿褂褂。等到杨树长了两房高,风一吹,杨树的叶子像滹沱河里流水一样,豁啷啷响的时候,严老祥舍弃她,下了关东。她无时无刻不在想念,惹得她常说:"'老头子',没良心!没良心!"过了几年,又生下江涛。她亲手抱大了运涛,又抱大了江涛。可是,她觉得老了,脑袋上添了白发。后来,严志和学会泥瓦匠,弄得够吃够烧了,她又想,老运还不赖,就是"老头子"不在家!

运涛看老奶奶在井台上愣了半天,尽眺着北方,翘起嘴唇,不住声地骂:"死王八羔子们,活阎王们,把俺家人都欺侮跑了!"

运涛一听,心里酸酸的,甭提有多难受了。他想:"为什么人间的苦难都出在俺门里?"走过去,扶着奶奶的肩膀说:"奶奶!快家来吃饭吧!"

老奶奶抬头看了看天上星群,自言自语:"唔!你们娘儿们先吃吧,我不饥……"又对运涛说:"你给我堵上鸡窝门儿。"

运涛走回来,搬块大石头,把鸡窝门堵上。心里实在痛得不行,为了想念父亲,老奶奶有三天没有很好吃饭了。

涛他娘看着孩子们吃完饭,把家伙泡在锅里,盖上锅帘。她早早把门闩上,扶持老婆婆睡下,走出来坐在当院阶台上。几天来,只有看见青色的天空，她心上才是豁亮的。直到俩孩子躺在炕上响起鼾声，她还坐在院子里。左想想，右想想，她想不出，在什么时候，什么样的魔鬼，使她交下不幸的命运！

她做小姑娘的时候，就针头线脚不离手。过得门来，一年四季不离三台（锅台、碾台、磨台），一天到晚没个空闲。志和脾气倒是温顺，知道怎样爱她，体贴她。可是也爱闹庄稼性子，闹起来，像开春儿打闷雷。有时候翻脸不认人，睡着睡着，举起拳头就要打。到这刻上，她就把头伸过去说："打吧，打吧，照脑袋打！打死了，看谁给你做鞋、做饭、伺候老人？"这时，严志和又悄悄把拳头缩回去，笑笑说："嘿嘿！舍不得！"她斜起眼睛瞟着他，一窝笑意挂在脸上，说："看你也是舍不得！"

那是年幼的时候。人一上了年岁，有了衣食的拖累，就缺少恩爱了。像古树上长了皴皮[1]，受不到雨露，干枯了。有时她也渴想年轻时候的情爱，可是天不由人，他们一天天老下来！

夜深了，天光像水一样凉下来。她把怀襟掩住，走进屋门。老婆婆正在佛堂里烧上三炷香，跪着磕头，祝祷："志和！你扔下一家子，去周游四方吧！盼你身子骨儿结实！"她不只想念志和，更想念"老头子"，用衣襟擦着泪。

第二天，涛他娘起来抱柴火做饭的时候，坐在炕沿上看了看，运涛蹙着眉梢，枕着两只手睡得熟熟的。江涛脸朝天躺着，满脸上又是愁戚又是希望。她微微叹气说："累了，累了，孩子们都跑累了！"摇摇运涛的胳膊，说："起来，起来呀！"

轻轻摇着，运涛醒过来，伸直右手和左脚，打了个舒展，说："嗯，

---

[1] 老裂皮。

天亮啦?"

涛他娘说:"早亮了呢,看你们一睡起来就没有头儿。"

运涛抬头看了看,太阳露了红。坐起来,又摇摇江涛,说:"起来,太阳出来了!"

听得说,江涛还没睁开眼睛哩,就爬起来。用手掌揉揉眼睛,说:"啊!我上学去?"

涛他娘说:"先甭去上学,再去找找,看看能找到爹吗?要是找不到,日子怎么过呢?"她又掂起衣襟,擦着泪湿的眼睛。

运涛看母亲悲愁得厉害,就说:"娘!甭发愁,爹顶多跑几年关东,他还要回来。要是不回来,江涛也别念书了。我忙时种庄稼,收拾梨树,闲时上机子织小布儿,还是够嚼用的。"

涛他娘禁不住插了一句,说:"你爷去了十几年呢,总也不见回来!"说着,又抽抽搭搭哭起来。

听得涛他娘哭,老奶奶又喊起来说:"甭说他甭说他,'老头子'坏了良心,他把家忘了!"

涛他娘说:"娘,别说了吧!你不是小年纪儿了,老人家也不是小年纪儿了。老是念叨他,老人家在关东,会心惊肉跳的。"

老奶奶说:"他是不跳啊,要跳,还会想到念叨他的人儿。咳!死王八羔子们,仗着有钱有势,把俺人们都欺侮跑了!"

运涛说:"奶奶!甭说了,一辈子的仇啊!"

江涛紧接着说:"一辈子,十辈子也忘不了。"

老奶奶拄上拐杖,走过来说:"好孩子,有这点心气儿就好。"

涛他娘说:"你们去吧!到九龙口上,九条道儿都打从那里经过,过路的人多。有过去过来的人,你们就问,'借光!看见我爹了没有?'

问一问,也许能问着。你们提个水罐儿,拿着块饼子,坐在大窑疙瘩上看着,嗯?"

两个孩子听了母亲的吩咐,提上水罐儿走出来。春天的早晨还有些凉,踏着路旁的嫩草芽儿,走到九龙口大窑上。

小弟兄两个,说着话儿,翘起下巴,向北方望着。在深远的天边,有朵朵白云,擦过土地,飞驰过去……

过来个挑担的,他们跑过去问一问。过来个赶车的,他们跑过去问一问。一直等到太阳平西,从北方长远的道路上,来了这辆骡车。

5

老哥儿两个,说着话儿,走在车子前头。走到村头上,严志和为了少见到人,沿着村边走过去。朱老忠走到家门前一看,还是那座土坯门楼,还是那两扇白槎[1]小门,门外还是那片谷场,谷场上还是那个青石头小碌碡。离家的时候,这两棵小杨树才一丁点儿,这咱晚,冒天云高了。风不大,吹得树上紫色的花穗轻轻摆动。

朱老忠背叉着手,在小场上走来走去,摸着嘴上的胡子,连声说:"局势还是那么个老局势,大改了样子,大改了样子呀!"

朱老忠这里瞧瞧,那里看看,觉得什么都新鲜。一抬头,看见前边千里堤上,大杨树底下站着一个老太太。她手里拄着拐杖,翘起下巴向北眺望。日头落了,夕阳的红光映在她身上,映着千里堤,映着大杨树。杨树上一大群老鸦,似有千千万万,来来回回飞着,越飞越多,上下左右团团飞舞,呱呱地叫个不停。朱老忠慢慢走过去,看那老太太花白了头发,脸上的皱纹都耸起来,看轮廓还认得是老祥大娘。他走上长

---

[1] 原木料未上油漆也未上颜色。

堤，说："老人家还在这儿站着？太阳下去了，风是凉的，别叫晚风摸着了！"他想：说不定老人家多么想志和呢？

老奶奶早在千里堤拐角地方待了半天，掐指计算老伴走了几年，儿子走了几天。如今年老了，中年失掉丈夫，老年失掉儿子，给她带来了多大的愁苦啊……

当朱老忠走到跟前，她眯缝起眼睛看着，问："你是谁？"

朱老忠打起笑脸，走上去握住老人的手，把嘴头儿对在她耳朵边上，说："我是虎子！"

老奶奶睖睁起眼睛，愣了一会儿，才说："你是哪个虎子？"她又想起，几年以前有个人说过："朱虎子死在关东了！"她怕目前是在做梦。

朱老忠抖动她的两只手，跺起脚，笑着说："我是朱老巩的儿子，小虎子！"

老人听了这句话，抬头望着青天，两条腿颤颤巍巍，重复地说："虎子？虎子？"她凝着眼珠，极力想从脑筋里回忆起朱老忠幼时的相貌。有抽半袋烟工夫，她摇晃摇晃脑袋，颤着嘴唇，牵动得面皮抽搐起来。一时心酸，说不出话。又停了老半天，把拐杖往旁边一扔，两手放在朱老忠的肩膀上，皱着眉眼，仔细认了认，说："虎子，虎子，不认得了！不认得了！"眼泪像流泉，从眼窝里冒出来，说："苦命的孩子，你可回来了！你一去三十年，三十年连个书信也不捎来。你娘虽死了，你爹也不在了，可是，老亲近邻也还想念着你呀！也不来个信。说实在话，我以为朱家门里这就算绝了。你回来了，活该朱家不绝后。"

朱老忠听得说，扑通跪在她跟前，说："大娘！大娘！你别说了，儿心里难受！"

老奶奶说："你难受？这些年，不论黑间白日，一想起老巩兄弟，就像摘我的心！为了想念出外的人们呀，这些年来，像熬灯油一样，把我老婆子的心血都熬干了。"又放声大哭起来，说："咳！孩子不是好走的！"

朱老忠眯缝起眼睛，不让眼泪流出来。拍着老奶奶膝盖说："大娘！我回来了，还不好吗？你别哭了！"

老人撩起衣襟，擦着泪说："哭哭好，哭哭好啊，哭哭心里静便些。"说着，弯下腰扶起朱老忠，两只眼睛尽盯着他。

朱老忠和老奶奶在堤上说着话，严志和在堤下头呆着。上前不是，不上前不是，心上麻搭搭的[1]。老奶奶看堤坡下立着个人，就问："那是谁？"

朱老忠说："是志和呀！"

一说是志和，她心上像有一缸眼泪，同时涌上来，撒开嗓子大骂："志和！你回来干吗？自己个儿闯荡去吧！你就不想想，老的老，小的小，交攀[2]给谁呀？"

朱老忠也说："你出门，就该跟老人家说一声儿。"

老奶奶说："自小儿肉死[3]，成天价碌碡轧不出屁来！还跟我说呢？"

严志和红了脖子脸，走上千里堤，拾起拐杖说："我一时心上转不过遭来，抬起腿就走了。"说着，嘻嘻笑了。

老奶奶见严志和上了堤，连哭带喊："咳！我跌死在这里吧！"说着，斤斗趔趄，从堤坡上跑下来。朱老忠怕老人摔倒，连连说："志和，志和，快架着！快架着！"

---

1 内心矛盾，忐忑不安，说不定怎么好的一种心理状况。

2 交结攀靠。

3 性子很慢。

朱老忠和严志和,一人架着老奶奶一条胳膊。老人愣着眼看了看志和,又扭头儿看了看朱老忠。走回来,一进门,贵他娘、大贵、二贵,在院里阶台上坐着。朱老忠说:"快来,见见我大娘!"

老奶奶见了贵他娘,擦去眼泪转悲为喜。走前两步,仔细看了看,心里说:"人儿倒长得干净,就是脚大点儿。"又看了看孩子们,连声说好。转过脸来对朱老忠说:"好,孩子也好,大人也好!"

朱老忠点头,笑着说:"你老人家看着好,我心里就高兴!"

老人说:"一个个五大三粗[1]的。好,好啊!死王八羔子们,净想叫咱满门绝后,咱门里人更多了!"

小院里,还是那三间土坯小北屋。年代远了,屋檐上生了绿苔,经了冬,变成黑色。阶前一棵小香椿树。西边一间小棚子,棚子里盛着几件农器家具,和一些烂柴火什么的。

老奶奶亲手帮助涛他娘,在堂屋里搭置饭菜。叫运涛从西锁井打了酒来。上灯时分,饭菜搭置停当。涛他娘进里屋扫扫炕,搬上吃饭桌儿,点上个小油灯。老奶奶走出来,说:"走!屋里吃饭去!"

朱老忠和贵他娘扶着老人走进来,老奶奶见贵他娘进屋子门的时候低了一下头儿,笑着说:"咳!俺这家,着实茅草啊!"

朱老忠说:"再茅草是自己的家,一进家门,就觉得浑身舒帖!"

走进屋里,朱老忠和贵他娘把老人扶到正上手儿[2],他俩坐在两旁。涛他娘端上菜来:炒鸡蛋、腌鸡蛋、萝卜丝、萝卜片……大碗小碟摆了一桌子。

---

[1] 膀阔腰圆,个子大,有力气。

[2] 上边,正座儿。

贵他娘说:"就够麻烦的了,还弄这么多菜干吗?"

老人在灯下笑花了眼睛,说:"也没什么好菜,庄稼百事,来吧,吃啊!"

严志和给朱老忠满上一盅酒,也给自己满上一盅。朱老忠端起酒盅说:"来,大娘,喝一盅吧!"

老人说:"呋!我可没喝过酒。嗯,虎子,吃啊!"她亲手把筷子递到朱老忠手里,又问:"他小弟兄们呢?"

一忽儿,四个小伙子一齐走进来。二贵爬到炕上,钻在娘怀里。江涛坐在奶奶一边。运涛叫大贵跨上炕沿,自己在炕沿底下站着。朱老忠瞧了瞧江涛,说:"这孩子长得俊气!"

贵他娘紧跟着说:"人家他弟兄们都长得瘦眉窄骨[1]儿的,完全不像大贵们一路孩子,粗粗拉拉的!"

朱老忠把江涛揽在怀里,拽起手掌看了看,说:"这孩子聪明,将来长大了,一定是个能干的手儿。"

老奶奶问:"怎么看得出来,还会看手相儿?"

朱老忠说:"不是我会看手相,我看这孩子眉清目秀,五官端正。叫他多念几年书吧!"

老奶奶说:"江涛念书可上心哩,珠算也学会九归架儿。"

老奶奶今天见到这么多儿孙,坐在她的炕头上,饭吃得多,人也清爽了。眯细起眼睛,歪起头儿问:"虎子!这些个年,你怎么闯过来的?"

朱老忠把离开锁井镇以后,三十年的遭遇说了一遍,说着直觉心酸。孩子们听了这凄惨的往事,也停住筷子愣着。

老奶奶说:"咳!受了苦啊!出去的时候还是个孩子,回来下巴上

---

[1] 面孔清秀(与肥头大耳对之)。

胡子老长了。吃呀!"她夹了一块鸡蛋,放在朱老忠碗上,又用筷子点点,说:"孩子,吃呀!"

朱老忠说:"在关东三十年,这心老是吊着。一回到家,坐在你老人家跟前,心上要多踏实有多踏实。"

老人说:"你走的时候不是好走的,多咱想起来,心酸得不行!"

一谈起他离家时的情景儿,朱老忠额上沁出汗珠,出气也粗了。解开怀襟,露出胸膛来,伸了伸胳膊,问:"大娘!我那老姐姐呢?"

老人停止了吃饭,眯缝了一会儿眼睛,掉出泪珠,说:"那咱晚,你前脚走了,后脚她跳在这滹沱河里自尽了!"说着,又哭起来。

听到这里,朱老忠"瓷"着眼珠,盯着灯苗儿晃动,半天不说一句话。姐姐那年轻的容貌,又现在他的眼前。

老奶奶说:"咳!真是虎狼世界呀,一个人活在世界上不容易着哪!"

江涛孩子虽小,却易受感动,瞪起两只大眼睛,攥住他的小拳头说:"这不是活欺侮人吗?那就不行!"

运涛悄悄儿斜了他一眼,说:"不行,又有什么办法儿,世界上都是人家的。"

严志和说:"叫他们闹得一家子人东逃西散,这笔账一辈子算不完!"

老奶奶翘起嘴唇,骂道:"天雷劈他们脏王八羔子!"

这件事情,涛他娘不知听严志和说过多少遍。今天,听到这里,也止不住地饮泣。老奶奶眯起眼睛,颤着嘴唇说:"苦命的孩子们,命苦啊!我不愿告诉你,那是个好闺女呀!"说着这句话的时候,她才想张嘴打问严老祥的消息。朱老忠忙抬起头来,换了个话题,说:"看起来,叫江涛多念几年书吧,咱就是缺少念书人哪!几辈子看个文书借帖都遭难,这就是咱受欺侮的根苗!"

朱老忠讲着，严志和在一边听，这些来派过节[1]他都知道，低着头儿不说什么，心里却翻绞得难受。他说："运涛还说送他去城里念几年书。唉！官司打输了，日月困难，供给不起他。"

朱老忠说："不要紧，志和！有个灾荒年头，大伯帮着。你院里巴结个念书的，我院里念不起书，将来我叫大贵当兵去，这就是一文一武。说知心话，兄弟！他们欺侮了咱多少代，到了咱这一代，咱不能受一辈子窝囊。可是没有拿枪杆子的人，哪能行？你看大财主们的孩子，不是上学堂，就是入军队。"

严志和说："行，吃糠咽菜地闹呗！"

朱老忠摇摇头说："不，咱有两条腿能跑踏，有两只手，能做活。有人说，吃糠咽菜是穷人的本分。依我来说，那是没出息！"

老奶奶呼扇着右手说："是，孩子们，跟着你大伯走！"

严志和也说："任凭大哥安排。"

当一家人都低下头吃饭的时候，老奶奶扬起头儿，停住筷子想，又眯眯着眼睛说："老忠！我也问你个话儿。"

朱老忠笑着说："你问我大爹的事，是呗？"

老奶奶噗地笑了，说："你怎么知道？"

朱老忠说："我猜你早就该问啦！"他又把听到的消息说了，最后说："我还跟志和说，打个信去问问。"

老奶奶说："敢情那么好，快写个信问问。"一行说着，不住地笑。

喝完酒，吃完菜，又端上玉蜀黍窝窝、杂面[2]汤，还有葱花儿炸辣椒。

---

1 事情的原委、过程。

2 几种杂粮混合磨出的面粉。有时"豆面"也称杂面。

碗上冒着热气，杂面的香味蒸腾了满屋子，一家子都吃得饱饱的。后来，话题又转到严老祥身上。老奶奶立逼着运涛去买信封信纸，写信探问爷爷的消息。

朱老忠还乡的消息，传遍了东锁井镇。当天晚上，朱老星、朱全富……一些小时候的朋友，不等吃完饭，端着饭碗跑了来。抽烟、说话，直坐到半夜。朱老忠把带回来的关东烟叶、日本香皂送给他们，作为久别重逢的礼物。

6

夜深了,村落上烟霭散尽了,一个圆大的月亮,挂在树杈上。长堤,乔杨,构成了一幅美丽的图案。孩子们还在门前小场上玩儿,吵吵嚷嚷,说说笑笑。

当人们在屋子里说着话的时候,涛他娘在槅扇门外头锅台上坐着。朱老忠和他的孩子们回乡了,她心里似乎高兴,也似乎更加多了烦愁。她想到冯老兰,不一定肯让朱老忠安生服业地过下去。她的心情,更加忧惧不安起来。害怕有另一种更大的祸事,降临家门。等朋友们散去,她安排贵他娘一家子睡在婆婆屋里,叫运涛到小棚子里去睡觉。

运涛说:"家里人多,我想上老驴头大伯家去借个宿儿。"

涛他娘说:"不,孩子!家里睡,到人家去睡干吗?"

运涛说:"我不想在家里睡。"说着,扯起条被子就走了。

涛他娘眨动着眼睛,对严志和说:"忙把他赶回来,去!"

严志和说:"去他的吧!"

涛他娘说:"你看,和他家春兰,小小的人儿,一块儿呆熟了。"

严志和说:"孩子家!"

涛他娘说:"孩子家,你想想他们还小吗?"

严志和抬头想了一下,说:"论说,正是年纪儿。"

涛他娘说:"就是嘛,不经点心,闹出事儿来,光自惹人笑话。"

说着话儿,江涛在一边听着,他还悟不出是什么事儿。一会儿,眼睫毛打架,脱衣裳睡下。白天,严志和虽然有朱老忠伴着,心上还是怪不好意思。扔下老婆孩子走了几天又回来……他坐在炕沿上抽了袋烟,也就睡下。一家子谁也不说一句话。

涛他娘出了一口长气,自言自语:"咳!为起个女人哪,真是不容易!下辈子再托生的时候,先问问阎王爷,他要叫我托生个女人,我愿永远在阴间做鬼……"

严志和听涛他娘嘟嘟哝哝,捅了一下她的被窝口儿,说:"这几天,你们怎么着来?"

涛他娘把脖子一扭,说:"你甭理我,一个人飘流着去吧,回来干什么?说走,抬腿就走。上有老,下有小,谁给你服侍?"

严志和说:"你!"

涛他娘说:"我是你们使一辈子的丫头?早想了,你要是不回来,我就嫁人。爹走了娘嫁人,看他们怎么着?"

严志和说:"你忍心?"

涛他娘说:"你忍心?"

第二天早晨,涛他娘起来抱柴火做饭。贵他娘听得响动,腰里系上个白布围裙,走出来帮着做饭。

朱老忠和严志和也起炕了,大贵出来舀水洗脸。涛他娘听老婆婆咳嗽得厉害,嘟哝说:"老人家一夜不得睡,老是咳嗽!"顺手拿起个鸡蛋打在碗里,冲上开水端进去。

贵他娘说:"上了年纪的人,怎么受得了?"

话音没落,门外有人搭讪。是一个尖脆的少女的声音:"志和叔,运涛呢?"

严志和在门外头问:"清早立起,找他干吗?"

"有个事儿,问问他。"

严志和问:"昨儿后响,他不是到机房里去睡觉吗?"

"是呀,今儿一早他就跑啦!"

严志和说:"许是下地了。"

那闺女笑了一声,说:"我来看看你们来的客人。"一溜说,一溜跑,小跑蹦丢儿跑进来。

贵他娘一看,是谁家的姑娘。细身腰,脸盘黑黑的,两只大眼睛,骨碌骨碌转着,就是脸庞长得长了一点儿。心上一喜,笑嘻嘻地问:"谁家这么好的大闺女?"

涛他娘低声说:"老驴头家春兰。"

说着,春兰到了眼前。她说:"看看你们来的客人。"

贵他娘闪开眼睛瞟着她,说:"看吧,这不是。你来干吗?"

春兰说:"找运涛。"

贵他娘问:"找他干吗?他下地了。"

春兰说:"找他问个字儿。"

贵他娘又问:"你倒是问字儿,还是来看客人?"

春兰看这人新来乍到,倒不怯生,就说:"都是。"

涛他娘嘟哝说:"问什么字?成天在一块儿,也问不够?"

春兰乜斜眼睛瞄了瞄,见涛他娘不高兴,也不说什么,只是咯咯地笑。

涛他娘说:"回来再问吧!"

春兰说:"我得上你们屋里看看去。"

贵他娘说:"看去吧,门上又没有绊脚绳!"

春兰一进屋,和老奶奶、朱老忠,又说又笑。她早就听得运涛说过"朱老巩大闹柳树林"的故事,老早想看看朱老巩的儿子是什么模样,今天一早就跑了来。朱老忠见来了老街坊的女儿,喜得拿出一个洋漆皂盒,那是日本产的,又鲜亮,又美丽,盒里盛着块鸭蛋肥皂。春兰拿在手里,翻来覆去看个不够。

外头屋里,贵他娘低声问涛他娘,说:"昨儿晚上,你念叨的就是她?"

涛他娘眼睛瞅着槅扇门,哑模悄声[1]说:"可不是。"

从那年运涛学会了织布,家里没有房,就在春兰家安了张织布机。赶上老奶奶闹病,家里人帮不上手儿,运涛常求春兰帮着浆个线、落个线的。日子长了,两人就好起来。运涛爱看闲书,春兰也跟着认字。他耐心教,她心眼儿透亮,钻着心儿学。不二年,就会看书了。这一来,两人更恋得分不开了!

涛他娘叹了口气说:"咳!我老是跟志和说,忙把院里小棚子支大点儿,把机子搬回来,他就是没这个空闲。为了这点事,我老是提心吊胆。"

贵他娘说:"提心吊胆什么?"

涛他娘说:"万一闹出个什么儿来,可不叫街坊四邻笑掉了大牙。"

正说着,志和走进屋里,春兰一见志和就避出来。

贵他娘说:"玩儿吧!"

春兰说:"不,家去。"

涛他娘说:"这儿吃饭吧,请你陪客。"

---

[1] 轻轻地。

春兰说:"不,快吃了饭,去点瓜。"

春兰走出去,贵他娘在后头问:"闺女,今儿多大了?"

春兰反回身儿说:"十七了。"

贵他娘瞟着她说:"快到年岁儿了!"

春兰问:"什么年岁儿?"

贵他娘说:"坐轿的年岁儿!"

春兰一下子笑出来,说:"跟俺开玩笑,俺走!"说着抬起腿,唧里呱哒跑出去。

贵他娘看着她的后影儿,笑着说:"好一条油亮亮的大辫子,耷拉到大腿上。人尖子,怪喜溜的个人儿[1]!"

严志和听贵他娘说话嘹亮,脾气性格干脆,走出来问:"你们说春兰?"

贵他娘看着志和,嘻嘻地说:"可不是,快使上好儿媳妇啦,还不打发媒人过去。"

严志和说:"俺不希罕[2]那个。"

贵他娘瞟他说:"多好的人儿。"

严志和说:"人儿好,吃她喝她?贴在墙上当画儿看着她?咱庄稼人,就是希罕个庄稼人儿。这,插门闭户也管不住。"

贵他娘说:"谁家不希罕个好看媳妇儿?"

严志和说:"我就不希罕。"

贵他娘说:"那就给你们娶两房子麻疤丑怪。"

严志和说:"越是那样的人儿,她心里越憨实,才能好生跟你过一

---

[1] "怪"有"挺""很"之意。"喜溜"是活泼,开朗,讨人喜欢。

[2] 这里是喜欢的意思。

辈子。"

贵他娘说:"那,当初一日,你就别娶涛他娘。"又瞟了涛他娘一眼,说:"小小脚儿,细细的腿腕儿,一走一打颤儿。"

严志和笑着说:"她,我也不稀罕。说起话来,哝哝唧唧。走起道儿来,一步迈不了半尺。看你那两只大脚多好……"

不等志和说完,贵他娘张开大嘴,呱呱呱呱才笑呢!

朱老忠也在屋里答了腔:"志和说的尽是背晦理儿[1]。"

涛他娘唉声叹气说:"咳!女人呀,没个痛快时候。没孩子的时候,寞寞落落闷得慌。一到了该生养孩子的时候,挺着个大肚子累得不行。盼得孩子出来了,又累得慌。明年又是一个大肚子,孩子出来了,更是累死人!"

贵他娘说:"老了就好了。"

涛他娘说:"老了?老了把婆子丢在一边!"

贵他娘说:"多生养闺女。大闺女嫁个团长,二闺女嫁个营长,三闺女呢……嫁个法官。"

严志和笑着插了一嘴,说:"唔,好打官司!"

涛他娘说:"好把老婆子押在监牢狱里!"

一句话,说得一家子笑个不停。

老奶奶听得人们念叨喜兴事,也笑咧咧地说:"等着吧,等给运涛、大贵、江涛、二贵,都娶上媳妇的时候,我也就老得动不得了。"

贵他娘说:"盼着吧,大娘!娶了孙媳妇儿,好伺候你老人家。"

---

[1] 古怪(理儿)。

春兰顺着房后头那条半明不暗的庄稼小道，走回家去。她家住在锁井镇后头，一座小土坯房里。一进门，先到运涛机房里看了看。那架使了几辈子的老织布机，不知用了多少麻绳头儿、布衬条儿绑架着。机子一边有条小炕，小炕上放着一个破枕头、一条破被子。炕沿上搁着油灯，灯里没有丁点[1]儿油了。许是昨儿晚上，他看书看乏了，歪下就睡着，没顾得吹灯，把灯油熬干了。枕头边放着一套书，是《水浒传》。

她一脚跨进里院，一进二门就喊："娘！告诉你个新鲜事儿！"手里拿着皂盒，在眼前晃了晃，藏进裉子大襟底下。

娘正在烧火做早饭，打灶旁探出头来，问："什么新鲜事儿？"

春兰说："虎子大叔回来了。"

娘皱紧眉头问："哪个虎子？"

春兰说："忘啦？就是那个'朱老巩大闹柳树林'的朱老巩爷爷跟前的。"她把皂盒递到娘手里。

娘接过皂盒，想了想，恍然说："哟！人们都说这人儿早没了呢，怎么又回来了？老巩为那铜钟的事气死了，他下了关东。他姐姐，也跳河死了。那钟，人家也砸铜卖了。"

春兰说："那是前年的事，运涛给我讲了'大闹柳树林'的故事，我一夜没睡着觉。莫非老财主们的霸道劲，一辈子也褪不了？真把人给气死！"

娘说："我可先说给你，那么大闺女了，老是跟运涛在一块儿，不怕人家说闲话？"

她好像没听见，不等娘说完，紧接着说："运涛说，大地方出了个

---

[1] 一点点，极少的意思。

什么'共产党',要什么'打倒土豪劣绅,反对封建'啦……"

娘白了她一眼,说:"甭听他红嘴白牙儿瞎叨叨,闺女家……"

春兰抢着说:"他说,我也不信。说说要什么紧哩?"

娘儿俩说着,老驴头提着筐走进院来。他长下巴上长着一大绺胡子,一路走,长脸子一颠颤一颠颤的。把筐放在院里,慢慢吞吞走进堂屋,坐在吃饭桌旁,抽着烟问春兰:"听说朱虎子下关东回来。我在地头上掘地,是你又到运涛他们那儿去来?"

春兰本是偷偷走过去的,不提防又叫爹看见。她正正经经说:"我去问运涛个字儿,赶上虎子大叔带着媳妇孩子打关东回来,住在运涛他们家里。"

老驴头说:"又是去问他字儿!闺女家不做针线,老是看那闲书干吗?要是看慌了心……怎么,他还带回老婆孩子来?死不了就算便宜。别看出去了三十年,人们都说他要是回来,跟冯家大院里还有一场打不完的热闹官司。"

春兰说:"嗯,虎子大婶人儿还不错,就是两只大脚片儿!"

娘说:"哟!那可是个什么人,莫非自小儿没有娘?有几个孩子?"

春兰说:"两个小子。"

老驴头问:"嗬,干渣渣的两个大小子?有小子就好啊,像你吧,要是个小子呢,也就跟我帮上了。这个,就是不行!"

春兰问:"我做的活儿少?"

娘盛上饭,老驴头慢慢吃着说:"闺女家到底差多哩,出聘的时候,顶少赔上两个大板箱。"

春兰嘴儿一噘,说:"我就知道你怕花钱。"

老驴头说:"我倒是不怕,我打算一辈子不让你离开家。上无三兄,下无四弟,你走了,谁伺候俺俩?我早打算给你在家里招下个人儿,又是女婿又是儿,将来也有人继承我这份家业。再说,俺老两口子百年以后,烧钱挂纸,你也不用来回跑了。"

春兰一听,脸上红起来,端着饭碗靠在门扇上吃。她觉得心里烦乱,扬起头儿看看天上,看了老半天,忘了吃饭。

春兰娘又跟老驴头谈起种瓜的事。她家每年在房后头种上半亩瓜,倒是挺对春兰的脾气。夏天在园里搭上个小窝棚,她坐在窝棚上做针线,守着一只老母鸡在斗子里孵着一窝小鸡儿。鸡娃出来了,慢慢地长大了,有黑的、白的、黄的、芦花的[1]……满世界乱跑,吱吱叫着,在瓜秧里啄食瓜子儿、油虫儿……真是美气!

吃了饭,春兰挑上筲[2],老驴头背上筐,端上一瓢瓜子儿,上房后头去点瓜。老驴头刨坑,春兰担水。把水点在坑里,等水渗完,再点上瓜子,埋上土。正点着瓜,看见朱老忠走过来,后头跟着严志和。春兰说:"爹爹你看,这打头儿的就是虎子大叔。"

老驴头猫着腰扬起头来,瞅了一眼,看见来了两个人,可是他不认得是朱虎子了。朱老忠走南闯北,路走得多了,走起路来,两条腿一跷一跷的,走得挺快,眨眼到了跟前。

春兰笑着问:"虎子叔,你们到哪儿去?"

老驴头手里拿着小镐刨着坑,笑了笑,说:"你就是那朱虎子吗?"

朱老忠笑笑说:"我就是朱虎子,朱老忠就是我。"

严志和说:"敢情你不认得他了?"

---

[1] 黑白毛色相间的鸡。

[2] 北方打水用的木桶(有的是铁制的)。

老驴头说:"好啊!咱弟兄三十年不见了,你走的时候,你们俩还没春兰高,天天后晌在冯家大场里'打招'[1]。如今你回来了,我也成了老头儿。"

朱老忠摸了摸下巴,说:"可不是,胡子老长了。干什么?要点瓜吗?我还带来点金瓜籽儿。"

老驴头说:"一听你就是有心计的人,打算回来好好种庄稼哩!"

朱老忠说:"咱是正南巴北[2]的老实庄稼人嘛。"

老驴头说:"那,敢情好。我是年年在这房后头点上几分瓜,有这闺女看着,收拾着,倒是不耽误我多少整工夫。卖了瓜,弄个零钱儿花,打个油,买个菜的。咳!死年头,要是不使账,干什么进个钱儿?"

严志和说:"今年种瓜,明年种瓜,这春兰也成了瓜小姐。一到夏天,看见她黑天白日坐在这小窝棚上看瓜园。"

老驴头说:"闺女家,可能干什么?……怎么,你们上街?"

朱老忠说:"我去看看老明哥……你看,我走的时候,还没有这条小道儿。"

老驴头说:"可是呢,这条小道儿本来是没有的。自从那年志和在我家里安上张织布机,运涛一天三晌来来去去,把土踩硬了,再也长不出庄稼来,净是长草。"

严志和说:"快别说了吧!你们春兰,一天不知道上俺家跑多少趟。眼不眨,扭搭扭搭跑来啦。领着一群姑娘,到我那小北屋里去听运涛讲书。"

---

1 乡村儿童的一种游戏。

2 地地道道,确确实实的意思。

老驴头说:"反正是他们俩的事儿,要不,生生的就把庄稼地踩成小道儿?这不是一日之功。"

严志和说:"当然不是一天踩成的。"

他们一说,春兰脸上腾地红起来,只是弯下腰点水,不敢抬起头来。点完那两筲水,又担起筲往井台上跑。她故意颤起担杖[1],担杖钩磨得筲系儿吱咂乱响。那条扎着红绳子的辫梢儿,在脊梁后头不甩不甩[2]乱摆动。朱老忠暗自点头说:"嗬!活跳跳的人儿,身子骨儿有多么活泼,多么结实!"

---

[1] 两端系着铁钩,挑水桶用的扁担。

[2] 摇摆状。

7

朱老忠和严志和说着话,走进一条小胡同里。

胡同尽头有个砖门楼,大门关着。他俩推门进去,院子里没有一点声音,砖头瓦块,烂柴火叶子,撒了一院子。窗前有棵老榆树,榆钱儿正密,一串串在枝上垂着。有几只刚出巢的蜜蜂,围绕榆枝乱飞,不住地嗡嗡叫着。院里这么静,像是没有人住着。朱老忠故意咳嗽了一声,还是没有声音,就喊了一声:"老明哥在家吗?"

待了半天,朱老明在屋里答了腔:"谁呀?"

朱老忠说:"我呀!"

朱老明说:"进来吧,嗯?怎么声音这么生,好像多久不见了的。"

严志和说:"当然是久不见了。"

朱老忠推门进去,门转枢也不响一响。屋子墙被烟熏得漆黑,阴凉得不行。进了槅扇门一看,一个大高老头在炕上躺着,头发胡子都长了很长。

朱老忠问:"老明哥,你怎么了?"

听得人进来,朱老明从被窝里坐起。他还不能睁开眼睛,用手巾擦了脸上的泪,说:"我还听不出你是谁。"

严志和说:"你想不到。"

朱老明摇摇头说:"想不到,反正不是这锁井镇上的,是外路口音里夹杂着锁井腔儿!"他的脸色焦黄,脸孤拐[1]向外凸着。眍䁖[2]着眼窝,眵目糊[3]把上下眼睫毛粘在一起了。他使劲翻了翻眼皮,怎么也睁不开,又紧紧合着。

朱老忠问:"你的眼怎么了?"

朱老明说:"闹眼呢。"

朱老忠说:"也不治一治?"

朱老明说:"可也治得起呀!"

朱老忠说:"这个好说。"

说到这里,朱老明不再说什么。扬起下巴动了神思,左思右想,想不出是谁的声音,他说:"志和!你告诉我,他是谁?老是叫我闷着!"

严志和说:"他是谁?你可记得三十年前,为了保护铜钟,大闹柳树林的事?"

朱老明呆了一刻,愣愣地说:"那还忘得了!"

严志和说:"他就是朱老巩大叔的儿子,现在叫朱老忠。"

朱老明一听,拍掌大笑。这一笑,两只眼睛也睁开了,露出血红的眼珠。可是他还是看不见,抬起两只枯瘦的手,向前摸着。朱老忠见他伸手摸人,向前凑了两步。朱老明先摸到他的胳膊,又摸到他的肩膀、耳朵。当摸

---

[1] 颧骨。

[2] 眼窝深陷。

[3] 眼垢。

到他胡子的时候,朱老明咧开嘴说:"啊呀!兄弟,你也老了!"

朱老忠说:"不老,长了胡髭罢啦!"

朱老明说:"不老,你今年怎么个岁数儿?"

朱老忠说:"四十五啦。"

朱老明说:"四十五,不老也是半截子人了。"

三个人一直在屋里说着话,也不见有人进来。炕上放着一把水壶,一个算盘,算盘上有两块干裂了的饽饽。也许,这就是他一天的口粮。

朱老忠问:"咱那一家子人们呢?"

朱老明说:"哪里还有人?你嫂子才没了,闺女们住不起家,都走了。咱老二扛着长活,晚上回来看看,给我做口吃的,就又走了。咳!家败人亡呀!"

严志和拿把笤帚,把小柜子扫了扫坐下。从褡包[1]上摘下烟袋,打火抽烟。问:"老明哥,你抽一袋不?"

朱老明说:"我闹火眼,不抽烟。"

朱老忠问:"这是怎么闹成个稀里哗啦?"

这句话不问也罢,这一问呀,朱老明拍着炕席说起来。从冯老兰和冯老洪拉着团丁打逃兵,说到五千块洋钿摊派到老百姓身上。他又张开大嘴哭了,说:"干也是倾家败产,不干也是败产倾家,我就决心和他打了这场官司。开头儿谁也不敢干,你想冯老兰那家伙,立在十字街上一跺脚,四条街乱颤,谁敢捋他的老虎须?再说家家种着冯家大院的地,使着冯家大院的账,谁也掰不开面皮儿。后来老星哥和伍老拔出来,才串通了二十八家,集合到一块儿商量了商量,谁拿得出钱?我说:'这

---

[1] 北方男子系在外面的宽大腰带。

么着吧,我拿头份,先去五亩地再说!'"

朱老忠说:"一打起官司来,五亩地可花到哪里?"

朱老明说:"可不是嘛,一个五亩,两个五亩,三个五亩也不够……我和朱老星、伍老拔,套上牛车,拉着半笆斗[1]小米,拉着秋秸穰,在城里找了人家个破碾棚,支锅做饭。晚上就在碾台上睡。就是这么着打起官司来!这个世道,没有钱在衙门里使用,怎么能打赢了官司呢?递字儿,催案子,都得花钱。哪里有那么多钱?衙役们有时候叫我请他们吃饭,我就请他们吃碗小米干饭熬菜汤。"

朱老忠问:"那,能行吗?"

朱老明说:"官司,就是这么着打输了。连告了三状,连输了三状。咱请律师要花很多钱,冯老兰是有名的刀笔,用不着花钱。再说他儿子冯贵堂,上过大学堂,念过'法科'。"

朱老忠拍着巴掌,叹口长气说:"那就该不打这官司!"

朱老明说:"骑上虎,下不来了呢!这一输啊,老星兄弟把房卖了,搬到冯老锡场屋里去,给人家看场。伍老拔,去了几亩地。我拿头份,把房屋土地卖完了,这就要搬家。我觉得不这么办,对不起伙计们。"

朱老忠问:"搬到哪儿去?"

朱老明说:"搬到咱老坟上,看坟去。"

朱老忠问:"咳!这就算输到底了?"

朱老明说:"这还不算输到底,只要我朱老明有口气,就得跟他干!"

他又捏着额角说:"咳,我的眼呀,要是好不了,可就苦了我。我的眼要是瞎了,趁个空儿,我也要拿斧子劈死他!咱满有理的事,这辈

---

[1] 用荆条编的一种衡量用器。

子翻不过案来，死的时候，也得拉他垫背，我就是这个脾气！"

又指着眼窝说："唉呀！这辈子还能见着青天吗？"

朱老忠听到这儿，直着眼睛，愣了一刻，说："不要着急，慢慢来，我就是为这个回来的。目前他在马上，咱在马下。早晚他有下马的一天，出水才看两腿泥！"

说着，朱老明又不住地咳嗽，咳嗽得弯下腰起不来。他说："兄弟们，给我口水喝吧！"

严志和提了提壶，壶是凉的，连一点水也没有。忙去拉风箱，点火，趴在灶膛门口，打火镰。朱老明的火石，已经打成圆球，没有一点棱角了。他这么打打，那么打打，打了半天，才打出火星，点着柴火，烧了壶水来。

朱老忠在一边看着，他想：不回老家吧，想家乡。总觉得只要回到家乡，吃糠咽菜也比流落在外乡好。可是一回到家乡呢，见到幼年时候的老朋友们，过着"腌心"[1]的日子，又觉得挺难过。心里说：知道是这个样子，倒不如老死在关东，眼不见为净，也就算了！转念又想到：在关东有在关东的困难，天下老鸦一般黑！闯吧，出水才看两腿泥呢！他觉得肩头上更加沉重了，祖辈几代的新仇旧恨，压在他一个人身上。

朱老明喝完水，停止了咳嗽。

朱老忠说："我还要到老拔兄弟家去看看，想叫他帮着我拾掇拾掇房子。你缺什么东西？"

朱老明说："缺什么东西？没法说了，什么都缺。"

朱老忠见不得这么可怜的人，眼上闪着泪花说："大哥！你甭发愁，好好养病吧，养好了再说。有朱老忠吃的，就有你吃的。有朱老忠穿的，

---

[1] 痛苦、难过。

就有你穿的。你虽是个庄稼人,可是有英雄气的!"说着,掏出十块钱,往炕上一扔,咣啷一响,说:"看看,够治眼病吗?"

朱老明一听,立时伸起脖子笑了,说:"什么呀,洋钱呀?"

朱老忠说:"你先治病,别的我打发孩子们送来。"说着,走出门来。

朱老明又说:"你可常来看看我,我闷得慌!"

朱老忠临出大门时,又听得朱老明在屋里叹着:"咳!人们把土地卖了,没有土地,靠什么活着?"

朱老忠一听,他又站住,走回窗台底下,说:"大哥!别焦心了,好好养着吧。事儿在我心里盛着,冯老兰就是像一座石头山压在咱的身上,也得揭他两过子!"

严志和在一边看着,实在动心,由不得流下眼泪来。心里说:"出去闯荡了几十年,闯出个这样的硬汉子!"

朱老忠和严志和,从朱老明家里走出来,沿着村边走到锁井镇东,上了千里堤。千里堤上那一溜子大杨树,长得比过去高得多了。紫色的杨花,一条条挂在枝上。风吹过去,一条一条轻轻落下。堤上一条干硬的小路,在硬土裂缝里滋生出稷草的黄芽。大黑蚂蚁,在地缝里围绕草芽儿乱爬。

堤下边,是一排排的紫柳,柳尖上长出嫩叶。伍老拔的土坯小房,就在千里堤上。朱老忠和严志和走到小栅栏门口,有一只小狗打院子里跑出来,汪汪叫着。严志和吓唬它:"呆住!呆住!"他一猫腰,拾起块砖头,那只小狗,刺溜又跑了。严志和喊:"老拔哥在家吗?"

屋门一响,走出个中年妇人,一迈门限,见有个生人,又退回去。说:"他没在家,出去了。"

说着,有个十几岁的孩子,隔着伍老拔做木作活的小窗户看了看,也没说什么。

朱老忠在栅栏门口转游了一会儿。院子里放着几棵湿柳树，是才从地上刨下来的，受了春天阳光的滋润，又出了紫色的嫩芽。东风顺着河筒吹过来，带来一股经冬的腐草的气息。离远看过去，有人在河身地上弄地呢。

朱老忠和严志和离开伍老拔家庄户，沿着千里堤往西走。这时，太阳起来了，阳光晒起来。朱老忠觉得身上热得发痒，解下褡包，搭在身上。他顺着大堤向上一望，河水明亮亮的，打西山边上流下来。在明净的阳光下，远远看得见太行山起伏的峰峦。

朱老忠家当年就住在锁井镇南，千里堤下。他们走到河神庙前站住脚，庙前的老柏树没有了，那块大青石头还在。庙顶上的红绿琉璃瓦，还在闪烁着光亮。朱老忠对着庙台，对着大柳树林子，愣了老半天，过去的往事，重又在头脑中盘桓，鼓荡着他的心，眼圈儿酸起来。

严志和并没有看出他的心事，叫了他两声。他忍住沉重的心情，一同走下大堤。

他们穿过大柳树林子，大柳树都一搂粗了，树枝上长出绿芽。到处飞着白色的柳花，人们在林子里一过，就附着在头上、身上。

穿过柳林，是一个池塘。池塘北面，一片芦苇。一群孩子，在苇地上掰苇锥锥[1]，见大人们来了，斤斗骨碌跑开了。他们在池塘边上了坡，就是朱老忠家的宅基。

可以看得出来，当年靠河临街，是两间用砖头砌成的小屋。因为年年雨水的冲刷，小屋坍塌了，成了烂砖堆。每年在这烂砖堆上长出扫帚棵、

---

[1] 苇笋。

苣苣菜、牵牛郎和一些不知名的杂花野草。坡沿上还长着几棵老柳树。

严志和说:"当年,你走了,我和泥用破砖把门砌上。后来小屋坍塌,我把木料拾到家去烧了,这个小门楼还立着。"

道边上孤零零一座小门楼,根脚快卤咸完了,没了门扇和门框。朱老忠向上一看,顶上露着明儿,漏水了。

严志和问:"这房再垒的时候,你打算怎么垒法?垒坯的还是垒砖的?"

朱老忠说:"垒坯的呗,哪有那么多钱垒砖的。"

严志和说:"那个好说,就在这水坑边上就水和泥,脱坯。刨几棵树,就够使木材了。用这烂砖打地脚,上头用坯垒,一个钱儿不花,三间土坯小房就住上了。"

朱老忠笑了说:"敢情那么好。"

严志和说:"这几天有什么活儿,咱趁早拾掇拾掇。然后,老拔刨树,我脱坯,齐大伙儿下手,管保你夏天住上新屋子。"

严志和用步子从南到北,抄了抄地基[1],又从东到西抄了抄,说:"将来,日子过好了,还可盖上三间西房。这里是牛棚,这里是猪圈。再在墙外头栽上一溜柳树。等柳树长起来,看这小院,到了夏天,柳树遮着荫凉,连日头也见不着。"

朱老忠说:"那我可高兴,兄弟盼着吧!"

严志和说:"好!咱就先叫老拔帮咱弄这个,要不他就走了。"

朱老忠问:"干什么去?"

严志和说:"上河南里东张岗,张家木头厂子里去做活。他脊梁上太沉重了,压得喘不过气来!"

---

[1] 用步子大致量了量(地基)。

朱老忠问:"干什么那么沉重?"

严志和说:"叫账压的。"

两个人在柳树底下抽着烟,盘算了一会子盖房的事。朱老忠站在大柳树底下,往西一望,半里之遥,对岸坡上就是冯家的场院。周围黄土墙圈,墙圈里长满高的杨树,低的柳树。陈年草垛,有杨树尖儿高。雾罩罩的一座宅院。他站在坡沿上,愣了一刻,猛可里呼吸短促,胸膛里滚热起来。他看到老爹住过的地方,死过的地方,想起他出外的日子,仇恨如同潮水,在胸中汹涌起伏。

8

朱老忠还乡的消息,传到西锁井,立时刻传到冯家大院。

冯家大院,是一座古老的宅院。村乡里传说:冯家是明朝手里发家的财主,这座宅院也是在明朝时代,用又大又厚的古砖修造起来。经过几百年风雨的淋洒,门窗糟朽了,砖石却还结实。院子里青砖铺地,有瓦房,有过厅,有木厦。飞檐倾塌了,檐瓦也脱落下来,墙山挺厚,门窗挺笨,墙面上长出青色的霉苔。青苔经过腐蚀,贴在墙上,像一片片黑斑。一进冯家大院,你就闻着腐木和青苔的气息。据说,冯家大院里有像猫一样大的老鼠,有一扁担长的花蛇,把那座古老的房舍,钻成一个洞一个洞的。院里一棵老藤萝,缠在红荆树上,老藤长得挺旺盛,倒把红荆树给缠黄了。老藤的叶子,又密又浓,遮得满院子阴暗。大瓦房的窗格棂挺窄挺密,屋子里黑咕隆咚的。但是,这样的房子,冯老兰却住惯了。他就是成天价钻在这大瓦房里,晴天白日点起油灯,写账簿、打算盘。这天听得朱老忠还乡的消息,他不写账,也不打算盘,只是趴在桌子上发呆。眼前晃晃悠悠,闪着朱老巩的影子:举着手里的铡刀,张开大嘴喊着:"大铜钟是四十八村的,今天有谁敢捅它一手指头,这片铡刀就是他的对头!"虽然过去了几十年的事情,多咱一想起来,他就趴在桌子上,转着黄眼珠子,呼噜呼噜学猫叫。心里纳起闷来:"嗯,朱虎子,朱老忠,他不是死在关东了?"冯老兰没见过三十年后的朱老忠,根据幼时的相貌,会把他想象成朱老巩的样子。心里后悔说:"剪草不除根,又带回两只虎犊儿!唔!老虎,简直是三只老虎!"他心上异常不安,拉下枯黄的长脸,瞧着窗外。

三十年的时光,也在冯老兰身上留下显著的标记。他已经是六十开外的人了,肩膀弓起来,花白了头发,也花白了胡子。脸上瘦得凹下去,两只眼睛却很有神。

他提起长烟袋,把烟灰磕在地上,吊着眼珠,慢吞吞走出来。经过三层大院,走到场院里。在往日里,他会骄傲:锁井镇上,只有冯家大院配住这样的高房大屋。屋舍虽老朽,样式毕竟与别家不同!看见牛把式老套子牵牛套车,他又想:在锁井镇上,只有冯家大院才配使用这样的死头大车,才配喂养这么肥的牛!想着,他的骄傲心情又在心上蠢动起来,不住地伸出右手,捋着他的长胡子。

场院里有喂十几条牛的牛棚,有喂十几只猪的猪圈,有一棵高大的槐树,枝叶繁密,像伞盖一样遮住太阳。他走过牛车、井台、土粪堆,到了土围墙下,站在绿树荫中。往日,他爱站在这儿,回忆胜利的往事……

他的两只老眼掠过广阔的柳林,掠过苇丛上紫色的花穗,掠过池塘上清水波纹,看见对岸坡上站着两个人。一个是严志和,那个新拿败的对手,并不放在他眼里。当他看到另外一个像朱老巩模样的人,心里说:"也许,那就是未能剪草除根,而又死灰复燃了……"又撅起长胡子,自言自语:"唔!一只虎没杀绝,三只虎回来了!"登时他觉得办错了一件大事情,一时急躁,气喘起来,胸膛急骤地起伏,那颗心怎么也装不到肚子里,头脑晕眩起来。他提起大烟袋,慢慢走回来。走到大门口,门角上那对石狮子,龇着牙咧着嘴,瞪出大眼珠看着他。他愣了一刻,又走过三层宅院,走上高台砖阶,走回他的黑屋子,唉声叹气坐在大木椅上。这时他的二儿子冯贵堂走进来。

冯贵堂高高身材,穿着袍子马褂,白光脸儿,满脑袋油亮亮的长发。他上过大学法科,在军队上当过军法官。上司倒了台,他才跑回家来,帮助老爹管理村政,帮助弟兄们过日子。这几天,他有一件沉闷的心事。看见他的老爹一门儿唉声叹气,就问:"爹!又有什么不舒心的事情,惹你老人家烦恼?"

冯老兰说:"提起来话长呀!就是跟锁井朱老巩家那件事情。我费了多少年筹谋,费了多少心血,才把大铜钟毁掉,把四十八亩官地抠[1]在咱的手心里。这样一来,咱家宅基愿怎么升发就怎么升发。这还不算,最主要的是根据阴阳先生推断,有那座铜钟罩着,咱冯家大院要家败人亡的。如今咱家日复一日,年复一年地升发起来,继承祖宗的事业,成了方圆百里以内的大财主。"

冯贵堂说:"这就好了,朱老巩死了,他儿子也没了音讯。"

冯老兰憋住一口气,把嘴唇一鼓,摇摇头说:"不,朱虎子昨儿又回到锁井镇上,还带回两个大小子。我估计他不会跟咱善罢甘休!"

冯贵堂听完父亲的谈话,噘起嘴,闷着头儿,在屋里走来走去。他倒背手儿考虑了老半天,才说:"我早就说过,对于受苦的,对于种田人,要叫他们吃得饱,穿得暖,要叫他们能过得下去。在乡村里,以少树敌为佳。像朱虎子一样,树起一个敌人,几辈子不得安稳呀!"

---

[1] 霸占。

冯老兰听到这里，不等冯贵堂说完，把黄脸一耷拉，拍着桌子说："你花的那洋钱，撂起来比你还高。白念了会子书，在外头混了会子洋事儿。又不想抓权，又讲'民主'，又想升发，又不想得罪人。怎么才能不树立敌人？你说说！在过去，你老是说孙中山鼓吹革命好。自从孙大炮革起命来，把清朝的江山推倒，天无宁日！清朝手里是封了粮，自在王，如今天天打仗，月月拿公款，成什么世界？还鼓吹什么男女平等，婚姻自由，闺女小子们在一块儿念书。我听了你的话，把大庙拆了，盖上学堂。如今挨全村的骂，快该砌下席囤圈儿了……"

冯老兰这么一说，像揭着冯贵堂头上的秃疮疙疸。他不等老爹说完，抢上一句，说："这就是因为村里没有'民主'的过，要从改良村政下手。村里要是有了议事会，凡事经过'民主'商量，就没有这种弊病了！咱既是掌政的，就该开放'民主'。再说，你又上了年纪，又是村政又是家政，你一个人出主意，怎么管得过来？怎么不落人的埋怨？就说那铜钟吧，本来是四十八村的，你不通过村议会讨论，一个人做主卖了。把好事办坏，惹出一场人命案，使你老人家一辈子不舒心，多么不上算……"冯贵堂说得累了，喘了一口气，停了一刻。见老爹只是低着头，不抬起来，又说："听我的话吧，少收一点租，少要一点利息，叫受苦人过得去，日子就过得安稳了。从历史上说，多少次农民的叛乱，都是因为富贵不仁，土匪蜂起，引起来的。这就是说，要行'人道'，多施小惠，世界就太平了……"

冯老兰耐着性子，想听完他的话。听到这里，再也听不下去，把桌子一拍，说："你算了吧！又跟我鼓吹'民主'！那样一来，七嘴八舌头，龙多死靠[1],什么也做不成!依着你,土地银钱不能生息,过日子要花钱,孩子们上学要花钱,打官司要花钱,日子还有什么升发。家不富,而国安在哉?"

冯贵堂看老头子又发起脾气来,打起笑脸,走到老爹跟前,装出缓和的神气,说:"这么着啊,咱用新的方法,银钱照样向咱手心里跑。根据科学推断,咱这地方适合植棉。咱把地里都打上水井,保定新发明了一种水车,套上骡子,一天能浇二三亩地,比手拧辘轳快多了。多种棉花、芝麻……变钱的东西。这比放大利钱、收高租强得多了。少在受苦人身上打算盘,他们就越是肯出力气,说咱的好儿,不再骂咱们了!"

冯老兰把头一扭,说:"那,不行!受苦人,生就了是卖力气的。照你说的做起来,他们不会说咱好儿,反倒骂咱们傻到底儿了。再说,土地使水一浇,就漏了风,要施很多的粪才行。光使水浇,不施粪,都把庄稼浇成黄蜡皮涨[2],能长出什么好庄稼?要施粪哪有那么多粪施?"

冯贵堂听父亲不赞成他的主张,他想到:人,一上了年纪,就爱固执己见,偏重保守了!笑着油嘟噜的嘴头儿,缓和了一下精神,说:"这,我都打算好了。咱有的是花生黑豆,就开个大油坊。开油坊还不使那大木榔头砸油槽,咱买个打油的机器,把地里长的花生、黑豆都打成油。再买几盘洋轧车,把棉花都轧了穰花,把棉籽也打成油。咱再喂上一圈猪,把棉籽饼喂牛,花生饼喂猪,黑豆饼当肥料施到地里。把豆油、花生油、棉籽油和轧的皮棉,运到天津去卖,都能赚到一倍的钱。这样也积得好猪粪、好牛粪、好骡马粪。有了这么多粪,地能不养肥?地肥了,

---

1 北方谚语,比喻人多办事互相推脱责任。

2 瘦弱的意思。

能不多打粮食？这样赚钱法儿，比登门要账，上门收租，好得多了！"

冯老兰不等冯贵堂说完，从椅子上站起来，摇着一只手说："我不能那么办，我舍不得那么糟蹋粮食。好好的黑豆，都打成油？把棉籽饼都喂了牛，豆饼都喂了猪，那不可惜？你老辈爷爷都是勤俭治家，向来人能吃的东西不能喂牲口，直到如今，我记得结结实实。看，天冷时候，我穿的那件破棉袍子，穿了有十五年，补丁摞补丁，我还照样穿在身上。人们都说白面肉好吃，我光是爱吃糠糠菜菜。我年幼的时候，也讲究过吃穿，可是人越上了年纪，越觉银钱值重了。你不想，粮食在囤里囤着是粮食，你把它糟蹋了，就不是粮食了。古语说，'一粥一饭，当思来之不易；半丝半缕，恒念物力维艰'哪！过个财主不是容易！你的人道主义，就等于是炕上养虎，家中养盗。等养壮了，虎会回过头来张开大嘴吃你，盗会拿起刀来杀你！"

冯贵堂好像没听见老爹的话，笑笑说："我还想，咱们有的是钱，少放点账，在街上开两座买卖，贩卖洋广杂货，真能赚钱！再说，到了麦前，麦子价儿大的时候，该把仓房里的麦子都卖了。过了麦熟，新麦登场，咱再向回买。秋前卖谷子，春天卖棉花，都能多卖一倍的钱。我研究过了，比在仓房里锁着，强得多了！"

冯老兰摇摇头说："不行！不行！你要记住，用出奇百怪的法子赚来的钱，好比不是自己的肉，贴不到自己身上。来钱的正道是'地租'和'利息'。除此以外，得来的钱虽多，好像晒不干的萝卜片子，存在账上，阴天下雨会发霉的！"他又连连摇摆着脑袋，着急败打[1]地说："像你这样下去，会败家的！"

---

1 心中烦躁着急。"败打"无实际意义，仅作口语词用。

冯贵堂的话，不知跟老头子说了多少遍，冯老兰总是没有回心转意。他这种思想，从远祖遗传下来，压在心上比磐石还沉重。就是有千百人的力量，使不齐劲，也难撼动他古老的心灵。

冯老兰看冯贵堂还是不注意朱老忠还乡的事情，搭拉下脖子不高兴。他的一生，继承了远祖的事业。一面，两只手捂住眼下的金钱，只怕别人夺了去，一面，向农民伸出手，攫取他们的"血"和"汗"。俗话说得好，生姜越是老来越是辣，他骨节崚嶒的大手，手指上的长甲，他贪得无厌的性子，随着年岁的增长，更加残忍了！

9

朱老忠一家四口从关东回来,严志和一家担负两家人的生活。他们下决心从劳动里求生活,用血汗建立家园,不管大人孩子,成日成夜种地盖房。严志和跟伍老拔帮助朱老忠刨树架梁,大贵、二贵、涛他娘、贵他娘,也跟着拾拾掇掇。江涛还到学校里去读书。直到麦子黄梢的时候,三间土坯小房盖好了,光剩下打院墙呀,垒门楼呀,一些零碎活。

那天,早饭还没吃完,涛他娘把草帽和锄头放在台阶上,挑起饭担,给忠大伯他们送饭去了。自从开始盖房,老是从家里把饭送去。他们黑天白日不停工,没有空隙回家吃饭。

运涛一面端着碗吃饭,一面摩挲着江涛的头顶说:"江涛!今日个不去上学,跟我到'宝地'上耪地去,你看那满地尽长了草!"

江涛回过头儿,睁起明亮的眼睛,看了看哥哥,说:"好!跟你耪地去!"说了这么一句话,就只是低下头吃饭。吃得热了,鼻子尖上挑着两颗大汗珠儿。

吃完饭,运涛拿起一顶大草帽,戴在江涛头上。一人背上一张锄,顺着房后头那条小路,到"宝地"上去。弟兄俩,走到东锁井小十字街上,向西一扭，路北里是大槐树冯老锡家的大四方梢门。向西一走，忠大伯和父亲在那里盖门楼，打院墙。哥儿俩看了一会儿，就沿着忠大伯家房西边的苇塘向南去，走过大水塘，走进大柳树林子。走啊，走啊，走了抽袋烟的工夫，过了河神庙，下了堤，小渡口上有只小木船，他们坐上小船，渡过河去。

到了"宝地"上，运涛也不说歇歇，抽个地头烟，拿起锄头就耪，一股劲儿耪。耪了多老远，回头一看，江涛两手拄着锄头，还蹲在地头上愣着。江涛爱看潴沱河上的风光：河身里开着各色的野花，过往的船只撑起白帆……他爱问，看见不明白的事情就问。问了就想，转着眼珠儿想。运涛拾起块土坷垃[1]，投了他一下，说："嘿！尽愣着干吗？"

江涛笑默默地问："哥！为什么老是这么急急忙忙的？"

运涛翘了一下嘴头儿，说："嗯，快吗？快一点，天晌午要把这二亩地耪完，下午咱还要做别的活儿。快耪吧！快耪吧！"全村的人，谁也知道运涛是个做活的"迷"，成天价放下叉笆拿扫帚，两手不闲。

江涛又在睁起圆大的眼睛，忽闪着又黑又长的眼睫毛，想着一桩事情。他想不出，为什么这么老远，离家二三里路，有这么一块"宝地"。耕个地，耪个地，都要隔河送饭。拉庄稼更不方便。想着，两只小手挥动锄头跟上去，问了运涛。

运涛说："这块'宝地'是爷爷留下来的。"接着，给江涛讲述了爷爷下关东的事情。讲到最后，他说："这点地，只许咱们种着吃穿，不许去卖。这些年来，不论怎样急窄，爹不舍弃这块土地，这是咱的'宝地'呀！"他又学着父亲口吻说："咱穷人家，没有了土地，就站不住脚跟呀！"

---

1 土块。

他年纪不大，自从听了父亲说过这些话，根据生活的体会，早早明白了农民和土地的关系。

江涛也在想：没有土地……就站不住脚跟！

可是这块"宝地"，这些年来也有很多变故。起先，"宝地"在小严村南边，南堤根底下，倒是一块金不换的好地。这河流向南一滚，把"宝地"压在河底上，一家子就苦了。后来，这河流又向南一滚，又把这块"宝地"滚在锁井镇东，落了淤，日子又返了韶[1]。过了一年，这河流又一滚，又把这"宝地"淤到锁井镇南里去了，又挂了淤。如今，这块地就像谷仓一样，一家子人凭它吃饭哩！

严志和常说："啊，咱这块'宝地'呀，是挂脚的！"

哪里是什么挂脚的，是严老祥和严志和好脾气。大水过后，河流变化，人们争着要近处的地，把这块"宝地"越挤越远，一直挤到锁井镇南，南堤外头，那里地场儿宽。

"宝地"上的泥土，是黑色的。拿到鼻子上一嗅，有青苍的香味。这是长好庄稼的泥土，它从爷爷血液里生长出来。爷爷亲手耕种它，揉搓它，践踏着它。爷爷走了，把它留给孩子们。父亲耕种它，运涛耕种它，如今，江涛又在耕种它了。父亲常年在外头做泥瓦工，运涛耕地，江涛牵牛。运涛耩地，江涛拉砘子。运涛割谷的时候，江涛帮小镰儿。运涛耪地，江涛也跟着耪。但凡土地上的劳动，小哥儿俩老是在一块儿。

哥儿俩，耪呀！耪呀！四条小胳膊抡着大锄，把腰猫了个对头弯。小苗上的露珠沾在裤脚上，溅到腿上，沾在脚上，他们觉得多么舒坦！耪呀！耪呀！药葫芦苗，开着蓝色的小喇叭花，耪了去。水萍花，秀出

---

[1] 返回了过去的好光景（韶——好时光）。

紫色的花穗，耪了去。把野草都耪了去，光剩下紫根绿苗的大秫谷，长得肥肥的，壮壮的。耪呀，一股劲儿耪。

太阳起来了，在麦田上闪着金光。东北风，顺着河槽吹过来，吹起水上的浪头，吹动堤旁的柳子，吹干了河岸上的土地。

运涛回过头来，看江涛又在发呆，问他："江涛！热不？"

江涛猛地抬起头来，笑着说："不热。"

运涛问："不热，可直流汗？"

江涛板上钉钉地说："流汗也不热！"这孩子自小要强、好胜，不论受了什么样的委屈，对别人一字不提，只是结结实实地记在心里。

运涛停住手，掏出一拃长的小烟袋，先打火，再抽烟。叼在嘴上，吧嗒吧嗒才抽哪！等江涛耪上来，他又要讲故事。运涛很会讲故事，不论十冬腊月大雪天，新年正月的暇闲日子，老是有一群姑娘小子，挤在严志和的小北屋里，来听运涛讲故事。他指手画脚，摆划鲁智深拳打镇关西，讲说景阳冈上武松打虎。春兰姑娘一听起他讲故事来，就听迷喽！今天，他一说是讲故事，江涛就耪得快快的，跟上来。

运涛清了清嗓子，说："在老年间，咱这地方发过一场大水……"他抬起头来，看着锁井镇前，千里堤上的大杨树，说："有一天晚晌，像天狗般的一声吼叫，没等得娘打孩子嘴里把奶头抻出来，就给大水冲跑了。冲走了爹娘，冲走了妻子，把牛呀，粮食呀，都冲走了！这口子开得不东不西，正冲锁井大街。把大街冲成一条河，淹了锁井全镇，涝了这一带四十八村……耪呀！"

江涛听到这里，觉得身上寒森森的，说："这一家伙可把人们涝坏了！"他为了听这故事，两手攥着锄头，一股劲地耪。

"剩下来的人们，搬到房顶上、树杈上过日子。老辈人们说：'那年头呀,大街上行船,屋顶上安锅,河蛙落在窗格棂上,咕儿哇儿乱叫唤'……榜啊!"

一开头儿,江涛就觉得有点玄乎。说到这地方,他又生了怀疑,问:"那河蛙不是鸡,又不是鸽子,哪能落在窗格棂上叫唤?"

运涛猫着腰,低下头,两眼盯着锄刃和谷苗,一步一步,经心用意耪着。听到江涛问,也不笑。他说:"那是咱爹说的,水发得过大,一直滚到窗户上。那些'花琉璃盆'、'花老包'、'柳条青'们,两只小爪儿扒着窗棂,咕儿哇儿的才叫得欢哪!"运涛说着,还是不笑。

江涛睁直了眼睛,说:"我娘!把咱家也涝坏了吧?不,那时还没有我呢!"

运涛说:"那时,咱家还在下梢里……那年头,碌碡不翻身,子粒不归家,一颗粮食粒儿不收!遍地一片汪洋大海。人们眼睁睁耩不上晚田,种不上麦子。靠着剩下点粮食,捞点鱼虾,把鱼虾晒干,混过了冬天。到了春天,人们拔野草,挖地梨,或担着地梨去换点粮食来吃。咱爹说:'那荒涝年月呀,任谁都难熬过呀!'……榜啊!"

"冬天断了水流。第二年春天,四十八村的人们才拼着死命打上险堤,因为用的人工过多,时日过长,起个名儿叫'千里堤'。这锁井以东,喷了满地细沙。锁井以西,在胶淤上漫过细沙,成了'蒙金沙'地。"运涛回过头来说:"你看,要不咱村满世界都是荒沙吗?……榜呀!"运涛很能体会老年人们受的苦楚,一说到苦难的年月,眼圈儿酸酸的,眼泪濡湿了睫毛。

江涛摇着锄头,紧耪。

"大水以后,冲成了东西二锁井。东锁井以东,大严村啦,小严村啦,人们不能依靠沙田过日子,就成帮结伙,拉起毛驴,架上牛车,带上媳妇孩子出门逃荒。这群饥饿的人们,在县里磕头下跪,起了讨饭的文书,就在这大平原上游动起来。今日个游到东,明日个又游到西。走到一个村庄,就在村外树林里挖锅做饭。到了冬天,在树上扒点子干柴木棒烧起火来,大人孩子们围着火,烤暖睡觉,烧点水饭润润肚肠。"

讲到这里,运涛觉得老辈人们的生活太苦了,眼泪流进肚子里,不忍再往下说。

江涛听到这里,偷偷抹着眼泪,唉声叹气说:"真是难呀!"这孩子很有正义感,听到不平的事,他会生气,听到愁苦的事,他会掉泪哩!有几次被忠大伯看到了,摸着胡子,笑呵呵地说:"这孩子,将来长大了,会打抱不平哩!"

运涛看江涛难受得不行,忙说:"留在家里的人们,丈量了土地。在堤旁栽植柳子,在沙田上种植桃梨。老辈人们说:'那年头呀,方圆二三十里,三四年里不见米谷。七八年后,才摘下桃李去换点粮食。十年以后,才有饭吃了!'有老辈人们付下的辛苦,流下了血汗,到这咱,咱这眼前才是一片丰裕的梨园哪!江涛!你看多么不容易呀……嗙呀!"

江涛,孩子虽小,他也明白:看吧,春天开冻的时候,人们在园里用土把梨树培好,把土台拍得明光光的,好叫油虫[1]爬不上去。桃李花正开的时候,姑姑嫂子们在园里举起竿子打步蛐[2]。夏天,把刮风碰伤和虫子咬过的小梨掐去,好叫留在枝上的梨子,长得又圆又大。一年忙到秋,才有远地来的客商,坐地收庄。也有的打上柳包,载上滹沱河的船只,运到北京、天津去。再运回日用百货,时新花布和使手的家具。

---

1 蚜虫。

2 树木上寄生的一种状如小蚕的害虫。

有了老辈人们的辛勤,才有后代人们的好日子过。这段故事,严志和不知道给孩子们念叨了多少遍。每次讲过,都会激动孩子们的心。今天运涛讲它,也是为了使江涛明白:土地是根本,辛勤劳动才是生活的源泉哩!

10

过了麦熟,忠大伯带着孩子们搬到新居。有了居住的地方,一家子人心上才落地了,贵他娘也挺高兴。过了八月节,收拾大秋的时候到了,严志和到园里去下梨,运涛带着江涛到"宝地"上去,割那二亩"水里红"大秩谷。那年,谷子长得实在好,沉甸甸的大穗子,密密层层,一领席儿似的,这头一推,那头就动。弟兄俩从黎明割到小晌午才完。他们不走原路,顺着河岸向东去,蹚着河水走回来。蹚着河,江涛问运涛:

"哥!咱们为什么不在大堤前头过摆渡?"

运涛说:"自从忠大伯搬到新家,每每看见我在'宝地'上耪地,不言声儿,就拎着罐子送了饭来。要不,忠大娘就走了来,打打呱呱,叫我去她家吃饭。你想,这耕个地耪个地是日常的事,能老是糟销[1]他家!"

江涛想:这也是。

运涛又说:"要是过摆渡,少不了忠大伯又在大河神庙底下等着咱!"

蹚到河边,洗脚穿鞋。猛抬头,堤坡上大杨树底下站着个人,仔细

---

[1] 北方,做客的人对主人家感激的客气话。意思是既麻烦了人家,又增加了人家的开支负担。

一看,正是忠大伯。他搭拉下脸,两眼直瞪瞪,一句话也不说。运涛颤动着嘴唇,嘻嘻笑着走上去。不待开口说话,忠大伯镇起脸来,说:"运涛,你这就不对!"

运涛愣怔了一下,说:"什么事,大伯?"

忠大伯说:"到'宝地'上来做活,为什么不告诉我?"

运涛说:"是为这个?大伯!你想,这耕个地耪个地,还能……"反正,运涛不肯说出是故意躲着他。

忠大伯说:"我早看见'宝地'上有人割谷,估量就是你哥俩。你们沿着南河沿向东走,我也顺着千里堤跟过来。走,江涛!你大娘轧好了饸饹[1],等你们去吃!"

忠大伯脸上始终没有笑模样。

运涛嘻嘻笑着,不说什么。那时,忠大伯还身强力壮,敦实个子,红脸庞,短胡子黑里带黄。走到门口,就喊:"贵他娘,端饭吧,他哥俩来了!"

贵他娘呱呱笑着,走出来说:"我想是你哥俩不再进你大伯这门了呢!"她接过江涛的锄头、草帽,挂在墙上。

那时,忠大伯院里只有三间小屋,新打了一圈土墙头。屋里热,就在南墙荫里摆下饭桌。院子扫得干干净净,用水洒过。

说话中间,忠大娘端上秋面饸饹,红面条里搁上黄豆芽儿。江涛吃了一碗又一碗,正吃着,听得鸟叫,看见墙上挂着个笼子,里面的鸟絮叫得挺好听。没等吃完饭,就想看看。这鸟儿叫白玉鸟,嘴和脚都是黄的,他还没有见过。忠大伯看江涛立在墙根底下,眼不动珠,抬着颏儿

---

[1] 北方一种类似面条的饭食。

看鸟,伸手摘下笼子递给他。一个眼不眨,二贵重手重脚跑过去,瞅冷子把笼子擒在手里。江涛撒开手,愣怔地站着。

忠大伯说:"二贵!把玉鸟送给你江涛哥哥,我再给你逮只好的。嗯?"

二贵拧着身子不高兴。江涛睁着两只大眼,眨巴眨巴不说什么。

运涛也说:"江涛,不吧,我再给你逮只好的,把这只给二贵兄弟留着。"

忠大伯说:"运涛!现在正是过靛颏的时候,你去给兄弟俩逮只鸟儿吧。我就是不愿意叫孩子们不高兴。一个槽头上拴不住两头叫驴。一只玉鸟,给了江涛,二贵不高兴;给了二贵,江涛心里也不舒坦。咳!人一上了年岁,就看孩子们值重了。不管怎么,把孩子们拉扯大了,就是老人们的落场!"

本地时令:每年春天,麦穗刚刚黄尖儿的时候,有蓝靛颏鸟儿由南往北去。每年秋季,棉花掉朵的时候,有红靛颏鸟儿由北往南去。运涛背上一合网,走出北街口。二贵、江涛、大贵,在后头跟着。一出街口,春兰在门口站着,见了运涛,笑着问:"你干吗去?"

运涛说:"我呀,去赶鸟儿。"

春兰说:"我也去。"

运涛说:"别去,又叫你爹说你。"

春兰瞟着运涛说:"我不怕!"说着,跑了两步跟上来。

运涛说:"那你就去。"又回过头,把胳膊搭在大贵肩膀上,说:"咱打算今年秋天逮只好鸟儿,冬天再逮两只黄鼬,就能过个好年,明年春天,也就有零钱儿花了!"

大贵说:"那,今年大正月里看戏的时候,咱在戏台底下茶桌子上一坐……"说着,他停住脚步,端出坐在茶桌前的姿势,把手在桌子上一拍,说:"沏壶好叶子,来一盘大花生仁儿,再来一盘黑瓜子儿!"

春兰把大贵一拍,扭起嘴儿说:"看看美得你们,还想坐轿子呢!"

大贵闹了个河蛙眼儿,瞧了瞧运涛,又瞧瞧春兰,说:"我早就知道你们俩快该坐轿了!"

春兰腾的一个大红脸,迈开步子跑到前头去了,回过头儿说:"跟小子们一块玩儿,烂脚丫儿!"

他们说着笑着,走到一块棉花地头,把网撒在地角上。运涛找来几根青秫秸,每人拿起两根。他又转着走到地那一头,轰起来。

运涛说:"赶鸟儿,好像打仗,得摆开阵势……"

他一说,春兰就笑起来,说:"会说的!"

运涛愣住,说:"那你说!"

春兰笑了说:"你说吧!你说吧!"

四个人摆开个雁翎阵,开始轰起来。

运涛说:"我说紧就紧,我说慢就慢。哼!不能说话,鸟儿一听见人声,就要起翅。一起翅,就赶不到网兜里了。"

江涛和二贵,闭了嘴不说什么。春兰和大贵也不说话。一会儿,运涛和大贵把嘴唇卷个小圆筒儿,打着鸟音的口哨,呜嗬得挺好听。春兰也学着。江涛学了学,也打起口哨来。棉花叶子红了,棉花在棵上开得白花花的。他们敞开手,用秫秸敲打着棉花叶子,"瞿瞿!""瞿瞿!"一步一步地在棉垄里走着。运涛不断地猫下腰,看着棉垄里。他看见一只鸟儿,两只小爪一蹦跶一蹦跶,顺着棉垄往前跳跃。他在后头紧随着。忽然,有一两只鸟儿从棉垄上飞起。他心上急得扑通扑通直跳,担心飞去的鸟儿正是一只出色的靛颏。快走到地头了,运涛悄悄儿对大家说:"该包剿的时候,要包剿。该攻击的时候,要攻击!"他停住脚,叫大贵和二贵走前几步,把队形斜过去,对着网,形成个包围圈。运涛脸上显出紧张的神色,说:"快!"他们撒开腿,快步走上去。运涛说:"追!喊!"他们追着喊着,用秫秸敲打着棉花叶子跑上去,又拿秫秸在网上乱敲打。网兜里有几只鸟儿在扑棱,春兰赶上去两手乱扑,扑来扑去,逮住一只喳喳唧,一只黄山雀,一只树栅子,没有一只好鸟。二贵不要,江涛也不要。春兰张起攥着鸟的两只胳膊说:"看吧!又遭了难了!"

他们连赶了第二网、第三网,运涛可攥住了一只出奇的鸟。他先看了看爪儿,两只爪子苍劲有力。又看了看脑袋,嘴尖又长,是一只靛颏。青毛梢,白肚皮。一看这只靛颏不平常,运涛脸上立时充了血,红起来,心上跳动着。扳起下巴一看呀,嘿!那一片红毛呀,一直红到胸脯上。他兴奋得流出眼泪,打着哆嗦说:

"大贵!咱哥们说话,这是咱们的福呀!"

大贵问:"是一只好鸟?"

运涛说:"不是平常的鸟,是一只脯红呀!"他高兴得扳起鸟嘴,叫春兰看看,叫江涛看看。说:"这叫脯红!这叫脯红!这叫脯红!"

春兰跳起脚,拍着手心说:"真是一只好鸟,看那片红毛儿多大,多红!"

大贵把两个黑眼珠儿向鼻梁上一靠,粗声闷气说:"嘿!我娘,真好的鸟!"

江涛一看那片红毛儿,血红血红的,一直红到大腿根上,伸手要拿。看江涛伸手,二贵也伸过手去。运涛一手遮拦,把鸟儿举到头顶上,说:"兄弟们!要是别样的鸟儿,三只五只你们拿去,做哥哥的不能心疼。这是一只好鸟,我赶了几年的鸟儿,全村的人都说我成了鸟迷,也没见过这么好的脯红。这只鸟儿,叫我和大贵养着,将来上集卖了,咱两家合着买条牛使着。"又对春兰、江涛、二贵说:"给你们一人做一身新衣裳穿!"

春兰惊奇地瞟了运涛一眼,问:"这鸟儿能卖多少钱?"

运涛说:"能换一条牛,也能换一辆车。"

春兰说:"那可行!"

见江涛不说什么,二贵也不说什么,运涛把鸟拿回家去。大贵、春兰、江涛、二贵,在后头跟着。

到了家,运涛立刻吩咐春兰、江涛、二贵,去撅秌秸莛秆[1]儿,动手插了一只小巧的鸟笼。插好笼子,把鸟儿放进去。那鸟儿一离开手心,毛单骨硬,棒槌尾巴,显得又肥又大。它瞪起眼睛,扑棱棱向外飞。运涛看这鸟儿气性大,拿起江涛的小褂把笼子捂上。说:"闷闷就好了,得先授授它的气性。"

运涛和大贵他们,得了这只出名的鸟,赶紧去找忠大伯。朱老忠拿起笼子一看,这鸟儿不是平常的鸟。他笑容满面,连声说:"好鸟!好鸟!这鸟儿的贵样就在这片红上!"

运涛说:"我想把鸟儿卖了,买辆车,或是买条牛,咱两家使着。"

朱老忠说:"那我可高兴。你看这才安上家,弄了几亩地种着,连辆车、连条牛也买不起。"随后又谈到靛颏上。他说:"我和你爹,小儿的时候,也爱赶靛颏儿。出名的靛颏是'脯红'、'粉叉'、'铃铛红'。这种'脯红',越脱毛,红片儿越大。老了,一直红到腿裆里,就成了'窜裆红'。按现在说,指着这只鸟买辆车或是买条牛,不费难。"

忠大伯一边说着,春兰心里暗笑:"真是可贵的鸟儿!"运涛他们得了这只鸟,她心里也说不出的高兴。看天道不早,她要家去。一出朱

---

[1] 高粱顶端长穗的一截。

老忠家大门,先张望了一下,看街上没有老驴头,就溜湫[1]着步儿走回来。老驴头正在房后头圪蹴着腿儿抽烟,一扭头,看见春兰溜湫回来。他悄悄地跟在后头,一进门,瞪起眼睛问春兰:"你去干什么来?"

春兰强打笑脸说:"我吗?我看了看棉花快该摘了不。"

老驴头噘起嘴来说:"胡说!你和运涛他们去赶鸟来。一个闺女家,十七大八,长天野地里去跑,不怕丢人?"

听得说,春兰一下子搭拉下脸来,说:"嘿嘿!怕丢人,就别下地做活。"

老驴头说:"下地做活,谁家闺女像你?"

春兰噘起小嘴说:"爹!快别那么说了吧,谁像你,叫闺女当牛当马,拉着耠子耕地哩?"

春兰一说,老驴头扑了一脸火,气得哼哼哧哧,跺跺脚又走了。春兰和父亲吵了一架,心上多了一桩心事,一个人蹲在门槛上,呆呆地想:自小儿和他一块儿,人一长大,就不能在一块儿了?想到这里,运涛的面容,两颗大眼睛,明灯儿一样照在她眼前。她拾起一截草棍,在地上画着字,不知不觉写着"运涛,运涛……"当她娘在身边走过的时候,她才发觉,连忙伸脚擦掉,噗嗤地笑了。心里说:"这是干什么?可笑的!"猛地,听得外院木机响,拍了拍身上的土走出来。看看没人,把临街的门关好,扒着机房窗户一看,运涛把那只鸟笼子挂在木机上,蹬几下机子,把嘴唇卷个小筒儿,打着口哨,头儿一举一扬,呼唤他的靛颏。她在窗台上趴了老半天,谁也没看见她。运涛一下子看见窗格棂上露出两只水汪汪的大眼睛,立刻停下机子,点着下颏,闪亮着眼睛,说:"春兰,来!"

---

[1] 怕被别人看见,而前瞧瞧后看看,缩手缩脚的胆怯状态。

春兰问:"干吗?"

运涛说:"来呀!有点事儿。"

春兰说:"什么事儿?快说吧!"

运涛说:"进来!"

春兰看了看没人,推门进去,去看那只脯红靛颏。运涛说:"我想求你缝个笼子罩儿。"

春兰说:"行,缝个笼子罩儿不费难,我好好给你缝一个。"

运涛从机子上撕下一块布,递给春兰。

春兰拿布在笼子上比了比,说:"看吧!我非把它缝得好好的。"

运涛问:"缝多好?还绣上花儿?"

春兰两手扯起那块布,遮住半个眼睛,笑吟吟说:"给你缝嘛,当然要绣上花儿。"

春兰背着母亲把这块布染成蓝色的,只要一有空闲,就偷偷缝着。先用"倒钩针"缝好,上沿绣了一溜子蓝"云头"。又从柜橱上端下箱子,解开包囊,包囊里盛着零零碎碎的各色绸子。她想:将来有了小孩儿,做个鞋儿袜儿什么的……翻着样册子[1]找了半天,也找不到称心的花样子。她想:把它罩在笼子上,人们怎能看见笼子里宝贵的鸟儿呢?又想把那只脯红靛颏绣上去。人们一看,就会知道里头盛着宝贵的鸟儿。为了这个心愿,她又偷偷跑去看了好几遍,把那只靛颏的骨架、神气,记在心里,再慢慢绣着。那天晚上,她绣着绣着,绣着的鸟儿一下子变成了个胖娃娃。鸟儿下巴底下那片红,就变成了胖娃娃的红兜肚。忽地,那个胖娃娃一下子又变成运涛的脸庞。鸟儿的两只眼睛,就像运涛的眼睛一样。嘿!

---

[1] 妇女们做针线活的夹子,可折叠,里面多装些花样子、鞋样子、花线等一类东西。

黑红色的脸儿，大眼睛。啊！她可是高兴，心里颤悠悠的，抖着两只手儿遮住眼睛，歇了一忽儿。就像和运涛并肩坐着，像运涛两手扶着她的肩膀在摇撼。两个人在一起，摇摇转转……

她冷静了一下，摸摸头上的热退了。偷偷地，笑嘻嘻儿把布罩给运涛送了去。推门一看，运涛躺在炕上，小油灯底下看书哩！她说："运涛，看！"她把这个精心绣制的布罩儿铺在炕席上，扳过运涛头来看。

运涛一看，笑得合不拢嘴儿。他看到春兰绣的这只鸟儿，骨架、水色、眉眼、下颏上的脯红，和那只真靛颏儿一模一样，活龙活现！他心里暗暗笑了，说："真是一个心灵手巧的人儿！"

春兰问："怎么不说话！拿什么谢我？"

运涛说："等把这鸟儿卖了，给你做件大花棉袄穿上。"

春兰说："真的吗？那我就等着！"

两个人又趴着炕沿，说说笑笑，谈了会子书上的故事。直等到春兰娘走来，扒着门框叫："春兰！没响没夜，干什么？还不家来睡觉，死丫头！"她才噘着小嘴走回去了。

11

等收完秋，打完场，运涛带上江涛，大贵带上二贵，提上那只鸟笼子，笼子上套着那个蓝布罩儿，下了坡，走过苇塘，摇摇摆摆穿过锁井大街，要顺大路进城。大十字街上，店铺门前扫得干干净净，门前有几棵老槐树，树上也挂着几只笼子，不知名的鸟儿在絮叫。冯老兰正站在板搭门口，左手拈着花白胡子，右手托着画眉笼子。离远看见运涛和大贵他们走过来，一看见笼子罩上绣的那只鸟儿，他问："嘿！这是什么？"伸手接过笼子。

运涛站住脚说："这是一只靛颏。"

冯老兰长成了个大高老头子，瘦瘦的坛子脑袋，两绺长胡子。薄嘴唇，说起话来，尖声辣气。穿着黑布大褂，蓝布坎肩。戴着大缎子帽盔，红疙瘩。他问："去干什么？"

运涛说："到城里集上去遛遛鸟儿。"

冯老兰问："什么好鸟，也值得到城里集上去遛遛？"

运涛说："谁知道，我也没见过这样的鸟儿。"

冯老兰拽过笼子，掀开布罩儿一看，大吃一惊。他把脖子往后一缩，睃睁着黄眼珠子说:"笼子不强,鸟儿不错。这么着,甭上集啦,闹半斗小米子吃吃。"当他看到布罩上绣的这只鸟儿,又问:"谁绣的,这么手巧?"

运涛说:"春兰。"伸手去接笼子。又说:"半斗小米,俺不卖。"

冯老兰把笼子往后一闪,眯缝起眼睛说:"哼!着什么急?"

这时,冯贵堂走过来,顺手接过笼子,说:"我看!"他左看看,右看看,越看越迷,再也不想还给运涛。

去赶集的人们,也在十字大街上停住脚看着,担心要出什么事情。

大贵看冯老兰父子眼色不对,要出岔子。把褡裢往江涛怀里一扔,横巴起腰,抽个冷不防,一个箭步蹿上去,刺溜把笼子扯过来,撒腿就往西跑。运涛、江涛、二贵,也跟着刷地跑下去。冯贵堂愣怔着眼睛,也没说什么。转过身,拍着巴掌,哈哈大笑,说:"哈哈!小家小户,见过什么?逗着你们玩儿!"

运涛、大贵、江涛、二贵,气呼呼跑过锁井大街,出村走不多远,上了城里大路。顺着这条大路走了一气,就到河岸。河上有座小木桥,走到桥上,运涛叹声说:"咳!咱穷人家呀……"大贵呼呼咧咧说:"常说,金银还不露白呢,看来一定是只好鸟。我看他想抢了咱们的。"运涛说:"兄弟们还不知道呢,咱被那霸道们欺侮了几辈子。忠大伯十几岁上下关东,就是被他们欺侮跑的。我爹要是不碰上忠大伯,也就下了关东。兄弟们长长志气吧!"大贵喘着气,说:"你看,咱过个庄稼日子多难呀!"二贵顾不得说话,点了点头儿。江涛又忽闪着大眼睛在想什么。

运涛和大贵他们兄弟四人,带着这只宝贵的鸟儿进了城。一进城门,人多,买卖也多。不买什么东西,他们也没上热闹地方去。向西一拐,柴草市尽头有个小庙，庙台上就是鸟市。

河里没鱼市上看，一到鸟市上呀，你看吧，什么样的鸟笼，什么样的鸟儿都有。有用高粱秆插的转笼子，笼子里盛着白玉鸟。有人把这笼子挂在树上，要是有别的鸟儿来找白玉鸟一块儿玩玩，一蹬转盘，就落在笼子里，巧手人插的笼子真是精致。此外，有黄色的竹黄笼子，红色的雕漆笼子，黑色的乌木笼子。笼子里盛着画眉、百灵、八哥、蓝靛颏、红靛颏……还有一架苍鹰，脚上戴着小铁链，瞪出黄眼珠子，伛偻着弯嘴，这边看看，那边看看。它看着这些活跳的鸟儿，闻香不到口！

拎笼子的人们，尽是一些穿袍、戴帽、拿胡梳的老头儿。也有年幼的，那就戴着红疙瘩帽盔，穿着蓝布大褂子。运涛立在庙台上，左手叉在腰里，右手五指平伸，举起笼子。笼子上插个草标儿。把蓝布罩儿向上一打呀，那只精灵的鸟儿，瞪起两只眼睛，叉开两条小腿，立在鸟架上，昂着头儿，挺起胸膛，晃搭着身子絮叫起来。这一叫啊，就盖了鸟市。人们都挤上来看，不住地夸奖，连声说："好鸟！好鸟！""嚄！百灵口！"

有个大高老头，穿着青缎马褂，提着大烟袋。用手遮着太阳，眯搭了眼儿看了看，捋着白胡子，伸手拿起这笼子。当他一看到这鸟胸脯上过大的一片红毛，吃了一惊。抖了一下手，悄悄地问："卖吗？"

运涛说："是卖的。"

老头慢悠悠说："什么价儿？"

运涛说："你给条牛钱！"

老头摇摇手说："不值……老啦！"

运涛故意镇起脸，装起大模大样，说："你看看那嘴，那爪儿，什么色道，哪里老？"

老头拿出眼镜盒，戴上老花眼镜一看，这鸟儿还是个雏鸟。伸出食指,点着说:"十吊钱……"

运涛说:"你算白看看!"

正在搭讪,走上一个大胖子老头来。白胡子,大脑袋,腰有两搂粗,穿着灰布大褂,一只手悄悄儿伸出肥袖子,来摸运涛的手。说:"这么着……这么着……怎么样?"

他一股劲赶着摸,运涛就躲,他不懂牲口市上的行话。老头又小声说:"十五吧?"

运涛问:"十五吊?"

没等到胖老头子答语,冯老兰猛地一下子从人群里闪出来,呼噜喊叫说:"十五吊吗?这鸟儿算我的啦,我出二十吊大钱!"

胖老头一看冯老兰来撑他的行市,气呼呼地把大拇指头一竖,说:"我出二十五吊!"

又从人群里蹦出一个人,醉倒马勺[1]走上来,说:"嗨!一辈子还没见过这么好玩意儿,我出三十吊!"

他这一喊,立时伸出十几只手,要抓这笼子。冯老兰首先扯住笼子系儿。运涛伸出一只手支架着,把笼子举得高高的。这时,江涛看架势不好,悄悄儿走近大贵说:"快去!快去!"大贵扭头一看,果然是!撒腿跑上去,喊叫一声:"闲人闪开!"拨开众人,向上一蹿,伸手抓过笼子,把布罩儿往下一拉,沉下脸来说:"不卖啦,俺自个儿养着。"

冯老兰见大贵要拿着笼子走,着急败打,用手指突着大贵说:"你一个庄稼人,养个白家雀什么的!养这么好鸟儿干吗?"他还是不肯撒手,连连说,"三十吊!三十吊!"

---

[1] 喝醉了酒,糊糊涂涂的样子。

大贵把肩膀子一摇，使了一把劲，掰开冯老兰的手指头，鼓起大眼珠子说："你要是这么说，俺扔到脏水坑里沤了粪，你管不着，庄稼人一样的养好鸟儿，你管得着吗？"他拎起笼子，大摇大摆往回走。

运涛、江涛、二贵，在后头跟着。小哥儿四个围护着鸟笼，走出了人群。

走到城门洞里，运涛找了个凉快地方，坐下来抽烟，说："大贵！不管怎的，咱卖了它吧！你看，咱天天下园下地，谁有空闲侍奉它……万一的……"运涛才说伸手拿过笼子来看看，大贵冷不丁把鸟笼子一躲，说："不！没人侍奉它，我侍奉它！"

当这鸟才逮住的时候，大贵知道是个好鸟儿，他还不知道这鸟儿名贵。一经市价，一致说这鸟儿有贵样。他把笼子握住，合紧虎口，不再撒手。运涛想着一下手儿也不行。

运涛说："你看，兄弟！它要吃鸡蛋，要吃牛肉干。咱这穷人家，养长了，哪里侍候得起？它要吃活食，谁给它去打？"

大贵把脸一扭，说："吃人脑子都行！"

运涛知道大贵是一根筋的脾气，低下头暗笑。江涛一边看着，也由不得笑了。运涛抽着烟，自言自语："看！你们才回来，为了盖上几间房，要了几亩地，连点棒子小米吃不起，光是吃点红高粱。俺们几行子梨树又赶上歇枝，一家子连衣裳也穿不上……咳！困难的年月！兄弟，咱把它卖了吧，过过艰年不好？"

自从大贵打关东回来，向来是这样：只要运涛一说话，大贵就仄起耳朵听。今天，一说到这鸟儿，大贵拧着脖子不吭声。沉默了半天，才耿直地说："我看着这脯红，三天不吃饭也不饥！"

运涛笑笑说："好！那咱就养着。"

12

冯老兰立在庙台上,眼看大贵拎着笼子下了鸟市。他没得到这只脯红靛颏,心上着实丧气。赶快叫老套子牵牛套车,他立时坐上牛车追下去。

说起老套子,冯老兰最是喜欢这样人儿。

老套子是出了名的牛把式,人们都说他懂牛性。甭看口,只看毛色,他能看出这牛的口齿年岁。只看骨架,能看出这牛出快出慢。病牛,他能治好。瘦牛,他能喂胖。自从老套子给冯老兰赶上大车,冯老兰花三十块钱买了这辆死头大车,拴上三条大杠子牛。辕里是一条大黑犍,四条高腿,身腰挺细,轭根挺高,两只犄角支绷着,大眼睛圆圆的,走起路来,跑得挺快,外号叫"气死马"。前边是两条黄牸牛拉着梢,胖得尾巴插在屁股肉上。老套子每天把它们的毛儿刷得锃亮,特别给"气死马"头上戴上顶小凉帽,凉帽顶上一蒲笼红缨儿。路上走着,老套子说:"人们都爱使大骡子大马,我就不,我就是爱使这牛。像那大骡子大马,一个尥起蹶子来,要是尥在人身上,就把人踢死。这牛温顺多了。"

冯老兰说:"赶上使拱人的牛,也挺糟心。"

老套子说:"拱人的牛,咱倒会摆弄。蹶人的马,咱就闹不了。"

冯老兰说:"人有百人百性,牲口的牲道,也非摸索透了不行。"

这话是实情。比如老套子吧,就是最野性的牛,甚至拱人成了精,只要一着他的鞭儿,只有匍匐在地,眼角上滴着泪花儿,不敢吭声。可是他对大骡子大马,没有一点办法。对于牛,他知道怎样喂养,知道它们爱吃什么东西,完全和大骡子大马不一样。比如骡子马爱吃苜蓿、干草、黑豆、红高粱。这牛偏爱吃高粱叶子、麦秸、豆饼、棉花籽饼。就说这黑豆吧,骡子马,得煮熟了喂。喂牛时就得上碾子轧碎,使水泡过,用来拌豆秸子、豆叶子喂。老套子就是喜欢喂牛。每天晚上,他披上当家的那身破皮袄,守着灯,一边咳嗽着,筛草喂牛。从夜到明,他都在槽道里转。今天,老套子见冯老兰坐在牛车上,看着他亲手喂胖了的大犍牛,嘻咧咧地说:

"年幼的人们就是爱摆阔,不喜欢牛,光喜欢大骡子大马。"

冯老兰说:"可不是,贵堂打早就劝我,把牛卖了,买大骡子大马呢!"

老套子一听,当家的要改换做派,他心里一急,说:"常说:'老牛破车现当伙'[1]哩!换一套牲口可不是玩的,要花多少钱哩!再说,你买的这辆车吧,不管怎么用绳子棍子绑着摽着,我都能使用,看样子还能使个十年八年。要是雇个使骡马的把式,有了好骡子好马,还得买辆新车。这年头,买辆新大车,少说得个一百多块钱。"

冯老兰说:"老人们都是节俭,才建了个家业。年幼的人们就不行,单说贵堂吧,尽想闹时兴。又是要做买卖当洋商,又是要打井买水车。"

冯老兰和老套子,两个喜欢养牛的人到了一块儿,坐在牛车上,一答一理儿说着。走到村边,老驴头正背着筐拾粪。冯老兰一看见老驴头,

---

[1] 顶大用。

想起运涛笼子罩上的鸟儿,是春兰绣的。他问:"大哥!你拾粪哩?"

虽然说是同族当家,老驴头这辈子可没听过冯老兰喊他一声大哥。他真的不相信起来,站在原地转了个个儿,也找不见跟他说话的人。看见冯老兰和老套子坐着牛车走过来,就以为是老套子。他向老套子舒过脸儿,说:"唔!闲着没活儿,拾点粪。"

冯老兰说:"你可管着春兰点!"

老驴头一看不是老套子说话,是冯老兰。立刻打起笑脸,迎上去,口口吃吃说:"当然,闺女大了,要管着点儿。兄弟!有什么不好看儿,说给我,我给你管她!"

冯老兰说:"别的倒不怕,别叫她丢了咱冯家老坟上的人。"

老驴头摆着长下巴说:"真的?看我给你打她!"

老驴头站住脚,让这辆火爆的牛车走过去。一直赶进冯家大院,冯老兰打车上跳下来,拍拍身上的土,走进家去。

冯贵堂站在场院里,等老爹下了车,才走近牛车去。老套子一看见冯贵堂,火气就上来,鼻子不是鼻子,脸不是脸,也不说什么。冯贵堂一看见那又大又破的车,慢搭搭的牛,心上就气不愤儿,暗暗说:"省着钱,在钱柜里锁着,使这么破的车。这么落后的交通工具,一年到头少做多少活?也不算算账!"想着,一时心血来潮,跟在冯老兰背后走进家去,把准备多时的,卖了慢牛,买骡马的改良计划说了一遍。针尖对麦芒,冯老兰正为了这件事对冯贵堂生气。他一听就蹦了,把老套子的话劈头带脸盖过来,呲打[1]得冯贵堂鼻子气儿不敢出。冯贵堂一时驳不倒冯老兰的守旧思想,只好暂时认输。蹑悄悄儿,一步一步走出上房。

---

[1] 在气愤之下,对别人说话的口气很不好听。

冯贵堂一出门，冯老兰又把他叫回来，说："我心里也有一桩心事！"

冯贵堂满肚子不高兴，听得老爹叫，只好转回来，问："什么事？爹！"

冯老兰说："我这一辈子了，没妄花过一个大钱，没有半点嗜好。就是抽一袋叶子烟，喜欢个鸟儿。小严村严运涛和朱老忠家朱大贵，逮住一只出奇的鸟儿，我出到三十吊钱，他们还不卖给我。"

冯贵堂又问："什么样的鸟儿，也值那么多钱？"

冯老兰说："鸟儿没有市价，看值，它值得还多！"

冯贵堂愣了一下，抬起头想了想，又笑了说："那个好说，咱一个钱不花，白擒来。"

当天下午，冯贵堂打发账房先生李德才，上小严村去找严运涛，要这只脯红靛颏。李德才拿上一条大烟袋，蹒蹒跚跚走到小严村，见了运涛就说："运涛，咱有个事儿跟你谈谈。"

运涛一见李德才，心上早拿定了主意，说："什么事，大伯？"

李德才拍拍运涛，仄起脸儿问："你逮了一只鸟儿？"

运涛说："没有，是我兄弟他们逮的。"

李德才说："这只鸟儿，冯家大院里说要，拿来吧！"

运涛说："大伯，你不是说'君子勿夺人之所爱'吗？俺兄弟们稀罕，不肯撒手。"说着，点着下巴，挤巴着眼儿笑了笑。

李德才说："唉！孩子们，什么这个那个的，拿来送去吧！见了老头儿，我就说，'是严运涛送给你老人家的！'说不定，还有多少好处呢！"

运涛说："那个不行，大伯！你不是说'己所不欲，勿施于人'吗？人家不愿给就算啦！"

李德才说："古语云：'与人方便，自己方便。'要紧的地方不在这里。比方说，他一恼，你要种地，他不租给你。你要使钱，再大的利钱,他不放给你!"

说着,拔起腿就要往运涛家里走。运涛立在门口上,扎煞[1]起手儿挡着,说:"真的,鸟儿不在家,在大贵那里。"

李德才气愤地瞪出眼珠子待了一会儿,不言声,转过脸儿去找朱大贵。一进门,忠大伯在门上站着,见了李德才,说:"李秀才轻易不到我家来,有什么事,说吧!"

李德才说:"可就是,虽然是个邻居,你没到过我院,我也没到过你院。今天来,倒是有一桩小事。"

忠大伯说:"什么事?"

李德才问:"你家小子逮了只鸟儿?"

听得门外有人说话,大贵拎着笼子走出来,问:"谁问我的鸟儿?"

李德才说:"来!我看看!"他把笼子拎在手里,翻过来看看,掉过去看看,絮絮叨叨说:"这算不了什么贵样。"

忠大伯说:"不算贵样,管保你没见过。"

李德才说:"冯家老头儿喜欢这鸟,你送给他吧!"

朱大贵把眼一瞪说:"嘿!那是怎么说的,说了个轻渺?"

李德才说:"他是锁井镇上的村长,千里堤上的堤董,没的要你只鸟儿还算欺生怎的?你们才从关东回乡,要顺情合理,别学那个拐棒子脾气!"

这件事,要是出在锁井镇上别人,送个人情也就算了。出在朱大贵身上,他可不。他把两只脚一踪,直声地说:"我就是不送给他,他不是俺坟上的祖宗,俺孝顺不着他!"

---

[1] 伸开来。

李德才听话不顺，镇起脸来说："他不是你坟上的祖宗，他是一村之主！"

大贵红着脸，喷着唾沫说："我看他是个土豪霸道！他霸道，他霸产、霸财、霸人，都行得了。"他又跺跺着脚，向前走了两步，气呼呼说："还要霸到我的鸟儿身上呀？他霸道，他敢把我一嘴吃了？"

李德才一听就火了，拍打着屁股蛋子趋溜[1]上去，说："嗯，他霸谁家产来？霸谁家人来？你嘴里甭砸姜磨蒜[2]，给不给鸟儿，你讲明白！"

大贵说："你欺侮别人行了，欺侮我朱大贵就不让！"

李德才说："别满嘴喷粪，谁欺侮你来？"

大贵说："你想拿势力压服我。我从关外走到关里，就是没怕过这个！"

李德才说："甭说废话，这鸟儿你给不给吧？"

大贵咬着嘴唇说："我不给，我不给，我定了！"

李德才说："你们这庄稼人们真不讲理，一个个牲口势！不给好说，我就回去照实说。哼，别卖后悔，走着瞧吧！"说着，头也不回，下坡绕到苇坑里溜走了。

朱老忠瞪着眼看他走远，才说："大贵对得好，看他生出什么法子来！"

大街上嚷动了，说冯家大院里要霸占人家宝贵的鸟儿。运涛、春兰、江涛，都赶了来。运涛说："咱就是不给他，看他怎么着。"

江涛说："就是不给他，咱还把它卖了，先给我买本书。"

二贵说："忙卖了吧，过年的时候，做件大花袍子，买点爆竹什么的。"

春兰倒是什么也不说，她心上笼着忧愁：说不定，他们要生出一个

---

[1] 凑近去。

[2] 嘴里不干不净，说些不好听的话。

什么计策，来害运涛。

朱老忠站在坡上，抽着烟，看着这群满腔心事的孩子们。想过来，想过去，深沉地琢磨了一会子。从嘴上拿下烟袋来，摸了摸胡子，说："你们都看见了吧！一个个要拿心记，懂得吗？"

大贵低下头，混水不清地说："知道。"运涛也说："记着就是了，大伯别生气。"

朱老忠说："从今以后，你们谁再上西锁井去，要跟大人一块儿。谁要是偷偷跑去，在冯家门口过一下，叫我知道了，就要拿棍子敲你们。去吧！"

当忠大伯说着话的时候，孩子们都低着头听着，等他说完，才各自散了。朱老忠扛上锄，到园里去找严志和。他说："你别看事由小，可能引出一场大事来。"严志和也说："许着，咱得经着心，抵挡他。"

看人们全走完，大贵回到家里，右手扛上辘轳、斗子，左手拎了笼子，去浇园。到了园里，把笼子挂在井台边小枣树上，泡上斗子，坐下抽了一袋烟，开始浇起园来。拧两下子辘轳，停下来，打着口哨看看他的靛颏。浇到天黑，把笼子拎回来，挂在梯子上就吃饭。吃完饭，和父亲商量了明天的活儿。他跑跶了一天，身上乏累了，躺在软床上就睡着了。躺啊躺的，一直睡到半夜。睡梦里，他听得窗外有鸟儿吱吱乱叫。他猛地打软床上跳起来，眼也没有睁一睁，愣愣怔怔跑到梯子跟前。伸手一摸，笼子不见了。立时觉得头上嗡地大起来，深一脚，浅一脚，跑到屋里去叫二贵："二贵！二贵！忙起来，笼子不见了！"

二贵一下子从炕上爬起来，用手背擦擦眼，跳下炕来，这里寻寻，那里找找，噘起嘴来说："八成，给猫吃了！"

这时，把贵他娘也吵起来，点个灯亮儿一看。笼子拆散了，滚在大门边，翎毛扑拉了满院子。大贵蔫着眼儿待了半天，觉得头晕晕的，身子摇摇转转，对二贵说："唉！我睡着了，你也不说看看。"

二贵说："不是说不叫俺养着吗？你和运涛两人养着。我也睡着啦！"

大贵坐在梯子上，拍着胸脯着急："咳！苦啦！……"

朱老忠在梨园里高窝铺上睡觉，离远看见院子上空明灯火亮。心想，许是出了什么事了！走回家来一进门，一家人看着这只破笼子发呆。他沉静了一下，打发大贵走到小严村，砸开运涛家的小门。运涛开门就问："大贵，出了什么事，黑更半夜来敲门！"

大贵说："咳！甭提了，咱的脯红给猫吃了。快去看看吧！"

"给猫吃了？"运涛紧跟了一句，再不说下句，他举了举两只手，摩着天灵盖。沉思来，沉思去，鼓突着嘴不说什么。按一般人说，也许冒起火来，跺着脚发急。可是运涛是个绵长人，自来没发过火，没说过一句狂妄的话。就是有多大的事情，他也会忍住。他想："既是给猫吃了，还有什么说的！"跟着大贵走回来。

江涛心里倒挺着急。这鸟儿，他连一下子也没玩过，亲着眼看的都不多，他没喜欢够。再说，这鸟儿名贵，这样一来，买不上车，也买不上牛，大花袍子更穿不上。满天的锦霞，都被大风吹散了。忠大伯、大娘，都在那里愣愣地立着。你看看我，我看看你，谁也不吭声，单等运涛张嘴说话。

大贵看运涛半天不言语，更摸不着头绪，眼里噙着泪珠说："大哥！这可怎么办，困难年头，说什么俺也赔不起你呀！"

听了这句话，运涛缓缓地抬起头来，笑了说："大贵！今天在大伯和大娘面前说话，你这就是外道了。甭说是只靛颏，就是一条牛，糟蹋了也就糟蹋了。什么赔不赔，咱弟兄，过去没有半点不好，哪能说到这字眼儿上。"

他这么一说，贵他娘、二贵，脸上一下子显出笑模样。

忠大伯听了，也呵呵笑着说："咱穷人们，没有三亲六故，就是朋友为重。"

大贵把胸脯一拍，说："运涛！你要是这么说，从今以后，你向西走，我朱大贵不能向东走。你向南走，我不能向北走。若是有了急难，你家的事，就是我家的事儿。"

一句话激动了忠大伯，他向前走了两步，拍拍胸膛，攥住运涛和大贵的手，说："好啊，好孩子们，你们的话，正对我的心思。从今以后，你小弟兄在一起，和亲弟兄一样，你们做朋友要做个义气！"

忠大伯吩咐大贵二贵搬出坐凳，叫运涛和江涛坐下。忠大伯也坐在阶台上，叫贵他娘点了根火绳，抽着烟。这时，就有后半夜了。天凉下来，星群在天上闪着光亮，鸡在窝里做着梦，咯咯叫着。忠大伯又说："在北方，那风天雪地里，我老是想着老家近邻，想着小时候在一块儿的朋友们，才跑回家来。你父子们帮助我安家立业，我一辈子也忘不了……"

这时，严志和也走了来，立在一边看着。听到这里，闪出来说："话又说回来，这一只鸟儿算了什么？孩子们，你们要记住，咱穷人把住了饭碗，可不是容易。你们要为咱受苦人争一口气，为咱穷人整家立业吧！"

运涛擦擦泪说："咱小弟兄们都在这里，从今以后，把老人们的话记在心里，咱不能受一辈子窝囊。兄弟们要是有心计的，抱在一块，永久不分开。"

江涛受了哥哥的激动，两手抱住脑袋，趴在阶台上抽抽咽咽哭个不停。

忠大伯一看孩子们激动的神色，转忧为喜，说："孩子们！这话我可得记住！"他又想到：鸟儿糟蹋了，打断了仇人的希望，可不一定能打断仇人的谋算!他说:"看你们小弟兄们以后怎么样吧!"

严志和也说:"看你们小弟兄们有没有这个志气!"

说着,鸡叫天明,忠大娘又给他们烧水做饭。

那时候,运涛二十一岁了,大贵才十八九岁,江涛比二贵大几岁,才十三岁。他们已经知道社会上的世故人情,经过这一场变故,会用不同的理解,不同的体会,把朱老忠和严志和的话记在心里。

经过这个变故,朱老忠觉得严志和为人厚道,严志和觉得朱老忠慷慨义气。两个家族的友情,更加亲密起来。

13

　　鸟儿的风波过去,又过了一阵子,果然一场祸事降落大贵头上。

　　新年正月,大集上唱戏,运涛叫了大贵上西锁井看戏去。一到戏台底下,看见戏棚上插着小白旗儿,茶桌子上坐着几个穿灰色军装的人。军阀混战的年月,人们最怕穿灰军装的大兵。运涛说:"咱得离远点,那是招兵的旗。"大贵说:"那怕什么?"运涛说:"万一的……"

　　运涛一句话没说完,冯老兰从背后闪出来,指着大贵,高喉咙喊叫:"就是他小狗日的,抓!"

　　灰色兵端起枪跑上来。运涛手疾眼快,撒腿就跑。跑了一截,回头一看,大贵睁着大眼睛,这边看看,那边看看,他还不知道是怎么回子事哩!运涛摆着手儿大喊:"大贵!大贵!快跑……"

　　大贵猛地回头一看,果然是!二话不说,拿腿跑起来。才跑不过几步,砰砰两声枪,从头顶盖过来,枪弹吱吱响着飞过去。他震得头蒙了,浑身一愣怔,被灰色兵抓住右胳膊,就势一拧,一下子背在脊梁上。大贵一时气红脸,瞪起大眼珠子,瓮声瓮气说:"你想干吗?"

　　灰色兵说:"俺不想干吗,冯村长说,该你出兵。"

大贵急得喷出唾沫星子,说:"干吗该我出兵?"

冯老兰愤愤地走上来,说:"定而不移地是该你出兵。"

灰色兵从腰里掏出绳子,绑上大贵胳膊。大贵跺着脚,左拧拧,右拧拧,挣扎了两下子,看挣不过,嘴里只是呼呼出着气。

戏台底下人见抓兵,都惊散回家。戏台上也停下锣鼓,台上台下成了青灯儿似的。灰色兵牵着绳子,跟着冯老兰,把大贵拉到学堂里,拴在马桩上。大贵脸上青筋直蹦。

运涛一溜烟跑回东锁井,把冯老兰抓兵的事跟忠大伯说了。一行说着,运涛想:忠大伯一定跳起脚来发雷霆。其实相反,忠大伯越是到了这个节骨眼儿上,越显得镇静。他把烟袋锅插进荷包里,泥旋[1]了老半天,才说:"估摸老霸道要给咱过不去。"

运涛急得跺脚,说:"可怎么办哩?快托个人去说吧!"

忠大伯说:"说也白说,老霸道见咱朱家门里更人多了,他气不愤,成心毁坏咱一家人的美满。"

说着话儿,严志和、朱老明、朱老星、伍老拔,朋友们都赶到了,一个个大睁着眼睛,为老朋友不幸的命运捏着一把汗。

伍老拔说:"快去吧,去托个人情,叫他们把人撂下,花钱多少,咱大家伙兜着。"

朱老明抬起下巴,急得嘴唇打哆嗦,说:"咳!急死人啦!可怎么办哩,冯家大院里有的是年幼人们,天大的祸事却落在咱朱家门里!"

严志和把烟袋叼在嘴里,吧嗒吧嗒一袋,吧嗒吧嗒一袋,不说什么。事情摆得明白,用不着再说。

---

[1] 用手研磨。

运涛想：托人去说吧，跟冯贵堂不能说，跟冯老洪、冯老锡，也说不进去。只好去找李德才。李德才正在四合号里喝酒，运涛把求他说情的话一说。李德才醉醉醺醺，一手端起杯子，咧起嘴角说："天爷！你用着我啦？我用着你的时候哩？"

运涛立在一边，眨巴眼睛不说什么。李德才又追问："你可说呀！"

运涛睁着大圆圆的眼睛，说："俺没说的，就是没应你那只鸟儿！"

李德才把手掌向下一按，说："咦！明白了？晚了！人，要不回来。他要在兵营里、在前线上过一辈子。白了胡子才能回家娶媳妇，一辈子再也生不出孩子来。"

运涛一听，浑身打了个寒战，说："俺多拿个钱儿，请你喝壶酒。"

李德才说："钱再多，是你家的，不是俺家的。"

李德才一口回绝说情的事，运涛垂头丧气走出来。

一出门，看见一个人，披着一件旧污的呢大衣，穿着一身旧军装、一双破皮鞋。他心上一机灵，以为又碰上抓兵的，仔细一看，是冯大狗。迎上去问："你什么时候也穿上这二尺半？"

冯大狗说："好几年哩，告诉你说吧，树挪死，人挪活，一离开锁井镇，就吃香的喝辣的。"他衣领上油乎乎，胡子长了满下巴。脖子上黑的，也说不清是胡子还是泥垢。

运涛问："你做了官儿？"

冯大狗伸出大拇指头，笑笑说："不敢说大话，当上一名小小的亲兵。俺旅长喝茶、吃饭、睡觉，都得叫我管着！"

运涛上下看了看，心上想起大贵的事。他说："咱弟兄们轻易地不见了，走吧。到俺那里去坐坐。"

冯大狗看准了运涛的意思，不言声儿跟着走回来。一过苇塘，忠大伯在门口站着,看见运涛后头跟着个当兵的,心里很是腻歪,心想:这年头!躲还躲不及,招惹这个干吗?运涛走近了介绍说是本村的熟人,才搓着手走上去说:"咱好像还没见过面,家里坐坐吧!"

冯大狗弯了一下腰,所答非所问:"老是做个庄稼活,成年价土土浆浆,一大家子人,饭都吃不饱,衣裳也穿不上。洋枪一背,什么都有了!"

冯大狗笑笑嘻嘻,走进忠大伯家里。一进门,忠大伯就喊:"快擦擦桌子,烧壶茶!"朱老明、严志和,听来了生人,走到阶台上,把冯大狗迎进去。忠大伯用袖子掸了炕沿上的土,请冯大狗坐下。说了一会话儿,贵他娘拎上茶来。忠大伯用手巾擦了茶碗,给冯大狗斟上茶,说:"一人高升,众人得济。你一个人挣钱,一家人不受急窄了。"

冯大狗听了,扬扬得意,说:"我请假回家来看望,还想把家眷带出去享福,给我老爹老娘买身小羔皮袄穿上。听旅长话口,不久我就要下连当连长了。"

忠大伯上下打量了一下,看他不像那样人物。可是大火烧着眉毛,只好把死马当活马治,立刻请他喝酒吃饭。吃着饭,冯大狗见屋里大人、孩子这么多人,他问:"你们出了什么事情?"

忠大伯跨上炕沿,让酒让茶,把大贵的事情说了。

冯大狗已经有了七八分酒意,醉醉醺醺,摇头摆脑说:"这个好说,用不着上愁。"

忠大伯笑笑说:"你还想伸一下子大拇手指头?"

运涛也向前说:"忠大伯他们才打关东回来,大贵兄弟又碰上这倒霉的事,请你帮帮忙吧!"

冯大狗用筷子夹了一块熟肉放进嘴里,边嚼着伸脖子咽下去,说:"这个好说,四指长的小帖儿,就办事!"伸手摸进衣袋,掏摸了半天,说,

"嗯,片子没带着。"

忠大伯说:"叫运涛上你家去拿。"

冯大狗又说没带回来。运涛跑到大街上去买了白片来,找了笔砚,开始写名片。运涛磨好了墨,蘸好了笔,问:"写上'冯大狗'?"

冯大狗连忙摇摇手,说:"不,不,我有了官讳,叫'冯富贵'。"

运涛在白片上工工整整写上"冯富贵"三个字。端详端详,又问:"什么官衔?"

一问官衔,冯大狗愣了一下,然后张嘴就说:"四十八师,三十八旅,二十八团,第八营,上尉连长吧!"

运涛一边写着,就觉得奇怪:怎么都带着个"八"字?

冯大狗吃着饭,看见江涛睁着两只明亮亮的眼睛看着他,就问:"这个兄弟好精神,是……"运涛说:"是俺兄弟……"又说:"还得请你劳驾走一趟。"冯大狗把手掌向上一伸,说:"用不着!"

运涛拿上"冯富贵"的名片,走到学堂里。招兵的一听,是一位连长来说情,立刻去找冯老兰。运涛跟在后头听着。冯老兰把名片拿起来一看,睁开大眼睛瞪了运涛一眼,说:"什么冯富贵,是冯大狗,包上皮儿养不活的家伙!"啪地把片子抛在地上,拿脚踩住。

运涛看架势不好,慌慌急急走回来,把冯老兰的话跟冯大狗一说。冯大狗把筷子在桌上一放,说:"俺家族长的事,老天爷也管不了。"端起屁股往外走。

一家子人眼看着他走出去,江涛跟到门外看了看,回来说:"欠把他拉回来,吐出咱的酒饭!"一屋子人,大眼睛瞪着小眼睛,谁也想不出办法来。

朱老忠觉得这些人未免欺人太甚,一时气愤,心上急痒难耐,仇恨敲击着他的胸膛,走出走进,说什么也停不住脚。耳朵里像有老爹朱老巩的声音,在叫唤他。走到门道口,把手放在铡刀柄上,才说扯起来往外跑,他又犯了思量:"还是从长里想的好!"又走进屋里,坐在炕沿上,抽起烟来。抽了一袋,又一袋,沉思默想了老半天,把拳头一伸,说:"好!咱就是这个脾气,人在矮檐下,怎敢不低头。逆来,顺受。去吧,去当兵吧,在他们认为是'祸',在咱也许认为是'福'。我早想叫大贵去挎枪杆子,这正对付。"

他这么一说,朱老明、严志和,一屋子人都松了一口气。

忠大娘拍着两个巴掌,负气说:"着啊!去吧,有什么愁的?"

忠大伯和忠大娘一席话,倒把人们说乐了。运涛走到招兵的那里,要求放大贵回家睡一晚上觉,第二天跟上走。招兵的说什么也不干。运涛说:"跑了他,我去!"招兵的看运涛好身条,更聪明,才答应打个手印,把大贵保回来。忠大娘找了俩鸡蛋,动手给大贵包饺子。吃着饭,忠大伯说:"大贵!谁叫你上西锁井去来?你不知道西锁井土豪霸道们厉害?就不经这个心!我孩子不多,也不是多嫌你,是为的咱穷人有个挎枪杆的,将来为咱穷人出力,你就安心去吧!"

大贵一听就哭了,说:"谁承望的?打关东回到家来,受人欺生,谁叫你想回老家哩!"

忠大伯又说:"常说,艺不压身。比方你志和叔吧,本来是个庄稼人,他经心用意学会了垒房,就成瓦匠了。你要是学会了挎枪杆儿,说不定将来就是个军官哩!"

忠大伯说了这句话,再不说什么,只是闷着头儿呆着。大贵剩下一碗饺子,忠大娘端在忠大伯跟前,他半天也不吃。

忠大娘把碗往忠大伯跟前挪挪,说:"快吃饭吧,饺子凉啦!"

忠大伯说:"你吃吧,我不想吃。"

听得说,忠大娘瞟他一眼,说:"什么,又不吃了?"

忠大伯说:"我心里愁闷得慌。"

忠大娘说:"就是那么爱忧愁,像个孩子,芥子大的事儿也忧愁。家里也没什么好吃穿,年幼人们在外头闯荡闯荡,经经困难也好。"把碗在忠大伯跟前一蹾,说:"给我吃!看看你,遇上一点小事就不好好吃饭。吃喽!"

忠大伯蔫着眼睛看了看她,不言声儿,端起碗来。

忠大娘见人们都看着她,脸上一红,说:"你不知道他这个性道,就得管着点,不能光由着他。"

忠大伯吃完饭,天黑下来,说了会子话,人们才散了。一家人吹灯睡觉,明天大贵还得赶路呢!

大贵心眼憨实,虽然出了这么大事,他要离开家乡给军阀们去当兵了,把脑袋在枕上一搁,就呼呀呼地睡起来。朱老忠翻过来掉过去,睡不着觉。他自小里就是这个脾气,想干的事情一定要干成。想下关东,抬起腿来就下了关东。好不容易下了关东,受了千辛万苦,才安下家来,又想起家乡。本来贵他娘嫁他的时候,早就说好,不能离开她的家乡。他又舍不得她,死乞白赖,苦苦央求。贵他娘一时心思绵软,才折变了家产,跟他回乡。不管千难万难吧,总算回到家乡了。家乡无房也无地,又下手盖房。好不容易将房盖上,有了窝坎住处,大贵又被冯老兰抓了兵。一大溜子作难的事情赶在一个人身上。他抬起眼看了看满屋子黑暗,说:"天呀!天呀!"他的心肝像要呲裂了,好不难受!心里又嘀咕起来:"他好霸道,要压得我一辈子抬不起头来。"

一个人想想这个,想想那个,说什么也睡不着觉。只觉得心里焦渴,身上发热。抬起头来看了看,窗外黑乎乎,街上有敲木梆儿的声音,起更了。他又把脑袋放在枕头上,想到他再没有别的亲人,就只有贵他娘和两个孩子。一时觉得贵他娘对他恩情比海还深,比山还重。

这话一点不假,朱老忠年幼的时候,光棍汉一条。今天走到南,明天又闯到北,像棵没根的蓬蒿,心上拴不住笼头儿。鞋鞋袜袜没人做,睡起觉来缺半边人儿。自打贵他娘坐在他的炕头上,冬穿棉,夏穿单,不管破的烂的,缝洗得干净利落,到什么季候,不用说话,就穿在身上。下地做活,黑灯瞎火走回来,一进门,有饭吃,一拎壶,有水喝。不管走了多远的路程,一进门,炕上有个舒心的人儿,就像减轻了身上的疲劳。两人搭了十几年的伙计,没拌过嘴,没吵过架。老夫妻总是睡在一条炕上,朱老忠常想:睡在她的身边呀,不穿棉袄过得了冬,不扇蒲扇过得了夏。忘了饥,忘了饿。夜深了睡不着觉的时候,两口子常上话,朱老忠要说:"贵他娘!贵他娘!你就是咱的活神仙!有了你,我也扒住碗沿子了。"贵他娘就说:"俺不是什么活神仙,就是会做两手苦活呀!"

朱老忠睡不着觉,贵他娘也失了困。孩子被抓了兵,明儿就要离开,娘呀,她的心,像在滚油里煎着。混战的年头去当兵,死着回,还是活着回来,还不一定。她的心,闪闪飘飘,跳个不停。由不得又想起死去的父亲和母亲,想起她的一生:

贵他娘一生下来,娘就死了。爹穷得不行,养不起她。十七岁上那年她就出了嫁。不承望生下一个孩子,那人儿又病死了。年轻的寡妇,孤零零一个。在关东那稀落的荒村野屯上,有的是吃人的狼。她一个人忍气吞声过日子,晴天白日插着门,夜晚把门闩结实才敢睡觉。可是,瓮里没有水,坛里没有面,小孩子没有奶吃,饿得黑间白日咕哇咕哇叫。孩子瘦得皮包骨头,不久,就饿死了。夜里,她把孩尸用席头裹起,抱起来跑到野地里，用手刨了个坑儿埋上。哭了两声，说："短命的孩子，你生得不遇时了，爹死了娘还年轻，没法儿把你拉扯大！"

孩子死后，又过了一年苦日子，她觉得守不住。越是在艰难的岁月里，越想亲人。她倒不像别人那样，要守寡一辈子，满心眼里愿找个靠山。

家族长是个白了尾巴梢的老狼，瞪着眼睛，看着她的身子骨儿结实又漂亮，黑夜里跳过墙来，要和她就伴儿。她死也不开门。那家伙恼羞成怒，逼着她往前走。使了她二百元钱彩礼，才答应她抱起被子，走到朱老忠家里。自此以后，碾有人推，水有人挑，头疼脑热有人看孩子，刮风下雨有人拾掇院子。两口儿操持了多少年，才像家子人家，朱老忠又要回家。她想：也好，离开老狼们远点儿，心里也好安静。今天她才知道：天下老鸹一般黑，老狼都是吃肉的，冯老兰早就白了尾巴梢！翻来覆去想着，难过得不行。

朱老忠见贵他娘睡不着觉，划个火，抬起半截身子，点着墙上那盏油灯。灯上冒起浑红的焰苗，在风前颤抖。看了看窗户还不亮，听不见鸡叫，他翻了个身，问："贵他娘！贵他娘！你身上不好？"

贵他娘说："不，孩子要走了，我心里难受。"

朱老忠说："谁不难受哩，又有什么办法？"

贵他娘说："孩子离开娘，瓜儿离开秧，这样年头去当兵……"

朱老忠听着，像铁棍敲他心，半天不说话。

贵他娘："你想回乡，我就跟你回来，你看，这怎么过得了日子？冯老兰比俺家族长还厉害！"

朱老忠猛地说："我不服他这个，走着瞧，出水才看两腿泥哩！"他说了这句话，再也听不见贵他娘说什么，抬起头来看了看，她已睡着，就近给她盖好被子。看看贵他娘善良的面容，他的心上有说不出的感激。

有了她，才有了孩子们。有了她，才像一家子人家儿。有了她，他才不孤单。她分担了生活的担子，她帮助他在生活中挣扎。要是没有她，甭说成不了人家儿，生活还很难过下去呢！

他又看了看大贵那孩子抱着脑袋睡得欢着哩！

当天晚上，运涛从大贵家里走回来，心想：要是不叫大贵去看戏，也抓不了兵。他心上冷冷落落，走到春兰家门口，一敲门，春兰走出来开门。运涛走到机房里点着灯，想看一会儿书。春兰立在炕边不走，她问："大贵被抓兵了？"

运涛说："唔！"

春兰又问："你叫他去看戏来？"

运涛说："唔！"

春兰噘起嘴唇说："上西锁井去，也不经点心，那人们尽会放火打黑枪。去了也罢，也不看着点儿，活活叫人抓住。"

运涛说："他生心要抓你，找你的茬儿，说什么也不行。谁又长着前后眼？"

两人愣在那里，为大贵的命运担心。两颗心同时突突地跳动。

第二天早晨，运涛一起身就去看大贵。忠大娘又给大贵做了顿好吃的。

朱大贵吃完了饭，忠大娘给他穿上一身新衣裳，把常穿的衣裳包了个小包袱，叫他拿着。大贵又挑了几件扔下，说："当上兵，什么也有。"

忠大伯在一边看着，半天才说："我先说给你，大贵！咱当兵不像人家，不能抢抢夺夺，不能伤害人家性命。"

严运涛、忠大伯、朱老明、朱老星、伍老拨，还有江涛和二贵，送大贵到招兵的那里去。边走着，运涛就着大贵耳朵说："兄弟！哥哥对不起你,你去吧!干好了给我来个信,我也去找你。"大贵说:"好,就是吧!巴望我回来的时候,弟兄们能见到面!"运涛说:"怎么能见不到面哩?"一行说着,忠大娘从后头跟了来。走到苇坑边上,她伸手把大贵扯住,把几个熟鸡蛋搁进大贵口袋里,说:"孩子!想不到从关外躲到关里,也躲不开他们!你出去了,要保重身体。你离开娘,娘也照顾不了你了。夜晚把被子盖好,小心别着凉。到了吃饭的时候,吃好吃歹,你也吃打口子[1]。人是铁,饭是钢啊……"说着,掉下几点泪,她用褂子襟遮住。几年来,她还没有流过眼泪哩!

大贵眼珠子闪出晶亮的光,不等母亲说完,就说:"娘!哭什么?等你想我的时候,我踏脚儿就跑回来。"

忠大娘又笑了,说:"看你说得容易。到了军队上,就是人家的人了,人家愿打就打,愿骂就骂。"说着又想哭出来。

大贵说:"可不是,我长着腿哩!"

说着,忠大伯他们已经走上西坡,站在那里等着。

运涛在一边看着,见母子俩难离难舍。眼圈儿一阵发酸,也流出泪来,心里说:"谁知道!这是什么命运哩?"江涛眨巴着又黑又长的眼睫毛,默默的不说什么。二贵离不得哥哥,他们自小儿在一块儿长大,这一去,说不定什么时候才能回来,只是一门里哭。

大贵被冯老兰抓兵走了,运涛心上也犯嘀咕[2]。附近村庄上,又不断出放火打黑枪的事。他更变得少言寡语,净好闷着头想事儿。人们都说:"这人心里可有数儿!"他白天在梨园里做活,晚上插上门,在机

---

[1] 就是吃一点儿(饭)。这是妇女常用的口语。

[2] 忐忑不安,踌躇的意思。

房里点上小油灯看《水浒传》。春兰和江涛趴在一边,拿着笔写写画画。运涛给他们讲故事,教他们打算盘。不到一年,春兰故事顺口溜,江涛打得算盘珠夸夸响了,像大街上跑马。

14

到了第二年春天,运涛耪完家里地,背上小铺盖卷儿,出外做短工。往北出去十几里路,下了市[1]。他做了两天活,正赶上下雨,就找了个小梢门洞坐下看书。从早到晚,雨下个不停。

这个小梢门[2],朝北开着,面对一片大敞洼。门外有棵香椿树,树下有个小井台,雨点儿在井台上淅淅沥沥滴了一天。眼看天快黑下来,运涛肚子也饿了,想吃点东西,又舍不得那两天工钱。正在犹豫,从梢门里走出个人来。

这人,三十多岁,弓着肩,黑脸皮,脸上有短短的黑胡髭茬儿。穿身白褂裤,尖皂鞋子,看起来和庄稼人一样。看天黑了,门下还坐着个人,他问:"你是哪里人?在这里坐一天!"

运涛仄起头,看了看他,说:"小严村的,出来打短工,碰上下雨。"

---

[1] 这里的"市"字指"人市"。从前,北方在农闲季节里,打短工的贫苦农民,每天清晨集中到一个地点找雇主,这叫"上市"。由地主或富农(雇主)选上的短工,对短工来说叫"下了市"。

[2] 临街的大门,里边可以停车。一般富户人家才有。

那人接过书看了看,说:"《水浒传》,你上过几年学?"

运涛说:"两年,是自己习会字的。"

那人点点头,又问:"你家里人都是干什么?"

运涛说:"父亲是个泥瓦匠。我除了做农活,还能织织布,打个短工。"

那人又点点头,默默地说:"乡村知识分子!"

运涛腼腆笑了,说:"咱算是什么知识……庄稼人认识几个字罢了。"

那人说:"庄稼人能读《水浒传》,就不错啦!"

运涛看他是个有知识的人,就和他谈起来。从读书谈到写字,谈到"国民革命"。那人也坐在门槛上,接过运涛的小烟袋抽烟。不知不觉,夜黑下来,那人看他年轻,又老实本分,上下打量了一下,说:"天黑了,你走不了了,睡在俺家吧!"

运涛说:"敢情那么好!"又问了主家姓名。那个人叫贾湘农,是城里高小学堂的教员,来家看望。运涛一听,合不拢嘴儿地笑,他一生还没和有知识的人谈过话,怪不得谈得这么投洽!也把自己名字告诉他。

贾湘农把他引进门里,门洞里有个小门房,是个牛屋。一头老牛,正咯吱吱吃着草哩。屋西头有条小炕,炕边有个小草池,贾湘农叫他把行李放在炕上,休息下。仄起头,瞧着屋顶想了想,又温声细气儿问运涛:"目前乡村里,农民生活越来越困难,尽是一些个什么原因?"

运涛坐着草池,把两只胳膊戳在膝盖上,挂着下巴,慢悠悠说:"原因挺多呀!眼下农民种出来的东西都不值钱,日用百货,油啦、盐啦、布啦,都挺贵。买把锄头,就得花一两块钱……大多数农民,缺吃,少烧。要使账,利钱挺大。要租种土地,地租又挺重。打短工,扛长活,都挣不来多少钱,人们一历一历都不行了。"

贾湘农看运涛说话,挺有根底,抬头思乎了思乎,搓着手儿点点头说:"是呀!日用品贵,农产品贱,'租''利'奇重,庄稼人们一历一历的不行了!"又眨巴着黑眼睛问:"还有什么原因?"

运涛文化不高,猜摸着也能听懂他的话,说:"原因吗?租谷虽重,利息虽高,年内只有一次,如今这个捐那个税的太多了。地丁银预征到十年以后,此外还有学捐,团警捐……咳!多到没有数儿呀!"

贾湘农不等运涛说完,把大手一按,撩起衣襟坐在运涛一边,亲切地笑着说:"好,你看得一点不错!只知道你识几个字,人还聪明,不知道你懂这么多道理。好啊,好啊,目前在乡村里就是缺你这样的人,做些启蒙工作。来吧,咱们做个朋友,常来谈谈。"

运涛见他这么亲热起来,挺不好意思地躲开一些,又腼腆笑着说:"这可算个什么,庄稼人,懂得什么深沉的道理?只把原样儿说说罢啦!"

贾湘农乐得搓搓手儿,说:"对嘛,你亲身感受的痛苦,就是目前的农民问题嘛!"说完了,抬脚匆匆走进去。耽了一会儿,他端出一大碗菜饭,两个窝头,还有一小盘咸菜。他说:"光顾跟你谈话,你还没吃饭哩!"

运涛忙站起来说:"正饿了。"

贾湘农说:"饿了,你就吃吧。吃得饱饱的,咱们再谈。"他点上一盏小油灯,挂在近处墙上照着。

运涛吃着饭,还听得院里雨响。心想:"要是不遇上他,睡没处睡,吃也没吃处。"

吃完饭,贾湘农又问了他一会子家世和为人。第二天还下雨,运涛走不了,贾湘农也回不了城。贾湘农搬了个小炕桌来放在炕上,脱鞋上炕。

屋顶上有个小秫秸箔[1]，他摸出笔墨纸张，放在桌上。两个人谈着，贾湘农就在纸上写。运涛迫切要知道怎样才能把国家治理好。贾湘农说："那就必须把帝国主义打跑，把封建势力打倒。"又讲了一些革命的道理。运涛心上豁然亮了，点点头说："就是，一点不错！"

贾湘农说："请你帮我做些事情吧！"他在纸上写了几个项目，说："比方说，捐税有多少种？具体到农民身上，他们要付出多少血汗？地租高的有多高？低的有多低？利息最高的几分，最低的几分？……嗯，能办得到吗？"又歪头瞅运涛，等他答复。

运涛是个明白人，听到这刻上，知道贾湘农不是个普通人。他听说大地方出了"共产党"，也听说过"共产党"是"穷人党"，可没见过。今天，他思乎着有八成是，可也说不定。他心惊了一会子，脸上腼腼腆腆热起来。笑笑说："掂对[2]着办吧，巴不得我能来问你。"

贾湘农说："好嘛，你常来嘛！我就是喜欢你这样人。常来谈谈你们的生活啦，困难啦，什么希望啦。我过去住在城市里，才来乡村不久，什么都感到生疏。"又说："唔，咱们定下个关系吧，你在礼拜日下午，到我家来。你知道什么叫礼拜吗？就是星期日。七天，就是一个星期。今天正是星期日，再过六天，明儿个你就来。"他又歪起头儿，瞅着运涛，等他说话。

运涛心上一时焦灼，两手不由得摇动，心上颤得不行。他想：我今天可找到光明了。他笑了说："那，好多了，要是能得到你经常开导，说不定，我就会明白起来。"

---

1 用高粱秆并排结在一起而成。有的吊在房梁上用来养鸽子或放东西。

2 计划、安排的意思。

贾湘农说："当然是！一个农民，他是纯洁的，善良的，一经接触革命，就没有不聪明的。你知道什么叫革命吗？"

运涛摇摇头："不知道。"

贾湘农说："就是腐朽的军阀政客们，不能推动社会前进，只能是社会的蟊贼。受苦的人们，工人，农民，就要起来打倒他们，自己起来管理自己的事情。知道吗？"

运涛听完这句话，心上更加亮起来。一时胸膛里发热，传到脸上，传到手上。他笑眯悠儿地说："我得回去跟我爹商量商量。"一行说着，嘴唇和脸面颤抖得不行，好像自己再也管不住它们。

他这么一说，贾湘农着急起来，搓着手说："好朋友，你自己知道就算了，可不能告诉别人！"停了一刻又说："不过，要是有极可靠的人，也可以谈谈。"

贾湘农，是当时这县中国共产党的第一个县委书记。父亲是天津工厂的工人。他读了两年中学，也在工厂里做工。父亲介绍他入了党，成了共产党员。为了反对军阀混战，反对军阀统治，被捕过，受过电刑。直到如今，说起话来嘴唇打颤，做起事来两手打着哆嗦。去年冬天，从监狱出来，军阀们追捕得紧，在天津站不住脚，组织上派他回到家乡一带，开辟工作，在高小学堂里当教员。

运涛又在他家歇过一夜，第二天早晨，日出天晴，他背上小铺盖卷儿赶回家来。到了吃中午饭的时候，和父亲围着桌子吃着饭，他把这话儿说了。严志和用筷子夹了一根咸菜，搁进嘴里，吮着咸味儿，低下头半天不说一句话。涛他娘也不说什么。一家子吃着饭，沉默了老半天，严志和长叹了一声，说："跟冯老兰打这三场官司，就教训到我骨头里去了。咱什么也别扑摸[1]，低着脑袋过日子吧！"

说了这句话，严志和老长时间不吭声。运涛说："我看他不是平常的人……"

不等运涛说下去，严志和又说："你还要经心，别学了大贵，那霸道们歹毒多多了。"

运涛看和他说不入套，心里想："去找忠大伯吧，一定不和他一样！"吃完饭，把饭碗一推，踩着房后头那条小道，去找朱老忠。朱老忠吃完了饭，坐在门楼底下歇着，运涛把出去打短工，遇上贾湘农的话说了。

朱老忠听着听着，眉开眼笑，又低下头琢磨了一会子，连声说："好，好，这人儿深沉，肚子里有穿花儿[2]!"

运涛说："我也这么看，他老是问：'有多少捐？有多少税？地租高的多高，低的多低……'还说，穷苦人们要想'自由'就得打倒军阀政客，庄稼人们一轰起来，管理自己的事情。"

朱老忠听到这里，把手一拍，铜声响气说："嗨！这就说对头了，这是一件好事情！"

运涛说："他还叫我常去谈谈，大伯，我去吗？"

朱老忠拈着胡子，挪动板凳向运涛跟前凑了凑，绵言细语说："去吧，孩子！去吧！扑摸扑摸，也许扑摸对了。老年间，离咱这里不远，蠡县边境，出了个李恕谷。李恕谷是个大儒，可是他不讲做官，净讲实际，不尚虚华。他还交往过白莲教，闹过反清复明哩……"

运涛伸起脖子，哑眯眯地问："真的？大伯！"

---

1 试着闯一闯。

2 办法。有穿花儿，即有办法。

朱老忠两只眼睛放出明亮的光芒,看着运涛说:"这都是你老巩爷爷亲口跟我说的。你老巩爷爷也想过参加义和团,打跑洋大人哩。你说的这人,一定有根柢儿!"

运涛把下巴拄在膝盖上,睁着大圆圆眼睛,想了半天,说:"这人一定是'共产党'!"

朱老忠畅亮地笑着说:"共产党?我在关东的时候,就听人讲到过,苏联列宁领导无产阶级掌政,打倒资本家和地主,穷苦人翻起身来……你要是扑到这个靠山,一辈子算是有前程了!"

运涛又眨着大眼睛沉默了一会子,慢慢抬起头来,问:"要不,我去?"

朱老忠扬起下巴,呵呵笑着说:"去吧!可是你去了,也要慢慢扑摸着看。"

从这天开始,运涛每逢星期的日子,就到贾湘农家去。贾湘农和运涛谈了几次,发现运涛是个阶级意识挺清楚的人。运涛觉得每次和他谈了话,身上都是热烘烘的,看书做活都上劲。

自此,严运涛觉得前面有希望了,好像有一种什么力量鼓励他往前走。他更爱给青年们讲故事,先讲一段故事,再讲"打倒帝国主义""打倒军阀统治""打倒贪官污吏、土豪劣绅"。

那时,乡村里豪绅地主们的统治,还没有那么厉害,有的还睡在鼓里。人们只说他学得不着三不着两的,爱说疯话。年幼的人们都爱听他讲。今天讲,明天讲,讲得闺女小子们都不安起来。

这时,春兰才长成身个,细身腰、长脸盘儿、黑粹粹儿的[1]。听了运涛的宣传,像春天的苇笋注上大地的血浆,长出绿色小叶,精神旺盛,

---

[1] 口语。(面孔)微黑、发亮,具有健康美。

永不疲倦。又像春天的紫柳，才生出绿色的嫩叶，一经风吹就会摇摇摆摆，向人们显示：只有她是值得骄傲的！

这姑娘，坐在门槛上做活的时候，学会了把身子靠在门扇上，捋着针上那根线，左捋、右捋、捋半天，使人疑惑她忘记把针线穿在布上呢。有天晚上，她在机房里听了一会子运涛讲书，听得浑身热烘烘的。开门向外一走，觉得眼前迷迷离离，一进二门，她又愣住。仰起头来看看天上，满眼尽是星斗，交辉闪亮。

冬天，她穿一身黑色棉袄裤，夏天穿一身蓝布裤褂，没见过她穿过别色的衣裳。那时，她做了一件蓝布褂，去找运涛写两个字。运涛问："写什么字儿？"春兰说："革命。"运涛问："写这字儿干吗？"春兰把嘴一扭，说："你甭管。"她偷偷把这两个字，用白色的丝线绣到怀襟上。表示她一心向往革命，不怕困难。又表示她迎"新"反"旧"。正当药王庙大会上，她把这件新做的褂儿穿出去。

这一下子，把个大庙哄起来：人们认得出来，是运涛写的字。只要她一走到庙上，年幼小伙子们一群群跟着看，喊："看革命呀！"睡不着觉的时候，就说："你想革命了吧？"有时候，她在街上走过，小调皮鬼们，赖皮馋眼地看着她，喊："革命！革命！"她冷不丁回过头去，说："我革命，碍着你妈疼了？"

但运涛并不因此嫌弃她，他更加骄傲：只有我能培养出这样敢于向旧社会反抗的人儿！这事也不被村乡里掌事的先生们注意，他们认为：像老驴头这样人家的姑娘，被人玩弄是应该的。

15

药王庙大会过了,运涛和父亲在门前小井台上浇菜,严志和拧辘轳,运涛改畦口。浇着浇着,从正北来了一个人,戴着个旧礼帽,穿着蓝布长衫,胳肢窝里夹着个小包袱。运涛定睛一看,正是贾老师。他把小铁锨戳在畦垄上,迎上去问:"贾老师!你想找谁?"

贾湘农说:"我想找你。"

运涛笑了说:"那,你算是找到了。"

运涛头里走,贾湘农后头跟着。到了小井台上,运涛对贾湘农说:"这是我父亲。"

贾湘农点了点头,说:"这大年纪,拧辘轳吃力了吧?"

严志和见来了个穿长衫的先生,笑着停下辘轳,从小枣树上取下烟袋荷包,擦了擦烟嘴,捧上去说:"请你吸袋烟吧!"

贾湘农恭恭敬敬地说:"你先吸吧,大叔!"

严志和见贾湘农这么客气,这么谨慎,不由得两手打起抖,说:"稀客!稀客!你先吸!"又对运涛说:"去,叫你娘烧壶水,客人来了!"

贾湘农抽着烟,在菜畦上转游着。北瓜圆了颗,开着大黄花,长上小瓜了，韭菜才一拃高[1]，还有洋角葱、小茴香。他说："庄稼人辛苦，吃菜方便。"

严志和见他说起话来如情合理，说："庄稼人，左不过是在土里、粪里，钻来钻去呗！"说完了，撮着嘴唇笑。

贾湘农走到井台跟前，说："庄稼人，谁敢瞧不起？没有庄稼人，就没有粮食吃，没有衣裳穿，都得冻死、饿死！"

严志和一听，挺觉是味儿，笑笑说："我第一次听到你这么说。每次进城，净怕人家说：'你，满脑袋高粱花子！'"

贾湘农听着，由不得弯下腰，笑红了脸。严志和也龇开牙笑。见运涛不出来，严志和走进去，问运涛："那是个什么人儿？"运涛说："就是上次出去打短工，交的那个朋友。"严志和想：打短工也能交这样的朋友？他不相信。运涛拎了一壶水，拿着两只饭碗，摆在小井台上。贾湘农坐在井池上喝着茶，边喝边谈。

贾湘农问："庙会上，宣传工作搞得怎么样？群众对咱的主张有什么意见？"

运涛两腿圪蹴在井台下头，对着贾湘农说："说起反封建，反土豪恶霸，人们都赞成。这号人们，在乡村里为非作歹，鱼肉乡民，看得见、听得到。一谈起反对帝国主义，人们不关痛痒。他们不知道帝国主义藏在军阀身子后头，军阀割据，就是变相的帝国主义统治！我这么说，你看怎么样？"

贾湘农听了，抬头吧唧吧唧嘴儿，又点着头说："对！是这个问题，农民是最讲实际的。那就要讲明白，帝国主义，通过各种洋货，什么洋油、洋火、洋线、洋锁，等等，剥削中国农民。"

---

[1] 五指伸开，大拇指尖和中指尖间的距离叫一拃。

运涛谈了近来在乡村里工作的情况,谈到春兰怎样进步,怎样热心宣传工作,贾湘农喷地一下子笑出来,说:"聪明的姑娘,多么热情!就是太特殊了,引起一些人的非难。要明白,我们的心是光明的,好比是一盏明灯,你端着这盏灯走过黑暗,就很难看清楚周围的事物,但是不要忘记,我们的周围还是黑暗的,我们的敌人还很多!"随后又谈了一些别处的工作情况。

运涛眼睛瞅着天上的游丝[1],扑棱棱随风摆动,说:"就是!就是!"

贾湘农又说:"要和农民做亲切的谈话,一籽一瓣儿帮助他们。有的人专好讲些打破迷信哪,改革礼俗啊,放脚剪辫子的事,惹起农民的反对。不能只说些空泛大事,枯燥的理论,搔不着痒处。我到几个地方看了看,都是犯了这个毛病。要具体揭示农民受压迫受剥削的痛苦,告诉他们这些痛苦是哪里来的。"他又歪着头,眨巴着黑眼睛,笑着说:"你了解一下,农民怎样感受兵匪的痛苦,怎样感受官吏和劣绅的压迫,农民子弟为什么受不到教育,地里的出产为什么逐年减少……"

他喝完了茶,抽过烟,站起身来,在园子上眺望。一带长堤,堤上矗立着一棵棵杨树,土地上小苗儿长得绿绿的。后面,是一簇簇农民的家屋。他说:"好地方!好地方!"一时高兴,脱下长衫,搭在小枣树上,说:"运涛!来,咱俩浇浇园!"说着拧起辘轳来。

阳光照着,鸡群在谷场上草垛底下啄食。公鸡站在碌碡上,伸直脖子打着长鸣,引起谁家小屋里的娃子叫……他笑眯眯说:"乡村风物啊!"慢慢把斗子绞起,哗啦地把水倒进井池里。又撒开辘轳,咯啦咯啦放下去……

---

[1] 春秋两季,天空中飘的一种虫吐出的丝。

运涛笑了说:"看你还挺熟练。"

贾湘农喘着气说:"不,是才学会的。每礼拜回家,除了谈工作,还要学些农活。我在工厂里学了三年徒,才学会旋工,又被捕了。到了乡村里,就要学农活了。从劳动里求生活,是最好不过的!"

运涛说:"你教着个书,满可以照顾一家人的吃穿了。"

贾湘农说:"不,在乡村里不会农活,怎么领导工作呢?"

运涛点点头,改好畦口走过来,问:"我们还应该做些什么工作?"

贾湘农说:"看样子,你们可以做些组织工作了。要团结青年农民、青年妇女。像春兰姑娘,就可以培养成青年妇女里的积极分子。要宣传我们的主张,目前我们主张打倒帝国主义,铲除贪官污吏、土豪劣绅。还要具体宣传除三害:打倒吴佩孚、孙传芳、张作霖。打倒封建军阀,才能消灭战乱。这叫民主革命呀,明白吗?要一面宣传,一面组织,不能只宣传不组织呀!"一面拧辘轳,一面说着,还气喘咻咻的。

又谈了一会儿别的话,运涛有的听得懂,有的听不懂。他转着眼珠,看看这儿,又看看那儿。到了日中正午,严志和走出来说:"去吃了饭,再谈话吧!"

贾湘农抬头一看,正午了,拿起衣服就要走。严志和说:"哪里话,要是运涛到了你家里,能不管他吃一顿饭?"

他一说,贾湘农不好意思再走。跟着运涛父子走进家里,炕桌上摆好了饭,凉面条儿搁上干菜丝。碗上喷出醋蒜的香味,刺激着鼻子。

贾湘农说:"嘿呀!你们一年吃不上两顿面哩,叫我吃白面!"

吃着饭,江涛走进来。端着一碗小米饭,默默地吃。贾湘农叫他坐在炕沿上,把面条拨在江涛碗里,说:"吃吧,吃吧,小弟弟,你今年多大年岁?该上高小啦!"

运涛说:"论过当[1],俺家里困难得不行,我爹愿叫他多念几年书,他还聪明。"

贾湘农笑了说:"唔!好嘛!愿念书好说,有时缺着短着的,我还可帮补点。"他端着碗停止吃饭,歪着头儿笑着,左瞅瞅,右瞅瞅。眼珠儿挺有神,一下不离江涛。

运涛说:"要说牛头地垄的事,俺还通达。学堂里的事,俺一墨不摸,贾先生多看顾吧!"

贾湘农说:"好说,交给我吧。"

吃完了饭,他又在运涛家小院里转了一会儿,和运涛在小场上说了一会儿话,就回城了。

贾湘农来过之后,又过了一阵子,江涛要到城里去考学了。涛他娘叫江涛去找春兰,求她做一双鞋,缝缝衣裳。江涛一进门,春兰在阶台上坐着做针线。歪起头儿问:"江涛!晴天亮晌,不去上学,干什么呢?"

江涛说:"找你哩!"

春兰笑了说:"找我干什么?"

江涛说:"我要上城里去考学,求你缝缝衣裳,做双鞋。"

春兰说:"嘿!大学生了,为什么叫我给你做鞋?我又不是你家人。"

江涛愣了一会儿,笑默默地说:"嘿!为什么?嫂子!咱早晚不在一个锅里搅马勺[2]?"

江涛说完这句话,抬起腿就跑。春兰脸上腾地一下子红起来,起身就赶。一直赶到外头院里,围着碾子转了好几遭。春兰捉住江涛,拧过

---

[1] 光景。家产。

[2] 农村使用的一种木质勺子。

胳膊,抬手就是一拳:"说!还舌头不在嘴里不?"

江涛说:"不了,不了,饶了我吧!"

春兰捉着江涛衣领子走回来,说:"好好儿坐在阶台上!小人儿家,规规矩矩的。再瞎说白道,甭说不给你做鞋补衣裳,还要敲你脊梁哩!"

春兰给他缝了衣裳,答应好好做一双鞋。又说:"你好好念书,念好了,也是老人们的落场。"又到屋里拿出笤帚来,给他扫干净身上,拍了拍。说:"去吧!"

过了几天,涛他娘叫他们穿上新洗的衣裳、新鞋子,哥儿俩到城里去。一进城门,大街上行人车马来来去去,买卖家都是光堂门面。石牌楼往南,有个光亮大门。进了大门,都是粉墙屋子、玻璃窗。运涛领他走到贾老师屋里,贾湘农和气地招待他们,让他们坐在椅子上,倒出金黄的茶水让他们喝。运涛说:"老人们说定了,想巴结兄弟念念书,可不知道怎么样。"贾湘农说:"咳!庄稼人要想脱离'压迫',脱离'剥削',不是容易。除了豁出去斗争,还要学些文化知识。文化上的进步,和政治上的进步,是密切关联的。我还想在乡村里办些半日学堂呀,平民学校什么的,结合着讲些时事政治。"

运涛和江涛,在贾老师那里住了两天。学校一放榜,江涛录取了。

正是五月末梢,麦子黄了,柳叶正绿,天气渐渐热起来。回家的路上,哥儿俩说不出有多高兴。可是江涛觉得有些离奇:自根儿,没有这么一门子亲戚,也没有这么一门子朋友。见面不多,就不拿外人看待。他问运涛:"哥!怎么他老是问那些'剥削'、'压迫'的?"

运涛说:"他们关心咱穷苦人的生活!"

江涛又呆起两只大眼深追一步:"他们又是谁?"

运涛瞅着江涛说:"他们?他们是'共产党',是给咱穷人撑腰的。

从今以后，孙中山也要扶助农民，扶助工人，联合共产党了！"

可是，江涛这时还听不懂他的话。

16

　　那天,他们刚从城里回来,江涛高高兴兴跑回家去。运涛一个人唱着小曲走着,一过房后头那条小道,看见春兰一个人坐在瓜园里小窝铺上做活儿。运涛向四围里望了望,见没有老驴头,才抬脚走进去。春兰扬起手儿招他:"运涛,来!"

　　运涛走进去问:"干吗?"

　　春兰说:"想吃个瓜吗?"

　　运涛说:"早想呢!"

　　春兰跷脚打窝铺上跳下来,翻开一蒲笼密密的瓜秧,摘出个细溜儿长的、柳条青花皮小甜瓜。说:"早就熟了,你不来,我就不敢捅它,一捅就要掉下把儿。我用瓜秧把它盖上。"说着,啪唧打开,露出金黄金黄的瓤,红籽儿,真鲜!递给运涛手里。

　　春兰问:"吃着怎么样?"

　　运涛说:"好,细蜜蜜甜!怎么没叫别人吃了去?"

　　春兰笑了说:"嘿!除了你,谁配吃它。"

　　运涛问:"这是什么瓜?我没吃过。"

春兰说:"这叫金瓜,还是忠大叔打关东带回来的籽儿,给我爹的。"她又坐在窝铺上说:"上来,咱们说会儿话!"

运涛身子一耸,坐上窝铺,靠在被叠子上。

春兰问:"你又进城来?"

运涛说:"唔!"

春兰又问:"贾老师来了的时候,说什么来?"

运涛说:"他说,咱们不能老是宣传,还要组织。像你吧,就该秘密组织妇女协会。还批评了咱们。"

春兰问:"批评什么来?"

运涛说:"批评咱们太'特殊'。"

春兰说:"什么叫那个?"

运涛说:"像你吧,把字儿绣在大襟上。"

春兰撇起嘴儿说:"嘿!这样宣传还不好吗?"

运涛说:"好是好,贾老师说,不要忘记,咱们周围敌人是很多的!"说着,他把肩膀靠在春兰脊梁上。春兰睁起又黑又大的眼睛,静谧地看着运涛。青年少女到了这刻上,会感到人生无边的幸福。做起活儿,不再孤单。睡起觉来,像有个人儿伴随。她的眼睛,成天价笑啊,笑啊,合不拢嘴儿地笑。她的心情,像万里星空里,悬着一个圆大的月亮,窥视世界上一切都是美好的。当她一个人在小窝铺上做着活儿的时候,把身子靠在窝铺柱上想:革命成功,乡村里黑暗势力都打倒。那时,她和运涛成了一家人。那,他们就可自由自在的,在梨园里说着话儿剪枝、拿虫……黎明的时候,两人早早起来,趁着凉爽,听着树上鸟叫,弯下腰割麦子……不,那就得在夜晚,灯亮底下,把镰头磨快。她在一边撩着水儿,运涛噌噌磨着。还想到:像今天一样,在小门前头点上瓜,搭个小窝铺,看瓜园……她也想过,当他们生下第一个娃子的时候,两位老母亲和两位老父亲,一定高兴。不,还有忠大叔,他一定抱起胖娃娃,笑着亲个嘴儿。

运涛也有无限的希望:他倒不想和春兰的事。他觉得春兰应该就是他的人儿,别人一定娶不了她去。他想革命成功了,一家人……不,还有忠大伯,不再受人欺侮。在他的思想上,认为那些贪官污吏、土豪劣绅们,都该杀头,关监狱。不,在判罪以前,一定要算清村公所的账目,算清千里堤上多少年的老账。也想到,像贾湘农说的,工人、农民掌握了政权。那他,也许在村公所里走来走去,在区里、在县上做起工作来。他想:那时就要出现"一片光明",农民们就可以光明磊落地打赢了官司……

运涛一面想着,心里快乐起来,说:"春兰!我看看你的手。"

春兰问:"你看俺手儿干吗?"

运涛说:"打早知道你的两只手,长着细溜儿长的手指,挺好看。就没敢捅过,连看也不敢正看一下。"

春兰抿着嘴儿笑,说:"俺晨挑菜,夜看瓜,春种谷,夏收麻。长着什么好手呢?给你,看个够!"一下子把手伸给他。

运涛攥起春兰手儿,两个人在小窝铺上,说话答理,说笑着玩儿……

冯老兰早就看上春兰。在乡村里,谁家姑娘一出了名儿的好看,他就像猪八戒,嗅着鼻子,闻着香味儿找了来。这老家伙,表面上看,是个"古板"的老头子,实际上是个老色鬼。这天,他看个空,假装买瓜寻了来。一出高粱地,看见运涛和春兰正在窝铺上响亮地说笑。用手指头碰了碰鼻子,又退回来。一拐墙角,看见春兰她大娘抱着孩子玩儿。他把嘴一绷,指了指小窝铺,抿着嘴笑着窜走了。春兰她大娘,是个呱呱嘴，心里盛不住事儿，是全村有了名的长舌妇。一拐墙角，看见运涛又跟春兰在一起，窝铺旁边并没有别的人，迈开两只大脚往家跑，扯开嗓子大喊："老驴头啊！你家春兰可招了汉子啦！"喊得瘆人。

老驴头听得喊声，脑子里腾地想起冯老兰在村边上跟他说的话，平时就不愿让运涛在他家里来来往往。这时，他扯起个小铁锹追出来，骂着："好狗日的！晴天白日欺侮到我家来！"运涛一愣怔，一时慌急，不知怎么好。又怕春兰受害，两手一异[1]，把春兰扛在肩上，撒腿就朝堤上跑。老驴头就在后头追，骂。

运涛扛着春兰，跑了半里地。越跑，他觉得肩上越是沉重。实在跑不动了，累得满头汗珠直滚。可是老驴头还在后头追。春兰说："运涛，放下我吧！"运涛呼呼哧哧说："不，不能！"春兰说："咱没做那伤天害理的事，咱什么也不怕。放下我，你快跑吧！"运涛说："不，他要砍你！"春兰说："我不怕，你快跑吧！"眼看老驴头就要赶上。运涛使了一股劲，跑上大堤，耸身擗下支柳棍子。说："你来……"

老驴头怒气冲了头，支绷起头发，红着眼睛跑上堤去。可是，运涛手里的棍子不忍落在他的头上。老驴头把铁锹一抡，砍过来。运涛一躲身儿，锹刃在眼前闪亮过去，落了个空。

春兰喊着："运涛！你快跑吧，跑吧！"

喊着，老驴头的铁锹又劈过来，运涛只得跑下大堤来。老驴头不追运涛，一把抓住春兰满脑袋头发。这时，他满脸胡髭乍起来，脸上的皱纹像张开了嘴，浑身抖颤着。他不肯一下把春兰杀死，扬起锹柄，在她身上乱打，骂："疯丫头！疯丫头！"运涛跑回去夺春兰，老驴头扬起铁锹，

---

[1] 两手扛抬。

又要砍他。这时,看的人多了,谁也不敢走近劝他。一走近,他就张开大嘴骂,像要吃人。

春兰娘,一面哭着赶上来。老驴头拿锨柄敲着她的脊梁,说:"你养的好闺女!你养的好闺女!"她只有离得远远的,流着泪哭啼。

老驴头一个人,在大堤上折掇春兰。春兰说:"爹,家去打我吧!"他不肯,直打,直打。春兰咬着牙,闭住嘴,憋红了脸,鼻子气儿不出。她并不后悔。老驴头看看春兰没了气儿,才扯着一条腿,像拉小猪子一样拉回家去。刚拉回家,春兰又还醒过来。老驴头把锨刃放在春兰脖子上,才说往下切,春兰觉得脖子上凉凉的,睁眼一看,刷地黄了脸,说:"爹!亲爹!可别糟害我!百年以后,谁与你老人家烧钱挂纸呢?"

春兰娘也说:"留着她吧!留着她吧!你头疼脑热,有谁来伺候呢?"

只有这句话,打动老驴头的心。放下铁锨,搬了个板箱来。把春兰扔在板箱里,一把锁锁了。说:"看你还绕世界疯去!"

春兰在这板箱里睡着,一丝没两气,一直睡了一天一夜。第二天,她才醒来。衣服被血粘在箱子上,一动也不敢动。动一下,就像刀子割肉一样疼。屋里静静的,没有一点声音。一会儿,听得娘守着箱子哭泣。

春兰说:"娘!给我点水喝吧!"声音细微到只能听到一点点。

春兰娘一听,她还活着,走过来说:"可不行哩!他牲口一样,老是吓唬我,不叫我管你。让我想一想……"

春兰说:"那,不要紧,死不了就得活着。你老人家生养我一场,渴死、饿死我干吗?"

娘看了看,板箱上有条狭缝,从这条缝里灌下汤水,春兰伸起嘴接着。

老驴头在那条小道上挖了三道壕,压上枣棘针,断绝了行人。谁在那里一过,张开大嘴就骂。那天,他一个人在那里猫着腰鼓鼓捣捣,看见走过一个人，才说开腔骂，仔细一看，是李德才。他弯着腰走过来说："来，咱老哥俩说个话儿。"

老驴头拍拍手上的土走过去，两人坐在房后头抽烟。说了一会子闲话，李德才就着老驴头耳根说："老伙计，该你享福了！"说着，闹了个笑眯虎儿[1]。

老驴头大着声音问："什么？"

李德才说："冯家老头，愿跟你家姑娘相好。"

老驴头摇摇头，还是不相信自己耳朵，闹不清他是什么意思。

李德才看老驴头没听清他的话，又说："冯家老头愿跟你姑娘交个朋友，一起玩玩。"

老驴头这才听明白李德才的意思：他看春兰和运涛闹了一场纠纷，要给她说个婆家。摇晃了摇晃长脑袋，说："那个不行，又不合辈数。"

李德才黄着个脸子说："嘿！什么合辈数不合辈数，那又不是什么明媒正娶。"

老驴头气得吭吭哧哧，冯老兰在镇上有财有势，他又不敢骂，只是低下头不吭声。李德才见他不高兴，就走回去见冯老兰。冯老兰转着黄眼珠子，想了想，冷不丁地说："豁出去，给他一顷地，一挂大车，连鞭儿递他。这就够他一辈子过了！"

李德才又去找老驴头。老驴头一听，眼里噙着泪花儿，看了看李德才，嘟嘟哝哝说："他把俺看成什么样儿人？"他一时气愤，迈步跨过去，抡起胳膊，叉开五指，噼噼啪啪，连在李德才脸上打了几个耳光子。打得李德才闹了个侧不楞，差一点没跌在地下，趔趔趄趄逃走了。

---

1 同笑面虎。笑里藏刀的人。

这件事，引得锁井镇上姑娘们议论纷纷，说："那还不把人羞死！"后来也叫春兰知道了，她一想到，身上就发噤，打哆嗦。

从此，运涛再也看不见春兰。你想，这还不够一个年轻小伙子伤心的！可是那时候，在村乡里，哪里容得起呀？人们逗着性儿嚼舌根子，说他们的七长八短。运涛每天黏在园里地里，不再上街，不再给人们讲书、讲故事。不管白天晚上，一个人在千里堤上走来走去，听滹沱河的流水在响，嘎鸪鸟在大柳树林里叫。他愁闷，他觉得寂寞。一个男人，在乡村里有了这种名声，就再没有姑娘小子们跟他在一起。他一个人坐在小井台上哭，流着眼泪。涛他娘拍着他肩膀说："运涛！你忘了她吧，凡事是命里注定的。"第二年夏天，他一个人住在园里看桃子。"五月鲜儿"桃子熟了，不断有小贩担筐来趸。有几天，他没向父亲交钱。

那天晚上，他一个人走到长堤东头，又走回来，踮起脚跟望着村里，看哪是春兰家房屋，哪是春兰家树木。他觉得看看春兰家房屋树木，心上也是豁亮的。他走回家去，拿了一条小褡包，把腰杀紧。又拿了一把斧头，插在褡包上。走到村后，围着春兰家宅院转了好几遭。走到春兰家门口，想迈步进去，又怕老驴头。转到房后头，有棵歪巴榆树，他攀树上房，蹑着春兰的屋顶走过去。在春兰睡着的地方敲了两下，又趴在屋檐上看着。春兰听房顶上有人，猛地翻身起来，才要喊出来，想到那一定是运涛，才蹑手蹑脚从屋子里走出来。把手遮在眉上，这边照照，那边瞄瞄。在黑影里瞧见运涛的影子，摇摇头，掉下泪花儿，说："你又来干吗？"运涛说："我要走了，到革命军去！"说了这句话，再也听不见他的声音。春兰急了，说："你等等！"说着，她抬起腿走出来，转到房后头一看，运涛才从树上爬下来。运涛看见春兰一个人偷偷跑出来，心上不住地突突跳着。两个人手牵手儿走到千里堤上，站了一刻。又走到堤下头柳子地里坐下。

运涛出了口长气说:"咳,咱俩要分手了!"

春兰冷不丁扭过头来,睁大眼睛,惊奇地问:"怎么?"

运涛说:"我要走了!"

春兰冷笑一声说:"哼哼!你胆小了,怕封建势力了。要一个人躲到干树身儿上去歇凉儿?"

运涛说:"不,贾老师调我到南方去,参加革命军。他说国共合作了,革命军要北伐。"

春兰说:"要是这么说,你去吧,去把封建势力、土豪恶霸们都打倒!"

晨风起了,吹得柳丛摇摇摆摆,像大海里波浪,一起一伏。两个人在柳子底下,说了一会子知情话,听得村上第一声鸡啼,运涛站起来说:"我要走了!"

春兰说:"怎么说了个走就这么急?你也不早说声儿,我好给你洗洗衣裳,做双鞋袜。"

运涛说:"不,前边村上还有人等着我。你回去吧,叫你爹知道了,又是一场好打。"

春兰说:"不,我要送你,左不过是这么回子事了,打死了也是个冤魂。别人说什么话,我也不管!"

两个人并肩走了两步,运涛又愣住,说:"我还有句话跟你说!"

春兰说:"你说吧!"

运涛说:"说了,你可不能恼我。"

春兰说:"我不恼你。"

运涛说:"我这一出去,就是万千里地,不知道什么时候,什么年月才能回来。要行兵打仗,不知……"说到这里,又停住,看春兰睁着两只大眼睛看他,嗫嚅说:"希望你另找一个体心的人儿……"

春兰听到这里,两眼发直,愣住身子一动也不动,脑筋里一时停止了思想,噗通倒在地上,两手捂住脸,痛哭起来。运涛急得直跺脚,想:不告诉她吧,要出远门了,不愿耽误她一辈子。告诉了她,就这样起来。弯腰抱起春兰肩膀,春兰打着滚不起来,好容易才扶起她来。春兰哭了半天,说:"我的日子过到头儿了!"

运涛急问:"什么?"

春兰说:"你走吧,不用管我!"这时,他想起母亲说过,忠大叔下关东,前脚走后,他姐姐就跳进这滹沱河里自尽了。

运涛问:"你愿等我?"

春兰说:"你革起命来,就有好光景了,还……"

运涛瞪起眼睛,说:"不管你等不等我,我要等着你!"

春兰脸上一下子笑了,说:"你有这个胆量,有这个决心,撑得过天,我还要活下去!"

两个人踩着河岸,向东走去。春兰看东方发亮,天快明了,说:"这,送多远也有个分手啊,你走吧!"运涛睁开明亮亮的大眼,眼瞳上闪着星群的光辉,看着春兰,握了握她的手,就走去了。

春兰立在高岗上,看着他的影子,在黎明的薄暗中不见了。晨风吹拂她的长辫,千里堤上大杨树的叶子在响,滹沱河里水在流……

她一个人走回来,在园里捋了菜,走回家去,放在阶台上,又担起箩来挑水。春兰娘扒着窗台问:"春兰!起这么早?"

春兰说:"我早起来哩,从园里捋了菜来,挑水哩!"

春兰娘说:"咳!多好的闺女,多么不怕付辛苦啊!"

那天早晨,严志和扛着锄,拎着篮子送饭去。园前园后喊了个遍,不见运涛的踪影。这时,他心上跳跶[1]起来,抬脚去找朱老忠。自从朱老忠从关东回来,他有什么作难的事情,就去找他。朱老忠遇着的事儿多,会出主意,出个理儿就对他有很大帮助。

朱老忠听得说,头上腾地冒起火来,才说抢白严志和几句,心里想:弟兄们,都不是小年岁了,算了吧!又忍住,把火头压下去。匆匆走到梨园,大清早起,把烟袋伸进荷包里,眯搭着眼睛,摸索荷包,呆了老半天,才说:"怎么……这孩子,他失踪了?"

严志和在井台上转游着说:"也许着……这孩子,他掉到井里去了?"

朱老忠点点头,连忙走到村里,叫了乡亲们来淘井。井淘干了,还是不见运涛。涛他娘坐在井台上,哭得死去活来。

严志和说:"许是被土匪架走了?"

朱老忠摇摇头说:"不,咱不是那等人家。"

严志和说:"也许,被仇家杀害了?"

朱老忠问:"你想想,得罪过人吗?"

严志和说:"咱这门坎儿,向来没得罪过人。这孩子除了和老驴头家闹了那回子事,自小就安分守己。民国六年发大水,使了冯老兰的钱,还不起本息,和冯家大院里嚷过一顿账,差一点没把我治到衙门里。还有,和冯老兰打那三场官司……"

朱老忠点着下巴说:"哼!这号人家,惯会结交一些花狸脖子的人[2],也许……"

---

1 蹦跳。

2 狡猾奸刁的人。

朱老忠沉思默想，也没想出个什么门道。反正，人在当时下是找不到了。垮下脸来，愣着眼儿说："志和，这是咱哥俩说话。小子们大了，你不给他屋里寻下个系心的人儿，依我看，这孩子他一气下了关东！"

严志和两只手拍打着膝盖说："可，我的大哥！你还不知道？人口多，地亩少，谁肯把姑娘给咱家，又有什么法子？"

朱老忠说："和老驴头家那事……我看春兰那闺女就不错，为什么不早打发媒人过去？你还能找到这么好儿媳妇？"

严志和耸起长眉毛，摇摇手说："甭提啦，你是不知道，人们念叨的对不牙儿[1]呀！"

朱老忠把大腿一拍说："哼！咱穷人家，不能讲那个老理儿，不管偷来的摸来的，坐在咱炕头上，就是咱的人儿。"

无论怎么说，当下是找不到了。自从运涛离开小严村，姑娘们对严志和有了意见。说，运涛正读书心切的那个时候，不该强他离开学堂。说，不该叫他独自一个人睡在园里，住在大村外。荒旱的年月里，会从山上下来吃人的狼。她们一想到运涛和春兰的事，就唉声叹气。再也听不到他清脆的卖梨声，看不到他的大眼睛了。他还会写一手好字，每年节下，一个人写完全村的春联。人们都说，咱村再也找不到写好字的人了！

---

[1] 说得太难听，简直使人说不出口来。

17

运涛"出走"的那一天,江涛对贾老师说:"我想告假,家去看看。"

贾老师问:"回去干什么?"

江涛说:"运涛跑了。"

听得说,贾老师缄默着,抬起头来,转着眼睛想了一下,几个手指头在桌子上敲着。问:"他已经走了?"

江涛说:"唔!"看样子,贾老师像是知道,又像是不知道。他想:也许会知道。江涛知道运涛常到这里来接头。因为心急,也没深问,就回家了。

娘从园里回来,正坐在井台上哭哩,眼泪滴成一条线。

江涛说:"娘!他已经走了,别哭了吧!"

涛他娘说:"说不哭,由不得,心酸得不行哩!"

江涛说:"他想走,也不言声[1]儿。"

涛他娘说:"咳!言一声,春兰早把他的心摘去哩!"

---

[1] 说话,搭腔。

江涛也想起春兰，自从春兰不到他家，老是觉得家里冷冷清清。运涛一走，像缺半家子人。心里想着，抬头看着前方，大堤上，杨树的叶子，呱啦呱啦响着，响得心上寒冷。心里想：春兰心上，不知多难受哩！走进屋里，老奶奶还在炕上坐着。她年幼时候劳动多了，一上年纪，头发全白了，不能再走动。整天围着被子，坐在炕上。听说运涛出走了，眼也不睁，只是流着泪悲痛。一见江涛，就叫住。

老奶奶说："唉！又走啦，又走啦，没良心的！"

江涛说："奶奶！甭生气，他会回来的。"

老奶奶叹声说："咳！回来，他才不回来哩！这一踏脚儿[1]，'老头子'出去快二十年了，也不来个信。咳！完了！"

江涛又给奶奶抓痒，奶奶身上蓝布裉儿，洗得干干净净。

奶奶说："看你，绵长得像姑娘！"

江涛说："娘没空闲伺候你老人家哩！"

涛他娘说："哪里有空闲，太阳出来，一出溜[2]就过去了。"说着，又烧水。叫江涛给奶奶洗手、洗脸、剪指甲。

江涛走到园里，严志和在那里愣着。运涛一走，就像缺了腿，他走不到那里，事情就没人做。往日，为着看个红白喜帖儿，写笔账都困难，才省吃俭用，巴结孩子们念念书，戴上个眼。才熬得能写会算，会种庄稼，顶大人的事了，又走了，合该他卖老力气！江涛也觉得像缺了一只手，没有商量的人，办事没有臂膀了。

江涛心上难过，一个人悄悄走回城里去。到了第二年夏季，他在贾

---

[1] 一气儿。

[2] 一滑，形容很快。"出"没有实在意义。

老师领导下，第一次参加了群众运动，抵制英国货、日本货。进行罢工罢课，反对帝国主义屠杀工人领袖顾正红。贾老师叫他领导同学们写标语、散传单。到了开会的那一天，拿着小旗的人，在大街上来来往往。其中有农民、长工、小学教员、学生们……在戏楼上开了大会，就开始游行了。江涛站在队伍前头，领导人们喊口号，喊声像雷鸣，震动全城。买卖家、市民们，都立在大街上看，拥拥挤挤，站满了一条街。他回头一看，举起的拳头就像树林一样多。他明白，受压迫的人们，不只他们和忠大伯两家。反对黑暗势力的人，不是孤单的。

他被群众的热情感动了，眼角上含着泪花，脑子里透出一线黎明的熹微的光亮。他想参加共产党，和贾老师更靠近一点。

开会回来，江涛觉得心神不安。坐也不是，立也不是。走到教室里，拿出一本书来读，又读不下去。回到宿舍里，想睡一觉，转着眼珠睡不着。看天黑下来，火烧云照满了天空，不知不觉走到贾老师屋子那里去。贾老师正在窗前读书、喝茶。

贾老师窗外有棵马榕花，正在开着。伞形的花朵上，发散出浓烈的香气，离远里就闻到。有几只大蜜蛾，吐出长须在粉色花朵上扑棱着。他几次想走近去，把心里的事情谈出来，又不好意思。看天上晚霞散了，星星快出来了，想回宿舍去。走了几步，又转回来。停了一下，下了个决心，低下头，硬着头皮走过去。

贾老师听得声音，猛一抬头，江涛走到跟前。放下书，摩挲着江涛的头顶，说："好！今天你干得不错！"

江涛笑默默，睁开大圆圆眼睛，看了看贾老师。才想说话，觉得口腔里发热，嗓子喑哑住了。他哑着嗓子说："好什么，学习着干呗！"几乎说不上话来。这时，他想开口谈，又腼腆地停住。脸上泛出笑意，只是笑。

贾老师也想到：他心上一定有什么事情！又让他喝茶。喝了一会儿茶，烫了烫嗓子，热也退了。他说："今天我才明白，运涛为什么参加革命，参加共产党！"

贾老师听了，抬起头停了片刻，又从上到下看了看江涛，说："受压迫的人们，参加了共产党，更好反对黑暗势力。"他觉得江涛主动提出这个问题，是一件可喜的事情。又拍拍江涛肩膀，亲切地说："受苦的人们，要想改变苦难的命运，改变这条旧的道路，"说到这里，他举起拳头，"只有斗争，斗争，斗争……"又问江涛："将来你想干什么职业？"

江涛说："为了给祖爷爷争口气，我想参加革命……"他把朱老巩的死，爷爷下了关东，父亲和冯老兰打了三场官司的事，说了一遍。说着，说着，热血往上涌，举起拳头说："我想举起红旗，带领千万人马，向罪恶的黑暗势力进攻！"

贾老师一下子笑出来，说："好！人儿不大，口气不小，看你能干得出来干不出来！"

江涛抑制着感情说："干得，干得出来！"

贾老师说："想干革命吗？到农民里去，到工人里去，去当个矿工吧！真正能帮助他们觉悟过来，组织起来，那就是实际的革命经验……没有一个领袖，不是从群众里起来的！"

江涛觉着到了提出问题的时候，他说："我想参加共产党！"

贾老师说："好嘛！你是农民的儿子，不，你是一个手艺工人的儿子嘛，共产党就是欢迎你们来参加。"

江涛脸上一时笑得红了，像一朵粉红色的芍药花。狂热沿着血管鼓动着他,两只脚直想跳跃起来,像站在云彩上。张起两条胳膊问:"那,我应该怎么办?"他问的是,要否履行什么手续和仪式。他还不知道怎样才能成为一个共产党员。

贾老师抬头想了一想,在屋子里走来走去,说:"叫我……想一想,你年岁还小,参加团是可以的……"他从书架上取下一本书来,递给江涛说:"你的热情,你的要求,是很好的。再好好地读一读这本书吧!你要明白'社会',明白'阶级'和'阶级'的关系……"

从此,江涛开始读起书来。

到了第二年秋天,在一个中午,江涛抓紧一点时间读着书的时候,父亲走到他的眼前。一见江涛,笑花了眼睛,两手打着哆嗦。

江涛问:"爹!你来了?"

严志和说:"好啊!出了一件大喜事!"

江涛见父亲欢乐的样子,问:"什么事?叫你老人家这么高兴?"

严志和解开怀襟,掏出一封信来。两手捧给江涛,手还打着颤。江涛拿过一看,嘿!是运涛的家信!他心跳起来,手指头颤得几乎拆不开信口。心里一时兴奋,用力皱紧眉头,眯缝着眼睛,不让泪水流出来。严志和看他兴奋得不行,笑嘻嘻儿说:"孩子,慢着!不要慌!"

父亲、母亲:

敬启者,儿自远离膝下,即来南方参加革命军。在军队上过了半年,又到军官学校学习。学校是官费,连纸笔服装都发给。现下,刚从学校毕业,上级叫我当了见习连长。父亲!你们会为我高兴吧!从此以后,我要站在革命最前线,去打倒帝国主义,打倒军阀政客,铲除土豪劣绅!

南方不比北方，到处是欢欣鼓舞，到处看得出群众革命的热情，劳动人们直起腰来了。你们等着吧，革命军到了咱们家乡，一切封建势力，一切土豪恶霸们都可以打倒！

离家时，没告诉老人家们，请原谅！

我工作很忙，不多写了。问奶奶、忠大伯好！此祝

阖家均吉

儿

运涛谨上

1926年7月

看着信，他心里还在忽闪。严志和看他嘴上只是嘟嘟，也不念出来，就说："嗯，我在这里听着哩，你可念出来呀！"江涛猛地抬起头来笑了。他忘记父亲在他的身旁，又念了一遍。

严志和眨搭[1]着长眼睫毛，拿过这封信来，用手摸着，翻过来看看，翻过去看看，实在不愿放下来。他说："去吧！去给忠大伯，给你奶奶他们念念，叫他们高兴高兴吧！"

---

1 眨巴。

18

江涛跟父亲出城回家。沿着从城里到锁井的那条小道儿走回去,到了河边,在小摆渡口上过了河。

严志和说:"走,咱们先叫你忠大伯高兴高兴。"一进小门,忠大伯正坐在捶布石上喂牛,他的黄牸牛生了条小花犊,打了筐青草正喂着。那犊儿,见有人进来,扬起头,哞哞地叫,它还没见过生人。江涛把它抱在怀里,亲着它的嘴说:"可好哩!可好哩!"

严志和说:"大哥!告诉你点喜庆事儿。"

忠大伯问:"什么喜庆事?这么乐哈。"

严志和说:"运涛来信了。"

忠大伯猛地站起来,愣了半天才说:"他,他有了下落?"

贵他娘听得说,迈开大步,从屋里嗵嗵地走出,仄起头儿问:"运涛有下落了?"

严志和慢搭搭说:"他还干上了不平常的事情。"

忠大伯伸开两手,像翅膀一样扇着说:"好啊,好啊,自从他走了,我黑天白天地结记他。我想,他要是下了关东,那里咱熟人多,也该有个音讯了。"

贵他娘笑他说:"嘿!看你乐的,要飞起来。"

忠大伯说:"我心上的人嘛,我不乐?"

江涛说:"南方是革命发源地,'革命军'已经北伐了!"忠大伯说:"来!坐下念念听。"叫江涛坐在捶布石上,忠大伯和严志和圪蹴腿儿蹲在两边,听念着这封信。念到"在军队上过了半年,又到军官学校学习……"的时候,忠大伯打断了江涛念信,说:"志和!你看怎么样!我说咱得有一文一武。这咱晚[1],咱有一文两武了。大贵也来了信,他在军队上学会了各样的操法,还学会放机关枪。人家见他身子骨儿粗壮,叫他背机关枪,背着背着就学会放了。"又伸出右手,在空中一画一画说:"江涛!给我念,念下去!"当念到"现下,刚从学校毕业,上级叫我当了见习连长。"他又张开长胡子的大嘴,呵呵笑起来,瞪起眼睛说:"嗯!这'连长'可是军队上的官儿呀!咱门里,几辈子没有做官的,叫运涛'起'咧'祖'了!"

严志和说:"可说是,谁承望的?"

江涛说:"他还说,南方不比北方,到处看见群众革命的热情,工农群众站起来了!革命军到了咱这里,一切贪官污吏、土豪劣绅,一切黑暗势力都可以打倒!"一边说着,手舞足蹈,直想跳起来。

这时,忠大伯和严志和把耳朵贴在江涛嘴头儿上,直怕丢落几个字。听到最后一句话,忠大伯伸手拨弄拨弄耳朵,拍拍胸膛说:"嘿!革命军北伐成功,咱就要打倒冯老兰,报砸钟、连败三状之仇,咱门里算翻过身来了!"说着,挺起胸膛,在院里闹了个骑马蹲裆式。两手连续着

---

[1] 口语。这时候儿。

把两只脚一拍,扔地闹了一个旋风脚[1],啪地戳在地上,两手叉在腰里,红着脸呵呵笑着,说:"看,我又年轻了,身子骨儿壮着呢!"

贵他娘说:"看你哥儿俩,高兴的!江涛,忙念,我心里着急。"

严志和搓着两只手,对朱老忠说:"哈哈!你还硬朗多哩!"又摸摸胸膛说:"嗨!高兴,高兴,今日个可怎么过去呢?"说着,两只脚跺跶着,想跳起来。

江涛念完了运涛的信,又念完大贵的信。

忠大伯说:"可说呢,我脑子里也蒙了。老了,老了,添了这么多喜事,可叫咱怎么活下去。"

贵他娘说:"怎么活下去?叫运涛回来,接你们去当老太爷子。"

严志和说:"那可不行,我一离开瓦刀,心上就空落落的。"

贵他娘说:"那你去给他们盘锅台。"

忠大伯说:"那可不行,哪有老太爷子盘锅台的?"

严志和说:"说是说,笑是笑,咱庄稼人出身,他做他的官,咱垒咱的房,种咱的地。"

江涛看老人乐得疯儿癫的。他说:"爹!他做的不是平常的官儿。"

严志和问:"什么官儿?"

江涛说:"革命的官儿。"

忠大伯走过来,拍着江涛说:"你说说,革命的官儿,又有什么不同?"

江涛说:"他们不是为的升官发财,是为了要打倒帝国主义,打倒军阀政客、土豪劣绅。"

严志和问:"那些玩意儿是什么?"

---

[1] 拳术中的一个姿势。

江涛一时情急,不容细说:"就像冯老兰这样的人!"

忠大伯说:"那好嘛,早就该打倒,这个比做官挣钱还体人心[1]。"

贵他娘说:"嘿呀!你哥们儿把声嗓放小点,四邻民宅哩!"说着,忠大伯、严志和、江涛,一块儿走出来,到江涛家去。严志和说:"这么大的喜事,咱得庆贺庆贺,你们头里走,我去打点酒来,咱俩喝。"他又跑回去,跟贵他娘要了把锡壶。走下坡,过了苇塘,到西锁井去了。

江涛跟了忠大伯,走上房后头那条小道儿。老驴头正在地头上搂草,恍恍惚惚见有人走过来,才说张嘴骂,一抬头,是朱老忠,又笑了说:"是老忠兄弟,要是别人,我又要开腔了。"忠大伯说:"老了老了,要醒点儿人事!大晴日子里,成天价骂骂咧咧,不怕人笑话?"老驴头说:"这地踩硬了,就长不出庄稼。"忠大伯说:"你倒不如说,是不愿叫运涛做你的女婿。"忠大伯一说,老驴头脸上红起来,才说开腔,忠大伯紧接着说:"告诉你吧!严运涛做了官儿,当了连长啦!"

老驴头问:"真的?"忠大伯说:"一点不假。"老驴头拨楞[2]了下长脑袋,再不说什么。

忠大伯和老驴头有个小龇牙儿[3],说到这里,看老驴头要恼,放快脚步走过去。老驴头又低下头,嘟嘟念念地掘深壕埝[4],把人们蹚掉的枣棘针重又埋上。说:"谁也再不敢着边儿,就是他!"

江涛走到家里,一进屋就喊:"娘,快来,喜讯来了!"

---

1 让人喜欢。

2 摇晃。

3 常开小玩笑。

4 沟堤。

涛他娘打屋里探出头来，问："什么事？江涛回来了？"一看忠大伯也来了，想，一定是出了什么事情。连忙走出来，笑了说："什么事？"

江涛说："哥哥来信了，问娘、问奶奶好儿。"

听得说，老奶奶打炕上喊出来："江涛！你说什么？"嘴里喊，眼睛一下子睁开来，脸上笑眯眯的。

江涛走过去，把嘴头儿放在她耳朵边上说："运涛来信啦！"

老奶奶合住眼睛笑了说："我还不聋呀！"爬起来，掬起两手齐着眉，在炕沿上连磕几个响头。

忠大伯也说："看，高兴得你们不行！"

涛他娘问："江涛，真的吗？"

江涛笑笑说："一点不假。"

不说运涛来了信，她心上还安静。为了运涛，她的眼睛哭干了，好像枯了的井，用手掏也掏不出泪来。一说起运涛有了音讯，心上猛的又扑通乱跳。她怕江涛哄她，江涛可会哄人乐哩！当她在江涛的表情上判定是真的时候，泪倒像雨点子落下来，扑簌簌落湿了衣襟。把头钻在墙角里，抽抽咽咽哭起来。

咳！一个母亲的心呀！当她还年轻，运涛还在她肚子里蠕动的时候，就偷偷为他打算。穿什么样的衣服呀，什么样的鞋袜呀……跷起手指头，把各样花色绣在红兜肚、绿褂裥上。那时，她还不知是男是女，但她的心上总是偷偷笑着。她忍受了几日夜的疼痛，不眠不睡。当运涛降生了，男孩子生得还漂亮，像爸爸一样，活眉大眼儿。她轻轻拍着运涛，笑着说："咳！孩子，娘可是不容易哩！"冷天，把他放在暖地方。热天，把他放在凉地方。有个灾儿病儿，她会提着心，几天不吃饭，把孩子揣在怀里，拍着，叫着。孩子长大了，眨眼不见，她满世界去找，心上嘀咕：这孩子,他又到哪儿去了?天黑了,不见回来,就走到大堤上去望着。你想,运涛失踪了,怎不像割她的肉哩!她怎样忍过那长长的夜晚?盼一天比过一年还难。每天早晨,天不明就起了炕,早早把门儿打开。她想:也许,把门一开,运涛会走进来。一直早起了多少个早晨,早开了多少次门,十次、八次、一百次,也没这么一回。今儿,运涛来信了,在母亲心里,说不清是甜是苦。

看见母亲哭,江涛走过去,说:"娘!甭哭,甭哭,是真的!是真的!"

忠大伯也说:"涛他娘,这是个喜事呀!"

涛他娘也破涕为笑说:"好没出息,怎么哭起来?"

江涛说:"谁知道?"

涛他娘扬了一下头,说:"想的!"

忠大伯说:"他'革'上'命',也做上官了。咱给他写个信,叫他家来,给他娶媳妇。"

老祥奶奶也搭腔:"早该娶啦,鞋鞋脚脚,一家子的吃穿,谁管呢?把他娘忙死!"

涛他娘问:"娶人家谁?"

忠大伯说:"依我说,还把春兰娶过来。"

涛他娘说:"还不够叫人嚼舌头的?叫人家说是先嫁后娶!"忠大伯说:"先嫁后娶也不是跟别人……"

涛他娘插了一嘴,说:"跳到黄河里洗不清。"

忠大伯说:"甭认那个死理儿,这个主儿我做啦!我去办办这点好事。"

说着话儿,志和打了酒来,进门就说:"涛他娘!弄点菜,俺老哥俩庆贺庆贺!"

涛他娘问:"又喝酒?"

严志和说:"今日个不喝,什么时候喝?一辈子了,娶你的时候,也没这么欢乐过。"

说着,一家大小都笑了,笑了江涛个大红脸。涛他娘煮了两只老腌鸡蛋,叫老哥俩磕个小口儿[1],用席篾筋儿挑着就酒吃。

说着笑着,朱老忠从严志和家里走出来,上北一拐,出了西街口,望朱家老坟上去。出了村,走着一条小路,到了朱老明的小屋跟前。天气热,朱老明正在大柏树底下歇息。朱老忠把运涛来信的话儿跟他说了。

朱老明从嘴里取下烟袋来,仰起脸,对着天上。停了老半天,才笑了,说:"没的咱们这就算是见着青天了?"他自从打官司失败,闹眼病,双目失明了。

朱老忠说:"运涛说,南方革命势力大,劳动人们翻起身,闹起来。"

朱老明沉了沉气,说:"敢情那么好!咱们也做做准备,革命军一来,运涛领兵到了咱的家乡,咱也就闹起来。先收拾冯老兰,把冯家大院打下马来。好小子,他枪毙了咱,也得叫他坐了监牢狱!"

朱老忠说:"咱一定是这个主意,对这些老封建疙瘩,'量小非君子,无毒不丈夫'!"

朱老明说:"那,当然是。可也得注意,要密而不知的[2],不能声张。越是坏家伙们,他心儿越灵,会察言观色。听风声不好,把地契文书、金银细软,拿起来就走,上了北京、天津,在外国租界里一囚,不出来了。"

---

1 碰个小口儿。

2 神不知鬼不晓的。

朱老忠由不得喘着气,说:"对呀!常说:'吃人的狮子,不露凶'呢!在革命军没过来以前,咱还是缩着脖子呆着,不叫他们看出咱的心事。"

朱老明一听就乐了,说:"对,大兄弟说得对!运涛领兵一到,那时就是咱的天下了。穷苦人们起来,在村里说一不二!"

老哥儿俩,抽着烟,说着话儿,说不出心眼儿里有多么滋润[1]。朱老忠猛地又想到一桩事情,脸向下沉了一会儿,自言自语:"可也别太高兴了,天有不测风云,人有旦夕祸福啊!万一的,中间出个什么事由,不苦了?"

朱老明说:"这种国家大事,咱也揣摸不清。果然落在那话口儿上:运涛领兵一到,老奶奶见着孙子了,老母亲见着心上的儿子,祖孙、父子团圆。土霸打倒,穷苦人见青天。不是两全其美!"

朱老忠瞪着两只眼睛,叉巴着腿儿站起来,说:"还有,运涛和春兰成亲。三全其美!"

朱老明愣了一刻,说:"还有,咱写封信,叫老祥叔赶快回来。四全其美!"

朱老忠呵呵笑着,说:"敢情那么好。走,咱叫江涛去写信。"

朱老忠搀起朱老明的拐棍,从大柏树林里走出来。迎头喜鹊在树上叫了好几声,老头子乐得合不上牙儿。一进严志和家小门,老明就喊:"老祥婶子,你有了这么大喜事,也不早告诉我!"

严志和、涛他娘、江涛听得说,忙走出来,接明大伯走进老奶奶屋里。江涛忙搬条板凳来,叫明大伯和忠大伯坐下。

老奶奶说:"谁知道是祸是福呢。吹个风儿,就乐得你们不行!"

---

[1] 心里高兴。

朱老明说:"这是应当应分的嘛!咱不高兴,没的叫冯老兰去高兴?"

朱老忠说:"他才不高兴哩,他得啼哭。"

严志和把巴掌一拍,说:"他娘的,他哭也不行!这算卡住狗日的脖喉儿了,掉不了蛋!"

朱老明说:"到了那时候,咱当然卡住他脖子不放。这么着吧,咱穷人家是有福同享,有祸同当。好事情来了,咱得设法子把老祥叔找回来。"

老奶奶一下子笑出来,哆嗦起两只手说:"那好多多了,快想个法儿吧!'老头子'一回来,可就高兴死人了!"

朱老忠说:"四全其美,能不高兴?"

朱老明说:"江涛,快去拿信封信纸来,写信!"

江涛拿了信封信纸,铺在槅扇门外头吃饭桌上,说:"写什么?奶奶!"

老奶奶说:"叫你忠大伯说,你忠大伯肚里词儿多。"

朱老忠说:"来吧,我念着,你写。"他抬起头,望着房梁,说:"写……这是你爹的口气,'父亲大人膝下,敬禀者……'写上了吗?"

江涛说:"写上了。"

朱老忠说:"二年前,曾奉上一信,不知收到没有?"说到这里,又说:"你再把运涛信里的话先写上。江涛比我新词儿多,别等我念了。"江涛写完了,又问:"老奶奶和娘还有什么话儿?"

老奶奶张着嘴儿说:"写上,问问他还有一点儿良心不?自幼儿,从多大上,我就扶持你,一年价,做了棉的做单的。到老了,扔下不管,这像话吗?"

涛他娘说:"给我写上,说涛他娘问老人家好儿。老人家快回来吧,我们还结实,孩子们都大了,包管饿不着你老人家!"

江涛写完信，明大伯说："念念，叫你奶奶听听。"江涛捧起信纸念起来："……去年，革命军北伐了，在南方开始打倒贪官污吏、土豪劣绅。等运涛带领军队到了北方，就要把封建势力冯老兰铲除……如今儿孙们大了，请你回来享福吧……母亲年老，也很想念你。涛他娘问你老人家好……"

江涛念完了，老奶奶还伸着耳朵听，问："怎么听不见我的话儿？问问他，夫妻的恩情可在什么地方？"朱老明笑了说："算啦，婶子！你们老夫老妻的，等他回来，一家子团圆了，你们打的愿打，挨的愿挨，放开手打上两天架，出出气！"

一句话，说得大家笑个不停，老奶奶也张开眼睛，拍着手儿笑。一家子商量停当，先叫贵他娘给春兰送个信儿。再叫忠大伯跟老驴头去说，把春兰娶过来，给运涛做媳妇。说好了，再叫运涛家来成亲。给老祥叔的信，还是寄往黑河朱老忠的朋友那里，再由那位朋友转往东满询交。

19

朱老忠回家,把这话儿对贵他娘说了。贵他娘也说:"敢情那么好,这才叫一家子大团圆。春兰早想着哩!"她拿簸箕端上点粮食,迈开稳实的大步,到春兰家去推碾。一出大门,朱老忠又赶上来说:"你可要婉转着点儿,不能像往常一样,直出直入的。人家是没出阁的黄花闺女。"贵他娘抿着嘴儿说:"我知道。"说着,抬腿朝街上走。

进了春兰家大门,春兰正在碾盘上罗面[1],见了贵他娘,就说:"婶!推碾哪?"

春兰说着,尽低了头,眼睛也不抬一抬,只是看着手罗面。

贵他娘看她怪不好意思。她个儿长得高了,身子骨儿瘦了,脸上黄白黄白的,完全不像过去的样子。心里说:看,把闺女折掇[2]的!瞟了春兰一眼,豁亮地说:"推点面。春兰!怎不见你出门?"

春兰一下子羞红了脸,细声弱气儿说:"婶!出不去门呀!"

---

[1] 筛面。

[2] 折磨。

贵他娘说:"快别那么着,咱穷人家,别在乎那个。"

春兰说:"你不在乎,人家可说哩!"她一时觉得脸上滚烫,眼圈也红起来。

自从闹了那回子事,她不轻易出门。一天到晚,钻在家里,懒得见人。一个人做活儿的时候,只是把针线拿在手上,静静地出神。吃饭的时候,端着碗摆来摆去,不见她把粥饭送进嘴里。常常一个人坐在阶台上,看着天上片片白云,向青空里飞去。她想念运涛,可是不能说出口来,只是一个人深思苦虑。时间长了,身上瘦了,脸上黄下来。

说着话儿,春兰把碾盘上的面扫起来,把贵他娘端来的粮食倒上,两人推。一边推着,贵他娘说:"我有个话儿,想跟你说说。"

春兰问:"什么话儿?"

贵他娘哑模悄声说:"运涛来信了!"

听得说,春兰浑身一冷怔,绷紧嘴,瞪得眼珠像锤子一样,盯着前面。贵他娘猜不透她是什么意思,探问:"嗯?"

春兰还是不说话。她不听这句话也罢,听了这句话,心里就像初春的潮水一样翻腾起来。觉得一时心慌,跳动不安,恍惚运涛的两只眼睛又在看着她。自从两人好起来,仿佛运涛的影子老是跟着她,形影不离。运涛走了,她也发过狠:硬着脑袋忘了他吧!可是,她不能。自从和运涛分手的那天晚上起,她一时一刻不能忘记他。说到这话上,她问又不是,不问又想问,她想知道运涛的下落。看了看院子里没有别的人,刺溜[1]过去问:"有信?……"才想说下去,又抽身走回来,低下头说:"咳!来不来的吧!"

---

[1] 象声词。意即很快地。

贵他娘看了春兰的表情,心里想:咳!难煞孩子了!她说:"谁家的人儿,谁不想呢?"

不料想,一句话把春兰说翻了。她噘起嘴,红起脸来,定住眼神,看着贵他娘。等碾子转了两遭,才说:"婶,快别那么说吧!羞死人哩!"

自从那时候,春兰记着运涛的话,再不到人群里去。老驴头不再在房后头种瓜,她也不再到房后头看瓜园。有时她去割一点儿菜,就急忙回来。她不像过去那样爱说爱笑,不像过去那样活泼,再不敢和爹顶嘴。像叫败了的画眉,耷拉下头,垂着翅儿。要是有人在她面前说一句运涛的话,脸上就一阵绯红。

春兰看贵他娘呆住,不敢往下说,把头一低,又暗自喷地笑了。贵他娘看到春兰不高兴,就说:"嗄!我怎么说起这个来,我老糊涂了!"心里又说:年轻人,性子变得快,谁知道她心里怎么着哩!

贵他娘一说,春兰心里想:咳!可屈煞老人了!倒觉得过意不去。她想再提起这件事儿,好叫贵他娘说个清楚,可是更没法张嘴。瓷着眼珠盯着碾子在眼前滴溜溜转,头上晕眩起来。贵他娘停住碾,扫起面来过罗。春兰才两手抵在碾盘上,低下头歇了一气。

贵他娘看她身子骨儿实在弱得不行,问:"你身上不好?"

春兰说:"唔!头旋。"只是低下头,不抬起来。心里说:问问就问问,死了也值得。到了这刻上,还怕得什么羞!她心上一横,抬起头,抖着头发,噗地笑了,说:"婶!你可说呀,运涛在哪儿?他受苦哩吧?"

听得问,贵他娘慢慢撩起眼皮儿,说:"我,看你不想他。"沉下头,只管罗面。

春兰红着脸,一下子笑出来说:"谁说不想哩!"

贵他娘说:"他在革命军里。"说到这里,她又停住,看春兰两手抵住碾盘，低着头仔细听着，才一籽一瓣儿地说："他没受苦，他当了军官了，'革命军'要打到咱的脚下了。"

春兰一听，霍地笑了，说："婶，会说的！"她又抬起头，看着远处树尖上的叶子，在急风中摇摇摆摆，忽忽晃晃，像她的心情一样。她问："真的？"

贵他娘说："没的，老婆子还跟你说瞎话不是？"

春兰脸上冷不丁绽出来笑模样，满脸绯红，像一朵醉了的芍药花。她慢慢抬起头来，看着天空，笑着。一连串美好的理想，重又映在她的脑子里。

贵他娘回去，把这话跟忠大伯说了。忠大伯为这事，又找到老驴头。老驴头想：生米做成熟饭了，还有什么说的？再说，运涛也是她心上的人儿。转念又一想：战乱之年，形势不定，说不定这军头儿站住站不住。就说："左不过是这么回子事了，等等再说吧！"

严志和听说老驴头嘴上吐出活口儿，就开始安排盘炕糊屋子，等运涛家来，和春兰过门成亲。

20

革命军北伐了,封建势力就要打倒,运涛和春兰就要结婚……这些好事情,集在一块儿。赶在别的孩子,一定会笑得打哈哈,合不拢嘴,说不完的吉庆话。可是江涛就不,这人自幼少言寡语,心眼儿里走事,用眼睛说话。听到运涛的消息,眼角上皱起鱼尾细纹,慢慢伸到白净的脸上,那就是他最大的欢笑了。除此以外,就是愉快的沉默。他认为沉默就是美,就是无上的乐趣。上课时,他睁着大圆圆眼睛,静默着听课。写大字时,他沉默着磨好了墨,再沉默着看字帖,把路数看清楚,闭住嘴,拿出全身的力气,一笔一画地写。这样,他能写出好字。上完了课,他一个人拿本书,跳过倾塌了的红沱泥的短墙,到古圣殿的石阶上去读。读一会儿书,就在野草地上静默着散步。他的心情沉默,眼睛可是爱说话,爱笑。当他最兴奋的时候,总是睁开大眼睛,噗嘚噗嘚眨着浓重的、又黑又长的眼睫毛,射出明亮的光芒。

这一天,江涛把一切事情都办妥当,独自一个人,默默悠悠唱着小曲儿,过了小渡口,循着到城里去的那条小路,回到城里去。路过邮政局的时候,把给爷爷的信投了,就回到学校里。

今天是礼拜六,大部分同学回家过礼拜了。他走到操场上,人很稀落,有几个小同学在那里打网球。操场边上,一簇簇西番莲在夕阳下静静站着。他又走到教室里,教室里没有一个人,阳光照在玻璃上,映在墙上,一方一方红晃晃的影子。他拿了一本书,想回到宿舍里,静静读它。可是兴奋的心情还没有过去,读也读不下去。眼不眨,天就黑下来,心里又在想着诱人的、美丽的远景。

正在想着,有人在外面敲窗户,他想一定是有人开玩笑,想吓他一下。走出来一看,天黑下来了,贾老师在黑影里向他招手。

他不言声儿,跟着走回去。走到贾老师屋里,他问:"什么事?"

贾湘农冲他笑了笑,说:"你,人儿不大,倒有大人心情。阶级觉悟提高了,进步得挺快,读书体会得也深,今天要给你举行个仪式。"

江涛一时对着贾老师愣住,忽地明白过来。贾老师跟他说过,可以入团了!由于过分喜悦,心在跳个不停。猛地又觉得呼吸短促。这时,满院子静静的,像一个人走进古圣殿。夏天的夜里,遥远的村落上传来一缕细细的笛音,他睁着眼睛听着。桌子上的灯,冒出袅袅的焰苗,映到墙壁上,黄澄澄的。

贾湘农从书橱里拿出一张红纸,铺在桌子上,拿剪刀剪了一面旗,画上镰刀斧头,贴在墙上。说:"这鲜红的旗帜,是我们中国共产党的党旗。镰刀和斧头,象征着工农联盟,表示工人和农民团结的力量。从今天起,你就是一个共产主义青年团的团员了。"又说:"一个赤色的战士,要尽一切力量保卫党,保卫无产阶级的利益……"

江涛站在一边,睁着大眼睛缄默着。听着贾湘农浑厚的语声,看着他诚挚的样子,眼角上浸出泪滴来。是快乐的泪,感激的泪……

贾湘农握住江涛的手,说:"来,孩子,举起你的拳头吧!"

江涛把手攥得紧紧，举到头顶上，随着贾湘农，一句句唱完了《国际歌》……

这时候，周围非常静寂，静得连心跳的声音都听得出来。他的心情，是那样激动，身上的血液，在激烈地奔腾……

江涛举着右手，对着党旗，对着贾老师，颤着嘴唇说出誓词。用坚决的语言，答复了党，答复了无产阶级以及灾难深重的中国人民。他说："我下定决心，为党，为工人阶级和中国人民的革命事业，战斗一生……"

举行了仪式，贾老师又跟他谈了党的历史上，在阶级敌人压迫之下，一些同志英勇牺牲的故事。他还说："在中国北方的客观条件下，青年团员就是年轻的党员啊！"他回到宿舍里，一时睡不着觉，失眠了，浑身热呀，热呀……他伸出滚烫的胳膊，像是对革命事业的招呼。心里想着，北伐战争，革命的洪流，激烈的人群，热火朝天的场景，就像在眼前。在梦境里，他向着斗争的图景奔跑……

江涛加入了共产主义青年团以后，好久没有接到运涛的来信。他连写几封信寄去，也没有回音。严志和也知道南方战事打得紧，一家人都为运涛挂着心，只怕有什么闪失。

第二年春天，江涛在高小学堂毕业的那一天，贾老师鼓励他回去，跟父亲商量升学的问题，说："保定有个第二师范，是官费，是个革命的学校。你到那里读几年书，也可以得到些政治上的锻炼。"

严志和正在大杨树底下浇园，看见江涛沿着堤岸上小路，远远走来。他住下辘轳，弯下腰掬起一捧冷水，浇在头上。头发、胡髭上挂满了水珠。洗完了脸，使布手巾擦着古铜色的脊梁，从树杈上取下烟袋，打火抽烟。江涛走到父亲跟前，笑嘻嘻地把文凭递给他。严志和接过文凭，蹲在梨树根上，把身子向后仰了仰，端详了半天，才说："嗬，还印着云头钩儿！

这张文凭可不容易，白花花的六七十块大洋钱哪……"说着，抽起烟来。

江涛说："同学们都去考学了……"他把贾老师的意思，把他求学的愿望跟父亲说了，希望父亲表示支持。

严志和又搭拉下脑袋，沉思默想老半天，吐出一口长烟，喑哑着嗓子，慢搭搭地说："这年头，可有什么法子？爬一天高房架子，才挣个五毛钱。年头不好，哪里还有盖房的。这黑天白天拧辘轳，一担菜送上集去，卖不回半块钱。一口袋黄谷，才卖个四五块钱。地里长的东西就是不值钱了，又有什么法子……"严志和觉得生活的担子实在沉重。奶奶老了，运涛又不在家，光靠老两口操持一家人的生活，还供给江涛念书，觉得实在供给不起。他无可奈何地扭过头儿，抬起又黑又长的睫毛，看了看江涛，说："分我一点辛苦吧，孩子！"他乞求似的说出这句话，又停住。皱了一下眉头，长眼睫毛又沉沉地垂下去。

江涛看见父亲踌躇不安的样子，心里着实难受。升学吧，升不起。不升学吧，又怎么办呢？立时，他的眼前出现一团黑云。他又想：失学失业可以，我不能离开革命……

在严志和的眼里，江涛不只是一个好学生。他和哥哥一样，自小里从土地上长大起来。在田野上，放牛割草，拾柴拾粪，收秋拔麦，样样活路拿得起来放得下。哥哥走了，父亲盼他长大，多个帮手。可是他又坚持要去读书。父亲看了看他那一对豁亮亮的大眼睛，两条黑眉毛。这孩子，他沉默着，无可奈何地看看天空。天上悬着几卷白云，一只云燕高高飞起……严志和叹口气说："罪恶呀！好庄稼长不到好土上，难死当爹的了……"他不打算再叫江涛去上学，想叫他在家里帮他种地，过庄稼日子。

江涛看父亲沉默老半天不说话，只是抽烟，他红了眼窝，不好意思起来,拧起辘轳,替父亲浇水。一边绞着辘轳,他又想:这就要离开学校吗?一个青年人,他正求学心切,革命心盛的时候,一想到这里,鼻头儿发起酸来。想来想去,都是因为经济压迫,日月急窄。猛地,他又想起忠大伯。自从忠大伯从关东回来,在父亲面前说一不二,忠大伯说怎么,父亲就怎么办。

浇园到中午。吃饭的时候,江涛盛上一碗小米饭,拿起筷子,夹一箸子咸菜,放在饭顶上。也顾不得吃,端着饭碗走到东锁井。一进门,忠大伯在南房荫里吃饭。看见江涛,笑了说:"江涛回来了,听说你快毕业了?"忙叫二贵拿个小板凳来,让江涛围桌坐下,把菜盆挪得近一点,叫他吃。

江涛说:"毕了业,也就是失学失业。"

忠大伯停止了吃饭,瞪着眼睛问:"那是怎么说的?"

江涛说:"我爹觉得一家人吃累多,供给不起我,想叫我待在家里耪大地!"

忠大伯把大腿一拍,响亮地说:"他说的那个办不到,耪大地?咱有耪大地的材料儿。像二贵、庆儿、小囤,这是做庄稼活的材料儿。像小顺,是学木匠的材料儿。大贵,是当兵的材料儿。你呀,我一看就明白,是念书人的材料儿!"

贵他娘也在一边帮腔,说:"是呀!一看就是个斯文人儿。"

江涛说:"不行,我爹打定主意了。"

忠大伯说:"他打定主意不行,还有我呢。卖了裤子当了袄,也得叫你去读书!"他连忙吃完饭,告诉贵他娘,好好喂着牛,抽出烟袋,打火点着烟抽着,说:"走,江涛,咱找你爹去!"

一边说着,走出小门,上了小严村。一拐墙角,严志和在大杨树底下,小井台上歇凉儿。朱老忠离远就开腔说："你怎么说,不叫江涛上学了?"

严志和一见朱老忠,立时笑出来说:"吃了饭,一个眼不眨,不见他了,我估摸他去搬你这老将。"站起来迎上两步,又说:"你看咱这日月。运涛回来,还得娶媳妇。他奶奶也那么大年纪了。他又要去上学。"

朱老忠说:"无论怎么说,不能耽误咱这一文两武。要只有武的,没有文的,又唱不成一台戏了。"

严志和说:"哎呀,困难年头呀!"朱老忠说:"再困难,有大哥我帮着。再说,运涛当上连长,北伐成功了,黑暗势力打倒了,到了那时候,这点上学的钱,用不着别人拿,运涛一个人就拿出来了。"

严志和屈着两条腿,向前错着步儿,说:"我的大哥!咱当时下就过不去呀!上府学不比在咱这小地方,吃的是吃的,穿的是穿的,盖的是盖的……"

江涛不等父亲说完,就说:"保定府有个第二师范,是官费,膳、宿、讲义,都供给。只买点书,穿点衣裳就行了。"

朱老忠说:"这对咱穷苦人倒挺合适。"

这时,严志和又圪蹴腿儿蹲在井台上,低下头拿烟锅划着地上,半天不说话。看朱老忠一心一意要叫江涛去上学,他猛地急躁起来,说:"咱这过当儿,你还不知道?哪里能供得起一个大师范生呢?"

朱老忠知道严志和是个认死理儿的脾气。一遇上事儿,严志和就恨不得一头碰南墙,老是认着自己的理儿。朱老忠说:"咱不能黑影里点灯,只看脚下。当辈付下点辛苦,江涛要是念书念好了,运涛再做着革命的官儿,将来咱子子孙孙就永远过起好日子来,你不能戴着木头眼镜,只看一寸远。"严志和说:"照你说的,为江涛上学,再叫你花点子钱,我怎么对得起大贵和二贵!"

朱老忠听了，气得拍着大腿说："你就老是在这上头纠缠不清！照你说来，那将来，运涛回来，江涛念好了书，就不能帮助大贵和二贵？将来大贵二贵有了孩子们，运涛和江涛能不巴结他们念念书？"

朱老忠一边说着，睁开两只眼睛，直瞪瞪看着严志和。

严志和在困苦的日子里磨过来，几十年不饥不饱的生活，把他的庄稼性子磨下去了。东奔西跑，操持了今天的说明天的，操持了今年的说明年的。他想，为了这挂不值钱的肠胃，要把人支拨死哩！如今江涛去考学，又要花钱，他心里实在没有主意。他咳嗽着，抽着烟，不忍伤害朱老忠和江涛的心。可是一年紧扒扯[1]，稍有个天灾人祸，就得使账。使了账，一时还不起，就要"暴鼓"[2]了。他叹口气说："咳！还是吃饭要紧呀！"当他想到，这孩子作文发在头里，写小字批甲，二年考了三个第一……他又长了长精神，站起来，拍着挺实的大腿，说："我豁出去了，再拨拨腰！起早挂晚，多辛苦几年。春冬两季，我上北京、天津去爬爬高房架子，也许能行！"又对朱老忠说："大哥！你看怎么样？"

朱老忠笑出来说："这还不是正理？我也回去，跟贵他娘盘算盘算，折变折变，尽可能地帮助。"

朱老忠临走的时候，又说："志和！听我的话，你还是让他去吧。咱这门户，有多少这个年月？运涛在革命军里，大贵又来了信，江涛再升了学，这还不好吗？"他笑眯悠悠说完这句话，抬起两条腿，跩着步儿[3]走回东锁井。

---

1 特别用心用力的样子。这里是说光景过得很紧。

2 倾家荡产的意思。

3 一摇一摆地走。

严志和说:"好是好啊!"他答应了江涛:"你使一把力吧!考上这学堂,有你求学的前途。考不上,找你自己的道儿吧!"他只答应每年拿出三四十块钱来。

江涛果然考上第二师范。贾老师说:"全县只考上你一个,无论如何是凤毛麟角。"严志和又张开大嘴,笑咧咧地去找朱老忠。朱老忠说:"志和!你看怎么样?出水才看两腿泥哩!有希望!"江涛考上第二师范,朱严两家没有不高兴的。就是涛他娘,听说江涛要到保定去读书,要离开她,心里直绞过子[1]。她又流下眼泪来,想:"像鸟儿一样呀,他们翅膀管儿软的时候,伸起脖儿等娘喂养。等他们翅膀管儿长硬了,就一只只扑棱棱飞走了。他们一个个都要离开娘,没有一个是心疼娘的呀!……"眼泪流啊,流啊,难受啊,一个人悄悄坐在井台上,拿袖头子擦着眼睛。江涛看见娘难受,走过去把头扎在她怀里,说:"娘!甭哭,甭哭。"

"啊……"涛他娘哭得更欢了,说:"我后悔,没养个闺女。拾拾掇掇,缝缝洗洗没个人。碾米做饭,没个帮手。自小儿,我看你长得像个闺女,脾气绵长,会体贴人。打定主意不让你离开我,当小闺女使唤。你又要走了,怎不惹娘哭呢!"

正哭着,严志和走过来,吹胡子瞪眼睛说:"又是哭什么?他去求学上进,又不是住监牢狱!"红着脸,吹着胡子,愣怔地站着。搭拉下脸来,摇动着下巴。

涛他娘把身子一扭,说:"我不哭了,你甭又跟我闹牛性子脾气!"说着,扯起衣襟来,擦着脸上的泪。

江涛去上学的头一天,她悄悄捡了一床干净被子,拆洗。江涛忙去

---

[1] 想事。心里七上八下地直翻腾。

担水，淋灰水[1]，帮助母亲把被褥洗净，用米饭汤浆过。到了晚上，她就着小油灯儿缝被褥，直到半夜才缝起。躺在炕头里，说什么也睡不着。又爬起身来，坐在江涛头前。在夜暗里，看着孩子匀净的脸盘，静静睡着。又从灯奁里点出个灯来，仔细看了看。独自一个人，看看小窗上的月光，待了一会儿，推门出去。月亮被云彩遮住，从黑云缝里露出一点明晃晃的影子。树上没有风，乡村静静的。她立在井台上，呆了一刹，听得风声在大杨树上响，又走回来。看江涛还在睡着，伸手摸着他黑溜长的头发。偷偷捏他的长胳膊，嘴里嘟念着："多硬棒的胳臂！"揞[2]不住的眼泪，像断了线的珠儿，扑簌簌落在江涛脸上。江涛一睁眼，她又忙把灯吹灭。江涛见娘又在哭，伸出舌头，舐舐唇边咸咸的泪味。他实在想不出用什么话来安慰她，扑过去搂住娘的胳膊，睁开大眼睛，盯着她老半天，把他的脸挨在娘的脸上。

涛他娘说："运涛不回来，也娶不了媳妇，你走了，剩下我一个人。想你，看不见你，想你哥哥，看不见你哥哥。孩子，你想想，叫我怎么过下去呢！"

江涛说："叫春兰过来帮你，和你就伴儿。"

涛他娘说："那怎么能行？一个没过门的媳妇。"

江涛扬起头来，眨着大眼睛想了又想，说："别人不行，春兰可行。我跟她说去，她巴巴儿的。"

涛他娘说："不吧，乡下比不了城里，你说，她也不敢来。还不叫人笑话死？"

---

[1] 用草木灰过滤的水。过滤后的水带碱性，可用来洗衣服。

[2] 含。

说着,她躺在江涛的身边,睡着了。

第二天早晨,朱老忠早早起来,给黄牛筛上草,悄悄地打墙缝里掏出个破布包,哗啷啷拿出十块大洋钱来。手里不住地咣啷咣啷响着,踩着那条庄稼小道,走到严志和家里,进门就喊:"江涛!你要走了,要去上府学了。"说着走进屋里,把白花花的洋钱在桌子上一戳。

严志和瞪起两只大眼,说:"这是干什么?真是!"

朱老忠说:"怎么说就怎么办,等得收了好秋,我还得多拿点。"

他又猫下腰,眉开眼笑地看着他的洋钱说:"这是我经心用意将养的那条小牛犊。听说江涛要走,我把它牵到集上卖了十块钱,给江涛拿去上学吧!"

严志和一时高兴,颤动着下巴说:"这才叫我过意不去哩,我正困难着!"他本来想给江涛十五块钱,见朱老忠送了钱来,又偷偷撤回五块,他觉得日子过得实在急窄[1]。

江涛伸出颤抖的手,接过钱来的时候,眼里揹着泪花,濡湿了又黑又长的睫毛。他为母亲的爱,为父亲深厚的情感,为忠大伯的好心,受了深沉的感动。当他走出大门的时候,奶奶隔着窗棂喊:"江涛!来,我再看你一眼。要不,我怕见不着你了呢!"老奶奶又哭出来,说:"咳!见一回少一回了!"她又用袖子抹着老泪。江涛听得说,又跑回去,扒着奶奶的耳朵说:"奶奶,我忘不了你老人家,怎么能见不着你了呢?"奶奶听了,合着眼笑了,说:"可别那么说,活一天减一天了,一眨眼就过去啦。咳!你也要离开家了,大啦!"江涛出了村,他耳朵里还响着奶奶的声音,眼前还现着奶奶慈祥的面容。

---

[1] 紧。不富足,不宽绰。

天上飘起鱼鳞纹的红云彩。父亲担着行李，送他上保定。朱老忠送出梨树林子，伸出坚硬的手掌，攥住江涛的手，说："你，上了府学。你，不能忘了咱这家乡、土地，不能忘了本！一旦升发了，你可要给咱受苦人当主心骨儿！"

江涛说："是，大伯，听你的话。"

朱老忠说："你不能忘了咱这锄头、镰柄，种庄稼的苦楚！"

江涛说："是，大伯。"

朱老忠说："你不能忘了咱这耕牛、地垄！"

"……"

"……"

说话中间，走出十多里路。严志和对朱老忠说："你忙回去耪地吧，棉花尖儿也该掐了。"

朱老忠把烟锅伸进荷包里，摸索着，愣了老半天，才说："我，是想嘱咐嘱咐他。"

江涛说："大伯！你回去吧，我记住了！"

到了保定，父亲先送他到严知孝家里。严知孝是严老尚的大儿子。当时，他在第二师范当国文教员。严志和托他照看江涛，严知孝看这孩子少年老成，又聪明伶俐，答应下，说："看像个聪明的孩子。我知道你们日子过得不宽绰，缺个十块八块钱的，你拿去花。"

从此，江涛在保定读起书来，认识了严知孝的女儿——严萍。

21

运涛好久不来信了,一家子盼了星星盼月亮。正当这个当儿,想不到一场飞灾横祸落在他们头上。

1928年秋天,运涛突然来了一封信,严志和好高兴。近边处找不到看信的人,他想进城去找贾老师。一上堤坡,李德才打南边弯着腰走过来,见了严志和,离大远里抬起手来打招呼。他捋着胡髭,客客气气地问:"志和兄弟!运涛侄子做了什么官儿?"他说话的口气也改变了。

严志和说:"连长!"

李德才一听,脸上皮笑肉不笑地说:"连长?官儿可不小啊,一个月能挣个一百多块钱,该你庄稼老头儿抖劲儿了!大院里冯老洪家小子,一当就是团长,比你们挣钱更多!"

严志和歪起脑袋瞪了他一眼,说:"他钱多是他的,挨着我什么?"

李德才看严志和颜色不对,踮着小俏步[1]走上来,连说带笑:"你去干什么?"

---

[1] 小碎步。步子不大,但很快。

严志和说:"我上城里找个人看看信。"

李德才说:"这点小事,用得着上城里?来,我给你看看!"

严志和说:"你是冯家大院的账房,什么身子骨儿,我能劳动你?"他不想叫他看信。

李德才说:"嘿,哪里话?北伐成功,你就成了老太爷了。江涛又上了洋学堂,不用说是我,冯家老头再也不敢拿白眼看你们。"

两个人坐在堤坡上,大杨树底下。李德才打开信,绷着脸看下去。看着,一下子哈哈大笑,说:"你们这个官儿,谎啦[1]!"

严志和睁大了眼睛问:"什么?"

李德才说:"这算什么官儿,连个官毛毛也没啦。我给你念念这两句儿吧!"

"父亲大人膝下:敬启者,男已于去年四月被捕,身陷囹圄一载有余。目前由南京解来济南,监押在济南模范监狱。大人见信,务与涛弟前来。早来数日,父子兄弟能见到面。晚来数日,父子兄弟今生难谋面矣……"李德才把这个"矣"字,拉得又尖又长,翘起一条长长的尾巴。又哈哈大笑,说:"哈哈!完了,这信我看不是运涛的笔体。"

严志和还没有听完这封信,忽不啦儿的[2],耳朵里嗡嗡怪叫起来。再也听不清底下说的是什么。好像抛下怀里的热火罐儿,身上凉了半截,脸上渗出冷汗珠来。只觉得心里发烧,身上滚烫,浑身火辣辣的。他也不知道什么时候离开李德才,惚惚恍恍走到朱老忠家里。没有进屋,站在窗户台根底下问了一声:"我哥哥在家里吗?"

---

1 破灭了。完了。

2 忽然间。

贵他娘在屋里答应:"谁,志和吗?他下梨去了!"

严志和转身走到梨园里。

朱老忠正在树上下梨,离远望见严志和晃搭着身子走进梨园,沉着个头,摆动着两条胳膊往前赶,好像出了什么大事情。他扔蹦[1]跳下梨树,紧走了几步,赶上去说:"志和!什么大事?走得这么急?"看严志和低着个头,什么也不说,只管向前走,心里慌了,说:"志和!志和!你怎么了?"

严志和本来是条结实汉子,高个子,挺腰膀。多年的劳苦和辛酸,在他的长脑门上划下了几道竖纹,平时最硬气不过的。做了一辈子庄稼汉,成天价搬犁倒耙。当了多少年的泥瓦匠,老是登梯上高。一辈子灾病不着身,药物不进口。一听得新生的儿子为"共案"砸进监狱,就失去了定心骨。他迎着朱老忠紧走了几步,身不由主,头重脚轻,一个斤斗栽倒在梨树底下。眼里一阵昏黑,跳出火花来。朱老忠弯腰抱起严志和的脑袋,掐着他的鬓角,说:"兄弟,醒醒!"

严志和在昏迷中,听得朱老忠的声音,眼里渗出泪珠来,牙齿打着嘚嘚说:"大……大哥!我有了困难了!"

朱老忠一听,摇了摇头,把右手撑在腰里,说:"兄弟,说吧,有什么困难?这些个年来,穷弟兄们同生死共患难。到了这个节骨眼儿上,朱老忠不能躲到干树身上去。你门里的事,就是我门里的事。我朱老忠还是为朋友两肋插刀!"

严志和听得说,张开两只手,打着颤说:"运涛那孩子,他被问成'共案'了,陷在监狱里!"

---

[1] 象声词。形容很快地去了。

朱老忠把眼珠一吊,呆了老半天,缓缓地说:"卡监入狱了?"头上立时像打了个轰雷,随着眼前一道亮闪,转转眼睛,愣然[1]地说:"我听得人家说,国民党大清党了,杀的人可多哪,咳!这年月……凶多吉少啊!"说到这里,又觉后悔,下意识地往回吞了一下,也没吞回一个字。

严志和听说"凶多吉少",身上颤栗起来,说:"大哥!你帮我这一步吧,跟我上趟济南,去看看这孩子!你走过京,闯过卫,下过关东,我可没离开过这块土,出不去门呀……"说着,不住地摇着头。

去年四月,国民党大清党,多少共产党员被捕了,入狱了。多少共产党员被杀死了。就在这节骨眼儿上,有一天夜晚,营长吹哨集合,点着名,从队伍里把运涛和几个排长叫出来,过堂问供。军法官问他:"你叫什么名字?""严运涛!"他说。又问:"什么地方人?"他答:"河北省××县人。"军法官又问:"多大岁数?"他答:"二十六岁!"最后,军法官问:"你是共产党员吗?"他说:"不错,是共产党员!"

供词就是这样简单,并没有多说一个字,因为他是以共产党员的身份,集体加入国民党的,谁也知道。运涛被扎上手铐脚镣,抛进阴暗的监狱里。

到了今年夏天,北伐军到了济南。部队里又出了"共案",牵连到他,才把他从南京解到济南。运涛立刻托人给父亲来了这封信,说他被捕了,叫严志和跟江涛去看看他。

朱老忠立刻答应了老朋友的要求,耸了耸肩膀,响亮地说:"志和!这码事儿好说,天塌了有地接着,有哥哥我呢!说什么时候去,咱抬腿就走,这有什么作难的?"

---

[1] 冒冒失失,不管不顾。

听了这句话，严志和心眼豁亮了。睁开眼来，挺了一下腰，想挣扎着站住脚。一下子，又闹了个侧巴楞，趔趄了一步，要倒下去。朱老忠赶上去，把他搂住，问："怎么样，志和？"

严志和说："头，晕眩得不行！"

朱老忠背了他左胳臂，严志和的右手扒住他的肩膀，两人慢慢地一步一步走回家去。一进门，涛他娘见他耷拉着脑袋，满头是汗，眼睛也不睁一睁，一步一趔趄，骨架支不住身子，一下子慌了神，忙走上去问："怎么啦？这是怎么啦？"

朱老忠说："莫喊叫，先安放下他再说。"

两人把严志和抬到炕上，把枕头垫高点，叫他歇息着。朱老忠挤巴了一下眼睛，两人走到外头屋里。朱老忠坐在锅台上，温声细气儿说："涛他娘！有个事儿，又想跟你说，又不想跟你说。不跟你说吧，你是一家主事的人儿。要是跟你说了，无论如何，你可得支持住身子骨儿。"

涛他娘听朱老忠话口里有事，瞧见他手里攥着封信，心里有些嘀咕。她问："是运涛的事儿？"

朱老忠一句句把运涛的事情告诉她，涛他娘低着头，眼泪刷地流下来。当时，一个农家妇女还不懂得阶级斗争的残酷，在说书唱戏上，可知道监狱的黑暗无情，于是哭得更加痛切。当他们细声细气儿说话的时候，老奶奶隔着灯龛看着，仄起耳朵听着，听得说"运涛入狱了"，她脸向下一沉，张开嘴，惊诧地问："什么，运涛入狱了？"

涛他娘听声音不对头，慌忙走进去。老奶奶两腿一蹬，抽搐了几下，挺在炕上，难过得摇着头，合紧了眼睛。年老的脸上急骤地颤动，嘴里嘟嘟念念，好像在说什么。涛他娘一迭连声叫："娘！娘！你怎么啦？你怎么啦？"她慌里慌张，摸摸她的手，摸摸她的头，说："娘！你合上眼睛了?你合上眼睛了?"

朱老忠走进来一看,把手掌放在老奶奶的鼻子上,鼻孔里只有一丝丝凉气儿了。他说:"涛他娘,别喊了,先给她穿衣裳吧!"

一个年纪老了的人,生命就像风前的残烛,瓦上的霜雪,受不起风吹日晒,经不起意外的震撼了。运涛入狱的消息,像巨雷一样,震惊了她的神经中枢,截止了她的生命活动。她的嘴唇不住地颤抖,像在反复地说:"老头子还不回来……人活在世上不容易着哪!"一会儿,眼窝渐渐塌下去了。

涛他娘顾不得哭,赶快开箱倒柜找出装裹[1]。贵他娘、顺儿他娘、朱老星家里的,都赶了来。给死去的人穿上新洗的褂儿,新拆洗的棉袄,箍上黑布头巾,头巾上缝上一块红色的假玉。

朱老忠站在院里,手里拿着烟袋,指挥朱老星他们抬了一张小板床,放在堂屋当中。把老奶奶尸首抬到板床上,蒙上一块黑色的蒙头被。床前放上张饭桌儿。又打发贵他娘煮了"倒头饭",做了四碟供献,摆在桌子上。打发伍顺找了一匹白布来,叫娘儿们给严志和、涛他娘缝好孝衣。严志和带着病打炕上爬下来,和涛他娘跪在干草上哭。贵他娘、顺儿他娘、朱老星家里的,把该办的事情都办完了,也在灵前弯下腰哭起来。涛他娘哭得尤其悲痛。

黄昏时分,严志和家门楼上挂起"白钱"[2]。

一会儿,听得拐棍戳地的声音,朱老明拄着拐杖摸了来。进了门,哆哆嗦嗦站在灵前,弯下腰来哭着,泪水从眼洞里滚出来。朱老忠也

---

[1] 供死人穿戴的衣物。

[2] 用白纸做成,挂在门口,表示这家死了人。

含着泪花说:"哥!人既咽气了,老哭也没用!"朱老明说:"我觉得志和不是容易,为孩子们作难!"说着,又大哭起来。哭了一会儿,他用袖头子擦干了泪,问了什么病,什么时候断的气儿。朱老忠说:"光运涛的事,就够他们载负的了,又添上办白事儿!"他把国民党大清党,运涛被关进监狱里的事情,对朱老明说了。

朱老明抬起头来,喘了几口气,才说:"也该叫江涛家来,商量商量运涛的事情怎么办。革命军失败,运涛入了狱,对咱穷苦大众来说,是一场天大的灾难呀!"

朱老忠自从老奶奶倒头,心上就架了火,时间不长,眼睛就红了,长出眵目糊来。他急得搓着手儿说:"谁承望的,咱一心一意等革命军过来,把冯老兰打倒,给运涛和春兰成亲。咳!这一来,竹篮打水一场空了!"

朱老明说:"兄弟,要经心呀!说不清狗日的们要出什么坏招儿!"他说着从怀里摸出一把小刀子,用手一摸刀锋,噌楞楞地响。他说:"听得风声不好,我就磨了一件武器,揣在怀里。碰上他们要害我,抽冷子抓住,先扎死他两个再说!"

说着话儿,街坊四邻都来"吊棺"[1]。晚上,人们散了,严志和还在草上睡着。已经是秋天,夜晚风凉了,阶沿下有两个虫子,唧唧叫着。小桌上放着一盏高脚油灯,冒着蓝色的焰苗,照得满屋子蓝蓝的。朱老忠把门关起,和朱老明坐在草上,三个人商量事儿。严志和同意派人去叫江涛。他哑着嗓子说:"把运涛的信也送去,叫他请严家去写个信,托个人情,好到济南去营救运涛。他奶奶的事可不告诉他,那孩子自小

---

[1] 吊丧,吊孝。

儿跟着老人长大，跟他奶奶感情可热哩……"说着，又哭起来。

朱老明眯瞪眯瞪眼睛，说："兄弟！你甭哭啦。身子骨儿又不好，万一哭得好儿歹的，可是怎么着？这会儿，千斤的担子在你身上！"

朱老忠也说："老明哥说得是，家有千口，主事一人，你要好不了，一家子可是怎么办？"又对涛他娘说："你去做点吃的吧，一家子哭了半天，还没吃饭呢！"

咳！闺女是娘身上的肉啊！那天傍晚，春兰娘去"吊棺"，听到运涛不幸的消息，慌慌忙忙回到家去，悄悄儿告诉春兰："闺女闺女，不好了，运涛蹲了监牢狱！"

自从那咱[1]，贵他娘把运涛的消息告诉她，革命军的光芒，运涛的眼睛，就像两点萤明，在遥远的远方闪晃。隐隐显显，似有似无。就是这一丁点儿遥远的光亮，在她心上就像太阳一样，温暖她的全身。她凭这丁点儿热力和光明来生活呀！当娘把这种不幸的事情告诉她的时候，她心上一惊，又强笑着镇静下来，只是冷笑说："呿！说他干吗？扔到脖子后头算了！"这句话还没说完，她的心上就激烈地跳动起来。

真的，她倒一点也没有哭。她的眼泪已经哭干了，像干了底的深潭，就是投下一块大石头，也难溅起点滴波涟。这咱，她年岁大了，明白了一些革命与反革命的关系。她明白，就是哭瞎了眼睛，对于革命，对于运涛，也无济于事。黄昏来了，暮霭像一块灰色的布，盖在她的身上。她觉得，在这块布下过生活，更心安一些。天还没有完全黑下来，她就想躲进黑暗的角落里，让黑暗把她吞没。

饭后，天上落着雨，像滴不完的愁苦的眼泪。树上风声起了，树叶

---

[1] 那时候。

子索索地响。突然间，一丝意念涌上了她的心头：人活着，是为了愁苦，还是为着幸福呢？可是，她是没有幸福的。眼看一丁点儿幸福的光芒，就要在眼前逝灭，她的心情，像从千丈高崖跌下深渊，焦虑得难耐。她想，活在世界上，也是个多余的人，死了倒也落得干净！想到这里，像有什么东西在脑子里搅动。犹疑着待了一会儿，她又登上板凳，从柜橱上搬下箱子，把一身靠色的新裤褂穿在身上。拢了一下子头发，点上灯，拿镜子照了照脸上。当她看到自己美丽的脸庞，又摇摇头，心里想：我还这么年轻！想着，把镜子一扔，吹灭了灯，趴在炕上抽泣起来。她实在舍不得运涛。哭了一会儿，她抬起泪眼，在黑暗里蹑手蹑脚走到堂屋里案板旁，伸手扯起切菜的刀。在夜暗里，她看得见刀锋在闪亮。不提防，一点响动惊动了母亲，她打枕上抬起头来问："春兰！案板上什么东西响哩！"春兰镇静了一下心情，装出远远的语音，说："嗯，娘！你还没有睡着？是一只老鼠碰的吧。"

娘翻了个身，自言自语："你还没睡？咳！闺女！你的事儿在我心里盛着哩！我能叫你老在家里一辈子吗？咳！天哪……运涛，忙回来救救我闺女吧！"

一句话打动春兰的心，她想：他还会回来的！我不能带着不明不白的伤痕死去。那样，将永远无法洗净身上的脏污。想到这里，她放下刀，走回来，坐在炕上。隔着窗棂，看得见天上的云彩散去，月亮出来了，天色蓝蓝的。她重又躺在炕上，盖上夹被，泪眼对着窗外的天空。月光透过窗格子，照着她的身上，照着她惨白的脸庞。

22

江涛接着这封信,合紧嘴不说什么。睁着黑白分明的大眼睛,忽闪着长长的睫毛,琢磨着事情的根源和发展。1927年秋天,中国共产党保属特委的负责同志到第二师范来,在党、团组织中正式宣布:"北伐军打到南京的时候,反革命为了独吞胜利果实,暴露出本来面目,叛变了革命,反回头来屠杀共产党,镇压了工农群众。从今以后,国共合作不能继续了……但是,我们并不悲观,中国革命的前途,是广阔的、远大的。同志们!我们要擦干眼泪,拿起刺刀,开始战斗……"从此以后,革命的高潮低落下来,北方沉入更加严重的白色恐怖里。

他到教务处请了假,走到严知孝家去,请他写封信托个门子,好上济南去营救运涛。

严知孝住在槐茂胡同路东一个瓦楼大门里。江涛走上高阶台,拉了一下门铃。随着叮叮的铃声,有人踏着轻巧的皮鞋声走出来,问:"是谁?"

江涛说:"我,江涛。"

听得说,门吱的一声开了。严萍立在门口。她看着江涛,说:"噢,稀客。请进来!"说着,不经意地笑了。

江涛问:"严先生在家吗?"

严萍见他神情急迫,扭头儿瞅着他,说:"星期嘛,不在家?"

这是一座小巧的院落,三合子青砖小房。当院摆着两盆夹竹桃,正开着花。红的,粉红。白的,雪白。一畦十样锦,畦畔围着芦苇插的小篱笆。茑萝爬到篱笆上,开着杂色的小花。葫芦蔓爬到花架上,爬上墙头。严萍登着门板爬到墙上,把麻绳钉在屋檐上。

江涛说:"留心掉下来!你想干什么?"

严萍说:"我吗?请你看看我的小花园吧。你没看见这房顶上,每年有一蓬蓬的瓜秧,结着红红的香炉瓜吗?我要叫香炉瓜爬着绳儿登上屋檐。"

江涛说:"我看出你在园艺上的天才,你为什么要学师范呢?"

严萍说:"我学师范,不像你学师范一样?"她正是女子第二师范的一年级学生。

北房三间小屋,挺干净。里屋是严知孝的卧室,外屋是他的书房。有几架书,几件木器家具。桌上有一小碟黄瓜菜,严知孝手里端着碗芝麻酱拌面,在吃着。

见江涛走进来,他问:"才说叫萍儿去叫你和登龙来吃螃蟹,你来了正好。"

严萍在屋顶上说了话:"白洋淀的朋友送了螃蟹来,在水瓮根底下蒲包里养着。单等他这好学生们来了才吃哪!"说着,哧哧地笑起来。

他们说的登龙,是锁井镇上大槐树冯老锡的第二个儿子。现在育德中学读书,是严知孝他母亲的侄子。自从来到保定,常和江涛、严萍在一块儿玩。日子长了,就成了青年朋友。

江涛走出来,对着严萍说:"可惜,吃不上了,我要回家。"

严知孝打窗户里探出身子来,把漱口水吐在花畦上,说:"怎么,要回家?"

江涛说:"我父亲求人送了信来,运涛在济南,被押进监狱里。"

严知孝吃了一惊,呆了半晌,才问:"为什么事?"

江涛说:"他说,早去几天,可以见到面。晚去,就见不到面了!"

严知孝沉思了一会儿,说:"这样厉害的事情?"说着,两手扣在胸前,鼓起嘴唇,撅起黑黑的短胡髭。脚尖磕着地,发出有节奏的声响,老长时间不说什么。

看样子,他有四十五六岁年纪,高身材,长四方脸,挺恬静。

严萍从墙头上跳下来,说:"什么塌天大事?"说着走进来。

江涛并没注意到她,只是对严知孝说:"我父亲还说,无论如何,请你给济南的朋友写个信。知道你朋友多,请你想方设法求点情……"

"求点情吗——"严知孝吧咂着嘴唇,像在深远地回忆,"咱不在政治舞台上,是朋友的,也该疏隔了……济南嘛,倒是有个人。"

他沉默了许久,摊开纸,拿笔蘸墨。但不就写,眼睛看着窗外,像有很多考虑,嘴里缓缓地说着:"动乱的时代呀!运涛是个有政治思想的人嘛,怀有伟大理想的人,才会为政治牺牲哪!我年幼的时候,也是这样。一说到为了民众,为了国家,心里的血就会涨起潮,身上热烘起来。五四运动,我也参加过,亲眼看见过打章宗祥,烧赵家楼。读过李大钊在《新青年》上发表的介绍马克思列宁主义的文章。可是潮流一过去,人们就都做了官了。我呢,找不到别的职业,才当起国文教员。像我那位老朋友,他在山东省政府,当起秘书长来。当然哪,他是学政治的,我学国文嘛。我教起书来,讲啊……讲啊……成天价讲!"铺好了纸,他写起信来。

严知孝是北京大学的学生。在北大国文系毕了业,一直在保定教书。除了在第二师范教国文,还在育德中学讲"国故"。对墨子哲学挺有研究。他从家里拿些钱来,买下这座小房,打算在这里守着他的独生女儿养老。他好清静,不喜欢像父亲一样,忙于应酬,奔波乡里之间的俗事。当然这些事情也短不了找到他头上。能推出去的,尽量推出去。他经过中国近百年史上战乱最多的年代,亲眼看到战争给与民众的疾苦。他对军阀、政客,疾恶如仇。每当给一个新的班次讲课,总是先讲《兵车行》,讲《吊古战场文》。每当一班学生毕业,都要讲墨子的哲学思想。

他写好信,仔细粘好信口,用大拇指甲把糨糊光一光。用两个指头捏起信角,撂在桌面上,说:"去吧!到了济南,你就去拜见他。这人是我的换帖[1],能维持的,维持,不能维持的,也可以求他给个方便之处。"说完这句话,他又沉思,用手掌摁在信上,说:"可是现在换了当权,他们比封建官僚严格些,尤其在政治问题上,就越发的利己主义了。"

江涛立在严知孝面前,眨巴着长眼睫毛,听着。

严知孝又说:"自从国民党北伐成功,安起国民党部来,门上画了青天白日的党徽,墙上写了蓝色的标语,还是一本正经地喊着打倒帝国主义,铲除贪官污吏。可是不久,阎锡山和张作霖也挂起青天白日旗,贪官污吏和党国要人们书信往来,互相都称'同志'。人们今天盼'北伐军',明天盼'北伐军'。'北伐军'来了,只是多添了些新军阀,新政客。对于'平均地权'啦,'节制资本'啦,反倒连点消息也听不到了。'耕者有其田'的口号,连提也不敢提。咳!既不是那样颜色,也不是那个货物了!于是,在广大民众里,流露的一些革命热情,也就

---

[1] 磕头兄弟,朋友。

冷淡下来。人们都说,这是换汤不换药,也不过如此!"

江涛拿了信走出来。出门不远,背后一个清脆的声音在叫他:"江涛,你早点回来!给我打济南带点儿什么希罕东西来,嗯!"

江涛回头一看,两只俏丽的眼睛,从墙角上露出来。江涛又立住,愣了一刻,说:"嗯……好!"他点着头说:"我给你的书,你可要看完,啊!"

"唔!你就去吧!"那两颗黑亮的眼睛,从墙角上缩回去。

于是,严萍,一个穿着瘦瘦的黑绸旗袍的细高身影,又映在他的眼前。她直爽、活泼、热情,爱把头发剪得短短,蓬松着,穿一双黑色方口的平底皮鞋。细看起来,好像眼瞳有点斜,爱把两颗黑溜溜的眼珠儿,偷偷地靠在鼻梁上看人,靠得越紧,越显得妩媚。不注意的人,看不出来。注意的人,并不认为是什么缺陷,反觉得是种美丽的特点。

江涛经常把自己喜欢的书给她读,她也偷偷地对江涛说过:"我向你学习!"

23

江涛离开槐茂胡同,刮阵风似的往回跑,第二天黄昏,跑回家来。离门口不远,看见门上挂着白钱,眼泪一下子涌出来,说:"奶奶!你为运涛的事情合上眼了!"

他一进屋,见娘和爹在草上坐着,睁大眼睛看着他。他也不哭一声,往奶奶身上一扑,搂住奶奶摇晃摇晃,又握住奶奶的手,把脸挨在奶奶的脸上,头发索索打抖。不一会儿,全身抖颤起来,用哆嗦的手指摸着老人的眼睛说:"奶奶!你再睁开眼睛看看我!再睁开眼睛看看我!"涛他娘见江涛难过的样子,一时心酸,拉开长声哭起来。贵他娘、顺儿他娘,也哭起来。朱老忠、朱老明、严志和,也掉了几滴眼泪。大家又哭一场。

朱老忠把江涛拽起来,说:"人断了气,身上不干净,小心别弄病了。"

江涛说:"我想我奶奶,她老人家一辈子不是容易!"

朱老忠说:"你爹病了,单等你顶门立户呢,你要是再病了,可是怎么着?"

江涛擦干眼泪说:"不要紧!"

那天晚上,等人们散完了,严志和说:"江涛!你哥哥的事情,可是怎么着?"

江涛说:"这事,说去就去,赶早不赶迟哩!"

涛他娘哑巴着嗓子说:"该快去,不为死的为活的,孩子在监狱里……"

严志和说:"咳!去好去呀,我早想了,路费盘缠可是怎么弄法?"

说到路费盘缠上,一家人直了脖儿。严志和说:"使账吧,又有什么办法!要用多少钱?"

江涛说:"要是坐火车,光路费就得三四十块钱。再加上买礼求人,少不了得一百块钱。"

严志和说:"你奶奶一倒头也得花钱。"说到这里,他咂着嘴作起难来。

涛他娘说:"一使账就苦啦!"

自此,一家人沉默起来,半天无人说话。江涛想:上济南,自个儿一个人去,觉得年轻,不知怎么弄法。要是两个人去,到济南的路费,加上托人的礼情,运涛在狱里的花销,怎么也掉不下一百块钱来。家里封灵、破孝、埋殡,也掉不下五十块钱……严志和想:一百五十块钱,按三分利算,一年光利钱就得拿出四五十块。这四五十块钱,就得去一亩地。三年里不遇上歹年景还好说,一遇上年景不好,就打蛋了。要去地吧,得去三亩。涛他娘想:使账!又是使账!伍老拔就是使账使苦了。他在老年间,年头不好,使下了账。多少年来,越滚越多,再也还不清了,如今还驮在身上,一家人翻不过身来。

当天晚上,一家人为了筹措路费的问题,没有好好睡觉,只是唉声叹气。严志和一想到这节骨眼儿上,心上就打寒颤。他想到有老爹的时候,成家立业不是容易。如今要把家败在他这一代……左思右想,好不难受!

第二天,开灵送殡,三天里埋人。依严志和的意见,说什么也得放到七天。朱老忠说:"咱穷人家,多放一天,多一天糟销,抬出去吧!"朱老忠主持着:不要"棺罩"[1],不要戏子喇叭。只要一副"灵杠"[2],把人抬出去就算了。严志和说什么也不干,说:"老人家受苦一辈子,能那么着出去?"朱老忠说:"不为死的,为活的,一家子还要吃穿,江涛还得上学,济南还有一个在监狱里的!如今我们到了什么地步,还遵守他们那个老礼法?"说到这里,一家子又哭起来。朱老忠和贵他娘也跟着掉泪。

出殡的时候,严志和跟涛他娘穿着大孝,执幡摔瓦[3]。江涛在后头跟着。朱老忠、朱老星亲自抬灵,哭哭泣泣把人埋了。从坟上回来,朱老忠说:"志和,你筹办筹办吧!也该上济南去了,这事儿不能老是延误着。万一赶不上,一辈子多咱想起来也是个缺欠。我看,咱明天就走吧!"说完了,就一个人低着头,踽踽地走去。

当天下午,严志和找到李德才,说:"德才哥,我磨扇儿压住手了!"

李德才看严志和在他眼前,哭得两只眼睛像猴儿屁股,冷笑了一声,说:"哈哈!你也有今天了?'革命军快到咱这块地方了','土豪劣绅都打倒','黑暗变成光明',你的手就压不住了!奉天承运,皇帝诏曰:他倒不了!看你们捣蛋?"说完了,眯着眼睛只管抽烟,眼皮儿撩也不撩。见严志和低着头不爱听,又恨恨地追问了一句:"这不都是你们说的?"

---

1 棺材罩子。出殡时套在棺材外边,不随葬。

2 抬棺材的杠子。

3 幡是用白纸做的丧旗。瓦这里是指瓦盆(或碗)。出殡时,由死者的财产继承人打着幡;棺材刚抬起时,由继承人把瓦盆(或碗)摔碎。

严志和不理他，只说："家里一倒人，运涛在济南……"

李德才不等他说完，就说："运涛是共产党，如今国共分家，不要他们了，把他下监入狱了，是不？你们革命？满脑袋高粱花子，也革命？看冯家大少，那才是真革命哩！拆了大庙盖学堂，你们干得了？没点势派儿，干得了这个！老百姓不吃了你？你要使账上济南去打救运涛，是不？"

严志和说："唔！"

待了半袋烟工夫，李德才说："小人家小主儿，我不跟你们一样儿，去给你问问。"

李德才过了苇塘，上了西锁井，一进冯家大院，门上拴着两只大黄狗，呼呼地赶出来。他猫下腰，龇出大黄牙，抚摸了一下狗头，溜湫着步儿走进去。一直走过外院，到了内宅。正是秋天，老藤萝把院子遮得暗暗的。冯老兰正在屋子里抽烟，李德才把严志和要使账的话说了。

冯老兰听完了李德才的话，拉开嗓子笑了，说："穷棍子们，也有今天了！那咱，他整天价喊，打倒封建啦，打倒帝国主义啦！人家帝国主义怎么他们啦？远在外洋，也打倒人家？嫌人家来做买卖，买卖不成仁义在，打倒人家干吗？真是！扭着鼻子不说理！"

李德才说："穷人们，斗大的字不识半升，有什么正行[1]。"

冯老兰说："他们说，革命来了要打倒我冯老兰。革命军已经到了北京、天津，对于有财有势的人们更好了。显出什么了？没见他们动我一根汗毛儿！"

正说着，冯贵堂走进来，见冯老兰和李德才在一块儿坐着，他也站在一边。听念叨革命军的事，也说："幸亏蒋先生明白过来早，闹了个

---

[1] 正经的事儿，正经的行为。

大清党,把他们拾掇了。要不然,到了咱的脚下呀,可是受不了!"

冯老兰瞪起眼睛说:"你还说哩,要是那样,还不闹咱个家破人亡呀!"父子两人一答一理儿说着,不知怎么,今天冯贵堂和老爹谈得顺情合理起来。冯老兰一时高兴,说:"革命这股风儿过去了,这么着吧,我听了你的话,咱在大集上开花庄,开洋货铺。什么这个那个的,赚了钱才是正理儿。"

冯贵堂一听,瞪出黑眼珠儿,笑眯眯地说:"哈!咱也开轧花房,轧了棉花穰子[1]走天津,直接和外国洋商打交道,格外多赚钱!"

李德才坐在这里,听他父子念叨了会子生意经,也坐烦了,严志和还在等着他。他问:"严志和想使你点账,你看,周济他一下吧,他儿子运涛在济南押着。"

冯老兰眼一瞪,说:"他使账干别的行,干这个不行。严运涛就是个匪类,如今陷在济南。我要把钱放给他,不等于放虎归山?还不如扔到大河里溅了乓乓儿!"

李德才说:"不要紧,利钱大点。严运涛不过是个土孩子,能干得了什么?"

冯老兰说:"一天大,一天折八个斤斗儿,钱在家里堆着,我也不放给他。那小子!别看东西儿小,他是肉里的刺,酱里的蛆,好不仁义哩!要他个鸟儿,他就不给我。严志和去地[2],我要。"

冯贵堂说:"东锁井那个地,不是坐碱就是沙洼,要那个干吗?"他对这一行没有什么兴趣,说完,就走出去了。

---

[1] 除去棉籽的棉花,即皮棉。

[2] 卖地。去,出卖的意思。

李德才说:"还是放账吧,得点利钱是正理儿。"

冯老兰把脖儿一缩,说:"嘿,'宝地'!"说着,满嘴上的胡髭都翘起来。

李德才笑了说:"你倒是记在心上了!"

冯老兰说:"人不说吗,中国是农业国。农业国,土地就是根本。有了土地,子子孙孙受用呀!这全村有数儿的东西,我能忘得了?"

李德才顺原路走回来,严志和还在那里蔫头耷脑[1]待着。李德才说:"钱有,人家不放。"

严志和一听,碰了硬钉子,合上眼睛,头上忽忽悠悠晕眩起来。使不到钱,去不了济南,营救不了运涛。运涛那孩子在监狱里受罪哩!他闭着眼待了一会儿,才睁开,说:"你跟老人家说说,帮补俺这一步儿。"

李德才说:"你这人,真不看势头。你就不想想,你是欢迎革命军的,他是反对革命军的。那咱晚,你与他对敌,打过三年官司。"

严志和听得说,瞪起眼睛,张起嘴,不说什么。他想到冯老锡家去,冯老锡才和冯老兰打完官司,输了。冯老洪家门槛更高。想来想去,只有一条道儿——去"宝地"。他说:"别跟俺穷人一样,他的新房都是我垒的。"

李德才不等说完,插了一嘴,说:"你图了工钱。"

严志和死说活说,李德才又哈哈笑了,说:"你去地不行?"

严志和说:"哪!把我那梨树行子去给他吧!"

李德才咧起嘴说:"我那天爷!那老沙沱岗子,人家冯家大院里,荒着的地,也比你那个梨树行子强。"

---

[1] 耷拉着脑袋,非常没精神。

严志和说:"那可怎么办?"

李德才说:"我知道?你到别人家看看去。"

严志和低下头想了老半天:这是个死年头,谁家手里不紧?他猫着腰立起来,才说往外走,又站住。当他一想起运涛在济南监狱里受罪,早去几天,父子兄弟有见面机会,晚去,就见不到面了,眼泪就流下来。

李德才用手向外摆他说:"算啦!算啦!有什么难过的事情,回家去想吧,别叫旁人替你难受了。"

一句话刺着严志和的心,愣住一下,才伸起两条胳膊,看了看天上,说:"天呀……把我那'宝地'卖给他吧!"

李德才问:"你肯吗?"

严志和瞪直眼睛,抡起右手说:"卖,我不过了!"说着,他咬紧牙关,攥起拳头,想要打人。

李德才说:"你这是干什么?发什么狠?"

严志和低沉地说:"我不想干什么,我心里难受,像被老鼠咬着!"他瞪出眼珠子,牙齿锉得咯嘣嘣响。

严志和决意出卖"宝地",写下文书,拿回八十块钱来。进门把钱放在炕上,随势趴在炕沿上,再也起不来。

涛他娘问:"这是使来的钱?几分利钱?"

严志和头也不抬一抬,说:"不,去了'宝地'!"

一说卖了"宝地",涛他娘放声大哭起来,说:"不能去'宝地'!他爷爷要不依!"

严志和几天没睡好觉,也不知涛他娘哭得死去活来,哭到什么时分,就呼呼睡着了。梦见运涛在铁栅栏里,苍白的脸,睁着两只大眼睛向外望着………

送完了殡，朱老忠一个人走回去，坐在捶布石上抽了一袋烟。也不知怎么的，自从接着运涛入狱的消息，不几天，脸上瘦下来，眼窝也塌下去。连日连夜给严志和主持殡葬，心上像架着一团火，吃也吃不下，睡也睡不着。等把白事办完，身上又觉得疲软起来，浑身懒洋洋的。可是事情摆着，他还不能歇下来。运涛在狱里，等他们去营救……

朱老忠正仰着头看着天上，盘算这些事情，江涛走进来。到了他面前，也不说什么，只是眨着两只黑眼睛呆着。朱老忠抽完了一袋烟，才问："上济南，是你去，还是你爹去？"

江涛说："我爹身子骨儿不好，有八成是我去。"

朱老忠又低下头，沉思默想了半天，才说："你也想一想，你哥打的是'共案'，我可不知道你与他有什么关系不？"说完了抬起眼睛看着江涛。

江涛还是低着头，咕咕哝哝在想说什么。朱老忠不等他说话，又说："我听人家说过，北伐军到了北京，逮捕了不少共产党员。那里出过这么回子事，先逮住了哥哥，押在监狱里，兄弟去探狱，也被逮住了，兄弟也是共产党员……"朱老忠说到这里，不再往下说。

江涛想：从这里走到山东地面，也不至于怎么样吧！而且年轻，还未出过什么风头……他倔强地说："他们逮我，也得去看看哥哥！"

朱老忠说："那可不能，这不是赌气的事情，不能感情用事。"

江涛把自己不至于被捕的道理讲出来，朱老忠才答应他去济南。还说："虽然这样，我们也得经心，道上咱再细细盘算。"

贵他娘听得说两个人要上济南去，走出来问："你们什么时候动身？也要带些鞋鞋脚脚，穿的戴的。"

朱老忠说："我想明天就起程……"

贵他娘不等朱老忠说下去,就说:"忙活一年不是容易,大秋来了,家里……"

朱老忠说:"先甭说大秋,先说运涛在监狱里押着。你给我包上两身浆洗过的衣裳,两双鞋,还有大夹袄……咳!比不得咱进城打官司,这一去了,不知道什么时候回来,也不知道碰上什么意外的事由,能回来不能回来。"

贵他娘问:"你还要替他打官司?"

朱老忠说:"也不一定,去了再看……"说到这里,他又想起古书上说的:梁山泊的人马,还劫过法场……想着,站起身,扳着脚,在院里蹓了两趟腿,说:"俺哥们还不老……"

江涛在一边看着,这位老人的精神深深感动了他,问:"要带多少钱?"

朱老忠说:"估计你们也没有多少钱带。多,就多带。少,就少带。没有,就不带。拿起脚就走,困了就睡,饿了沿村要口儿吃的。"

朱老忠一说,江涛流下泪来,说:"忠大伯!你上了年岁,还能那样?咱还是坐火车去吧!"

朱老忠说:"咱哪里有钱坐火车?我十五岁上,一个人下关东,一个钱儿没带,尽是步下走着。"说完了,又吩咐贵他娘:"就是这么办,你和二贵把梨下了,收拾了庄稼,在家里等着我。还要告诉你们,在这个年月里,不要招人惹事,也不要起早挂晚的。"又叫贵他娘做两锅干粮带着。二贵不在家,叫江涛帮着。朱老忠拿起腿走出来,他要上小严村去,看看严志和好了没有。一出村,刚走上那条小路,看见春兰在园子里割菜,他又走回去,问春兰:"明天,我要上济南去看运涛,你有什么话要捎去?"

春兰弯着腰割菜,一听,红了脸,不好意思抬起头来。眼里的泪,像条线儿流在地上,说:"叔!你要去吗?"

朱老忠说:"明天就走。"

春兰低下头,嗫嚅说:"我也想去。"

朱老忠看着春兰难过的样子,怔了半天,说:"你不能去,咱乡村里还没这么开通,你们还没过门成亲,不要太招风了。"

春兰红着脸立起来,也不看一看朱老忠,只是斜着脸儿看千里堤上。想起那天晚上,运涛走的时候,他们在那里谈过话,他顺着那条道儿走了……她说:"你告诉他,沉下心,住满了狱回来,我还在家里等着他……"说到这里,鼻子酸得再也说不下去,把两手捂着脸大哭起来,眼泪从手指缝里涌出来。

朱老忠由不得手心里出汗,把脸一僵,直着眼睛说:"春兰!你有这心劲就行,我要去替他打这场人命官司。只要你肯等着,我朱老忠割了脖子,丧了命,没有翻悔,说什么也得成全你们!"说到这里,血充红了脸。为了运涛受害,已往的仇恨,又升到心上,他心里难受,清醒了一下头脑,才忍过去。他说:"现在革命形势不好,你在家里,要少出头露面,少惹动人家注意。咱小人家小主儿,万一惹动了人家,咱又碰不过。在目前来说,是万般'忍'为高。你知道吗?"

春兰说:"我知道。"

朱老忠说:"你给运涛有什么捎的,也拿来吧!"说着,迈动脚步,走到严志和的小屋里。

这时严志和醒过来了,在炕上躺着,身上发起高烧。听得脚步声,他用一件破衣服把卖地的洋钱盖上,不想叫朱老忠知道。

朱老忠一进门,看严志和脸上红红的,伸手一摸天灵盖,说:"咳呀!这么热?"

严志和说:"烧得不行。"

朱老忠说:"既是这样,明天你就不要去了,我和江涛去。"

严志和说:"父子一场,我还是去看看他,我舍不得。"

朱老忠说:"这也不能感情用事,要是病在道上,有个好儿歹的,可是怎么办?"

严志和说:"看吧,明天我也许好了……"

朱老忠把涛他娘叫到跟前,说:"明天,我就要去济南打救运涛,你们在家里,要万事小心。早晨不要黑着下地,下晚早点儿关上门。要管着咱家的猪、狗、鸡、鸭,不要作害人家,免得口角。黑暗势力听说咱家遇上了灾难,他们一定要投井下石,祸害咱。在我没回来以前,你不要招惹他们,就是在咱门上骂三趟街,指着严志和的名字骂,你也不要吭声。等我回来,咱再和他们算账。兄弟!听我的话,你是我的好兄弟,不按我说的办,回来我要不依你。"

严志和探起半截身子,流下眼泪说:"哥说的是。"

朱老忠又对涛他娘说:"志和身子骨不好,你就是当家的人儿,千辛万苦,也要把庄稼拾掇回家来,咱自春到夏,耕种庄稼不是容易。一个人力气不够,就叫贵他娘、二贵、老星哥他们帮着。"

涛他娘说:"大哥说的,我一定记着。"

朱老忠说:"还有一点,想跟你说。运涛虽在狱里,春兰还是咱家人。她年轻,要多教导她,别寻短见。叫她少出门,因为人儿出挑得好[1],街坊邻舍小伙子们有些风声。再说,冯家大院里老霸道也谋算过她,万一遇上个什么事儿,要三思而后行!要是她听我的话,我拿亲闺女看

---

[1] 人长得漂亮。

称她,她家的事情,就是我家的事情。要是她不听我的话,随她走自己的道儿就是了,咱也不多管。"

说着,涛他娘也流下泪来。她哭哑了嗓子,上了火气,再也说不出话来。

说着话儿,春兰走进来,手里拿着小包袱,走到槅扇门,站住脚不进来。涛他娘哑着嗓子说:"孩子,进来吧,坐在小柜上。拿的什么?"

春兰把小包袱放在炕沿上,说:"是一双软底儿鞋,他在家里时候,爱穿这样的鞋。还有两身小衣裳。"说着,乌亮的眼睛,看看严志和,又看看朱老忠。那是她做下等过门以后叫运涛穿的,她想叫朱老忠捎去。

朱老忠说:"春兰,我还要告诉你,运涛在狱里,江涛也要去济南,志和病着,这院里人儿少,你有空就过来帮着拾掇拾掇。你们虽没过门成亲,看着是老街旧邻,父一辈、子一辈的都不错。再说,你也在这院里长大的。"

春兰说:"大叔说了,就是吧。一早一晚儿我过来看看。"

一切安排停当,朱老忠抬脚走出来。严志和又要扎挣送他,朱老忠说:"不用,兄弟身子骨儿不好,甭动了。"就顺着那条小路走回去。走到村头,又走回来找朱老明,告诉他,明天要去济南,家里有什么风吹草动,要他多出主意,多照顾。

严志和听朱老忠说了会子话,有些累了,头晕晕的,懵里懵懂,又睡过去了。恍恍惚惚,听得门响,睁开眼一看,是江涛回来了。江涛说:"明天就上济南去,忠大伯说,坐火车花钱多,就脚下走着。忠大娘正在蒸干粮。"

严志和试着抬了抬身子,说:"咳!我还是想站起来。你们明天要走,扶我去看看我的'宝地'吧!"

"'宝地'卖了?"江涛才问这么一句,又停住。想:卖了就卖了吧!他又想起"宝地"。那是四平八稳的一块地,在滹沱河的岸上。土色好,旱涝都收……

严志和说:"这是你爷爷流着血汗留下的,咱们一家人凭它吃了多少年,像喝爷爷的血一样,像孩子吃奶一样呀!老人家走的时候说:'只许种着吃穿,不许去卖。'如今,我把它卖了,我把它卖了!今天不是平常日子,我再去看看它!"

涛他娘说:"天黑了,还去干吗?你身子骨儿又不结实。"

江涛见父亲摇摇晃晃走出去,也紧走两步,跟出来。出门向东去,走上千里堤。沿着堤岸向南走,这时,太阳落下西山,只留下一抹暗红。天边上黑起来,树上的叶子,只显出黑绿色的影子。滹沱河里的水,哗啷啷响得厉害。大杨树上的叶子哗啦啦地响着。归巢的乌鸦,落在杨树枝上,一阵阵哀鸣。走到小渡口,上了船,江涛拿起篙来,把船摆过渡。父亲扶着他的肩膀,走到"宝地"上。

"宝地"上收割过早黍子,翻耕了土地,等候种麦,墒垄上长出一卜卜的药葫芦苗,开着粉色的小花儿。脚走上去,就陷进一个很深的脚印。严志和一登上肥厚的土地,脚下像是有弹性的,发散出泥土的香味。走着,走着,眼里又流下泪来,一个趔趄,跪在地下。他匍匐下去,张开大嘴,啃着泥土,咬嚼着,伸长了脖子咽下去。江涛在黑暗中,也没看见他是在干什么,叫起来:"爹,爹!你想干什么?干什么?"

严志和嘴里嚼着泥土,唔哝地说:"孩子!吃点吧!吃点吧!明天就不是咱们的啦!从今以后,再也闻不到它的气味!"

江涛一时心里慌了,不知怎么好。冯老兰在父亲艰难困苦里,在磨扇压住手的时候[1],夺去了"宝地",他异常气愤,说:"爹!甭难受!早晚我们要夺回它!"

严志和瞪出眼珠子,看着江涛问:"真的?"冷不丁又趴在地上,啃了两口泥土。

江涛一时愣住,眼泪顺着鼻沿流下来。脊梁冷得难受,像有一盆冷水,哗啦啦劈头盖脸浇下来,浇在他的身上,前心后心都冷透了!

---

[1] 困难得没法解决的时候。

24

那天晚上,严志和病得更加厉害了。第二天早晨,朱老忠起个五更,去叫江涛。江涛把八十块钱带在身上,走着房后头的小道儿,到忠大伯家里。朱老忠把他让到炕头上,吃完忠大娘送行的饺子。朱老忠又坐在炕沿上抽了袋烟,看看太阳露头,叫江涛背上两褡裢头子谷面窝窝。江涛把洋钱放在窝窝底下。朱老忠披上他的老毛蓝粗布大夹袄。走出门时,忠大娘送出来。送到村外,对江涛说:"江涛!吃饭睡觉的,你要照看他一下,他上了年纪!"

江涛回过头儿说:"就是吧,大娘,你回去吧!"

朱老忠迈开矫健的脚步,翘起胡子,一直向东走。江涛在后头跟着,两人走在外乡陌生的道路上,低下头,眼前晃着运涛的面影,抬起头,数着天空浮动的云朵。走着路儿,朱老忠说:"一出了门,不比在家里,心眼里学机灵点儿,要看眼色行事。到了大地方,人多手杂,要多个心眼儿。"江涛说:"是。"朱老忠说:"要看我的,我叫你行,你就行。我叫你止,你就止。"两人晓行夜宿,不知走了多少时日,到了济南,走进一家起火小店里。

一进店门，朱老忠说："店掌柜，咱要住间房。"

掌柜的，是一个白了头发的老汉，听说有人住店，走出来说："你们住店？好说，咱就是开店的。来，住吧。"他开了一间小房。那间小房只有半间屋子大，屋里一条小炕，一张小桌，问："看！这间房怎么样？"

朱老忠说："行，住一天要多少钱？"

掌柜的说："官价，四毛钱，吃饭另算。老客，贵府在什么地方，做什么生意？"

朱老忠说："不敢，是河北保定地面上人，来济南看看有什么赚钱的买卖。"

掌柜的说："山东地面，好东西多得很哪！单说这乐陵的小枣儿吧，你别看个儿小，吃到嘴里，就像蜜一样甜，还没有核儿，是天下驰名的。再说，这里的驴，个儿大，毛色黑，把缰绳一抖，瞪开眼睛哇啦哇啦叫。"

朱老忠洗着脸，笑了说："真好的叫驴！"

掌柜的说："俺济南有的是宝物，黑虎泉、趵突泉、珍珠泉，你是没见过的。南北老客来了，没有不上大明湖、千佛山去逛逛的，大明湖又称半城湖……"他伸手画了个圆圈，又说："一城山色半城湖……真好的景致呀！"说着，走出去了。

朱老忠看着江涛洗了脸，安顿好了，就走到柜房里去。柜房里没有别人，老掌柜在屋里做饭，见了朱老忠，说："老客，请坐。"

朱老忠坐在凳子上，说："听说，咱济南有个什么模范监狱？"

老掌柜："有倒是有。"

朱老忠说："这个模范监狱，怎么个模范法儿？"

老掌柜浅笑了两声说："怎么模范法儿？大！人多！南派儿一来，抓了一些人，关在里头。"

朱老忠问:"净抓的一些个什么人?"

掌柜听他问得详细,直起腰看了看,说:"咱也不知道是些什么人,听说是些犯'政治'的。"

朱老忠问:"这监狱在什么地方?"

掌柜说:"离这儿远哩。在济南,你一打听'大监狱',谁也知道,出了名儿了。"说到这里,他又抬起头看了看朱老忠,问:"怎么,你是来看亲人的?"

朱老忠说:"哪能随便看?"

掌柜说:"那也得看犯的什么罪。偷鸡摸狗的,在咱外边是小偷,谁也不敢招他,可是到了监狱里,是罪过最轻的。最怕犯上'政治',这年头儿,一着那个边,不是砍头,就是'无期'。是判了罪的,都能看。没判过罪的,想看也不行。"

朱老忠问:"为什么不行?"

掌柜说:"他怕你串通呀,要是拿不住你把柄,可怎么判你罪呢!"

朱老忠听到这里,摇摇头,心里说:"可不知怎么样?"

朱老忠向这个老头打听好了大监狱的坐落,带着江涛,走到大街上,买了一些礼物,拿着严知孝的信,上省政府去。到了省政府的红漆大门,门前有两排兵站着岗。朱老忠拍拍江涛身上的土,说:"孩子!我在门前等着,你进去,不要害怕,仗义一点儿。见了人,说话的时候,口齿要清楚,三言两句说到紧要关节上,不能唔哝半天说不出要说的事情……你去吧,咱不见不散。"

朱老忠在门前看着,江涛扬长走进去。等了吃顿饭的工夫,江涛才走出来。朱老忠笑着迎上去,拉着他的手儿,走到背角落里,问:"孩子!怎么样?见着了吗?"

江涛说:"正好见着了,晚来一会儿就不行。"

朱老忠笑了笑,问:"怎么样?跟我说说。"

江涛说:"他说这案子是军法处判的,不属他们管辖。看看可以,别的,他们没有这么大的权限。"

朱老忠又说:"他问什么来?"

江涛说:"他问严先生好,一家子尽有些什么人儿……"

朱老忠听着,倒像是个可靠的人。他们又在大街上买了火烧夹肉、点心、鸡子儿什么的,等明天一早,赶到大监狱去探望运涛。

第二天,是个阴湿的日子,灰色的云层,压得挺低,下着蒙蒙的牛毛细雨,石板路上湿滑滑的。朱老忠和江涛踩着满路的泥泞,到模范监狱去。走了好大工夫,到了监狱门口。江涛一看见高大的狱墙,森严的大门,寒森森的怕人,不觉两腿站住。朱老忠悄声说:"走!"用手轻轻推了他一下,两人不慌不忙,走到门前。朱老忠说:"你等一等,拿信来,我先进去看看。"

江涛在门外头等着,朱老忠走进大门,到门房里投了信。一个油头滑脑的家伙,看了看那封信,拿进去。等了老半天,走出来嘻嘻哈哈说:"来,我帮你挂号,有几个人?"

朱老忠说:"两个人。"

那人带他领了一块竹板牌子,递给朱老忠。朱老忠看他回了门房,才走出来,拿下巴朝江涛点了一下,说:"来!"江涛跟着走进去。两个人弯着腰上了高台石阶,又走过一段阴暗的拱棚长廊。一过石门,那探监的人可真多呀!有白发老祖父来看孙子,年轻的媳妇来看丈夫,也有小孩子来看爸爸的……

他们顺着一排木栅子走进去。那是一排古旧的房廊,用木栅子隔开。

他们立在第十个窗口下边待住。小窗户有一尺见方,窗上安着铁柱子,窗棂上只能伸过一只手。他们靠在木栅上,等和运涛见面。

每个窗口都有很多人,就是这个窗口人少,只江涛和朱老忠两个。人们见他俩醇醇实实[1],庄稼百姓的样子,都扭过头来瞪大眼睛看。

狱里的房屋破烂不堪。有的屋顶倾斜着,坍塌了,长了很多草。秋天,缺乏雨水,草都枯黄了,风一吹动,飒飒地响。屋里异常潮湿、黑暗,屋角上挂满了蛛丝。

江涛正在愣着,听得一阵铁链哗啷的声音,掉头一看,走出一个人来。浓厚的眉毛,圆大的眼睛。缓步走着,叮叮当当,一步一步迈上阶台。定睛一看,正是运涛。几年不见,他长得高高的个子,瘦瘦的脸庞。脸上黄黄的,带着伤痕。他怀里抱着铐,脚上拖着镣,一步一蹶,走进门口。大圆圆眼睛,如同一潭清水,陷进幽暗的眼眶里,显得眉棱更高,眉毛更长。一眼看见江涛站在窗外,愣怔眼睛待了一会儿。当看见忠大伯也来了,站在江涛后面,他紫色的嘴唇,微微抖动了两下,似乎是在笑,沙哑着嗓子说:"江涛,忠大伯,你们来了!"

江涛静默着,站在窗前,睁着黑眼睛盯着运涛,说:"哥,我来了!"

朱老忠也走前几步,扒着小铁窗户说:"来了!我们来看你,孩子!"

"好!"运涛出了口长气,说:"见到你们,我心里也就安下了。奶奶可好?"

江涛迟疑了一刻,说:"老人家已经去世了!"

运涛仰起脸,望一望天上,沉重地说:"老人家去世了!爹和娘呢?"

忠大伯打起精神说:"你爹病了。要不,他还要亲自来看你。你娘

---

[1] 淳厚朴实的样子。

可结实。"

运涛凝神看着江涛和忠大伯,有吃半顿饭工夫。他心里在想念故乡,想起奶奶慈祥的面容。不管什么时候,奶奶一见到他,就默默地笑。他始终不能忘记奶奶,那个可爱的老人。随后说:"告诉你们吧!"他用手摸索着磨光了的刑具,继续说:"江涛,忠大伯!我想,我完了……爹娘生养我一场,指望我为受苦人做主心骨儿……可惜,我还这么年轻轻的,就要在监狱里度过我的一生!"说着,连连摇头,眼上挂下泪来,像一颗颗晶亮的珠子,着实留恋他青春的年岁。又说:"哎!我并不难过,已经到了这刻上……江涛,今后的日子,只有依靠你了!你要知道,哥哥是为什么落狱的。"说到这里,乌亮的眼睛盯着忠大伯,老人直着脖子在看着他。他猛地抱起手铐,带动脚镣,踏步向前,好像坚决要走出铁窗,和亲人握别。老看守走上去,把他拦住,说:"到了,到了,时间快到了!"说着,拽起运涛向里走。运涛把脚一跺,生着气,抖动肩膀,摇脱了老看守的手,又仰起头来,瞪着眼睛要望穿青天,咬紧牙关说:"江涛!望你们为我报仇吧……春兰呢?"说到这里,他又呆住。

忠大伯说:"她在等你!我们都说好了,等你回去,给你成家。"

老看守说:"什么时候,还说这种话。"说着,连推带搡把运涛带走了。

江涛眼看哥哥拖着脚镣,头也不回,走回监狱,睬睁着眼睛愣住。

老看守腆着胖胖的大肚子,努着嘴,瞪着眼睛说:"走吧,走吧,走开吧!十五分钟过啦!"伸手要关那小窗户。

忠大伯急忙走上去,拦住他的手,说:"劳你驾,我们还给他带来点吃的东西。"

老看守噘起嘴,伸出手来,不耐烦地说:"拿来!"

忠大伯拿过东西,递上去。老看守把东西放在小桌上,打开纸包,歪起脖子，这么看看，那么看看。掏出根银钎子，这么插插，那么插插。然后，啪哒把小窗户一关，把东西带走了。

忠大伯愣愣地对着关上的铁窗，立了老半天。江涛说："忠大伯，咱们回去吧！"忠大伯猛醒过来说："嗯，走！"才低下头去，慢吞吞走出监狱。江涛扶着忠大伯走回小店。忠大伯迷迷怔怔，蹲在炕头上，不吃饭也不说话，抱着脑袋趴在膝头上，昏昏迷迷睡了一觉。

江涛心里七上八下，直绞过子。反革命要夺去运涛年轻的生命，他心里酸得难受，甭提有多么难过！他想这场官司打过去，说不定要失学失业。父亲要完全失去家产土地。于是，他心里想起贾老师的话："……要想改变这个苦难的命运，只有斗争！斗争！斗争！"

哥哥从小跟父亲种庄稼。年岁大了，父亲给人家盖房，他成天价黏在园子里，拍土台、打步蛐、捉梨虫、上高凳，几行子梨树，不用母亲和祖母动手，钱就到家了。每天，天不明，就起身给母亲挑水，直挑得瓮满瓢平。天还没黑下来，就背起筐给牛上垫脚[1]。夜晚，让父亲好好睡到天明，哥哥把牛喂个饱……如今他陷进监狱里。

运涛自从那天晚上，和春兰离别，走到前边村上，和一个同志下了广东，交了党的介绍信，投效了革命军——自从国共合作，中共中央调了不少优秀的党团员，到广东参加革命军。

当时广东是革命发源地，运涛在革命军里受了很多革命的陶冶。一个青年，从乡村里走出来，投入革命的高潮，一接触到民主自由的生活，自然有惊人的进步。组织上看他操课都好，阶级意识又挺清楚，允许他

---

[1] 给牛圈里垫土。

以共产党员的身份参加了国民党。不久，革命军誓师北伐，他们开始和国民党员们并肩作战。时间不长，他当了上士，当了排长，又被保送到军官学校受短期训练。

当他开始做见习连长的时候，北伐战争正剧烈，他奋勇百倍地行军作战。在战争空隙里，也常常想起家乡：幼时，他在千里堤上玩，在白杨树底下捉迷藏游戏，在滹沱河浅滩上玩水，在水蓼中捉野雁。春天，那里是一眼望不到边的广阔的梨园。他在梨树上捉黑棉花虫儿，装在瓶瓶里，拿回家去喂鸡……一连串的儿时生活，从他脑子里掠过。他想：在那遥远的北方，可爱的家乡还被恶霸把持，被黑暗笼罩着！又想着，带领革命军到了家乡，怎样和忠大伯、明大伯，团结群众，起来打倒冯老兰，建立农民协会，建立起民主的乡政权……于是，他更加努力进行工作。除了行军作战，还要宣传政策，发动群众。

不久，他们打到一条长河上的桥梁。封建军队在桥梁上顽强抵抗。他们只好沿河构筑工事，决心攻下桥头堡垒，把军队运动到河流北岸去。革命军准备做攻坚战。风雨不休，一直在这条战线上攻击了五昼夜。在白天枪声稀落时，他趴着战壕，瞄准敌人射击的时候，还在想念着妈妈、父亲，想念着奶奶和忠大伯。一个个和蔼的面容，如在眼前。

野炮开始轰鸣，赤色的飞虻，像蝗群在头顶上飞过。那时，他还想念着春兰，那个黑粹脸儿，大眼睛的姑娘。

在战场的夜晚，月明星稀，天光凉冷，他怀里抱着一支枪，趴在战壕上，脑子里老是想着母亲，嘴里轻轻念着："妈呀！知道吗？你亲爱的儿子在和封建军阀作战。妈呀！知道吗？你亲爱的儿子，已经饿得快不行了。妈呀！你知道吗？你亲爱的儿子身上穿的衣服，挡不住夜晚的寒风呀……"

就在那天晚上，月亮很高，星星很稀，他们带领铁军健儿，冒着敌人的炮火,攻下了这座桥头堡垒……

一次次惊心动魄的战斗,一幕幕难忘的场景过去了。今天他们被砸上手铐脚镣,抛进阴湿的监狱里。

江涛想着哥哥,眼前晃着铁栏里那张苍白的脸。朱老忠醒来,看见江涛发呆,心疼得死去活来,站起身,咂着嘴走出走进,像手心里抓着花椒。吃饭的时候,亲手把面条拨在江涛的碗里,招呼他多吃点。睡觉的时候,睁着两只眼睛看着江涛睡着,他才睡下。晚上结记给江涛盖被子,怕他受了风寒。老年的心,放也放不平。

江涛又上省政府跑了一趟,结果,垂头丧气走回来。看是没有希望,忠大伯也不问他,只是合着嘴蹲在炕头上。不声不响,蹲了一天一夜。那天早晨,江涛说:"忠大伯!咱再去看看我哥哥,老远的走了来,弟兄一场,多见一次面……"

忠大伯说:"走!"还是合着嘴不说什么。

忠大伯带上江涛,走出小店,到了监狱门口。见有个穿黑制服的办公人,站在高台大门前。忠大伯用手捅了江涛一下,叫他停住。一个人走上去说:"借光,我们来看一个人。"

"看谁?"那人有一搭没一搭地问:"叫什么名字?"

忠大伯说:"严运涛。"

"严运涛,是个政治犯!"那人好像很熟悉运涛的名字。抬头想了想,嘟嘟哝哝说:"这是不许轻易接见的,除非有信。"他仄了一下脑袋,像忘了什么又记起来,又抬头思摸了一下。

听得说,朱老忠向江涛要过信来,向前走了两步,把信交给他。那人看完了信,领他们到里面去,领出牌子来。又通过那条黑暗的过道,走到小铁窗户前面。

吃顿饭的工夫，有两队兵，端着明晃晃的刺刀，凶煞似的，从里面跑出来。后头有人挟着运涛走出来。这次见面，和上次有很大的不同！

江涛看见哥哥戴着手铐脚镣，叮当地走出来，一步一步迈上阶石。运涛睁着大眼睛，一眼看见江涛和忠大伯，看见忠大伯眼里滚出泪珠来，眼圈也红了。他今天不同那天，脸上红红的，鬓角上青筋在跳动，头发蓬乱，披在脸上。也不知道他受了什么刺激，在监狱里起了什么变故！

江涛合着嘴，绷紧了脸走上去，忠大伯也跟着走到小窗户前面。探监的人们，看见运涛在小窗户里的样子，都走拢来看，一时把小木栅栏挤满。有几个士兵走过来，举起鞭子，在人们头上乱抽："闲人闪开，闲人闪开！"等人们走开了，江涛走上去说："哥哥！明天我们要回去了，你还有什么话说？"

运涛站在铁窗里，叉开两条腿，问："你们要回去了？"

忠大伯说："唔！我们要回去了，再来看看你！"

这时，运涛气呼呼，扬起头来看看前方，响亮地说："回去告诉老乡亲们！我严运涛，一不是砸明火，二不是断道。我是中国共产党的党员，为劳苦大众打倒贪官污吏，铲除土豪劣绅的！我们在前方对封建军阀们冲锋打仗，一直打到长江，眼看就要冲过长江去，北伐就要成功，革命就要胜利。蒋该死，他叛变了！和帝国主义、和军阀官僚、和土豪劣绅们勾结起来，翻回头，张开血口，屠杀共产党和工农大众……"

他讲着，掀动浓厚的眉毛，睁开圆大的眼睛，射出犀利的光芒。讲到"蒋介石集团叛变中国革命，使革命遭到失败"的时候，从雪亮的眼睛里抛出几颗大泪珠子。

听得运涛讲话，朱老忠振起精神，暗下说："好，好小伙子，有骨气！"

不等运涛再说，站出一个凶横的家伙，长着满脸横肉。伸出手，啪！啪！

啪!连打几个嘴巴,直打得运涛顺嘴流血,说:"妈的!你疯了?你疯了?直是骂了一夜的街!"

看见大兵打运涛,江涛瞪着血红的眼睛,气愤极了。他想伸出拳头大喊几声。可是,伸头一看,两旁站的尽是带枪的兵……看着哥哥受罪,他心里痛啊,暗里直流泪。忠大伯惊诧地说:"咳呀!他疯了?他疯了?亲人们!看,不如不看,这比刀子剜心还疼!"

运涛到这份儿上,什么也不怕了。他更加愤怒,瞪着眼珠子大喊:

"打倒国民党!"

"中国共产党万岁!"

喊着,嘴上的血流到下巴上,滴满了衣襟。

这时,看的人越聚越多,不住地有人说:"真好样儿的!"暗里惋惜:"像个共产党员!"

士兵们搂住运涛,要把他拉出去。拉到门口,他瞪出血红的眼睛大声喊叫:"江涛!忠大伯!回去告诉我爹,告诉明大伯,告诉妈妈和春兰。叫春兰等着我,我一定要回去,回到锁井镇上去,报这不共戴天之仇!"

朱老忠正愣着眼睛看着运涛,劈劈啪啪落在头上几鞭子。他拽着江涛斤斗骨碌跑出来,一直跑出大门,还气喘喘的。江涛看见了哥哥愤怒的样子,攥紧拳头,气昂昂,挺起胸膛,迈开大步在街上走回来。回到小店里,蹲在炕上,低了头,用袖子捂上脸,不忍看见狼心狗肺们对哥哥凶横的摧残,他们要把他可爱的生命囚禁在黑暗里度过一生!

店掌柜见他们一天没吃饭,走进来招呼,说:"这街上嚷动了,说大监狱里囚着一个硬骨头的共产党员,好硬气的人物!"又同情地嘟嘟囔囔说:"他们这'革命'呀,可不如这好汉子刚强,他们欺软怕硬!"

朱老忠听话中有因,凑过去问:"店掌柜!怎么说他们是欺软怕硬?"

"我给你们说说吧！"店掌柜打火抽烟，和忠大伯坐在一起，说："今年夏天'北伐军'打到济南城，日本鬼子不许他们进来——这地方早就住着许多日本兵——眼看就要跟他们开火。北伐军派外交官进城跟日本人交涉，你猜怎么样？按窝儿叫人家捆起来了。"

忠大伯缩了一下脖儿问："干什么，要开火？"

店掌柜绷起脸，摇晃着手，气呼呼地说："咳！把那外交官割了舌头，剜了眼了。"

忠大伯说："八成，这仗得打起来！"

店掌柜虬了一下脖子，笑咧咧地说："不，他们不行。这'北伐军'绕了个弯儿转过去了！"

朱老忠有点不相信，用怀疑的眼光看着江涛。江涛也说："革命军打到武汉的时候，他们还和共产党合作哩，共产党发动工农群众，向帝国主义游行示威，强硬收回外国租界。后来，他们害怕了，镇压了工农群众，屠杀了共产党。这样一来，北伐军就缺乏了革命性，打到济南城的时候，他们的外交官就被日本鬼子割舌头剜眼睛了！"

说到这里，店掌柜拍了拍江涛的肩膀说："好小伙子，你是个明白人，将来一定能行。"说着，缩起脖儿，哧哧笑着走了。

朱老忠这时觉得心慌意乱，念着亲友情分，还是不忍回去。他又坐下打火抽烟，想：运涛这孩子……他要长期过着监狱生活了……想着，目不转睛看着江涛。长圆的脸，大眼睛，和哥哥一样浓厚的眉毛，又黑又长的睫毛打着忽闪，叹口气说："咳！多好的孩子，偏生在咱这人家。"

自从接到运涛的信，朱老忠老是替严志和父子着急，心上架着一团火。到这里，看运涛没有死的危险，心里才落实。现在，全身的骨架再也撑持不住，躺在炕上晕晕地睡着，做起梦来……

梦里,他正躺在打麦场上睡觉。运涛笑模悠悠儿[1],远远跑来看他了,说:"忠大伯!院里下雨哩,屋里睡去。"说着,黑疙瘩云头上掉下铜钱大的雨点子,打得杨树的叶子啪啦乱响。

江涛看太阳下去,天空开始漫散着夜色,城郊有汽笛在吼鸣。他想到祖父和父亲的一生,想到朱老巩和忠大伯的一生,想到社会上冷酷无情,心里说:阶级斗争,要流血的!你要是没有斗争的决心和魄力,你就不会得到最后胜利!想到这里,头顶上像亮出一个天窗,另见一层天地。

忠大伯睡醒一看,哪里有什么场院,还是在炕上睡着。抽着烟,向江涛叙述了他的梦境,说:"运涛一定能回去,能回到咱的锁井镇上!"江涛说:"哪里有这么巧的事,是想运涛想的。"

江涛在济南买了几张大明湖的碑帖,又买了二斤乐陵小枣,包了个小包袱,挂在裤腰带上。又在山东地面买了一匹小驴,叫忠大伯骑上,江涛折了根柳枝,在后头轰着走回来。路上,忠大伯还说:"按我这个梦境说,运涛这孩子一定要回来,共产党不算完!"

江涛说:"当然不算完!反革命在武汉大屠杀以后的日子,毛泽东带领革命的士兵、工人和农民,上了井冈山。朱德带领南昌起义的部队转战湖南。'朱''毛'在井冈山会师了,建设了苏维埃政权、建立了工农红军。今后要打土豪分田地,进行土地革命,使庄稼人们都有田种!"

---

1 笑眯眯的,很悠闲自得的样子。

卷 二

25

江涛从济南回来,秋天过了,父亲还在病着。他把运涛的事情一五一十对父亲说了。母亲割完谷,砍完玉蜀黍,正在场上碾场扬场。他又帮着砍了豆子,摘了棉花。做着活儿,母亲问他:"江涛!你哥哥可是怎么着哩?"他只说:"还在监狱里。"母亲天天想念着在狱里受苦的儿子。

收完了秋,江涛去找朱老忠,说:"忠大伯!家里出了这么大的变故,上不起学校了,我想退学。"朱老忠说:"莫呀,孩子!上济南剩下来的钱,你先拿去。家里,我再想法子弄钱,叫你爹吃药治病。咳!赶上这个年头儿,不管怎么,托着掖着闯过去。"江涛说:"那只够今年的,明年又怎么办呢?"朱老忠说:"不要紧呀,孩子!有大伯我呢,只要有口饭吃,脱了裤子扒了袄,也得叫你师范毕了业。"

江涛回到保定,第二天,洗了澡,理了发,换上身浆洗过的衣裳,去看严萍。一进严知孝的小院,北屋里上了灯,老伴俩正在灯下说闲话儿。严知孝见江涛进来,问他:"运涛怎么样?"

江涛把小包袱撂在桌子上,说:"他判了无期徒刑!"

一听得江涛的声音，严萍在她的小东屋里发了话："江涛回来啦！"东屋门一响，踏着焦脆的脚步声走过来。她两手拄着膝盖，跟江涛脸对脸儿说："你瘦啦，黑啦！"又伸出指头，指着江涛的鼻子尖儿说："是在灯影儿里过的？"

妈妈看严萍这么亲近江涛，满心眼不高兴，噘起嘴说："长天野地里去跑嘛，可不黑喽！"妈妈是个高身材的乡村妇人，脸上苍老，高鼻梁，下巴长一点。说着，走到桌旁，解开包袱看了看说："看江涛带来什么好东西。嘿！通红的枣儿！"

严萍拈起一枚小枣，掏出手绢擦了擦，放在嘴里，咂着嘴儿说："可甜哩，没有核儿。"她抓起几个枣儿，放在父亲手心里。又用手绢包起一些，藏下自个儿吃。

严知孝取出眼镜盒，戴上眼镜看碑帖，说："小枣，别有风趣。大明湖的碑帖嘛，看来没有什么可贵之处。"

江涛说："枣儿是全国有名的。碑帖，也许是没买着好的。"

严知孝摘下眼镜，捏起一枚小枣放进嘴里，说："你没见过张秘书长？不能维持一下？"

江涛说："他说案子属省党部直接处理，探望一下可以，别的，他们无权过问。已经定了'无期徒刑'。"

严知孝说："咳！活跳跳的一个人儿，一辈子完啦！"

严萍斜起眼睛看着父亲，说："哦，那将来还有出来的一天。"

严知孝冷淡地说："什么时候出来？"说到这里，他又停了一下。

严萍说："将来红军势力大了，统一全国的时候。"

江涛对严萍摇摇头，不再说什么。

严知孝抬手拢了一下长头发，说："这话，也难说了。"他背叉起手儿,走来走去,捻着浓黑的短胡髭,又说:"昨天,还是被人捉住砍头的,他们就需要与别人合作。今天,他们把权柄抓在手里,就不需要合作,要砍别人的头了。过了河就拆桥。看来'权''势'两字,是毁人不过的!"

江涛说:"刀柄在他们手里攥着嘛!"

严知孝说:"他要防备刀柄攥在别人手里的时候。一个不久以前还是被人欢迎过的,昨天就在天华市场出现了'打倒'的传单!"

严萍说:"他反过来掉过去嘛!"

江涛说:"那就是他背叛了群众……"

严知孝说:"横征暴敛,苛捐杂税,你征我伐,到什么时候是个完哪?过来过去总是糟践老百姓!"

严萍说:"谁想当权,就把最大的官儿给他们做,不就完了。"

严知孝绷起脸说:"没有那么简单,他们都想做最大的官,有没有那么多?"说得一家人都笑了。

严萍坐在父亲的帆布躺椅上,转着眼珠儿想:"可就是,我就没有想到。"

"我看龙多不治水,鸡多不下蛋……国家民族还是强不了!"妈妈不凉不酸地说着,走出去。不过是插科打诨,取个笑儿。

严知孝说:"不管怎么的吧,咱是落伍了。政治舞台上的事情,咱算是门外汉。干脆,闭门不问天下事,心里倒也干净。"

严知孝又问了年景呀,庄稼呀,一些老家的事情,老家的人们。他不常回家,每次从老家来了人,他都关心地问长问短,而且问得挺详细。妈妈又煮了枣儿来,说是搁了糖的。吃了糖枣儿,严萍叫江涛到她的小屋子里去。

江涛走到严萍的小屋里，转着身儿看了看，见屋里没有什么新的变动，心上才安下来。坐在椅子上，转着黑眼珠呆着。

严萍看他老是不说话，问："怎么，又在想什么心事？净好一个人静默，那不闷得慌。"

江涛说："静默就是休息。"

严萍说："你还不如说，静默就是幸福。"

江涛说："能够静默下来，当然是幸福。一个人，坦坦然然，想个什么事儿，多好！不过有时，有一种力量，不让你静默下来。"

严萍说："我不行，一个人孤孤单单的，多愁闷。什么力量不让你静默？"

江涛说："命运！"

严萍说："嘿，又说起命运来。什么命运？"

江涛说："祖辈几代的。祖父的命运，父亲的命运，哥哥的命运，我的……"

严萍说："嘿，你的又是什么样的命运？"

江涛说："我也不知道。"说了这句话，他就再也不说什么，定着黑眼珠，静默起来。

严萍拿眼睛呼唤他几次，拿下巴点了他几次，他都没知觉。两个巴掌伸到他的耳朵上，一拍，说："嗨！你发什么呆？"

江涛笑模悠悠地说："想起运涛，一个人坐狱，几家子人担心！"

严萍说："几家人？你家，我家……"

江涛说："还有忠大伯家，春兰姑娘……"

严萍不等江涛说完，问："春兰是谁？"

江涛说："春兰是运涛相好的人儿，她聪明活泼，又进步。打算等运涛回来跟他结婚呢,这样一来……"说着话儿,他又沉默下来。

严萍听说运涛要长期住狱,那个钟情的姑娘还等着跟他结婚,对春兰产生了很大的同情心,屏气凝神,睁着眼睛听着。可是江涛睁着大圆圆眼睛,不再说下去。严萍急了,说:"你可说呀!"

江涛把运涛和春兰的交情说了一遍,说:"春兰帮着运涛织布,两个人对着脸儿掏缯[1],睁着大圆圆眼儿,他看着她,她看着他,掏着掏着,就上了感情……"

严萍听着,笑出来说:"两个人耳鬓厮磨嘛,当然要发生感情。"说着,腾的一片红潮升到耳根上。

江涛继续说:"有天晚上,我睡着睡着,听得大门一响,走进两个人来。我忽地从炕上爬起,隔着窗玻璃一看,月亮上来了,把树影筛在地上。两个人,一男一女,男的是运涛,女的是春兰……"

严萍问:"妈妈也不说他们?"

江涛又说:"看见他们走到小棚子里去,我翻身跳下炕来,要跑出去看。母亲伸手一把将我抓回来,问:'你去干什么?'我说:'去看看他们。'母亲说:'两人好好儿的,你甭去讨人嫌!'这时,父亲也坐起来,往窗外看了看,伸起耳朵听听,说:'你去吧!将来春兰不给你做鞋袜。'"

严萍听到这里,喷地笑了,说:"怪不得,你们有这样知心的老人。看起来,运涛和春兰挺好了。运涛一入狱,说不定春兰心里有多难受哩!"说着,直想掉出泪来。

两人正在屋里说着话儿,听得母亲在窗前走来走去。

---

[1] 缯是织布机上的一部分。掏缯是织布的一个过程。掏缯时,两个人隔着缯对坐,把经线一根一根地穿进缯里,用缯隔开。

江涛转个话题问:"我去了这些日子,你看什么书来?"

严萍坐在小床上,悠搭着腿儿,说:"我嘛,读了很多书。真的,《创造月刊》上那些革命小说,我看了还想看。数学什么的,再也听不到耳朵里去。"

江涛说:"按一个学生来说,功课弄好,书也多看,才算政治上进步哪!要多看一些社会科学的书,不能光看文艺小说。"每次,他都对严萍这样谈,希望她多读一些政治书籍。他觉得,从他跟严萍和严知孝的关系上来说,他有责任推动他们的思想走向革命。

听得妈妈老是在窗前蹓来蹓去,江涛才走出来。严萍也在后头跟着。出了大门,江涛悄悄地问:"登龙常来玩吗?"

严萍直爽地说:"差不多,他每个礼拜日都来玩。来了就咕咕叨叨,蘑菇一天才走。妈妈还给他做好东西吃。"

江涛说:"这人挺不喜欢读书。"

严萍说:"他正在学武术,可着迷哪!练什么铁砂掌呀,太极拳呀,还要学军事。他说将来绝对不向文科发展,要做些对国家民族有益的事……"说着,走到西城门。她又愣住,笑了说:"怎么办?送我回去吧。叫我一个人回去吗?大黑的天。"

江涛又把严萍送回门口。在黑影里,严萍拍拍江涛的胸脯,看了看他的脸,说:"好好儿的,运涛的事情,放开吧,不要过分悲伤。过去的事嘛,让它过去。前途要紧哩!"江涛站在门口,听她把门插上,才走出胡同。街上行人稀少,路灯半明半暗,呆呆地照着。路面不平,他一步一撅,穿过冷清清的街道,走回来。

26

大恐怖的年月过去,江涛眼睁睁看着哥哥被关进牢狱里,心头钉上苦难的荆棘。他寒假暑假回到家乡,一开学就回到保定。下了课,到校外工作。夜晚钻进储藏室,把小油灯点在破柜橱里看书。他读完瞿秋白手著的《社会科学讲义》,心上好像开了两扇门,照进太阳的光亮。

他从学校到工厂,从工厂到乡村,偷偷地把革命的种子撒在人们心上,单等时机一到,在平原上掀起风暴。

第二年秋天,上级派人到锁井镇一带四十八村视察工作。根据群众的要求,决定发动大规模农民运动。到了冬天,组织上派江涛回到锁井镇上,发动农民,组织反割头税、反百货税斗争。

动身的那天早晨,天上垂下白腾腾的云雾。马路上、屋顶上、树枝上,都披着霜雪。江涛走到严萍的门前,伸出手去,想拍打门环,又迟疑住,想:还是不告诉她吧!停了一刻,才抽回手,走出城来。

走不多远,天上卷起绞脖子风,推着他一股劲往前跑,想停一下脚步也难停住。又飘起雪来,急风绞起雪霰,望人脸上扑,浑身冷飕飕的。江涛脸冻僵了,鼻子也冻红了。一大群、一大群的雪花从天上旋卷下来,纷纷扬扬,像抖着棉花穰子。雪片洒在地上,刷哩哩地响。

一直跑到天黑,跑得满身大汗,两腿也酸软了。他想找个地方休憩休憩。稍停一会儿,就觉得身上冰凉。看那边像是几棵树的影子,他走了一截地,还是看不见村庄树林,又吭吭哧哧走回来。想蹲在道沟的土崖下避避风,可是两条腿硬挺挺回不过弯了。棉袍子冻上一层冰,像穿上冰凌铠甲,一弯腰,身上就咯咯吱吱地响。他搓着手,抬起头看了看天,灰色的云雾没有边际。浑身冷怔了一下,想:唉呀!这是走到什么地方?什么方向?歇了一会儿,并没有减轻身上的疲乏,觉得身上潮湿得厉害,索性咬起牙,一股劲儿往前跑。一直跑到深夜,在雪花里看见贾老师的村庄了。去年春天他才来过,还记得小梢门前头那棵老香椿树,树下那口井,井台上那根石头井桩。门朝村外开着,对着一片田野。如今野外一片白,柳树上驮着满枝白雪。

他在小梢门底下停住脚步,拍打拍打门板,不见动静。又拍了两下,还是听不见动静。一天走了两天的路,浑身酸痛,很想坐在门槛上歇一下。抖动了一下肩膀,身上的雪像穰花,纷纷掉在地上。忽不拉儿,村西南传来了马蹄声,嚓、嚓、嚓地,越来越近,骑着马的黑衣警察,冒着风雪跑过去了。他身上一机灵,想:为什么在冬天的深夜,刮着风,下着大雪,会有骑马疾驰的警察呢?按一般习惯,他该马上走开。可是今天他不敢这么想,跑了一天路,身上太乏累了。一天水米不落肚,很想喝点汤水润润肚肠。他不假思索地连连拍打着门板,仄起耳朵一听,屋顶上有踏雪的声音。他想望望有什么人在屋顶上走动。才说移动脚步伸出头去,猛地,咯嚓一声,一把明亮的粪叉,从屋檐上飞下来。他机警地闪进梢门角里。紧接着,又嗡地一把禾叉飞到脚下,掘起地上的泥土,迸了满脸。他愣怔住,皮肤紧缩了一下,头发倒竖起来,尖声叫出:"是我!"

屋檐上有沙嗓子的老人，厉声喝着："你是谁？老实说！不的话，看脑袋！"

江涛说："是我……江涛！"他缩紧眉头，心上敲起战鼓。头上嗡地冒出汗珠子来。

静了一刻，夜黑天里，打屋檐上探出一个头来，问："嗯，江涛？"

听得是贾老师的声音，江涛心上才松下来，说："唔，是我。"

又等了一刻，门吱呀的一声开了。贾老师穿着白茬子老羊皮袄，戴着毛线猴儿帽，弓着肩膀走出来。摸住江涛冰凉的手，说："你可来了！"又拍着他的肩膀，龇开牙无声地笑着。

贾老师揭起沉重的蒿荐[1]，让江涛进门。房里，炕上放着个小饭桌，点着豆儿大的小灯，有几个人围桌坐着。见江涛进来，不住地抬起头来看。地上烧着一堆柴火，照得满屋子通亮，江涛坐下来烤火。一个老人抱着那杆粪叉走进来，穿着山羊皮背褡，满脸乍蓬胡子，凑近江涛看了看，说："同志，你命大呀！"拍着江涛的肩膀，伸出手指，弹得明亮的叉齿嘟儿地响，又笑笑说："我眼看有警察骑着马跑过去了，以为是他们偷偷藏在梢门底下，等着逮捕咱们哩！"国民党在北方掌政以后，发现共产党在乡村里的活动，经常派马快班和警察队下乡搜捕。

贾老师介绍说："这是我爷爷。"江涛连忙站起来，握老人的手。老人满脸笑着说："冷啊，今天冷啊！"江涛拆开帽檐，取出介绍信。贾老师接过那张小纸条儿，走到灯下，蹙着眉梢看了看，扔在柴火里烧了。

小屋里挺暖和，充满着烟熏味、牛粪尿和牛槽里的豆腥味。江涛冰凉的肌肉，一烤到火上，浑身麻酥酥，耳朵也奇痒起来。伸手一摸，

---

[1] 冬天用来挡风的草制门帘。

满把鼻涕样的东西，他咧起嘴，拿到眼前看了看。才说去摸左边的耳朵，贾湘农两步跨过去，拽着他的手，说："唔！摸不得，耳朵冻流啦！"他怜惜地攥住江涛的手，皱起眉头说："是呀，跑关东的人，有不少是冻掉鼻子耳朵的！甭动它，过几天就好了。一动就要掉下来。"

人们听得说，都耸起眉头，眯细着眼睛，不忍看见江涛被风雪吹打得红肿了的耳朵。贾湘农叫他脱下棉袍，烤在火上，冰冻化开了，冒出腾腾白气。贾湘农脱下自己的皮袄，给江涛披上。又跑进去，待了一会儿，端出一大碗绿豆杂面来，说："江涛，吃了吧，吃下去就暖和了。"

江涛端起碗来喝着汤。背后过来一个人，抬手照准江涛脊梁上，哗啧[1]就是一拳，又伸手拧过他的右胳膊，背在脊梁上。江涛左手摇摇晃晃，差一点把面碗摔在地上。贾湘农伸手接过，说："嘿嘿！别洒了面，别洒了面。"

江涛回头一看，这人，细高个，红脸膛，高鼻骨梁儿，是同班的同学张嘉庆。他今年秋季才在河南区领导了秋收运动，因为性格有点暴腾，人称"张飞同志"，目前在县委机关里工作。

张嘉庆，也是在贾湘农教育之下加入共产主义青年团的。自从受了党的教育，开始阅读革命文学。一读了革命的诗歌和小说，饭都忘了吃，觉也忘了睡。从此，他衣服喜欢穿破的，饭喜欢吃粗的，一心信仰共产主义，同情穷苦人。夏天带着穷孩子们去打棉花尖儿，冬天坐在牲口棚里热炕头上，给长工们讲"朱""毛"上井冈山，讲当家的剥削做活的，讲地租和高利贷的剥削。有几次，他父亲碰上，觉得挺离奇，转着眼珠

---

[1] 象声词。形容声音很响。

子想：嗯，这孩子，净爱和受苦人在一块打练[1]。问他干什么，他说在讲三国，要不就说是想拱拱"牛子牌"[2]。父亲觉得，他和穷棒子们常在一块儿，学不了出息，要想个法子绊住他。教他骑马打枪，行围打猎。买来了苍鹰、细狗、打兔子的鸟枪，请来了熬鹰[3]的把式，说："这个玩意儿，又文明又大方。"

寒假、暑假、春冬两闲里，他带着木头厂子里的伙计伍老拔，带着长工和穷孩子们去打猎。学会了用快枪打兔子、打鸟儿。光费的那子弹，就有几筐头子。打住了也不跑去拾，任凭穷孩子们乱抢。打完猎，趴在墙沟里讲革命故事。从此，他学会了骑马打枪。

今年秋天，保属特委要在滹沱河与潴龙河两岸开展秋收运动。张嘉庆接受了党的任务，回到家乡一带，开展斗争。成天价在大树底下给人们讲"穷人是怎样穷的"，"富人是怎样富的"。伍老拔听得不耐烦了，故意刁难了他几句："张飞，甭瞎摆划[4]！你家十亩园子百顷地，住的是青堂瓦舍，穿的是绫罗绸缎，成天价跟俺穷人念这个闲杂儿！你不过是快活快活嘴，拿俺穷人开心！"

张嘉庆说："别着急呀！时刻一到……时刻一到，这庄园地土都是穷人的。"

伍老拔把脸一沉，说："这话，准吗？"

张嘉庆急得摆着脑袋说："准！你看着，时刻一到……"

---

1 这里指打交道。

2 玩玩牛子牌。牛子牌是一种竹制赌具。

3 训练鹰。一般是在晚上不让鹰合眼。

4 瞎吹，瞎指点。

伍老拔不等他说完，鼻子不是鼻子，脸不是脸地说："什么叫时刻一到？我缸里没有米，坛里没有面，饿得大小耗子都吱吱叫。光听你白话这个，老婆孩子都快饿死了。真是开玩笑，我看你是个莽张飞。"

说着，伍老拔抬腿就走。

张嘉庆被他呲打了一脸火，人们在一边睁着两只大眼睛看着。他红了脖子粗了筋，赶上去说："咱们得组织起来呀！"

伍老拔停住脚，愣着眼问："组织什么？"

张嘉庆说："组织农会、穷人会……"

伍老拔生气地把脚一跺，说："组织个蛋，你得摆出来给俺穷人看看！"

张嘉庆碰了个硬钉子，打了几天闷工，反复思量：怪不得说，不是工农出身，就是不行，说话儿群众信不准。

过了几天，张嘉庆又到木头厂子里去找伍老拔，说："给你们看看，抢我爹大井上那二十亩棉花吧！我领头儿。"

伍老拔看出张嘉庆是个实打实的赤诚人，是真心革命的，便辞退了木头厂子里的活，跟着他跑起革命来。组织起农会、穷人会、弟兄会。眼看到了黄秋九月，收拾棉花的时候。张嘉庆和农会里人们订下"日头正午，打鞭为号"，要领导穷苦人们抢棉花。

到了那一天，来抢棉花的人挺多，打着包袱的，背着口袋的，好像看戏赶庙场。天刚乍午[1]，时间就到，人们一群群、一伙伙，黑压压地涌上来，像暴风雨前的黑云头。张嘉庆头上箍块蓝布手巾，腰里束着一条褡包，把衣裳襟掖在褡包上，登上大车，两手举起轰车的大鞭，朝天空上啪，啪，啪，连打三鞭，抽得震天价响。人们听得鞭声，哇呀地呐

---

1 接近正午。

喊了一声,拥上去,把一地白花花的棉花抢光了。他爹,那老头子听得说了,踉踉跄跄,喘着气奔了来,丧气败打地直骂街。张嘉庆说:"骂什么街,秋天快过了,人们还没有过冬的衣裳!"

说着,又打三鞭,人们一拥,又抢了邻家财主的一块玉蜀黍。这一下子仗起人们的腰眼儿,个个摩拳擦掌,准备动手。张嘉庆又连打起鞭子,向西打,抢完了西财主家的。向东打,抢完了东财主家的。这一带的秋收运动,就顺势开展起来。

张嘉庆他父亲,直气得死去活来,说:"人的禀性难移,这孩子也不知迷了哪一窍,一辈子也算完了。"从此,张嘉庆跟着贾湘农革起命来。

运动过去,人们异口同声:"共产党不是说空话,是办真事的。"

江涛看见张嘉庆,说:"张飞,乍什么刺[1]?"老人也连连摇手说:"咳!青年人好久不见了,亲热得不行呀。"

贾湘农看着他两位得意的学生,笑着说:"二位同窗,今天又碰到一块了。他去河南区,你去河北区,比比看,谁搞得更红火一点。"

江涛连忙握住张嘉庆的手,说了一会子久别重逢的话。

张嘉庆和那几个人办完了事,披起布袋要走。走到门口,贾湘农又拽回他们,说:"等等,你们装扮装扮再走。"

张嘉庆问:"怎么装扮?"

贾湘农说:"脱下鞋,倒穿上。"

张嘉庆又问:"干吗?这是?"说着,脱下鞋子,倒登在鞋跟上。

贾湘农说:"这么一装扮呀,马快班就不知道你们从哪儿来,上哪儿去,不好跟踪你们。"他拿了几条麻绳来,给嘉庆他们把鞋绑上。把

---

[1] 摆什么威风。充什么能。

梢门开了个缝,送他们出去。张嘉庆试试走着,说:"还是你办法多。"

贾湘农看着他们走远,才走回来,对江涛说:"你来得晚了,会才开完。咱俩谈谈吧!"笑眯眯握起江涛的手问:"你说,你懂得乡村吗?"

江涛用木棍拨着火堆,火光在眼前闪亮,说:"我生在乡村,长在乡村,当然懂得乡村呀!"

贾湘农又问:"你懂得农民吗?"

江涛说:"我老爷爷是农民,爷爷是农民。父亲年幼里是农民,大了学会泥瓦匠,带上点工人性儿。怎能不懂得农民呢!"

贾湘农说:"好,你可不能吹!"

江涛烤了火,吃了饭,身上去除了疲累,听贾老师说了句逗趣的话,兴劲儿起来了,说:"跟别人嘛,还可以吹吹,跟老师哪能瞎吹!"又向贾湘农凑了一步说:"来吧,请你分派工作。"

贾湘农斜起眼睛瞟着他说:"我还想先听你的汇报哩!"

江涛说:"你听我什么汇报?自从离开县,咱们又没有直接的关系。"

贾湘农说:"请你汇报锁井镇上封建势力的情况,还要你多加分析。"

江涛摸着颈项说:"这,我还没准备。"

贾湘农笑笑说:"看,说你甭吹嘛,非吹!"

江涛龇开牙,笑了说:"吹吹也没关系,不是外人。"两只大眼睛,慢慢悠悠转了转,说:"来,向你汇报。"

贾湘农又在火上加了几片柴,烧得毕剥乱响,火光照到人的脸上,照到墙上,亮澄澄的。江涛清了清嗓子说:"我年幼的时候,听得运涛说过,锁井镇上,在老年间发过几场大水,趁着荒涝的年月,出现了三大家……

"论势派,数冯老洪。他大儿子冯阆轩,在保定军官学校毕业,到日本士官学校留过学,现在是晋军的骑兵团长。二儿子叫冯雅斋……

"论财势,数冯老兰。有的是银钱放账。三四顷地,出租两顷多。剩下的地,雇三四个长工,还雇很多短工,自己耕种。大儿子冯月堂,在外边混点小事儿。二儿子冯贵堂,上过大学法科,当过军法官,现在回家赋闲。三儿子冯焕堂,是个不平凡的庄稼人……"

贾湘农板起酱色的脸,斜起眼睛听着。听到这里,把巴掌一拍,打断江涛的话,说:"哎,我们的对头到了,冯老兰是今年割头税包商的首脑。"

江涛紧跟上说:"对,冯贵堂早就想做这类买卖。本来冯老兰是个老封建疙瘩,盘丝头,钢镐刨不开的家伙。冯贵堂在他面前,甜言蜜语,不知说了多少次。'四·一二'政变以后,冯老兰才把钥匙头儿撒给他……

"第三家是冯老锡……

"锁井镇上三大家,方圆百里出了名,一说'冯家大院',人们就知道是冯老兰家。一说'大槐树冯家',人们就知道是冯老锡家。"

听到这里,贾湘农又说:"好,好啊!谈情况的时候,一定要一籽一瓣儿谈。只有深入了解乡村,才能做好乡村工作。你还没有讲明白锁井镇上的剥削关系。"

贾湘农又在火上加了两片柴,把火笼欢,腾起满屋子烟气。老人拎了把水壶放在火上,嗞嗞地响着,想叫他们喝开水。

江涛说:"冯老兰的老代爷爷,经营土地,种庄稼,有的是陈粮陈仓。到了冯贵堂,开始在乡村里做买卖,开下聚源号杂货铺、聚源花庄。这些铺号,都经手银钱放账。冯老兰一看赚钱多,也就没什么话说。冯老洪这家伙,他爱吃,开下了鸿兴荤馆。各院姑娘媳妇积攒下体己,开下四合号茶酒馆。锁井镇上,自从有了座铺,成了有名的大镇子,掌握四乡经济流通。三大家趁着荒涝的年月,收买了很多土地,撑得种田人家无地可种了……

"他们赚了钱,放高利贷。锁井一带村庄,不是他们的债户,就是他们的佃户……打下粮食,摘下棉花,吃不了,用不完,把多余的钱供给姑娘小子们念书,结交下少爷小姐们做朋友。做起亲事,讲门当户对,互相标榜着走动衙门。在这块肥美的土地上,撒下多财多势的网。在这网下,是常年受苦的庄稼人……"说到这里,江涛缓了一口气,接着说:"马克思主义,客观存在决定人的意识,自从冯家大院做起买卖生意,冯老兰和冯贵堂的脾性上都有了变化。"

江涛两只手指画着,越说越快。贾湘农眯着眼睛,看着江涛的眼色、神气,听着他的声音,一个憋不住,喷地笑出来说:"好,从这地方看,你的社会科学算是学通了。"

夜深了,非常静寂。只有窗外的风声,雪花飘在地上的声音,牛嚼草的声音。老人还是走出走进,在房顶上放哨。贾湘农听完江涛的汇报,把手拍拍自己的头顶说:"在农民问题上,你比我强。我懂得工人,不懂得农民。组织上派我回来开辟工作的时候,可遭了老鼻子难了!运涛对我有很大帮助,可是现在他长期陷在监狱里。这次才去信把你调回来。"谈到这里,镇起脸孔,对运涛有深远的回忆。又说:"啊,几年河东几年河西,这才几年,你和过去大不相同了,分析问题这么细致,这么深刻。"又说:"老头子要迈开大步紧赶,才赶得上啊!"无声地笑着,抬起头来看着窗外,像有极深刻的考虑。

贾湘农很爱斜起眼睛来看人,还有个习惯动作,一到紧急关头,常是举起右手,颤抖着说:"……因此,要斗争!斗争!"表示他的决心。他在斗争中,确实是坚强的。在天津住狱的时候,上午出监门,下午就走上工作岗位。

贾湘农又说:"关于冯老兰本人的材料,再请你供给一些。"江涛把冯老兰陷害运涛,又要夺去春兰的话一说,贾湘农就火了,咬着牙齿,瞪着眼睛,恨恨地说:"这个材料,好深刻呀!一针见血,我们的死对头!"

他听完江涛的汇报,一直在笑着。伸直胳膊,在头顶上搓搓手,说:"你给我上了一课!这方面的东西我不再谈了,比方像你说的,封建势力用地租、高利贷,捆住农民的手。可还有一样,你没有说。"他两眼直瞪瞪地看着江涛。

江涛扬起脖儿想了一刻,也想不出什么。贾湘农盯着他,摇摇头说:"政权!同志!谈起封建势力,怎能不谈到政权问题?他们用政权勒住农民的脖子呀!"

江涛连连点头说:"是呀,我倒忘了。"

贾湘农说:"他们颁布了很多苛捐杂税,最近又搞什么验契验照、盐斤加价、强迫农民种大烟……他们要把农民最后的一点生活资料夺去,农民再也没有法子过下去了,要自己干起来呀!我们共产党的责任,就是帮助农民觉悟起来,组织起来,保护他们自己的利益。按季节,按目前农民的迫切要求,我们抓紧和农民经济利益最关切的一环——进行反割头税运动!

"你见过吗?杀过年猪也拿税,是自古以来没有的!这就是说,过年吃饺子也拿税,人们连吃饺子的自由都没有了。农民眼看一块肉搁进嘴里,有人硬要拽走。我们以反割头税为主,以包商冯老兰为目标,发动农民进行抗捐抗税。以后,还要发动抗租抗债,打倒土豪劣绅,铲除贪官污吏……老鼠拉木锨,热闹的戏还在后头哩!"说到这里,他弯下腰,斜起眼睛,转着眼珠儿想了老半天,又说:"贫农养猪,中农养猪,富农养猪，中小地主也养猪。在这个题目下，可以广泛深入地发动群众。可是要注意一点！"他攥紧两只拳头，用全身的力气，向下搋着说："主要是发动贫农和中农。要是忽略这一点，将来我们就没有落脚之地。"说着，脸上冒出汗珠子，鼻子向上皱了皱，幽默地笑了，拍着江涛说："考虑考虑，我谈的有错误吗？嗯，请你不客气地批评。"

江涛忽闪着长眼睫毛，看着房顶上的烟气待了半天，才说："是呀，抓紧和农民经济利益有密切关系的一环！"

贾湘农说："要细致、深入地发动群众。光是闹腾一下子，水过地皮湿，那还不行。我没有具体经验告诉你，农民运动，我们还是新学习。创造去吧！创造一套经验出来……"

还没说完，老人抱着粪叉跑进来说："不行，不行，巡警又骑着马过去了！"贾湘农睁大眼睛问："多少？"

老人说："约摸七八匹马，在雪地上，扑尔啦地飞跑过去。"

贾湘农怀着沉重的心情，斩钉截铁地说："爷，你再去看看！"自从他在这个地区开展了工作，黑暗势力的爪牙，就老是在身子后头追着他。统治阶级的军政机关，压在他的头上，觉得实在沉重。于是，他说："干！一定要在他们的军政机关里发展党的组织，时机一到，我们就要揭狗日的过子！"

老人喘着气走出去，走到门口，又拿起粪叉，回过头来比画着，说："要是发现歹人，一家伙，我就叉死他！"

江涛看着老人雄赳赳的神态，很受感动。想起刚才梢门底下的情景，又有些后怕。

贾湘农向江涛布置了全部工作，最后说："时间很紧，来不及了，有什么困难你再来找我。哎，快来烤烤火。"他拿起江涛两只手在火上烤着，问："嗯，你那位女同志，她怎么样？"又扳起江涛的脸看了看。

一年不见了，今天见面，心上挺觉高兴。流露在他们中间的，不是平常的师生、朋友的关系，是同志的友爱。他几次想把嘴唇亲在江涛的脸上，见江涛的脸颊腼腆地红起来，才犹疑着放开，说："告诉我，严萍怎么样？"

江涛歪起头看了看他，说："她吗？还好。你怎么知道的？"

贾湘农笑着说："我有无线电，你的一举一动我都知道。"他和江涛并肩坐下，说："你说说，她现在怎么样？"

江涛把胳膊盘在膝盖上，把头枕在胳膊上，歪起脸儿看着火光，悄悄地说："她开始读些社会科学的书。我们不过只是朋友罢了，我把她培养成一个对象。"

贾湘农问："不是早就成对象了吗？"

江涛说："我说的是团员呀！"

贾湘农又问："她很漂亮？"

江涛说："漂亮什么，活泼点儿就是了。"

说话中间，老人又跑进来，说："不行呀，今儿晚上紧急呀！几个村庄上的狗都在吠，吠得不祥！"他停止说话，张开嘴抬起头来，叫贾湘农注意听。

贾湘农沉了一下心，仄起耳朵听了听，果然远处有狗吠声，说："不要紧，爷，你不要慌呀！"又对江涛说："对不起，你也该离开这儿了。我这家，早就成了危险地带。前几天，马快班子才在前边村里传了人去。咳，还没有很好进行保密教育哪！"

江涛说："好，我就走。"嘴里说走，心里实在不愿离开。身上才烤热，一说出门，就有冰冷的感觉。再说，他腿痛，脚也冻肿了。

贾湘农催他说:"不要犹豫,说离开,就得离开。这是下决心的问题。走,我也要进城。"他换上油鞋,跺跶[1]跺跶脚,戴上帽子,就要出门。

江涛脱下皮袄,换上棉袍,倒穿着鞋子走出来。走到门口,老人又说:"要是天亮了,土豪劣绅们看见咱门前这样多的脚印,可怎么办呢?"

贾湘农把脸凑到老人跟前,说:"天一亮,就扫雪。他们光知道今天晚上这村里有动静,不知道出在哪一家。"老人轻轻踏着步说:"他要硬盯呢?"

贾湘农说:"那也不怕,出了地边儿,就敢跟他见官儿。"老人听着,暗暗点头,笑了。

江涛推门出来。一出门,风在街上旋起雪花,向他身上刮着。他走着路,贾老师积极、坚决、苦干的形象,映现在眼前。

出了村,在风雪里,由不得两脚趑得飞快。走不一会儿,回头一看,后头有个人。他心里抖了一下,仔细一看,是老爷爷扛着粪叉在后头跟着哩。江涛站住脚等老人走上来,问:"老爷爷,你来干什么?"

老人说:"湘农叫我送你,他也进城了。"

江涛说:"老人家快回去吧,天冷,雪又这么大。"

老人笑笑,用手指头拨去胡子上的雪珠,说:"在紧急情况下,我能放下你不管?"

江涛恳求了半天,老人才慢慢走回去。

---

[1] 在原地跳蹬。

27

江涛停住脚,看老爷爷走远了。不住脚地跑了一程,眼前雪花乱飞,直到看见门前两棵大杨树,像穿素的白胡子老人在等待他,才松下心来。穿过冷静的街巷,回到村前,停在小门楼底下。隔着门缝儿,看得见小窗上照满了灯光,映出娘扳动纺车的影子,老人坐在被窝头上纺线哩。

嗡嗡的、低沉的纺车声,传出家庭的温暖,母亲的抚爱。老人们,在故乡的土地上,从黑天到白日,从白日到黑天地劳动着。他拍着门上吊吊儿,看见母亲慢慢地停下纺锤,抬起手背擦了擦眼睛,扬起头喃喃地说:"嗯,有人敲门。"

"这工夫儿有后半夜了。"是父亲的声音,他才打睡梦里醒过来,咕咚一声在炕坯上翻了个身,说:"咳!风天雪地,有谁来叫门哪!"

沉静了一刻,江涛把嘴对在门缝儿上,又叫了一声:"娘,是我。"

娘听得熟悉的声音,叫起来:"是,有人叫门!像是运涛,那声音甜甜儿的!"

窗户上,显出母亲焦灼的影子。

一说起运涛,勾起父亲凄怆的情绪,叹着气说:"咳,你做梦吧,别惹人难受了，他才回不来呢！"窗上映出父亲伸出两只瘦骨棱棱的大手，摸索着荷包，装上一锅烟，嘟嘟囔囔说："孩子是娘身上的肉啊！心连心，肉连肉啊！咳！……"烟气刺激着他，一迭连声咳嗽起来。

母亲还在扬起颏儿听着，说："唔，孩子在监狱里一年啦！人们说，要是遇上大赦，就会出来的……"

哥哥判了无期徒刑，父亲怕母亲难过，不叫告诉她，只说判了十年监禁。有时，她问到，为什么也不来个信？也只好说，监狱里管得紧，不准许写信来。她就把平时积下的钱，买了布，做了衬衣、袜子，叫父亲寄去。多年不见运涛，牵碎了娘的心。在那悠长、黑暗的冬夜里，两个老人怀着不同的心情，想念着孩子。江涛想：父亲一定用被头遮住眼睛，偷偷在流泪。寒天冰夜，他不想再惊动老人们。可是站了一会儿，身上冷得瑟瑟打抖，吃不住劲儿，就又伸出手去，在门吊吊儿[1]上轻轻拍了两下，又转过墙角，喊："娘，江涛回来了。"

"唔，是有人！"母亲才说伸出手在纺车上拉了一胝线，那胝线没拉完又停住，仄起耳朵，听出是江涛的声音，豁朗地笑了。门声一响，嚓嚓地踩着厚雪走出来。她还不相信自己的耳朵，又急着问："是谁？"

江涛说："是江涛，娘！"

门，吱咂地开了。涛他娘看见江涛站在她的眼前，尖声地叫起来："嘿呀！我儿！你打哪儿来？深更半夜的！"伸手拉住江涛的手，拽进屋里，拿笤帚扫去他身上的雪。雪落在地上，老半天也没化掉。

见江涛回来，严志和翻了个身，趴在被窝口上，抬起头来，笑眯眯说："呵！有后半夜了吧？天亮了吗？"又扭头看了看，雪光照亮小窗。

---

[1] 门环。

涛他娘暗自流下泪来,说:"看,这么冷的天!脱了衣裳睡下吧!"

江涛坐在炕沿上,母亲动手扒鞋子。鞋连袜子冻在一块,扔在地上,咕咚一声响。

涛他娘见孩子受了苦,心里又难受起来,说:"快年下了,你爹早就说,江涛快回来过年了。还给你留着好吃的哪!"

她又想起运涛:"那孩子,他也该来个信,嗯!"

江涛睡在娘的热被窝里。被上有娘的温暖,有娘血汗的香味。这时,他身子骨儿累得瘫软了,连翻个身,说句话的力气也没有。蜷伏着身子,呼鼾着,齁齁地睡着。严志和心里叨念:今年还没过"腊八儿"就回来了,似乎比往年早了几天,而且是在冰天雪地里赶回来。他想:"一定是有什么紧急的事情。"才说吐口儿问一问,又停住,想:"还是不要惹起她吧,又要想念运涛。"他把脑袋缩进被窝里,翻上倒下,想了一夜。

第二天早晨,母亲早早把饭做熟。坐在江涛头前,轻轻抚摸着他的两颊。看他匀正的脸盘,微闭的眼睛,不由得笑了。见他嘴唇的楞沿上有些苍白,悄悄地凑过去,想亲孩子一下。当她想到,这孩子大了,已长成大人,脸上又麻搭搭不好意思起来。正在犹豫,江涛一下子醒过来,伸开手打个舒展,笑着说:"娘!妈妈!"伸过两条茁壮的胳膊,把娘的手搂在怀里,说:"我可想你哩!"

娘笑着看了看江涛,说:"娘想儿,是真的。儿想娘,是假的。"她又走出去拿穰柴[1],把江涛衣服烤上。嘴里念出一首儿歌:"麻野雀,尾巴长,娶了媳妇忘了娘。把娘背到山背后,把媳妇背到炕头儿上。'媳妇,媳妇,你吃吗?''我吃白面饼卷白糖。''娘呀娘,你吃吗?''我

---

[1] 易燃的茅柴。

吃秋面饼卷屎壳郎[1]。'孩子一有了媳妇，就把娘忘了啦！"

江涛说："我可忘不了你。"

娘说："你还没娶媳妇哩。起来吧，该吃饭啦。"又眯眯笑着说："唉！当娘的，就是希罕不够你们，一个个长硬了腿，就跑啦……我先说给你，可不能再去跑那个'革命'。嗯，你哥哥在监狱里，多咱想起来就像割我的肉。唉，为你哥儿们担多大的心哪，咱不'革'那个'命'吧！谁要是愿意欺侮咱，只要不指着咱的名儿，不骂到咱的门上，就别管他。"

江涛说："不啊，娘，咱不能受一辈子欺侮。"

娘说："算了吧，别那么大气性。有杀死人的，哪有欺侮死人的？"

娘把饭端到炕桌上。江涛回来，特别搭置[2]了整齐的饭食：白高粱米饭搁上大黄豆，玉蜀面的饼子，蒸咸菜也搁上大豆芽。又端一碗蒸鸟肉，娘说："这只鸽子，还是你爹在小雪那天打住的，舍不得吃。说：'给江涛留着吧！'我把它拿盐腌上，留到这咱。"又拍手笑着说："谁也值不得吃，就是俺江涛值得。"

饭和菜在桌子上冒起腾腾热气，满屋子飞腾着蒸腌肉的香味。娘拿过袜子、鞋子、棉裤袄，烤得干干的。江涛刚穿好衣裳，严志和扫完雪，回来吃饭了。胡髭上挂着细小的冰珠，冰珠化了，顺着胡髭流下水来。

严志和用棉袖头子擦擦胡髭上的雪水，拍拍裤脚上的泥土，爬上炕去。涛他娘递过一个小木凳，严志和就在炕上戳着腿坐起来。年幼时节出了力气的人，一上了年纪，两条腿再也回不过弯儿来，在地上不能蹲着，上炕不能盘腿。严志和一想起这点老毛病，就对人说："咳！人哪，

---

1 在粪里生活的一种昆虫。

2 做。

可别上了年纪,一上了年纪,这不如人的事儿可就多了。"今天,他坐在炕上,一边拿起筷子,嘴里不住地哼哼唧唧。

江涛吃着饭,又在想着反割头税的事:"这反割头税,要从生活最困难的、最穷苦的人家下手……"想着,推开饭碗走出去。

严志和把眼放在窗棂上,对着桃形的小玻璃看了看,说:"江涛!才回来,不跟你娘说会儿话,什么事,腿这么快。这样大的雪,你上哪儿去?"他又抬起颏儿想:"他一定是在跑蹧什么事情。"

江涛说:"我去看看老套子大伯。"说着,走出去。

这样大的雪,一直下了一天一夜,还在下着。好像撕棉破絮一般,积在地上一尺多厚。脚一蹬下去,咯吱吱陷下老深。走雪如走沙,一抬脚,一迈步,都挺费劲。屋檐上、树枝上,雪像棉条,向下耷拉着。门前小场上有几只花野雀,找不到食儿吃,围着草垛叽叽喳喳乱叫唤。积雪的大地,一望无边,闪着刺眼的光芒。江涛深一脚浅一脚地向前走着,路上没遇见一个行人。

走到老套子家的门口,揭开蒿荐,低下头,弯腰走进小屋。老套子,驼了背,有点喘了。他扛了一辈子长工,还没有自己的土地家屋。住着人家一间土坯小屋,土窗上插着两根横棍,糊上一张烧纸,风一吹,呜呜地响。半截土炕上安着个锅,地上放着一个破席篓子,半截破水缸。炕上有个烂煎饼样的油被子。

满屋子白蒙蒙的烟气,老套子正趴在灶火门口,吹火做饭。听得有人推门进来,在烟雾底下抬起头来,睁开泪湿的眼睫,说:"哦,我以为是谁呢,江涛!我可想不到你来。要知道,咱俩今日个得喝二两。你刚从府里来?"说着他掂着两只手,柴烟熏得流出泪来,眼珠子也红了,不住地咳嗽。

江涛说:"唔!我来看你,大伯。"

老套子弯着腰站起来,嘟嘟囔囔说:"咳!人贫志短,马瘦毛长呀!和你爹,俺们短不了说话儿,和你说的话可不多。你是读书人,俺是老庄稼汉嘛!"他用棉袖头子连连擦着眼。

老套子,酱色的脸,脸上蹙皱着大深的纹路。纹路挺宽,弯弯曲曲像一条条的小河。一身老毛蓝粗布棉裤袄,穿了有十几年,边沿上绽出棉花套子来。他佝偻着背,对着江涛站着。脚跟登在鞋后跟上,棉套鞋,鞋尖翘起老高,像是一对小楼子船。

江涛坐在炕沿上说:"大伯,你也该寻个人手儿,缺手缺脚,你又没个做饭吃的人儿。"

老套子冷笑两声,说:"哼哼!你看看咱这个家当,吃没吃的,住没住的,穿没穿的。人手儿不能像铺盖卷儿,打起来背着走。咱,快下世的人了,还寻什么人手儿?"

江涛说:"又没个孩子,谁给你做饭?再说,人一上了年纪,不闷得慌?"

老套子抹了一下鼻子,说:"看看你说的。没有人手儿,哪里来的孩子?说是做饭,也不过年前年后这么几天。咳!这一辈子,净吃现成饭了。"他说这句话的时候,似乎有很深沉的哀痛,不住地摇头晃脑。

江涛实在同情他,觉得这位老人的一生太苦了。他说:"你辛苦一年,在当家的院里吃几天饭算了,还回家来安锅立灶,你会捏饺子吗?看你这冷屋子冷炕的!"小屋里也实在不暖和,冬天的风,是尖利的,隔着蒿荐,隔着窗外的缝隙,探着头儿钻进来。只是一小股风,吹在脸上就冷得不行。

老套子盛上岗尖一碗山药粥,说:"大侄子,你先吃,我就是这一个碗。"

江涛两手捧着把碗递给他，说："我吃过了。大伯，你吃。"

江涛拿起笤帚，扫扫地，又扫了扫炕。老套子冻得浑身打颤，两手捧着碗，蹲在灶火门前，拨出点火来烤着，一边烤，一边吃。他说："常说，大年初一吃饺子，没外人儿。咱外族外姓的，怎么觍着脸去吃人家的过年饺子？"

江涛说："你自个儿又不会捏。"

老套子吸吸溜溜喝着山药粥，边喝边说："咳，手指头这么粗。我想，大年初一那天，和一斤面，擀个大饼，把肉馅摁窝儿扣上，捏个大饺子。盖上锅盖煮个半天，煮熟了，抱着就吃。嘿！一嘴咬出个小牛犊子来，真香呀！"说着，咧开大嘴，似乎吸哈着肉饺子的香味儿。又说："反正新年正月的，也没有什么要紧的活儿做。"他龇开大黄牙笑着："还有个好法儿，把油搁在锅里，搁上点葱花，炝炝锅儿。搁上肉和菜，拨上两碗面鱼儿，这和饺子一样。饺子，也不过是肉加菜，加作料。"他左手端碗喝着，右手拿着筷子，在地上走来走去。似乎对他多年体会到的这点人生的经验，很觉得意似的。

两个人说了半天话，江涛心里直发急。左说右说，就是说不到本题上。他又说："你风吹日晒，辛苦一年，连个痛快年也过不上。受一辈子辛苦，挣不上个土地、家屋、老婆孩子……"不等说完，觉得鼻子尖上发酸，想流出泪来。

老套子说："这扛长工，就是卖个穷身子骨儿，卖把子穷力气呗！能不受风吹日晒？今年扛不好活，来年谁还肯雇？常说，'人过留名，雁过留声'呀！穷人们，扒住个碗沿子，不容易着哪！自小儿，我一连给冯老兰扛了几十年的长工，后来他换了做派，把牛卖了，买了大骡大马。要不啊，我得给他干到老死。咳！咱也是老了，不行了，才给冯老锡轰这两个破牲口。"

江涛根据人愈穷,受的压迫愈大,革命性愈强的规律,今天越谈越摸不着门径。他这才明白,农民在封建势力的压迫下,几千年来的传统观念,不是一下子能撼动了的。说真的,他在这方面的经验,还非常缺乏。一时急躁得憋不住,索性开门见山,把抗捐抗税、抗租抗债、反对盐斤加价、反对验契验照的话,一股脑儿搬出来,看老套子有什么反应。

老套子一听,就不同意,喷着吐沫星子说起来:"看你说的!自古以来,就是这个则例[1]。不给利钱,算是借账?没有交情,人家还不借给你!私凭文书官凭印,文书上就得盖官家的印。盖印,就得拿印钱。地是人家苦耪苦掖、少吃俭用,经心用意挣来的,不给人家租钱,行吗?人家不租给你!人家贩来的盐嘛,当然要加价呀,谁不想多赚个钱儿?车船脚价,越来越高,水涨船高呗!"他说着,不断抬起头来,想着他一生走过来的生活道路,认为那是一成不变的。没有什么理由,也没有什么力量能够改变它。总觉得,船走顺水比走逆水顺利得多,也犯不着去找那个麻烦。他唏唏哩哩喝完那碗山药粥,随手又盛上一大碗,说:"你是念书念醒了的人,要学明情察理,别学那个糊涂脾气。"

老套子有些火气,越说越紧,像急流冲过闸板一样。别看他嘴巴子笨,说起话来挺成理,别人想说句话儿也插不上嘴,江涛只是愣着眼睛看着。像两个人打架,江涛只有招架之功,没有还手之力了。

江涛眨巴着眼睫毛,叼着老套子大伯的烟袋,一袋一袋抽着。他实在也没有想到,一个普通农民会有这样深刻的正统观念。作为一个农村知识分子,说什么也摸不着老套子的心思。他放下烟袋,待了一会儿,

---

[1] 老规矩。

蹑悄悄走出来。

老套子见他不声不响走出门去,掀开草蒿荐问:"啊,你走啦?"

江涛说:"我出来了半天,回去看看。"

老套子又说:"你常来玩儿。"

江涛回到家里,躺在母亲的热炕头上,闷着头想了好几天。白天拿本《三国演义》,躺在炕头里读着。夜晚睁着两只大眼珠子,看着黑暗的夜色,听风声在门外大杨树上嗯哨。这天夜里,他抬起头来,看小窗上明亮亮的,坐起来穿好衣裳。一下子把严志和惊醒,问他:"你想干什么?"

江涛说:"我想进城。"

严志和说:"什么时候了?"

江涛说:"大亮了。"

严志和说:"不亮吧,我刚睡了一忽儿。"

江涛坚持要进城,找了一根推碾的棍子,拄在手里,推门走出来。雪停了,天还阴着。他出门向北,顺街向西走,走上城里去的大道。走到千里堤上,看到开阔的河岸,一片大雪原,只有雪地上的树干,露出一条条黑色的影子。他拖着两条腿走过那座小土桥。越走天越明亮,抬头一看,月亮打云彩缝里钻出来。他又停住脚,想:嘿呀!这到底是什么时刻了?

走到城门底下,城门紧闭。伸出两只手推了推,纹丝儿不动。蹲下来,歇了一忽儿,听得有大车的声音走出来,城门开了,他才走进去。走到学校,贾老师正偎着炉子烤火。

江涛说:"怎么,你今天起得好早!"

贾湘农说:"我想下去看看,也不知道这两天工作进行得怎么样?"

说完，他又弓着肩膀，斜起眼睛瞅着江涛，像是说："这么早，你来干什么？"

江涛把老套子的事，一五一十说了。贾湘农拍着江涛的肩膀嘎嘎地笑，又拍拍自己的秃歇顶说："同志！我说你甭吹不是，非愿吹！解决什么问题，组织什么队伍。抗租，发动佃户。抗债，发动债户。要反割头税，就得发动养猪的主儿。你想，文不对题，能做出好文章来？"说完了，又弯下腰，暗里发笑。

江涛愣怔了一会儿，忽地笑了说："属窗户纸的，你这一点，我就透了。老套子大伯是个老雇工，既不使债又不养猪。他是吃现成饭的，不管盐价贵贱。他没有土地，税不着文书。抗捐抗税运动里解决不了他的问题，当然觉悟得慢。我体会得怎么样？"

贾湘农说："哎！你只说对了一部分。在乡村工作里，雇工是我们本阶级队伍，要努力帮助他们觉悟起来。这个运动，虽然解决不了他们的问题，可是他们要反封建嘛！一经发动起来，就可能是最积极的……"他沏了壶茶，给江涛斟上一杯，说："忙来，先喝一碗热茶吧。着那么大急干吗？"

江涛歪起头儿，两眼望着窗外说："没的，是这么回子事儿？"

贾湘农又拍着秃歇顶发笑，说："想想吧，你是爱用脑子的人哪！你学过辩证法，解决什么问题，抓住什么矛盾。"他两眼直瞪瞪看着地上，又沉默地点点头说："领导工作，不容易做呀！要先找出问题，才谈得上解决。像劈干柴，先看好骨缝，插对楔，再下榔头。看不对骨缝，下不对楔，把榔头砸碎了，也劈不开干柴。"

没等说完，江涛扔地[1]想起来，冯老兰是锁井镇上的大土豪。他和农民的矛盾针锋相对，和父亲、明大伯他们打过三场官司……

---

1 猛然的意思。

28

贾湘农送走了江涛,刚走回来坐在椅子上,想起江涛对他有很多启示。过去光说要闹反割头税、反百货税运动,这运动从什么地方开始?如何下手?只说明依靠穷苦群众,这还不够,究竟要依靠哪层群众,没有讲明白……想到这里,随手撕下一页日历,拿起铅笔,写着:一,要依靠雇、贫、中农,中、小地主愿跟着走的也可以。二,组织宣传队,开展集市及街头宣传。三,集合广大群众进行请愿,或大规模的游行示威……

他觉得问题重要,想赶快写个文件发下去。他在屋里走来走去,低着头,搔着脑袋,一会儿又扬起头,转着眼珠看着屋顶。想得胸有成竹了,方坐在桌旁,开始写:"各县委,各区委:目前反割头税、反百货税运动的关键,是进行广泛深入的宣传活动,唤起广大群众的觉悟……"写着,写着,抬起头看了看日历,明天是礼拜六,又该上作文课了。学生作业,他还没有改出来。他咬了一下牙,猛地把笔在桌子上一搁,说:"咳!时间这么快!又是一个礼拜过去了。"看了看,写的也不太成东西,把两张纸抓在手里,放在嘴里嚼着。从书架上搬下那一摞作文簿,两手掂了掂,有四五十本。心里想:又得一个整晚上。

他开始改作文,睁圆眼睛,聚精会神地修改。他教课虽忙,工作也忙,对学生的作业可一点没有马虎过。上每一堂课,都有个打算:这一课叫学生得到些什么东西。讲历史,结合社会进化史。为了这个目的,他曾熟读《社会进化史大纲》,读过一些现代史资料,什么太平天国啦,义和团啦,康梁变法啦,等等。讲地理,结合地区的民俗,发生过什么历史事变,出过什么杰出的英雄人物,尽可能叫学生多得到一些课外的知识。因为课本是在反动派统治之下编的。

贾湘农还想过,要把李恕谷的四存学说做个研究,可惜他没有这么多的时间。

正在静静工作,两个学生开门进来。两个人,一进门就粗了脖子红了脸地进行争论。大个儿说,中国农民所受的压迫有两个,一个是帝国主义,一个封建势力。小个儿说,不只有两个,有三个,是帝国主义、军阀政客、土豪劣绅。两人坚持自己的意见。贾湘农停了笔,歪起头儿问:"你们有什么根据?"

大个儿说是贾老师在讲"公民"课的时候讲的。小个儿说,是贾老师讲历史课的时候讲的。

贾湘农说:"你们说得都对。"

他这么一说,两个学生都睁大眼睛愣着。贾湘农笑了说:"可不是吗?封建势力是军阀政客,土豪劣绅也是封建势力,背着抱着是一般重。"

小个儿对他的解释不满意,噘起嘴巴问:"那,你为什么这一次这么讲,那一次又那么讲呢?"

贾湘农心上烦起来,纥纠起眉头子[1],说:"算了,算了,请你们

---

[1] 皱起眉头。

包涵着点儿吧！我这里忙得不行，有了时间再给你们细细讲。"

小个儿说："这会儿给俺讲讲就不行？"

贾湘农把笔在桌子上一搁，说："不行，你们给我出去！工作夹着我的手，没有时间给你们聊天儿！"说着，伸开两只手把他们推出门去。两个学生又说又笑，斤斗骨碌[1]跑开了。他又觉得口渴，从茶壶里倒出一盅凉开水来，伸直脖子喝了，紧接着又喝了一盅，坐下来继续改作业。心思虽然烦乱，精神还好，舞动那支笔，脑、眼、手同时并用，加紧工作。

正在积极工作，校役推门进来，问："贾先生，昨儿你来了几个客人？"

贾湘农停下笔说："就是一个客人呀！"

校役又问："吃了几顿饭？"

贾湘农说："就是一顿饭呀！"

校役连着又问："前天来了几个……"

贾湘农把笔在桌上一搁，生起气来："这又是出了什么事情？这么多的啰嗦事！"于是不再等他一个一个问下去，说："前天来了两个，吃了两顿饭。大前天来了一个，吃了三顿饭……"

还没有说完，厨司走进来说："贾先生，咱这厨房里的事情真的难办，你今天来三个人，明天来两个人，弄得我们没有法子算账。人们光嫌伙食不好，这怎么能吃得好呀！"

贾湘农说："嗨！你着什么急？吃一顿拿一顿饭钱嘛，又来跟我吵！"

厨司说："是呀，吃一顿拿一顿饭钱，俺可也得算得过账来呀！你的客人常来常往，今天保定来的，明天天津来，俺可得弄得清呀！到底算你多少钱？"

---

[1] 这里是指连蹦带跳的意思。

贾湘农一时冒火，站起身子说："要多少钱，给你多少钱还不行？你是劳苦群众，我还能亏负你？去吧，账房里去支，借我下月的薪金。"

校役说："你下月薪金早借光了。这个朋友走，借点路费。那个朋友走，借点路费。寅支卯粮，哪里还有薪金呢！"

贾湘农又发起火来，说："反正不能叫你们劳苦群众赔钱，下月的不够，借下下月的。下下月的不够，再借下下下月的。去吧！去吧！我正改作业哩，明天还得发下去。你们也是工农出身，别老是跟我打吵子了。去，去，出去！"说着，张开胳膊，把他们推出去。咣当一声把门关上，上了插销。自言自语："谁也不叫进来，真是岂有此理！"

他又坐在椅子上，可是再也批改不下去。这个活儿真难做，你越是着急，越是抓挠不到手里。心里又气又急，头又痛起来，一剜一剜地痛。他张开虎口卡住，把头抵在桌子上凉了凉，津出一些冷汗。可是又觉得头晕，他就躺在床上。

贾湘农回到家乡做了几年工作，真是费尽心血呀！学校教课忙，工作上的事情又多，上级下级都来找他，甚至街坊四邻、亲戚朋友的事情也来找他。虽然在学校教书，他还是常常和农民在一起，风吹日晒，脸变得又黑又瘦了。如今年岁并不大，顶上的头发脱落了，脱得亮光光的，周围头发还很长。他一个人休息的时候，酱色的脸上老是铁板板的，和别人谈起话来，却是满面笑容。他虽然生在城市，倒有一套农民作风，你一接触他，就觉得挺和蔼，挺亲切。他有一对好思考的眼睛，看他眯着眼儿呆呆出神，眼角下伏着几条皱纹的时候，那正是在聚精会神思考问题。

这时，他觉得实在疲乏，愣着眼睛休息了一刻，摇晃摇晃脑袋，觉得困得厉害。昨儿晚上给省委写了一个关于反割头税情况的报告，又睡得迟了。一整天，头上总是晕晕的。他又走到澡堂里去洗澡。经常是这样，他身体疲劳过度，精神不好，或是失眠的时候，就到澡堂里去洗个澡，回来再干。

从澡堂里回来，天黑了，贾湘农浑身轻松下来，掌上灯，批改作文。一直到天亮，才全部改完。礼拜六上午没课，他蒙上被子睡到十一点。

上作文课的时候，他出了两个题目，一个是"农民的出路"，一个是"怎样做个现时代的好学生"。

上完了课，又得回家，今天晚上是个接头的日子。如何开展宣传，如何组织队伍，如何开始这个广泛深入的群众运动，还要重新研究。

他封好炉火，关紧窗户，锁上门，就出城回家了。雪太厚，走起路来挺费劲，走到村头，已经黄昏。走了一身汗，摘下帽子一看，帽子上直冒白气。他把帽子在身上摔打了两下子，皱了皱眉头，沿着村边走回家去。一拐墙角，门上挤着一堆人，他机灵地一抽身退了回来，扒着墙角看着。他想：要是有巡警或是马快班，就撒腿跑开，无论如何，不能叫他们抓住。现在要是叫他们抓了去，这一大片地区的运动，当前就无人领导。年前反割头税运动搞不起来，年后无法发动"反对验契验照斗争"。听说统治者在明年要开始这种税收，那一笔勒索就比"割头税"严重多多了。要是听统治者按照他们的计划把这批税款收上去，农民生活就更加没法过下去。

他斜着眼睛看了一会子，并不是马快班，也不是警察，是老爷爷跟邻家胡二奶奶吵架哩。他知道爷爷有点庄稼性子，连忙走上去看。

老人嘴里喷着白气，两手拍打着大腿，说："你私人民宅，非奸即盗。你说,你说,你来俺院里晃搭¹什么?"

胡二奶奶听不懂上半句话,看着老人的脸色不对,兴许是在骂街,就说:"怎么?你家去不得,我要看看俺家大芦花公鸡到底跑到哪个贼窝子里去了!"说着,呼天喊地骂起街来,吆喝谁家偷了她的大芦花公鸡。

老人气愤愤地说:"你骂谁,骂谁?谁家是贼窝子?"

胡二爷也走上来帮腔:"谁家要是偷了俺家鸡,就是贼窝子。"

胡二奶奶翘起嘴唇,跺着脚跟说:"谁家是贼窝子?黑更半夜,呱哒着风箱做饭吃,隔三过五儿有个生人来来往往,也说不清是干什么的!大清早,刮着冷风,起来扫雪,反正不是什么好……"

贾湘农听到这里,不能再听下去。街上人很多,好像看玩猴儿。他一步一步走上去,笑眯眯地说:"二奶奶,二奶奶!你消消气儿,消消气儿。"

胡二奶奶一见贾湘农,立刻转个脸色,说:"小子,你听!你爷说的那像话吗?今儿一擦黑儿,我找不到俺家那大芦花公鸡,到你们院里看了看。你爷把眼一翻,说,'黑灯瞎火了,上俺家里巴睖²什么呀?'巴睖什么,难道我还给砸明火³的看'出水'⁴吗?你家去不得怎么的?"

贾湘农拍拍胡二奶奶说:"去得!甭说上俺院里看看,你上俺家炕头上坐个半天,跟俺娘叙叙家常,俺娘才高兴呢!"

他这么一说,胡二奶奶噗地笑了,说:"小子,你说的倒是一句话。"

---

1 瞎串。

2 窥视,鬼鬼祟祟地偷看。

3 指公开持枪抢劫。

4 土匪黑话,指道路的意思。

他又拍搭着手儿说起来："老街旧坊，父儿，爷儿，有什么不好。可是你爷说的哪像话嘛！"

贾湘农说："他上了几岁年纪，老年人了，你不要跟他一样儿，要看孩子我的面上。"

胡二爷把脚一跺，说："湘农，你要是这么说，以后的事儿，你怎么说，咱怎么办，一辈子犯不着争竞[1]。"

贾湘农一手抓着胡二奶奶，一手抓着胡二爷爷，送到胡家门口，又用力往里一推，说："忙家去[2]吧！坐在你那热炕头上，喝红山药稀粥去吧！你看这刮着白毛风，天有多冷！"

他走回来，看热闹的人都走散了。回到牛棚里一看，爷爷坐在炕沿上，吭哧吭哧生气哩。他问："爷，那是怎么回子事？"他知道老人开通，向来不和别人打架斗气的。

老人一听，气得站起来，抬起一只手指画着，说："那天一早，她就站在街上白话，什么黑更半夜拉着风箱做夜饭吃啦，一定是出了什么事情！这个年头，粮米儿是贵的，谁又吃得起夜饭呢！"老人捋了捋胡子，跺着脚说："他妈的！俺家就吃得起，你管得着吗？那天胡老二又说：'成天价人来人往，是什么好亲戚哩！'他妈的！上俺家来的，净是好亲戚！"

贾湘农呆了一刻，说："他们说这个来？"

老人说："可不是。街上人们嚷明了，说你从天津回来，一定有什么不可告人的秘密……"

贾湘农听到这里，身上一机灵，才要说下去，娘又来叫他们吃饭了。

---

1 吵嘴。

2 催人"快"家去。

吃着饭，他想：根据这种情况，这交通站该搬家了。要根据特委的指示，县委机关从城里搬到乡村，对于开展乡村工作更为有利些。

29

江涛从城里拖着两只泥鞋走回家。没进家,先去找他父亲。看了看老套子那里,没有。看了看梨窖里,也没有。回到屋里一看,父亲坐在小柜子上,闷着头儿抽烟哩。他就是这个老毛病,心里一挂点什么事儿,总是爱低下头抽烟,抽起烟来没有头儿。看见江涛回来,睒了一眼,问:"今年这咱晚就回来,有什么要紧的事吗?"

江涛说:"有点。内部里说,人们有个要求,要进行抗捐抗税。爹,你看怎么样?"

严志和听了,吊着眼珠儿停了半天,才说:"抗捐抗税?哼,早就该抗了。这年头,人们还能活吗?三天两头打仗,不是要这个捐,就是要那个税的。咱那'宝地'也丢了,剩下几亩沙土岗,打的粮食不够交公款。就靠着咱有这点手艺,要不还不撅了狗牙。怎么活下去呀!"

江涛一听父亲的话,想:"贾老师看得真不错。"又说:"内部里说,先在'反割头税'上开始。"

严志和问:"什么算是割头税,要杀人?"

江涛说:"杀一只猪,要一块七毛钱,还要猪鬃、猪毛、猪尾巴、大肠头。"

严志和说："光抗这么一丁点儿，解个什么渴来，能救得多大急？"

江涛说："这是个开头儿。群众动起来，抗捐抗税，抗租抗债，紧接着来。"

严志和说："啊！要紧的是抗租抗债。你看人们有几家不租冯老兰的地，有几家不使冯老兰的账？捞住这一把，人们就能对付着过下去。"

江涛说："首先是发动群众。只要人们动起来，搞什么，什么就胜利。"

严志和一听，精神劲儿就上来，说："来吧！本来我后悔没下了关东，大灾荒年又该轮到我的头上。听说河南里张岗一带，今年秋天闹起了'抢秋'，'吃粮分大户'，出了个叫'张飞'的共产党员，领导了秋收运动。"

江涛说："咱也是共产党的领导！"

说到这里，严志和又问："你不是说，革起命来，能夺回咱的'宝地'吗？"

江涛说："当然呀，抗捐抗税，抗租抗债是经济斗争。由经济斗争转向政治斗争，就要武装工人，武装农民，夺取政权。到了那个时候，就要夺回咱的'宝地'！"

严志和听说要夺回"宝地"，就好像事儿摆在眼前。他说："听说共产党的事，上不传父母，下不传妻儿，怎么你跟我说起来？运涛都没跟我说过。"他眯睁眼睛看江涛，似乎对江涛的说法，有些怀疑。

江涛说："运涛干工作的时候，你觉悟程度还不够。眼下我看你有了阶级觉悟，反正党的主张早晚要和群众见面，不的话，共产党怎么会越来越多呢？再说，你是我亲爹，打量你不会把我的风声嚷出去。"

严志和说："当然，父子是骨肉之情嘛！"

他们在屋子里说话的时候，娘在楄扇门外头，隔着门帘听，听得他们又念叨"革命"的事儿——这事在她耳朵里并不新鲜了,过去运涛嘴头上就常挂着,后来江涛也常念叨。今天她一听得念叨这桩事,心上就打哆嗦。她一蹦跳进屋子里,说:"快别念叨那个吧!才过了几天平安日子?"

江涛说:"娘,那可要什么紧?"

娘说:"忍了这口气吧。几辈子了,平民小户儿,能干了什么呢?吞了这口气吧!"

严志和说:"我吞了一辈子气,值得了什么?运涛……"一说到运涛,他又变了一种口气,说:"运涛被反动派关进监牢,我们的'宝地'也丢了,我们指着什么活下去?咳!阎王叫你三更死,谁敢留你到五更呢?"

娘流下眼泪来,两手拍着膝盖说:"甭说吧,甭说那个吧!命里该着的!又有什么法子呀!"

严志和说:"咳!我差一点儿没病死。冯老兰拿那么一点钱,把我们一辈子的血汗搂过去[1],把我们的谷仓抠在他的手心里,那就等于要了我的命根子……"他又恨恨地咬着牙关说:"我们一定要夺回'宝地'!"自从运涛住了狱,失去了"宝地",他闹了一场大病,直到今天他忘不了那一场灾难。只要一想起来,就好像有一只老鼠咬着他的心,而下身还打着不甩[2]。他气愤得难挨,只要一提起这桩事,心里就火呛呛的,压也压不下去。

江涛看父亲庄稼性子又上来,说:"我看咱们就闹起来,跟他狗日的干一场!"

严志和听了这一句话,又心思绵软起来。他想:"运涛为了革命,

---

[1] 抢过去,抓在自己手里。

[2] 晃,摇摆。

一辈子见不着天日。江涛又要为革命……"想着，他不再说什么，也不想伸头闹什么运动。

涛他娘又在堂屋里絮叨起来："干，干什么？好好儿待着吧，熬得师范学堂毕了业，咱也当上个'教员儿'！"说到这里，她掀开门帘看了看，见江涛正在听着，放下门帘又说："听说，那也能挣不少钱哩。到那时候，给你娶上一房媳妇，我早想抱上个大胖孙子呢！"停了一停，又说："当然啊！我也不是一定要给你寻个庄稼媳妇，你自己要是能找个知文识字的更好……"

严志和听涛他娘说得也有理，就说："吞了这口气吧！过个庄稼日子，什么也别扑忙[1]了。即便有点希望，又在哪个驴年马月[2]呢？"说着，提上鞋跟，又下窨鼓捣梨去了。

江涛看父亲这里不是个钥匙头儿，穿上娘亲手缝的粗布大褂、白布袜子、单梁套鞋，就向外走。娘扭头儿问他："你去干什么？"他说："我去看看忠大伯。"说着，沿着房后头那条小道儿，踏着积雪到锁井镇上去找朱老忠。一进小门，看见有个穿灰布军装的人，扒着猪圈喂猪。他脑子里转着：这个人可是谁呢？走近了一看，是大贵。他脸上立刻笑出来，走向前去。

大贵有二十五六岁，自打被冯老兰撺掇军队抓了兵，一直在军队上。长了个大个子，身子骨儿挺结实。两条粗壮的胳膊，两条粗壮的腿。眉泉挺宽，两只眼睛离得挺远，嘴巴上肉头头没有胡髭。灰布棉裤袄穿旧了，头上箍着块蓝布手巾。说起话来，瓮声瓮气。一见江涛，放下泔水

---

[1] 张罗。

[2] 这里指：不知什么时候。

瓢呆住了,好半天,猛地拍打拍打手说:"兄弟,几年不见,怎么长得这么高了?"

江涛笑着说:"你呢,还不是一样。你请假过年来了?"

大贵说:"请什么假,我打前线上开小差儿跑回来。"

江涛问:"为什么开小差儿?你不是当了班长吗?"

大贵说:"还不是当一辈子班长!咱不卖那个,为什么给他们卖那个死儿?还回来干咱自个儿的。老给军阀们当爪牙干吗?"

江涛说:"大哥说得对,我也盼你回来。这几年在军队上怎么样?"

大贵说:"倒是不错,把身子骨儿摔打了摔打[1]……"说着,他绷起嘴,攥上拳头,把腿一叉,抖了一下身子,抖得浑身骨头节儿咯吱咯吱乱响,说:"除了学体操,认了几个字儿,还学会放机关枪。我看那玩意儿倒是有用……"

朱老忠在屋里,听得江涛的声音,捻着胡子走出来,立在阶台上笑眯悠儿说:"江涛回来了。忙来,在我这小屋里坐坐,跟大伯说个话儿。"他亲自迈下阶台,拽着江涛的手走回小屋,拿把笤帚扫扫炕沿,让江涛坐下,问:"你先给我说说,报纸上'朱''毛'怎么着呢?井冈山上又怎么着呢?"两人做伴上济南的时候,江涛给他念叨了全国革命形势,直到现在他还记着。

江涛说:"提起红军,可成了大气候。去年,'朱''毛'率领工农红军打到江西,占领瑞金,建立了中央苏维埃革命根据地。在江西、福建一带打游击。眼看这一团烈火就要烧起来!"

朱老忠响着舌尖儿说:"啧,啧,好!这个高兴的话儿,自从运涛

---

[1] 锻炼锻炼。

蹲了狱,我的日子也过苦啦,好久没听到啦。闷呀,闷死人呀!这团火,烧吧,烧得越大越好,什么时候烧到咱的脚下?"

大贵闷声闷气说:"那可不行,隔着长江黄河呢!"

朱老忠说:"长江黄河隔不住这个,这是人心里的事儿。"

江涛说:"大伯说得可真对。我大哥就不回去了?"

朱老忠说:"自打运涛坐了狱,我心里也害怕了,去了个信叫他家来。成天价在枪子群里钻来钻去,枪子儿是没眼的。"他虽然上了几岁年纪,身子骨儿还挺结实,红岗脸儿,三绺小胡子,黑里带黄。小圆眼睛,目光炯炯。说起话来,语音很响亮,带着铜音。

江涛转了个话题,说:"大伯,你的猪喂得可肥啊!"

朱老忠说:"肥什么,人还没得吃,哪来的粮食喂猪?什么肥呀瘦呀,大节下,人家吃肉咱也吃肉,这就好。要是人家吃肉,孩子们瞪着两只大傻眼,叼着手指头看着,这就是缺欠。"

江涛说:"说今年杀猪要拿税呀,不许私自安杀猪锅。"

朱老忠愣住一刻,才说:"是吗?是打上头下来的?从南到北,从北京到关东,没见过杀过年猪也拿税的。"

江涛朝朱老忠凑了两步,伸出脖儿悄声哑气地说:"就是冯老兰包了咱县的割头税。杀一只猪要一块七毛钱,一副猪鬃、猪毛,还要猪尾巴、大肠头。"

朱老忠把脸一镇,眇着眼睛呆了老半天,牙上吸着气,慢悠悠抬起头来说:"是……他……"

江涛跳起脚儿说:"是,没错儿。"

大贵把大巴掌一拍,说:"倒霉透了,今年连过年猪也杀不上。"

朱老忠在关东学会杀猪,自备一套钩子、梃杖、杀猪的家具。乡亲当块儿办个红白喜事,杀猪宰羊不求人。他把这家具带回来,把这份手艺传给大贵。大贵今年才说要杀猪,又碰上禁安杀猪锅,甭提心里有多别扭。朱老忠叹了一口气,说:"又是他狗日的……"一说起冯老兰,他心里实在腻歪[1]。

江涛说:"不管三七二十一,回去跟我爹说说,咱硬安杀猪锅,不图钱,不图肉,就是争这一口气!"

朱老忠两个拳头一碰,说:"大侄子说得是。既是这么说,走,找你明大伯商量商量去。"

朱老忠迈开脚步头里走,江涛和大贵在后头跟着。走到村北大黑柏树坟里,坟前有三间砖头小屋,屋前有几棵大杨树。北风吹得树枝嗤嗤地响。一进小门,朱老明正合着眼捻经子[2],准备打苇箔。朱老忠坐在门槛上,把反割头税的话说了说。朱老明变成个长脸孔,瘦得多了。多少年来,奔走劳累,身上只剩下一把骨头。他低下头去,眯瞪着失明的眼睛,说:"思摸思摸吧!干是要干,看看怎么干法?"自从打输了那三场官司,他觉得凡事应该忍耐,应该谨慎。一时冒失,会使人们失去土地家屋。这不只是失算,而且是一生的苦恼。

朱老忠说:"依我说,咱们就是干。冯老兰,他净想骑着穷人脖子拉屎不行!"

朱大贵一只脚蹬在炕沿上,揎起袖子抢着小烟袋儿,说:"左不过叫他们把咱拾掇成这个样子。江涛兄弟,你头里走,傻哥哥我后头跟着。"

朱老忠眨巴眨巴眼睛,说:"一个耳朵的罐子,抢吧(把)!可得

---

[1] 讨厌。

[2] 用手搓麻绳。

人多点。那场官司,联合了二十八家,还输塌了台呢!"

江涛说:"打官司也打不赢……"看忠大伯和大贵响应了反割头税的号召,他一时高兴,头上沁出汗珠来,一股劲儿说下去,几乎忘了出气儿。"咱这么着吧,一传两,两传三,把养猪户和穷人们都串联起来。村连村,镇连镇,人多势力大,一齐拥上去,砸他个措手不及。拿税?拿个蛋!"

朱老明一听,这倒有理。他抬着下巴,眨着无光的眼睛,深思着。

朱大贵问:"那能办得到吗?"

江涛叉开腿,横着腰,抡起两个拳头,兴冲冲地说:"一个人挡不住老虎,五个人能打死老虎。十个人遮不住太阳,人多能遮黑了天。一哄而起,一哄而散,他逮不住领头人儿,看他有啥法子?"

朱老忠看见江涛这个架势,不由得肚子里笑起来,涨红了脸说:"哈哈,好嘛!大侄子这法儿真新鲜,打官司还得花钱呢,这用不着花钱。砸了就散,他找不到正头香主。还是念书念醒了的人们,画个道儿也高明。俺这瞎老粗儿,干了点子笨事。要是有你,那三场官司也不会输给冯老兰吧!"

朱老明听到这里,脸上可带出笑模样,说:"冯老兰那小子毒啊!立在十字街上一跺脚,四街乱颤,谁敢吱个声[1]?唉呀呀,过去就是迷糊,花了点子冤枉钱!来吧,咱听江涛的。看看怎么样?"

江涛一听,笑了说:"怎么样?管保越斗越胜利!"

朱老明有满肚子的辛酸,有多少年吐不完的苦水。他自从官司失败,半年不出门,有理无处诉,气蒙了眼,成了双眼瞎。把老伴气死,兄弟

---

1 吭声。

下了西口,闺女们住不起家,剩下孤零零一条单身汉。土地又没了,无法糊口,只靠打苇箔、卖烧饼过生活。从黑天到白日,眍䁖着眼睛,摸摸索索,站在箔杆前边。不管冬天夏天,在那深更长夜里,背着那只油浑浑的柜子,走在十字大街上,尖声叫唤:"卖大果子……不……啊……"悠长的叫卖声,通过平原上的夜暗,传到七八里地以外。过路人,一听到这悠扬的声音,就留恋不舍,立地打坐,抽袋烟再走。不知不觉,引起肚子里咕噜乱叫,流出口水来,非赶上去买他的烧饼果子充饥不可。年代多了,倒成了夜黑天里指路的标志。

有人问他:"冰天雪地,还做那买卖干吗?能赚多少钱?"

他抬起头儿,睁开无光的眼睛,想看看天,也看不到。在黑洞洞的长夜里,不一定想做多少生意,他受不住长夜的忧闷,一夜夜睡不着觉,做着梦还嘟囔:"咳!好长的夜晚呀!"

在这艰难的岁月里,锁井镇上的烈火熬煎着灾难的生命。自从打输了官司,他就住在这三间小屋里。西间一间,盛着从白洋淀运来的芦苇白麻。东头一间,是他睡觉的土炕,门外是几百年来的老坟。每年夏天,坟地里长出半人深的蒿草,有各样的虫子在草里鸣叫。

晚上,他睡在土炕上。听夜风吹着大杨树叶子,哗哗地响。黎明,他趴在被窝头上,听树枝上鸟雀喊喊喳喳乱叫。冬天,听北风的嗵哨。他想,要是门前没有这几棵大杨树,说不定有多么孤寂呢!

江涛看这个失明的老人,心里实在同情他。他过了斗争的一生,可是他没有共产党的领导,没有组织群众、发动群众,失败了,穷到没有插针的地方。

当朱老明听得说又要反对冯老兰,也想到,为了反对冯老兰,使他跌进一辈子翻不过身的万丈深渊,身上立刻打着寒噤,抖颤起来。当他又听到,这个斗争,不用朱老巩光着膀子拼命地办法,也不用对簿公堂,不用花钱,只要组织、发动群众就行,他就咬紧牙根,恨恨地说:"干!割了脖子上了吊也得干!老了老了,走走这条道儿!"

江涛看明大伯转变了怀疑的情绪,又做了一些解释,说了一会子话儿,叫了朱大贵,两个人走出来。朱老明听他们脚步走远,问朱老忠:"大兄弟,你走南闯北的,看江涛说得怎么样?"

朱老忠说:"依我看,江涛是个老实人。再说这共产党,是有根有蔓的……"

朱老明不等说完,就问:"根在什么地方?"

朱老忠说:"在南方,在井冈山上。"

朱老明吧嗒吧嗒嘴唇说:"要从井冈山上把根蔓伸到咱这脚下,可就是不近呀!"

朱老忠说:"别看枝蔓伸得远,像山药北瓜一样,蔓儿虽长,它要就地扎根。比方说,运涛参加了共产党,江涛又参加了共产党,说不定还有多少人要加入。"

朱老明说:"按人说,都是正支正派,可也要问问,问问咱心里有底儿。"

朱老忠说:"不用问,问他也不说。从济南回来,我旁推侧引转着弯问了半天,他只说些革命的道理,不说出他们根柢儿在什么地方。反正他们办的是咱穷人的事。"

两个人靠在门扇上晒着太阳,说了一会子知心话,商量反割头税的事。朱老忠拍拍身上的土走出来,朱老明也拄上拐杖送出来。两人一路走着,朱老明说:"我看大贵这次回来不错,人聪明了,也能说会道了。我听他娘说,想给他粘补上个人儿。"

朱老忠说:"年岁儿可是到了时候,你看谁行喽?"

朱老明说:"我看春兰就行。"

朱老忠听说到春兰,抬起头什么也不说。他想起运涛来,那孩子还在监狱里。又想起铁窗里那张苍白的脸,揩着泪花的大眼睛,叹了口气说:"咳!为着运涛,我舍不得把春兰给大贵。"

说到这里,再不说什么。两人同时感到心酸,几乎掉下泪来。他们为运涛难受,也为春兰难受。朱老明闭上嘴,眨着眼睛沉默了半天,从眼洞里滚出两颗大泪珠子,说:"咳!运涛一辈子住在监狱里,春兰还能活下去吗?运涛回不来,春兰怎么办呢?真是难死老人们了!我看别耽误了春兰,把这事儿给大贵办了吧!"

朱老忠听着,觉得也有理。这样下去,春兰可怎么活呢?

30

江涛和大贵，打朱老明家里走出来，天上云彩晃开了，太阳从云彩里显出个浑黄的圆球。檐前滴着雪水，水滴滴在檐沿下，笃笃响着。路上的雪有了融化的痕迹，有人把泥土踩上去，在洁白的雪地上留下褐色或苍色的斑痕。

两人一答一理说着话，走到朱老星家。自从官司失败，朱老星把几间房子卖掉，借了冯老锡场院里两间小西屋住着。场院东墙有个角门，通到冯老锡家外院，外院通街是个大四方梢门。可是这场院不走梢门，正南是个用柳条子架的木头栅栏，上面插着一些个枣树棘针，四围土墙头，西墙外头就是那个大苇坑。

江涛和大贵一进栅栏，朱老星和他儿子庆儿，正在场上拉着碌碡碾谷茬。他们把场上的厚雪扫起来，把谷茬摊上碾着，累得脸上冒出白沫汗。江涛一看就愣住，问："这是干什么？"

大贵也瞪了眼儿："可就是！"

朱老星见了江涛和大贵，也不停下。一步一步拉着碌碡，眯眯着眼睛笑，说："你们猜不着。"庆儿闷着头儿不吭声，只是伸着膀子拉碌碾。这孩子有十二三岁了,脸上黑黑的,瘦得像个猴儿。

江涛抬起头想了想,说:"嗯,就是猜不着。"

朱老星歇下碌碡,从褡包上摘下烟袋来。先吹了一口,试试通气不通气。然后,装烟打火,抽起来。

江涛问他:"大伯,你这是想干什么?"

朱老星说:"为了冬天做个饭烧个炕的,我一家子,一秋天拾下这垛谷茬。堆在场院里,狗在上头溲尿,猫在上头拉屎,老草鸡还在上头孵窝,弄得满世界肮肮脏脏。我琢磨了个法儿,先把它碾烂,使些胶泥和起来,用板子拍得一方块一方块的。等晒干了,把它垒成院墙。做饭烧炕时,搬起来就烧。又当了院墙,又当了烧柴,一举两得。试了试,拉着风箱,好烧着哪!"

江涛合着嘴,心里暗笑,左想右想,想不出这是什么意思。把好好的谷茬碾烂,又使胶泥和起来,垒成院墙,再把院墙搬来烧。把谷茬抱来做饭,不就完了吗?他问:"大伯,冬天,你歇歇儿不好?"

朱老星说:"话有几说几解。你想这大好的天气,吃了饭能净歇着?好歹得摸索点活儿。再说,这冬天,有钱人家生上个小火炉儿,屋子里暖烘烘。咱穷苦人家,生不起火炉子,在屋里待着也是冷的。摸点活儿做,浑身上下热热火火,比升个小火炉儿还美气。"

他说着,厚厚的嘴唇也不张开,只看见短胡茬子一翘一翘的。两只细长的眼睛,在门楼头底下眯眯着。

江涛说:"你把这谷茬垛在院里,垛好点儿。多咱烧的时候,抱一抱进屋里去,不好吗?"

朱老星说:"那,反正不如这么着归结[1]。"

江涛问:"不省下点力气?"

朱老星说:"力气是随身带着的,好像泉眼一样,你只要用,它就向外冒。你要是不用,它也就不冒了。你看大贵这身子骨儿,当了几年兵,在操场上摔打得多发实,多粗派。你看他两条胳臂一伸,小檩条子似的。"

大贵说:"你说这个,我相信。"

朱老星说:"是呀!当兵对咱穷人固然没有好处,可是也落下个好身子骨儿。"

大贵说:"我还学会放机关枪哪!"

朱老星笑了说:"是呀,这放机关枪,对咱穷人本来没有好处。可是大姑娘裁尿布,做时不用,用时一拿就有。将来咱要是用着这机关枪了,拿起来就能放。话又说回来,这冬季,下雪天,本来可以虬在炕头上抽个烟,歇息歇息,总不如把这谷茬归结归结好。"

江涛说:"大伯!我看你费这把子力气,对于你的生活没有什么好处。"

朱老星说:"你虽说是生在乡村里,长在种地人家,总归是读书人,琢磨不出咱庄稼人的日子是怎么过的。"

正说话哩,庆儿的娘打屋里走出来,高喉咙大嗓子,说:"他,成天价是脱了裤子放屁!这么会打算,那么会打算,把个日子也鼓捣垮了,眼看就要撅狗牙!"她是个大块头,身子骨挺粗派,乍蓬着头发。两只脚也是有尖儿的,可是比男人的脚还长。说着话,跺着脚跟通通响,手指头剜着朱老星的脸门子。

---

[1] 整齐;或作动词整理、收拾用。

她端出泔水来喂猪,一只半大猪,耷拉着大肚子,从谷茬堆里钻出来,哼哼吱吱跟她跑。

要是别人,听庆儿娘卷了一阵子,也许会冒起火来。朱老星就不,他眯眯笑着,听惯了。庆儿娘越是骂他,浑身越是觉得滋润。有时,日子长了,听不见这种声音,看不见这样颜色,他就觉过得清淡,没有意思了。真的,庆儿娘连说带嚷,朱老星一点也不恼,一年三百六十五天,都是这样过来的,并不认为是什么侮辱。相反,更觉得夫妻和睦。

朱老星把大石头烟袋嘴含在厚嘴唇里,笑眯悠悠地说:"大侄子,你算琢磨不出我的心思。"

大贵唔唔哝哝说:"牛长得比骆驼大了,拉一辈子车,也是被人杀肉吃,成不了马。"

朱老星听不透这句话,说:"你们在家里时候短,摸不清我的脾气。庄稼人,一年四季,到了什么时候有什么活儿。一年三百六十五晌,我哪里歇着过?人,吃了饭,就得做活儿。随随便便歇着,败家子儿才那么办呢!败家子儿不讲安生服业地做活儿,只讲吃好的、穿好的,歇着。人,越是歇着,身子骨儿越懒散,好比铁机子生了锈,再也织不出布来。"

朱老星一年到头,总会找到活儿做。"两手不闲"是他的目的。他常说:"人,吃不穷,穿不穷,打算不到就受穷。"他就是成天价打算。比方说,他家过去也种过二三十亩地,就成天设想耕种六七十亩的事,他说,"到了七八十亩地,就是财主。"又成天价盘算怎样过财主。本来他只养一头牛,为了做财主,买了辆四个牲口拉的死头大车。他想,目前买一辆小车,将来过到财主日子,牲口多了,还得买一辆大车,这辆小车就没用了。可是他这头牛,只驾得起一辆小车,架不起这一辆大车,他就只好拿一根缰绳拴在轴头儿上,弯下腰替牛拉帮套。后来,把四条牛腿也累坏了。没有办法,又把这辆大车卖了,换了一辆一个牲口拉的小车儿。思想上糊涂,使他过的日子,就像痨病鬼一样,苍白无力,甚至连个媳妇也娶不起。自从官司失败,把房卖了,地去得也不少。养不起牛,把这辆小车也卖了。他还有个打算:宁可卖了庄户,也要留下土地,房顶上长不出粮食来,粮食是土地上长出来的。可巧,这几年,年头不好,捐税又重。地里打的粮食,还不够按亩摊派捐税。盘算来,盘算去,今年冬天,连那几亩地也卖了,省得拿捐税。

江涛说:"大伯,我想不出,像你这样又俭省,又肯付辛苦的人,怎么肯和冯老兰打三年官司?"

朱老星把脖儿一挺,站起来说:"百人百性嘛!老母猪挤在墙角上,还哼哼三哼哼哩!干别的我舍不得,一说和冯老兰打官司,我鬻儿卖女也得干!"

江涛说:"我想不出是怎么回子事儿。"

朱老星又说:"咱庄稼人,就有点儿庄稼正义。运涛入狱的那一年,听说志和卖了'宝地',你又上不起学了,那天打短工才挣了一块多钱来,我家里不吃饭,忙给你爹送了去,好叫你不失学。百人百性嘛!"

说到这里,江涛受了感动。贾老师说过,如何帮助他们从阶级压迫下觉悟过来,是共产党员的责任。

朱老星领了江涛和大贵走到屋门口,揭起厚厚的蒿荐,叫他们进去。屋里黑黑的,像是夜晚。一到了冬天,他怕冷,把窗户纸糊上一层又一层,屋里遮得黑咕隆咚的。庆儿娘,正在炕上叠补衬[1],给朱老星补袍子。

江涛问:"这么破的袍子还补它干吗?"

---

1 破旧布块。

朱老星说:"别看袍子破,可是个古董。那是我父亲的,他去世了,留给我。俺父子两代穿了不下四十年,年年补一次。虽然是葫芦片大的一块布,不管红的绿的,我也不肯扔了,都把它缝上去。反正身上多一层布,总暖和些。"如今缝了几十层,这件袍子已经有几十斤重了。

冬天,只要不做活,身上就凉下来。朱老星穿上他这件袍子,和江涛、大贵,坐在炕沿上说话儿。

江涛说:"大伯,我听得说,今年杀猪要拿割头税。"

朱老星问:"猪税?拿多少?"

江涛说:"一块七毛钱、一副猪鬃猪毛和猪尾巴大肠头。"

朱老星扳起指头算着:"一块七毛钱。一副猪鬃猪毛,也值个两块钱。再加上猪尾巴大肠头,按一斤肉算,也值个两三毛。"他噘起厚嘴唇,点搭着门楼头,说:"这税可不轻啊!"

江涛走到朱老星跟前,说:"你猜这猪税是谁包的?"

朱老星问:"是谁?"

江涛说:"就是咱那老对头。"

朱老星睁起两只大眼睛又问:"谁?"

江涛说:"老对头,还有谁?"

朱老星愣愣怔怔,问:"冯老兰?"

江涛说:"唔,就是他!我才和忠大伯商量了,咱们要反对割头税,打倒冯老兰,你说怎么样?"

当江涛和朱老星说着话的时候,庆儿娘在身子后头悄悄听着。听说又要打倒冯老兰,就瞪出眼珠子开了腔:"干吗?那是干吗?又要打官司?打官司打得成了光屁股鸡,又要打官司!"光说,她还不解气,伸出她手指头戳着朱老星的天灵盖。

大贵一看就笑了。

朱老星也笑花了眼睛，唔唔哝哝说："她是这个脾气，三句话不对头就开腔，不兴小声点说话儿。"

庆儿娘说："我叫你气的！天生的庄稼脑袋，窝着脖子活着吧，光想充光棍。还反对这个，反对那个的。谁也反对不了，返回来把自个儿反对了！"

朱老星支支吾吾："那还不要紧，到后来才算老账。"

江涛说："大伯说得对。忠大伯说：'出水才看两腿泥。'咱朱家门里穷倒是真的，可也志气几辈子。"

说到这儿，朱老星站起来，说："狗日的欺侮了咱几辈子，咱可也不是什么好惹的！"停了一刻又问："可不知是谁领导？"

大贵指了指说："就是咱江涛兄弟。"

朱老星点着门楼头说："行呀，咱跟着走吧，咱就是跟着走走！"

江涛和大贵，打朱老星家里走出来，又去找伍老拔，想问问河南里"秋收运动"是怎么闹起来的。出了东街口，走上千里堤。天气晴朗，没有云彩也没有风。乌鸦在大杨树上，啄着雪花，一块块掉下来，又成群飞着，呱呱地叫。他们顺着千里堤往东去。

伍老拔家庄户，老年间本来在河南里。由于河流滚动，宅院坍进河里。滹沱河往南一滚，他家的宅基，又滚到河北里，正好滚在千里堤上。伍老拔他爹，就在这河堤上盖起两间土坯小房。现在桃李树成了林子，大杨树也有一搂粗了。在院子周围，栽上榆树和柳树，编起树枝当围墙，中间安个木栅栏。江涛和大贵一进木栅栏，有一只小狗从院子里跑出来，汪汪地叫。大贵连忙吓住它："呆住！呆住！"

伍老拔听得有人进来，等不得放下家伙，右手拿着斧子，左手拿着凿子走出来。他的两个大小子也跟出来。大的叫小顺,十七岁了。二的叫小囤,也有十二三岁了。小囤走过去,用两腿把小狗脖子夹在腿裆里。

伍老拔问:"谁?"

朱大贵说:"你一看就认得,是运涛的兄弟,江涛来了。"

伍老拔愣住,仔细瞧了瞧,笑哈哈地说:"原来是江涛,几年不见,长成人了。过去人儿小,身上老是土土浆浆。这咱晚人儿大了,浑身上下没了个土尘儿。"

江涛笑了,问:"老拔叔,你回家过年来了?"

伍老拔说:"做长活,一年忙四季,就是盼个年呗。"

说着话儿,伍老拔把他们领到做木作活的小屋子里,拍拍手说:"哈哈!江涛,你上了洋学堂,也算咱老鸹群里出了凤凰啊!"又笑哈哈说:"忙来坐坐。"叫江涛和大贵坐在做木作活的板凳上。又对小囤说:"去,烧壶水来,叫江涛喝。"

江涛看了看他的木作家具,问:"你这是做什么?"

伍老拔说:"咳,甭提了。自从那年官司打输了,我到河南里去做活。把地都去完了,只得指靠着手艺吃饭。年下才回来,做点小家具什么的,卖了求个过年的法儿呗。这日子怎么也得过呀!"

江涛说:"咱那场官司,输得惨哪!"

伍老拔说:"一直打了三年哪!上城下县,哪时也没离了我。"他抬头看了看大贵,又红了脸,哈哈笑了。

江涛看小顺用推刨刨着木棍,问:"做的是什么?"

伍老拔说:"他成天价没活儿做,我说十几岁的人了,又念不起书,跟我学了木匠吧,将来不是个饭碗?小囤,我叫他将来学种地。这才教他用湿柳木棍子,做小孩儿们拿着玩儿的刀啊枪的,用红绿颜色画画,卖个钱儿呗。"

说着话,小囤提了壶,拿了几个黑碗来,倒上水。江涛看那水土黄色,喝起来甜甜的,就是有一种青泥味儿。他问:"这是什么茶?"

伍老拔说:"哪有什么茶。他奶奶这几天头疼脑热的,叫小囤到河神庙后头苇坑里,刨了些苇根来,煮水喝。正赶上冯老兰在他家墙圈上趴着,开腔就骂,还指挥护院的赶了小囤个骨碌子。真他娘的,有钱的王八大三辈,咱算惹不了他。"

大贵喝着茶,吧嗒嘴儿说:"这玩意儿,败火着呢!"

伍老拔说:"喝不起茶,庄稼闹儿[1]呗!"他动手凿着一块小木头,斧头敲得凿把儿乒乓乱响。

江涛问:"你这是做什么?"

伍老拔说:"我正在琢磨黄鼬[2]铡。"又用手比画说:"这地方凿个槽儿,这地方安个柱儿,再用一截破轧车刀,一块竹板儿就行。把这玩意儿下在黄鼬洞口上,黄鼬一出洞,一蹬这块小板儿就铡住。这玩意儿,用料少,赚钱多。乡村里年幼的人们尽爱买,现在正是时候儿,一过小雪,黄鼬皮就值钱了。咳!没有本钱,大活做不起了。"

大贵说:"你尽爱弄一些个古镂雕钻儿,不做黄鼬铡,就做黄鼬洞子。不兴做个棺材什么的?"

伍老拔说:"这是穷逼的呀!"说着,他又嘻嘻哈哈,比画着做黄鼬洞子的计划。黄鼬怎样走进洞子,怎样一蹬那块小板,那块砖向下一落,就把黄鼬堵在洞子里。比画完了,又嘻嘻哈哈地说:"饿死人的年

---

[1] 土办法。

[2] 黄鼠狼。

头,真是没有法子。"

大贵说:"大叔,人们都跟你叫'乐天派',可就是。无论有多大事故压在你的眉梢上,还是嘻嘻哈哈,嘻嘻哈哈,看起来没有发愁的事儿。"

伍老拔说:"嘻嘻!虱子多了不痒,账多了不愁。人穷到什么时候还是一个穷字,能把两个穷字叠到一块儿?这年头,没有发愁的事,就是打不倒冯老兰,是个发愁的事儿。"话是这么说,他瘦削的面孔,高颧骨,尖鼻准,高鼻梁底下两只大眼睛,人从来没有胖过。无论有多紧急的事情,他的两条长腿,总是一迈一迈的,一步一步地走,没有着急的时候。

江涛问起了河南里"秋收运动"是怎么搞起来的。伍老拔说:"谈起闹个运动什么的,咱倒成了内行。我们的少东家就是个共产党员,领导了秋收运动。他的外号叫张飞。"

紧接着,就谈了会子张嘉庆的事儿,说:"那人年岁不大,名气可不小。一说起秋收运动,一说起张飞来,在这滹沱河岸上谁都知道。"

大贵说:"你说的这个,我半信半疑。财主秧子们,为什么给咱穷人办事呢?"

伍老拔说:"这事儿,可是我亲身经过的。"

大贵说:"那,除非是中了共产迷。"

伍老拔说:"没错儿,不信,你也跟着共产党走走。"

到这节骨眼儿上,江涛把反对割头税的事儿对伍老拔谈了。伍老拔把屁股蛋子一拍,说:"对嘛,就是这么办,咱组织农会吧。反对割头税,打倒冯老兰。你不跟我说,我还想去找你们哩!"

江涛见伍老拔接受了反割头税的意见,心里高兴,说:"好吧,晚上,你到我们那儿,咱商量商量,看看怎么办法。"

那天晚上,朱老忠、朱老明、朱老星、伍老拔、朱大贵,都到江涛家里,坐在严志和的热炕头上,念叨了一晚上。他们决心反对割头税,一起下水,报那连输三状的仇。定下:先秘密组织串连,再公开宣传活动。他们打算,从第二天开始,背上粪筐去走亲戚。像扯瓜蔓儿,亲戚串亲戚,朋友串朋友。串连了大严村、小严村、大刘庄、小刘庄……像一块石头投进古潭里,溅起无数波圈,一圈套一圈。联系得多了,就一天天联系得远了。

31

当天晚上，朱老明在严志和家里开会回来，睡在炕上，翻来覆去，怎么也睡不着。一年来就是这样，人们一说起运涛，他就几天心里放不下。他又想起春兰，那孩子一天天长大了，老是住在家里。她娘性子弱，老驴头又是糊里糊涂，他们不会给春兰安排一生的大事。第二天，他做了点饭吃，就去找朱老忠。朱老忠不在家，就跟贵他娘说："我心上有一件事儿，想跟你说说。"

贵他娘问："大哥，什么事儿？"

朱老明说："我想，咱大贵今年也有个二十老几了，一直在外头跑了几年。这咱回来，连个屋子连个炕也没有，听说你要给他粘补个人儿？"

贵他娘睁圆眼睛，看着朱老明把这句话说完，笑了说："可不是，我心里正叨念着这件事，可见你为咱大贵操心哩！"说着，又咯咯笑起来。

朱老明哑模悄声说："小子家一到了年纪儿，你不给他屋里寻下个人儿，就会恨老人糊涂。"

贵他娘说："大哥，咱给孩子安排安排，你看咱村谁行喽？"

朱老明说："我看春兰就好人儿。"

朱老明说到这儿，贵他娘可就不往下说了。春兰和运涛，两人的事儿她完全明白。如今运涛陷在监狱里，涛他娘拿春兰比闺女还亲，怎么……

朱老明合着眼听贵他娘答话，老半天没有声音，他说："你别听人们瞎念叨，我总认为春兰是个好闺女。"

贵他娘说："人们念叨，是捕风捉影，到底是真是假，谁也不清楚。"

朱老明说："谁准知道？磨牙[1]就是了。"

贵他娘说："就怕大贵不干。"

朱老明说："依我看，他巴不得的。"

贵他娘说："你说的是春兰模样儿好？"

朱老明说："模样儿好是一个，也聪明伶俐。再说，像咱这户人家，寻人家什么主儿？比咱强的，人家不寻咱，比咱不强的，人儿再长得不像个样子，大贵也不干。春兰，咱就是图个好人儿。"

贵他娘抬头，迟疑了半天，才说："也行，商量商量再说吧！"

朱老明说："我想保保这个媒。我跟涛他娘透透，他们要是可怜孩子们，也许一口答应下。"

贵他娘说："不就说嘛，要是说不明白，春兰一过门，老婆子还发蒙哩！"

说到这里，朱老明站起来，抬头看着天上，长叹一声："咳！都是为儿女操心哪！"

他从朱老忠家里走到村北，才说走回家去，又想上严志和家里去看看。摸对了道，走到小严村。一进严志和家小门，放开嗓子喊："志和

---

[1] 瞎说，说闲话。

在家吗?"涛他娘把眼眶对在桃形的小玻璃上,看是明大伯来了,问:"明大伯你来吧!他没在家。"

朱老明听说志和不在家,就不想再进去。摸到窗前,说:"他去干什么?"

涛他娘说:"左不过是你们跑跶的那些事,你看他父子俩,也没了别的事儿。"

朱老明隔着窗户,一句一句的,转着弯,捡着柔和话,跟涛他娘把大贵和春兰的事说了说。

涛他娘笑了说:"早该这么着。"话虽这么说,心里可想起运涛:"咳!那孩子,他还在监狱里!"想说同意,怕将来对不起运涛。想说不同意,可叫春兰等到多咱?犹豫了半天,眼里一下子流下泪来,说:"行啊,大贵也到年岁啦!"

朱老明听她犹豫不决,又不好断然地说,怕伤了涛他娘的心。可是一想到春兰年岁不小了,是大贵也罢,不是大贵也罢,也该给她操持个人儿。就说:"我不过说说罢了,运涛还在监狱里,怎能把他心上的人儿给了别人。要是叫他知道了,还恨他这个不明白的大伯呢!"

涛他娘听了这句话,低头扬头想了半天,眼圈儿慢慢红起来,眨着眼睛说:"十年……十年监牢,可也是个年月儿,当娘的能叫人家春兰老是等在屋里?"自从运涛入狱,只说是十年就可以回来,她还不知道是遥遥无期。又流泪说:"咳!春兰,孩子年轻轻的,受的委屈可不小啊!"

朱老明也想:"怎么世界上难堪的事情都出在她身上。"

两个人说了一会子话,唉声叹气了半天。涛他娘擦干眼泪,抬起头来说:"咱不能耽误人家春兰呀,运涛在监狱里,咱拽也拽不出他来。春兰在家里,活活地等着,可为什么呢?"

其实，目前春兰出嫁不出嫁，不只在运涛。老驴头听到运涛的风声以后，也打算过这件事。要是寻个不如运涛的人儿，不用说春兰不如意，春兰娘也怕对不起她。想要找运涛这样人儿，可也百里不抽一。老驴头呢，想到老两口子上了年岁，离不开春兰，一定要寻个"倒装门儿"[1]。这门子亲事就难对付了。春兰一心要等着运涛，这人儿把情缘看得重，她看中了的人儿，一心一意，受多大折磨也得爱他。看不中的人儿，就是家里种着千顷园子万顷地，她也不干。这点脾性，乡村当块儿人们谁也知道。甚至连那个玩女人的老手冯老兰，也再不敢想着她。如今连她的亲爹亲娘也算在里头，没有一个人敢跟她提起这件事情。

朱老明说："人们都说，春兰那孩子，长得高了、黄了，也瘦了。"

朱老明一说，涛他娘又流下泪来。她想运涛，又舍不得春兰。虽是两家，春兰就像在她家里长大的。她睁着两眼，看他们一块长大。又睁着两眼，看着春兰出秀[2]成一个好看的姑娘。自从打算把春兰娶过来，没有一天不盼运涛早一天回来，早一天怀里抱上个胖胖的孙子。如今运涛要住一辈子监狱，说不定，等运涛出来，春兰也就老了。运涛再也看不见春兰黑里泛红的脸庞。春兰也看不见运涛那一对饱含着青春的大眼睛了。

朱老明听涛他娘半天不说话，心上想："咳！可怜人儿！涛他娘还以为运涛是十年监禁，不承望这一辈子娘见不到儿，春兰也见不到运涛了。可是早晚也少不了这一场剜心啊！涛他娘要是个明白人，这会儿不能光为运涛，也得替春兰想想。还不如把春兰给了大贵，久后一日运涛

---

[1] 一般指有女无儿的人家，把男方娶到女方本家里来，称倒装门儿。

[2] 长成。

要是有命出狱，再给他另粘补[1]。咳！难死老人们了！"一边想着，拿起拐棍走出来，叹了一声，说："也够涛他娘操心的了！"

涛他娘说："你走吗？不进来暖和暖和？"

朱老明说："唔！我估摸天黑了，回去看看，该做点儿吃了。"

朱老明从严志和家走出来，才说往家走，又想："要不，我再去找找老驴头。"他又迈开脚步，走到老驴头家。一进大门，朱老明喊："老驴头在家吗？"进了二门，老驴头掀开门上蒿荐，探出半个身子，弯着腰，笑了说："是朱老明，快屋里来吧！"

走到屋里，春兰忙拿笤帚扫了炕沿，叫朱老明坐下。她背过脸做活儿。

老驴头说："老明兄弟，可轻易不到我门里来……"

朱老明说："我衣裳破，瞎眯糊眼的，进不来呀！"

老驴头说："算了吧，你的眼皮子底下，哪里有老驴头。"

朱老明说："今天来，有个好事儿跟你说说，你喜欢呢，咱管管，不喜欢，也别烦恼。"

老驴头龇出大牙说："你说吧，咱老哥儿们有什么不能说的。"

朱老明说："咱大贵回来了，我说给他粘补个人儿。说来说去，说到你这门里……"

朱老明和老驴头说着话，他不知道春兰就在炕一头，做着活儿听着。她听来听去，听说到自己身上，心里一下子跳起来，一只手拿着活儿，一只手拿着针线，两只手抖颤圆了，那根针说什么也扎不到活计上。

朱老明继续说："我左思右想，你两家也算是门当户对。老忠兄弟土地不多，你也只有那么几亩地……"

---

[1] 这里是"找一个"的意思。

春兰听到这里，脸上红得像涂了胭脂，伸起脚咕咚跳在地上。嗵、嗵、嗵，三步两步迈到槅扇门外头，春兰娘也就跟出来。

老驴头哈哈笑着说："行倒是行。俺俩做了亲家，先说有人给我撑腰眼儿，少受点儿欺侮。可是那孩子她跟运涛……运涛还在监狱里。"

朱老明说："不能光为运涛，也得为春兰。你跟闺女说说，说对了，这门亲家就算做成了。"

老驴头说："你看，俺老两口子守着她一个，她出门走了，俺俩要是有个灾儿病儿，连个做饭的人也没有。再说，这家里也冷冷清清的。"

老驴头这么一说，朱老明紧跟着问："没的，叫春兰在你门里老一辈子？"

老驴头说："我想寻个'倒装门儿'，又是女婿又是儿。"说着，又嘻嘻笑了半天，说："你要是说着老忠，把大贵给了我，将来我这门里有男有女，有大有小，也算成了一家子人家了。有二贵一个，也够他老两口子享福一辈子的。"

朱老明说："这一来，你们老了，有一儿一女在跟前，倒是不错。街坊四邻也少结记你们。可是大贵也得干哪！"

老驴头说："说说吧，咱乡亲当块儿，谁家人人口口，那厢屋子那厢炕都知道，也用不着隔村求人去打听。老忠和大贵同意了，我这几间房、几亩地，也就成了他们的事业。"

说到这里，春兰娘掀开门帘走进来，说："老明哥！老忠舍得吗？那么大小伙子了。"

朱老明说："反正是这么个两来理儿，大贵不上你家里来，春兰就上他家里去。"

一边说，几个人又哈哈笑了半天，朱老明才走了。

春兰正在灶膛门口烧火做饭,听到这刻上,就完全明白了。但当前占据她思想的不是大贵,是运涛。像有两只明亮亮的大眼睛,又在看着她。那个良善、淳厚的面容,很难使她一下子忘下。思想,就像静下来的春天的潮水,重又翻卷上来,鼓荡着,喧哗着,激动着她的心情,再也不能安静下去。她把饭做熟,也没吃,就走回屋里。灯也没点,一个人趴在炕席上,两只手抱起脑袋,呜呜咽咽哭起来。

老驴头和春兰娘摸着黑影喝稀饭,老驴头看不见春兰端碗,问:"春兰又不吃饭了?"春兰娘说:"可不是,又哭哩!"

自从运涛陷在监狱里,春兰不吃晚饭,半夜里一个人抽泣,已经不是希罕了。可是,当娘的又有什么办法呢?

老驴头吃完了饭,摸着黑影走到屋里,坐在小杌凳上,说:"闺女!你也不小了。你上无三兄,下无四弟,你本身的事儿不跟你商量,可跟谁说去呢?大贵,你们小时常在一块,再说当兵回来,长得越发的壮实了,你看怎么样?"

老驴头一说,春兰哇地哭出来。老驴头拍打着大腿说:"你看,这是跟你商量哩!你这是为什么?"

春兰一行哭着,说:"什么也不是。你是嫌我吃的你饭多了,多嫌我。早晚我拉拉着一枝枣树棘针,端着个破瓢,要着饭吃,离开这家门……"

春兰这么一说,老驴头也火了,说:"我就你这么一个闺女,谁又多嫌你来?"

春兰说:"你,你,就是你!早先儿你就为冯家老头谋算我!"

春兰娘赶上去插嘴说:"运涛要是十年不回来呢?"

春兰说:"我等他十年。"

春兰娘又问:"他要一辈子不回来呢?"

春兰说:"我等他一辈子。"

老驴头一听,可不干了。找我后反账儿,一下子闪开怀襟,脱了个光膀子,拍着胸膛说:"你瞎说白道,当爹的穷了一辈子倒是情真,可没有鬻过儿卖过女!"

父女两个,闹得不可开交。春兰自从运涛坐狱,哭哭啼啼,天天想念。可是她不能明哭,只是偷偷饮泣。多少屈情郁积在心里,今天,像黄河决口一样,大声哭起来。一边哭着,心上想念着运涛。一想起运涛,心上就越发难受。猛地,把脑袋一扎,往外跑着说:"今日个,我活尽了命了!"一股劲跑向大门外头。

春兰娘看她要去跳井,抬起腿追出来。春兰一出门,碰上一个人从街上黑影里走过来,说:"谁?谁?是谁?跑什么?"春兰一听是忠大伯,停脚愣住。

春兰娘一五一十对朱老忠说了,说到春兰要跳井,就像撮住朱老忠的心一样,跺着脚对春兰娘说:"干什么,你们想干什么,又折掇她?春兰,你给我回去。"

春兰听得说,悄悄地走回来,也不哭了。朱老忠走进春兰家里,对老驴头说:"闺女是你的,我可比自己的还疼。你们再折掇她,我就不干!"

老驴头说:"我那天爷!谁折掇她来,谁家闺女不出阁呢!"

朱老忠说:"俺春兰就是等着运涛,看你们怎么办?大贵要是成亲,去找别人。运涛不在家,他钻弄[1]这个,看我回去拿棍子敲他。"

春兰娘说:"哟!可别委屈人家大贵,湿里没他,干里没他,又拿棍子敲人家干什么哩!"

---

[1] 钻空子。

春兰也不好意思起来，大贵好好儿的，又受起冤枉来。

老驴头说："好，她不愿出聘，叫她在家里老一辈子，我再也不管了。"

朱老忠说："管，你也得管好。这么大的闺女了，比不得小孩子，不能叫她老是哭哭啼啼。"

朱老忠看老驴头和春兰娘不再说什么，春兰也不哭了，就抬腿走出来。他还有更紧要的事情，为了组织农民宣传队，还要去找严志和。

婚姻事情，在春兰的一生中是件大事，可是在锁井镇上来讲，也实在算不了什么。目前家家户户，街头巷尾，人们谈论的是"反割头税运动"。

锁井镇上，逢五排十加二七[1]，五天两集。每逢集日，有成车的棉花，成车的粮食拉到集上。有推车的、担担的、卖葱的、卖蒜的、卖柴的、卖菜的。有木活铁活、农器家具、匹头苇席，要什么有什么。

那天早晨，老驴头还没有起炕，就叫春兰："春兰，春兰，今日个，你跟我赶集去吧。"

春兰从被窝里伸出头来，问："干什么？爹。"

老驴头说："咱去赶个集，卖点菜什么的，好采办点年货过年。"说着，伸了伸胳膊，觉得挺冷，重又缩回去，佝偻着腰睡了一会儿。才说披上棉袄起炕，一阵风打墙缝里钻进来，吹在他身上。他又把棉袄向上一耸，盖住头温了温。穿上袖子，拿起烟袋来抽烟。吧嗒吧嗒一袋，吧嗒吧嗒一袋，抽了两袋烟，棉袄还是暖不过来，又盘着脚合了一会儿眼。他上了年纪，火气不足了。一到冬天，老是觉得身上冷。

春兰娘打蒿荐外头探进头来说："忙起呀，不是去赶集吗？"

---

[1] 每月的初五、初十和初二、初七是集市。

老驴头问:"今日个,是小集大集?"

春兰娘说:"大集。"

老驴头才穿上棉裤,他又想起来:这几天身上挺觉得痒,兴许是长了虱子。昨日晚上他就想叫春兰给他拿拿,可是又忘了。他又脱下棉裤来拿虱子,拿得不解气了,伸出牙齿,顺着衣缝咬得咯嘣乱响。

春兰娘又说:"饭熟啦,还不起。"

老驴头穿上裤子,再穿袜子。才穿上袜子,裤腰带又找不见了。翻着被窝找了半天,一欠身,原来在屁股底下坐着哩。

老驴头吃了饭,拿了两只筐,拾上几捆葱、几辫蒜,抱上两抱白菜。叫春兰挑上头里走,自己背了秤,在后头跟着。一过苇坑,就听得集上的闹声,集上早就人多起来。

春兰挑着担子在集上一过,看见昨日晚上有人把共产党的标语、农会的告农民书,贴在聚源号的门外头。她愣了一下,看了看,把筐放在聚源号对过,挤了个空儿摆上摊。不一会儿,聚源号门前挤了一堆人,都在那里看传单。

朱全富老头,看了会子传单,从人群里挤出来,捋了捋胡子,摇着头说:"咳!又出了一宗税。"

老驴头赶过去问:"什么,出了什么税?"

朱全富老头说:"割头税。"

老驴头问:"怎么叫割头税?"

朱全富老头把割头税的事,告诉了老驴头。

说一块七毛钱,老驴头还不惊,后头那一大堆零碎儿可值钱不少。他又问:"贴的那些红红绿绿的是什么?"

朱全富老头说:"那是出了农会,出了共产党,要反割头税。"

老驴头点了点长下巴，走回来，不自觉地，嘴里嘟念着："咳！杀过年猪，也要拿税了。"他接过春兰的秤来，开始照顾买卖。

平时，都是他一个人赶集。年集上人多，一个人看不过来，才叫春兰在一边帮忙。有抽袋烟的工夫，朱老星那个矬¹个子走过来，他头有点横长，满脸络腮胡子，眯细着细长的眼睛，蹒蹒跚跚地走着。听人们正吵吵杀过年猪拿税的事，他说："种地要验契，吃盐要加价……杀过年猪也拿钱，这玩意儿更是节外生枝。"

伍老拔拖着两条长腿，像长脚鹭鸶，一步一步迈过来，提高嗓子大喊："这年头，兵荒马乱不用说，又要割头税。杀过年猪要拿税，不如说吃饺子也拿税，生孩子也拿税呗！真是万辈子出奇的事。"

你一言我一语，谁也不愿交割头税。这节骨眼儿上，朱老忠也走到人群里，说："城里出了农会，要反割头税。冯家大院包了全县的割头税，刘二卯和李德才包了全村的。他们有衙门里的公事，我有这个……"说着，解开怀襟，掏出红绿纸印的传单标语，在人们眼面前一晃，又揣进怀里。

春兰在那里看着，忽啦巴儿，在人群里闪出一个人，长头发大眼睛，长得和运涛一个模样儿。嗯，怎么长得一样？就是个儿矮一点儿。她心上乱起来，脸上有些热。细一看，她才知道："是江涛！"

江涛在一边看着，咂着嘴，不住地笑。这个小宣传队儿，真是不错。党的号召在人们心里生了根，发了芽了。正在得意寻思，冷不丁人群里闪过一个稔熟²的面影。他怀疑是闹"眼离"，擦擦眼，定了定眼珠儿一看，一点儿不错，是严萍。她穿着绿绸旗袍，花呢靴子，拎个竹篮在买东西。

---

1 矮。

2 很熟悉。

江涛笑模悠悠走上去，扯住她的篮系儿，说："你也回来了？"

严萍怔了一下，说："回来了，你比我回来得更早。"噘起小嘴儿，低下头也不看他一眼。

江涛心里有点慌，脸上红起来。

严萍说："一进腊月门，老奶奶就捎信：'叫萍儿回家过年。'爸爸说，奶奶年纪大了，想孩子们，就叫我回来。我找了你好几趟，老夏说你有病，去思罗医院了。我一个人跑到医院去看你，没有。又说你上北京天津去了……谁知道你上哪儿去了呢？近来，你的行踪，老是叫别人捉摸不定。"她生起气来，脸上白里透红。

江涛问："你是和登龙一起回来的？"

严萍说："那你就甭管了。"

江涛拎篮子，帮她在大集上买了猪肝、肉、黄芽韭、豆腐皮和灌肠什么的。他们在头里走，春兰在后头跟着。走到街口上，春兰好像从睡梦里醒过来，一下子站住。心里笑了笑说："他们真是好。"由不得眼里掉出泪来。她看见严萍就想起自己，看见江涛，就想起运涛来……

太阳暖和和的，道沟里有融了的雪水。白色的雪堆，在旷地上闪着光亮。乡村在阳光下静静睡着。严萍打脖颈上拿下围巾，眨着眼睛问："今天大街上像有什么动静。嗯，人们嚷着'要反割头税'！'要反割头税'！"她仄[1]起头儿，眨巴着眼睛瞅江涛，像是说："你一定知道。"

江涛迟疑了一刻，想：不能再不对她讲明白。就说："是的，要发动一个广泛的农民运动……"他对她讲了目前农村经济状况，讲到农村的剥削关系，又说："农民负担太重，生活再也无法过下去，要自发地

---

1 仰。

闹起来呀!"

严萍说:"啊!可就是,乡村里太穷了,太苦了!到底是什么原因?"

江涛说:"军阀混战,苛捐杂税太多。工业品贵,农业品贱,谷贱伤农,农村经济一历历[1]破产了!"

严萍说:"不错!退回一年,你这么说,我还不懂。现在讲,我就明白了。城市住久了,忘了农村生活的苦相。苦啊,农民生活苦啊!吃不像吃的,穿没有穿的!"她低下头走着,看着两只花鞋尖,在地上带起土溜儿。

江涛说:"所以,我们要发动农民,保护他们自己的利益。"

严萍两眼不动窝瞅着江涛,心里说:"怎么,小嘴头儿这么会说,讲得那么连理[2],那么有理。"她想笑出来,又不好意思,又说:"真的,我真是同情他们哩!"

走到小严村村头,严萍立住不走了,伸手拎篮子,说:"我要回去。"

江涛把篮子一躲,说:"到我家去。"

严萍坚持说:"不,到我家去。"

两人正在道口上争执,一伙赶集的人走过来,向他们投过希奇的眼光。江涛只得跟严萍抄着小路走过小严村。走到严萍村头上,村南有个小水塘,塘边长着几棵老柳树,塘里冻下黑色的冰,塘北里有个黄油小梢门。走到门口,江涛又站住,把篮子递过去。严萍歪起头看看他,问:"干什么?"

江涛犹豫说:"我想回去。"

---

[1] 一个接着一个地。

[2] 顺畅,利落。

严萍说:"为什么?"她猛地把篮子一推,径自走进去,江涛只好紧跟着。走到二门,严萍又扭头看了看江涛,无声地笑了,红了脸,大声喊叫:"奶奶,来客啦!"

老奶奶在屋里答话:"呵!回来了,丫头!哪里的客人?"

严萍说:"我的朋友。"

"谁,哪里来的朋友?"老奶奶高身材,驼着背,很瘦弱,身子骨儿倒还硬朗,颤巍巍走出来,站在台阶上说:"我看看是谁。"当她看出是个亭亭秀秀的小伙子,站在严萍一边,不由得突出牙齿笑了,说:"傻闺女!不能么说,哪有十七八大的闺女,跟半大小子交朋友的?"

严萍哧地笑了,两片红霞泛在脸庞上,三步两步抢过门槛,吃吃笑着说:"俺是这么说惯了。"

奶奶笑嘻嘻说:"你们住城,俺住乡嘛,十里还不同俗呢!这会儿,奶奶不怪罪你们。"又嘟嘟哝哝说:"城里时兴的是大脚片儿,剪头发……"

奶奶屋里放着红油橱子,生着煤火炉,炕上铺着羊毛毡。严萍请江涛坐在小柜上。老奶奶又走进来,眯缝了眼,笑眯眯地说:"我当是谁,那不是志和家的吗?"

江涛局促不安,立起身来道出自己的姓名。

奶奶把竹篮拎到外屋,说:"萍儿!你的朋友来了,叫老奶奶给你们做什么吃?江涛,说起来都不是外人。你爷爷在这院里待了一辈子。你爹年幼时节,也在这院里扛活。那时候,还有我们老头子,看他父子俩安分做活,帮他们安下庄宅。后来,你们才有了家业,成了一家子人家儿。志和老运不错呀,修下这么好小子……"奶奶说着,擦擦案板,试试刀锋,又说:"听人说,你哥哥被人家糟踏了。咳!年幼的人们,在外头别担那个凶险。光想割(革)人家的命,人家不想割(革)你的命吗?光自把个小命儿也割(革)了!自己的事还管不清,去管国家大事。人小,心大!"

老奶奶说着,严萍打断她的话,问:"奶奶,你给江涛做什么吃?"奶奶继续说:"朋友们到咱家,多咱也没怠慢过。黄芽韭猪肉饺子,四碟菜,一壶酒。有老头子的时候,是个为朋好友的人。四面八方,朋来客往,成天价车马不离门,壶里不断酒,灶下不离肉。老头子不在了,人客也稀少了。"她嘴不停地说着,又想起严家兴盛时代的情况。

她说的老头子,就是严知孝的父亲严老尚。

老奶奶把案板搬到炕上,揎[1]起衣袖,系上围裙,剁馅儿,和起面来。江涛和严萍盘腿跨上炕沿,帮奶奶捏饺子。奶奶洗碟、刷碗、炒菜,手等着就把饭做停当了。老奶奶跪上炕沿,跷腿磕了磕鞋底上的土,坐上炕头儿。严萍端上菜,奶奶要陪江涛喝酒。

江涛不喝酒,老奶奶自斟自饮。

江涛吃着饺子问:"奶奶!一个人在这院里,不闷得慌?"老奶奶说:"我嫌孩子们闹得慌,叫他二叔住西院。有老头子的时候,这院就不住人。朋友们来了住住,知孝父女回来,也住这院。别人另有他们自己的屋子。我老了怕麻烦。"

吃完饺子,江涛要严萍参加反割头税运动,严萍答应下。他俩说着话的时候,老奶奶在后头听见,问:"什么?反什么割头税?"

严萍说:"今年又出一种新税,杀一只猪要……"

不等严萍说完,老奶奶说:"自古以来,老百姓就是完粮纳税的,又值得反什么?"

---

1 揎,卷。

严萍说:"咳!这税那税,农民们没法生活啦,都要起来闹腾呀!"
老奶奶说:"叫他们闹吧!闹闹也得拿。谁敢反上,就是杀头。"
严萍一听,眼珠向江涛偷偷一斜,转了一下,噘起小嘴儿。

32

　　春兰站在街口上,看江涛和严萍走远,擦了擦眼睛,心里说:"他们有多好哩!我好像不是跟他们活在一个世界上。"等她走回来,老驴头问:"那起子[1]人们,是干什么的?"春兰说:"是反割头税的。"老驴头唔唔哝哝地说:"割头税,杀过年猪也拿税,这算什么年头儿?"

　　刚才朱全富老头说,老驴头还没有注意。这会儿他见到这么多人,吵吵嚷嚷,葫芦喊叫,嚷着反割头税的事,可就动了心。他打去年买了一只小猪娃,这猪娃离娘早,才买的时候只猫儿大。吃饭的时候,他少吃半碗,也得叫小猪娃吃。晚上,小猪娃冻得叫声惨人心,他又起来,披上棉袄,把它抱到热炕头上。大点了,才叫它吃青草瓜皮什么的。到了今年冬天,又喂了它好几布袋红山药,这才胖胖大大像只猪了,看看快到嘴头上,又……不,他倒没想到吃猪肉,他想把它杀了,只把那些红白下水什么的吃掉,把肉卖出去,得一笔钱。听说要拿割头税,他还闹不清是怎么回子事。心上乱嘀咕,说什么也安不住。卖了几斤白菜、

---

[1] 那一伙。

几捆葱，就叫春兰拾掇上担子，挑回来。

老驴头走到家，也没进屋，走到猪圈跟前。那只猪正在窝里睡着，他拿个半截柳杆子，把它捅起来，慢搭搭走到食槽前，拱着要食儿吃。他伸手拍了拍猪脊梁，猪以为老驴头又要给它篦虱子，伸腿躺下来。他摸了摸那猪的鬃，有三四寸长，猪毛也有二寸多长，油亮亮的，像黑缎子。猪抬起头，要老驴头篦脊梁，老驴头不篦，它就在木槽上蹭起来。

老驴头踩踏着脚儿，响着舌尖，实在舍不得这一身猪鬃猪毛。又捏了捏猪脊梁，看肉厚上来，也该杀了。

他又走回屋里去，对春兰说："你合计合计，一只猪的税顶多少粮食？"

春兰转着眼睛思摸了一会儿，说："也值个两三小斗粮食。"

老驴头说："要买几口袋山药啊，我不能平白丢了这两三小斗粮食。"

春兰说："那也没有法儿，人家要哩！"

老驴头的长脸上，立刻阴沉起来，胡子翘了老高，他舍不得这只猪。一年来，他和这猪有了感情。更舍不得这一身猪鬃猪毛。心里想着，走出大门，去找老套子。走到老套子门口，一掀蒿荐，老套子坐在地上烤火，见老驴头走进来，他说："来，老伙计，烤烤火吧！"

老驴头说："你这算是到了佛堂儿，冬天没有活做，还烧着个小火儿。"

老套子说："咳！冷死人哩，拾把柴火都伸不出手！"

老驴头说："腊月里花子赛如马嘛！"又说："我心里有个难事儿，想跟你商量商量。"

老套子说："商量商量吧！咱俩心思对心思，脾气对脾气。"真的，他俩自小儿就好得不行，好像秤杆不离秤锤，老头儿不离老婆儿。

老驴头说："街上又出了一宗割头税，杀一只猪要一块七毛钱，还要猪鬃、猪毛、猪尾巴、大肠头。我那只猪呀，今冬才喂了两口袋山药，肉儿厚厚的,脊梁上的鬃,黑丢溜溜的[1],有三四寸长。哎呀!我舍不得。"

老套子说:"我也听到说了。哪,舍不得也不行,官法不容情呀!人家要嘛,咱就得给,不给人家行吗?"

老驴头说:"一只猪的税,值二三小斗粮食。我要是有这二三小斗粮食,再掺上点糠糠菜菜,一家子能活一冬天。眼看平白无故被他们拿去。不,这等于是他们砸明火,路劫!他们要抢我二三小斗粮食!"他火呛呛地说着,鼻涕眼泪顺着下巴流下来。

老套子同情地说:"可不是嘛,可有什么法子,这年头!"

老驴头气愤地伸出两个拳头,一碰一碰地说:"不,我不给他们。割了我的脖子,把我脑袋扔在地上当球踢,我也不给他们!"

老套子说:"行吗?不给人家行吗?大小是'官下'儿,那不是犯法?"

老驴头说:"我不管,我不能平白丢了这二三小斗粮食。"

他一边说着,拔脚走出来,抱着两条胳膊,趔着脑袋走回家。二话不说,打案板上扯起菜刀,就在石头上磨起来。磨一会子,使大拇指头试着刀刃儿。把刀磨快了,又叫春兰:"春兰!春兰!"

春兰问:"干什么?"

老驴头说:"来,绑猪。"

春兰问:"上集去卖吗?"

老驴头说:"什么上集去卖,杀它!"

春兰说:"不是说,今年不许私安杀猪锅吗?"

老驴头把长脑袋一拨愣,哼哼唧唧说:"……不管他!"拿了绳子,直向猪圈走过去。

---

[1] 黑亮黑亮的。

春兰连忙赶上,把嘴头儿对住老驴头的耳朵,说:"听见叫声,人家要不干哩!"

老驴头猛地醒悟过来,看了春兰一眼,想:可也就是,猪是会叫的,叫得还很响。

他又走回来,拿出一条破棉被,向春兰打了个手势说:"这么一下子,把猪头整个儿捂上,你看怎么样?"

春兰也打了个手势说:"把猪嘴使被子堵上。"

老驴头笑了笑,说:"来!"他跳过猪圈墙,伸手在猪脊梁上挠着,那猪一伸腿儿倒在地上,眯眯个眼儿哼哼着。春兰也跳过去。老驴头挠挠猪脊梁,又挠挠猪胳肢窝里。猪正合着眼过痒痒劲儿,老驴头冷不丁把被子捂在猪身上。腿膝盖在猪脖子上使劲一跪,两只手卡住猪拱嘴。

那猪只是哼哼,连一声儿也叫不出来了,四条腿乱蹬打。老驴头说:"春兰!忙绑,绑!"

春兰两只手,又细又长。一上手儿,那猪伸腿一弹,到了一边去,弹得她斤斗趔趄。老驴头和猪支架着,着急地说:"春兰!上手!上手!"

春兰学着老驴头,两腿跪在猪脊梁上,攥住猪的腿,的零哆嗦[1]强扭到一块,用绳子绑上,绑上后腿,又绑上前腿。那猪气性真大,它还使劲挣扎。春兰呼呼哧哧,喘不上气儿来。

老驴头问:"这怎么办?"

春兰问:"什么?"

老驴头说:"它要叫哩!"

春兰跑到屋里,找了一堆烂棉花套子来,塞进猪嘴里。又使小木棍

---

[1] 颤颤抖抖。

向嗓子眼里挺了挺,直塞得满满的,再使绳子把猪拱嘴缯[1]结实。老驴头把手一撒,那猪前后脚支撑了几下,哼哼着,再也叫不出来。

老驴头两手挑起那床破棉被,抖了抖一看,叫猪刨烂了好几大块,露出棉花套子来。他可惜得挤眉皱眼,哆弄着棉被,摇了半天脑袋。

刚把猪绑上,仄耳听得街上有人敲门。走到大门上,隔着门缝儿一看,是老套子。把门开了,让老套子走到屋里,坐在炕沿上。

天气冷,老套子抄着两只手,搂在怀里,把脖子缩在破皮帽子底下,说:"我听你的话口儿,是想逃猪税?"

老驴头说:"我想自己个儿偷偷地杀了,不叫他们知道。"

老套子说:"我怕你走了这条道,才找了你来。咱俩自小儿在一块拾柴拾粪,扛小活儿,有多少年的交情。我跟你说句实话,要知道'官法如炉'啊,烧炼不得!咱庄稼人以守法为本,不能办这越法的事。"

老驴头说:"不,我不能叫这二三小斗粮食插翅飞了。"

老套子说:"我听得人们说,包税的总头目是冯老兰,包咱镇上税的是刘二卯和李德才。这两个人就是冯家大院里的打手,你惹得起吗?"

说到这刻上,老驴头可就犯了思索,闭上嘴不说什么。

老套子说:"依我说,你忍了这个肚里疼吧!二三小斗粮食,要是他把你弄到'官店'里去,二三十斗还不止哩!"

老驴头抄着手,点了几下头,说:"咳!我喂这只猪可不容易呀,它吃了我几口袋山药才长胖。人家养猪,是为吃肉香香嘴。我是想把它卖了,明年过春荒。他们又想从这猪身上抽一腿肉走……"

老套子看他紧皱眉泉,心上实在难受,就说:"这么着吧!咱镇上,

---

[1] 这里指捆、绑之意。

朱老忠和朱老明他们闹反割头税哩，闹得多凶！看他们闹好了，他们不拿，咱也别拿。他们要是拿呢，咱们赶快送过去，可别落在人家后头。"

说到这里，老驴头一下子笑出来，说："那，咱看看再说。"

春兰家猪没杀掉，可是天天听到猪叫的声音。黎明的时候，有人把猪装在车上，叫牲口拉着车在院里跑，故意让它叫，而且叫得挺响。然后，老头老婆站在门口，喧嚷上集卖猪，被猪叫惊了车了。然后偷偷把猪藏起来，杀了。

离年傍近，过年的气氛更加浓厚起来。家家碾米磨面、扫房做豆腐。春兰正跟娘剁干菜，蒸大饺子。冷不丁，街上响起一阵锣声，想是为了割头税的事，她说："娘！我到街上去看看，干什么敲锣呢？"娘说："为了这只脏猪，也费这么大心，你去吧！"

春兰走到街上一看，刘二卯正在小十字街上敲锣，红着脖子粗着筋，敞开嗓子大喊："我花钱包了镇上的割头税，不许私安杀猪锅。谁家要想杀猪，得弄到我家里来，给你们刮洗得干干净净。不要多，不要少，要你大洋一块零七毛，外带猪鬃、猪毛、猪尾巴、大肠头……"

春兰看了一下，忙跑回来。娘问她："怎么的？"春兰说："刘二卯在街上嚷人们，可幸咱没把猪杀了，哪里惹得起人家？你看，黑煞神呀似的！听说他家里安上个大杀猪锅，钩子梃杖[1]一边放着，就是没有人抬猪去。"

刘二卯在街上一敲锣，严志和、伍老拔、朱老星，上大严村、小严村、大刘庄、小刘庄，通知反割头税的人们：快安杀猪锅！

第二天，朱大贵也在门前安了杀猪锅。

---

[1] 铁棍，杀猪用具，长约五尺，粗如小手指。

朱老明拄上拐杖挨门串户，从这家走到那家，说："要杀猪，上大贵那儿，不要大洋一块零七毛，不要猪鬃，不要猪毛，也不要猪尾巴、大肠头，光拿两捆烧水的秫秸就行了。"门串门，全村说了个遍。

走到老驴头门前，碰上春兰，说："闺女！把你们那猪抬到大贵那里去吧，白给你们杀，连秫秸甭拿。"

春兰说："唔！我去看看。"她跑到街口上一看，杀猪锅安在大贵家小槐树底下，忠大叔烧锅，大贵掌刀儿。伍老拔、朱老星，在一旁站着。

每年年前，杀猪宰羊是个喜兴事，二贵、伍顺、庆儿，都来帮手，一群孩子打打闹闹，在一边看热闹儿。

大贵穿着紧身短袄，腰里杀着条小褡包，把袖子揎到胳膊肘上，两只手一提，把猪放在条案上，左手攥住猪拱嘴，右手拍拍猪脖子上的土粪，把毛撮干净，手疾眼快，刀尖从猪脖子上对准心尖，噗嗤一攮，血水顺着刀子流下来，像条鲜红的带子，扑着盆底上的红秫黍面，溅起红色的泡沫。

看看血流尽了，大贵用刀在猪腿上拉个小口儿，用梃杖挺了挺，猫下腰，把猪吹得滚瓜儿圆。

猪泡在热水里，人们一齐下手，把毛儿刮净，把白猪吊在梯子上，用水冲洗得干干净净。

伍老拔笑咧咧说："来，先开冯老兰的膛。"

大贵手里拿着刀子，比画着说："先开狗日的膛！"从猪肚子上一刀拉下来，又描了一刀，心肝五脏，血糊淋淋流出来。

伍老拔说："摘他的心，看看他的心是黑的还是红的？"

大贵把两只手伸膛里，摘下心来，一窝黑色的淤血顺着刀口流下来。他说："嘿！是黑的。"

伍老拔笑了笑,说:"早知道狗日的心是黑的。放大利钱,收高租,不干一点人事儿!"

听得说,朱老星一步一步走过来,笑眯眯地说:"那可是真的!听说过去'大清律'上都有过,'放账的,放过三分当贼论'!如今,他们连这个都不管了,只是一门儿弄[1],刮了人们的骨头,又抽人们的筋!"

伍老拔说:"甭说了,摘他的肝吧,看看有猪黄没有?"

朱老星笑了说:"嘿嘿!你算了吧,猪黄长在尿泡里,是一种贵重的药材。"

看大贵摘下肝,又摘肠胃。伍老拔说:"来!他不叫咱好受,咱捋他的肠子,看他肚子疼不疼!"

说着,朱老忠、朱老明、朱老星……一群人都呱呱笑了。

大贵把猪大肠、小肠、肚、肝等下水五脏,一样一样地用麻绳拴了,挂在墙上。

伍老拔笑笑说:"看!大贵多会给咱穷人办事!"

一会儿,江涛背着粪筐,溜达过来。他到各村检查工作,转游到大贵这口锅上一看,心里乐了,拍着大贵的肩膀说:"大哥!是这么办,多给咱穷人办点好事。"

大贵得意地把两只黑眼珠瞪得圆圆,滴溜溜在鼻梁上一靠,伸出大拇指头,说:"只要兄弟肯领头儿,咱满跟着,手艺和力气是随身带着的。"

一群姑娘,站在街口上看杀猪。春兰站在人群里看着大贵。背后看,像个大汉子。正面一看,是个大眼睛、红脸膛、宽肩膀、圆身腰的小伙子。身子骨儿,是铁打成的,是钢铸成的,叉开腿儿一晃肩膀,浑身是

---

[1] 这里指一个劲地"剥削"。

力气。春兰看见这个小伙子在人前挺受尊重,心上深深受了感动,想:怪不得说……

伍老拔离远看见姑娘们咭咭呱呱,又说又笑,多么高兴。悄悄撅了个秫秸莛干,在血盆里挑起一大团血泡泡,跑过去说:"姑娘们!来,给你们戴上朵石榴花儿过年。"说着,就要插在个儿最高、脸儿黑黑的春兰头上,吓得姑娘们笑着散开了。

春兰一面笑着跑回家,碰面看见老驴头。她说:"爹!咱把猪抬起大贵他们那儿去杀吧!"

老驴头说:"嗯!人们都抬到他们那锅上去了?"

春兰说:"唔!抬到那里去的猪可多哩,直杀了一天一夜,还没杀完。"

老驴头说:"走,咱也抬去。"

两人重又把猪绑上,找了根杠子抬起来。一出门,老驴头想起大贵和春兰的事,虽然没定亲,可也有人提过了。要是成了亲的话,大贵将来还是自家门里的女婿。把猪抬了去,大贵就得和春兰见面。为了杀猪,或许他俩还要在一块儿待半天。他又想到春兰和运涛的事,心里想:"不好!不好!"他说:"不,咱不抬到大贵那口锅上去。"

春兰问:"抬到哪儿去?"

老驴头说:"咱抬到刘二卯那口锅上去。"

春兰说:"不,爹!刘二卯那里要猪鬃猪毛……一块七毛钱哩!再说,他和民众们为敌……"

她这么一说,老驴头又想起来,说:"回去,回去,咱先抬回去。"

两人重又把猪抬回院里。春兰问:"怎么,不杀了吗?"老驴头说:"杀是要杀,得叫我想一想,怎么杀法儿。"他在院子里走来走去,转游[1]了半天，才说："唉！咱晚上偷偷把它杀了吧！"春兰说："咱哪里会杀猪呢？又没有那带尖儿的刀子。"老驴头说："切菜刀也杀得死猪！大杠子也打得死猪！"春兰看着老驴头那个认死理的样子暗笑，也没说什么。

老驴头又去找老套子，老套子晃了半天脑袋，才同意偷偷把猪杀掉。他也要来帮忙。

那天晚上，吃过饭，老驴头叫春兰烧了一锅汤。等老套子来了，搬了个板凳放在堂屋里。板凳挺窄，猪一放上去，得有人扶着。不的话，一动就要掉下来。

老驴头嘴上叼着切菜刀，左脚把猪耳朵蹬在板凳上，左手攥住猪拱嘴，右手拿下菜刀，说："哼！摁结实，我要开杀！"

老套子用右脚把猪尾巴蹬在板凳上，一手攥住前蹄，一手攥住后蹄，使劲往后拉着，说："开杀吧！"当他一眼看见老驴头手上拿的是菜刀，就问："那，行吗？"

老驴头说："行！"

老套子见他很有自信，也没说什么。老驴头把切菜刀在猪脖子上比试了比试。他没亲眼看过杀猪，只见过杀羊、杀牛。杀羊、杀牛都是用刀子把脖项一抹，血就流出来。他憋足了劲，把刀放在猪脖子上向下一切。那猪一感觉到剧烈的疼痛，四只蹄子一蹬跶，浑身一曲连，冷不丁一家伙挣脱了老驴头和老套子的手。向上一蹿，一下子碰在老驴头的脸上，把他鼻子碰破，流出血来。向后一个仰巴跤[2]，咕咚摔在地上。老

---

[1] 徘徊，来回地走。

[2] 脸朝天的斤斗。

套子伸开两只手向前一扑,那猪见有人扑它,两条后腿向上一蹦,把老套子碰了个侧不愣[1],蹿到房顶上。向下一落,一下子落在汤锅里,溅起满屋子汤水,溅了春兰娘一身。锅里水热,烫得猪吱喽地叫了一下子,跳出来,带着满身血水,在屋里跑来跑去,把家伙桌子碰翻了,把盆、罐、碗、碟,打了个一干二净。又纵身一跳,蹿上灶去,吓得春兰娘哇的一声倒在炕席上。那猪直向窗格棂碰过去,喀嚓一声,把窗棂碰断,跳下窗台去,趷趷蹓蹓,满院子乱窜。

老驴头带着满脸鼻血,从地上扶起老套子,两人又去赶那只猪。那猪带着血红的刀口,流着血水,睁着红眼睛,盯着老驴头。这会儿它明白过来,老驴头不再把它抱到炕头上,不再一瓢一瓢喂它山药,不再给它篦虱子,要拿刀杀它。只要一见到人,它就张开大嘴,露出獠牙,没命地乱碰、乱咬。见到老驴头和老套子赶上去,它照准了老驴头的腿裆,趷蹓地蹿过去。老驴头两手扑了个空,一跤跌翻在地上。老套子左扑一下,右扑一下,也扑不住。那猪一直向街门蹿去,本来那街门关得不紧,留着一条小缝。那猪朝门缝一碰,呱哒一声把那扇门碰翻,掉在地上。那猪一出门口,就像出了笼子的鸟儿,吱喽怪叫着蹿跑了。老驴头和老套子,撒开腿赶上去。他们上了几岁年纪,腿脚不灵便了,再也赶不上那只带着创伤的猪。

两个老头找遍了苇塘、厕所,找遍村郊的坟茔,还是找不到。老套子回家吃饭去了,直到夜深,老驴头一个人才慢吞吞拐着腿子走回来,说:"春兰!春兰!这可怎么办?咱的猪找不见了!"

春兰说:"我说抬到大贵那里去,非你们自个儿杀,你可什么时候

---

1 大歪身,将倒未倒。

学会杀猪呢?"

老驴头说:"说也晚了,想想办法吧!"他坐在炕沿上,喘着气,说不上话来。

猪把窗棂碰断,春兰娘把一堆破衣裳挡上去,挡也挡不严,腊月的风刮进来,屋里挺冷。老驴头身上直打寒战。

春兰说:"那可怎么办呢?你去找个明白人请教请教,老套子大伯哪里是办事的人呢?"

老驴头说:"找个明白人,可找谁呢?"

春兰说:"你去找忠大叔,那人走南闯北,心明眼亮,办事干脆,能说能行。"

离年近了,家家准备过年的吃喝。老驴头找不到猪,也没钱过年。春兰噘起嘴,搬动伶俐的口齿,干嗍逗脆儿说:"不会杀猪,强要自个儿杀。手指头有房梁粗,还会杀猪哩……"老驴头坐在炕沿上,把两只手掌抠在怀里,合着眼,闭着嘴,什么也不说,干挨春兰上落[1]。实在挨不过了,就说:"甭说了吧!愿找朱老忠,你去找他吧!"

春兰一听,笑了笑,洗了个手脸,穿上个才洗过的褂儿,扭身往街上走。一进大贵家门,正碰上朱老忠。问她:"闺女,你干什么来?"

春兰说:"我爹的猪跑了,求求你,设个法儿找回来。"

两人说着,走到屋里。贵他娘一见春兰,满脸笑着,走上来问:"春兰!今日个什么风儿把你吹到俺家来?"

春兰红了脸,笑着把老驴头和老套子杀猪,走失了猪的事说了。朱老忠和贵他娘一听,猫下腰笑了一会子。贵他娘说:"那,你可不早说,

---

[1] 奚落,数落。

隔晌隔夜，这猪要是跑出村，叫人家吃了去，可是怎么办？"

春兰一时着急，跺着脚尖说："那可怎么办呢？"

朱老忠又笑了说："咳！可怜的人们，我给你出个主意吧！"

朱老忠求人写了几个红帖儿："兹走失黑猪一只，脖子上带有刀口，诸亲好友知其下落者，通个信息，定有厚报。"叫二贵、伍顺、庆儿、大贵，到各村镇、各个地方张贴去找。寻了一天，还是寻不着踪影。天晚了，大贵才回来，他为这只猪，一直走了几个村子，把腿肚子都走痛了。

贵他娘噗地笑了，说："把腿肚子走痛了，也值得呀！"

大贵睁着大眼睛问："怎么的？娘！"

贵他娘说："早晚你就知道。"

朱老忠说："好啊！大贵要是认可了，反割头税胜利，又过年又娶媳妇，三桩喜事一块过。"

大贵一听，猜乎到春兰身上，一下子从心上笑到脸上，热辣辣的起来，说："哈哈！我可不行，先给二贵吧，二贵也快该娶媳妇。"

贵他娘说："别说了，先给你娶。"

大贵说："咱这三间土坯窝窝，把人家春兰娶在哪儿？"

朱老忠说："那，不要紧。明年一开春，咱再脱坯盖上两间小西屋。"可是，一说到这"倒装门儿"上，大贵横竖不干。他说："春兰！人家算是没有挑剔，咱就是不干这'倒装门儿'。听说得先给人家铺下文书，写上'小子无能，随妻改姓……'不干，她算是个天仙女儿，有千顷园子万顷地，咱也不干。"

二贵笑了说："坏了，这可堵住我的嘴了，我要再说春兰好，算是我多嫌哥哥。"

朱老忠说："咱这是一家子插着门儿说笑话，运涛还在狱里，咱哪能那么办？"说着，他又抬起头待了半天，沉思着："咳呀！那孩子在监狱里，转眼一年多了！"当他一想到无期徒刑，又黯然落下泪来。

这时候，满屋子沉寂，一家四口，都不约而同地想起运涛。他们都和运涛一块待过，都知道那人的人品、行事儿。一想起他要在黑暗的监狱里度过一生，止不住热烘烘地难过起来。

大贵自小儿跟着朱老忠受苦惯了，在军队上当新兵，操课更紧。虽然是二十多岁的小伙子，还没有、也不敢想到娶媳妇的事。有时，他和姑娘们走个碰头儿，也只是把下巴朝天，或是扭着头儿走过去。因为穷困，他好像不愿看到红的花、绿的叶，不敢看见少女们摇摆的身姿，花朵一样的脸儿，闪光一样的眼珠。他像是埋在土里过日子。

今天一提到春兰的事，他的心，在土里再也埋不住了，像二月里第一次雷声，轰隆隆敲击他的胸膛。浑身脉搏跳动不安，像在呼唤："你起来吧！别再沉睡了！"

那天晚上，大贵把脑袋搁在枕头上，反过来掉过去，说什么也睡不着。他又想那年抓了兵，临走的时候，还对运涛说过："……希望我回来能见到你！"可是他回来了，运涛却住了监狱，朋友们再也见不到面了。一想起运涛，又想起春兰。她是个命运多么不济的人哟！为了想念运涛，他想应该替春兰把这只猪找到。要是找不到，她家怎么能过得去年，春兰心上不知多么样地难过哩！越想，心上越是烦躁起来。听人们都睡着，他又穿上衣服，开门走出来，再轻轻把门关上。

刚出门的时候，天还黑着。出了大门，向南一拐，通过大柳树林子，上了千里堤，月亮在云彩缝里闪出光来。辉煌的光带，像雨注在喷洒，照得明亮亮的。他想，围村什么地方都找遍了，就是这河滩上还没有找。他又踏着深雪迈下堤岸，沿着堤根走了一截路，再向南走，走在铺着雪的河滩上。河滩上的雪，被大风旋绞得一坨一坨的。有的地方，光光的没有一点雪，有的地方，雪却堆得挺高挺高。大贵踏上去，一下子就陷进大腿深，他又费力拔出腿来，深一脚浅一脚地走着，身上热得不行，出起汗来。在河滩上站了一刻，月亮照得像白天一样。他掏出小烟袋，划个火抽着烟，又想起运涛和春兰。

抽完那袋烟，刚立起来，想走到冰上去，看见一个黑家伙，踏着河坡和冰河连接的地方走过来。像是一只狼，可是走得挺慢，又像是一只狗。他蹲下去，想等这狗走过来的时候，吓它一下。那家伙走近了，嘴里直哼哼，拱着雪，咂着嘴儿吃东西，是一只猪。他想，一定是春兰家那只猪。他拍了下胸脯，高兴起来，喜得心上直跳。等那只猪走近了，他猛地纵起身，抽冷子一个箭步赶过去。那只猪一见有人扑它，瞪起红眼睛睖着，支绷起耳朵，翘起尾巴，张开嘴，露出大牙，哺呵哺地一动也不动。大贵看它的样子，怕它跑掉，也不敢立时下手。慢慢向前蹭了一步，那只猪四条腿向前一蹿，一下子碰得大贵趔趄了一下，跌在地上。大贵伸开两腿向上一拧，啪地，戳起身子就赶。

自从闹起反割头税运动，人们为避猪税，把猪藏在囤圈里，柴火棚子里。可是猪是活的，它会在黑夜里跑掉。雪地上跑着不少没有主儿的猪。这只猪自从离开老驴头，饿久了，瘦了，身腰儿灵便了，跑跳起来像只狗。猪在头里跑，大贵在后头追。这只猪，也许被别人追过了，有了经验。一碰上雪垄，后腿一蹦就过去，大贵得在深雪里踏好几步。可是它始终也拉不下大贵五步远。

大贵和这只猪，在大河滩里，从东到西，从南到北，竞赛了吃顿饭工夫。大贵喘起气来，觉得支持不住了。憋了一股劲，蹿了几步，向前抓了一把，抓滑了。又紧捞了一把，还是滑了，只捞住一条猪尾巴。那只猪吱吱叫起来。大贵伸手攥住猪的后腿，那猪用力一蹬跶，像要腾空飞跃。大贵向前一就，找了一片冰地，叉开腿，把猪抢起来，啪呀啪的，在地上摔了两过子，摔得那猪再也不蹬跶了。大贵伸手在猪脖子底下一摸，有刀口，正是春兰他们的。心里不由得笑起来，高兴极了，想：猪找到了，春兰他们可以过个安生年了。

大贵喘着气歇了一下，把猪扛在脊梁上，走到春兰家门前。敲了两下门，心上还突突直跳。也不知道是什么原因，叫门的声音并不大，就听得春兰家屋门一响，春兰踏着沉重的脚步走出来。到了门前，问："是谁敲门？"大贵说："是我。"春兰一听，像大贵瓮声瓮声的声音，就愣住了，焦急地问了一声："是谁？大贵？"春兰不知说什么好，她害起怕来，心上战栗着说："黑更半夜，你来干吗？"

大贵说："开门吧！"

春兰说："不能，说不明白不能开门。"

大贵说："开门就知道了。"

春兰说："不，不能，叫街坊……"后头她想说"叫街坊四邻知道，多不好"，可说了一半，没有说出口来。

大贵一下子笑出来，说："春兰！我给你找到猪了。"

春兰一听，啪啪地把门开开，说："嘿嘿！这才过意不去哩！"

大贵伸开膀子，要把猪递给她。春兰一试，好重哩，直压得弯下腰起不来，着急说："不行！不行！"大贵把猪放在地上，拍了拍身上的土说："你搬回去吧！"

春兰笑了说："救人救到底，送人送到家，你给俺搬进来吧！"

大贵挪动脚步说："不，这黑更半夜的。"他说着，扭头就向回走。

春兰走上去拽住他，说："俺爹娘老了，搬也搬不动，这有百八十斤。"

大贵待了一会儿,说:"好!"伸手又把猪扛在肩上,嗵嗵地走进去。

春兰先进屋,点个亮儿说:"大贵给咱把猪找到了!"

老驴头愣怔了一下,说:"什么?"他从被窝筒里伸出毛氄氄的头,看见大贵扛进猪来,放在柜橱上。张开胡子嘴,呵呵笑着。

春兰娘问:"是大贵找到的?"

老驴头说:"活该咱不破财,这才叫人落意哩!"急忙穿上棉袄,转个身,对大贵说:"咱就赞成你们这个反割头税!"

大贵说:"当然要反他们,房税地捐拿够了,又要割头税。他们吃肉,就不叫咱喝点汤儿!"

老驴头说:"那我可知道。就说冯老兰吧,他一天吃一顿饺子,吃咸菜还泡着半碗香油。"

大贵说:"天晚了,你们安歇吧!"他迈开大步走出来。老驴头说:"春兰!忙送你大哥。"春兰送大贵走到门口,才说搬动两扇门关上,又探出身儿说:"你走吗?俺就不谢谢你啦!"

大贵回头笑了笑,说:"谢什么,咱又不是外人。"

春兰笑吟吟说:"那倒是真的。"这句话还没说完,她看见前边墙根底下,黑乎乎地站着个人。又问:"大贵!你看那是个人?"

大贵趋着眼睛看了看,说:"许是个人。"又回过头:"春兰!你回去吧!"

春兰说:"天道黑,你慢走。"

大贵说:"好说,谢谢你!"

33

　　大贵顺着那条小街道往家走,走到街口,那个黑影儿又不见了。天晚了,风声在大柳树林子里响起来。走到门口,才说开门,里面有人开门出来。是朱老星。

　　大贵问:"天晚了,你干什么?"

　　朱老星说:"夜晚睡不着觉,我想,咱光这么闹,也不知道那头儿有什么动静没有,别不声不响告咱一状。我来跟你爹说了说。"

　　大贵说:"不要紧,他抓住咱什么把柄了?"

　　朱老星说:"嘿!他是刀笔,心里一琢磨就有把柄。"

　　大贵说:"哪,他能见得天了?"

　　朱老星龇牙笑了笑说:"不得不防备,是不?"

　　大贵说:"是呀!睡觉吧,天晚了。"

　　朱老星离开大贵,走到栅栏门口,影影绰绰,觉得身子后头有个人影儿。推开栅栏进去,又回转身把栅栏锁上。一返身时,觉得有个影儿跟着他。向左看看,看不到。向右看看,也看不到。看不到嘛,又像是有个影儿跟着。立在屋门口,抬起头儿想了想:多少年来,心上总是不干净，觉得身子后头老是有个影儿跟着，也就不多疑了。返回身，想上茅厕去。身子后头果然有个人影儿，贴着他的身儿站着。

朱老星一时心急，回身一抓，没有抓住。他不放过，攥紧拳头，瞪开眼睛盯着，一步一步撵过去。那人一步一步后退，后脑壳碰在茅厕墙上，咕咚一声响。朱老星一步跨过去，抓住那人的领口，拉到眼前一看，那人麻沙着嗓子笑了，是李德才。

朱老星心上还在蹦，问："你想干什么？"

李德才说："我找你，找来找去找不到，料着你在朱老忠家，我在门口上等着来。"他弯着腰，不住地哈喽哈喽喘着气儿。他年幼里得过风湿病，罗锅了腰，一到冬季就发起喘来。

朱老星问："黑更半夜，你找我干什么？"

李德才说："看你问的！吃了人家粮食，花了人家钱，趴在账上，你忘得了，人家也忘得了？"

朱老星听话里有话，说："外边冷，屋里说话儿。"

两个人走到小屋里，老婆孩子们正睡着。朱老星打个火抽着烟，问："我什么时候，吃了谁家粮食，花了谁家钱？你是来要账？"

李德才说："那，当然是。你忘了，人家可忘不了！"

朱老星抬起头，想了老半天，也想不出来。摇晃摇晃脑袋说："忘了。"

李德才轻轻冷笑一声，向前迈了一步，用烟袋指着庆儿和巧姑说："这是什么？"

朱老星说："我的孩子呀！"

李德才又问："这是哪儿来的？"

朱老星说："是我孩子他娘养活的。"

李德才又指着正睡着觉的庆儿的娘，说："孩子他娘是哪儿来的？"

朱老星说:"我花钱娶来的。"

说到这里,李德才又麻沙着嗓子哈哈大笑,说:"这不就是了吗?你娶媳妇的钱是哪儿来的?"

李德才这么一说,朱老星才想起来。十几年前,他娶庆儿他娘的时候,借过冯老兰一口袋小麦、五块钱。他说:"啊,倒是有这么回子事。多少年里,我断不了在他院里拾拾掇掇的,也没要过他工钱。我娶孩子他娘的时候,在冯家大院拿了一口袋小麦、五块钱。老头说:'你缺着了,拿去吧,这丁点东西,也就别还我了。'"

李德才咧起嘴说:"我那亲娘!他什么时候有过那么大施舍?"

李德才一说,朱老星也就想过这个理儿来。他说:"那可怎么办?我误会住这个理儿了。要不,有这么两个五块钱,两口袋小麦,也早还清了。"

李德才说:"还他吧!他立时巴刻[1]跟你要,今日晚上叫我找了你这半夜。"

朱老星说:"当下我没有。"

李德才问:"你没有怎么办?"

朱老星噘起嘴来,唔唔哝哝说:"我知道怎么办?"

李德才说:"看你说的。这是人家跟你要账,你倒问起我来了。"随后,李德才又唠唠叨叨,说:"也该咱倒霉,谁叫咱管这个闲事业?管闲事落闲事,你若还不了人家,就跟我去一趟,当面跟老头儿说说,也算给我摘了这个夹板儿。"

朱老星说:"去呗!说什么咱也还不上。人吃的还没有,哪有钱还账?"

---

[1] 立刻,马上。

李德才说:"咱就去?"

朱老星说:"走!"

才说迈步走出来,庆儿娘打被窝筒里伸出头来,头发蓬乱,问:"你去干什么?"

朱老星说:"去见冯老兰。"

庆儿娘说:"甭去!哪里有那么宗子事?陈谷烂芝麻,又来找后翻账儿!要命有命,要钱没钱!"

李德才一听,弯下腰,咧起大嘴说:"我那亲娘,你敢这么说?"

庆儿娘,披上棉袄坐起来,朱老星说:"算了,黑更半夜,你起来干吗?"

庆儿娘说:"你等一等再去,冯家大院有黑屋子、木狗子、私立刑房,要夹就夹,要打就打。"

李德才说:"你说的。那是对外村的,对咱乡亲当块儿,有什么过不去的事,那么歹毒?有我一面承当。"

庆儿娘说:"我可先说给你,穷秀才!你们要是捅俺一手指头,管叫你们闺女小子折斤斗儿。"

李德才笑着说:"没有的事,当面一说就完啦!"

说着话儿,两人走出来。北风挺紧,街道又黑,两人一出门,放开脚步走到西锁井。到了冯家大院梢门口上,那个古式门楼,阴森得怕人。叫开门走进去。朱老星一进高房大屋,深宅深院,头发根子一机灵就立起来。三屋大院没有一点光亮,只冯老兰的屋子里还亮着。

走到窗台根底下,朱老星立着,问:"老兰大叔在屋吗?"

冯老兰一阵咳嗽过去,问:"谁呀?你是……"

李德才说:"我把朱老星叫来了。"

冯老兰说:"你把他带进来。"

李德才和朱老星走上高台阶,走进那黑暗的屋子。进了屋,也不叫他们坐下,就在地上站着。

冯老兰正看着账簿,戴上老花眼镜,把眼镜对在账簿上看了老半天,才问:"朱老星,你送了钱来?"

朱老星到这时又后悔了,他不该认这笔陈账。说:"没,我记得不欠你什么钱呀!"

冯老兰说:"你记得不行,有账管着。"

李德才也说:"是呀。账上不在嘛,没说的。账上在着……"

朱老星说:"就说那一口袋麦子、五块钱吧,那是十几年以前……"

不等说完,冯老兰挥了一下手,说:"是呀!十几年以前,就是二十几年以前,芝麻烂得了,糠烂得了,这账还能烂了?"

朱老星一时急躁,说:"当时你已经放了响炮啊!你说,'这么一丁点东西,你拿去吧,也别还我啦!'有你一句话,这些年来我也没搁在心上。再说,多少年来,俺给你大院里拾拾掇掇,没要过工钱呀!"

冯老兰问:"多少?你有账吗?"

朱老星说:"我没账。"

李德才走上一步,拍着屁股说:"对呀!没账你可瞎咧咧。"

冯老兰说:"是呀!多少年来,我也没打算跟你要过,这咱,你变了心,我才跟你要。"

朱老星一听,整个儿头上、脸上,涨红起来,头发根里都红了,口口吃吃地问:"我,我,我变了什么心?"

冯老兰说:"你和朱老明、伍老拔他们,跟我打了三场官司。今年又要反我的割头税。甭说是五块钱,一口袋小麦,就是一块钱,一颗麦子粒儿,我狼叼来的还能喂狗?"

当时下,朱老星无话可说,心里想:咱就是没留这个心眼儿,他欠咱的,咱没账。咱欠他的,他有账。这可有什么办法?他说:"你叫俺穷人们替你摊的兵款,比这五块钱、一口袋小麦还多得多!"

冯老兰把手在桌上一拍说:"甭说不好听的,你还钱吧!"

朱老星说:"咱几辈子都是老实人……你算算吧,算清了我还你。"

冯老兰拿起算盘,说:"咱也甭细算了,让着你点儿吧!"他念着:"五块钱,三年本利相停,不用利滚利儿,十几年也到一百块钱。这一口袋麦子,按怎么算?"

朱老星一听,就急了,口吃得说不上话来。他说:"你,你,你那么算不行!"

冯老兰把笔管在桌子上戳,眼一瞪,说:"怎么算?你红嘴白牙儿,吃了我的算拉倒?"

黑屋子里升着煤火,热得厉害。朱老星身上一股劲儿出汗,汗珠子顺着脸流下来。他一想到这笔钱拿不出来,浑身打起哆嗦,抖颤圆了,说:"你容我一个时候吧,我还你。你要是脚底下刨钱,我没有。"

冯老兰提高嗓门说:"你没有不行!"

李德才说:"杀人的偿命,欠账的还钱。这是上了古书的,你为什么不还?"

朱老星嘴唇打着哆嗦,说:"估了我的家[1],我也还不起。"

李德才拿眼瞪着朱老星,点搭着下巴说:"你还不起不行!"

冯老兰说:"还反割头税不反?"

---

[1] 把我家里全部财产计算上。

朱老星说:"这个不能一块说,棉花、线,是两市。"

冯老兰说:"你说是两市,我偏说是一回事。伍老拔还欠我一笔老账!"说着,他拿出一大串钥匙,开了大橱子,拿出几本账簿。每本都有半尺厚,蓝粗布面,上头贴着红签儿。他翻翻这本又翻翻那本,说:"那年滹沱河决口,河道向南一滚,他们在河南的宅子,滚到河底。两年,他借了我二斗荞麦种儿,后来他的宅子又滚到河堤上。他脱坯盖房没有饭吃,使了我十五吊钱的账,年年要,年年不给我。还和我打官司,反抗我的割头税。"

朱老星噘起大厚嘴唇,嘟嘟哝哝说:"反欢了,还得反哩!"

李德才瞪了朱老星一眼,说:"尽是你们这些刺儿头。人家包税,碍着你们蛋疼?走吧,今儿晚了,明儿再说。"

冯老兰说:"回到家去,躺在炕上,忽拉[1]着良心想想吧!"

两人走出那座黑屋子,屋里挺热,一出门可冷起来,肉皮子一紧,浑身毫毛都乍起来,刺痒得难忍。出了梢门,李德才说:"你走吧,我还有点事。"就又退回来,走回冯老兰的屋子里,他还没睡觉。李德才说:"我可碰上个新闻儿。"

冯老兰问:"什么新闻?"

李德才说:"大贵上春兰家去来。"

冯老兰扬起头儿,想了老半天,懒洋洋说:"那妞子,她硬僵筋。一顷地、一挂车,她还不干。"

李德才说:"甭着急,慢慢儿磨磨她。"

---

1 摸着。

34

李德才出去了,冯老兰把他年轻的老伴叫过来睡觉。别看他年岁大,倒娶了个年轻的太太,还上过中学堂。说是年轻,现在也不年轻了。是续弦。

他睡在炕上,翻上倒下睡不着觉。朱老忠、朱老明他们反割头税的事,在他心里成了病疙瘩。

一进腊月门,反割头税的声浪,就飘过乡村树林,飘过田野,也飘进冯老兰的耳朵。他听到这个风声,还不相信。他的一生,还没有经验过,在这小小的僻乡村里,会有一种什么力量,能阻止他收取这笔割头税。

第二天一早,冯老兰在他黑暗的屋子里,点上灯,趴着炉台儿烤火,对着窗户喊了一声:"贵堂!贵堂!"

冯贵堂听得父亲叫他,手里拿着卷书,从西厢房走到父亲屋里,笑嘻嘻儿问:"什么事?爹!"

冯老兰想问问这割头税的事,可是不先从这上头开口。他问:"河套外头地上拉了多少粪?"

他这么一问,可把冯贵堂问愣了,昂起头来,转了半天眼珠,才说:

"说是……我还不清楚，是咱三兄弟看着拉的。"冯贵堂不停脚儿跑出去找冯焕堂，一出二门碰上赶车的把式冯大有，就问："咱河套外头拉了多少粪？"冯大有直了一会儿脖儿说不上来，说是"咱二把式赶车拉的"。冯大有又去找二把式，二把式说是拉了八十二车，才回来告诉冯贵堂。冯贵堂一进二门，冯老兰偷偷地撩着眼儿在门道口看着他。

冯老兰一见冯贵堂，他的老脸就搭拉下来，说："别小看了过庄稼日子，不是容易。"他又问："明年那块地耩[1]什么庄稼，你有打算没有？"说着话儿，又走进他的屋子。

冯贵堂跟在父亲后头，支支吾吾说："那，明年开春儿再说呗。"

冯老兰摇摇头说："那，不行……今年一过秋天，你就该有个打算，明年哪块地耩高粱，哪块地耩谷子，哪块地耩棉花……打算好了，按着耩种的先后送粪。明年一开春铲儿，再按着先后碾地、耙地。咳！……"讲着，他又摇了会子头。他觉得像跟木头说话一样，你尽管说，他们就当成耳旁风。他想："不行，不行，贵堂不是种地的材料儿，还得叫焕堂管事儿。"

冯老兰一袋一袋吸着烟，说："咳！依我说，咱不做这个买卖，种庄稼才是正理。你硬要做买卖，咱才开了杂货铺子，开下花庄。赚钱多是多，可赚来的钱一点儿也不实着。就像那杨花柳絮，风一刮就飞了。"他后悔，不该把钥匙头儿撒给冯贵堂。

冯贵堂不服父亲的理儿，撇开嘴说："哪里？哪里有那么轻渺的钱儿？"

冯老兰说："你要包税，我就听你的话，包了这割头税。核算了咱今年能收到的地租、利息、红利，共是二千二百元。又从杂货铺和花庄

---

[1] 播种。

上抽了一千八百资本,共是四千元投的标。要是这笔钱收不上来,可不打了蛋?那一块一块的,又白又光的洋钱不像杨花柳絮叫风儿吹飞了?"

冯贵堂说:"你就不算算,只要能收到百分之六十,不,只要能上一半儿,就能赚到八千到一万元。你在家里坐着,这一万块钱就窜到你手心里来了。"

自从吃"腊八粥"的那天,反割头税的人们,就从这个乡村,走到那个乡村,从这座土坯小屋,走到那座土坯小屋。那些穿着破袍子、破棉袄的人们,揭开门上的蒿荐,从这家走到那家,都是串通反割头税的事。可是,今天冯老兰一问,冯贵堂还不知道。冯老兰又摇摇头说:"你把什么事儿都看得容易。哼!"

不等冯老兰说完,冯贵堂拧起鼻子说:"你亲眼见来?还是别人在你耳朵底下瞎咕咕的?"

冯老兰说:"这比亲眼见的还灵,我一想就是这么回子事儿。你不要忘了,朱老忠、朱老明、严志和他们就在咱眼皮子底下。严运涛坐了狱,还有他兄弟严江涛。如今他们闹起什么赤色农会,还要到县政府里去请愿,要求撤销割头税。"

冯贵堂一听,就有点腻,嘟嘟囔囔说:"咳!咱当不了这个家,你叫老三当家吧!"

冯老兰说:"你甭闹气性。你念念书,会法条儿,未必会当家。你整天躺在屋子里看书,还不知道反抗割头税的事。"

冯贵堂说:"我从不把那起子庄稼百事的人们放在心上。"

冯老兰一听,就火了。气得胡子一翘一翘地说:"你说什么?咳,你初生的犊儿不怕虎啊!"

冯贵堂说:"爹!你别长他们的威风了吧!哪里有什么虎,谁是老虎?"

冯老兰说："谁是老虎？朱老忠、朱老明、严志和、朱大贵，在我眼里比老虎还厉害！可你不认这个账儿，他们和咱打了三场官司，又反咱的割头税。"

冯贵堂说："瞎字不识，他们掉不了蛋。"把身子一拧走出去。父子二人的谈话，算是最后决裂了。

冯老兰心上烦躁起来，像热锅上蚂蚁一样，瞪出黄眼珠子想：老祖宗给冯家大院挣下了无穷的富贵，造下多大的"势力"，子孙们凭着这种"势力"度过一生。从村镇走到城里，从他睡觉的土炕，走到衙门口的大堂上，他没有遇上过有谁敢挡他的脚。他希望的是金钱、土地、放荡的生活和子孙万代的殷富。这些东西，在他眼里，遍地皆是，只要你吃着心地盘算，就能随手拈来。今年，硬是从天上掉下一种声音来，要挡住他的去路。他想，不得不注意了。

前几天，冯老兰一听得反割头税的消息，就打发伙计们到县政府，到各区公所去送些年礼，把求他们帮忙的话也说了说。他想，这些庄稼脑瓜子，也不过扬嚷扬嚷就算了。可是伙计一回来就说："各区里都有人在闹腾，一致说，要反割头税，打倒冯老兰！"这老头子可着了慌，他嫌冯贵堂办事不牢靠，亲自坐上小轿车儿，今天走到这区，明天又走到那区，告诉他的伙计们，要怎样才能收好这笔割头税。

不几天，大小刘庄、大小严村，反割头税的人们动起手来。冯老兰要先发制人，吩咐立刻按锅收税。紧接着，反割头税的人们也赶前安上杀猪锅，抵抗收税。

锁井镇上，反割头税的人们，把杀猪锅安在朱大贵家门口。这好像在冯老兰眼里钉上一颗钉子。钉子虽小，却动摇着冯家大院的根基。冯家大院，在一百年来，这是第二次碰上——第一次是和朱老明打了三场官司。听李德才的话,反割头税的人们,好比是一团烈火。这团烈火,趁着腊月里的风,蔓延地烧起来。

冯老兰和冯贵堂谈完了话,穿上一件粗呢大氅,皱着焦黄的脸,耷拉着长长的两绺花白胡子,拎起他的大烟袋,走到聚源宝号,坐在柜房里,把脚跷在桌子上,黄眼珠子盯着屋顶,一袋一袋抽着。

刘二卯风是风、火是火地闯进来,一迭连声说:"这还行!这还行!朝廷爷没有王法了!"

冯老兰瞪着黄眼珠子站起来,问:"怎么样,还没有人去杀猪?"

刘二卯说:"都给朱大贵夺了去。他们大喊着,'不要猪鬃、猪毛,不要猪尾巴、大肠头,更不要一块七毛钱'!……"

不等刘二卯说完,冯老兰拿起大烟袋锅子,在桌上一敲,啪的一声,说:"他,非法!"喊声震得屋子里的铜器当当地响。

刘二卯咕咚坐在椅子上,说:"咳!看我这幅子买卖要赔账。"

冯老兰就势问:"你说什么?"

刘二卯说:"完了,我赔钱定了。"

一说要赔钱,像有锥子钻冯老兰的心。近几年来,他变成一种新的性格:只许成功,不能失败。只能赚大钱,不能赔小钱儿。刘二卯赔账只是十块钱的事情,他这十块钱,要是不遇上什么波折,可以杀几百只猪。冯老兰一赔账就是四千元。想到这里,他一下子把身子趴在桌子上,一只手拍着桌子说:"去!去!骂他们,骂他们六门到底!有一个人敢还言儿,钉碎他的踝子骨!"

可是,刘二卯不愿捅这个马蜂窝,他本来是个庄稼人,种着二十亩地,还过得去,从去年开始,才当起传达,管村里的事。今年包这镇上的税,也不过是有一搭没一搭的事。可没想到,一出门就碰上打杠子的[1]。

正说着,冯贵堂走进来,撅着小黑胡髭,滴溜着黑眼珠儿。见他的老父亲实在气得上不去下不来,慢悠悠地拍着两个巴掌说:"别生气,骂什么街?不显得咱冯家大院小气?咱先给他们宽仁厚义,吃小亏不吃大亏。不行,咱再上衙门口里去告他们,和他们再打三场官司。好像吃焦炸肉,蘸花椒盐儿,吃不完咱的炸肉,就把他们那几亩地蘸完了!"说着,故意显出得意的神色。肥嘟噜的脸上,亮光光的直发笑。

冯老兰说:"那是以后的事,今天出不了这口气,我连饭也吃不成。"一定要刘二卯去骂三趟街。他说:"非压压朱老忠和朱老明的威风不行。"

刘二卯有冯老兰撑着腰,心里一横,拿起杀猪刀,一出聚源号的板搭门,就跳脚大骂:"谁敢欺负我刘二卯,敢反对我的割头税,有小子骨头的站出来。"在十字大街上,骂过来,骂过去,骂得人们一街两巷看着。冯老兰立在聚源号门口上,拍着大腿喊:"你上东锁井骂去。"刘二卯偷偷放下杀猪刀,红头涨脸骂向东锁井:"妈的要造反,要上衙门里告你们一状。"骂着骂着,两脚走过苇塘,上了坡,到了大贵门口,直骂得嘴上喷白沫。

朱大贵气得直瞪眼,冷不丁解开小棉袄,脱了光膀子,拿起杀猪刀在条案上一拍,摆摆手儿,把刘二卯叫到跟前,手指头突着心窝说:"来,你拿起刀子,照我这儿捅一下!"

刘二卯一看,朱大贵要比他,他不敢拿刀子捅朱大贵,只是愣住。

朱大贵说:"不,你解开衣裳,我捅你一下!"他把刀在条案上一拍,就赶过去。看的人们,都吓黄了脸。春兰的心也在跳着。江涛走出

---

[1] 过去拦路劫掠的盗贼。这里指遇着了大障碍。

来，想把朱大贵拽回去。

朱大贵说："甭拦我，先捅了他狗日的再说！"把脑袋一扎，照刘二卯摔过去。江涛跑上去紧拦着，才把他拽回院里，慢言细语儿说："骂街的，顺嘴流血。吃肉的，顺嘴流油。咱不跟他单干，咱发动群众。"好说歹说，才把大贵的火头煞下去。大贵从小里，跟着朱老忠走南闯北。又到军队上闯荡了几年回来，心气更加硬了，成了有名的红脸汉子，就是脾气拐孤，碰上还有点暴腾。

朱老明见大贵气儿十足，哈哈大笑，说："好小伙子！杀猪杀红眼了，杀猪刀子可别攮到人脖子上。"

朱老明一说，大贵气儿更壮上来，拍着胸脯说："甭说是刘二卯，就是冯老兰来，也敲狗日的两颗门牙。"

伍老拔嘻嘻哈哈说："那也不值得，敲也得敲别人的，冯老兰老家伙，甭敲他自己会掉的。"

朱大贵说："好！那就不敲他的，冯贵堂来了，也不跟狗日的善罢甘休！"

贵他娘听大贵话说得厉害，瞪起眼睛，啐了他一句："嘿！说那么大话干吗？关着个门儿，在自己家里，敢情大风闪不了舌头。"

贵他娘一说，大贵又把才穿上的棉袄脱下来。江涛、朱老星、伍老拔一齐上去，才把他拦住。

这时，大街上人们站了满街衚子，关心着反割头税的事。朱全富的猪，还在锅里泡着半截，露出半截。一半黑的，一半白的。朱全富挺着急，水热，怕烫住毛了，刮不下来。刘二卯还立在杀猪锅一边骂骂咧咧。

朱全富说："刘二卯，这就是你的不对了，大贵家去了，你还堵着人家门骂。"

刘二卯把白瓜儿眼一翻,说:"堵着他大门骂?还堵着他们门儿敲呢!"

朱全富把两撇小胡子一乍,说:"你这不是骑着人脖子尿尿?"

朱全富奶奶也走上去说:"你五尺男子,说的是什么话?叫大男小女的听着寒碜[1]不寒碜?"

刘二卯把脚一跺说:"我的嘴,我愿怎么说就怎么说!"

正在这刻上,贵他娘一出门,看见刘二卯还堵着门骂街,一下子跳起来说:"他跑到东锁井来数脏嘴。来!扯他的嘴!"她这么一说,二贵和庆儿跑上去就要撕他的嘴唇皮。

刘二卯大骂:"娘的,日你们东锁井的姥姥!"

他这一骂,全街衙子人都赶上去,说:"打他个囚攮的!"喊着,人们呜噜地挤上去。刘二卯在头里跑,人们在后头追。刘二卯跑过苇塘,立在西坡上,回头一看,把人们拉在后头,又大骂起来。贵他娘说:"赶他野鸡不下蛋!"贵他娘迈开大步往西一追,全街衙人跟着赶去。正是年根上,男人们赶集的赶集,杀猪的杀猪,尽是一些妇女、老婆儿、小孩子,一直赶到聚源号门口。刘二卯抱着脑袋钻进铺子里,不敢出来。

贵他娘说:"刘二卯!甭扯着老虎尾巴抖威风。你出来咱在大街上说说!"

春兰气不愤,也走上去说:"你们土豪霸道惯了,过年杀猪也要税。你们收了这样血汗钱去,老人花了掉牙,小子花了忘性强,念不了书,大闺女花了养活大胖小子。"

刘二卯在柜房里听着大街上骂骂嚷嚷,实在骂得对不上牙儿,开门走出来,红着脖子脸,说:"娘的,朝廷爷还有王法哩!你们在老虎嘴

---

[1] 被外人笑话。有时候指人的长相难看或办了丢脸的事。

上跳跶什么？"

贵他娘一见，就说："上去，扯他！"

朱全富奶奶说："小伙子们，去撕捋他！"

庆儿他娘也说："甭怕，来打他狗日的！"

人们齐大伙儿挤上去，春兰拧住他一只耳朵，庆儿他娘扯住他袍子大襟，小顺撮住头发，庆儿抱住胳膊，二贵抱住腿。乱乱腾腾，挤挤攘攘，要把刘二卯抬起来，闹得不可开交。

刘二卯开初还装大人吃瓜，挺着个脖儿不动。见姑娘媳妇们真的打起他来，打得鼻子上流出血来，急得不行，实在走不脱，猫腰把裤子向下一褪，脱了个大光屁股，说："姑娘们！谁希罕？给你们拿着玩儿吧！"

春兰一看，忙捂上眼睛。姑娘媳妇们捂上脸，合眉攥眼往家跑，一下子把人们轰散了。二贵猫腰在车沟里剜起一块牛粪，啪唧甩在刘二卯屁股沟上。刘二卯又从屁股上把那块牛粪挖下来，甩在地上说："看小孩子们，真是坏得出奇。"

冯贵堂在柜房里，听大街上人们吵吵嚷嚷，骂得不像话，不慌不忙，迈着方子步儿走出来，把手一摇，说："老乡亲们！就是为了这么一点钱吗？是不？咱不要了，白送给老乡亲们过个年，看看好不好？"说着还不住地笑。人们把眼一愣，说："他娘的！他这是干什么？"

大贵这么一震乎，人们一闹哄，冯贵堂撒口不要割头税了。反割头税的人们，一个个直起腰，抬起头来。可是，他们早就有了经验，和冯老兰做斗争不是容易。不能光看冯贵堂打了个花胡哨[1]，他的笑里藏刀！那天晚上，直到夜深，他们还在朱老忠的小屋里坐着，心上敲着小鼓儿，

1　迷惑人的甜言蜜语或行动。

抽着烟,说着话,等着应付事故。

后来,他们又说到冯老兰逼账上,朱老星把冯老兰逼他还账的事说了说。伍老拔说:"甭理他,那老狼早白了尾巴尖儿,他留着这个后手哩!"朱老忠说:"他要想扯住咱的尾巴算不行!"朱老星一听,慢搭搭地说:"他老是讲兔子不吃窝边草,可是到了霜后,别的草都吃完了,他才返回头来吃哩!"朱老忠笑眯眯地说:"他吃不了,咱跟他泡啦!"

35

冯老兰压不服朱老忠和朱老明,当天晚上,和冯贵堂商量定了对策。第二天一早,冯贵堂坐上红驼呢小轿车儿,红漆轱辘滴溜转着进了城。在大堂门口下了车,扬长走进衙门口。县长王楷第在会客室接见了他。

冯贵堂一进门,王县长在椅子上坐着。这是个五十多岁,中等身材,吊弓腰的黑胡子老头。穿着绿绸袍子,青缎马褂,缎子帽盔,红疙瘩儿。一见冯贵堂,立起身请他坐下。

王县长问:"冯先生,进衙门有什么公事?"

冯贵堂拱了手说:"我代表割头税包商来见县长。"

王县长听说是代表商人来见,他问:"关于割头税的事?"

冯贵堂把朱老忠以及四乡农民抗不交纳割头税的事,说了一遍。王县长问:"朱老忠是个什么人物?"

冯贵堂说:"是个庄稼人。"

王县长说:"一个庄稼人,也不过是为了过年吃口肉,没什么了不起,也来找我?"

冯贵堂说:"他背后有人哪!"

王县长问:"什么人?"

冯贵堂说:"严江涛,他是有了名的、保定第二师范的学生。"

王县长摇摇头说:"一个学生娃子,不过散散传单,喊喊口号,也不会有什么大的作为。"

冯贵堂看王县长不凉不酸的态度,有些着急,说:"不管作为大小吧,他是个共产党,是严运涛的兄弟。今年冬天,他从保定回来,在四乡串通反割头税,加上个不大不小的罪名,他是'集众滋事,惑乱税收'。不能置之不理!"说着,他态度有些急躁。

王县长说:"他是共产党,你有把柄?拿来!"伸手要证据。

冯贵堂拿不出证据,当下有些口吃,急红脸说:"我花四千块大洋包下割头税,县政府就得保证我收足这四千块大洋。否则,我无法交足包价。"

王楷第,可不比往日的县长。这县长根儿粗,他在保定老"军官"毕业,当过旧政府的议员,是北洋官僚张省长的老同学。放他这一任县长,就是因为他宦囊空虚,给他个饭碗。当下他看冯贵堂挺火饯,把黄脸一沉,两手扶了扶金边眼镜,说:"你交不足包价,有你交不足的办法。你是包商,我是县长。你为的是赚钱,我为了执行上峰的公事。你收税商人不去收税,跑到我衙门里来啰嗦什么?"

冯贵堂见王县长脸色不对,才想到,今天进衙门是空着手儿来的。脸上立时挂下笑来,谦虚地说:"在下有些唐突,对不起王县长。"他只好拱手暂时退下去,备办了隆重的年礼,送进衙门。

36

冬天的早晨,满天里雾气腾腾,出去五步就看不见人影,大杨树上乌鸦不叫,白色的树挂向下垂着。江涛踏着堤上的雪路,想进城去跟贾老师研究运动进展的情况。刚刚走过大渡口上的小木桥,一辆小轿车儿,滴溜咣啷走过来,离近了一看,是冯贵堂。江涛背过脸让他过去,一阵细雪飘过,车后头来了两个人。前头一个,穿着老羊皮袄,戴着毛线猴儿帽,是贾老师。后头跟着一个青年,身上背着个小包袱,是张嘉庆。张嘉庆在小桥头上站了一刻,等贾老师走过来。江涛抬手打个招呼,说:"我才说去呢,你们来了。"

贾湘农说:"咳呀,跑不过来呀!昨日个才从南乡回来,今日一早就来北乡。运动一起来,就像大海里的波涛,各处乱动。"

江涛一手握住贾老师的手,一手握住张嘉庆的手,三个人沿着千里堤走回去。一路走着,江涛向贾湘农谈了一些工作情况。贾湘农倒背着手儿,边走边听,愣着眼睛考虑。听了江涛的谈话,眼睛笑成一对月牙儿,连声说:"好!好!你创造了一套工作方法。"不绝口地称赞着,又问:"你是怎么掌握的?"

江涛说:"你不是说,解决什么问题,掌握什么矛盾吗?"

贾湘农又连连点头说:"是呀!从阶级观点出发嘛!除非真正在群众里树立起好的骨干,才能搞好一个运动。像你这个,面对人人进行工作,一个一个村地占领。按部就班,稳扎稳打,向外发展,那真是太好啦!"他说着,觉得浑身热了,摘下猴儿帽,头上冒起白气来。眉毛上、胡髭上,尽挂了霜花。

江涛瞪着眼珠一想,脸上忽然笑起来,说:"嘿!你要是不说,我还不知道是怎么弄好的。"他又哆嗦着两只手儿发笑。

贾湘农说:"去年嘉庆在河南搞秋收运动,是掌握了广大群众要求冬天有饭吃,有衣穿,不冻死饿死的要求,一哄而起。你呢,是先经过组织串联,然后形成运动。这两种方法,在新开辟区来说,是相辅相成的。你是先组织群众,再形成运动。他是一哄而起,再巩固组织。"说着笑了,看了看江涛,又看了看张嘉庆,说:"两种不同方法,说明了两个不同性格的人。"说着,又笑了一会子,把张嘉庆笑得不好意思起来。

太阳在云端显了一下脸儿,又躲进去,雾露更加浓厚了,四面不见人影。树上的雪融化了,雪水顺着树干流下来。半融的雪水,像瞎马的眼泪一样,滴滴答答地落在堤上,落在他们身上,几乎把衣服打湿了。到了江涛家门前,走进小门,江涛把他们让到母亲的小屋里,叫母亲烧水给他们喝。

江涛说:"这完全是农民群众自己的力量,我不过是从中联系一下子。"

贾湘农说:"好!应该谦虚。今天你在群众里站住脚跟,将来一定可以成为一个好的干部。"说着,摘下猴儿帽,顺手擦去脸上的雪水。

江涛说:"闹腾了半天,我还不明白,这个运动的目的是什么?"

贾湘农扬了一下眉毛，笑了说："在目前，是为了发动群众，组织群众嘛！组织起来向包商主，向封建势力进行斗争。将来要在运动里吸收一批农民积极分子，打好建党的基础。"

江涛又问："落脚石呢？"

贾湘农伸出一只拳头，猛力向下一捶。他越说越上火气，拍着发亮的头顶，说："还是一句老话，最终的目的，是起义，夺取政权哪！是不是这样？"他谈得热了，把老羊皮袄脱下来，放在炕上。里头穿着带大襟的粗布小棉袄，扎着裤脚，穿着老头套鞋。他说："下乡的时候，把皮袄一穿就是老农民。回去了，把大褂一穿，就是教员。"说着又嘎嘎地笑了。

冬天，北风一吹，他黧黑的面皮上起了几片白色的癣，谈一会儿，伸出小手指甲搔一下。正在谈着党务上的问题，严志和掀门帘进来，说："贾老师！你看，这么几年也不见你来了。"

这时，贾湘农为了保密，只好把说着的半句话停下，走前两步，搓着手儿说："大叔！你这几年可结实？"

严志和说："结实！"他擦了擦烟嘴，把烟袋递过去。

贾湘农接过烟袋来抽着烟，说："大叔，你们闹得很不错。"

严志和说："俺庄稼人，懂得什么，跟着你们瞎跑呗！"

贾湘农说："能够打倒冯老兰就行啊！"

严志和说："要说为了打倒冯老兰，没有说的，多么深的泥水咱也得趟。可是落在什么底上，咱还是摸不清。"

贾湘农说："摸得清，只要你们做我们的后盾就行。"

当他们在屋里说着话的时候，严志和在小窗户外听着。听得说党的长党的短，他又想起运涛那孩子，开头也是这样，喜欢看书，喜欢讲故事，常跟人念叨国家大事、共产党的政策。后来，运涛跑到南方，革起命来，结果被反动派关在监狱里。他想：看起来，这革命是件风火事儿，要革（割）死人的！他心里又绞着过子，难受起来。今天江涛又走了这条路，自从打府里回来，这孩子变了，一举一动成了大人，张口大众利益，闭嘴群众生活，江涛脑筋开了！

当他走进屋里去的时候，见贾湘农顿住不说了，严志和心里纳闷：有什么机密大事，还瞒着我来！脸上由不得麻搭搭的。他又走出来，上东锁井去找朱老忠。他想：这共产党的事儿，咱赞成。反割头税的事儿，咱也积极干了，小严村的反割头税运动就是咱鼓捣[1]起来的，怎么……

他踩着房后头那条小路走到朱老忠家里，说："湘农又来了。"

朱老忠问："他说什么来？"

朱老忠一问，严志和又火饻起来，冷言冷语地说："那谁又知道呢？说来说去是一家人，你不进屋，他们喊喊嘎嘎，又说又笑。你一走进屋里去，他们都耷拉着脸，鼓着嘴，不说什么。"一面说着，脸和鼻子都打哆嗦。

朱老忠一听，笑了说："志和！你还不知道？人家内部有内部的话，进门的时候，你就该咳嗽一声。看他们要商量什么事儿的时候，你就该躲出来。"

严志和摆了摆头说："这闹来闹去，又成了外人了。"

朱老忠说："咱还没进了门儿嘛！将来熬得成了里边人，咱也就可以和他们坐在一块说说笑笑了。"

严志和问："大哥！咱得等到什么时候？"

---

1 鼓动的意思。

朱老忠说:"等到他们看着咱够了资格。"

严志和撇了下嘴说:"还要什么资格?"

朱老忠说:"也得叫他们看咱们像个'人儿'似的。"

两个人正在屋里聚精会神谈着,贵他娘一进门,他们又顿住嘴,瞪着眼睛,你看着我,我看着你。贵他娘也莫名其妙,心里想:老头子们又咕咕什么事情了?

严志和跟朱老忠谈了会子内心里的话,又走回来。一进大门,院子里静悄悄的。走到屋门口听听,屋子里也没有人说话。

隔着门帘缝一看,贾湘农正在用冷水洗脸,洗了脸还洗脑袋。他一看,就觉得身上冒凉气,浑身冷颤。

严志和心里纳闷:怪不得!冷练"三九",热练"三伏",要练真功夫啊!他掀门帘走进去说:"大冷的天,不凉吗?"

贾湘农说:"不凉,用脑过度,冷水一洗就好了。"

严志和说:"这也不用吃药?"

贾湘农说:"吃药不如这个来得快。"他洗完脸,用手巾擦干,又用两手搓起来,一直搓得脖子脸红红的。

严志和心里想:"怪不得这人的性子这么硬,比钢铁还硬,都是这么练来的。"一会儿,江涛和嘉庆回来,看他们要开始商量事情,严志和就退出来。

看严志和走出来,贾湘农说:"上级有指示,叫把机关从城市搬到乡村,还得找个安交通站的地方。我那家里色儿太红了,我想在这村找个秘密地方。我们的人,有从定县下车的,可经过安国、博野到这里,上高阳、安新方面去。有从保定来的,经过这里,上安平、深泽、饶阳方面去。可是需要有两个积极可靠的人。"

江涛想叫贾湘农跟父亲谈谈这个问题,又觉得不怎么太恰当。他说:"这个好说,咱去跟忠大伯谈谈吧!"

三个人走出来,沿着村后头那条小道儿,去找朱老忠。正好朱老忠在家里,江涛给贾湘农介绍过了。贾湘农知道忠大伯不是一般人,表示十分信任。忠大伯忙叫贵他娘给他们烧水喝。贾湘农跟朱老忠一说,他抬着头想了一下,说:"正好,咱有个机密的地方。"朱老忠领他们到朱老明那里,站在大柏树坟前,说:"我们的人,要是从城里过来,经过大渡口或是小渡口,沿着千里堤,沿着村边走过来,一个人也见不着就走到大柏树坟里。从高阳、安新、保定,几方面来了人,在这里歇一下脚,再过河往南走,要多方便,有多方便。"

朱老忠又领他们走到伍老拔那里,站在大堤上往南一看,说:"看!这个地势怎么样?有人从北边来,在这地方站站脚,再往南去。有人从南边来,要是懂点水性的,就从这地方凫过河来。"

贾湘农向南望了望,又向北望了望,觉得地方非常宽阔、机动,就一口答应下。他又低下头儿,斜起眼睛,深沉地思考了一下,觉得这位老人很有见识,又了解了他的出身和历史,决定把城里的机关和交通站搬到乡村来,随后又说:"这是个重要工作,要慎重呀!"

贾湘农一直在这里住了两天,和伍老拔、朱老星、朱大贵他们见了面。他们把他请到家去,坐在热炕头上,说工作上的话儿,拿过年的东西叫他吃。最后,他决定在这里建立个乡村支部。

贾湘农对锁井的党群关系的情况非常满意,说:"创造一套切实有用的工作经验,不是容易!"他分派江涛上安国、定县、深泽、安平一带去,传达锁井区组织串连、发动群众的经验。时间很紧,要在年二十五以前赶回来。他说在二十五大集那天,要举行一次扩大的游行示威,由江涛出头领导。

贾湘农穿起他的老羊皮袄回城了。留下张嘉庆,在锁井一带挑选一批农民积极分子,组织农民纠察队去警卫大会。江涛和张嘉庆送走贾老师,又去找朱老忠。

江涛说:"大伯!开会的那天,县委派我领导示威游行!你可保护着点,别叫老鹰把小鸡儿抓了去。"

朱老忠张开带胡子的嘴,呵呵笑着说:"不要紧,孩子!大伯保着你们的镖,万无一失。"

江涛说:"县委要组织纠察队,去警卫大会。你看哪些人可以参加呢?"他又指着嘉庆,说:"这就是咱的纠察队长。"

朱老忠说:"人有的是呀,咱有八十年的拳房底子。"那天晚上,他找了严志和、伍老拔、大贵、伍顺。又在大严村、小严村、大刘庄、小刘庄,几个村庄上找了些学过拳脚、老实可靠的小伙子。从破柜头里找出三节鞭和铁镖,找出长枪大棍,要去当纠察队。

第二天早晨,张嘉庆和江涛走到朱老明那里,参加纠察队的人们在大柏树林子里等着。张嘉庆一到,朱老忠说:"看看咱这阵势儿,怎么样?"

张嘉庆点个头儿说:"不错!可不知道你们尽练过什么武艺?"

伍老拔笑哈哈地说:"武艺嘛,几般武艺倒是练过,就是撂下手多年了。有老人朱老巩的时候,俺这儿就立了拳房。老人殁了,老忠大哥下了关东,拳房也散了。"

朱老忠说:"可不知道这手脚还灵不灵。"

他脱下大棉袄,只穿一个小褂儿。杀紧了褡包,向前走了两步。挺胸收肚,两腿并拢,两眼正视,闹了个骑马蹲裆式。两手把脚一拍,飞起两腿,楞蹦站定脚跟,耍了一套拳脚。不喘气,也不变色。

人们鼓掌大笑。朱老忠说:"不行了,老了。"

伍老拔笑哈哈地说:"老了也是老英雄!"

朱老忠说:"老英雄不老英雄,反正退回十几年去,有三个五个人,走不到咱跟前。"

伍老拔闹了一套猴儿拳,大贵耍了一套长棍,三三五五,刀对刀,枪对枪,在大柏树坟里练起来。朱老忠问张嘉庆:"你看,咱这纠察队怎么样?"张嘉庆点了点头儿说:"好!咱算有门儿了。"

朱老忠一看张嘉庆,不过是一个不满二十岁的娃子,嘴上只长了几根黄毛榧儿。他取个笑儿说:"小伙子!你有什么武艺,敢领导咱农民纠察队?"

张嘉庆说:"眼下,我没有别的武艺,就是依靠这个玩意儿。"他掀开衣襟,露出黝黑的枪把,叫朱老忠看了看,又盖上,说:"甭说别的,百步以内,说打他左眼不能打他右眼。一个大铜板扔到天上,伸枪穿个窟窿。行吗?"

伍老拔笑哈哈地说:"嘉庆!跟你在一块跑得不少了,没见过你有这大的本事,你可不能吹!"

朱老忠说:"张飞同志!你既这么说,得表演表演,叫咱开开眼……"

这句话没说完,天上飞过贵堂家一群鸽子,最后一只,带着风笛儿,呜呜地响着。张嘉庆伸枪要打,江涛走上去说:"嘉庆!你不能乱放枪。"严志和一手扳住他的胳膊,说:"不行呀,那是冯老兰的。"

朱老忠把严志和往旁一拉,说:"打的就是冯老兰的,开枪!"

张嘉庆手疾眼快,从腰里掏出枪,手儿一甩,"砰"的一声,鸽子扑啦啦地掉下来。朱老忠张开大嘴呵呵笑着,说:"算咧!算咧!我朱老忠算认识你了。哪里来了这么一位愣大爷!"说着,他又颤着眉毛呵呵笑着。

朱老明拄着拐杖摸过来，慢搭搭地说："唉！四邻虽然没有民宅，晴天白日放枪可也得小心，咱这是个秘密地方。"

江涛也说："你这人这么不加小心，净是不管不顾的。"

张嘉庆面不改色，笑嘻嘻把枪插回腰里，说："来吧，怕什么，天塌了有地接着！"

伍老拔说："哈哈！你这咱什么也不怕了，一个人吃了饭，算一家子都吃饱，把两只脚跟一提，算是搬了家了。俺们多少还有[1]两间土坯窝窝，还有老婆孩子。"

朱老忠把胸膛一拍，说："看吧！舍着咱八十年的拳房底子，上城里去逛荡逛荡。"

张嘉庆送走了江涛，每天晚上，把人们集合在这里练习腿脚刀枪。讲解纠察队保卫大会，保卫领导人的办法。

1　两间土坯窝窝两间土坯房。这里意指一个简陋的家。

37

  腊月二十四那天深夜里，有人骑着车子，把江涛从饶阳带回锁井。

  二十五那天早晨，朱老忠套上一辆牛车，去赶城里大集。车上载着一个破躺柜，把纠察队的刀、枪、武器，装在里面，又装上几把子爆竹鞭炮。大贵拿着红缨枪坐在大柜上。纠察队的人们，三三两两在车后头跟着。

  那天，青天黄地，万里无云。江涛吃过早饭，走到大严村去找严萍。严萍跟江涛悄悄儿溜出来，手里拎个小竹篮，篮里盛着传单标语，上头盖着个红包袱。过了水塘，江涛说："不行，你得装扮装扮？"

  严萍问："怎么装扮。"

  江涛上下打量严萍，说："大年集上，也选不出你这么一个来。你看，穿着旗袍、皮鞋。"

  严萍两手扯起衣襟，看看左边，看看右边，不言声儿又跑回去，换上棉布鞋，素蓝短袄，头上蒙了块粗布手巾，跑出来，呼哧着说："看！怎么样？"

  江涛说："有点像农村姑娘，可是还不太像。"

"怎么还不太像?"严萍纳着闷盯着江涛,硬逼他说出还有什么地方不太像。

江涛说:"你脸儿太白,头发太黑、太长,放着蓝光。"摇摇头说:"不像个农村姑娘。"

严萍生气了,扬起拳头捶江涛的脊梁,说:"你得说出来,像个什么?"

江涛说:"像个小姐,女学生!"他抬脚就跑,严萍在后头追,追上了就扭住他的耳朵,问:"农民有什么记号?"江涛说:"农民爱劳动,朴素,性子直爽。成年价受不尽的风吹日晒,吃不尽的糠糠菜菜。脸上黑黑的,身子壮壮的,你呢?"江涛回头看看严萍,她脸上津出汗珠,哼哧哼哧紧跟着,噘起小嘴说:"我乐意!"江涛说:"乐意就行,快点走,同志!跟上革命队伍!"严萍听着,觉得这话挺费解,话里有音。

两个人一前一后,走上城里大道。赶年集的人们缕缕行行[1]。反割头税的人们见了江涛,三三两两走上来打招呼:"你也去赶年集咧?置年货去?"江涛点着头儿笑了笑,说:"今年不比往年,要多置点年货。"严萍在后头看着,肚里憋不住的一堆笑,偷偷捅了江涛一下,说:"看!美得你!"

进了城门一看,每年年集最热闹,今年比往年人更多。卖肉的,卖菜的,嘈嘈杂杂。卖年画的,压扁了嗓子,尖声唱着。江涛和严萍挤在人群里,左拥右拥,左挤右挤,挤到南城根广场的爆竹市里。大贵登在大车上,手里拿着红缨枪,指指画画,憋粗了嗓子吆喝着。伍老拔、二贵,放得大爆竹劈啪乱响,小鞭炮毕毕剥剥,还有黄烟炮、大灯炮,哧溜溜一个起花钻到天上。云山雾罩,正在热闹。赶集的人们密密匝匝,越集

---

[1] 络绎不绝。

越多。江涛登上大车,哨子一吹,人们从牲口市里、棉花市里、菜市里走出来,从杂货铺里、饭馆里走出来。大贵站在江涛一边,举起粗胳膊大拳头说:

"反割头税大会开始!"

卖爆竹的,停止了买卖。你看着我,我看着你,谁也不知道这是出了什么事。大街小巷,飞出红红绿绿的传单标语来。严萍拎着竹篮儿,从这个胡同走到那个胡同,散发传单。她把一簇传单刷哩哩甩到冒天云里[1],又看着那些红绿纸张随着风飘悠悠落下来,赶集的人们伸手接住,高声念着。人们扬起红通通的脸,等待讲话。江涛提高了嗓音,喊:

"大家伙儿,老乡亲们!一年四季忙到头,杀猪过年也纳税……"

他讲了一会子反割头税的事,又接着说:"地租和高利贷是抽筋,地丁银附加税是拔骨,割头税比刮皮还疼……

"我们就像牛、像马,成天价在泥里、水里、风里、火里,滚来滚去……

"我们耪起地来,两手攥着锄钩,把腰一弯,像个罗圈儿,太阳晒得脊梁上冒出黑油儿。自春忙到秋,把租一交完蛋。寒衣节过去,身上还没有遮凉的衣裳。冬季里,寒天大雪,天黑了,灶筒里还冒不出烟来。使了账,三年本利停,'现出利'、'利滚利'、'驴打滚',利息越来越重!

"新年一到,要账的挤破了门框。起了五更,还没有下锅的饺子……

"一千斤的大铁枷,加在农民身上,我们种地人好苦啊!"

说到这里,他喘着气停住。贾湘农穿着白茬子老羊皮袄[2],坐在大

---

1 半天空里。很高很高的意思。

2 没上布面的羊皮袄。

车上,把猴帽[1]拉下来,光露着两只眼儿,谁也认不出他。江涛弯下腰,问了他一句什么,他抱起江涛的脑袋,说了几句话。江涛站起来,说:

"军阀们,你打我,我打你,混战到什么时候……

"贪官污吏,光管发财致富,不管农民死活!搜刮民财,不怕入地三尺……"

江涛呼哧呼哧讲着,一眼瞥见严萍在小墙头底下,睁着闪亮的眼睛,不错眼珠[2]儿盯着他。他的心上一惊,一愣怔,眼睛一跳,一出神,冒出金色的火花,用着金属般的声音,高声喊叫:"穷苦同胞们!要想改变这种光景,我们怎么办?"

朱老忠睁圆了眼睛在人群里看着他,想:这孩子真的成了大人,说得有条有理。冷不丁伸起胳膊喊:"抱团体[3],伸手干!"

江涛继续说:"对呀!譬如高粱谷子,耩得密密实实,刮风下雨倒不了,耩得稀了,大风一刮,就闹个嘴啃地。大家抱团体,人多势力大!现在我们提出,反对割头税,打倒冯老兰,大家同意不同意?"

严萍在台下看着,她觉得江涛平时像个姑娘。坐下来,端庄。走起来,安详。匀正的脸盘,浓厚的眉毛,一对乌油油的眼珠子,多么娴静。今天,他挺身立在千万人的前面,讲起话来,如同霹雳闪电,一句句劈进人的心腑。震动了人们的思想,吸住人们的视线。看他手儿一扬,系动千万人的眼神,滴溜滴溜乱转。嘴唇一动,牵连千万人的心,静心谛听。但她,还不能了解这是一种什么力量。

---

1 一种冬帽,戴上后很像猴子的头,因此得名。

2 眼珠不动,全神贯注。

3 紧紧地团结在一起。

严萍猛地脸上一热,一抖颤,心儿一摇,一喜盈[1]。她的心上,羞怯怯的,偷偷地系念江涛。当她一想起他的时候,两片晕红泛满了脸颊。她明白,在中国历史上,自古以来,草野里出了多少英雄!立在她眼前的青年人,兴许是一个未来的、了不起的大人物。一时心上热烘烘,额角上沁出汗珠来,心不由主,随着人群伸出拳头,喊着:

"中国共产党万岁!"

几万只手在她眼前扬动,几万张旗子在她跟前摇摆,几万张嘴喊着,喊声像春天第一次雷鸣。

严志和在人群里,看这匹小犊儿[2],简直成了人们眼里了不起的气候[3],眼角上不由得津出泪珠,又想起运涛:"那孩子要在外头,只在江涛以上,不在以下。可惜他要在监狱里住一辈子。"见江涛在台上,眼儿一盼,手儿一摇,就有千万人举起手向他招呼。严志和噙着眼泪跳起来,喊:

"好小伙子,呱呱叫!"

朱老忠和严志和悄悄儿碰碰头,龇开牙齿暗笑。朱老忠说:"看吧!这孩子行啦!"

严志和说:"咱也不知道谁家坟里长大树[4]呀!"

大贵,那个宽鼻骨梁、厚嘴唇的小伙子,两腿一蹦三尺高,呱哒落在地上,喊:"反对割头税,反对土豪劣绅冯老兰!"在太阳的照耀下,

---

1 满心高兴。

2 小牛叫犊。这里比喻孩子,有爱的意思。

3 成不了气候就是成不了大事。这里的"气候"是有出息的意思。

4 意思是说族里出大人物。

人们张开大嘴一齐呐喊,如同大河里滚滚的翻花:"一定要和冯老兰算老账……一定要和冯老兰算老账……"一阵阵喊声,传到远方。

张嘉庆带着朱老忠、严志和、伍老拔、大贵他们,紧紧随护着江涛和贾湘农,气势雄壮,准备着战斗。他们枪尖上闪着光亮,想喝敌人的血,刀锋上明丢溜溜¹,想吃敌人的肉。

江涛按照贾湘农的意图,指挥游行的队伍。做买卖的停止了生意,万人空巷,看着这雄壮的队伍在大街上走过。一群群农民迈着有力的步伐,学生们唱着《国际歌》,站满了一条街。排头到了税局子,排尾还没离开爆竹市。江涛呼呼哧哧,跑到排头上,严萍在后头紧跟着。他把哨子一吹,人们呼啦地挤了门子,砸了窗户,闯进税局子。吓得冯老兰的脸上变了色,跳过墙头逃跑了。冯贵堂也跳过墙,撒腿就跑,丢了鞋子、掉了帽子,穿过几条胡同,跑到县政府后门。小门关着,他爬过短墙,跑到县长室。王楷第问他:"你丢靴掉帽,干什么?"冯贵堂说:"共产党暴动啦,砸了税局子!"王楷第惊得两眼像只鸄鸡儿,问:"什么?"冯贵堂说:"反割头税的人们暴动了!"王楷第立刻站在门口大喊:"警察队,保安队,集合!出发!"

江涛爬到屋顶上,指挥队伍:"老乡亲们!土豪劣绅逃走了,怎么办!"

大贵伸出粗胳膊大拳头,瞪出大眼珠子,瓮声瓮气地说:"土豪劣绅打倒了,上县政府,去铲除贪官污吏!"

江涛说:"土豪劣绅还没打倒,还得狠狠地打!"

江涛又把哨子一吹,下了口令,大队人群噗噗噜噜地跑向县政府。张嘉庆带着纠察队,紧跟着江涛和贾湘农。大贵、二贵、庆儿、伍顺,

---

1 亮光闪闪。

那些年轻的小伙子们,今天在共产党的领导下,第一次说出内心的话,有说、有笑、有跑、有跳,乐得什么似的。严萍第一次看到这神圣的群众革命的图景,兴奋得眼上忍不住掉下泪珠来,用手巾擦着。江涛看她身子骨儿单薄,浮游在人群里,一会拥到这一边,一会又拥到那一边,被人们挤得歪歪趔趔,就偷偷地挽住她的胳膊。

别人没看见,张嘉庆可是看得清楚,把嘴唇突在江涛耳朵上,问:"这是谁?"江涛说:"是个同志。"张嘉庆眯缝着眼睛笑了笑,拍着江涛肩膀说:"这样的同志?"江涛拽住他的手说:"你可不能瞎说,嗯?"嘉庆说:"保护你行喽,我可不能保护她。"

江涛看今天群众情绪好,经过官盐店的时候,喊了一声:"官盐又涨价了,怎么办?"

朱老忠大喊一声:"抢他……"

一句话没说完,人们兴奋起来。贾湘农在大贵耳朵上说了个小话儿。大贵冷不丁把大胳膊一伸,喊出:"反对盐斤加价!"

随着喊声,人们如雷一声吼,一齐拥上去。大贵一跳,蹦上盐槽,拿起秤杆在柱子上一摔,咯嚓一声,折做两段,拿起簸箕说:"来吧!老伙里的东西,随便拿去。"人们抢了盐,用手巾、用褂子襟包着。重又整了队伍,上县政府去。走了一截路,前面停住。江涛跑到前头一看,骑着马、穿着黑衣裳的警察队走上来。穿黄军装的保安队,挺着胸,排着横队,挡在县政府门口。手里端着枪,枪上插着闪亮的刺刀,拉得枪栓劈啪乱响。像疯狗嘴上挂着血丝,逞着吃人的架子。人们有些恐慌,队伍走不过去。伍老拔用脑袋一拱,叫江涛骑在他的脖子上。江涛拍着胸膛大喊:"不要怕!不要怕!兵来了将挡,水来了土掩。有枪的阶级,你们照这儿打!"他拍得胸膛呱呱响。人们看警察和保安队不敢拿枪打他,一下子定住了心。

保安队不让步,队伍走不进去。江涛从伍老拔肩上跳下来,说:"同志们!跟我来!"说着把肩头一横,领着队伍向前走。忽不拉儿,有两把刺刀对准江涛的脸,不让他前进。江涛倒背着手儿,睁开两只雪亮的眼睛,盯着刺刀尖上的光芒向前撞,一点不露惊惶害怕的神色。人们看见江涛勇敢的神气,壮起胆来,更加不怕了。

朱老忠看那两把刺刀,在江涛眼前闪着光,眼看要戳着他的眼睛,把大棉袄一脱,擎着两条三节鞭闯上去,两手向上一腾,咣啷啷,把两把刺刀打落在地上。一下子又上来五六把刺刀,照准朱老忠冲过来。朱老忠气冲冲走上去,拿起三节鞭,劈劈啪啪打着,迎挡着。看眼前刺刀越来越多,他一个人堵挡不过了,伸开铜嗓子一声:"是刀子山也得闯,同志们!上呀!"大贵憋粗了脖子,把胳膊一伸,喊:"打退贪官污吏的爪牙!"人们一齐瞪出眼珠子喊,喊得天摇地动的。张嘉庆和朱大贵带着伍老拔、二贵、庆儿、伍顺等十几个年轻小伙子,拿着十几杆长枪冲上去。因为没有命令,保安队不敢伤害请愿的人们,被纠察队冲垮了,退到院子里。

朱老忠说:"同志们,向里闯!"

朱大贵、张嘉庆、伍老拔,带着大队的人们,哇呀一声,冲进院里。人们挤满大堂,挤满前后院,站满了屋顶上。

朱老忠站在队伍前头,举起拳头喊:"要求贪官污吏出来和民众们见面!"人们紧跟着喊起来。警察和保安队,还是逞着吃人的架子不散。朱老忠又喊:"同志们!他们要是伤害我们一个,我们怎么办?"人们喊着:"摁窝儿打死他们!"朱老忠喊:"那么,各人找寻各人的武器吧!"人们找了铁钯大镐、砖头石块,拿在手里,摆开阵势要打仗。

县长看请愿的人们人多势众,不敢出来。保安队和警察保护着县政府。人们等了半天,才传出话来:"可以暂时不交割头税。"江涛要求他明令取消。县长说不敢,要请示省政府。

江涛看人们从早到晚只吃了一顿饭,真的累极了,叫伍老拔把他拱到石碑上,站着说:

"同胞们,老乡亲们!看到咱们的力量了吧!吓得土豪劣绅屁滚尿流,贪官污吏浑身打颤。有人再来收缴割头税,怎么办?"

朱老忠跳起来,使出绝力喊:"当场打死!"

人们一齐喊:"打倒土豪劣绅冯老兰!"

江涛歪起脖子,学着贾湘农的手势,举起右手,打着哆嗦喊:

"反对验契验照!"

"反对盐斤加价!"

"反对高利贷!"

又说:"愿意打倒土豪劣绅、铲除贪官污吏的人们!你们加入农会吧!"人们不约而同地喊着:"我要加入农会!"

江涛说:"同志们!回去的时候,要三三五五地搭伴走。防备土豪劣绅们半道上暗害!防备巡警和马快班逮捕你们!"

散了会,朱老忠套上牛车,人们坐在车上。他跨上外辕,打着响鞭儿回家。江涛和严萍一块走着,路上,严萍对江涛说了知心话。她说:"我心里兴奋得不行,一股劲儿跳啊!"江涛送她走到大门口上,才独自个儿走回来。

自从开了大会,江涛白天吃不下饭,晚上睡不着觉,独自个儿坐在冬天的树林里,沉思默想。那天,他悄悄走进树林,靠在梨树上,眯缝着眼儿向着太阳。严萍从背后走过来,用细树枝扫了一下他的耳朵。他以为是一只什么虫儿爬进耳朵里,急摇摇头,回身一看,是严萍。严萍咯咯笑起来,江涛也无声地笑了,脸上有些红晕。

严萍问他:"你在想什么?"

江涛说:"我在想运动过去了,广大农民怎样对付冯老兰。"

严萍坐在江涛一边,江涛睁起黑亮的眼睛看着她,猛地张开臂膀,把严萍热烈地揽在怀里,用滚热的嘴唇,吻着她青春的眉峰……

他们在空旷的林子里,细细谈心。思想,如同一匹脱了缰的、刚扎牙的小马,伸开四蹄,奔驰在祖国的大地上。两人共同绘下了多少理想的图画。画上,又撕碎。撕碎了,又画上。年轻、旺盛的血液,在胸膛里鼓荡,开始感到革命给予青年人的自由和幸福。

38

开大会回来，人们到处扬嚷反割头税的胜利。老驴头慢搭搭走到朱老忠家里，朱老忠把他让到屋子里，坐在炕沿上。老驴头问："老忠兄弟！咱这亲家能不能做？"

朱老忠暗里笑了笑，说："能做不能做，单看你的。"

老驴头问："怎么单看我？"

朱老忠说："咱大贵说了，要想娶他过去，比登天还难。"

老驴头呵呵笑了，说："怎么这小子这么死羊眼，嫌我穷？"

朱老忠说："他说你有千顷园子万顷地，他也不干。"

老驴头一听，可就掭下精神来，搔了搔脑袋失望了，说："咳！那咱就沾不上你们的光了……咱老了……不行了……"他想到两口子都老得不行，家里没有顶门立户的汉子，只春兰一个，哪能过得了日子？再说春兰，闺女家，长得不平凡，又有个名儿，乡村里一些半大小子们，净想编着法儿欺侮……由不得眼里掉泪。

老驴头这点心事，不说出口来，朱老忠也明白。

贵他娘见老驴头精神发茶，走过来嘻嘻笑着说："还说俺死羊眼哩！

从你那炕头走到俺这炕头,只有迈步远,没的把春兰娶在我这院里,将来你们老两口子要是有个灾儿病儿,早起后响,我就不叫春兰家去瞧瞧看看?莫说咱成了亲家,就是街坊四邻,异姓外人,家里没有人手,缺手缺脚的,咱也不能看着他遭难。"

老驴头摆着长满了胡子的长下巴,说:"这么一说,做了亲戚,又当你们的累赘了?"

贵他娘说:"亲戚朋友嘛!"

说到这会儿,老驴头心上可就活起来。他想:"当村当块儿,又是一条街上,春兰早起后响过去照看照看,也还可以。"他说:"咳!孩儿是在我身边长大的,我不忍叫她离开我。"

贵他娘说:"你也得知道孩儿的苦处,春兰年纪儿不小啦,你不知道吗?"

老驴头说:"知道啊!"

贵他娘说:"知道,你还拦着她。"

老驴头只是摇摆着下巴,不说什么,不住地叹着气说:"咳!天哪……难呀!难呀!人活着真是难呀!"

朱老忠看他心里实在难受,走过去伸出大拇指头问:"大哥!你不相信朱老忠吗?"

老驴头抬起脑袋说:"相信哪!"

朱老忠说:"你相信朱大贵不能冻死饿死你们,你就把春兰给了他。你要是不相信,咱就两便吧!"

老驴头一听就乐了,说:"你要是这么说,咱这门子亲戚算做成了。我知道大贵是个仁义孩子。"

朱老忠和贵他娘哈哈笑了,老驴头也在森森的长胡子上带出笑容。

立起身出了口长气，拍了拍腰里褡包，高兴起来。朱老忠说："说是说，笑是笑，运涛那孩子还在监狱里，如今要是这么办了，我觉得对不起他。再说，还有咱春兰，她和运涛心热，这么办了，恐怕她还不依。咱得慢慢来。"老驴头看朱老忠又犯了思量，摇摇头，抬动腿脚走回去。春兰和她娘正在黑影里坐着被窝头儿说闲话。老驴头坐在炕沿上，扬起颏儿待了一会儿，说："闺女呀，你也别嫌羞得臊啦！我俩这么大年纪了，愿意看着你有个归宿，睡在土里也安心。"他慢吞吞把大贵的事儿说了。又说："我就是你这么一个。你要愿意，就点个头儿，不愿意，就摇摇头儿。"

春兰一听，不知怎么好，热烘烘的浪头传遍全身，在暗影里连连摇着头儿。可是她不知道父亲看见了没有，就势把身子一歪，伏在被窝上，她的心在不停地颤动。好像有一股温突突的泉水，在心上流动。咳！天哪，她经过了多少灾难哪，今天又到了这个关节上，走到十字路口。

那天晚上，朱老忠摸着黑，踏着那条小道儿，上小严村去。路上的雪化了，又冻住，脚踩过去，疙疙瘩瘩。他奔奔坷坷走着。到了严志和家，敲门进去，和江涛、严志和、涛他娘念叨了一会子开大会的事。朱老忠说："有个事儿，我得跟你们商量商量。"

严志和问："你说春兰和大贵的事？"

朱老忠说："唔！老驴头又答应把春兰给大贵。"

严志和看了看朱老忠说："好，好啊！这么着好。在我这心上算是完了一件事情。再说，咱没儿不使妇，没过门的媳妇，常来常往也不好。"

涛他娘笑了说："过来过去都是咱一家子人。"

严志和跟涛他娘话是这么说，心里还是不怎么同意把春兰嫁给大贵，他们舍不得。自从运涛坐狱的那年，春兰就常过来帮他们缝缝洗洗，头疼脑热的时候，也来服侍汤药。春兰好像一条红绳，把运涛和老爹老娘系在一起。他们一看见春兰，就会想起运涛，感到儿子的温暖。如今，一说起春兰要出嫁，孩子大了，他们说不出一个"不"字。可是春兰要是真的离开他们，却又像失去一件宝贝似的心疼。朱老忠呢，也不过是试探一下罢了。春兰嫁给大贵，他固然高兴，春兰和运涛结婚，他更高兴。可是这也只是一个幻想，谁知道运涛什么时候才能出狱？江涛看准了三位老人的心情，说："春兰嫁给大贵，我当然乐意，可也得看春兰同意不同意。"

他这么一说，几个人同时沉默，不再说下去。真的！春兰这孩子，她要是一路子扑着心嫁给运涛，可怎么办呢？这个问题，谁也答复不上来。江涛猛地想起，他听到人们说过，监狱里允许家里妻子去探望，允许未婚妻去结婚，还可以同屋居住。他又想到，虽然如此，春兰到底不如和大贵结了婚好。

第二天，吃过早饭，江涛去找朱老忠、朱老明，商量应付锁井镇上恶霸地主的情况，黄昏才回来。走到北街口，春兰从小门里走出来，手里提着个小红包袱，见了江涛，停住脚步说："江涛！来，我跟你说个话儿。"

江涛走过去说："正想找你说个话儿，你这是去干什么？"

春兰说："才说到咱院里去，这是给你做的一双鞋，怕的是老人上了年纪，在灯底下做活儿熬坏了眼，她身子骨儿弱，再累得好儿歹的。来，你穿穿，合适不合适？"

江涛坐在炕沿上试着鞋子。

春兰说："有什么衣裳该缝了，该洗了，你就拿过来。你不在家的时候，剩下两个老人孤孤单单的，我常过去看看。你在家里，我就不过去了。"

春兰娘看江涛人长高了，白白致致，出秀成大人了。又想起运涛，扫了春兰一眼,就避出去。春兰说:"江涛!你喝水不?我给你烧壶水喝。"又拿起笤帚,说:"看你身上那土,来,我给你扫扫。"

江涛说:"才吃过饭,不想喝水。"他看着春兰脸色苍白,人也太瘦了,鼻梁骨儿尖尖的,问:"你,打算怎么办……"问到这里,不再往下说。他怕春兰害羞,不愿跟他谈出心里话。

春兰冷笑一声说:"你看,几个老人有多么瞎心眼!"说着脸上红起来,噘起嘴,眼上揹着泪花儿。春兰给江涛身前后都扫了个干净,见他胸前落了几个粥点儿,也拿笤帚疙瘩刮下来。她说:"我也有个话儿,想跟你说说。"停了一刻才说:"我想去看看运涛。"

江涛一听,紧闭着嘴不说话。要说不行,打她的兴头儿。要说行喽,那块"宝地"就是为上济南卖掉的。他睁起黑眼睛,问:"你想他了?"

江涛这么一问,春兰的眼泪就像雨点子,刷地落下来,舌尖舐着唇边上泪珠,出了口长气,看着窗外说:"唔!"

到这刻上,江涛实在同情春兰,恨不得和春兰一下子飞到济南去。

江涛说:"你愿意去,咱想个办法,让你去。"真的,要是还有一块"宝地"的话,他也心甘情愿把它去了,叫春兰见到运涛。

春兰眼泪流到脸上,说:"运涛走的那天晚上,给我撂下话儿,叫我等着他,他还要回来……"说着,又抽抽咽咽哭个不住。

江涛眼圈儿发酸,滴出泪来,说:"春兰!你年纪也不小了,我想告诉你,运涛判的是无期徒刑,出狱没有日子。咱老人们,不愿叫你把好年岁儿耽误过去,再说大贵从军队上回来,也出息多了。你看,在这次运动里,他真是一员战将。"

春兰一听,跳起来,连哭带喊:"不,俺不,俺就是不!不管是谁,就是他长得瓷人儿似的,俺也不。他家里使着金筷子银碗,俺也不。纺线的时候，给俺银纺车、金锭子、玉石葫芦片儿，俺也不。"她两片嘴唇不停地说了一溜子气话，又噘起嘴来，把泪止了，肚子里还不住地抽着气。

江涛说："我是这么说说，拿主意还在你自己。"

春兰说："我主意拿定，俺俩既是说下这个话儿，他一辈子不出狱，我就要等他一辈子。我要上济南去看他，我说去就去！"

江涛说："那要花很多盘缠，咱往哪里去筹借？"

春兰说："我纺线，积下钱来。"

江涛说："你今天纺二两、明天纺三两，纺到哪一天才能积下这么多钱？"

春兰说："我一天天地盼，铁打房梁磨绣针，功到自然成！"停了一刻又说："我去找忠大伯、志和叔，叫他们给我备办。叫我去，我也得去，不叫我去，我也得去。我去定了！"停了一刻，又盯着江涛说："看你也成大人了，学得油嘴儿滑舌的，跟着瞎心的老人们谋算我。"

江涛一下子气急了，说："我哪里……我是设身处地为你着想。"

春兰鼓起嘴唇，瞟了江涛一眼，说："去！"就再也不说什么。

这天晚上，春兰还是不吃饭，一个人黑暗里睡下。可是，她睡不着，只是把两只手枕在头底下，合着眼睛发呆。一合上眼睛，她又看见运涛。在那冬天的长夜里，她经常是模模糊糊，也不知道是醒是睡，混混沌沌待下去。夜深了，她正静静待着，猛然一声，千里堤外，冰河乍裂，像一种什么力量敲击她的胸膛。她一愣怔醒过来，睁开眼睛看了看窗户，还是满屋子黑暗。她想："去了房子卖了地，我也要去看望运涛！"想着，运涛恬静的脸盘，从暗云里显现出来，那对大眼睛像一对明灯儿，照亮了她的心。

39

除夕那天早晨,二贵在门上贴上红对联,屋里贴上新年画,院子扫得干干净净,预备过年。

太阳压山,大贵叫了二贵,哥儿俩胳肢窝里夹着粟谷草,怀里揣着爆竹,到老坟上燎草儿。一擦黑,在坟头上燎起草火,火势蔓延,燃着坟地上的枯草,燎起"飘花"。夜暗降临的时候,平原上遍地飘起野火来,鞭炮声连连响起。猛地,空中一声爆响,震撼了云层,响声遥遥飘荡,一股光亮闪过蓝天。天上闪出星群,人们打坟上捭了满抱柏枝,走回来,又在门口点起草火。硝磺味在满街飘荡。

那天晚上,大贵二贵盘脚坐在炕上,跟娘说着话儿,捏完"初一"的饺子。

比往年不同,他们更早起了"五更"。大贵把两位老人搀扶到炕头上。二贵煮熟饺子,把碗端在炕桌上,冒起热腾腾的香油、白面的味道。大贵二贵跪在地上给爹和娘磕头,庆贺新年。

贵他娘心上激动得乐了,说:"孩子!忙起来,折煞人了!"

朱老忠看看大贵二贵,再看看他娘,两只眼睛笑成一朵花。虽然一家团圆,可是他并不快乐,只是回想一生尝到的苦味。祖辈几代的仇还没有报,他觉得心上太沉重了!

吃完饺子,大贵二贵提上铁丝灯笼去拜年。娘在灯笼上贴了剪纸花儿。

除夕晚上,严志和也在地上烧起柏枝,屋里充满柏汁的香味。他抱了一捆芝麻秸来,撒在地上。江涛问:"爹,这是什么意思?"严志和说:"这个嘛,让脚把它们踩碎。取个'踩岁'的吉利儿。"

涛他娘点着一把香,虔诚地举过头顶,又低头默念。把香一炷炷插在门环上、谷囤上、灶台上、牛槽上。提着灯笼,点上蜡碗儿,烧了纸箔,磕了头。

听得有人推门进来,江涛抬头一看,是严萍。她今天穿着黑绒旗袍,打着纱灯,进门就说:"乡村的大年夜,真是热闹!"

江涛接过灯笼,说:"萍妹子,怎么天黑了才来?"

严萍说:"大年夜,再黑,也是明亮的。"

涛他娘把严萍推到柏火旁边烤着,在地上放个小炕桌。严志和说:"萍姑娘!江涛到了你家里,好吃好喝儿。你到了我这茅草屋里,粗茶淡饭你也吃上一碗。"又对涛他娘说:"快给萍姑娘煮马齿菜馅饺子。"

涛他娘说:"请都请不到的。"她把血糕、猪头糕、灌肠、萝卜缨儿大饺子,摆在小桌上。江涛烫上一小砂壶酒,劝父亲喝着。

严萍说:"不用请,我自个儿会来的。"

涛他娘坐在灶膛门口烧着火,不住地回过头来看,柏火照亮严萍丰满的脸庞。涛他娘说:"他妹子,怎么这么好人儿?"

严萍正把一块猪血糕送进小嘴里,听得说,回个头儿,笑了笑,说:"好吗?磕个头,认你做干娘。"

涛他娘说:"可别折煞我!"心里想:当我的干闺女,还不足幸……

严萍吃完饺子,严志和喝完酒。一家人坐在炕上,看墙上的年画儿。一边看,江涛讲起《红鬃烈马》的故事,讲到薛平贵征西,十七年才回来,老王允还要苦害他,后来到底翻过身来。他一面说,严萍睁开大眼睛看着他。严志和说:"革命成功了,咱也出出这口气!"涛他娘说:"革命成功了,运涛也该出狱回来。"她又想起运涛,每逢过年过节,净爱想起运涛,年年除夕哭湿半截枕头。咳!像运涛这样的好孩子,一去几年不见回来,能不牵挂娘的心怀?今年却不同,她看见严萍和江涛在一起,心上不由人不生出新的希望。

深夜了,有一阵爆竹声,从远处响过来。啊!新年岁开始了!

严萍要回去,涛他娘说:"大黑的天,明了再回去。"

严萍说:"不行,奶奶操心。"

涛他娘说:"叫志和叔叔送你。"

严萍拿起灯笼向外走,说:"不用。"

见严萍要走,涛他娘着了慌,说:"不行!不行!荒乱年头儿!"

一句话没说完,严萍早出了大门。涛他娘走到门口,看了看黑暗的夜色,回来不见江涛,对严志和嘻地笑了一声。严志和说:"年头呀!革命革得开通啦,大地方时兴男女自由。"

涛他娘说:"看神色,他俩不错了。"

志和暗喜,说:"许着,咱得给他们助点劲,别学了运涛和春兰那个。"

江涛踩着纱灯上射出的影儿,走在苍茫的夜色里。乡村的黑色的轮廓像一堵墙,静静地站着。仰起头,看满天星星向他们眨眼笑着,微弱的青光从梨树杈上钻下来。

严萍说:"我有一句话要对你说。"

在黑暗中,江涛瞅着严萍的模样说:"你说吧!"

严萍说:"我不敢说。"

江涛问:"怎么?"

严萍说:"怕你不答应。"

江涛说:"能答应的尽可能答应。"

严萍抖着胸脯笑着,说:"回答得真聪明,我说啦!"

江涛说:"你说吧!"

严萍迟疑着,走了五十步远,才说:"我嘛,想革命。"

江涛问:"为什么?"

严萍说:"因为你革命。"

说到这里,两人又沉默地走了一百步。沉默压得人的胸膛透不过气来。在夜暗里,严萍射出闪亮有力的眼光,逼着江涛问:"嗯?"

江涛说:"我介绍你参加革命救济会。"

严萍问:"和共产党一样?"

江涛说:"离着近点,是个赤色团体。你可以动员人力财力帮助革命,挽救被难的同志们。"

听着,严萍紧绷的胸脯松弛开来,说:"自从城里开会回来,浑身热呀!热呀!心里老是跳!"她语音愉快而响亮:"人,生在天地间,应当做一番有益于人类的事业!"

走到大严村,他们从冰雪上踏过,脚下发出焦脆的响声。严萍敲门进去,又回过头来,和江涛握了一下手。江涛在梢门底下呆呆立了片刻,才冒着夜暗走回来。

天明了,人们出来拜年。大贵二贵在街上撞见伍老拔,先拱手作揖,再趴下磕头,悄悄说:"恭喜大叔,反割头税胜利了!"伍老拔笑嘻嘻说:"胜利了,孩子们!再有这么个好年头,给你们一人娶个媳妇。"哥俩儿走进朱老星的小屋里,他正坐在炕沿上抽烟。大贵说:"大叔,斗争胜利了!夜里可安静?"朱老星说:"大年夜还安静,就是半夜里有狗叫,吠了几声又停住。"又龇牙笑笑说:"看吧,革命就要成功,孩子们享福吧!"街上,小顺、小囤、朱庆,一群小伙子们沿门磕头。到了朱老忠家里,进门跪在地上,说:"老忠大伯,给老人家磕个胜利头。"朱老忠说:"孩子们忙起来,地上脏呀!"说着,把花生掖在孩子们手里,端起一盅热酒,说:"来,小伙子们!喝个胜利酒吧!"

40

江涛到忠大伯、明大伯、朱老星、伍老拔家里拜过年，又到大刘庄、小刘庄、李家屯亲戚朋友家去拜年。拜着年，宣传反割头税的胜利。

正月十四，他到贾湘农家去。给乍蓬胡子老人磕了头，老人在牛屋里接待他。他向贾老师汇报了工作，贾老师批准他发展的党员。写了信，介绍他回保属特委。贾老师说，锁井区的工作比别区还好。又说："你学会做工作啦，同志！说不出来我是多么喜欢，想调你回来工作，又正在读书的年纪。我好疲累呀，工作多，人少。请你告诉锁井那些同志：胜利中会蕴藏着灾难，要提高阶级警惕。灾难中也会孕育着胜利，要努力工作。同志！你也要注意：越是在幸福的生活里，越要准备迎接突然的不幸。这是我从事革命工作多少年来的经验，如果有用，希望你多加考虑！"听了贾老师的话，江涛转着大眼睛说："是……"

灯节晚上，人们在街上耍着狮子，敲着锣鼓。朱老忠、朱老明、朱老星、大贵，走到江涛家里，盘脚坐在炕头上。涛他娘炒了花生来剥着。江涛讲了"共产党是谁们的党"，讲了"一个共产党员的权利和义务"，讲了"党的铁的纪律"。他学着贾老师，找了一张写年联的纸来，剪面红旗贴在墙上,举行了入党的仪式。从这一天起,朱老忠、朱老明、严志和、伍老拔、大贵,成了中国共产党的党员。

开完会,涛他娘又端上一条盘酒菜。老哥儿几个和大贵、江涛,喝了一会子酒。开门向外一走,是夜黑天,白色的大雪片,从看不见边际的黑夜里,慢悠悠飘落下来。锣鼓声还在叮叮当当地响着。

朱老忠说:"这是瑞雪呀,今年一定五谷丰收。"

朱老明说:"哼哼!那是自然。"

天明,张嘉庆来了,说:"冯贵堂告了状,马快班要抓捕反割头税的人们。'红色'的人们要躲躲。"说完了,连饭也没吃,踏着满地雪水,去下通知。江涛和严萍,坐上车赶回保定。

冯老兰一起子包税商赔了钱,说什么也不干。冯贵堂熟悉法律,走到保定,告到保定,走到天津,告到天津。贾湘农在滹沱河两岸实在站不住脚了。

到了那年夏季,一天晚上,贾湘农看完最后一次学生作业,吹熄了灯,坐在窗前歇凉。房后头,护城河里的蛙声咕咕的一片。张嘉庆骑着车子,从很远的地方赶回来,浑身是汗,掸了掸身上的尘土,拉开抽屉,有贾老师给他留下的菜和馒头。贾湘农看他吃完饭,拉把椅子,叫他坐下,一块喝茶,说:"嘉庆!我要离开这里,你也要离开。"

张嘉庆问:"怎么,你要调动工作,我也跟你去?"

贾湘农说:"不,这是不得已的。反割头税以后,冯老兰抗缴税款,县政府不答应。冯贵堂到省政府告了咱们一状,连县长都告上,说他'镇压反割头税运动不力'。县长给省政府上了禀帖,说冯老兰'玩忽国法'。冯老兰收不到税,赔了本钱,就要设法抵赖包价。省政府勒令县政府押交,一下子把冯老兰扣在县政府。老家伙恼羞成怒,又告了咱们一状,这一状告在我、你和江涛头上。告的是'共产党煽惑民众,抗纳税款,造成国家财政上的损失'。这一来,问题就严重了……"

张嘉庆问:"那可怎么办呢?"

贾湘农说:"起先,县政府里的'同志'们把这件公文压了下来。教育局的'同志'们也设法疏通。由于农民运动高涨,省政府指令县政府追查,要'缉捕到案,严行法办'!我们只得避开了,我要到天津去。县政府里有你、我和江涛的红名单。"

张嘉庆问:"我也跟你去吧。"

贾湘农说:"你不能跟我去。要是到别处工作,我还离不开你,到上级党委去,除了要调动的人,不能多去一个。"

张嘉庆听得说,立时眹着眼睛,说:"贾老师!我不能离开你。你知道,我没了家,没了父亲。母亲是一个花钱买来的姨太太,她疼我,爱我,同情我。可是她在家庭里没有一点地位,除了眼泪,什么也不能帮助我。张家已经把她赶出来,也不知上哪里去了。我跟你在一块,你就是我的父亲,我也不再想母亲。贾老师!你把我引上革命的道路,我就依靠你。我愿为党、为无产阶级事业革命到底。我决不犹豫、动摇,也没有第二条路走!你不相信我的话……"说着,他把纽扣哧地捋开,用手挖着心窝,说:"把我的心叫你看看!……"

贾湘农听到这里,慢慢从椅子上站起来,肃穆的脸上,射出亮晶晶的眼光。不等张嘉庆说完,他说:"嘉庆!我知道你的苦楚,别说了,再说就疼坏我了!你放心,你是党教育出来的孩子,党不能放开你不管!可是我要批评你,你是党的孩子,应该依靠党,依靠组织。离开家,党就是你的家。没了亲人,每一个党组织都有负责人,你要依靠他们,懂得吗?"贾湘农在政治生活里,一向是严谨的。若是看到哪个同志有一点不正确的思想，就毫不留情地进行批评。当他看到立在眼前的，还只是一个十八九的孩子，就不再批评下去。

张嘉庆说："依靠党，依靠组织，我是知道的。当我每次下乡，在路上走着的时候，一想到这里有这样一座学校，两条腿就走得更快一点。一想到贾老师坐在这间屋子里，就像母亲在这里等待着我。我也想过，生我的是母亲，教养我成长起来的是党。依靠组织，服从组织，我明白。但是，这个原则要和母亲一样的人结合起来，我就能更好地进行工作。"一边说着，他的眼眶里涌现出泪花。

张嘉庆是个硬性的人，向来没哭过，为了这件事情，再也含不住眼泪了。

自从张嘉庆在河南区领导了秋收运动，他的父亲，直气得不行。一天早晨，趁着张嘉庆还没起炕，叫到左邻右舍，叫到家族长，搬了个铡刀来，放在台阶上，呐喊了一声，说："嘉庆，你出来！"母亲走出来看了看，连忙走回去哭着把他拍醒，说："儿！好儿！你快逃活命吧！"张嘉庆猛地醒过来，听说父亲要铡他，扔蹦跳上窗台，踩断窗棂，跳上屋顶逃走了。反割头税运动以后，冯老兰又撺掇[1]张嘉庆他爹，在衙门里告了张嘉庆一状，说他忤逆不孝，登报脱离了父子关系。这一来，张嘉庆就成了职业革命者，帮助湘农检查工作、指示工作，写钢板，跑交通，成了党委机关有力的助手。他白天出去工作，晚上回来，和贾湘农睡在一个屋里，冬天睡在一张床上，夏天睡在贾湘农的办公桌上。有时回村，也不过在同志们家里住几天，求人把母亲叫出来说个话儿。后来他跑工作，到了家乡一带，说起张飞同志，但凡穷人，到了哪家，哪家

---

1 怂恿。

高兴。到了哪村,哪村欢迎。

贾湘农看得出来,张嘉庆自从离开家庭,把几件衣裳都穿得破破烂烂。出去工作的时候,不能按时吃饭,偷偷钻在农民的小屋子里,这个同志送块饼子,那个同志端碗稀粥。工作薄弱的地方,就一天吃不到饭。饥一顿饱一顿混过来。到了工作没有基础的地方,晚上不敢住在村里,宿在漫洼野地[1],睡在秋秸[2]堆里。在家的时候,依靠同志们从伙房里偷几个馒头来吃。在饭铺里吃饭,他舍不得花钱,也只能吃个半饱。为了工作,他得骑着车子从潴龙河跑到滹沱河,又从滹沱河跑到唐河。不久,瘦得眍着两只大眼睛。

这时夜快深了,屋里没有灯,人们都睡着,操场上静静的,全城没有一点声音。贾湘农睁开晶亮的眼睛,看着耸立在夜暗里的古圣殿的轮廓,看着重楼上飞檐斗拱的影子,拍着嘉庆的肩膀说:"嘉庆!不要哭,你还年轻,应当更好地锻炼……"他慢慢走过来,把手搭在张嘉庆的肩头上,喃喃地说:"要锻炼得能够独立思考问题、决定问题,能够独立工作,那才是一个坚强的干部。目前,我们党就是缺少这样的干部。"他又歪起头瞅着嘉庆的脸,说:"要知道,你应该勇敢地向前看,不应该是个用眼泪来洗脸的人。"

张嘉庆忙用袖子擦去眼泪,说:"是。"

贾湘农说:"我把你介绍给江涛,他和你一样,也是在党的教养下长大的。这人在工作上英勇、机智,性格也挺浑厚。你通过他接上关系,我要在介绍信上注明,等你年岁一到,立刻转为党员。江涛在去年已经

---

1 原野上。

2 指高粱茎。

转党了。他一定好好照顾你……哎！他有个女朋友，你见过吗？"

嘉庆立刻破涕为笑，说："我见过，她参加过反割头税运动。长得细身腰，长身条，黑眼珠儿特别的黑，眼白特别的白……"

贾湘农又说："是呀！我给你写个信，叫他们想法帮助你考上第二师范。你的生活问题、读书问题，就都解决了。"

张嘉庆说："我知道江涛是个挺能干的人，和他们一块工作，一定是很愉快的。"

贾湘农说："第二师范供给膳宿费，不够的话，可请求组织上帮助，这也在信上注明。你再好好读几年书。"最后，他说："也许，省委派我到'保属'工作，我也想请求一下，因为我在这里人熟地熟。"

贾湘农站在张嘉庆背后，用手指抚摸着张嘉庆的下颏，嘴巴上几根胡子，已经硬起来了。他说："记住，同志！光凭热情不行呀！一个好的革命干部，他需要文化知识——各方面的知识，需要通达事理，了解社会人情……"

张嘉庆听到这里，从椅子上站起来，背靠着窗台说："我不同意江涛早早有了爱人。"

贾湘农直着眼睛问他："嗯，为什么？"

张嘉庆说："我觉得，这样对女同志并不好。再说，作为一个女人，多痛苦呀！她要管家，要生孩子，要……不，应该让她们独立，像男人一样地革命，在社会上做些事业。"

贾湘农说："可是她们早晚要结婚的。当然，一个好的女同志，她不一定漂亮。内心的美丽，比长得漂亮更为可贵。"说着，又纳起闷来：他为什么这样同情女人？显然是受了一种什么刺激。

张嘉庆是张家独生儿子。母亲生下他的时候，唱了两台大戏，喜幛贺联挂满了半条街。酒席摆了一院子，送礼的人们，喝酒猜拳的声音，传到二三里外。他长大了，只许跟大娘叫娘，跟母亲叫"小娘"。生他时，母亲只有十七岁，父亲已经五十多岁了。母亲晚上和父亲在一块睡觉，白天和长工们下地做活，摘花割谷，和做饭的在磨房里碾米、磨面，给大娘洗衣服。

大娘不让母亲奶嘉庆，雇了个奶姆。说也奇怪，慢慢的，嘉庆就不像母亲了。母亲哭着说："大娘使了魔法，把我的孩子脱形了！"人们抱起嘉庆来端详端详，说："可就是，真也奇怪！"

张嘉庆长大了，大娘不叫他和母亲见面。有时母亲背着筐下园子拔菜，碰上他，就流下两行泪，抚摸着孩子的头顶说："儿呀，儿呀，你快长大！长慢一点，娘就等不得你了！"说着，用破袖子擦着眼泪。

奶姆对嘉庆说："穷娘嫁到财主家里。一下轿，大娘横着皮鞭立在天地神牌底下，装腔作势，在娘脊梁上抽了一百鞭子，立过家法。还说，别看大娘吃得强，穿着强，生身的母亲是穿破衣裳的。"

张嘉庆长大了，母亲的青春也过去了，父亲又娶了个小娘来。小娘长得更漂亮，把母亲忘在脖子后头。母亲再也见不到父亲的面，从此用泪洗脸，就泪吃饭。

母亲的脸上越瘦越黄，长上横纹。她不愿这样活下去，张嘉庆逃跑以后，也就离开张家，上北京去，帮人做活，当起用人来。

张嘉庆的家庭历史情况，贾湘农在他入团之前就知道，对他加强阶级教育，培养成一个赤色的战士。

夜深了，嘉庆骑了一天车子，身上累了。经过一度感情冲动，又慢慢平静下来。用眼泪洗净了心情，倒在床上睡着了。

贾湘农对着深夜，对着静寂的院落出神。他在这个地区工作了将近七年，走过不少乡村，接触了不少革命的农民，培养了干部，教育了青年一代。如今，他要离开——不得不离开，敌人要追捕他。他对家乡有很深的留恋，嘴里不住地念着："家乡啊，亲爱的家乡！什么时候才能回到你的脚下？"

为了送张嘉庆走，第二天贾湘农早起了床。点上灯，给江涛写了信。把张嘉庆的衣服包好，叫起他来说："棉衣和被褥，我告诉这里同志们，给你捎去。"

张嘉庆说："我要是考不上呢？"

贾湘农说："考不上也不要紧，我在经过保定的时候，告诉组织上，安排你的工作。"

张嘉庆点了一下头，"唔"了一声，带上自己的东西，走出了学校。出了门，他又回过头去看了看，不忍离开他的母校。

天刚薄明，他们趁着夜暗，沿城根走到西北角，爬过城去。贾湘农说："路上渴了，喝壶茶，别可惜那么一点钱。出了门，一闹起病来，花钱更多。"张嘉庆说："是！我记住了，你回去吧！"

张嘉庆走了一段路，回过头看了看他住了几年的城池。贾老师还独自一人站在土岗上，呆呆地愣着。他要亲眼看着年轻的同志走远。张嘉庆看着他严峻的形象，暗暗地说："父亲……父亲……"

卷 三

41

保定市在小清河和京汉线交叉的地方，离北京三百七十里。

小清河缓缓的水流，流过丘岗，流过平原，流过古老城堡的脚下。流过白洋淀，和大清河汇流，流向天津，流入渤海。

这座小城市，在河北平原上，是政治文化的中心，当时有十五万人口。民国初年，在这里建下军官大学，为军阀混战种下了冤孽。狭窄的街道上，满铺着石块，街坊上大部分是上世纪留下的木板搭。有大车和帆船把粮食、兽皮、水果，运往京津，再把洋货——工业品运到乡村里去。

这里有十三所学校，一所大学。第二师范就在西城角下，一条小清河的支流，从旁边流过。江涛在这里受过四年师范教育，在保定市有了四年工作历史，是"保属"革命救济会的负责人，二师学生会的主任委员。暑假期间，江涛被选在学生公寓委员会里工作——沿着旧习，每年暑期招生，学生会筹办临时公寓，招待乡村里来投考的学生。

江涛得到支委负责人夏应图同志的同意，把嘉庆安排在养病室里。每天演算术、写小字，准备投考的功课。江涛安排厨工里的"同志"，按时把病号饭送去。在这个期间，第二师范经常住着不花栈费的客人。

为了解决嘉庆的生活问题,江涛带他去找严萍,她是救济会的会员。一进门,严萍刚下课回来,看见嘉庆,问:"张先生来啦?少见。"

张嘉庆第一次听到这样的称呼,睁着大眼睛看她。

严萍回过头来笑着说:"我还不知道你是个神枪手哪!"开了门,在自己小屋子里招待他们。她洗了手,沏上茶,从父亲屋里拿了烟来。

张嘉庆一见到严萍,悄悄地把眼光避开。他住在小城市里,没接触过女人,今天遇到严萍,不敢正眼去看。视线一碰到严萍的眼睛,觉得她眼里射出来的光芒,像锥子一样尖锐,好像隔着胸膛,能看透别人心血的吞吐。张嘉庆像一只被苍鹰拿败了的百灵,把脑袋钻在翅膀底下,再也不敢鸣啭。像有千丈长绳缠在身上。其实是,严萍一见到江涛,就心神愉快,脸上泛出明媚逼人的光辉。

张嘉庆抬着颏儿看这间精致的小屋。小屋里只陈开一个书架、一张书桌、一只小床。小床上铺着大花被单,小窗上挂着花布窗幔。墙上挂着一个银色的镜架,是严萍的放大相。她学着电影明星的姿态,仄起脸儿在笑。嘉庆一看,挺不喜欢这种姿势。

江涛把贾老师的意见告诉她,她斯文礼貌地倒了两杯茶,一杯放在江涛面前,一杯放在嘉庆面前。撕开烟盒,递给江涛一支香烟,嘉庆摇了摇头,严萍就不再给他。顺手儿划根火柴,给江涛点着烟。嘉庆想,这是什么女人的做派?

严萍说:"我知道张先生好枪法。可是,我也听得说过,你的家庭……"她看嘉庆不像穷学生,知道他的家庭是个大财主。

嘉庆愣愣青青[1]说:"有家,就不遭这个难了。"他觉得被一个女

---

[1] 鲁莽的样子。

人看过来看过去,浑身挺不自在,就净把眼睛看着屋角里。

江涛把嘉庆的经历告诉严萍,严萍轻轻笑着:"这就是了。近来在报纸上常看到,有的为了革命离开家庭。也有的家庭怕吃革命连累,抛弃自己的儿子。"看嘉庆有不耐烦的神色,紧跟上说:"革命就是家,让我们想想办法看,可以在内部进行募捐。"

江涛笑了说:"好!就请严小姐解决这个问题吧。"

商量完了事情,谈到文学上,严萍就侃侃地谈个不停。嘉庆也谈了很多革命文学上的意见,说:"我一念起革命的诗歌,心上就热烘烘的。"严萍说:"我很喜欢浪漫主义的作品,看了那些热情的小说,好像驾上云儿,飘飘忽忽走向革命。"

张嘉庆问:"你正在读什么书?"

严萍说:"《毁灭》。"

张嘉庆问:"你还读了些什么苏联小说?"

严萍说:"还读了《十月》,我很喜欢革命的热情。十月革命成功了,被压迫的人们站起来,得到了政权和土地。我也很喜欢诗歌。"说着,她扬起手儿朗诵了一首诗:

> 太阳没了,
> 在那西北的天郊。
> 满天的霾云,
> 正在暗地里狞笑。
> ………

严萍挥起两只手,用音乐的声音唱着,又孩子般地笑了。张嘉庆看她天真的举动,很是喜欢。文学把他们的感情联系起来,张嘉庆再也不感到拘束。

江涛拉开抽屉,拿出严萍的画报来看着。等他们谈完了,才说:"文学嘛,咱是门外汉。"

严萍说:"你是社会科学家,就不再喜欢文学了?"

说了一会子话儿,江涛和嘉庆走出来。一离开严萍的眼睛,就像割断了嘉庆身上缠的绳子,心上轻松起来,大拇指朝江涛一弹,打了个响榾儿[1],挤巴挤巴眼睛说:"不错!"

江涛郑重其事地说:"那是一个好同志,别开玩笑。"

张嘉庆说:"是呀,那是首要条件,不过……不过……作为一个'同志',我给你提个意见:像你,应该有一个粗壮的爱人,她好像勇士,时时刻刻保卫着你,你就不致被捕了。老实说,老实说……"他咽下一口唾沫说:"美丽……对于一个革命者来说,是个沉重的负担……"

江涛拍了嘉庆一掌,说:"净瞎说白道,我情愿!"

张嘉庆睁开大眼睛,把右手在左掌上一拍,说:"唉!算啦!你们俩,两好碰一好儿,咱算白说。"

张嘉庆鼓着劲考上了头一榜,算是过了第一关。可是二百五十个人,离四十个人还差得远。江涛觉得张嘉庆为了工作,把功课耽误了,实在难保证他闯过第二关。为了完成党的任务,应该克服困难,尽力克服,江涛又去请教夏应图。

经过老夏同志的指导,总结了历年共青团员在考学斗争上的经验。江涛又把嘉庆带到严萍家里,叫她拿出一身衣裳,把嘉庆的衣服换下来。

---

[1] 这是开玩笑时常用的一种姿势。拇指和中指接触,发出声响。

江涛和严萍提着桶抬了水来，给他洗净。严萍扯起褂子看了看，脊梁上破了个三角口儿，小口袋扯破了，搭拉下来，放在盆里洗着，说："这方面，你就得好好儿学习江涛。你看他，一天早晚身上衣服整整齐齐，一年到头儿，头上脚下不落灰尘。"

江涛也说："你穿着这么脏的衣服，能考得上学校？"

张嘉庆嘻嘻笑着，拎起贾湘农给他的那件布衫一看，和擦桌子的布一样，发散着汗臭。他捏着鼻子放下，觉得叫严萍给洗这样的衣裳，挺过意不去，心里说：真是，丢人现眼！

严萍说："在锁井见你的时候，还穿得漂漂亮亮的。这咱晚，你学得邋邋遢遢。"

张嘉庆说："那是什么时候？那时候还是少爷，这咱晚变成无产阶级了。"

江涛说："你得改变这习惯。"

严萍把一盆洗浑了的水倒出去，说："这有一车泥！"她在喘着气，洗衣板把她细长的手指磨得通红。打肥皂啊，搓呀，涮呀，一件衣服洗几盆水。她说："别看我身子骨儿单薄，并不怕劳动。我就是胆小，爱害怕。那年秋天，有个同学把一条毛毛虫放在我的书桌上，吓得我一天不敢去上课。一想起来，毛毛虫就像在心里鼓弄[1]。我还怕炮声，一听到炮声呀，赶紧捂上耳朵。"

江涛说："那我可不信。那年大年夜里，你一个人摸着挺远的黑路去找我。"

严萍斜起眼睛，瞟着江涛，说："那天晚上，可不是平常的晚上。"

---

1 蠕动。

张嘉庆跟上说："从那天晚上，你们就开始……"

不等他说完，严萍故意岔开话头说："从那天晚上，我就开始走上革命……你看你，头发那么长了，也不梳洗。多好的衣裳，穿在你身上，蹙皱[1]得像牛口里嚼的。穿鞋露着脚指头，这是无产阶级的生活作风？口试的时候，当面一谈就蹭了[2]！"

一阵话搔着张嘉庆的痒处，不耐烦地说："得啦，同志！咱俩算是没缘法，在你嘴里，我算是逃不出去，我哪里比得过江涛？"又指着江涛说："你看他，两个肩膀儿一般高，两条胳膊肘儿一般粗，两条大腿一般长，两只眼睛一般大，两条眉毛……两只耳朵……"他说话一快，就有些口吃。一股劲儿说下去，像放机关枪一样："像我吧，成天价不干不净，马马虎虎。不过，读书不读书吧，为了找个吃饭的地方，才考这'第二客栈'，好住着店开辟工作呀！"

一下子把严萍说了个大红脸，她怕张嘉庆批评她小资产阶级意识，再也不敢吱声。

严萍把衣服洗好，晾上。掏出两块钱，放在小床上，说："去，洗个澡，理个发，买双鞋来。"两人一出门，张嘉庆拍着江涛的肩膀说："同志！你算憋住宝啦[3]！"江涛摇摇头说："少说废话，你不是主张中国革命成功了，再找爱人吗？"张嘉庆说："当然哪，中国革命就要成功嘛！"两人洗了澡，理了发，到鞋店里试着买了双鞋子。新鞋子穿在脚上，那双旧鞋子，又破又有味儿，放在鞋店里玻璃门前的花砖地上，抬起腿就走了。

---

1 皱纹很多很密。

2 吹了。

3 得到"宝贝"了。

严萍把张嘉庆的衣裳折叠整齐，坐在椅子上压得平平正正。张嘉庆穿在身上，浑身上下干净利落。严萍拍拍他的肩膀，抻抻衣襟[1]，说："看，怎么样？小伙子漂亮了吧！明天口试的时候，一过眼就取上啦！"

江涛、严萍、嘉庆，在院里洗衣服的时候，严知孝和老伴在北屋里有一场小小的争论。妈妈说："闺女大了，也该有个安排。"又指着窗户外说："看！这样下去，有好儿吗？"严知孝说："我看也没有什么不好。"妈妈把脖子一拧说："你看不见？大闺女大小子，成天价打成疙瘩炼成块[2]，好看吗？"严知孝说："也没有什么不好看。"妈妈说："我看，老奶奶说的那个，你还是答应了吧！"严知孝说："那是你的闺女，你答应了吧！也不跟孩子商量商量？"妈妈又说："商量？要叫我是萍儿，巴不得的！登龙那孩子，长得白白儿，精精神神的，多好啊……"严知孝说："咳！你净装些个糊涂，你要是萍儿，你要是个大姑娘，你不愿和大小子们在一块玩？孩子们自然会选择自己的道路，打着鸭子上架不行，强拧的瓜儿不甜！"

冯登龙看严萍和江涛的关系从去年开始，比跟他更亲密了，心里使了一股劲，撺掇冯老锡上大严村去了好几趟。请姑奶奶给登龙保亲，想把严萍娶过来做媳妇。冯登龙以为这样可以不显山不显水[3]地把事情办好，想不到，严知孝不做主，妈妈一个人同意也办不成。

两个老人翻来覆去，嘀咕了半天。严知孝嫌老伴絮烦，趿拉上鞋

---

1 舒展一下衣襟。

2 死缠在一起。

3 不露面。不露声色。

儿[1]走出来。在院里散着步,见严萍他们还在屋里说说笑笑,迈步走进去。江涛和张嘉庆忙站起来,说:"严先生请坐。"

严知孝上下打量了江涛和张嘉庆,说:"好啊!英雄出在年少。宝贵的青年时代呀,努力吧!"

严萍说:"爸爸,你还不老啊!"

严知孝指了指脑壳说:"脑筋老了!别看我会说,不能做,好像讲书一样……"他拿出在讲台上讲古文的架势,讲了很多人生的大道理。最后,他说:"当老师的责任,是把话讲下,看你们青年人们怎么做去。"说完,回到他的书斋。

说了一会子话,三个人同时走出来。严萍立在高台石阶上送他们。张嘉庆一眼看见严萍穿着一双光亮的新皮鞋,笑着问:"是你买的?"

严萍说:"怎么,不是我买的,是你买的?"

张嘉庆瞅了江涛一眼,说:"我买了,你也不穿。"

江涛拍了他一巴掌,说:"净耍些个贫嘴!"

从严萍家里回来,江涛又给张嘉庆分析了学校的政治情况。还说,训育主任是个"蓝衫"儿,口试的时候,要他机灵点儿。不久,张嘉庆考上了保定二师,脱离了滹沱河两岸的白色恐怖,在保定读起书来。

---

[1] 半穿上鞋。

42

冬去春来,日子过得好快。1931年秋天,日本关东驻军在古老的中国国土上点起战火。国民党反动派坚持不抵抗政策,要放弃东北,把东北军调往江南剿"共"。

一个星期六下午,严知孝夹着书包,从学校走回来。洗去手上的粉笔灰,立在窗前抽着烟,看蓝色的天上,有几片白云飞驰。他脸色苍白,反问自己:"这就算是亡国啦……这就算是亡国啦……"两颗大泪珠子落在地上。

妈妈正在厨房里做饭,听得严知孝一个人在屋子里自言自语,她说:"这么大的国家,这么多军队,怎么能一下子亡了国呢?"

严知孝说:"人多遮黑眼,兵多吃闲饭!自私自利的家伙们,只知巩固个人的'地盘',发展个人的'势力',谁是为国家民族的?咳!我想不教这书了,回家当老百姓,眼不见心不烦,等当亡国奴算了!"

妈妈听得严知孝大一声小一声说话,撩起围裙擦着手,打厨房里走出来,隔着窗户说:"又不是自个儿的事情,操那么大心干吗?做大官儿的,自然就有办法。不教书了,吃什么,喝什么呢?"

严知孝说:"你算想错了!越是官大,身子骨儿越是值重。敌人一来,他们跑得更快。"

严萍从学校下课回来,把车子放在廊檐下,从屋里拿出把缨掸子,掸着鞋上的土。看见爸爸悲戚的脸色,扬起颏儿想:"读书,读个什么劲儿?敌人一来什么都完了!"

说话中间,冯登龙走进来。这人长得身体魁梧、漂亮。严萍和他同时走进屋里。他看见一家人脸上都带着忧愁,也呆呆站住不说什么。严萍搬过张椅子说:"请坐。"

严知孝把头仰在帆布靠椅上,拍着膝盖说:"完了!完了!我看不见有哪一个是肯救国救民的。"他感慨很深,实在觉得过不下去。

冯登龙竖起眉毛,闪着锐利的眼光,看看严知孝,又看看严萍。掏出烟盒子,捏起一支烟,在盒子上戳着,说:"想救国救民的,大有人在。中华建国四千多年,出了不少英雄,挺身出来挽救国家民族的危亡。这就是国魂!只有唤醒国魂,才能挽救祖国!"他好像胸有成竹,晃搭[1]着身子,愣愣角角说着:"沈阳事变,没有什么可怕。相反,应该庆幸。这好比在睡狮身上刺了一剑,它才能惊醒。它这一醒呀,就要吃人!"

严知孝听他这个得意的学生大言不惭地说着,脸上的愁闷就散开了,打量一下登龙,说:"你说得很对!中国的衰亡,就是因为断了国魂,缺少了英雄。这一群卖国贼,能救得了国家?"

冯登龙说:"有了出色的英雄,自然就能打退异民族的侵略。"

严知孝用食指磕着烟灰,在屋子里踱来踱去,说:"从中国历史上看,凡是异民族入主中原,没有不失败的,没有不被同化的,也没有不

---

[1] 摇晃。

残忍的。元世祖忽必烈入主中原，十家一个蒙古族人管待，十家一把切菜刀。清世祖福临入主中原，光文字狱就搞了多少次，杀了多少有民族思想的人。结果，他们都失败了，我们的祖国还是岿然不动。可惜，到了这二十世纪的中叶，说什么也一蹶不振了。"

严知孝平素就注意政治问题，每逢政治舞台上出现一个新的事变，就约几个亲戚朋友到家里喝茶，谈论一番，消遣政治上的苦闷。今天，关于"沈阳事变"，一直谈了两三个钟头。江涛走进来的时候，见他们正慷慨激昂地谈着，就悄悄坐在一边，眨着大眼睛听。

冯登龙一看见江涛来了，挺起胸膛，挥着拳头说："我还是那个意见，要想国家强盛，只有全国皆兵，实行军国民主义。有了强大的军队，才能打败强敌，复兴祖国。"他一面说着，突出骨溜溜的眼珠子，目不转睛地睖着江涛。

江涛看了看冯登龙傲慢不逊的神色，笑了说："我也坚持我的意见。中华民族，要想得到独立、自由、富强，只有发动群众，改造经济基础，树立民主制度。这里头有'英雄'，也有'力量'！"

这是老问题。不久以前，为"国家前途"和"救国方针"的问题，引起两个人的争论，青年人儿好胜，就为这件事情伤害了感情。

严知孝拈起两撇黑胡子，睁开眼睛，听听这个说得有理，听听那个说得也有理，笑了笑，说："都对，你们说得都对。"停了一刻，又说："作为一个'人'来说，要爱祖国、爱人类、爱天地万物。"

冯登龙气昂昂地说："我说的是真正挽救国家民族的危亡，并不是把国家的'权柄'从狼嘴里掏出来喂狗。"

江涛听他话里带刺儿，慢慢站起来，一步一步走到登龙跟前，拍拍他的肩膀，说："聪明的先生！我说的是真正建立群众的祖国、群众的军队，难道这'权柄'还会落到国家主义者手里去？！"

第二师范和育德中学只隔一条马路，是错对门儿。冯登龙是一个国家主义派的得意门生，江涛是共产主义者，他们互相都了解。严知孝常趁着礼拜或是假日，叫他们来玩，共同消遣寂寞的日子。政治见解不同，裂痕越来越深。因为有严萍的关系，他们又舍不得不来，而且来得更多。

冯登龙听江涛讥诮他，冒起火来，哧地扯开衣襟，才说动手，严知孝哈哈笑着，伸出两手把他们隔开，说："适可而止，都对，你们都对！只要能把国家从水深火热里救出来，他就是至高无上的英雄！"

冯登龙气得脸上红通通，冒出满头大汗，说："光说空话顶屁的事，明天我就要上前线！"

严萍忙打盆水来，拧把手巾递给他，说："何必呢，大家在一块儿谈谈嘛，也那么雷霆电闪的。"

冯登龙说："我表叔在东北闹起义勇军来，要成立教导队，叫我去学军事。"

严知孝说："还是等毕了业吧，你爹受了那么大的挫折，供给你上学不是容易，何必半途而废呢？"

江涛说："不能妄想抗日前线上多一个膘膘愣愣[1]的家伙，就能把日本鬼子打出去！"

冯登龙说："我也不相信成天价抠书本、翻纸篇子，吹吹拍拍的能救了国家。"他在屋里走来走去，说："第一次世界大战的时候，希特勒不过是个二等兵，今天他是国家的元首……"

严知孝打断冯登龙的话，说："好，这是青年人说的话。大英雄，

---

[1] 冒冒失失。

要为祖国争城略地,把热血洒在疆场上。"

严萍插了一句,说:"我也赞成他去,失学失业的年头,毕了业也是失业。"

谈到这里,江涛见严萍走出来,回到自己的小屋子,他也跟过来。一进门看见桌子上多了一个小小的白铜镜框装着冯登龙的相片。两条挺硬的眼眉,伸到鬓角上,眉梢向上翘着。眼睛挺圆,射出尖锐的光芒。江涛翻来覆去,看了又看,也从胸袋里掏出一张小照片儿,悄悄放在桌子上。江涛走出去倒了杯茶回来,严萍用图钉把这张照片钉在了墙上。趁着严萍一转身,江涛又把照片抽回,掖进衣袋里。严萍转过身来一看,照片不见了。她耸起眉峰,这里瞧瞧,那里寻寻,最后看到江涛。两只黑眼珠倾在鼻梁上,一动也不动,她生气了。江涛被她尖锐的眼光逼着,不得不把照片悄悄地放回桌上,脸上怯生生的,像是说:"你没有地方搁放嘛。"严萍伸手把镜框劈啪一声扳倒在桌子上,拆出冯登龙的相片,扔在一边,又把江涛的照片装进去,啪地戳在桌子上,噘起嘴盯着江涛说:"这,你就如意了。"

江涛对严萍这种表情,并没说什么,耸了耸肩膀,笑了笑,脸颊上飞起了一片羞红。

于是,一张面貌朴素、清秀的肖像,骄傲地站在桌子上。正在这刻上,严萍一回头,爸爸迈步进来。严萍不好意思红了脸,拿起那张照片说:"爸爸!你看江涛这个相片照得怎么样?"

严知孝拿起照片,左瞧瞧,右瞧瞧,放远一点看看,又放近一点看看,噗地笑了说:"人,在二十左右岁儿的时候,相片怎么照怎么好看。一过了岁数,便怎么照怎么不好看了。"

严萍看老爸爸满有风趣起来,望着江涛笑了笑,江涛也笑着看了看严萍。

谈到这里，妈妈叫吃饭。吃着饭，冯登龙和江涛都鼓突着嘴，谁也不说什么。严知孝以为青年人一时翻脸，待待就好了。严萍感到跟这两个人在一块儿挺别扭。登龙说的话，能跟江涛说。江涛说的话，不能跟登龙说。近来，更不愿跟登龙多说话了，她讨厌那股膘膘愣愣的劲头儿。冯登龙看她与江涛之间有了秘密，还是舍不了这口气。倒不是放不开和严萍亲密的友情，他觉得是政治上的失败。严萍自小儿就和登龙要好，在一块跳房子、弹球儿，大了在一块读书。严萍好温情，还没有这种魄力，把和登龙的关系，一刀斩断。她也想过，果然斩断，心上多么轻快！显然，她感到那种幼稚的感情，早就成了"多余的"。她又不肯一下子斩断，藕断丝连地拖着。

吃完饭，江涛和登龙同时走出大门。下台阶的时候，江涛把一个小小纸卷儿抛给严萍，扬长走去。她立在高台石阶上，看他们走远，摇摇头儿，又觉得烦恼："怎样才能把这种情形结束？"但时间很短，在脑子里一闪就过去。

江涛和冯登龙，两个人踩着石板路并肩走着。天黑了，大远一盏街灯，半明不亮，呆滞地照着。他们依然闭着嘴，不吭一声。出了西门，走过小木桥，到了育德中学的门口，登龙也没有回看一眼，径直走进去。江涛也没有招呼他的意思，独自个儿走回来。天晚了，他爬墙回到学校，早打了熄灯钟，院子里静静的。沿着房荫走到宿舍门口，停了一刻，不想进去，向东一拐，走上养病室的台阶。

这早成了老习惯，情况一紧急，政治恐怖一来，他们就不在斋舍里睡觉。

他推开养病室的小门，拉开电灯。严萍给他新洗了桌布，瓶子里的花还香着，小屋里亮闪闪充满了愉快。他熄灭电灯，躺在床上，心在胸膛里突突跳着，眼睛合也合不上。又划个火儿点着一支烟，在夜暗里睁开圆大的眼睛，看着烟头上通红的火光。虽然一丁点儿光亮，一丁点儿鲜红的色彩，在黑暗里却是无比的鲜红。他心里兴奋，又翻身坐起来，隔着窗子，看河边上两排柳树遮荫了河岸。河水在柳枝下缓缓流动，月亮透过繁密的枝叶，在水面上闪出耀眼的金光，夜色多么幽静呀！心里又想起严萍：一个美丽的脸盘儿，静穆的眼神……

他为了爱严萍，产生一个愿望：尽一切能力帮助她进步，引她走向革命，锻炼成一个压轧不烂的革命者。于是，把革命的体验传授给她，把革命的心情倾吐给她，把新的心得描述给她。有哪一个礼拜不告诉她一点得意的事情，就觉得日记上多了一页空白。自从和严萍建立了这种友情，身边有了这样一个人儿伴随，他就战斗得更坚强。成天价精力充沛地去做好各种工作，使革命生活更加充实。他也想过：一旦失去她，他会……他不敢这样设想，自信不会失败。失败了的话，他也想过，那就只有斗争！斗争！斗争！斗争的目标，是冯登龙，一个没落地方的儿子，一个国家主义分子。到了那步田地，就等于说在政治上遭到了失败——他没有能力，没有本事，把她争取到进步的阵线上，却被冯登龙拉她倒退了。

他想着，歪在床上睡着了。不一会儿，又猛醒过来，伸头一看，东方发亮了。今天是礼拜日，他和严萍约定，今天早晨去共同完成一件宣传任务。他穿好衣服走出来，向南一拐，走过操场的花砖墙。趁着夜影，跳过围墙去。走着河岸上的小路向北去，到了城门口，城门还紧紧闭着。他又沿着河岸走回来，向南去，走过水磨旁边的小桥，到南关公园。公园老早没人管理了，是荒凉的。他想在八角楼的后面，很少被人看见的地方，爬过城去。爬城是一件苦事，他用脚尖抵住狭窄的城墙砖的棱缘[1]，一步一步往上爬，一滑脚就要跌下来。翻登城头的时候，要通过一丛枣棘。城头陡峭，不攀住枣棘更难登上城墙。他咬住嘴唇，把眼一合，伸手攀住枣树的枝条，硬着头皮钻过去。棘针扯破他的衣裳，扎住他的手，流出血来。

好不容易爬过城去，走过清静的街道，到了严萍家门口。街上没有行人，他在门前走来走去，看门还闭得紧紧。走上石阶，隔着门缝看了看，严萍的小屋里还静静的。只好坐在阶石上看着西方最后一颗星星落下。

正睉睉睜睜对着两扇关着的大门，听得小东屋门一响，一阵皮鞋声，门吱地开了，严萍出现在他的眼前。

严萍怔了一下，笑了笑，说："同志！你来得好早。"说着，伸出手来。

江涛握住她的手说："天黑着，就来等你了。"他也笑了。

街上冷冷清清，猛然刮过一阵新鲜的风，有两只早起的云燕，高高地在天空上飞旋。街口有个卖菜的小贩，拔起嗓子吆喝。两个人顺着胡同向北去，把传单塞到沉睡的大门里。走到城根向东一拐，江涛站在拐角的地方瞭望，严萍把传单贴在墙上。看见小胡同里有写下的标语，是严萍的笔迹。江涛问："为什么在近边处写这么多的标语？这等于说'此地无银三百两'！"

严萍说："别的地方还不是一样……我害怕，不敢到别处写嘛。"

在关东大部地区沦亡以后，中共保属特委，为了支持群众的爱国热情，反对不抵抗政策，发动了党团员及广大群众，进行抗日活动。抗日力量在这个市区，完全有这种魄力：一道命令下去，能动员千百人飞行集会，粉笔队画白保定市的墙壁。

---

1 棱角，边缘。

江涛沉默了一刻,说:"咳!为什么都写在这儿?写到乡村里去吧!没'人'去过的地方,还没有一个'人'。城市小,'人'倒挺多。"

走到一个红油大门,门前有两棵树,像是阔人的公馆。严萍在一边看着,江涛把亲手画的一张讽刺画贴在门上,是讽刺不抵抗政策的。两个人并步走着,江涛说:"要钻着心儿研究工作方法。大清早,老爷太太们是不起床的,把抗日的礼物送到他们门上,等他们睡足了觉,一开门就收到了。"他把两张传单,塞进一个黑油小门里,又说:"晚上,你到书店里,翻翻这本书,夹上两页传单。翻翻那本书,夹上两页传单……这样,党的主张,就和青年学生见面了。"

严萍不注意地笑了一下,说:"看你,倒挺熟练。"

江涛说:"这些办法,时间长了,也会给阶级敌人发觉。不要妄想。有哪个统治者是傻子……"他一个字一个字说着:"我们想到的,阶级敌人也会想到。我们的斗争艺术提高了,阶级敌人的统治本领也会提高。革命,就是在不断创造,不断斗争里前进。一刻的停止创造,一刻的停止斗争,就等于向阶级敌人缴械……"

严萍听江涛讲完一段,就表示由衷地接受,连连点头,说:"是的……是的……"

严萍像跟师傅学艺,仔细听着,一个字一个字印在心上,暗地里留心江涛的谈话,听他什么话儿怎样说法,什么口吻,什么态度。她问江涛:"为什么老是'斗争'、'斗争'的,说一连串的'斗争'呢?"江涛说:"在小学生的时候,学习贾老师说话,学会的。"可是贾湘农是因为坐狱,受电刑,神经受了过重的刺激,说起话来口吃,嘴唇打着哆嗦,一说到紧要关节的地方,越是着急越是说不出话来。江涛学了,是为加强语气。讲到紧要地方,就学着贾湘农,举起右手,说:"……斗争!斗争!

斗争!"表示他的坚决,他的勇敢,他的决心。严萍看了,一股劲儿想笑,斜起眼睛说:"干吗老是斗争斗争的?"严萍一说,江涛脸上就红了。

散着传单,严萍有个性急的想法:"盼革命早点儿成功吧!"她想象一杆红旗插在高空,迎风飘动的姿态,想到自由幸福的远景,想到社会主义社会的可爱。

为了完成这个任务,严萍心上老是跳动不安。前天才有两个学生在墙上写标语被捕了。还有几个人,是在东郊做士兵工作,被十四旅逮捕的。被捕的人都押进公安局。一想到被捕,她心上就不住地跳。眼下,她又开始觉得恍惚不安。走到东南城角,传单撒完了,她的心才放下来。

两个人拍拍手,又说又笑走到大街。太阳老高了,阳光晒在街巷里和屋顶上。铺门都打开了,顾客还是稀少。两个人走进天华市场,到白云章包子铺去吃早点。

一进铺子门口,就闻到逗人食欲的香味,跑堂的伙计,撒开尖嗓子高声叫着。江涛拉着严萍,走上楼梯,坐在一间小房里。严萍看见伙计一条胳膊上摞着十几碟[1]包子,通、通、通地跑上楼来。又把几十个碟子摞在胳膊上,通、通、通地跑下楼梯,抿起嘴儿笑。

吃着早点,江涛悄悄问:"怎么样?不害怕了吧?"

严萍说:"只要有个人儿在我身边,就什么也不怕。"

江涛说:"锻炼锻炼就好了……这算是假设吧,假设有这么一天,你被捕了,又该怎么办?"严萍把两颗黑眼珠儿倾在鼻梁上,仄着脸想了半天,才说:"被捕了?听说那是很可怕的!"

江涛说:"对一个革命者来说,这是家常便饭。比如我吧,比如你

---

1 重叠。

吧，就时常有被捕的可能。只要思想上有准备，并不可怕。"

严萍两眼望着窗外，摇摇头说："不可怕？"

江涛说："比方说，你一旦被捕了，怎么办？人家要问你，江涛是共产党吗？"

严萍眼睛瞟着江涛，笑着说："不是。"

"张嘉庆是吗？"

"不是。"

"人家要打你。要扎杠子！"

"我豁出来[1]……"

江涛说："要记住，一个革命者，不能受反革命的审判，要以法庭做讲坛。"

---

1 什么也不顾。拼了。

43

江涛和严萍约定,下午去参加飞行集会,就回去了。

礼拜日,大街上人来来往往挺多,大部分是男女学生和乡下来的农民。严萍沿着马路走回来,躺在小床上睡了一觉。正在睡着,有脚步声走进小院来。仔细一听,是冯登龙走到北屋去了,和妈妈蘑蘑菇菇[1]说了半天话。妈妈挺喜欢他,常给他洗衣服,炒好菜吃。登龙转着脖儿看不见严萍,睁开大眼睛问:"萍妹子呢?"

妈妈说:"在东屋里,去吧,去看看她。"

严萍听登龙走过来,翻了个身,脸朝着墙,把手搭在眼上,打起鼾睡。冯登龙不管不顾,夸地坐在床沿上,伸手去拿严萍的手。严萍机灵地躲开,说:"年岁大了,还这么着,谁习惯?"伸胳膊打了个哈欠,翻身坐起来,说:"坐到椅子上去。"

冯登龙说:"我表叔说,目前是个时机,他们正在扩大队伍。我觉得上中学总是个远道儿,不如干军队。像冯阅轩吧,他上了军官学校,

---

[1] 慢慢腾腾。

到日本留了几年洋，回来就当了团长。上学呢，上来上去，顶多不过是个'教育界'。"

严萍说："我早就同意你去哩。"

冯登龙说："我决定要去了。"他又吸起烟来："……当当排连长什么的，说不定不到一年就当上营长，我要是当了旅长啊，立刻把冯阅轩他爹押到监狱里去……"

严萍插了一句，问："干吗？你要铲除土豪劣绅？"

冯登龙摇摇头说："哎！咱不像江涛他们那样。"

严萍坐在小床上，瞪了他一眼，冷笑说："你是为自个儿的事情，既想做官，又想发财。"

冯登龙把手掌一拍，说："嗨！人不为己，天诛地灭。而且，而且，想读书，我父亲也供不起我。他和冯阅轩他爹打官司，把地都输了。当然啊，我们还雇着两个长工，养着两个大牲口，瘦死的骆驼比马大，在乡村里还是个财主。"

严萍笑着说："嘿嘿！你真会说。"

严萍思想上，有个不可告人的秘密：登龙在小孩子的时候，人长得漂亮，性格也爽直。自打一二年来，越大越憨气，一点聪明劲也没有了。一看见江涛就立眉竖眼的。相反，江涛外表朴实，人也极热情。她又想起那一年，江涛在反割头税大会上讲演的时候，有时两手叉腰，有时挥动一条胳膊。两只大眼睛，黑黝黝的。她想：那时他背后就是缺少一面红旗。心里说：那面红旗要是叫我打着啊，说不出来那情景儿有多壮丽！

她又想到：要摆脱和登龙的感情，确实是个问题。她怕他，那家伙愣手愣脚，什么事儿都干得出来。于是，她一鼓劲儿鼓励他："快去吧！去学军事吧，将来的职业问题也甭作难了！"她想，只要他离开保定，一切问题都解决了。

冯登龙又和严萍谈了一会子家庭琐事。他痛恨冯阕轩侵害他的家庭,他咒骂,怨恨。一说到冯阕轩的名字,把牙齿咬得咯嘣嘣响。为了这件事情,严萍也为他不平过,甚至是气愤。可是一想到这场官司,打来打去,不过是两家地主争风吃醋,不由得暗笑,说:"狗咬狗,两嘴毛罢啦!"

冯登龙对严萍的小屋子很是留恋,走到北屋里倒了几次茶,拿了几次烟,不忍就走。他要求严萍:"秋天了,咱到公园里去看红叶吧!"

严萍说:"困,我没那个兴趣。"

他看严萍不耐烦的态度,还故作镇静,把右腿架在左腿上,打着哆嗦。眼睛眯缝得紧紧的,不让泪水流出来。严萍挺讨厌那种姿势,她觉得那是十足的市侩气。冯登龙到这刻上,不得不离开了。他还是眯缝着眼睛,把烟卷叼在嘴角上,右手插进大褂襟下,立起身来要去,又站住。瞟了一下墙上挂的严萍的相片,说了一声:"愿你们永久幸福吧!"就走出来。

严萍一听,脸上腾地红起来,瞟了他一眼,心里说:何必呢!

冯登龙走下高台大门,又站了一下,背过脸把手伸出去。严萍像是没有看见,扭身走进大门,把门一关,踏着响脆的皮鞋声走进去了。

她走回来,躺在床上。心又突突地跳起来,像是怕丢失什么东西,又怕不能得到什么。盯着自己的相片,又想起照这张相片的情景。在一个夏天的傍晚,她和江涛、爸爸到公园里去散步。刚刚转过"别有洞天",江涛指着天边上的月亮说:"多明快的月亮啊!"严萍冷不丁转过头来,伸起两手,仄起头悄悄儿说:"多么幽静啊!"爸爸也走上来说:"新月呀,像金钩呀!"

过了几天,江涛谈到,在那一刹间,她那种姿势挺好看。她按江涛的意思,照了这张照片。照相的时候,江涛还要站在她身子后头衬个景儿，严萍说什么也不干。这张相片，一直挂在墙上，什么时候看见，都觉得清新。可是她现在一看到那种姿态，就觉得幼稚、娇气，一点不带革命劲儿，没有英雄气概。摘下它来！

她对于过去的生活，再也不感到满足，倔强地说："让旧的生活，随着时间的流水逝去吧！"

她看了看手表，到了指定的时间，匆匆走出西城，到第二师范去。一进传达室，老传达韩福正低头做他自己的事情。那是一个白面庞、黄胡子、镶着红眼边的老头儿。她立在门口，连叫了好几声，韩福还是不理不睬。她着急说："俺找一个人嘛，你没听见吗？"

韩福老头说："是，姑娘！我这就弄完了。"他抬起头来，瞅了瞅，又低下头说："你找江涛，上养病室。"

严萍噗地笑了说："俺还没说嘛！"

韩福老头说："用不着，我记性强着呢，早记熟了，去吧，上养病室。一个礼拜不知道来多少趟！"说完了，又去做他自己的事情。

第二师范有个高大的门楼，进了门是一条甬道，甬道两旁有两行小柏树。迎着门有两棵大杨树，树下是一圈花墙，风一吹，大杨树的叶子豁啷豁啷地响。横廊下放着一面大穿衣镜，她对镜端详了一下自己的身影，才走过斋舍，到养病室去。站在江涛的门口，敲了两下门走进去。小房里坐着一堆人，有江涛、老夏、老曹、老刘，还有青年团员小邵，一个活泼有风趣的小家伙。她一见人多，觉得怪不好意思，又想退出来。老夏看见她犹豫的神情，说："请坐吧！我们的会开了。"

严萍看见老夏，弯腰向他点了点头。她知道老夏是学生会的主席，中共二师支部的负责人。他比江涛高一点，脸上挺黄挺瘦，有一双黑而安谧的眼睛。严萍在那里站着，两只黑眼睛骨碌骨碌地转，看着江涛，舌尖儿舔着嘴唇边,一会儿舔一下,一会儿舔一下。他们见严萍进来,站起身要走。江涛说:"坐坐呀!干什么就走?"

老夏他们谁也不说什么,笑眯眯走出门来。小邵回转头推开门,龇出白牙来笑了笑,说:"难道我们还不应该走吗?"

江涛说:"少说废话。"抬起脚,呼的一声把门踢上。

严萍轻轻笑着说:"这号人儿[1]!"她立在窗前出神,清清河水从窗前流过,对岸满是新鲜的菜畦。

江涛从抽屉里拿出两卷宣传品,说:"请你带上好吗?"又扳过严萍手上的表,看了看,说:"五点十分到公园,五点半到南大桥,这是一路。不能错时间,不能乱走。请你在'别有洞天'等我吧!"又弯下腰,集中精神,拾掇抽屉里的书籍和文件。他在做着准备工作。

严萍把宣传品掖在腰带上,又放下黑裙看了看,问:"可以吗?"江涛瞅了她一眼,说:"走吧!"才说走出来,钟楼上响了几下钟。她又停了一刻,看太阳西斜,沿着东墙根走到大图书馆,再越过横廊走出来。老传达韩福在破藤椅上坐着,看见严萍走过来,问道:"走吗?"

严萍说:"走啦!"她又偷偷看了看,见韩福在对着她笑,脸上又红起来。

沿着灰土马路向南去,走过小桥。河水跳过闸板,淙淙地流着。四点半钟,走到"别有洞天"。她爬上土山,在树丛里坐下。天气很闷,心里跳得厉害,看河岸上有人三三两两地走过去,有工人也有学生。隔着叶隙,看见张嘉庆走过去,老夏、老曹都走过去,不用说就会明白。时间迫近了,她心里更加跳得厉害,江涛还不来。拿出宣传品看了看,

---

[1] 这样的人儿。

一种是《为日寇侵占东北告民众书》,一种是《为发起抗日运动告各界父老书》。她看着,一时受了激烈词句的感动,心头热烘烘的,像水波在荡漾。

她看了看表,时间就到了,江涛还不来,心上焦急起来:"怎么他还不来……能不来吗?……他不会不来的。"又踮起脚尖,向四周张望。她想:"不能……他一定要来的!"想着,想着,江涛来了。他一个人顺着河岸的小路悠闲地走着,手里拿着一根树枝,边走边抽得嗖嗖地响。走到土山前头,立在大树下,睁起眼睛向土山上望,用两个指头捏着嘴唇,打了个尖锐的口哨儿。严萍欣然走出去,笑着说:"你可来啦!"

江涛说:"等急了吗?又在害怕吧?"看她脸上,显然又在担心,他说:"我等在闸板那里,把人们指引过来,怕人们找不对路呢!"

严萍说:"心里可是急呢!"她踮了两步跟上去,紧贴江涛走着。两人放快了脚步,五点十五分走到大南门。看走向南大桥的路上,已经有不少人在游动。江涛又走进一家小铺,要买烟卷。掌柜的找给他钞票,他不要,一定要铜元。可是在那个年月,掌柜的不愿再把铜元花出去,咧起嘴角说:"重呀,先生!"江涛说:"别人怕重,我不怕。"他把铜元包了沉甸甸一手巾。严萍心里急死:"怎么这人平时好好儿的,今天这么啰嗦起来?"一直蘑菇到五点二十八分,才从小铺里走出来。那条街上,显得出来人是多了,在散步或是买什么东西。江涛抓了一把铜元,递给严萍。严萍拿眼睛盯着他说:"不怕重嘛,可叫别人给你拿着。"

说着走过南大街,听得一声口笛,夏应图站在土坡上,背后站着张嘉庆,手里忽地抖开一面大红旗,摇摆着。人们从四面八方,从各个角落里向红旗飞奔过来,集在一块开起会来。大个子老曹,拿着一条扁担。

乍蓬头发[1]老刘，提着一根棍子，保护着老夏。

老夏举起右手，开始讲话，宣布了不抵抗政策的罪状，号召人们起来抗日。讲着，讲着，张嘉庆伸开长胳膊大喊：

"打倒日本帝国主义！"

"反对不抵抗政策！"

"组织抗日武装，开赴前线！"

严萍张开嘴喊着，看见眼前举起无数的胳膊，无数小旗在人头上摇晃。她见有那么多的人，就停止了心跳，壮起胆来。老夏讲完了话，人散开了，召集过往的群众，宣传出来，江涛也召集乡下来的农民讲话。不一会儿，过路的人们都停下，大车小车拥挤到一块。严萍爬上大车，站在车厢上，学着江涛的口吻和姿态，说：

"亲爱的同胞们，老乡亲们！

"日本鬼子占领了东北大部，进攻华北，侵略全中国！可是国民党反动派采取不抵抗政策。国军节节撤退，要放弃东北……"一个爱国主义者，讲到这里，会受很深的感动。她一面讲着，觉得眼圈发酸，流出泪来，又举起拳头说："我们号召工人罢工，学生罢课，商人罢市，一致反对不抵抗政策！我们要组织抗日游击队，把日本鬼子打出去！"

进城的农民，看见她激动的样子，感动得把袖子捂[2]上脸，抽抽搭搭哭个不停。大家睁起泪眼，摇晃着脑袋说："咳！想不到，国家要亡在他们手里！"

严萍讲着话，江涛在周围梭巡，看有没有坏人来伤害。猛地看到南

---

[1] 头发直而乱，并向外突出的样子。

[2] 盖。

边有一队警察骑着马跑过来。江涛把口笛一吹,大喊:"同志们,散会吧!"

马队像一阵风,夸夸地跑过来,在会场上横冲直撞,举起马鞭子,照人们头上乱抽,又猛地跳下马,捆绑集会的人们。人们不服绑,你搂着我的腰,我抱着你的胳膊,在马路上扭打起来。稠密的人群立时疏散,向四面八方跑去。江涛拽起严萍,按照规定的路线向北跑。严萍一时心急,跑在头里。刚跑到南门底下,江涛赶上去,一把抓回她来。才说扭转弯向西跑,门洞里跑出两个人来,吹起警笛,要逮捕他们。江涛掏出一把铜元,对准那个人的脸,刷地一家伙打过去。那人迎头开了满面花,流出血来。严萍见又有人赶上来,照样打过一把铜元,江涛紧接着把第二把铜元也打过去。好像是打酸了那个人的眼眶,再也没有人赶来了。两个人撒开腿,一股劲儿往西跑。严萍两条腿实在拖不动,软得像面条儿,心里发急,两脚却落在江涛后头,累得喘不上气来。恍惚之间,眼前晃着一张张的血脸。

江涛跑到树丛里,回头一看,不见了严萍,没有停住脚,又跑回去找她,攥住她的胳膊向前跑。这时,马队在河岸上、田野上,追逐人们到处乱跑。严萍喘着气,脸上像纸一样白,嘴唇发紫,索索抖颤,说什么也爬不上这座土山。正在焦急,不知哪里响了两声枪,有人从土山下边咕咚咚跑过去了。她的两条腿再也支持不住,哆嗦起来。江涛一时心急,两手一抄,把她挟上山顶,坐在树丛里,喘着气,朝周围望着,只怕有警察赶上来。严萍闭着眼睛喘息着,鼻孔里只一丝丝气息,脸色苍白得吓人,像断了气儿。江涛害起怕来,轻声叫着:"严萍!严萍!"叫了好久,还是不答应。他心上索索地抖颤个不停。

太阳落了,天空里映出霞光。情况缓和下来,周围静寂,没有一点声音。小河里的水,还在安谧地流着,凉风吹来,树枝摇动,秋黄的叶子刷刷地落下。严萍睡在江涛膝盖上，呼吸慢慢地均匀起来，脸庞恢复了红润，唇上像跳出血点儿。

又停了一刻，江涛紧张的心情也过去了。他两手撑着严萍，时间越长越觉得沉重，可是不愿把她放在地上，怕弄脏她的衣裙。这时，他感觉到这两颗心同时在跳动……

44

那一年的春天,一天的早晨,江涛和严萍,刚刚摸到爱情的边沿上,反动派把一场灾难降到他们头上。

飞行集会引起很大纠纷。第二师范两人被捕,学生们要求释放抗日青年,在公安局门口游行请愿。校长在纪念周上说,抗日是官家的事,读书才是学生的事,读书就是救国,要把被捕的学生开除学籍。江涛和老夏,领导了第三次学潮,驱逐压制抗日的校长。

二师学潮影响了保属学生界。保定市十三所学校同时罢课,要求当局停止剿共,一致抗日。当局见到各地学潮,摁倒葫芦瓢起来[1],很伤脑筋。第二年春天,省政府给第二师范下令,提前放假,把学生和教职员驱逐出校。不出一个月,宣布解散学校,开除五十名"共产主义思想犯",公布三十六名"嫌疑分子"。空气异常紧张,保定市沉入恐怖里。护校委员会为了保卫"抗日堡垒",决定召回在乡同学,开展护校运动。

江涛背起铺盖,搬回学校去。一行走着,心上急遽地跳动,像是觉

---

1 摁倒即按倒。这里比喻压下去又起来,压不服的意思。

察到不祥的征兆。一进门,韩福老头扇着蒲扇赶上来,沙着嗓子问:"严先生,怎么又回来了?"

江涛把铺盖卷扔在地上,掏出手巾擦着脸上的汗,说:"又回来了。"

韩福老头歪起头来说:"真是莫名其妙,没看见人家登报吗?又回来干吗?赶快跑吧!"

江涛说:"跑什么,又没偷人家,没摸人家的。"

韩福扇着蒲扇说:"年轻的先生!人家可不管你那个,大街上嚷动了,说咱这是共产党的学校。这话又说回来,我虽不是……可是我是同情这个的,你们赶快逃走吧!"

江涛看韩福有些急躁,说:"不要紧,怕什么呢?"

江涛把铺盖搬到北楼上。离开这里才一个月,蛛网封住窗角了。他登上床板上,开了后窗,让河风吹进来。通过柳树的枝叶,看得见离这里不远的城堡和城头上的天空。往日里,学生们爱在河岸上、大柳树底下,钓鱼读书。卖粽子、卖糖葫芦的小贩,在大柳树底下引逗学生们抽签。如今学校面临着灾难,墙里墙外一片肃静,没有一点声音。

他又从楼上走下来,北操场上几个篮球架子,陪着日影出神。不幸的时光里,再也听不到欢乐的打球声。几只麻雀子,飞在这个球架子上吱吱叫几声,飞到那个球架子上吱吱叫几声,像是受不住闷人的寂静。

走过大礼堂,在图书馆前,看见老夏从南斋走过来。江涛说:"老夏!我看快派人下去通知。"

老夏说:"对,赶早不赶迟,快组织起交通队。"

说着,相互看了看,各自怀着沉重的心情走过去了。

走过斋舍的时候,江涛探头一看,床板上有人放着铺盖。院子里几棵核桃树,长上不少核桃,像未成熟的梨子。厨子头老王见江涛走过来,从饭厅窗子里探出头,离老远里喊:"哈哈!咱这个学堂,三天打鱼两天晒网。灶筒上多少日子不冒烟了,今日个又冒起来。"老王四十多岁,是个黑胖子,一副愉快的脸。他不了解江涛的心情,老是在笑,不住地笑。

一过小门,南操场长满了星星草。塘里荷花盛开了,塘边上几棵白杨树,迎着风哗啦哗啦响着。花畦上,草比花高,扫帚棵、臭蒿子,长了满世界。药葫芦苗爬到美人蕉上,开着深蓝色的小花。畦径上长着乍蓬棵、马齿菜,还有野生的甜瓜。江涛看见深草里有个柳条青大西瓜,拔起两把草盖上,说:"等长熟了来吃。"

猛地有人在后头说话:"恐怕长不熟吧!"回过头一看,是张嘉庆,两手插在腰里,龇着牙笑着。他心上不安,不相信能吃到这西瓜。

江涛说:"下上地窖!"他在畦上挖了一个小窖,把西瓜埋进去。张嘉庆盖上草,压上土,又龇开牙笑着,说:"江涛!你知道,我知道,嗯!"

两个人一答一理儿说着,其实思想都不在这上边,他们在考虑今后的工作。这次学潮不比以往,形势这样紧张,成功失败是不能预见的。

第二天,附近同学们陆续赶回来,有五六十个人了。

到了第三天,天刚发亮,月亮还明着。江涛在睡梦里听得楼上喊喊喳喳乱成一片,说有军队包围了学校。有人从楼前楼后咕咚咚跑过去,不一会儿,老夏在北操场上放开嗓子大喊:"同学们!敌人来了,赶快起床,上岗哟!"

江涛一下子跳起来,连裤子顾不得穿,跑到楼栏边一看,人们乱乱纷纷,从斋舍里跑出来,手里拿着棍子,拿着长枪大刀,跑往大门口。他提上条裤衩子,把褂子在背上一搭,跑下楼梯,到钟楼上探身一看:墙外五步一岗,十步一哨,有穿黑衣裳的警察,穿黄衣裳的保安队,肩上扛着枪,枪头上着刺刀。见有人探出头来,一个个愣眉横眼,问:"喂!

看什么?"江涛回过头来怔了一下,心里说:"坏了!敌人真的要下毒手!"

江涛二话不说,挽紧绷索,敲起钟来。钟声一响,老校役从钟楼下小屋里走出来,懵懵懂懂地说:"谁?谁?是谁?还没有到时间呀,乱敲钟!"

江涛说:"我敲乱钟!"

老校役伸手遮着眯缝的眼睛,生气地说:"又敲乱钟干吗……"

当他看到敲钟的不是别人,是江涛,又不是平常打扮,就明白了。走上钟楼看了看,愣住了,说:"这是怎么回子事?这是!"

人们听得钟声,都起了床跑到大门前。江涛走到穿衣镜前面,看见老夏在门楼上站着。走上门楼一看,门前站的军警更多。有个挎武装带、带盒子枪的小军官,小敦实个子,黑脸,满下巴青胡碴子,戴着黑边眼镜,见门楼上有人,歪起脑袋望。江涛问他:"你们是干什么的?"

那个小军官说:"我们是十四旅的,奉上峰命令,把守你们的学校。甭着急,一会儿你们就会知道。"

江涛不理他。早晨天气还凉,他的心里,他的身上微微颤抖着。刚走下门楼,韩福在楼梯下头站着,睒睁两眼像只猫头鹰,伛偻着身子说:"严先生!这可怎么办?你看,大兵包围了,快走吧!你们快走吧!"绰号叫"古文学家"的老王,一把拉住江涛的手说:"怎么办?我看是想法走出去吧!"江涛一时说不出话来,表面上却很沉静,指着墙外说:"走?你看墙外是干什么的?再也走不出去了!"

韩福老头手忙脚乱,压低了嗓子说:"为什么不走?人家说你们是共产党,报纸上登了你们的名字,为什么不走?不走,为什么不走……"又搂起江涛的脑袋,咬着耳朵,恨恨地说:"扣上红帽子可厉害呀,忙走吧!"又伛偻着腰,呼哧呼哧喘着气说:"这'日',找咱抗,咱抗。不找咱抗,咱不抗。叫他们自个儿抗去,何必动这么大的交涉?"

这时,江涛没心跟他谈话,可是看到他的热情,又说:"他们不抗呢?"韩福老头拍打着膝盖说:"他不抗,拉他娘的倒!中国亡了,也不是咱自个儿的!"江涛看他恐怖的神色,拍拍他的肩膀说:"不要紧!怕什么,反动派狗血喷人,怕他那个!"韩福老头又焦躁地跺起脚来,说:"咳!先生!世界上有多少像你这样的好人?要是稀里糊涂的……"

江涛没心听他,想叫老夏,老夏还立在门楼上,人们围着他,跟他谈话。一个个睁大眼睛盯着他,像要从他身上探询出事变的究竟。江涛又跑上门楼,向外看了看,没有什么新的变化,拽起老夏的手走下来。走到教员休息室——历次学潮,他们都在这里指挥斗争——江涛问:"老夏!你看怎么样?"

老夏把两只手插进裤袋里,眼睛看着窗外,愣了老半天,才吐口儿说:"是……个问题!"他语迟,是个不爱多说话的人。"我觉得事情有些突然!"

江涛说:"不算突然,他们是有计划的行动。"

老夏看了他一眼,说:"大家想想看。"说完了,目不转睛地看着江涛。

江涛把头低下去,眼睛看着地上半天,才说:"哼哼!要动武的!"

老夏说:"问题非常明显,过去几次学潮,都是为了反对黑暗教育,驱逐贪污校长。而这次,是为了要求抗日,要求结束剿'共',一致对外,要求抗日自由。统治者恼羞成怒,这才解散了学校。我们要坚决护校,统治者又用重兵包围。"他摇摇头说:"包围的目的,我看有三个可能:一,要逮捕报纸上发表的'政治犯'。二,强迫我们离开学校。三,以重兵包围,不了了之。"

老夏讲到这里,又觉得当局不一定那样残忍,尤其对青年学生,总要好一点儿。他说:"问题决定于群众情绪。大敌压境,群众一致要求抗日,遭到压制。再说,学校解散,同学们被迫回乡,失学失业,又回来护校。激于义愤,胜利是没有问题!"

江涛低下头去,皱起眉尖深思苦虑,听到这里,他摇了摇手,说:"不能把敌人看得那样无能,我说应该再添上一个可能。他要逮捕,我们就要抵抗,双方会形成流血斗争。他要长期包围,断绝粮食柴菜的供给,强迫我们服从他的制裁,也要形成流血!"

讲到这里,老夏睁起黑眼睛望着他,说:"为什么过来过去,光是流血?"

江涛手里掂着个火柴盒子,说:"最后,他要逮捕、枪毙我们不是吗?"就势,把火柴盒子在桌子上一抛,出了口长气,把头垂在肩上,咚地坐下去。

两个人同时沉默了,不再说什么。钟摆咯哒咯哒响着,像磕在两个人的心上。

一会儿,护校委员会的宣传部长刘光宗、组织部长曹金月、检查部长杨鹤生,还有张嘉庆,都走了来,就这个议题反复讨论。把情况判明了,又研究对策。决定:一,普遍展开宣传工作,争取社会同情。二,搞好交通,和外界保持联系。三,开展士兵工作。最后一点,江涛说:"是斗争的特点。他要长期包围,粮食是主要的问题。打不破饥饿政策,斗争只有失败。"

在恐怖形势下,一谈到被捕,一谈到生死的矛盾,人们就想到墙外有敌人在包围,如临敌阵一般,恐怖情绪开始在他们心弦上弹动。

开完了会,江涛和老夏把工作全盘部署了一下。夏应图说:"总务部的工作,叫张嘉庆担任吧!这人忠实勇敢,不怕牺牲,斗争精神还很强哩!"江涛也说:"是个忠心耿耿的人,就是有点儿冒失。"武装部长,老夏叫江涛担任,总务部的工作还得他帮助。江涛把名单上所有的人编入学生武装纠察队,自己兼任大队长。找出耍武术的长枪大刀,作为战斗的武器。

江涛正在忙着,韩福老头又来叫他:"严先生!会客室里有人找。"走进会客室,老夏已先到了。两个客人,一个穿着灰色洋服,戴着黑礼帽,黑边眼睛,满脸黑麻子,是市党部主任刘麻子。另一个就是那个披武装带、挎盒子枪的小军官。江涛走进去,他们一动也不动,哭丧着脸坐在椅子上。

老夏问:"阁下来有什么事情?"

刘麻子瞅着老夏说:"我代表市党部来传达上峰的公事。"

老夏问:"什么公事?"

刘麻子沉下脸来说:"希望你们老老实实接受政府意见。市党部也有苦衷,解散第二师范,宣布政治犯,是委员长行营的主张,党政机关不得不照办。青年学生以学习为宗旨,不要做轨外行动,为政治牺牲。为了顾全大局,劝你们看清时势,离开学校吧!否则,一切后果当由你们完全负责,本部也难……"

江涛不等他说完,抢上去说:"这种意思,我们明白。叫我们离开学校可以,但要有一定的条件。"

刘麻子听了,仰天哈哈大笑,说:"还要条件呢!快回家榜地去吧!兄弟今天来,是为了保护青年。抗日是国家大事,当局一定是先剿'共'而后抗日,你们闹腾半天还能闹出什么来?再说,目前南方战线,中央要调集九十万大军,向赤区进行第四次围剿。北方战线,由于日寇的凶猛,国军不得不节节退却。国家正在危急存亡之秋,你们还在这里鼓动学潮,扰乱社会秩序,不是捣乱后方是干什么?"他放下眼皮,歇了一刻,又眨起眼来,问:"你们要求什么条件?"

江涛扳着手指，愤愤地说："无故解散学校，开除学生，使广大青年失学失业。逮捕爱国青年，把热情抗日的学生当成'政治犯'，都是反动派的阴谋！要想叫我们离开学校，那只有：第一，撤退军警。第二，收回解散学校的命令。第三，收回宣布的'政治犯'名单。第四，释放抗日青年，恢复被开除学生的学籍。这四个条件答应了，我们可以离开学校。再说，以军警包围手无寸铁的青年学生，无论如何是野蛮行为……"说着说着，一股热气从心中冲上来，充红了脸庞。

那家伙不等江涛说完，镇起黑脸蛋子说："我看还是甭提条件，还提条件哩！"又气得呼扇着嘴唇说："打开天窗说亮话，政治犯，请你们自行归案吧！"说着，取出一张名单，把手一操，交给老夏。

老夏接过这张名单一看，第一名就是他自己。第二名是江涛。名单上的党团员，大部分都在校内，额上登时冒出汗珠子。他镇静了一下，说："抗日是广大群众的要求，我们不过是站在最前列，这就要受逮捕了？"

刘麻子见老夏授下精神来，攥起拳头，一伸一伸地说："青年人固然是国家的栋梁，但他们一经共产党的煽动，思想赤化了，就成了危害国家的祸根。国家一定要快刀斩乱麻！"

江涛急红脸说："想逮捕我们可以，想叫我们去自首，做梦也办不到！"他气愤得脸上不由得频频抽搐，用手抚摸了一下，才停住。

第二师范五年闹了三次学潮，有充足的政治经验和突出的成绩。可是他们还没有经过这样严重的局面。江涛正呆着眼睛想临时对策，一低头看见刘麻子从背后伸出一支黑色的手枪，对准老夏的肋下。江涛腾地变了脸，伸出手攥住刘麻子的手腕，瞪出黑眼珠子问："这是干什么？"

刘麻子弯腰站起来，觍出黑脸说："你还不知道？这叫作逮捕，请二位到市党部去谈谈。"说着，使了个眼色，小军官抽出盒子枪来，对准江涛的脊梁。

这时，院里人越来越多，拿着长枪短棍，隔着窗子看着。在这个节骨眼上，谁也不知道落到什么结局，只是呆呆地出神。

江涛脑子里一闪，想起在反割头税游行示威大会上，也见过这种阵势。那时，他不怕危险，睁开眼睛迎着保安队的刺刀。忠大伯五十开外的人了，还带领纠察队，打退了反革命武装……那是鼓动人心的一幕场景。如今反动派来逮捕我们了！他向前走了一步，喊一声："你们逮捕不了！"

他在屋里一喊，人们也在外头喊起来："逮捕不了！"喊着，把刀、枪、木棍，撞破窗玻璃，伸进屋里来。

刘麻子听人们喊叫起来，回身一看，立刻黄了脸说："干什么？想造反？"说着，伸手抄住江涛的胳膊。

小军官掳住[1]老夏的领口子，想要拿绳子捆。两个人用手枪突着江涛和老夏，从屋子里向外拥。

张嘉庆两手卡着腰，闭着嘴，憋了满肚子气，在门口等着。看他们一下台阶，一个箭步蹿上去，劈啪两脚，踢掉他们手里的枪，举起拳头大喊："打倒反动派！"

当刘麻子和这小军官跑过去抢枪的时候，大家喊着："打倒反动派！"一齐拥上去。刘光宗搂着刘麻子的腰。杨鹤生和曹金月，一个人架着小军官一条胳膊，呐喊着向外推。

刘麻子挣扎着，指挥小军官："快，叫人来，捆他们送公安局！"

张嘉庆憋红了脖子脸，喊："不许反动派逮捕我们的同学！"

他这么一喊，人们齐大伙儿把他们抬起来，向外一操，一下子把那

---

[1] 这里是"抓住"的意思。

两个家伙推出大门外去，急忙抽回身，上了门闩，落了锁。这时小军官指挥大兵们，用枪把砸着大门直骂街，再也进不来了。

江涛又走到门楼上，看他们还变什么法儿。猛然一声枪响，子弹从脑瓜皮上窜过去。他把头一缩，藏进房墀里，说："好歹毒的东西！真要下手了！"

45

张嘉庆自从考入第二师范,做过几次出色的斗争。去年冬天,当局为了统治学校,禁止抗日活动,派了一个老官僚来当训育主任。这人,矬个、大眼睛、大嘴、大鼻子,长了满脸红疙瘩,绰号叫"火神爷"。"火神爷"是地方上有名的士绅,当过曹锟贿选的议员。他到了学校,雷厉风行,每天带着训育员,早、午、晚三次查堂查斋,闹得学生们无法进行抗日活动了。

有天晚自修的时间,人们围着火炉有说有笑,谈论抗日前线的事情。张嘉庆偷偷把一簸箕煤灰架在门楣上。老"火神爷"隔窗子听着,像是开抗日的会,乍起胡子闯进去。把门一推,咔嚓一声,灰簸箕扣在他脑袋上,闹了个灰眉土眼。老"火神爷"拍着袖子大骂:"真是土匪!真是土匪!"又长叹了一声,说:"做官二十年,斗不了这班子穷学生,无颜见委座!"他辞职不干了。

张嘉庆驱逐封建官僚的故事,在保属学生群众里,像一个传奇的故事在传播。

今天,这一场风波过去,张嘉庆找不见江涛。他走到宿舍,走到教员休息室，都没有找到。最后又找到门楼上，江涛还在那里待着。张嘉庆伸手拽他走下来，气呼呼在他脊梁上擂了两拳，说："看！差点没叫他们把你弄了去。"

军警换岗的时候，小魏骑着车子，带着十几个同学走进来。张嘉庆摇手大喊："小魏！快！"指挥人们开了大门。小魏他们走进来，红头涨脸，满头大汗。刚把门关上，士兵们又把守了门口。张嘉庆从门楼上走下来，愣愣地在小魏的脊梁上擂了两拳，说："你这家伙！差一点进不来。"才几天不见，一见面觉得格外亲热。

小魏说："天气热得要命，道儿又不好走，乡村里下了大雨，积水成河，人们怎么能回得来？真是急得人心里冒火！"他是前几天带交通队下去送通知的。

张嘉庆又问："怎么样？家庭生活怪温暖吧？"

小魏红着脸笑了两声，说："嘿嘿！只在家里住了一夜。"

张嘉庆回头盯着他说："可不说工作应该怎么办？"

小魏，是个白净脸、大睁眼，像个瘦猴儿。这人极聪明，几何代数一听就会，平时不用功，每次期考却都考在头里。他父亲当团长，母亲是女子高小的校长。有这种方便，他就娶了一个高小毕业的爱人。爱人儿娇娇滴滴，挺漂亮。他就时刻不愿离开她，离开一天就写信，成了有名的爱睡老婆的。每次假期，上午放假，下午就回家了，直到开课的那一天，才回来，从不浪费一晌半夜。今年放假的时候，人们正慌慌张张向外搬铺盖，张嘉庆看见门外停着一辆三套大车，认得是来接小魏的。连忙跑回去找他，图书馆里没有，操场上也没有，找来找去，找到游艺室，小魏正和人们打乒乓球。张嘉庆说："好清闲的日子呀，还不快去！"小魏愣住问："出了什么事情呀？"张嘉庆说："嘿！家里套大车来拉你了。"为了他和爱人好,母亲还吃了醋。有一次母亲看见爱人给他写的信上有"我的小魏!……"母亲恼了说:"什么?是你养活他的?还是我养活他的?"

小魏在三次学潮里,表现还挺积极,张嘉庆介绍他参加"反帝国主义大同盟"。两个人同桌同房,平时还挺亲密。这天小魏在非常匆促的情况下回来,两个人在一块说了会子话儿,张嘉庆就去找老夏。

老夏把张嘉庆的工作谈了谈,张嘉庆说:"你说具体点儿,别攥着拳头叫我猜。这会我脑子里乱,想不出来。"

老夏说:"这总务部长,具体说,就是经管钱财、筹划吃食、解决医药问题。叫小魏帮着你。"

张嘉庆说:"这个咱办得到。"也没顾得想一想,点了一下头答应下,就向外走。

老夏看不对头,赶了两步,又拽他回来,说:"怎么,你也不过一过脑子?大兵围得铁桶一般……"

张嘉庆不等老夏说完话,梗起脖子[1]笑了说:"咱干就是。"

说着,走出来先到会计科,跟站岗的要了钥匙,打开门开了铁柜,看洋钱票子还不少。又走到厨房里,找着厨子头儿老王,一起到仓库里,看了看木槽里的面粉,猫下腰抓起一把,在手里攥了攥,撒在木槽里。又在米瓮里抓起一把米,顺着手缝儿刷哩哩落下去,腾起一阵米屑冒出瓮口,生粮食的香味,扑在鼻子上。面是好面,米是好米,可惜不多了。

学校和外界被断绝联系。几天过去了,张嘉庆也没上厨房里去看一看。一清早,小魏就带着老王来找张嘉庆,说:"嘉庆!看怎么办吧,菜一

---

[1] 挺直脖子。

点也没有啦!"

张嘉庆看了看小魏,又看了看老王,呆住脸说:"没有菜吃有什么关系,不吃菜也能过日子。"

老王说:"你还不知道,平素里菜做得不好吃都不行,这咱没有一点菜,怎么下饭?"

小魏也说:"才三四天,都把人饿得又黄又瘦了。"

张嘉庆愣怔眼睛说:"有的是菜。"

老王没菜做饭,心里发烦,直想和张嘉庆闹脾气。领着张嘉庆到校园里看了看,说:"你看,西红柿、韭菜、黄瓜,能入口的东西都吃光啦,连扫帚苗、马齿菜都吃了,哪时还有菜?"

小魏补充说:"再吃,只有面条棵和蘑菇丁了。"

张嘉庆说:"那里有菜,走!"拉着老王走到大榆树底下,扒下鞋[1],脱了袜子,说:"拿刀去。"

老王跑回厨房,拿了菜刀来。张嘉庆把刀把儿别在腰带上,趿趿溜溜,爬上树干去。刚爬到半截腰里,两只脚打起哆嗦,胳臂也觉得酸软了。几天没有吃到饱饭,有这种心劲,没这种力气了,体力大不如前。他两只手搂住树干,用脚卡紧,把头顶在树皮上,歇了一忽儿。倏然间,觉得耳朵里隐隐鸣叫。他摇摇头,哆楞哆楞耳朵[2],又顶在树干上。老王在树底下抬头望着,哗哗笑了说:"哈哈!能说不能行,胆小了吧?"

小魏也摆着手说:"上呀!你上不去了吧?"

站岗的同学们,离远看见张嘉庆上树,要摘树叶,喊着:"总务部

---

1 脱下鞋。

2 摇晃摇晃耳朵。实际是摇晃头。

长!今天叫我们吃树叶吗?行啊,有树叶吃就能坚持抗日。"

听到讯诮,他想:"目前,吃菜只有树叶,过几天树叶树皮还要做主粮。爬不上榆树,影响是件大事!"他使劲憋住一口气,一个猴儿爬竿,爬到树杈上,腿裆夹住树桃[1],连喘了几口气,扬起刀砍下树枝来,一团团绿色的枝叶掉落在树底下。砍着树枝,向远处一望,初夏的阳光,晒着千家屋顶,万家院落,不由得心里喜起来。他看到围墙外头,十四旅的岗哨挺多挺密,像蛛网一样。猛然,一个士兵发现他站在树杈上,像是在窥探什么,举起枪照他瞄准,砰的就是一枪,子弹嗖的一家伙,从腋窝里穿过去,几乎把他打下来。这时他两手搂住树干,扣紧了手,刺溜滑下树来,蹲在地上,心里噗通直跳。低下头歇了一会儿,觉得天旋地转,忽忽悠悠,再也站不起来。一会儿,身上出了一阵冷汗,一步一拐地走回北楼。躺在床板上,扳起脚掌一看,脚底上掠去一层皮,翻出鲜红的嫩肉,疼得火烧火燎。身上纽扣蹭掉了,怀襟上也磨烂了。他沉下心,把两只手枕在头底下,齁啊齁地睡了一大觉。

小魏叫厨工们把树枝拉到厨房里,捋下几箩筐叶子。午饭,好歹搁上两把面蒸疙瘩,人们都说好吃。江涛端着两碗菜疙瘩,一碗是他的,一碗是张嘉庆的。走到北楼上,叫醒张嘉庆。他擦了擦眼上的眵目糊,坐起来说:"好像做了个梦。"

江涛说:"你累的!"

张嘉庆端起碗来,狼吞虎咽吃着,觉得又甜又香。手等着吃完了一碗,还不够半饱,睁开两只大眼睛看着江涛。江涛把菜疙瘩一块一块送到嘴头上,细嚼慢咽,品着滋味才吃哩。看见张嘉庆闲着筷子看着,就

---

[1] 树干分枝的地方。

说:"嘉庆!来,我拨给你点儿。"

张嘉庆说:"不,你还没有吃嘛!"嘴里这么说,早就流出涎水来。

江涛尽尽让让把半碗菜疙瘩拨给张嘉庆,说:"你吃吧,今日个你出了力气。"江涛立在一边,看着张嘉庆把半碗菜疙瘩吃完,心里才安下来。张嘉庆心里说:"还是老同志呀!同生死,共患难……"他感到平素吃馒头吃肉,并不感觉什么,到了这刻上,只是一点点树叶蒸疙瘩,却深沉地撼动了他的心。他歪起头问江涛:"外边有信吗?"江涛睁起大眼睛说:"没信哩!"

46

军警包围得更加严密,校内校外失掉联系,他们只好饿着肚子准备战斗。

没有什么东西可吃,张嘉庆把肚子压在楼栏上向远处望着。火车不停地轰鸣,汽车在街道上驶过,洋车上的铃子,叮叮响着。城市里到处热闹,就是这座学校沉在死寂里,没有欢笑,没有快乐。鸟儿有飞的自由,兽儿有跑的自由,他们却连一点自由也没有了。黄昏,家家烟囱上袅起炊烟,学校的烟囱上还是清冷的,离远看去,没有一点暖烘气儿。他摇摇头,想不出什么办法,又绝望地走到厨房里,告诉老王说,要多吃野菜树皮,少吃米面,细水长流呀!老王说,流什么?流不动啦!

老王又撅起嘴来,说:"张先生!油盐都吃光了,怎么办?"

张嘉庆一听,就发起火来,瞪直眼睛吹了他一顿:"一个个的,快把少爷肚子紧紧吧!这是什么时候呀?还咸呀淡的!"

老王又说:"光是我,一天吃两块锅疙疤就过去。他们一个个都是白白致致、写字儿的手,哪里吃得下去?都卧倒了。"

老王告诉他,把仅有的一点米面都吃光了,他又垂了头,无言无语走回北楼。心里想:"当家才知柴米贵,饿着肚子就是不好坚持。"他躺在床上,望着楼顶,望着远方静谧的城堡上的垛口。想来想去,心上揭不开盖,想不出巧妙的诀窍。解决不了这个问题,斗争就不能继续。看太阳西斜了,夕红照满了楼窗。这天晚上,没有饭吃,他没有下楼,也没有站岗,他不愿见到饥饿中的同伴们。一生来初次挨饿,头昏、眼花,心里空得难受,吸口气都嫌累得慌。身子骨像条山药蔓子,软洋洋站不起来。走道抬不起腰,使劲一抬,肠胃五脏都牵动得疼痛。他几次想下楼,蹭到楼梯,又蹭回来,躺在床上。没精打采,眼里冒出火星,饥饿在熬煎着他。没有饭吃,关系在校同学的生存,责任是重大的。困难临头,想睡也睡不着。他想去找老夏,可是这个困难解决不了,见了面也是相对着静默。清凉的月色,从窗外流泻进来,一方方铺在地板上。他趴着床铺,对着月光出神。月色好看不能吃,打不破饥饿政策,斗争只有认输。又想起贾老师介绍他入团……在贾湘农直接领导下,闹了秋收运动……父亲登报和他脱离了父子关系,干起革命来。党为了培养他,费了多少心血,才考上第二师范。斗争失败了,只有离开学校。学校解散了,政治犯要去住监……想来想去,最后还是要坚持斗争。斗争,斗争,斗争到底!他想着,斗争的火焰又在心上燃烧。他从床铺上站起来,摇了一下子肩膀,两只手抱着胸脯,觉得浑身是劲。

这时又想到,在他的一生里,没有怕过困难。他有过最富的父亲,也有过最穷的母亲。过过最富贵的生活,也过过最穷困的生活。他生长在富贵的门庭里,也做过流浪儿,无家可归的人。他吃过世界上最珍贵的东西,也吃过世界上最坏的东西。他住的屋子里曾有过无数金银,他的手里也穷到过没有分文。他当过地主的儿子,也革过地主的命……复杂的矛盾,集中在他身上,形成他的性格。他体会到,人生不是容易的,革命也有很多的困难,事在人为,努力干下去,总会看到胜利。他想着,一时兴奋,躺在床板上睡着了。

在睡梦里,不知不觉,通,通,通,跑下楼梯去。蹓过南操场,到花园里去找那个西瓜。在黑暗里,摸来摸去,摸了半天,连棵瓜秧也摸不到。肚子里的酸水,不停地往上涌。他用力朝那个畦头上挖下去,挖了半天,才在土地里刨出那个西瓜。连泥带水,咯嚓地打开一吃,又甜又凉,甭提有多好吃了!正吃着,闻到一股腥味,回头一看,有一条黑狗慢慢走过来,鼻子一股劲嗅着,嗅着,嗅到他手里的西瓜,自动地张开嘴来,伸出长舌要吃。张嘉庆愣住,看狗的眼睛里射出饥饿的红光,心头一跳,想:"这狗……"才说再吃,又想到几十个同学,江涛也在饿着,实在不忍把那半块西瓜吃下去,抱起来走回北楼。在电灯光下,西瓜显出黑子红瓤,多么新鲜!他叫了几声,叫不醒江涛。偷偷地把西瓜放在江涛头前,他想:"等他一醒,说不定笑成什么样儿?"才说上床去睡,一个斤斗栽倒在床底下。醒过来一看,还在床上躺着。街道上的路灯,星星点点,还在亮着。他回想梦境,嘴里流出涎水来,实在饥饿,胸腔里烧燎得疼痛难忍。慢慢挨下楼梯,去找小魏。走进厨房院,小魏正摇着身子,躺在席子上吹死猪——长吁短叹。看见张嘉庆走进来,软绵绵地抬起头,又软绵绵地撂下去。眯糊着眼睛不说什么。

张嘉庆用脚拨拉了一下他的脚指头,说:"小魏!起来,想个法儿叫人们吃顿肉。"

小魏垂头丧气地说:"算了吧,老兄!你真大气性,什么时候儿,还开玩笑。娘的小猪崽子都吃完了!"

张嘉庆说:"有的是办法。你看把人们都饿坏了,软得身上连岗也站不住,不用说战斗,敌人一来,就把我们擒住。"

小魏说:"没有一星面、半粒米,两天只吃一把榆树叶,哪里能行?你家里也是地连千顷,骡马成群,非上这个破学堂不成?今日个'CP'明日个'CY',一连几年闹'学潮'。回家算啦,受这个洋罪!"

张嘉庆说:"别瞎絮叨了。起来,闹顿肉吃,叫人们长长精神,也能多坚持几天。"

厨工们见张嘉庆来了,也弓着腰,搂着小肚子摇着头诉苦。

张嘉庆下决心鼓励起他们的情绪,把脖子一缩,说:"嘿……狗!"他在夜暗里,闪起光溜溜的眼睛,龇开牙笑着。厨工们一下子都站起来,大眼对着小眼儿,笑着问:"狗肉?"张嘉庆说:"对嘛,去,把狗叫来!"他又对着老王的耳朵说:"许吃,不许说。"一提起狗肉,小魏笑嘻嘻,浑身也有了劲,说:"这叫作打着狗上阵。"张嘉庆说:"叫一切东西参加抗日,利用一切条件坚持到最后的胜利嘛!"

张嘉庆这么一鼓动,厨工们都上了劲。在那沉沉的夜晚,星光满天,没有一点声音,厨房院里一阵凄厉的狗叫。第二天早饭,人们吃上大碗炖肉。可惜没有干粮,肉里没有盐。张嘉庆一进饭厅,人们齐大伙儿高喉咙喊叫:"乌拉!第二师范母校万岁!""打倒日本帝国主义!"

时间过得很快,狗肉吃完了,反动派还是没有退兵的意思。眼看人们都瘦得像露着肋条的老马,腰细得像螳螂,脸上黄黄的,眍䁖着眼睛。张嘉庆又领着人们捉拿了塘里的鱼,挖吃了塘里的藕。人们在饭厅里吃着鱼和藕,还笑哈哈的,说:"张飞同学,真是有两下子!"

47

江涛反复考虑:怎么才能和外界取上联系?怎样才能取得外边的援助?

他用墨水写了信,拴在石头上,投到马路对过的河北大学去。河北大学的同学把这封信交到保定学联。

第二天,学联的人站到河北大学的土台上,江涛站在南操场的桌子上,见了面,互相用英文交换意见。江涛说:"……打破饥饿政策,斗争就能胜利。"一面谈着,眨眼之间看见严萍,她代表保定市救济会来慰问了。严萍扬起手儿,打着招呼,说:"同学们,努力吧!预祝你们在抗日阵线上得到新的胜利!"她瘦了,一看见江涛,眼睛像激荡的湖水上蒙着一层轻雾。

江涛想:"是的,没有第二条路可走,斗争胜利了,才能得到自由!……"

苍茫的暮色,从四面八方,从各个角落里漫散开来。江涛考虑着这个问题,在迟暮中,走来走去。晚上,他对家乡的河流、树林,怀着深沉的眷恋,在北操场上站岗。饥饿把困盹神都赶跑了,仰起头,望着天上的星河，轻轻地说："天上的星星，都变成烧饼，斗争就胜利了！"倏忽间眼前闪过一溜通红的火光，走过去一看，是一个老兵，怀里搂着枪，趴着墙头在抽烟。见江涛走过去，也不躲闪，也不惊惶，瞪着眼睛看着他。看见江涛直吧咂嘴，就问："干吗？想抽袋烟？"

江涛说："倒是想抽一袋，可惜没有。"

老兵穿着一身破军装，有四十多岁，满脸络腮胡髭，脸皮黑里带肿，用袖子擦了一下烟袋嘴递过来，说："抽吧！"

江涛说声："谢谢！"当他伸出手去，隔着墙头接烟袋的时候，恍惚之间，他像是在什么地方见过这个人。皱起眉头寻思，一下子想起来说："你是冯富贵？"

老兵睒睁眼睛，仔细看了看江涛，说："是……你……"说了半天，他还想不起是谁。

江涛说："我是运涛的兄弟，你忘了？"

老兵在黑影里，把巴掌一拍，说："嘿！咱算是他乡遇故知，我就是冯大狗，论乡亲辈你还得叫我哥哥。来，亲不亲当乡人！我就是愿意听你们说个话儿，昨天晚上跟那位同学说得可入窍哩！"

江涛问："他说什么来？"

冯大狗说："讲的，讲的打日本救中国……"他咽下好几口唾沫，也没说上什么来。

江涛抽完这袋烟，向周围望了望，见没有别的人，说："我还想抽一袋。"

冯大狗摸索着衣袋说："我看你过来吧，咱俩坐在墙根底下说个话儿。"他从衣袋里捏出一撮烟叶，递给江涛。

江涛说："还是你过来吧！"他想起八九年前，大贵被抓了兵，冯大狗吹五吹六，白吃了酒饭，直到如今还有印象。

冯大狗摇摇头说："哎……这有什么关系，我是官差不得自由。"

江涛看这人还有几分义气，就跳墙过去，并膀坐在墙根下。抽着烟，冯大狗说："我看你还是回家吧！这闹腾个什么劲儿？"

江涛说："不呀，这师范学堂是官费，要是解散了，我一辈子再也上不起学！"江涛从爷爷推着一辆虎头小车离开家，说到老人家下关东，说到运涛坐狱。冯大狗非常同情地说："运涛，他坐狱了？"又歪起头，眯缝起眼睛问："你们算是什么教门？"

江涛说："我们没有什么教门。"

冯大狗说："没有教门，为什么死乞白赖闹共产？"

江涛说："不是为共产，是为抗日。把日本鬼子打出去，我们的国家不被灭亡，就有自由平等的一天。"

冯大狗睁着眼睛想了想，看着天上，谈到国家的危难，他动了神思，摇摇头说："唉！说不清的道理。"

江涛问："你们为什么老是包围我们？"

冯大狗说："谁知道哩！叫俺包围俺就包围。要是跑了一个，俺团长还得掉脑袋哩！这是委员长的命令。"

这时夜快深了，墙外有军队的岗哨，墙里是学生纠察队，枪对枪、刀对刀，双方怀着不同的心情。他们可以一块抽烟，一块谈话。有的也说不入套，就相打相骂闹一阵子。

冯大狗听了江涛的话，两手托着下巴，昂起头，翘起乍蓬胡子看着天上，像有极深沉的回忆，呆呆地说："我呀，当了十八年的兵了！我还学会了一点手彩儿，外号叫'鬼头刀'！"说完了，噘起嘴唇笑，又像惭愧，又像得意。

江涛说:"嘿!真厉害,那你就该阔起来。"

冯大狗脑袋耷拉到胸脯上,咧起嘴说:"不行呀,我有罪啦,我砍的人太多了……"说着,张开大嘴,哆嗦着两条胳膊,左边看看,右边看看。意思是叫江涛看,他虽然杀了那么多人,目前还是当个穷兵,穷到这个家业。

听到这里,江涛身上不断地打起寒噤。

冯大狗说:"那时候,咱就是逞着年轻。砍一次人,吃一顿好饭,喝瓶子好酒,稀里糊涂也不知道杀了些什么样的人。昨天我听那位先生说,'共产党是真正给咱穷人谋幸福的!'我才知道,我有了大罪。在那个年月里,我也许杀过共产党!咳!我真是混蛋,我怎么这么混蛋呢?当时我就不问问他们是什么样儿人。我也修下过好上司。自从杀了那么多人,上司失势了。拔了毛的凤凰不如鸡!他倒了台,我也完蛋啦。人家换上新手儿,不要我了。自从那时节,我再也不愿耍大刀,扛起枪杆,当起兵来。"

江涛说:"那,你就该回家。"

冯大狗咧起嘴说:"咳!哪里回得去呀?你是知道的,我家里也有一堆老婆孩子。我骗过他们,写信说我当了连长,不久就要寄很多钱回去买地。我想再过几年,能不混上个连长当当?能不挣到很多钱?直到如今,我还是个大兵,穿着这样破的军衣,穷得回不去家了!保定离锁井这么近,我连锁井、连近边处的人不敢见,家里人还不知道我在保定。这话我只告诉你,兄弟!你可不能给我走漏风声,我嫌丢人。我还爱喝点酒,吃套烧饼果子,一年到头,连一个大丁[1]也省不下,甭说是回家。

---

[1] 一个大钱。

我想这一辈子不回家了,哪里黄土不埋人!"说着,眼泪顺着嘴角流下来。"兄弟!我看你也是个好心人。"他握紧江涛的手说:"你有困难,傻哥哥助你一臂之力!"

江涛身上一机灵,说:"我们可以做朋友吗?"

冯大狗说:"没错儿!我这人就是爱交朋友。咱们既是乡亲,祖祖辈辈没有不好儿,怎不能交朋友?前几年我还和朱大贵碰在一起,我们俩还不错。后来他开小差回家了,排长查问,我还替他遮掩了一番。要是抓回来呀,下半截子就打烂啦!那时我还当上士哩,这会我又当起兵来。"

冯大狗停了一下,看看周围还是静静的,他说:"我听说共产党肚子大,能盛开一个世界。我虽是有罪的人,想是会原谅我的。咱们见的面不多,跟你的老人们可都熟悉,都是老实巴交[1]的好庄稼人。"

江涛想:抓大贵当兵,兴许就是他,没有家鬼送不了家人,别人怎么知道那么清楚?就说:"好汉子说话一言为定!"

冯大狗:"快马一鞭!"

江涛说:"请你帮助我们脱离这个险境吧!老是包围我们,早晚没有个好儿。"

说到这里,冯大狗犯了沉思,说:"这咱不比过去,过去上司听我的话,如今当个穷兵,跟谁说去?你一个人行喽!"

江涛说:"我一个人跑了,放下这么多人怎么办?"

冯大狗沉思了一刻,又说:"依我说,你走吧!兄弟!这样下去,早晚是个不了的结局。"

江涛说:"不,我不能只顾自己!"

---

1 老老实实的人。

48

江涛在北操场和冯大狗谈着话,张嘉庆正在南操场上站岗。他手里拿着一根军棍,脊梁靠在墙头上,抬起头看着蓝色的天上,数着一颗颗银色的星子。他在盘算全市有多少米面铺,哪个离得最近……猛地听得噗嚓一声响,从路西投过一卷东西来。在薄明中,伸手一摸是大饼,还温温儿的。可惜距离太远,还有一卷卷的大饼落在墙外头,墙外有大兵在把守。张嘉庆跑到指挥部,夏应图正在长椅子上睡着,把他摇醒说:"吃食送来了……大饼!"他把一块香喷喷的香油大饼掖到老夏嘴里。老夏嚼了两下咽下去,说:"好香!"立刻跟着张嘉庆走到南操场。

听说外面送来了吃食,同学们都跑来看。看一卷卷的大饼落在墙外,掂着两只手儿,说:"啧!啧!看!怎么办?怎么办?"

张嘉庆把脚一跺,说:"哎!看张飞的!"他把老夏拽到一边,研究了一个计划。

老夏叫人们拿红缨枪吓跑了岗兵,把绳子拴住张嘉庆的腰,放到墙外去,把一卷卷的大饼拾上来。还没拾完,那个青胡碴子小军官,带着一队兵赶过来。老夏连忙拉起绳子,把张嘉庆斤斗骨碌系上来。小军官扑了个空,向岗兵们脊梁上乱抽鞭子,愤愤地骂:"真他娘的没用!咱们又得多站几天岗!"

这几天,人们一顿饭能吃到一角饼。

吃光大饼,反动派还是不退兵。站岗的时候,人们只好眯细着眼睛,看着缥缈的天空。天上有白云朵朵,几只蜻蜓飞过去,忽有几只圆东西,像燕子从天上飞下来。

江涛跑上去一看,是烧饼。才说动手去拾,人们呜噜跑上去,抓起来放在嘴里。江涛不去抢烧饼,立在桌子上向西一看,是严萍和几个女伴站在土岗上,烧饼就是她们投过来的。严萍看见江涛,打了个手势,又连抛了几个。

保定市工会和学联,发动了工人、青年学生,给二师同学们送粮。几天里,人们靠着天上飞来的烧饼充饥。站岗的时候,仰着头望着天空,唱着:"喜哉,快哉,天上掉下烧饼来!"江涛一看见烧饼,就想起严萍,眼前闪着她美丽的影子。

人们吃不到东西,情绪有些低落。护校委员开会的时候,张嘉庆又发了大话:"看我的,有的是米面!"江涛说:"张飞!又发什么疯?人们吃不到东西,情绪更加低落。"张嘉庆说:"管保你们吃到东西!"经过夏应图的同意,张嘉庆把武装购粮的计划,在会议上谈了,张嘉庆要亲自领导同学们武装购面。谈着,他镇着脸,眨着眼睛,征求人们的同意。

晚上,老夏和张嘉庆,两人趴在床板上,仔细计划了这个行动。

第二天清晨,天晴得明朗朗的,岗兵们靠着墙,挂着枪打瞌睡。张嘉庆起了床,围着墙转了一溜遭¹,查看了岗哨。把人们召集到指挥部,宣布了购面的计划,勾当不大,是个武装行动。这是第一次出马,人们都摩拳擦掌,心里突突跳着准备战斗。老夏把人们分成三队:他自己带两三个同学管开门闭门。老曹和老杨带下几个人,出门向北冲,堵住北街口。江涛和张嘉庆带着十几个人,出门向南冲,负责购面。分配好了,拿好了武器,在角门底下等着。老夏拿着一杆红缨枪登到桌子上,向白军讲话:

"士兵弟兄们!二师同学为了抗日,把日本鬼子赶出中国去!反动派抱定不抵抗主义,要把东北四省送给敌人……指挥你们包围学校,逮捕抗日青年……今天我们实在饿不过去,有愿和'抗日'交朋友的,请行个方便……"

士兵们瞪着两眼听老夏讲话,心里想:"原来是这么回子事!抗日嘛,咱是赞成的。"

这时,江涛指挥人们把大门哗啷啷打开了。大黑个子老曹带着人,拿着长枪短棍冲出去,大喊:"冲呀!冲呀!"一直向北冲,堵在北街口。

张嘉庆绑好了鞋子,杀紧了腰,手里拿着红缨枪,带着十个粗壮的小伙子,从门口冲出去。一出门口,叉开两条腿,瞪起黑眼睛,抖得那杆红缨枪滴溜溜转,枪尖上闪着明晃晃的刀光,张开嘴大声吼着:"士兵弟兄们闪开,抗日队伍出来了!"人们也在喊着,紧跟着冲出门去。张嘉庆在头里大声喊叫:"嗨!闲人让开!是抗日的朋友,走开吧!枪尖朝着反动派戳!嗨!大刀光砍反动派!嗨!是朋友的别害怕!"喊着,横起腰,端着长枪,一股劲往南冲。

---

1 一遍,一遭。

江涛也在后头喊:"谁敢反对抗日,看枪……冲!冲!冲呀!"

岗兵一看这个阵势,向回蜷作一团。张嘉庆带着同学们朝岗兵冲过去,追得骨骨碌碌,一直向南跑。一个个咧起嘴瞪起眼睛,变了脸色。

小军官慌里慌张跑了来,他怕二师学生冲出市外聚众起义。立刻吹着哨子,把岗兵带到寡妇桥上,做下隐蔽工事,等候截击。

可是,他们走不到寡妇桥,走到下关街口就站住,路东有一家小面铺。张嘉庆把三十块洋钱向柜台上哗啷啷一扔,说:"掌柜的!看好,十袋面!"

说着,带着人跑上去,手疾眼快,每人背起面袋返身向回跑。掌柜的以为他们要集体行劫,吓得浑身打抖。张嘉庆向回里跑着,看见一个人失足,骨碌地倒在地上。他又跑回来,伸手抓起面袋背在脊梁上,拽起那人来就走。江涛做后卫,岗兵一赶上来,他就瞪起眼睛冲一阵。人们丢了刀他拾着,丢了枪他也拾着,拾了一抱刀枪跑回来。他们冒出满身大汗,个个像水里捞出来的,几乎喘不上气来。

张嘉庆憋住气,出了一身绝力。力气出过去,身上渗出凉汗来,他疲乏了,手里拎了褂子走回北楼。一上楼梯,小腿肚子软颤颤的,打起哆嗦,脚尖儿反射得像要跳起来。他又退下来,扶着栏杆,歇憩一下,小腿肚子抖得不行,头也发晕,天摇地转的。他低下头,使拳头砸着眼眶子,合了一会儿眼,才慢慢走上楼去,睡在铺板上。

老夏一步一步走上楼梯,坐在他的头前,摸着他的头发。他慢慢睁开眼来,看着老夏,半天不说一句话。

老夏问:"你累了,我还不知道你有这本事。"

张嘉庆猛地抬起头,说:"这就叫人急了造反!"

老夏把张嘉庆的手,搁在自己手上,一字字儿说:"英雄呀,同志!英雄呀!"说完了这句话,他低下头,再也不说什么。

49

十四旅旅长，保定卫戍司令陈贯群，听说二师学生冲出学校抢购面粉，亲自出马，带着卫队，奔到西下关街。打得马喷着鼻子，乍着鬃，眼看着学生把面粉抢回学校。他乍起胡子，鼓突着嘴，手里卷着鞭子愤愤大骂："妈拉个巴子，都是通'共'！饿不服CP们，任务就葬送在你们手里！"

卫队举起鞭子，在岗兵脊梁上乱抽。

陈贯群下命令，把岗兵和米面铺的掌柜一齐捆起来，送到保定行营。立刻加强警戒，严密包围。

消息传到锁井镇。说：十四旅包围了第二师范。说：要拿住共产党砍头。冯老兰坐在聚源号里，大吹大擂，夸大其词说："第二师范也闹暴动，这不是天子脚下造反？"风言风语传到大集上，好像出了什么大事情。严志和听得说，两拳攥着冷汗，没待赶完集，顺着十字街向东一蹓，走过苇塘去找朱老忠。看了看朱老忠不在家，返身走上千里堤。手搭凉棚，向堤外看看，向堤里看看，耪地的人挺多，认不出哪一个是朱老忠，倒是朱老忠先看见他，动作有些慌张，一定是出了什么岔子，提起锄头走回来。

朱老忠离远里问:"志和!有什么事,这么着急?"

严志和说:"大兵包围了第二师范,江涛和嘉庆他们还在里头。"

朱老忠两眼睁圆了,说:"包围了第二师范?唔,这事非同小可!"他知道第二师范是个机密地方。自从反了割头税,这里安下交通站,有不少同志从保定来,是在第二师范住过的。

两人走到大杨树底下,蹲下来打火抽烟。朱老忠说:"革命高涨的年头呀!去年阜平闹了起义,上半年又在五里岗闹了起义。这咱保定又闹起学潮,看样子革命要成功?"

严志和摇摇头说:"不一定怎么样。要不的话,江涛今年该毕业了。"

朱老忠说:"这一来,斗争胜利了才能毕业。"停了一刻,又说:"不过也不一定怎么样,出水才看两腿泥。"

严志和说:"为了革命嘛,没说的。可是一念叨起孩子来,我心里打颤。大哥!咱去看看他们吧!"

朱老忠说:"行!咱说去就去,看看能帮上手儿不。"

严志和说:"我还想去托托严知孝的门子。"

朱老忠说:"去吧!有病乱投医,多个门路没有不是。"

两人说定,严志和就慢腾腾走回来。一进小门,涛他娘把饭摆在桌子上,他搬了个小凳,坐在桌子旁边抽起烟来。慢腾腾一袋,慢腾腾一袋,抽一口烟,鼓突起嘴,憋口气喷出去,喷了满屋子烟雾。他不想吃饭,走到小棚子里给牛筛上草,就又坐在炕沿上,两眼不转睛地瞅着他的牛。

涛他娘扒着门框看了看,叫:"你吃饭呀!"

严志和说:"你吃吧!我不想吃了。"还是两眼直勾勾地望着,也不眨巴一下,慢搭搭地说:"我想明儿上保定去。"

听话头话尾,涛他娘就会明白:"可能是出了什么事情!"他既不说,涛他娘也不往那上去想。长时间不见江涛的面,她也没往不好事儿上想过。一只手支着门框,抻起衣襟来擦着眼,心里说:"这孩子,净哄我。早早答应寻个媳妇撂在屋里,还说给我生下个胖娃娃。哪有个影儿?"

严志和说:"甭念叨他们!我心上麻烦。"他心里一阵烦乱,下午没去浇园,也没去耪地,躺在炕上睡了半天。太阳偏西了,他才起来,饮了牛,上了垫脚,天就黑下来。听千里堤大杨树上,鸦群噪叫得烦人,他又坐在井台上抽起烟来。抽到晚霞散了,月亮显边儿,就顺着那条小道,去找朱老忠。

一进门,朱老忠正坐在捶布石上喂牛。贵他娘说:"你吃饭呀!"朱老忠说:"我不想吃。"严志和问:"做一天活儿,不吃饭哪里行?"朱老忠说:"听到江涛他们的事情,我心里不净便。"等他牵牛到大水坑里饮了水来,点上条火绳,两人又慢搭搭走到村北大黑柏树坟里,去找朱老明。

自从反割头税那年入了党,三个人就像秤杆不离秤锤,总在一块。那年月里,贾湘农不断来这里,晚上出去工作,白天睡在这小屋子里。给谈起革命的道理,他们就觉心里宽亮。自从贾湘农离开城里,轻的没有人来[1]。有时来个人,也不过按着姓名找人,晚晌在小屋里睡了觉,吃了饭,就又走了。这就是他们的党的生活。但是他们的心劲儿,他们的斗争,永远没有停止过。这天晚上,三个人蹲在大杨树底下,守着火绳头上那颗红滴溜的火球,抽烟、谈话,直到天明。

第二天,天一发亮,两人拎起烟荷包上了保定。进了南关,走进一

---

[1] 轻易没有人来,经常没有人来。

家起火小店,想歇歇脚,垫补垫补肚子[1]。店伙计直睖着眼睛瞧他们。

朱老忠笑哈哈走上去说:"借光,伙计!我们想住下,吃点东西。"

店伙计说:"住房也行,吃饭也行,先说你们是干什么的?"

严志和说:"是来瞧学生的,他在第二师范,被包围了。"他一面说着,朱老忠直拿眼睛睖他。紧睖慢睖,还是把这句话说出去。严志和才说完,又后悔了。

店伙计把脑袋一拨愣,张开两只手向外推。

朱老忠说:"你说话呀,推什么?"

店伙计喷着唾沫说:"去吧!去吧!没有房间。"连推带搡,把他们轰出大门。

朱老忠气得脸上一白一红的,说:"他娘的!还没见过这么不讲情理的买卖人!"

两个人立在梢门角上,愣了一会儿。闹不清店里为什么不留客,心里噗噗通通直跳,只好离开这家小店,到第二师范去。走过了公园,一过水磨,朱老忠见桥上有兵站着岗,就抢上两步,走到头里去。

岗兵见来了人,站住问:"干什么的?"

朱老忠再不说是来瞧学生的,他说:"俺是过路的。"

岗兵歪起脖子看着朱老忠说:"过路的?我看是来瞧学生的。快接他们回去吧,闹共产有什么前途?"

朱老忠一听,不由得愣住,回头看了看。严志和见他过去,也硬着头皮走过岗位去。走到学校墙下,见把守的士兵很多。他们围着学校转了半周遭,看看没法进去,只好走到城里,去找严知孝。走到门口,朱

---

[1] 多少吃点饭,抵抵饿。

老忠说:"到了大地方,青天白日也插着门,得先拉门铃。"一拉门铃,从里边走出个细高挑儿,穿黑旗袍的姑娘,探出头来问:"找谁?"开始还眨巴着眼睛呆着,一见严志和,轻轻笑着说:"是志和叔,进来吧!"说着领他们进去,喊:"爸爸,来客啦!"

严知孝从屋里走出来,说:"志和!我估量你快来了。"

严志和说:"我来托你这门子。"说着走进书斋,指着朱老忠说:"这是我的老朋友,锁井镇上朱老忠。"

朱老忠欠了欠身儿坐下。

严萍说:"是忠大伯,我还上你家去过。"说着,沏了水来给他们斟上茶。

严知孝说:"我就是希望家里来个人,今年年景怎么样?鱼呀,梨呀,都不错吧?"他取出两支香烟来,递给朱老忠一支、严志和一支。

严志和说:"梨挂得不少,河里鱼不多……我来看看江涛怎么着呢!"

严知孝说:"我想你是为这事来的。出事以前,他还天天黏在我家里,和萍儿一块玩。"

朱老忠插了一嘴,说:"我们来看看有没有危险。"

严知孝说:"这也很难说,五年闹了三次学潮,校长一定要开明的,教员一定要左倾的,把个教育厅也闹翻了。今天抗日,明天抗日,教员只好对着一排排空桌椅讲书。政府也是糊涂,日本鬼子打到关东,有人抗日还不好吗?又偏偏不让抗日。他们是'宁与外人,不与家奴'!'言抗日者,杀勿赦'。学生更不退让,一定要抗日!针尖儿对麦芒儿,斗、斗、斗,像猫对爪儿,一直斗到今春。当局为了剪草除根,下令解散学校,把学生和教职员一律轰出来。宣布了五十名政治犯,三十六名嫌疑分子,都开除学籍。学生还是坚持斗争,召回还乡同学,进行复校运动。

当局令军警机关包围学校,断绝米面柴煤的供给。他们把米面吃完,把狗和塘里的藕都吃完了,又武装抢了一次面。这一来,第二师范可是出了名了!"

严志和低下头听完了,睁开大眼说:"那不坏了吗?我就剩下这一个!"

严知孝说:"严重了!当局登报说:'……共匪盘踞二师,严令军警督剿……'"

朱老忠不等说完,就说:"这两句话里就有杀机!"

严知孝也说:"谁不说呢!"

朱老忠说:"志和的意思,请你想个法子把他们弄出来。"

严知孝说:"我早跑了几趟,郝校长和黄校长那里也去过了。他们痛恨二师学生把'革命'偷偷输入他们的学校,说起话来,恨不得一手卡个死!我则不然。事出有因,各有社会基础。让他们都显显身手,谁能把这个千疮万孔的中国从热火里救出来,算谁有本领!"

朱老忠说:"你这倒好,各方面都占着点儿。"

严知孝招待他们吃饭。严萍皱起眉头,隔着门帘听着。吃完饭,严萍进来拾掇碗筷,严志和说:"萍姑娘!江涛,你可得接济着他点儿。"严萍笑了说:"早接济着哩!我们还发动募捐,送烧饼。"说着,脸上红了。

朱老忠对严知孝说:"请你费点心,跑跶跑跶[1]吧!"

严知孝说:"那是当然!是你的孩子,可是我这院里长大的。我能不管?"见他们起身要走,他又说:"没有地方住,你们就住在我这儿。别看房子少,可有住的。"

---

[1] 奔走奔走,想点办法。

朱老忠说:"不,我们想住在万顺老店,那是个熟地方。"

他们从严知孝家里出来,走到万顺老店。一进门,店掌柜迎出来,笑着说:"嘿!我以为是谁呢!是你们二位老兄!这一踏脚,十年不见。老忠哥从关东回来,还是从我这儿过去的。怎么想起上府来?"见老朋友来了,让到柜房里,先打洗脸水,又是斟茶,又是点烟。

朱老忠说:"甭提了,志和跟前那个被包围在第二师范里。"

店掌柜一听,瞪起眼睛说:"嘿呀!是志和跟前的?坏了!坏了!卫戍司令部有命令:旅馆里、店房里,一律不许收留第二师范的学生,说那就是共产党!"

严志和头发根儿一机灵立起来,低下头长出气,也不说什么。

朱老忠生气说:"怪不得刚才俺俩走到一家小店里,他说什么也不留,直往外推!"

店掌柜说:"小买卖人,谁愿找那个麻烦?"

朱老忠说:"俺又不是第二师范的学生。"

店掌柜说:"碰上军、警、稽查,说'你不是第二师范的学生,你是第二师范学生的爹!'张嘴罚你钱,你有什么法儿?话又说回来,你为什么不上咱这儿来,吃饭喝水多方便,住房现摆着。光自碰了一鼻子灰。"

朱老忠说:"俺来了,又给你添麻烦。"

店掌柜说:"老朋友嘛,有什么说的。你们麻烦了我,我还高兴。你们要是不来,叫我知道了,我还要不干哩!"

朱老忠呵呵笑着说:"他们要说你窝藏共产党呢?"

店掌柜说:"他说,我也不怕。住监咱一块去,谁叫咱是老朋友呢!"

说着话儿,老朋友们嘻嘻哈哈笑了一阵子。严志和念叨了会子江涛的事情。店掌柜长吁短叹,为老朋友担心。他说:"你们尽管在我这儿住着吧!有什么灾灾难难,咱们一块帮着!"

朱老忠看他热情招待,心想:常言道,投亲不如访友。他说:"看吧,出水才看两腿泥!"

50

严萍拿了一本小说,想读下去,眼前老是晃着江涛的影子。这几天,看书他像在书上,写字他像在笔上,睡觉像有个人儿在身边陪伴。她伸手挥着,挥着,他又回来了,占住她的心。

为了援助二师学潮,她奔走各学校,发动革命的女伴募捐送粮,觉得很疲劳。可是二师告急的消息,不断地传出来,她在担着心。思想上产生了一种新的矛盾:功课,不弄不行,这学期的分数显然下降了,要留级。弄吧,又没有那种心情。一时精神恍惚,书上好像爬着一群蚂蚁。索性抛下书,用被单蒙住脸,想睡一会儿。还有别的事情等着她,睡也睡不着。听得脚步声,妈妈走进来,手里端着条大烟袋,坐在床沿上伸手抓起被单,看见严萍两眼睁得大圆圆的,骨碌骨碌转着。妈妈说:"萍儿!不想吃点什么?"严萍说:"不想吃。""病了吗?""夏天的过[1]……妈妈,给我盖上。"她又翻了个身,脸朝里。

妈妈又忧愁起来。年轻时生下这个孩子,是个姑娘也高兴,她说"一

---

1 因为夏天的缘故。

个姑娘顶半个儿子"。她不愿叫姑娘出去颠颠跑跑,怕野了心,叫亲戚朋友笑话。走到北屋里,严知孝正躺在靠椅上,戴着眼镜看着书。

妈妈说:"萍儿好像病了,又黄又瘦。"

严知孝说:"恐怕有她自己的心事吧!"

妈妈说:"你也该管管,姑娘家年岁不小了,也该有个靠身子的人儿。"

严知孝说:"我早打定主意,萍儿的事情,叫她自己去管吧!"

妈妈说:"叫她自己去管!叫她自己去管!"她又急躁起来:"她是个女人,要是我,早给她寻上个人儿。你不想咱就是这一个,将来依靠谁?"说着,抻起衣襟,擦着眼泪抽泣起来。

严知孝猛地从靠椅上坐起来,说:"你也是个女人,你也从年轻时候过来,你不懂得一个女人的心情!"他生气地吐了口唾沫,又说:"儿孙自有儿孙福,何必爷娘置马牛?一个女人,她需要走自己的路!"严知孝是个绵长人[1],向来不好动气,今天却发起火来,把长头发一甩,跺着一只脚说:"真是岂有此理!"

按一般习惯,两人拌嘴到这种程度,妈妈就低了头,再也不说什么,沉默下来,好像是说,"是你的事情,我再也不说"。可是今天沉默不久,她又说起来。严萍的婚事,在她心上是块病。

今天严知孝生气,也不只为严萍的事情。第二师范解散,要另起炉灶重新招生,重新招聘教职员,他还没有接到聘书。有时他也想:也许,我也被怀疑!随后又对自己说:"不管怎么,反正咱是无党无派的。"但是,聘书不送来,又不能去要,看样子要另找饭碗了。

严萍仄起耳朵,听着两个老人你一言我一语,拌起嘴来。撩起被单,

---

[1] 软性人。不易发火的人。

坐在床沿上愣了一会儿。照着镜子梳了一下头发，眼窝陷下去，眼睛大了，下颏儿尖了。看了看表，到了指定的时间。她匆匆走出西城，在桥头上站了一刹。看小河里流水，岸上的柳树……离远望过去，有带着枪、穿着灰衣裳的士兵，在第二师范围墙外站着，江涛和嘉庆他们就在这围墙里。她用小手巾抹了抹鼻子尖上的汗，看见水面上有几片白色的鹅毛，随着水流，漂漂悠悠流过来，又流过去了。她眼睛盯着，直到看不见了，才走向车站去。是一片工人住宅，她找对了胡同，看对了门牌号数，走进一家小院。房子很低，好像临时砌成。窗台上有两盆染指甲花，开得红上红。听得声音，有人弯着腰，从低矮的小屋子里走出来，亲切地握了严萍的手，说："是你？"

严萍睁起眼睛看他，也不说什么。那人说："你忘了？在反割头税的大会上见过的，我姓贾，一说你就知道。"

严萍笑了说："你是贾老师，我也好像认识。"

贾湘农说："认识我们的关系就行。"

严萍说："有人介绍过了，你多时到这儿？"

贾湘农说："不久。"

贾湘农拿起蒲扇，呼扇了一下桌子，拎起桌子上的破宜兴茶壶，倒茶给严萍喝。他说："听说志和跟老忠叔来了，我也赶来看看。"显然，他并没有说完，就不再往下说了。他脸上黑了，颧骨高起，长了满下巴黑胡髭。

严萍向他谈了第二师范的情况，说明哪个单位投送了多少烧饼、大饼。贾湘农不断鼓励她："努力吧，同志！要想各种办法保证饿不着他们。只要有得吃，就能坚持，现在是磨时间的问题。目前，二师学潮成了保属学生界政治生活的焦点。二师学潮的胜利，就是保属青年运动的胜利，抗日力量的胜利。保定周围二十多个县的青年学生，都一致声援第二师范！"

贾湘农谈起话来，挺严肃，简单干脆，很有煽动力。看得出来是受过锻炼的。他在黑暗的屋子里，闪起亮晶晶的眼光，又有力地攥起拳头，砸着桌子，压低了嗓音说："敌人占据东四省，群众要求一致抗日，反动派要镇压抗日运动，进行剿'共'。我们为了保卫祖国，一定要发动群众起来抗日，一定！敌人打到了家门前啦！把日寇打出中国去，中国人民才有出路！"

严萍低下头，细心听着，琢磨每一句话的精神和力量。嘴里唔唔应着，表示她听明白了，而且忠心去执行。最后，贾湘农问她："你的脸上为什么这样憔悴？"

严萍说："不，不怎么样。"

贾湘农禁不住笑了，诚恳地拍着严萍说："我是知道的。努力吧，同志！江涛是一个好同志，只有斗争胜利了，反动派才会把他还给你……"

猛地，严萍脸上绯红起来。她想："怎么回事？他会知道我心里想的？要是斗争不能胜利呢？"她不敢往下想，这是一个不难答复的问题。

贾湘农郑重其事地说："反动派对二师学潮，已经胸有成竹。可是我们要动员一切力量，展开宣传斗争，打击敌人！"他说着，点起一支烟，把洋火盒子啪地放在桌子上，踱着方步，考虑更重要的问题。又说："一切，一切在于我们的努力！"

严萍说："忠大伯和志和叔来了。"

贾湘农说："嗯！他们来了，我还要给他们一些工作，叫他们把学生家属联系起来，进行斗争。"

一边说着，在椅子上坐了一下，又站起来。背叉着手，站在屋子当中，像是等待什么。听得胡同里有人跑过,他又走到门口探身看了看,看是两个孩子,才慢慢走回来。在天津北平的时候,他还不觉怎么样,那里城市大,人多,回旋区也大。一到了保定,就觉得军警机关压得抬不起头来。有时他也想:干!发动全体工人学生罢工罢课,揭他个过子!当他想到那就太暴露了,就又改换一个想法。

待不一会儿,一个穿蓝制服的工人走进来说:"我回家吃饭,听说你在这里。来!一块吃饭吧!"端进玉米窝窝头、炒青菜、秫米饭汤。贾湘农叫严萍一块吃,严萍看贾老师吃得挺香甜,自己也吃起来。她心里有事情,吃也吃不下。

贾湘农问:"唔!最近工人里对二师学潮有什么反应?"

穿蓝制服的工人说:"抗日嘛,是再好没有的事,当局不该把学生饿起来。我们子弟学校的学生,都自动送粮投烧饼,还捐了一些款,送到保定学联去了。"

贾湘农又问:"当局要屠杀二师学生的话,将在工人中引起什么反响?"

穿蓝制服的工人说:"引起什么反响呢?以我本人来说吧,我就要串连罢工,打击反动派!要知道,我们平汉工会是有战斗传统的,他们要是需要交通上的帮助,北至北平,南至汉口,一个钱儿甭花,我们管接管送!"

吃完了饭,贾湘农还想说什么,又停住。严萍说:"我要走了。"就走出来。听到贾湘农的谈话,她心上豁亮多了。从城市到乡村,不知有多少人正为抗日救亡运动努力。

严萍又到女二师去,和几个同志商量工作。到了那里,才知道有几个同学为给二师学生投烧饼被捕了。她皮肤紧缩了一下,心里说:"又有人被捕了!还得赶快设法营救。"走回来的时候,爸爸屋里电灯亮着。她走回自己的小屋子,待了一会儿。觉得江涛不来,小屋子里就没了快乐,小院里也缺少了光辉,只觉得愁苦、寂寞,闷气得不行。她觉得口渴,走到爸爸屋里去倒杯茶喝。严知孝见妈妈不在屋,把她叫住。问:"萍儿!你身体不好吗?"他睁大了眼睛看着她。

严萍嗫嚅地说:"没有什么不好。"

严知孝说:"孩子!你大人啦,心里要宽亮点儿。"

她低下头去,盯着茶杯里有根茶棍,在金黄色的茶水里浮沉。说:"是。"

严知孝说:"天下事难尽如人意呀,知道吗?"

严萍说:"知道。"

严知孝说:"江涛是个好孩子,有几天不来,就觉得寞寞落落。他有了灾难,就像你有了灾难一样。这个世道,又有什么法子呢?"

严萍说:"我也这样想。"她把两个眼珠靠拢在鼻梁上,偷偷看了看爸爸的神色。看得出老人为这件事情担忧。

严知孝问:"你爱他?"

严萍觉得挺不好出口,唔唔哝哝说:"你说呢?"

严知孝说:"孩子的事情,要孩子自己去考虑……"

当他一想到二师学潮还不知落个什么结果,又把这话迟疑下,不再说下去。严萍听着这句话,眼泪一下子流在眼边上,猛地跑过去,倒在爸爸的靠椅上,抖动着身子哭起来,像有多大的哀愁,呜噜呜噜地大哭。

严知孝抱起女儿,摇摇头说:"苦啊,苦啊,孩子!你心里苦啊!怎么就这样的不幸?你两个要好,他偏偏遇上这样大的事故!"

严萍拍着爸爸的肩膀,说:"爸爸!去,去,去拉黑旋风那帮人来,打他们!"

严知孝听得说,立刻掩上严萍的嘴,说:"胡说!还不给我闭上嘴……"他搂起严萍的脖颈,抬起头长叹一声,说:"咳呀!天哪!难呀,难呀,真是难呀!我不能走那一条路,我天生成软弱无能,没有本事。我敢走这条路的话,也落不到这个地步!"他两眼看看黑暗的天空,滴下泪珠来,扑簌簌落在地上。

黑旋风,是严老尚的好朋友,和严知孝年岁差不多。严老尚七十大寿的时候,到过他家。这人既无军衔,也无户口,带着几百号人,在津浦路两侧过着自由浪荡的生活。据说他那些人,能蹿房越脊,飞檐走壁,都是一些古楼雕钻[1]儿家伙。

严萍一下子坐起来,摇晃着身子说:"不,我们不能再软弱下去!打他们,救出江涛来!"

严知孝说:"不能,孩子,我还不肯走那一条路。咳!卖国贼们,当他们需要'民众'的时候,就把'民主'当作武器。他们不再革命了,不需要'民众'了,就翻个过儿,拿起另一个武器来,开始武力镇压了。在保定,我还有点名望,还有几个老朋友。我舍出老脸见他们,要是他们不听我的话,就和他们拼!"

严萍睁开泪眼,望着爸爸,问:"爸爸!他们应该被逮捕?他们犯了什么罪?"

严知孝说:"不要问我,孩子!我是有民族观念的人,我有正义感,我明白抗日无罪!维护正义是没有罪过的!"

严萍跪在地上,两手拍着爸爸的膝盖,说:"爸爸!我对你说,我

---

[1] 奇奇怪怪的意思。

爱江涛,我不能眼看着反动派杀害他们!"一行说着,不住地摇着头,摇乱了满脑袋头发。

严知孝低头看了看严萍,那孩子倒在地上抽抽咽咽哭着。他跺跺脚,看看天上,说:"天啊!我们遭了什么罪呀!嗯,我们犯了什么样的国法呀!"他扶起严萍,说:"孩子!我下决心了,一定觍着老脸[1]见他们……"

---

[1] 厚着脸皮。

51

第二天，严知孝吃过早饭，叫严萍帮他穿上皮鞋、丝罗大褂，拿起手杖，他想到北菜园去找陈贯群。一出大门，冯贵堂走到门前。

冯贵堂，今天穿着袍子马褂，戴着缎子帽盔，新理了发，修成八字胡儿。严知孝、陈贯群、冯贵堂，三个人在北京读书的时候，见过面，一块玩过。今天他以同乡和表亲的关系，来看望严知孝。可是严知孝一看见冯贵堂，立时脑里唤起一个念头：当他的表兄冯老锡和冯老洪打官司的时候，冯贵堂是帮助冯老洪的。

那时，冯老锡也找过严知孝，严知孝不愿走衙门，多管诉讼上的事情。再说一宅儿院打官司，谁打输了不好，谁打赢了也不好。于是，他一口回绝不管。冯贵堂熟悉法律，衙门口里熟人多，冯老锡只得打下风官司了。

冯贵堂看见严知孝从门口里出来，把脚一站，笑出来问："表兄！你要出门？"

严知孝也只好站住，说："呵！是你来了，我想到贯群那里去。"他想："贵堂一定是有什么事情。"

说着，两个人走回来，到严知孝的书斋里。严知孝问："怎么，到保定打什么官司？"

他这么一问，冯贵堂搓着手儿笑了，说："我倒是爱打官司，可是这一趟来，并没有什么官司可打。我想看看育德铁工厂的水车。"他坐在椅子上，伸手捏着帽盔疙瘩，捻了几个过儿，才放在桌子上，说："嗯，育德中学虽然是私立的，还办得不错。这位校长也是个能人，能办好学校，也能办好工厂，都能赚不少钱。"

严知孝斟了一碗茶，放在冯贵堂面前，问："听你说话，倒是挺注意种庄稼。乡村里兴开水车了？"

冯贵堂说："哪里，乡村里人都是死脑筋，净想逮住兔子了才撒鹰[1]。你要是想对耕作方法有所改良，比登天还难呢！"

严知孝说："恐怕和乡村经济破产有关系吧！"

冯贵堂说："哪里，他有了钱在柜里锁着，都不肯拿出来叫它折个斤斗儿，那还不等于是死钱？光是在一些穷老百姓身上打算盘。如今乡村里人穷得不行，整着个儿煮煮，能撕出多少拆骨肉来？"

严知孝问："听说你回家，日子过得不错，你的庄稼长得怎么样？梨呢？"

冯贵堂说："老辈子人们都是听天由命，根据天时地利长成什么样子算什么样子。我却按新的方法管理梨树，教做活的按书上的方法剪枝、浇水、治虫。梨子长得又圆又大，可好吃哩！可是那些老百姓认死理，叫他们跟着学，他们还不肯。看起来国家不亡，实无天理！看人家外国，说改良什么，一下子就改过来，实业上发达得多快！"

严知孝听见这些事情，倒发生兴趣。他说："恐怕和穷困有关系吧！

1　意指没有十分把握决不轻举妄动。

人们没有钱,用不起那么多工,垫办不起。"

冯贵堂生气地说:"他们垫办起了也不垫办。咱倒想办办这点好事,叫人敲锣集合人们来看我剪枝,一个人也不来!"

严知孝说:"你得先告诉他们这种好处。"

冯贵堂说:"不行,你说个天花乱坠,他们也不肯信。"

两个人说起家常话。冯贵堂说了一会子他回家以后,如何改良家务,如何把牛换成骡马,如何养猪,如何开了油坊、粉房、轧花房,又如何开了杂货铺子、花庄什么的。他说:"在目前,我的努力方向,是把地里都打上水井,买上水车。要叫我的棉花地上长出花堆,玉米地上长出黄金塔来。"

严知孝一听,觉得冯贵堂谈得挺有道理,也跃跃欲试。他老早就想过田园生活。茅屋三椽,老枣数株,二亩园地,一口小井,一把辘轳,就足以娱晚年了。他说:"你说的倒是一个良好的方向。"

冯贵堂说:"我还想开鸡场,在乡村里养鸡、养兔。据说法国有一种蛙,每只能长半斤重,可以肉食。要是把我那大水塘里都养上这样的河蛙,也能赚不少钱。"

冯贵堂健谈,一谈起来就没有头儿。严知孝因为心里有事,很觉烦躁,可是又不能不奉陪。冯贵堂和冯老锡不和,他怕引起冯贵堂多心。直到冯贵堂抬起手表看了看表,有十一点钟了,起身说:"时间不早,我要回去。"冯知孝心上才松下来,问:"你住在什么地方?"

冯贵堂说:"我住在'第一春'。"

"第一春"饭店,当时是保定市最大的。一些冠盖往来,大商巨贾,上城下县都住那儿。

冯贵堂说:"时间长了不见,我还想请你去吃点儿便饭。"

严知孝说:"贯群初到保定,在那里吃过一次饭,好久不去了。你住在那里还行,你有钱。"

冯贵堂说:"钱,就是花的。有了钱不花,那等于是没钱。人应该会去使钱,不能叫钱支使人。可是有的人,像我那老爹一样,成天价叫钱支使得不行!"

一面说着,严知孝提上手杖,跟冯贵堂走出来。走到胡同口上,冯贵堂又走进槐茂酱园买酱菜。据说酱园门口那棵老槐树,有二百多年的历史。乡下人进城,一定要买些酱菜带回去,送给亲友。冯贵堂买了十篓面酱、五篓糖蒜,还买什么紫萝、姜芽、螺丝萝卜,一大堆。弄得严知孝很觉心烦。才想自己走回去,冯贵堂又喊了洋车,也没问价钱,两个人就坐上去。

到育德铁工厂的门口,冯贵堂叫洋车停住,拉起严知孝走进工厂。大院里放着几座打铁炉,几个人拉着大风箱,扇着呼呼的火苗。并排放着十几辆大水车。冯贵堂走到水车跟前说:"你看,这种水车,在目前就是最进步的了。要是套上大骡子,一天能浇个二三亩地。"

严知孝用手杖敲了敲水车的木轮,笑了说:"这比辘轳好多了,手拧辘轳,一天只能浇个一亩多地。"

正谈着,掌柜的走过来,招呼他们屋里喝茶。

冯贵堂说:"我们不喝茶了,要去吃饭。"他对严知孝说:"我还给他们建议过……"又瞅着工厂的掌柜说:"你们要想法把这枣木轮子换成铁的,这水车就灵便多了。"他弯下腰,用手摸了摸那个大木轮子,觉得挺笨,说:"这要是着了水,该有多么重!"弯腰拾起一根木棍,走过去敲着木斗子,像梆子一样,唧唧地响,说:"把这木斗子换成铁板的,这辆水车能轻便多少?"

掌柜的说:"那样一来成本就增加多了,乡下人哪个买得起。"

冯贵堂歪愣歪愣[1]脑袋,说:"我就买得起。宁多花钱,也要买顺手的家具呀!这么一改良,少说,一辆水车能浇五亩地。"

两个人看了一会子水车,才走出来,坐上洋车,到"第一春"去。

他们走过"第一春"两层大院,叫伙计打开正房的门。屋里摆着铜床、沙发、藤篾椅子。冯贵堂请严知孝坐在沙发上,递过纸烟吸着。

冯贵堂拿摔子掸着鞋上的土,叫了伙计来,拿过菜单,请严知孝点菜。

严知孝说:"你点吧!说起吃喝,我倒是外行。"

冯贵堂问:"喝点什么酒?"

严知孝说:"我也不想喝酒,我嫌辣得慌。"

冯贵堂说:"嫌辣,喝甜酒,来瓶子'果子红'吧!"冯贵堂拿起铅笔,就着茶几写着。说:"吃香酥鸡吧?嗯,吃焦炸肉?我就是爱吃这个玩意儿,蘸上点花椒盐儿一吃,又香又脆。唔,来一个烧玉兰片,竹笋出在南方,北方人是不常吃的。再来一个糖醋大肠、青椒炒子鸡。来个素菜,清清口。再来一个三鲜汤——海参、鱿鱼、鱼肚。"

严知孝一边看着,直觉好笑。他想,一个人几年不见,就有这样大的变化!

冯贵堂写完了菜单,掏出手巾擦去嘴上的唾液。一面点着菜,嘴上直想流出酸水来。

等不一刻工夫,伙计陆续端上菜来。冯贵堂尝了下"果子红"酒,觉得不够味,又要了半斤"二锅头"来。喝着酒,冯贵堂问:"听说,第二师范又闹起学潮来。"

---

[1] 歪了几歪,这里有得意的意思。

严知孝说:"是呢!"

冯贵堂说:"听说这一次闹得还挺厉害。"

严知孝说:"厉害什么,拿着素有训练的军队,去包围手无寸铁的学生,算了什么……"

冯贵堂不等严知孝说完,停止吃菜,愣起眼睛,拿筷子一突一突地说:"不,你可不能那么说,过去我就是这样想,其实错了。别看他们手无寸铁,共产党那副嘴巴子,比枪还厉害。那年我好容易把老人说转了,拿出四千块钱包了割头税,眼看一万块洋钱就赚到手里。谁知他们暗里使劲,串通四乡里穷得没有饭吃的人,起来抗税。闹得我四千块大洋赔了个精光。光看他们手无寸铁不行!"

严知孝说:"对穷得没有饭吃的人,应该……"

冯贵堂右手拿着一块炸鸡,蘸一下花椒盐,啃一口,喝一口酒,脸上红红的,满头是汗。他又扬起头来,歇了一口气说:"对这些人,不能'怀柔'!过去我也是这样想,老人家说我,我还不听。结果,共产党闹了个集体大请愿,把我跟老人家赶了个野鸡不下蛋,把税局子砸了个稀里哗啦。赔钱是小事,丢人是大事。"

严知孝笑眯眯看着冯贵堂,说:"还能把你怎么样了?"

冯贵堂说:"经一事,长一智,我对改良劳动农民的生活失去了信心。过去还想在村里办平民学堂,教他们改良农业技术,可是隔着皮辨不清瓤,那算是不行!"

说到这里,严知孝看看表,十二点快过了,他要到北菜园去,放下筷子走出来。冯贵堂手上拿着一块骨头,边走边啃,送出严知孝,看着他坐上洋车,才又跑回去,吃他的香酥鸡。

52

北菜园陈家公馆,有一副光亮大门,门前有对石狮子,张牙舞爪,在石座上蹲着。严知孝按了一下电铃,有仆人走出来。他说明了来意,在门房里坐了半点钟工夫,才有仆人带他进去。走了很长一段砖砌甬道,有一段花墙隔着。花墙外有一排木槿树,开着紫色的花朵。穿过一个贴金的圆门,院子里方砖墁地,老藤萝过了开花季节,垂着长荚。厅前的古式廊庑下,站着几个带枪的随从兵。他一上石阶,帘里有人轩然笑了:"嗬!知孝老兄,请你进来!"

帘声一响,走出个人来。高大身材,白胖子,长四方脸,鬓角上的头发稀疏了,伸出宽大的手,握住严知孝的胳膊。这人就是十四旅旅长,保定卫戍司令陈贯群。

三间客厅,黄柏槅扇,雕镂着花鸟人物。一套乌木家具,五彩螺钿放着光彩,地上铺着花毛地毯。严知孝坐在沙发上,仆人敬上茶来,递上一支雪茄烟,严知孝伸手挡回去。

陈旅长说:"知兄!无事不到我这儿,有什么动用之处?"他看了看墙上的时钟,又说:"今天我还有事情。"

陈旅长的父亲,和严老尚曾有一面之交。陈旅长到保定接任卫戍司令,为了联络地方士绅名流,才拜访了严知孝,请他出头做些公益事业。两人无话不说,无事不谈。

严知孝抬起头来看着陈贯群说:"没有什么大事……倒也有一点小事。"

陈旅长靠在沙发背上,跷起一条腿,语言轻渺地说:"什么事情?谈谈吧!"

严知孝说:"就是学校里的事情。"

陈旅长问:"是关于你以后的……"

不等他说完,严知孝把手儿一摇,鼓突了嘴说:"不!"

陈旅长响亮地笑了,说:"知兄!还不失尚老遗风,扶危救困,爱国恤民。我想为你自己的事情,是不来找我的。"

严知孝摸着胡髭,清了嗓子,说:"本着爱国家、爱人民、爱天地万物的精神,我想我应该出头说句话。日寇占据东北,进攻上海,试图进关……青年人愿意起来抗日,这是应当应分的事。你的部队包围了学校,把他们饿起来,这好像是说不许青年学生抗日?"

陈旅长一听,拍了个响掌,笑着说:"嗨!原来为这件事情!这事情主管不在我这里,在委员长行营。行营里说,他们以抗日其名,而宣传共产主义之实!企图鼓动民众,颠覆国家。而且,他们也竟敢赤化我的部队,在本旅的士兵里,已经发现有共产分子活动……"说着,他生起气噘起嘴来,乍起两撇黑胡髭。

严知孝说:"这倒不必多心,我是个无党无派的人,才敢这样直言不讳。我觉得共产主义不是什么可怕的,不必把他们描绘得如狼似虎。都是些个活泼有生气的青年。也不要强把抗日说成共产。"

陈旅长说:"知兄,你要是这样说法,可就有些危险了。"

严知孝张开两只手,惊讶地说:"怎么?我不能这样说吗?我亲身接触过他们,教育过他们。他们为国家、为民族,要抗日……"

陈旅长打断他的话,说:"知兄!你不必这样激愤。你说,今天为什么而来吧?"

严知孝说:"我嘛,请你撤除包围二师的部队,给他们抗日的自由。"

陈旅长把精神涣散下来,又笑哈哈地说:"哈哈!我还没有这等权力。请你从中奔走一下吧,三天以内,要他们自行出首,我负责释放他们。三天以外,是委员长行营的权力,我也难说话了。军人以服从为天职!"他又伸出三个指头,说:"三天!三天!"这时,随从兵给他披上武装带,递过高筒皮靴,门外有汽车的喇叭在催着。他又说:"今天,是你来,要是别人,我还不能这样说。"

严知孝只得从沙发上站起来。

陈旅长看他要走,伸手把他拦住说:"论私情,咱们是世交。论公事,你是地方士绅。咱们说一句算一句。就请你做个中间人吧!三天以内,要他们自行到案,这样也只显得我脸上好看。"

严知孝说:"这还得我出马?"

陈旅长说:"你老兄伸一下子大拇手指头吧[1]!"

最后,严知孝把要求释放江涛的话也说了。陈旅长说:"看能有办法权变没有吧。"

两个人随说随走,一阵沉重的皮靴声,把严知孝送出大门。他眼看着陈旅长坐上汽车,伸手打了个招呼,汽车嗤地开走了。

---

1 承担下来的意思。

汽车开到卫戍司令部，陈旅长一直走到办公室。看看时间快到，他喊了一声："来人哪！"

随着喊声，随从兵走进来，他说："问问白参谋长，通知一团了没有？"

随从兵走出去不久，有一个穿着散装便鞋的人走进来。这人脸儿挺白，矮胖子，眉毛挺稀。他弯了一下腰说："通知了。"他看看时钟又说："我再打个电话催一下，叫三个营长都来吗？一团长呢？"

陈旅长说："一团长不是不在吗？"猛地，他又有所考虑："这是什么时刻，他为什么不在？"好久了，他就有所怀疑：一团长年轻，好读现代书籍，言谈过激。他说："也叫市党部刘主任来一下。"

白参谋长说："好，我来办理吧！"说着，走到他的办公室去打电话。

时间不长，门外马蹄声一响，有三个拿马鞭子的军人走进来，行了军礼之后，端端正正站着。

陈旅长说："坐下，今天有一件要紧的事情。"

市党部刘麻子来了，陈旅长叫他坐下，喊："来人，冲茶呀！"

参谋长指挥随从兵冲上茶来。

陈旅长说："今天，谈谈关于第二师范的警戒问题。刘主任，你谈一下内部情况。"

刘麻子说："内部情况，我们知道的不多。我调查了一下，他们抢了十袋面粉进去，这是一种越轨行动。"

刘麻子一说，陈旅长火起来，问："哪营的值勤？"

听得问，那个小个子营长，腾地从椅子上站起来，啪地一个立正，说："职营的警戒。"脸上刷地黄起来，他预料这顿处分不会脱过。

陈旅长说："妈的，睡觉来吗？里边是共产党，是政治犯，你知道不知道？走脱一个，我陈贯群要你的脑袋！"他说着，直气得吹胡髭，脖子脸都红起来，猛地又喊了一声："来人！"

等参谋长进来，他说："交军法处……这是委员长行营交代的任务，我旅长还担着干系。去！交军法处！"

小个子营长知道说也无益，但他还要哀求两句，说："我是旅长的老袍泽……"

陈旅长把手一摇，说："滚！妈拉巴子，怎么的？"他睁着大眼，看着那营长走出去，才说："刘主任！你继续谈。"

刘麻子说："不过，十袋面，并不能维持多长时间，饿得他们自行出首，还是有希望的。"

陈旅长问："还有什么情况？"

刘麻子说："有一部分学生家属来到保定，他们中间有些联系，也有些活动的迹象。现在我们开始做他们的工作，叫他们劝说自己的子弟，只要出首，就可减罪。"

陈旅长说："那是你们的事情，我们管不到。白参谋长！谈谈你的计划。"

白参谋长拿出他的稿本说："是这样计划的，陈旅长看不合适再……"

陈旅长看他动作迟缓，说起话来慢吞吞的，把眼一瞪说："你快一点，老是嘴里含着个驴獠子[1]似的！"

陈旅长一说，白参谋长两手打起颤来，索索地说："我计划，把二团一营放在寡妇桥上，二营放在西门，三营放在车站。任务是巡逻盘查行人。对二师的警戒，还由一团担任，不过岗哨要密一点。"

陈旅长问："只两层封锁线？"

---

[1] 驴的阴茎。

白参谋长说:"唔!"

陈旅长把桌子一拍,说:"妈的!跑掉一个砍你的脑袋!"他一看,是对参谋长讲话,笑了一下,似乎是在道歉,又说:"不过,跑脱一个,委座也要砍我的脑袋呀!到了那时候,这罪过是你担哪,还是我担?"

白参谋长蹙了一下眉头,笑了说:"当然是我担。"

陈旅长扔给他一支烟,说:"一言为定?"又撩起眼皮儿看着他。

白参谋长说:"这还有错儿?"

陈旅长又叫二位营长谈二师内部情况。当他们说到二师学生在士兵中有活动,士兵也有了动摇,陈旅长又焦躁起来。他说:"要增加第三道警戒线,放在五里以外的村庄上。"最后,他说:"从明天开始,三日以内不要出错子。三日头上,午夜三时我们就要动手逮捕。"

刘麻子说:"他们要是不出来呢?"

陈旅长说:"不出来?好!架上机关枪,架上大炮,搜!委员长的主张:宁误杀一千,不能走漏一个!"

刘麻子说:"用不着大炮,也用不着机关枪,我们就逮捕讯问他们。只有这样,才能掌握全部材料。"

陈旅长把二位营长送出去,又把刘麻子叫住,问了一下严江涛的情形。

刘麻子说:"他是共产党里的骨干,我们那儿有他的名单,是要犯!"

陈旅人问:"这人怎么样?"

刘麻子说:"这人呀,精明强干,漂亮人物,个儿不高,社会科学不错。据说,他是国文教员严知孝的女婿。"

陈旅长一时笑了,说:"这就是了!"他连点了几下头,又说:"可以维持一下吗?"

刘麻子说:"不行,问题在行营调查课。前几天,黄校长、杨校长、张校长，到我那儿去过。他们对二师学潮颇有意见，责备本部不力。十三座学校同时罢课就是第二师范的主谋。第二师范复校运动主脑有五个，夏应图、严江涛、刘光宗、曹金月、杨鹤生。其中，严江涛是骨干分子，赤化甚深！"

陈旅长问："这人激进？"

刘麻子说："不一定激进，激进不一定可怕，主要是思想毒害极深，破坏能力极强，煽动性极大。他在知孝及严小姐庇护之下……"

陈旅长听了刘麻子的报告，把鼻子一拧，说："那可怎么办？"

刘麻子说："看吧！"

这时随从兵拿进信来，说是有一位"故交"在公馆等他，拆开信一看是冯贵堂。见刘麻子拿起帽子，他喊了一声："送客！"亲自把刘麻子送出来，随后上了汽车回家。到了门口，冯贵堂弯着腰从门房里走出来，睁圆两只大眼睛，嘴上唏唏溜溜地说："贯群老兄！几年不见，你……"

陈贯群扭头看了一下，说："贵堂弟！光顾过财主了，也不来看看我。"

冯贵堂走上去抓住陈贯群的手，笑着说："财主什么？不过是过个庄稼日子罢了。"

陈贯群说："谁不知道，你是保南名门嘛，号称冯家大院。是不？"说着，又挺起大肚子笑。

冯贵堂说："不过是享祖爷的福罢了，谁又挣了什么来？"

两个人手牵手儿走进客厅，陈贯群把冯贵堂让在沙发上，说："祖爷治下，儿孙享受，这还不是老规矩？像咱这一辈人，谁又挣下什么来。"

冯贵堂从沙发上站起来，拱了拱手说："像你老兄就不同了，一个卫戍区的司令，比道尹权力还不小，而且是拿枪杆的人，偌大地方的治安，偌多人口的生杀予夺之权，操在你手心里。"

陈贯群说："权力大，遭难大。像你吧，不做官不为宦，不吃俸禄不担惊哩！今天做官，比往日大大不相同了。委员长又派了什么政训员来，今天政治，明天政治，咱军人只学会了打仗拿地盘儿，懂得什么政治。"

冯贵堂说："有什么难的，越是大官越好当，你动动笔，下边人们就跑乱了腿。"

说着话儿，仆人敬茶敬烟。冯贵堂眉飞色舞，喝着茶，吸着烟，问："目前治安上有什么大困难？"

陈贯群说："甭说别的，光是这个第二师范，就闹不清了，委员长行营命令包围逮捕，地方士绅们，也有赞成的，也有反对的。"

冯贵堂问："有谁是反对的？"

陈贯群说："地方上，校长们都主张快刀斩乱麻，以迅雷不及掩耳的手段逮捕起来。知孝就反对。"

谈到这里，冯贵堂哈哈笑着弯下腰去，说："他呀，甭听他的！你还不知道？他是书呆子一个，尚清谈。读书本子行了，懂得什么刑科大事。"

陈贯群一听，愣了一下，挺了挺脖儿问："江涛是个什么人物头儿？"

冯贵堂扎煞起两手，笑着说："哈哈！一个青年学生罢了。前几年俺县出了个贾湘农，在高小学堂里教了几年书，像老母猪一样，孪生了一窝子小猪儿，如今就成天价摇旗呐喊：'共产党万岁！'他哪里受过什么高深的教育，懂得什么社会科学，光是看些小册子，设法笼络青年学生和乡村里一些无知愚民，像集伙打劫一样。这江涛就是他教育出来的，他哥是个共产党员，'四一二'时候被捕了。他爹跟我们打过三场官司。他爹有个老朋友叫朱老忠，这人刚性子。几个人帮在一块，越发闹得欢了。"

冯贵堂一行说着,陈贯群在一边听,不住地噘起胡子,咧起嘴角。他明白这地方共产党确实有根基,势力非同小可。一想起委员长行营对他的嘱托,两只手扶着沙发背,连连摇颤着脑袋。

冯贵堂说:"迅雷不及掩耳,快刀斩乱麻,一点不错!一切'怀柔'都是错误的,都是'炕上养虎'、'家中养盗',这完全是经验之谈!"

陈贯群把手在沙发背上一拍,说:"下决心!就是这么办!"

冯贵堂又说:"是呀!善而不能治者,恶而治之,亦一途也!"

说着,仆人摆上饭来,陈贯群留冯贵堂在家里吃便饭。吃着饭,又谈起严江涛和朱老忠的家世。陈贯群又问:"你县里县长是谁?"冯贵堂皱起眉棱说:"是王楷第呀!他就是上了几天老军官,武人治政,哪里能行呢?"陈贯群又连连点头说:"这个人我倒是知道。"

53

严知孝从北菜园回来,不落家,就到第二师范去。一下洋车,那个小军官就迎上来,愣眉横眼地问:"你是干么的?"

严知孝头也不抬,径直往前走。小军官又往前赶了一步,说:"站住,你是干什么的?"

严知孝说:"我是这校的教员,要到学校去看看学生们。"

小军官嗤地扯出盒子枪来,说:"站住!"

严知孝扭头看了看,想:怎么这个凶样子?他说:"那是什么态度?我要到学校去,你能不叫我去?"

小军官拿着盒子枪,一晃一晃地说:"当然不能随便叫你进去!"说着,粗着脖子出气。

严知孝一下子愣住,瞪着小军官看了半天,才说:"你疯疯势势,想干什么?"他觉得实在气愤,冷不丁伸出手打了小军官两个耳光。

小军官躲不迭,倒退了几步,连连喊着:"造反,捆起来,他通共!"

几个士兵赶上来,要捆严知孝。严知孝睖着眼睛,眼瞳网着血丝,拿起手杖,说:"来!打掉你们的狗牙!陈旅长都不敢怎么我,你们打电话问问!"这么一说,士兵们都呆住。他又说:"我叫严知孝,你问问,能不叫我去看学生?"

这时士兵中有懂事的,看他跟上司有瓜葛,忙走上来说:"老先生!忙去吧!我们不知道,也别生气了!"一面央恳严知孝,小军官忙去打电话报告,请示。

严知孝嘴里一股劲儿说着:"今天真是秽气!"走到门下敲门。等韩福叫了江涛来,才开门把他迎进去。江涛笑吟吟搀着严知孝走进会客室,请他坐下,叫韩福老头端了茶来。江涛问:"严先生!你来有事吗?"

严知孝说:"不是我的事,是你们的事。我想当个中间人儿,说合说合。事情总得有个结局呀!"他又盯着江涛说:"这两国交兵,也得有个完哪,学校总归是学校!"停了一刻,又像给学生上课一样,反问了一句:"这,在个学校里,动刀动枪的,总是不妥当吧!"

他看到大门里有学生站着岗,手里拿着枪刀,耍着练着,也有的蹲在墙下看书。他想要怎样说法,才能使江涛明白目前的环境。其实这已不是第一次了,一闹起学潮来,这个墙圈里就成了自由的国度。在这片国土上,用一种不同的思想体系组成了领导和军队(学生纠察队),建立下特殊的生活秩序,新的人与人的关系。以高度乐观主义的精神,克服饥饿、疾病和侵害,跟统治者做尖锐的斗争!

江涛还是不住地笑着,开门见山地说:"老师!不是市党部派来的……"说到这里,看严知孝脸色不像往日一样,又停下来。

严知孝说:"不是市党部,是卫戍司令部……我教一点钟的课,也是师生,不能眼看我的门生遭荼毒。还是看清时局,离开这里吧,要悬崖勒马!"一面说着,看了看窗外有人,用眼睛看着江涛示意。

江涛说:"哎!我们还没走到悬崖上呀!"嘴里这样说,抬起头来眨着大眼睛,体会到事情到了终结的时候。

严知孝紧插上一句,说:"事到适可而止,过则犹不及。年轻人儿心眼真是发死,'识时务者为俊杰',我看你们还是转移阵地吧,何必吊死在这一棵树上?"

江涛听话中有因,低下头忽闪着长眼睫毛,睒睁了一刻,也不说什么。他考虑,严先生来得正是时候,已经到了下决心的关键上。

严知孝说:"是时候了!我诚心诚意劝你们离开学校。你们有这个意思,我可以衔命奔走。不呢,你们还'斗'你们的'争',我也没拿蒋先生的津贴!"说完又点着下巴,问:"懂得吗?"

严知孝比今说古,说了一阵,江涛也给了他个下台阶的话儿:"老先生的意思,我可以给护校委员会传达一下,大家同意的话,再通知您。"说着,他想捎出个信去,又说:"不过,目前离开不离开,问题不在我们。当局解散了学校,又宣布我们是政治犯,不让我们离开,又有什么办法?"

严知孝觉得话说到这里,也就算完了,待久了还不知道出什么事故。"出首"的话不能从他嘴里说出去。就拿把手杖,走出会客室,在院里站了一刻,看了看他熟悉的房屋和树木,老松和侧柏,不禁兴叹一番,走出大门。

饥饿像猛虎的两只利爪,紧紧抓住人们的咽喉,挼搓着,动摇着斗争的意志。白色恐怖,像郁闷的沉雷一样,开始在空中震荡了。

严知孝的谈话,小魏隔着窗子都听到了。他再也沉不住心,一连十天吃不饱饭,站岗站不住,睡觉睡不着,心上老是突突乱跳。

几天来,小魏又想起家,一合眼就做梦,不是梦见爱人,就是梦见母亲。梦见了就想哭,茫茫地哭,一直哭湿了枕头。这事别人不知道,张嘉庆可是明白。

小魏站岗的时候,看见焦猴子和小王在门口,坐在墙根,把头顶在墙上看书。小魏问:"小焦!你看的是什么书?"

小焦说:"是《铁流》。"

小魏问:"头顶墙干吗?"

小焦说:"肚子里饿得轻点。看一场忘我的斗争,看见社会主义远景,肚子就不饿了。你读一读《士敏土》吧,把头顶在墙上,读不一会儿,眼里老是闪着红旗。嘿!这里一杆红旗!嘿!那里一杆红旗!心里燃起斗争的火焰,心口像架上一团火,一点也不饿了。"

小焦说着,小王读着书,嘴上还咯咯地笑着说:"这叫面饼充饥!"

"文学家"小赵走过来,说:"不,这是一种思想修养,说文学能治病哩!"

小焦说:"只能治思想病,革命情绪不好的时候,一看革命小说,心里就壮起来。"

小王说:"望梅止渴就是了,好比一说十四旅攻进来,就会腾地站起来干。"

看书解决不了小魏的思想问题,越发觉得心里空得难受。下了岗走到大门前,看见张嘉庆从厨房里背出几张狗皮,系在门楼旗杆顶上,大喊:"保定市工人阶级!同学们!反动派施行饥饿政策,饿坏了抗日的人们……"他在向校外开展宣传。狗皮在六月的阳光下,放散着饥饿的、血淋淋的红光。

张嘉庆慷慨激昂的演讲,不能感动小魏。他觉得越是这样,问题越是无法解决。一直叹气:"咳!学校成了什么了!"

小魏越看越觉伤心,他想:"还不如听母亲的话,早早离开这里,转学到北平去。"他走回来,想找个人谈谈这种心情。走到教员休息室,门前有缸藕,六月天气,藕花正开,花瓣儿红红白白,又鲜又嫩。他扯下几片花瓣,搁进嘴里嚼嚼咽下去,喷香。一面吃着,小焦、小王、小赵,也跑了来,一同吃藕花。

正吃着,小赵望上一耸,捋起袖子,伸胳膊在缸底里拽出一尺长的又白又嫩的藕,连泥带水,张嘴就吃。小王一看,袖子也待不得捋,也拽出一根。小魏和小焦也伸手去,抬手一看,两人攥住一根,用力一拽,小魏只拽到一截截。他抬脚就赶。赶一会子小焦,又去赶小赵,赶来赶去,人们都吃完了,他又哭丧着脸去找张嘉庆。走上楼梯一看,张嘉庆手不停笔,正在写宣传品,眼睛看着小魏,说:"怎么样?有什么事情啊?"说着,摁了摁饿瘪的肚子,用拳头砸着腰。

小魏说:"饿得心口里直痛,肚子里热乎乎的。我们应该转变斗争方式,回到乡村去。"

张嘉庆说:"你愿回乡村,我也愿回乡村,就是去不成!"

小魏说:"乡村里也可以发动抗日,暑假里学生们都回来歇伏,先和他们进行谈话,再介绍进步书籍改变他们的思想,叫他们回到城市去宣传,不是一样?乡村里没有警察,没有宪兵,没有被捕的危险。即便有,在高粱地里一钻,在瓜园里一藏,万事大吉。"

张嘉庆笑了说:"嘿嘿!你的理论很好!这样你就可以逃避现实斗争,把危险的绳子套在别人脖子上。"张嘉庆咧起嘴说着,满带讥讽的口吻。

小魏说:"不要发生误会,我是从工作出发。你看!我们成了瓮里的鳖、网里的鱼,人家想什么时候一伸手就能捉出去。"

张嘉庆一听就火起来,把右脚一跺,说:"他?不敢!他怕社会舆论,他敢这样对付抗日青年,我们就敢在工人、农民中,动员舆论打击他!"

小魏看张嘉庆态度不冷静,愣起眼睛问:"没有饭吃,怎么坚持?你说,明天叫我们吃什么吧?共产党我是拥护的。"

张嘉庆不等小魏说完,把左脚一跺,说:"叫你吃屎!"

看小魏还想说话,没等张开嘴,张嘉庆说:"我要到操场上站岗去了。"说完了,蹓蹓蹓走下楼梯。

小魏从背后翻了张嘉庆一眼,把垂在脸上的头发拢起,瞅着窗外出神。蝉在树上叫得烦躁,他的心上忐忑不安,走到窗前一看,墙外的小河并不宽,河水淙淙流着……当他的思想一跳到这个问题,心上立刻笼着喜气,像是真的摸到办法了。一看到河岸上不远就有一个拿枪的岗哨,他的心又软下来:"还是不吧!"

他又走回寝室,路上人们来来往往,正为工作忙碌,他也没有看见。一看见在墙下站岗的人们,就把脸掉开,他认为那是"苦刑"。站一次岗,等于受一次"苦刑",心里烦得要命。

当他睡着的时候,就又做起梦来,回到家乡去了。他带了一本《诗经》,走到瓜园里,躺在高窝铺上。把席子支起,让四面八方的风儿都刮进来。太阳照着瓜园,瓜地上闪着油绿的叶子,一个个圆圆的西瓜,在眼前闪亮。啊!多么幽美的乡村生活呀……

当他醒来,还是睡在硬硬的床板上。吧唧吧唧嘴唇,嘴里很苦,胃气很臭。睁圆眼睛,瞅着屋顶,有一刻钟工夫,自言自语:"唉呀!士兵们已经透露了消息呀,当局决心用武力解决二师学潮。早走,走得脱。晚走,就走不脱了!"还没说完,眼前又闪出张嘉庆的影子。张嘉庆拿眼睛翻着他说:"革命不怕死,怕死别革命!"他出了口长气,把心一横,说:"走!"

翻身打开箱子,把爱人给他绣的花领衬衫穿在身上,穿上那双新皮鞋，匆匆走出斋舍。走过甬道的时候，有人在背后喊了他一声，他也装作没有听见，一直走到钟楼上。围墙就在他的脚下，只要伸腿一跳，就跳过去。小河在眼前缓缓流动，站岗的兵士在墙下走来走去……

这时，他脑子很乱，热烘烘的，简直没有思索的余地。回头看了看，没有别的人，周围静悄悄。猛地一下子，跳上墙，伸脚跳了下去。岗兵听得夸的一声响，急忙折转身来。他跳进河水，在水上浮沉了一下，手忙脚乱，两手乱扒。水是软的，扒不动也抓不住。冷不丁听到枪声，枪弹在水上溅起波花。他更加恐怖起来，把头沉进水底里。一连喝了两口河水，再也沉不住气了，两腿在河底上一蹬，想一下蹿上河岸，跑进园子里逃走。不料想，他的头露出水面，半截身子探上河岸的时候，一声枪响，像有巨石击中他的头，猛然推了一下他的膀子，倒下去了。鲜血染红了河岸，血星溅到河水上。

54

几天来,市党部动员学生家属,哭着鼻子流着泪,站在学校墙外,要见亲人一面。说尽了温柔的话,撼动同学们的心。敌人的政治攻势发生了作用,有人通过士兵关系开了小差。

斗争中的人们,好像松树当着风,吹得树叶响,树身摇不动。几年来,一连串学潮斗争的胜利,兴奋着他们。由于他们的努力,他们的英勇,克服了饥饿,把斗争坚持下来,传为奇迹。这种奇迹,鼓舞了群众,也鼓舞着他们自己。革命的狂热,像一杯醇酒陶醉着他们。可是他们还不确切明白,这革命的堡垒,这青年人的乐园还处在荒山上。墙外的野草里,奔走着吃人的虎和吃人的狼!

严知孝的启示,这几天群众思想的变化,引起老夏的不安。吃饭落不到肚里,睡觉好发惊怔……夜间他走到楼上去找江涛,江涛和张嘉庆都不在。他一个人在楼廊上走来走去,两手扶着栏杆停住步。这时市声已经落了,城市静下来,他仰起头看了看天上的繁星。眼前万家灯火,飘飘闪闪,闪闪飘飘。天上星子和地上灯火互相辉照,像是红色的旗帜,插满天空,插满地上……

老夏在楼廊上站着，想到他在第二师范几年中，曾付出不少血汗。为了革命，为了争取自由，不少同志为革命牺牲了学业，才有了今天的学校。第二师范在革命中写下了辉煌的一页，如今陷在灾难里。他们将要离开它，丢失它，过起铁窗生活。想着，两只黑眼睛呆呆的，有些伤神。

他正孤零零倒背手儿站着，觉得背后有人握住他的手，他感到那只手的温凉。回过头一看，是江涛把一只胳膊搭在他的肩头上。当老夏回过头来的时候，江涛在夜暗中，看见他的脸上浮起一抹惨淡的笑容，更加黄了，瘦了。他问："你觉得身上不好？"

老夏摇摇头说："没有什么。"

江涛抬头看了看天上星河，对着眼前的城市的夜晚，不禁动了恋慕的心情，说："咳！也许我们要离开这可爱的学校了！"一个青年人，尤其在学生时代，学校抚育、教养了他，他对学校的房屋、树木、水塘和井台，就有了故乡一样的恋情。一说要离开它，心上会发生热烘烘的感觉。不管过去多少年以后，还会回味出多少有意思的事情。

老夏慢悠悠地说："我还不忍这样想，我不愿离开。"

江涛说："为了革命啊……可是我们斗争的方向，应该再明确一些。"

老夏一听，惊诧地说："很明确，武装自卫，等待谈判。"

江涛问："等待谈判？是不是有些机会主义？"

老夏一时愣住，安谧的眼睛，连连眨动，好半天，才点点头说："也许有一些，但我还没有觉察。保定市是交通要道，是保属革命的中心。第二师范是保定市革命的堡垒，学生运动的支点。我们不能叫敌人轻易地攻破它。我们英勇的行动，已经影响了平津，影响了华北！"老夏微妙的语音，表示了领导的坚决。说到这里，心上升起一股火气，他背叉着手，来回走着，眼珠闪着宁静的光辉。

江涛刚刚伸出思想的触角，碰了一下，又缩回来，说："是呀！在抗日的要求上，应该表现得更坚强些！"他盯着老夏，听他的口风，揣摸他的表情。

江涛思想上更加明确起来："保属青年界，一致拥护这个行动，而且扩大了它的影响。可是，斗争形势发展到今天，就不能再等待，是积极行动的问题。"他说："全国革命形势在高涨，中华苏维埃共和国的建立，苏区的扩大，都足以鼓舞人心。可是……"他皱起眉头，思索了一下，说："我们不和工人结合，不和农民结合，孤军作战，暴露力量，对革命是不是会有损害？"

说着，紧跟上老夏，攥住他的手一同踱着。

老夏听了一阵话，脸庞立时沉下来，说："你问题提得很尖锐！"他的眼珠凝视着，一点也不转动，沉默了很长时间，才说："是的，也许有些机会主义……"话到嘴头又停住。在目前来说，这好比是一个鼓，怕一经戳破就敲不响了。他们对敌人的残酷估计不足，敌人已经宣布了政治犯的名字，他们不逃走，反而集中起来等待逮捕。对于这个思想的实质，还不肯说明。他说："目前要防止革命队伍中的右倾情绪，坚决勇敢地坚持下去！一经摇动，就会招致侵害。一离开这座墙圈，立刻会有人逮捕。"他说着，缓缓抬起头来看着江涛。

当前敌人，在南方正准备集中力量向苏区进攻，在北方积极镇压抗日运动，逮捕抗日青年。二师护校运动坚持了十天，校外的同学在天津北平招待了新闻记者，争取社会同情，当局并没有表示解决的诚意。在谈话中间，江涛不断回过头来看着老夏，说到要紧的关节，就伸出手拍着老夏的肩膀。

老夏认为多少年来，就是这样坚持过来。学生运动就是罢课、游行请愿、扩大宣传。统治者为了要面子,就会来谈判的,可是今天的情况变了。他说:"我明白你的意思,怎样突围出去,研究过吗?敌人是正规部队,要是打出去,我们手无寸铁,没有外援,就等于冒险。"

江涛说:"依我看,冲,比等待强。等待只有死亡。"

老夏说:"等待,是机会主义。冲,是冒险主义。"停了一刻,又说:"你要是同意这个逻辑,那就是说:等待是'死',冲也是'死'。那就没有希望了!"说着,他又幽默地笑了笑,拉起江涛走下楼梯去。

两人携起手,站在地图前面。

在这个年代里,成了老习惯,一谈到革命问题,就会把地图上,红军占领的地方勾上红线,放弃的地方勾上蓝线。从井冈山到瑞金,到中央苏区,豫鄂皖、湘鄂赣……红色的线条,画了又画,画得殷红殷红的。有些地方,红线条和蓝线条相互交错,星星点点,曲曲弯弯。红色的线条,画了又画,点了又点,蓝色的线条,画上又擦了,擦了又画上,最后又擦了。再看地图上部,沈阳、哈尔滨、长春相继失去,都画上了蓝线,蓝线画得很快,一下子就到了长城沿线。去年"一·二八"敌人又在上海登陆,也画上了蓝线。

江涛朝老夏瞧了一眼,心上生出异常矛盾的心情。对老夏的为人,江涛一向是尊重的。他是井陉人,父亲和哥哥都是矿工,是共产党员。老夏自小儿受着朴素阶级教育,入了党以后,才考上第二师范读书。这人成天价不言不语,净爱考虑问题。一年到头穿着母亲亲手制成的家做鞋、家做袜子。穿着一件退了色的老毛蓝粗布大褂子。他为人朴素、热情,对党负责。第二师范几次学潮斗争的胜利,是和他的领导分不开的。由于他掌握了灵活的策略,第二次学潮从开始到结束,只三天时间,教育厅调走了腐败的校长,得到空前的胜利。可是到了目前,敌人在策略上有了新的变化，他还是停留在旧的路线上，不能往前跃进一步。想起路线问题，江涛又后悔，在反对"左倾盲动"的时候，他们并没有领会新的精神，没有清除那种急于求成的急躁的思想。直到如今，新的思想并没有和同志们的智慧结合起来，使斗争走到目前的困境！

想到这里，江涛不愿再想下去，说："我要上岗去。"就走出来。

老夏站在门口，看着江涛的影子完全隐没在黑暗里，才走回来，坐在床板上休息。他眨巴起黑眼睛考虑问题，一想到要离开学校，把学校交给敌人，他想：不用说群众不同意，即便在他自己也不忍这样做。

他正在呆着，岗上同学送了信来，外边把信拴在石头上，隔墙投过来。老夏拆开一看，倒退几步，靠在墙上，拿着信的手，索索抖着，用手掌捂上眼睛停了一刻，才开始看下去。

学联决定："在河北平原上，在滹沱河与潴龙河两岸，开展抗日救亡运动，不能死守学校。决定抽调二师学潮主力转入乡村，去开辟广大农村的抗日活动。"老夏是个性子强的人，是个好党员，他伸了一口长气，下定决心说："执行决议！"

江涛和老夏谈话以后，还在考虑：这是不是右倾思想？是不是动摇？又进一步分析这种思想的根源和前途，心里还噗噗通通跳了一会子。看到学联的决定，立刻肯定说："一点不错，正确的。"紧皱的眉泉，骤然间舒展开，脸上开朗了。他拿着这封信走上北楼，去找张嘉庆。张嘉庆正在睡着，他笑微微把这封信放在他的手里。

不等张嘉庆看完，江涛说："我十分拥护学联这个措施！"眼瞳闪着光亮，一面跛着步，说："学校事小，国家事大。被困在学校的墙圈里，就不如到广阔的乡村去开展抗日救亡运动。"

张嘉庆看完特委的指示信，听说要放弃护校斗争回到乡村去，腾地坐起来，瞅了一眼说："要防止为失败情绪走私吧！坚决保卫抗日堡垒，保护青年学生的利益……"他又伸起长胳膊，一劈一劈地说："反动派要想饿死我们？只要剩下一个人，我们就去冲公安局！"他气呼呼地说着，急躁得眼里流出泪来。

江涛看见嘉庆激愤的样子，他明白：旧路线的时代虽然过去，旧思想一时还转不过来。可是这种革命的热情多么可贵呀！他说："我们应该从大处着眼，操场上长不出粮食来。"

张嘉庆一听到相反的意见，暴跳起来，拍着床板说："脑袋都挂在腰里了，慢说是饥饿！没饭吃跟我张飞说！"他大言不惭，把裤脚子往大腿上一捋，两只手拍得胸膛和大腿呱呱地响。他不愿离开学校，把学校比作"母亲"，婴儿离开母亲就会死亡！

江涛听张嘉庆谈话带着气愤，悄悄地走到窗下，呆呆站了一刻。窗外的柳树，翠绿的、荫暗的影子映在他的脸上。他伸出手，在窗玻璃上敲出铜鼓的音律。这种节奏，表示一种复杂的心情。他想不出，用一种什么样的语言，才能把这种心情说出来，才能打动张嘉庆的心。他转过身来，一字一句儿，说：

"新的路线！我们应该按照新的精神考虑问题嘛！为了保存革命种子，积蓄力量，我认为革命有进攻也有退守，有迂回也有曲折。敌人从表面上看，也许认为我们是退却了，失败了，可是这把种子，即便撒在干土上，一经春雨的浇淋，就会滋生出千百棵幼芽。开花打子，经过风吹日晒，就会收获到胜利的粮食。相反，我们要是失去这把种子……"他反复说明保存抗日力量，保存革命种子的重要。

不等江涛说完，张嘉庆从床板上站起来，撇起嘴说："我那天爷！又是迂回，又是曲折，那我们为什么不照直走呢？怕流血吗？怕死？我什么都不怕,更不怕黑暗势力给我一具枷锁!"说着,他又想:你这么走,他说那么对,你那么走,他又说这么对。不是"左"倾就是右倾,革命好难呀!

江涛意味深长地说:"斗争是为加深革命的基础,并不需要廉价大甩卖,不能压'孤丁'[1]!"说完,他又退了几步坐下来,说:"你豁出去冲公安局,豁出来去坐监,那只能使革命队伍里缺少了一个革命的同志!"

江涛和张嘉庆交换意见的结果,只有等待会议上决定。

---

1 压宝。这里有孤注一掷的意思。

55

　　大会上经过激烈的辩论，决定执行学联的决议：全体同学，冲出市区，到乡村去开展抗日救亡运动。

　　开完会，人们散了，江涛兴冲冲回到寝室里。天气还是热，蚊群在窗外柳树上叫着。城堡上垛口的影子在呆呆出神，小河在静静低语，青蛙在城郊的田野上兴奋地叫着。

　　哥哥的影子又现在他的眼前，铁栏里那一双深陷的眼睛，黄瘦的脸……

　　运涛长期在监狱里，年老的母亲在想念着他，青年朋友们在想念着他……

　　一想起运涛，他身上的血就沸腾起来，再也歇不下去，抬起腿走下楼梯去找老夏，说："时间要紧，我们应该及早派人出去向学联请示。"

　　老夏闪着安谧的眼睛，眨巴了一刻，舌尖舔着嘴唇说："还得有一批粮食，养养身体，才能跑路，不然一出门就叫敌人捉住。"又问："你看谁能出去？"

　　江涛说："我去。"

老夏摇摇头说:"你离不开队伍啊!"

江涛说:"张嘉庆去。"

老夏说:"他冒冒失失的,有点莽撞。"停了一刻又说:"那……还是你去好。"

江涛说:"那就我去。"两个人做了简短的谈话,江涛就又回到北楼,坐在床板上,左右盘算。他在绞尽脑汁考虑一条妥善的道路,使自己安全地出去,又安全地回来。

晚间天上下了一阵瓢泼大雨,又蒙蒙地下起牛毛细雨来,天气闷热还是不减。等雨稍停了,江涛走到指挥部里,在护校委员会上研究了第二次购粮的计划,研究了要向学联请示的问题。

开完会,看人们都走出去,张嘉庆腾地站起来,拍拍江涛说:"这件工作,本来应该我张飞去,为了照顾你,我张飞就不跟你争了。"

江涛拿黑眼睛盯着张嘉庆,拍着胸脯,笑眯眯说:"好!张飞,你歇一下,看咱红脸儿的走一趟单刀会!"

张嘉庆叫了厨子头老王来,叫他扫扫木槽,实实惠惠给江涛做了顿饭吃,送江涛走到北操场。江涛扒着墙头拍了三下巴掌。

冯大狗悄悄走过来问:"是哪里来的?"江涛说:"是从锁井来的。"冯大狗走到跟前,一看是江涛,他说:"还得等一会儿,换岗的才来呢!"

江涛拉着张嘉庆的手,走到平台底下,两人一块蹲下去,划火抽烟。江涛说:"我出去了,你凡事压住性儿。路得一步一步走,正在紧急的时候,不要闹出事来。"

张嘉庆唏溜着嘴唇说:"唔!是的!过去我净是火性子暴溜的,想一嘴吞下个馒头。"

江涛说:"我不行,得细嚼慢咽!"他抬头看了看黑暗的天空,想:

"要离开了!"一想到要离开这革命的学校、革命的队伍,心上就热烘烘地难过起来。他下定决心:完不成任务,不回来见同志们!

两人吐噜吐噜说着话[1],听墙角上拍了三下巴掌。江涛走过去问:"你是哪里来的?"

冯大狗说:"是锁井来的。"

张嘉庆蹲在墙角下,让江涛把脚蹬在他肩膀上。江涛说:"要蹬一身泥哩!"张嘉庆说:"命都不要了,泥怕什么?你上吧!"江涛跳过墙,钻在冯大狗雨衣里。冯大狗说:"兄弟!你还得屈尊一下。"江涛说:"自己人,没说的。"等了一会儿,换岗的还不来,天又下起一个点儿的雨。江涛在雨衣里,听得楼檐下雨滴淅沥响着。抽根烟的工夫,冯大狗见离远来了一个人,他喊:"干什么的?"

那头儿说:"老冯吗?等麻烦了吧?劳你多站一会儿,道实在难走,满街筒子净是泥水!"水哗哗响着,有人走过来。

不等对方走到跟前,冯大狗带着江涛离开岗位,说:"对不起,那我就走了。"两人向东一拐,走到河边,踏着河岸向北走去。不留心,跐溜一下子,两人同时滑下去,刚刚滑到水边,又一跤跌倒。江涛两手紧扒,差一点没滑到水里去。天黑得很,不能说话,不能喊叫,好容易爬上岸来,沾了浑身污泥。冯大狗还在河里挣扎,挣扎了半天也爬不上来。江涛解下腰带,想拉他上来,天道黑,对面不见人影,那条皮带拉上来又扔下去,反复了多少次,才把他拽上来。两人踏着泥泞,走到小木桥上。这时街上静得不行,只听见下雨的声音。

冯大狗问:"怎么办?你上哪儿去?"他抬头看看乌黑的天,替江

---

[1] 急促地说话。吐噜,是象声词。

涛发愁。

江涛迟疑说:"黑夜里,上哪儿去呢?"

冯大狗说:"真难死人了。"

江涛说:"你回去吧,人家要找你呢。"

冯大狗回头看了看,说:"咳!看起来……咱们再见吧。"就走开了。

江涛站在桥头上发呆,天上还下着雨,脚下雨水哗哗地流。时间快到半夜,走到城墙下,城门关着,上哪里去呢?猛地一声汽笛叫,他灵机一动,冒着雨向车站走去。车站上冷冷清清,只几个人在长椅上坐着。他在阴影里走进候车室,偷偷地睡在长椅上。身上潮湿,肚里饥饿,心上凄惶不安,一夜里满耳朵机车响。挨到天刚薄明,墙角里还挂着黑纱,站房里来了一屋子人,挤挤攘攘,等候上车。他一个人懵懵懂懂走到公园,爬城过去。到严萍家门前,走上阶台敲着门环。他想:也许她还没起床。想着,门吱呀一声开了,严萍露出脸来。见有人在门下站着,睁圆了眼睛,大吃一惊。当她看清是江涛,冷不丁跑下来,把江涛的手搂在怀里,又拿到自己脸上,亲热地吻着,说:"你可回来啦!"

江涛笑了说:"我回来了。"

严萍把江涛拉到自己小屋子里,江涛上下看了看浑身泥水还没有干,不愿坐在严萍的小床上。严萍说:"坐下吧!怕什么?"

江涛坐在椅子上说:"我以为你还没有起床。"

严萍说:"自从你们被围,外头也紧啦。三天两头,黑更半夜里抽查。每天不到天明,我就起来,站在院里听着动静。"说着,打了水来,叫江涛洗脸。又踮起脚儿跑到父亲房里,说:"爸爸!爸爸!江涛回来啦!"

严知孝听说江涛回来,翻身起床,问:"他回来了?"又仰头叹了一声,说:"天呀!天可怜我父女俩!"

严萍看妈妈起来,连忙跑到厨房里,说:"妈妈!妈妈!江涛回来啦!先笼着火[1],沏壶茶!"见妈妈顾不得理她,又踮着脚儿跑回来。今天江涛回来,小院里阳光充沛,麻雀也在屋檐上叽叽喳喳叫个不停。人也增了精神,乐得严萍什么儿似的!

严知孝没待穿上衣服,披上褂子,拖着鞋儿走过来。江涛一见严知孝,立刻站起来。严知孝见他穿着泥衣裳,愣了一下,说:"这不行呀!一旦遇上抽查,可是怎么办?"又走到自己屋里,打开箱子,找出年幼时候的衣裳,拿去给江涛换上。

严萍看江涛穿上严知孝的小褂,戴上小帽,又套上一件蓝布大褂子,不由得笑了,说:"活像一个土豪劣绅了。"

严知孝说:"这倒好,不惹眼。"

严知孝叫严萍上街买菜。她拎了个篮儿,买回来猪肉、青韭、肚儿,还有新上市的南瓜。她想给江涛包猪肉瓜馅饺子吃。向回走着,又想起忠大伯他们,还不知道江涛回来,要是知道,真不知怎么样的欢乐哩!回来把篮子放下,跑到万顺老店,把忠大伯和严志和叫了来。

严志和一进小屋,看见江涛睡在严萍的床上,眼里立刻涌出泪来,举起两只手,说:"天呀!还是不该严家门里绝户呀!"睁着泪水婆娑的眼睛看着严萍,抖着两只手,说不出心里的感激。

忠大伯一手抓住江涛问:"你,你,你怎么出来的?"

江涛把出来的经过告诉他。

忠大伯说:"好!足见你们士兵工作做得不错,我们早听说了。"严志和伸起脖子问:"嗯,张嘉庆他们呢?"

---

1 生着火。

忠大伯也问:"咱那人们怎么着呢?"

江涛说:"他们还饿着!"

朱老忠打了一愣,说:"饿着?"

江涛说:"十几天,我们都没吃过一顿饱饭!"

严萍看江涛脸上瘦得不行,他这次出来,还不知道是为了什么任务。老夏他们怎么着呢?想着,心上又蒙上忧愁,去给江涛端了饭来。

江涛吃着饭,问:"忠大伯!你们怎么也来了?"

朱老忠说:"唉!甭提了,听说你们被围,这颗心老是吊着。这几年呀,老同志们不是这个落难,就是那个被捕,我心里怕了,跑来看看能帮上手儿不?"

严志和说:"那天我两顿饭没吃,慌里慌张跑了来。架火[1]呀,心上真是架火!"

江涛说:"帮手儿?就在这吃食上盘算吧!"

朱老忠说:"那我们就帮你解决这吃食问题。"

吃完了饭,江涛叫严萍到西关去,传达江涛的意见,请示问题。忠大伯说:"你也歇歇吧!"和严志和两个人走出去。

严萍洗了一把脸,对江涛说:"你昨儿没睡好觉吧?来!"不由分说,把江涛按在床上,放下蚊帐,说:"你好好儿睡,一会儿我就回来。"说着匆匆走出去。

江涛睡了一大觉醒来,严萍回来了。领江涛到第二中学,去找贾湘农。

贾湘农一手抓住江涛,拍着他脊梁,笑了说:"你,你,你可出来

---

[1] 形容因着急而上火。

了!"口吃地说着、笑着,头顶上发亮。

说着话,贾老师把江涛领进一间物理实验室,外屋放着很多木架子,架子上净是仪器。屋角上有一个小套间,窗上用黑布蒙着。屋子又小又暗,一张小床,一张上桌,没有什么别的东西,这就是贾湘农的住室。他掏出一包香烟,扯过凳子坐下,问:"怎么样?"

江涛坐在床上,向他汇报学校内部的情况。

贾湘农一手扶着桌角,弯下腰去,眼睛看着江涛,有半袋烟工夫,笑吟吟地问:"你们到底有多少人?"

江涛说:"六十多个人!"

贾湘农沉默了很久很久,又抬起头看着屋梁说:"咳呀,同志!是这样子的……"说到这里,他又停住,脑子里在反复考虑用一种什么方法,才能把这些人运动出去,不受敌人摧残。心里说:干!破釜沉舟也得干,尽一切力量把他们运动出来!才说吐口儿和江涛商量这件事情,又想到:力量就是那么多,看来还得从长计议!

江涛说:"需要研究吧?"

两个人谈着话儿抽烟,时间不长,把一包烟抽完了。小屋子里早就盛不开这么多烟气,呛得贾湘农一个劲儿咳嗽,倒背了手儿,在屋子里走来走去。他看江涛睡着,轻轻披上大褂子,戴上个小帽盔,化好装轻轻走出来。他下定决心,要进行军事行动,营救这些人。一个人走出西城,到思罗医院去。

走到医院门口,站岗的让他进去,径直走到连长室。屋子里陈设很简单,看得出来,是临时借房居住。他在凳子上坐了一会儿,外面有个人,先探头看了看才进来。不等对方开口,他就迎上去,在门口看了看,问:"黄连长!吴营长呢?"

黄连长睁大眼睛，说："被陈旅长扣起来了！"

贾湘农说："扣起来了？张团长呢？"

黄连长说："请假到北平去了，看他也不敢回来，旅长对他也有怀疑！"

贾湘农听到这里，心上吃了一惊，把满肚子希望打消干净，立刻转了个话头说："听说你们搬到这里来，我来看看你们，近来情况怎样？"

黄连长说："近来空气很紧张，请假控制得更严格了，我已经叫同志们多加小心。"

贾湘农说："对！要多加小心。在发展工作上更要谨慎，思想成熟是一个，最要紧的是防止奸细混入。要是混进一个来，一切都完了！"他说完这句话，才说迈腿要走，又说："要注意，不论哪个同志，绝对不能发生横的关系！"

黄连长点头说："是！"

贾湘农抓住黄连长的手，用力握了一下，才走出来。走不多远，回头朝黄连长打了个招呼，叫他回去。一个人从西关走到东关，到特委机关去商量这件事情。心情紧张，好像有什么事情，老是委决不下。

江涛一觉睡到下午，醒来的时候，贾湘农已经回来，一个人坐在椅子上静静歇着。贾湘农看见江涛打了个舒展醒了，走过来说："好了！好了！亚克同志批准动用一些力量，营救你们出来。但是只准备用思罗医院那一点点。"

江涛一下子笑了，说："那，我们就可以活命了！"

贾湘农说："活命是一个问题，高蠡游击战争，还等待你们这批人哩。我们决心在河北平原上建立红军，迎击日寇的进攻，我就是司令员兼政治委员。"

江涛笑了说："还没有兵呢，先有了官儿。"

贾湘农说:"兵有的是,官儿也不少。亚克同志说,叫你做政治主任,老夏、刘光完、杨鹤生、曹金月,都做支队政治主任。支队司令员从十四旅里调,他们懂军事嘛,咱们不懂军事,只懂政治。"

说着话的时候,贾湘农思想上完全轻松愉快起来,不住地压低声音呵呵笑着。从亚克同志处走回来的路上,他已经想好,司令部怎么安排,战争怎么部署。他想,只要这支红军一拉起来,封建势力、汉奸卖国贼,一切反动势力也就挡不住了。

这时江涛从床上起来,也在地上走来走去。他想,果然在滹沱河与潞龙河两岸建立起一股红军来,就比在这里搞学生运动好得多了。想着,立时有一幅红旗招展、军马嘶鸣的图景呈在他的眼前。他问贾湘农:"亚克同志叫我们怎么出来?"

贾湘农坐下来,把一张小图铺在床上,说:"你看吧!到那刻,你们出门向西,再向北,通过大街,在思罗医院门前跑过,越过铁路,进入青纱帐。一入青纱帐,就算保险了。"

江涛说:"向南去,接近野外不更快一点吗?"

贾湘农说:"不,不行。敌人有一个营驻守寡妇桥,小清河两岸都有岗哨。西门外也有一个营,在城北角一带布防。车站上还有一个营……你勇猛地冲破第一道警戒线,冲到思罗医院,我们那个连,就可以掩护你们过去。入了庄稼地,一直往西跑,八十里外就是山林。"

一谈到山林,江涛眼里立时涌出泪来,说:"好,好啊!"脸上禁不住笑着,两手互相扭结,说不出心情有多激动。他心里在想着山林的空阔。

贾湘农说:"我们研究过了,只这一条路,再也没路可走。还有一点,一定要在后天黎明行动,夜长梦多。"江涛说:"好!我们一定遵守时间!"

贾湘农把学联捐款给了江涛，又派朱老忠和严志和帮他运送粮食，说："叫他们吃得饱饱的，好跑路。回去告诉同志们，斗争到了热火头儿上，不能再发展下去，把人调到高蠡地区，领导农民开展抗日救亡运动。刻不容缓，没有犹豫的余地……"说着，拍拍江涛，镇着脸也不笑一笑。

江涛从贾湘农那里走出来，天快黑了。大街上，店铺里开始上灯，他好像离开这个城市几年了，看见什么东西都觉得亲切。他又走到严萍门口，才说敲门，门开着，一个人悄悄走进严萍的小屋子，严萍不在。小屋子与往日不同，打扫得干干净净，窗上挂了新洗的窗幔，瓶子里插了一枝夜来香。也不知严萍去干什么，等得不耐烦了，就躺在严萍的小床上睡着，睡得很熟。睡着睡着，听到旁边有呼吸的声音，睁眼一看，严萍坐在床边，睁着大圆圆眼睛盯着他，见他醒来，微微笑了说："醒了！醒了！"用手巾给他擦了眼睛，又说："你睡得挺好！"

江涛问："什么时候了？"

严萍轰了蚊子，把蚊帐放了下来，说："时间不晚，你睡得这么好！"她不住地笑着。江涛来了，她心上说不出是怎么样的愉快。

江涛问："刚才你干什么去来？忘了关门！"

严萍说："你回来了，我去买点吃的，顺便去送了东西。"她拉开抽屉叫江涛看，抽屉里有蜜饯、核桃、糖……她说："看！愿意吃点什么？"她拿起一块点心送给江涛。

两个人说着话儿，街上木梆儿响，深夜了。江涛说："你去睡吧，我也要睡。"

严萍说："你好好睡。"说完这句话，心上又想起什么，问："你怎么办？"

江涛说："明天回去。"

严萍问:"怎么又回去?"

江涛说:"回去把人们带出来。"

严萍盯着眼睛看着江涛,半天才说:"还回去!"

江涛看她脸上阴暗下来,握起她的手说:"不回去又怎么办?人们都被大兵围着。等把人带出来,咱们就离开这个恐怖的城市,回到家乡去了。"

严萍两只眼睛,一动不动地看着江涛,问:"回到家乡去?"

江涛说:"家乡有更重要的工作,在等着咱们!"说着,又想起家乡:长堤、绿柳、乔杨……他又想起母亲,说:"家乡的人们多么热情呀!"

严萍说:"是!你喜欢家乡,我就跟你回到家乡去。老奶奶老是来信,'叫萍儿回家看望我!'老人家老是想我。"

第二天,天刚黎明,好像有个什么东西在耳朵上跑过,江涛一愣怔醒过来。撩开蚊帐,墙角里还有黑影。窗外亮了,云层闪开,露出蓝天来。严萍手上拿本书,在院子里散着步,读着。江涛咳嗽一声,严萍轻轻走进来,满脸笑着问:"你醒啦?"

江涛说:"醒了,你在外头站了一夜?"

严萍说:"在给你站岗。我在夹道里放上两个凳子,一听得动静,就送你逃走。你还不知道,外面可紧哩!我想,你第一次在我这里睡,要是碰上个好儿歹的,不是我一生的遗憾?"说着,眼窝儿红了。

江涛笑了说:"不,不会!"说着,握住严萍的手,拉她过来坐在床沿上。

56

江涛打发严萍把父亲和忠大伯叫了来,嘱托他们到南关去买米面、雇骡车。江涛又叫严萍到大街上买来两个烧饼,塞了满下子熟肉,装在裤袋里。才说抬脚走出来,严萍攥住他的手,觉得像有人摘她的心肝一样难受。如今的形势,一个革命者,早晨出门,就不知道晚上能不能回来!

江涛说:"别难过,等一天就回来了。"

严萍说:"不难过,难过什么呢?你去吧,好好儿闹,盼你们早点回来。"

江涛走到南关,朱老忠和严志和买了面粉、油、盐,在那儿等着。

赶车的拿起鞭子来问:"朱掌柜!咱这道儿怎么走法?"

朱老忠装起商人样子,摇头摆脑,学着清苑口音说:"过花园儿,向北去,过了西关有个小王庄儿。"顺手要过鞭子说:"看我给你轰两步儿!"两腿一纵,跳上车辕,磕了磕鞋上的泥巴,说:"志和!说不定,今天咱还得练练手脚。"

严志和说:"也许,谁知道老胳膊笨腿的还行不……"他坐上车后尾巴,江涛在后头跟着。

朱老忠吆喝牲口，车子慢慢走过曹锟花园，经过水磨，望二师门口走去。街上来往行人稀少，岗兵们盯着这辆骡车在墙根下不急不慌走着。朱老忠抬头一看，门楼上站着一堆人，拿着闪亮的枪刀。为首的一个是张嘉庆，他手搭眉梢看着这辆车子走过去。一群士兵在二师门前驻守着。

车子在灰土马路上走着，车轮咕咚咚簸起满街泥浆。岗兵们见泥浆溅过来，眯缝上眼睛，背过脸去。朱老忠把鞭梢儿晃了两晃，看看天上云层稀薄，筛下日光来。他说："看样子，天算晴了。"

严志和说："说不定，还闷热哩！"

车子走到二师门口，猛地，张嘉庆在门楼上大喊："十四旅的弟兄们！抗日力量和你们无冤无仇。今天我们要运点粮食吃，请闪开吧！刀枪无情！"又拉长声音喊："开门……冲！"

喊声未落，夏应图和小焦一人扳着一扇大门，嚓啦地敞开。

曹金月领着一股人，手里拿着长枪大刀冲出来，瞪着大眼睛，虎虎势势向前一闯，举着枪向守卫的士兵刺过去，张开大嘴喊："同学们！冲！冲！冲呀！"人们紧跟着喊，喊得摇动天地。

刘光宗披散着长头发，咬着牙，说："士兵弟兄们！是同情抗日的，闪个道儿吧……"说着，人们一齐向前冲。

曹金月带一股人向北冲，堵住北口。刘光宗带一股人向南冲，堵住南街口。张嘉庆带着人们三步两步跳出来，扔蹦跳上大车，搬起一袋面，向小赵肩膀上一扔，又搬起一袋向小王肩膀上一扔……呼呼哧哧地说："快！快！快……"

朱老忠怕把那些油盐家伙碰翻了，说："志和！快给他们送进去！"严志和拎起那罐子油，朱老忠提着那包袱盐，送到大门底下。夏应图说："大伯！谢谢你们！"朱老忠说："甭谢，孩子们闹吧！"夏应图说："你们喝口水吧！"朱老忠说："哪里有喝水的空儿？"两人连忙走出来。

岗兵们在一边看着，上峰既没有命令开打，就斤斗骨碌乱跑。

天气闷热，心里更热。时间紧，心里慌，身上扑地冒出汗珠子。一群小伙子，扑尔啦地把一车面袋抢进学校，紧闭大门。朱老忠看架势不好，吐了吐舌头，笑了笑，说："万事俱毕，走吧！"拉起严志和撒腿就跑。

赶车的伙计吓得浑身打颤，说："老爷！这是干什么？这是干什么？这是！"正在絮叨，后头来了一队兵，那个小军官儿，赶上去摔着车夫的领口，大骂："真他娘的！整着个儿是共产党，整着个儿都是共产党！"

打着骂着，把车夫倒剪了胳膊，五花大绑送到行营去。时间不长，陈贯群带着骑兵飞跑过来，吹胡子瞪眼睛大骂："共匪……捣乱……砍脑袋！"他指着门楼大骂了一通："甭闹，到不了明天，叫你们见个好看儿！"又气愤愤地骑着马跑了。

江涛一进大门，老夏一下子抓起他的手来，说："闹得好！"他这一说，人们都扭过头儿看。曹金月跑过来拍着他脊梁说："你就是闹海的哪吒，龙王爷都不能怎么你！"

人们嗡地笑了，跑过来，你拽住手，他拽住腿，把江涛一家伙扔上去，又落下来接住。刘光宗把嘴唇亲在张嘉庆脸上，说："同志！我可怎么亲亲你呢？"老曹死攥住张嘉庆的手，说："咳呀！我们又饿不着啦！"

老夏看人们兴奋得不行，笑笑说："圣徒们！不要闹了吧，敌人还在外头围着！"又对张嘉庆说："忙带江涛到楼上去歇歇儿。"伸开脖子喊："各归各位！快去上岗！"

两人走上楼梯，张嘉庆打了洗脸水，又拎一壶开水来。江涛洗着脸，说："嘉庆！你摸摸我的口袋。"

张嘉庆问："摸什么？"

江涛伸出腿,哆嗦着说:"你摸摸看。"

张嘉庆纳着闷问:"口袋里有什么玩意,摸个什么劲儿?"

江涛跳起来,笑着说:"你摸呀!你忙摸呀!"

张嘉庆走过去,伸手向他裤袋里一摸,摸出那两个夹肉的大烧饼,冷不丁两腿一跳,夸地戳在地上,说:"呀……呀……好呀!"他心上兴奋,摁窝儿吃了一个。才说吃那个,刚咬了一口:又想起老夏。他说:"给老夏留着吧!"

江涛跟老夏传达了学联的意见,决定:在半天半夜的时间里,饱吃饱睡,养养精神,准备好鞋脚。明日午夜三时开始行动!

两次购粮的斗争,从这座小城市传开去,传到工厂,传到乡村。把斗争传说成奇侠风度:来无影,去无踪,蹿房越脊,出奇制胜……

这天夜里,天还闷得厉害,黑云笼罩了城市、乡村、树林和土地,笼罩了整个世界。在这黑暗的世界上,人们在做着各种不同的梦:朱老忠和严志和,走在秋日的田垄上,掂着沉甸甸的谷穗儿微笑。涛他娘,像失去孩子的母亲,还把乳头塞进孩子嘴里。衙门口里没出息的狗,摇着尾巴,流着口涎,盯着主人筷子上的骨头。刽子手,穿着韧鞋、灯笼裤子,咧着嘴耍起大刀,对观众的喝彩颇为满意。被围困的人们,在黑暗的恐怖中,止不住地愤怒和惊悸……各式各样的梦,不同的梦。

午夜以后,十四旅的骑兵,开始从东郊兵营出发了,人闭着嘴,马衔着嚼口,没有一点声音。像一条黑色的链条,从东郊拉向西郊,向第二师范前进。

江涛睡了长长的一觉,因为过度兴奋,心上还不断跳动。爬起身来,打了个舒展,抖动了下身子又站住。在夜暗中,走到楼栏前看了看。眼前漆黑,听得有猫头鹰在对过育德中学的枯树上狰狞地叫。叫声刺激他,打了一场寒噤,头发都竖起来。

操场上,篮球架子底下,有两个人影,对立着抽烟,烟头上闪着通红的光亮。走下楼梯一看,是老刘和老曹。老刘手里拿着红缨枪,老曹腰里插着一把刀。他们在等待着突围时刻的到来。

夜暗里,看得见岗位上有人在巡逻。抬头看看天上,像漆染过,看不见一点光亮,低头,还是黑暗,像是闷得出不来气儿。一时心上不安起来,仄耳听听城外的村落上还没有鸡啼,心里感到异常烦躁起来。

老夏早就起来,听江涛下楼,也从寝室里走出来,在背后攥住他的手问:"天有什么时候了?"

江涛迟疑说:"过半夜了吧?"当他讲这句话的时候,下意识想到:"我们想到的,敌人也会想到……"

老夏问:"饭该做好了吧?"

江涛说:"昨天晚上,嘉庆一切安排好了。"又打个呵欠,说:"啊!斗争真是熬人啊!"

老夏说:"我也只是困,放倒脑袋睡,又睡不着。"

老刘走过来说:"白天睡不着,我就站着岗看小说,看了《铁流》、《夏伯阳》和《母》。斗争再闹一个月,我还要看更多书哩!"

江涛说:"你倒有这种心情,我总是看不下书去,心上老是觉得有什么事情没有做完。"

老夏说:"斗争就像读书,参加一场斗争,就像读一本书。斗争得多了,就有了经验!"他又走过来,问江涛:"准备好了没有?"

江涛说:"我们去问问。"两个人走到北墙角上,见没有人,主动喊了一声:"从哪里来的?"冯大狗走过来说:"从锁井来的。"江涛问:

"怎么样?"冯大狗说:"没有什么变化,该怎么办就怎么办吧!"他们谈话的声音很低,几乎听不出来。

两人挪动脚步,同时向南走。江涛说:"下了这样的大雨,天还这么闷!"老夏说:"好像有更大的暴风雨!"

天黑,对面不见人影。江涛一脚深,一脚浅,奔奔坷坷走着。过了穿衣镜,看了看标准钟,十二点早过了,他心里又急起来。走到斋舍里一看,人们起了床,整衣服的整衣服,绑鞋子的绑鞋子。

江涛走到窗前问:"都起来了?"

小王说:"早起来啦,哪里睡得着?老是觉得心上压得慌!"

江涛说:"不睡还行,身上没有力气。"

小王说:"昨儿下午就睡下半辈子的。"

江涛问:"那边是干什么?"

小王说:"他们磨枪哩,把枪磨快了,好上阵。"

江涛走到厨房里,张嘉庆在那里看着煮面。他又走回来,说是走,其实撒开腿跑起来。走到北操场,他又站着,心里冷不丁曲连了两下,觉得心慌,像有什么意外的事情。

黎明很静,远远地鸣了第一声鸡啼。一阵驼铃声,叮叮响着,从墙边走过。是驼队背负着人们的希望走向远方?走向没有边际的沙漠?他停住呼吸,静听这尖脆的音响走远。猛地一阵脚步声,从街道远处嚓嚓地走过来,漫散在围墙外头。在夜影里,看见老夏机警地走过去看,岗上的人们,不约而同举起刀枪,走到墙根张望。老夏刚走到墙根,猛地有一个人影,从墙外爬上来,举起刺刀向老夏刺过来,仿佛还看到敌人凶恶的样子。老夏向后退了两步,看敌人要跳墙过来,他大喊了一声:"看刀!"一下子砍下半个脑袋来。

这时，吓得敌人忽地向后闪了一下，退回去。敌军官立时喊起来："真妈的巴子孬种……上！"喊声划破了寂静的天空。

江涛头上一机灵，心里说："咳呀！一定是敌人来了！"又下意识地想到："不，也许有人来接我们，不要发生误会。"

这时墙外敌军官又唬起来："妈的巴子！怕什么？后退的要砍头！"

恐怖的声音，冲破了午夜的安静，喊得瘆人。江涛跑去问："怎么回子事？"老夏急促地说："快！敌人来了！"听得夸夸的声音，一阵马蹄声响过来。接着，墙外响起凄厉的军号声。

"呀！呀！嘿！"很多人一齐叫着号子，喊了三声，墙外探过十几把挠钩，把墙头扑通地拉倒了一个豁口。

老夏急喊："江涛同志！敌人冲进来了，快快集合人！"这时，江涛已经跑到南斋，高亢地喊着："啊！同学们！敌人来了，快快集合！"

白军咧着大嘴，端着刺刀从豁口上冲进来。老夏伸直了嗓子大喊："敌人攻进来了，同学们快来哟！"

江涛也在南斋喊："同学们！北操场敌人冲进来了……拿起武器，战斗啰！"喊着，人们拿起长枪长刀，咕咚咕咚跑过来，在黑暗中跑上战场，你一枪我一刀，和敌人扭绞在操场上。

江涛把人们带过来，和敌人冲杀。眼看小邵一刀砍过去，敌军用枪杆遮拦住，砰的一枪打中他的胸膛。小邵趔趄着身子冲过去，想夺取敌人大枪，也许他意识到这把刀不能在战场上取得胜利。敌军返回身来，连补了两枪，小邵丢下刀，躺在血泊里了。老夏又赶上去，和打死小邵的敌人搏斗，仇恨使他不放松敌人。江涛才说冲上去，冷不丁一把闪亮的刺刀，照他刺过来。江涛机灵地闪过了敌人，又冲上去。老曹看敌人决心要刺江涛，丢下红缨枪，一个箭步跑过来，瞅冷子搂住敌人的腰，啪地一跤,摔在地上,把敌兵胸口摁在地上,再也施展不开他的刺刀了。老曹骑住敌人脊梁,用拳头捶他的头,捶着,捶着,那家伙再也不能动弹。老夏看见有敌人照老曹刺过去,他也从背后照敌人刺去……江涛看同学们在操场上和敌人交了手,一组组打得厉害,心上正急得不行,张嘉庆拿着枪跑过来,大喊:"同学们!这边来,集合!"听得喊,人们跑过来。张嘉庆带着十几根红缨枪冲上去。有几个人连续倒下。张嘉庆瞪出血红的眼珠子,咬着牙齿喊:"杀!杀!冲呀!"十几个人来回冲着。江涛看自己人越来越少,敌人越来越多,战不过敌人的威势,他喊:"老夏同志,我们撤退吧!"老夏说:"撤吧!"随即喊着:"同学们!撤退!把守第二道防线!"

　　人们按着命令撤退到预定的防线,敌人端着刺刀冲上来。江涛在烟云里看见敌人要追上他,实在找不到什么应手的武器,返回身去夺刺过来的枪。没想到那支枪又急速地缩回去,一把抓在刺刀上,鲜血顺着手指流下来。他攥紧手,当下并不觉疼痛。张嘉庆带着几个人,挺着红缨枪从后面闯上来,瞪出红眼珠子骂着:"你娘,看枪!"一枪一个,连刺了几个。登时,四五把刺刀照他刺上来,他只好连退几步,闪开敌人的刃锋。江涛看人们在战场上实在压不住敌人的威势,又把人们喊到第三道防线。老夏拿着长枪躲在穿堂门口,摆出刺枪的姿势,恨恨地说:"娘的!我死了,也不能让敌人冲过这道门!"立时心里有一团怒火烧着,看有人冲过来,一枪刺中敌人的胸口,对方退了两步,靠在墙上,没命地挣扎,两手乱刨,两脚乱踢。老夏不放松,咬紧牙关,瞪起眼睛使劲刺。不提防,从背后射来一颗子弹,打中老夏。他趔趄了两步,又站住,咬紧牙齿说:"反正我不能让你冲过这道门!"又愤愤大骂:"反动派的看家狗!你们镇压了抗日……屠杀了抗日干部……"他举起枪,又照敌人刺过去,敌人又恨恨打了他一枪。他瞪出眼珠子,咧起嘴来说:"唉呀!我完啦!"翻身倒下去,鲜血染红了甬道,脸上惨白下来。他又挣扎起来,两手爬着冲向敌人,想扯起敌人的腿拼个死活。他想:"我要死个够本!"敌人又用刺刀戳住他的胸膛,说:"看你还有多大气性!"说着,又连戳了几下。

夏应图挣扎着伸起胳膊大喊:"共产党万岁!打倒日本帝国主义!"他倒下去了,一个年轻的共产党员,一个积极抗日的、矿工的儿子,为了革命,最后闭上了眼睛!

不设防的战线上,没有工事,没有武器,很快被敌人攻破了。

江涛看没有办法挡住敌人的冲锋,想把各路的人们喊到指挥部,重新部署战斗。他一喊,敌人发觉了他的企图,举起刺刀追过来。他头里跑,敌人在后头追,绕图书馆转了几遭。也不知是怎么回子事,猛地一声枪响,追着他的敌人倒下一个,别的也呆住。他抽空转身往教员休息室里跑,两手一拄,跳过窗去。不一会儿,敌人从窗外伸进刺刀,骂着:"滚出来……摁窝儿打死你们……"老曹才想伸枪去刺,江涛摇了一下头,叫他停住,自己开始向士兵讲话:"士兵弟兄!咱们无冤无仇,俺是抗日的……"还没说完,刘麻子从窗口闪出来,说:"胡说!名是抗日,实是共产!"他看了看手里的小相片,又看了看江涛,说:"你是锁井镇的?是严运涛的兄弟,捆他!"几个敌人跳进窗来,要捆江涛。江涛抖着肩膀大骂:"甭捆!老子不怕这个!你们以武力镇压抗日,抗日的勇士们洒完了热血也不后悔!"他瞪出眼珠子,看见小焦左手拄着地爬进屋来,右手搂住肚子,提着他的肠子,血从肠上滴在地下。见了江涛,小焦流下泪来,颤抖着嘴唇说:"江涛!我完了!"大喊共产主义万岁、打倒日本帝国主义不止。一跤跌下去。嘴啃着土地,浑身停止了抖动,断气了。

江涛心里一热，像烈火冲上头顶，汗水顺着额角流下来。怒火烧着他的心，破口骂着："娘的！知道有这么一天。卖国贼！你们决心出卖祖国，出卖中华民族了！"他跺起脚，咬紧牙齿，恨恨地骂。骂什么也没用了，敌人在他手上绑了绳索。一个个五花大绑捆起来。

当时，天还有点黑乎乎，张嘉庆在混乱中，抽空儿双手一拄跳出窗户。顺着墙根往西一蹓，向南一拐，走进储藏室，随手把门关上。走进几步，又返回身来把门开了。走了几步，又走回来，再把门关上。返身又把门开开。在慌急中，他心中犹豫不定，实在拿不住主意，怎样才算安全！

在一堆破烂家具的后头，墙角里有个破风箱，风箱上放着一张破帘子，他伛偻着身子蜷伏在破风箱的后面，把帘子遮在头上。隔着竹帘，看见敌人三番五次走进来，用刺刀戳戳这里，挑挑那里，细心翻捡值钱的东西。猛然咯嚓一声，一把刺刀戳进风箱来，刹那间，他的头皮麻木，差点失去知觉。敌人听风箱是空的，嘴里又絮絮叨叨走开了。

细碎的脚步声，来来去去，去去来来，不知反复了多少次。张嘉庆闭气凝神，目瞪口呆，不知挨过了多少时辰，心里还扑通跳着，耳朵里，嗡嗡地直响。他努力克制自己，沉住气，想："不被发觉则已，一旦被发现了，先扎死两个……"他手里着着实实攥着个铁枪头儿，不时用手指试着枪锋。不知死的家伙们，始终也没人敢揭开这张秘密的帘子。

枪声停止了，挨过很长的时间，直到下午，情况缓和下来，他才停止了心跳。

一天没得吃喝，心里空得厉害，实在受不住。慢慢试着直起腰来，走动两步，腰和腿酸痛难忍，踩得玻璃和铁片子嚓嚓地响。从窗后看过去，敌人撤了，夕阳照在屋檐下，黄昏又来了。

他悄悄走出房门，向西一蹓，悄步走过西夹道，翻身爬上小瓦房。

正爬着,从北面走过人来,喊:"站住!干什么的?"听得喊,可是并没有赶来。他紧爬了几步,翻过屋脊,放身一滚,骨碌碌滚到屋檐上,伸腿跳下大街。不巧,从背后走过两个人来,他担着心往背后看了看,是朱老忠和严志和。张嘉庆走了两步停下脚来,缩着脖儿往后看着,等他们走上来。

朱老忠走过来一看,张嘉庆满身灰尘,头发蓬松,蒙着蛛网。白布衫皱得像牛口里嚼过,两只眼睛呆呆地噙着泪,也不吭一声。

朱老忠脸上刷地黄下来,两只眼睛睁得圆圆,上下打量着,问:"你不是嘉庆?"

张嘉庆说:"是我!大伯!"

朱老忠说:"唉呀!成了这个样子,可是怎么办?忙走吧,万一的……"

时间紧促,张嘉庆也顾不得细说,转身向南走。朱老忠和严志和,在后头瞪着眼睛跟着,闹不清他想干什么。猛地,张嘉庆想起那里有岗,过不了水磨,过不了寡妇桥。又折转身,跟着朱老忠和严志和向北走。

朱老忠问:"江涛呢?"

张嘉庆说:"他被捕了!"

严志和把大腿一拍,急红了脸,说:"哎!又被捕了!"直气得胡髭眉毛一乍一乍的[1],打着呼扇。

走到师范门口,张嘉庆想往西去,再向北,走过思罗医院那道警戒线。那里有个岗兵,在看着尸首,问他们是干什么的。朱老忠说:"俺是找学生的,能进去看看不?"岗兵说,"进去吧!修下这样的好儿子,也够你们糟心一辈子了!"岗兵唠叨不休,又问张嘉庆:"你是干什么的?"

---

[1] 发火时气得胡子一翘一翘的。

岗兵盯了他一眼,似乎是认识他,一句话没说完,顺过大枪来,说时迟,那时快,张嘉庆撒腿就跑。还没跑上五十步,"砰!"的一枪打过来,张嘉庆随着枪声,一个斤斗倒在地上,鲜血渗透殷红的土地。

朱老忠一看,手脚战栗个不停,心里抖啊,抖得厉害。不敢去救张嘉庆,偷偷站在一边看着。吃顿饭工夫,有人把他抬走了。两人踩着敌人拉倒的豁口墙走进去,北操场上一洼一洼的鲜血里躺着尸首。听得有人喊:"大伯!救救我!"朱老忠看是一个学生,身上带着血,颤着抬起半个身子,想爬起来。朱老忠说:"好!我……"正说着,士兵走过来,愣眉横眼说:"滚开吧!管这干吗?"朱老忠嘴唇打着颤,说不出话来。严志和实在不忍离开,心里说:"人,见死能不救……"话是这么说,他不敢走近,一走近了,就有人吓唬他。严志和一个个人看过,十七八个尸首里没有江涛,心上更加焦躁起来。

他们走过大礼堂,走过图书馆,甬道上血迹淋漓,洒了一道。

一过穿堂门口,老夏在那里躺着,还没把日本鬼子打倒,他倒先被阶级敌人打死了,眼睛都闭不上!朱老忠和他见过一面,不由得鼻子发酸,泪珠滚进肚子里去,暗自抽泣。他想:"老夏同志!父子几个都是共产党员,如今他为革命牺牲。死去的是死了,活在世界上的父兄,不知有多么难受哩!"他心里急痒,胸中升起满腔火气。

到了上灯的时候,他们走到南操场,还是找不到江涛的影子。朱老忠说:"完了,他是被捕了!"严志和摆了摆头说:"八成又是关进监狱里去了。"

谈着,一幅悲惨的图景又现在严志和眼前。小小的铁窗,阴暗的牢房,运涛那孩子年纪轻轻,把黄金似的岁月献给革命。今天江涛又把宝贵的青春葬送在反动派手里!想着,眼前显出两个铁窗,两个惨白的面容,四只大眼睛,忽闪着长眼睫毛看着他。他叹口气说:"我好命苦呀!"

来找学生的人们,渐渐稀少,两个老人带着沉重的心情走出学校。有几个穿灰色军装的士兵,手里掂着几件血衣,咧开大嘴喊:"买几件贱褂子吧!风琴、书,给钱就卖!"又有一个士兵,拿着几个化学用的大肚子烧瓶,说:"买两个瓶瓶儿吧!盛个油儿醋儿的!"

朱老忠着实气愤,心里冷得战栗,眯着眼睛看了一眼,迈开脚步走过去。

57

严志和的心,像铅块一样,又凉又硬,在胸膛里坠着,几乎要掉出来。一时觉得头脑沉重,伸长胳膊搂着小肚,低下头,合紧嘴,眼睛看不见什么,耳朵也听不见什么,一股劲儿向前走。朱老忠在后头喊了他两声,也没听见。走到小木桥上,桥头站着一堆人,大睁着眼,向第二师范那边望着。严志和倒背了手,不言声不言语站了一刻。岗兵见集的人太多了,晃着枪走过来,说:"走吧!走吧!有什么看头儿?没见过死人的?"

严志和斜了他一眼,心里骂着:"好像疯狗,吃人吃红了眼了!"

他又低下头,背叉着手往前走,不知不觉走过万顺老店,停住脚抬头看了看,街灯亮了。他不想回到店房去,觉得那屋子又潮湿又热,闷得人慌。就又迈开脚步,一步一步走过去。一个人在马路边黑影里走着,走到城墙根,又往南去。那一带挺荒凉,草地上长着很多小树。有几家房子下雨下塌了。大雨之后,门前积成河水,不知趣的河蛙乱叫。在黑影里碰上一个人,他问:"大监狱在什么地方?"那人说:"前边哩!黑下了,找监狱干吗?"严志和看了看,也没说什么,又低下头走过去。

走着走着,看见一带高墙,像城墙一样高,有一个古式瓦楼大门。

才说低下头往里走,门前站着两个兵,见他要进门,瞪起眼睛问:"干什么的?"严志和眯着眼睛说:"想看看我的儿子,他被捕了。"岗兵不细问他,说:"也不看什么时刻,明儿再来!"吓得严志和退了两步,溜湫步儿[1]走过去。昂起头看了看天,又看看狱墙,叹口气说:"咳!墙比天高啊……"心里一时挠痒,酸溜溜难过起来。停住步站了一会儿,抖了抖肩膀,使足了劲,猛地跑过去,横起膀子,照狱墙一扛,他想:"把墙扛倒,兴许能见到江涛。"抬头一看,狱墙纹丝不动,一下子碰了他个仰巴跤,倒在地上,气得长眉毛一乍一乍地扇动。他又爬起来,伸长脊梁,照狱墙咚咚地撞了几下。觉得脊梁上酸痛,黏渍渍的,鼻子上也闻到腥血的味道。眼眶上噙着泪水,愣着眼睛离开狱墙。沿着城墙根走到大南门,不知不觉出了城,在南大桥上站了一刻,又沿河边向西走。那里没有灯,黑黑的。在一棵柳树底下站住脚,解开钮扣,敞开怀,让河风吹着他滚热的胸膛。

他蹲下身去,从腰带上摘下荷包,打火抽烟。把胳膊肘挂着膝盖,抬起颏儿望着黑暗的天空,摇晃摇晃脑袋,说:"天哪!我再没有活路啦!"泪滴顺着鼻骨梁流下来。

仄耳听着,河水冲击桥梁,哗哗地响。

对岸有两盏路灯,像鬼眼睛在看着他。觉得身上热,肚子里焦渴,走下河岸,掬起一捧水,咕咕地喝下去。又掬起水撩在头上,撩在身上,撩得浑身是水,湿了衣服,才一步一步走上河坡。他想:"算了,也算活到头儿!跳吧……"

可是他又觉得,这一生活得实在不容易,如今身上更是沉重,死了

---

[1] 小碎步儿。

倒也干净!他心里气闷,伸起脖子吐了口长气,拍拍胸脯,叹声说:"唉!我严志和也该轻松轻松了!"对着黑暗的天空笑了两声,把小褂子脱下来,拎在手里看了看,放在地上。他想:"也许有一个没有衣裳穿的人,会拾了去。"

往天上伸了伸手,慢搭搭迈下河坡,他想就向下跳,又想到他会游水,怕一下子淹不死。背过身子,想倒仰跤下去。停了一刻,他又走上坡来,解下裤带,把手绑上。一步一步走下河岸去,才说背过脸向下仰,两个年轻轻的、惨白的人脸,四只大眼睛,忽闪着长眼睫毛在看着他。他又觉得舍不得孩子们,运涛和江涛为革命关在监狱里,他想,也许他们不会死去。自己死在水里,涛他娘性子软,也活不下去,谁给孩子们上监狱送衣服、送饭呢?他思想上解决不了这个问题,又走上河坡来,解开手腕上的腰带,摘下烟袋抽烟。

停了一刻,听得河里水流声,水面上映着遥远的灯光,闪着一缕缕亮闪闪的影子。一合眼睛,看见槐花开了,大公鸡在井桩上啼。江涛笑嘻嘻儿从堤岸上走下来,说:"爹!我跟你割麦子。"严志和说:"好,你回来过麦熟,助我一点辛苦吧!"

江涛脱下紫花小褂,说:"好,看我拔两下子!"小伙子伸开腰拔麦,拔得飞快。涛他娘走出来,站在门台上说:"看你,把孩子使坏了呢!"老两口子对着眼睛看着,同时笑了。

睁开眼一看,是个梦境,从背后走过一个人来,一下子把他拦腰搂住,说:"志和!你想怎么着?"

他摇了一下子脑袋,在黑影里仔细一看,是朱老忠。朱老忠拍了拍严志和的胸脯,责备说:"咳!兄弟,叫我好找啊!"

严志和猛地愣住,半天说不出话,心上糊涂起来,呆呆的。

朱老忠心里的焦躁还没过去,一伸手,合住虎口攥住严志和的手腕子,说:"兄弟!你心里想的什么?活还活不够的,你……"老头子挥起泪来,又说:"你就不想想,两个孩子在监狱里,有谁去照管,你就忍心吗?"说着,连跺着脚蹲在地上,两条胳膊抱着脑袋大哭起来。

严志和看朱老忠难过的样子,猛地照胸口擂了两拳,说:"我混蛋!我傻死了!这是做的什么梦?"

朱老忠又站起身,说:"你头里走,我后头紧追,追到店门口,进去一看,屋子黑咕隆咚的。返身走出来,只差几步,就赶不上你了。找来找去,说什么也找不到你。在大桥头呆愣了一会子,才无可奈何顺着河边走过来……咳!你想想吧,这么办对不对呀?"他拉起严志和的手向回走。

河边柳树上有"伏凉儿"[1]在叫,朱老忠摇摇头说:"唉!急死我,急了我一身汗哪!"一面说着,上了坡走在马路上,路灯依然亮着。

两个人回到店里,朱老忠亲自拿灯去添了油来,点上,说:"来!快坐下来歇歇吧!我就是松了那么一下子心。唉!"他抬起胳膊,擦了额上的汗,汗珠子凉下来。

朱老忠鼓突起嘴,翘起小胡子。严志和愣着,不说什么,两只小眼睛,发出惨淡的目光。

严志和直瞪看着那盏小油灯,灯光黑红,焰苗上升起黑色的烟缕,一点也不光亮。两个人坐着,谁也不说一句话。小屋子里闷得不行,周围静静的,没有声音。朱老忠走出房门,在院子里歇了一下。自从闹起二师事件,客人稀少了,几间破房子里都黑着,店掌柜在厨房里点起灯

---

[1] 虫名,蝉类。比蝉稍小,夏天常爬在树上鸣叫。

做晚饭。

严志和叹着气,哑了嗓子说:"咳!我心里真是难受!"拿起烟袋,把烟锅插进荷包里,泥旋着装上烟,打着火镰取火。

朱老忠走进去,翘了翘小胡髭,说:"你难受,别人呢?"见严志和打不着火,走过去替他点上。

严志和说:"关起我的运涛,拿了我的'宝地',如今又要关起我的江涛……"他又站起身,张开两只大手,拍着他的长脑瓜门,说:"他们不叫我活啦!"

朱老忠说:"我们为什么不活?常说'手眼为活'。有嘴,能说。有手,能打。有腿,能走。就能扎挣,就能活下去。"

严志和搓着手说:"咳!我们没有路儿走啦!"

朱老忠说:"有路儿走!"

严志和又摇摇头说:"没,没路可走!"又站起身,张开胳膊,睁着大眼睛看看前面,说:"没路可走,我要……"还没说完,一下子倒下去,斜在炕沿上。

朱老忠急忙走过去,说:"兄弟!你想干什么?几十岁的人了,怎么撑不住骨头?"又把嘴对在严志和耳朵上说:"兄弟!咱不是白人儿呀!你想想吧!"

严志和一听,伸起长胳膊在空中一画一画地说:"我……我要……"

"杀"字没说出口,朱老忠走过去捂上他的嘴。严志和愤气鼓动胸脯索索打抖,埋藏了几十年的郁积的心情,在肚子里翻腾起来,弯下腰,两只手拄着膝盖,摇了摇胸膛,说:"咳!我们活得好苦呀!"

正在这刻上,店掌柜推门进来,看看朱老忠,又看看严志和。

严志和凝着眼神一步一步迈动,说:"老朋友!我,我,我活不成啦!"

一下子扑在店掌柜身上,跪倒下去。

朱老忠走过去拍着他说:"志和!志和!你这是干什么?"

店掌柜说:"志和!静静儿,沉沉气!"他搂起严志和,抱到炕沿上,轻轻拍着肩膀,说:"不要太难过了,事情还摆着哩,看看怎么办吧!"

严志和抬起长脑门,忽闪着长眼睫毛,老半天才说:"咳呀!怎么办?"又摇摇头,反复说:"失败了!失败了!"

朱老忠猛地沉下脸来,说:"政治斗争,有胜就有败,敞开儿干吧!"又说:"志和!你定定心,静一静!"

严志和慢慢儿直起脖子,挺起胸来,看看店掌柜,再看看朱老忠。

店掌柜摇头叹气,直为老朋友痛心,不摸底细,也插不上嘴。端进两碗面来,给朱老忠面前放上一碗,给严志和面前放上一碗。

三个人说着话,严志和只顾抽烟,忘了吃面。朱老忠说:"志和!你可吃呀!"

严志和猛地打了个冷战,才想起面前放着那碗面。懵懵懂懂端起碗,拿起烟锅子就往嘴里拨。朱老忠把大腿一拍,说:"志和,那是烟袋!"

严志和顾不得说话,皱紧眉头,张开大嘴,连烟带火吞进肚里。

急得朱老忠跺起脚来,拍着他的脊梁说:"那是烟,你不呛得嗓子慌吗?我那傻兄弟!"

58

夜晚,响枪的时候,贾湘农就从床上起来,在小屋子里转游,听着远处动静。他开始还没有肯定是十四旅进攻二师。枪声越来越密,夹杂着喊杀声,喊得瘆人。他才收拾了文件,打叠了东西,走出来在教室里散步,听着四周围的声音。不一会儿,学校里人们都起了床,立在门口,听着这惊人的事故,为二师同学捏着一把冷汗。他又走进学校,沿着大街往西走。

这是一件大事,买卖家、市民们,都披上衣服站在胡同口张望。街灯还亮着,有无数的小虫子,围绕灯光乱飞。走到西城门,城门也开了,有人走出走进,其中有士兵,也有市民。他也走出门去,到西关把这个消息告诉几个人,就走回来。不落脚,又走到东关去。他心上苦恼,一天没吃饭,也忘记喝水,直到天黑了才走回来。

他觉得心上异常沉重,想赶快搬家。经过这场事变,这地方不能再住下去了。又走到槐茂胡同去找严萍,想和她商量一下救济工作。他知道那条胡同里只有一个高台大门,走上门阶看对了门牌号数,拉了一下铃子。院里有人蹑手蹑脚走出来,悄声问:"谁?"贾湘农说:"是我。""你找谁?"贾湘农听那声音有些颤,像是严萍。他说:"我是老贾。"

小院里没有一点声音,屋子里灯光亮着。书本子和报纸撒了一床一地,贾湘农问她:"你在做准备?"严萍说:"唔!"贾湘农说:"还要快一点。把书皮上画着红旗的,书里印着共产主义字样的,都要烧掉!"说着话,严萍把手捂上脸,哭起来,又趴在床上抽泣了一会子。贾湘农眼上也噙着几点泪花,挣扎说:"别哭了,净哭什么?"

严萍面色苍白,有一绺头发披在前脑门上,蔫着两只眼睛,叫贾湘农坐在椅子上。自己把书推了一下,坐在床沿上,问:"我们怎么办?"

贾湘农问:"牺牲了多少人?"

严萍说:"今天早晨,枪声一响,我就跑出去,在桥头上看着。听说死了十七八个人,五六个受了伤,抬到思罗医院去了。有三十多个人被捕了……"还没说完,眼圈儿发酸,就又哭起来。

贾湘农愤愤地说:"要记住,'是狗改不了吃屎'!'是狼改不了吃肉'!统治阶级忘不了杀人!他们虽然没有避开敌人的屠杀,是英勇的!他们要永远作为青年人的模范!"

严萍摇着头说:"惨呀!真是惨呀!"

贾湘农说:"敌人嘛,总归是敌人,不能有半点儿含糊!"好像认定了这句话,两个人又相对着沉默,有抽根烟的工夫,他才问:"惨案以后,你们打算怎么办?"

严萍慢慢撩起眼皮儿,看着老贾说:"听你们的。"

贾湘农立起身来,右手扶在桌角上,歪起头想了一下,说:"斗争虽然失败,我们要做最后努力,下大力量进行营救。"

严萍说:"怎么营救法儿?"

贾湘农说:"通过被捕人的家属,动员一切社会力量。"

严萍说:"希望你及时指导吧!"

贾湘农说:"不,为了打击反动派镇压抗日的凶焰,我要到高蠡地区,发动农民,开展抗日救亡运动。这里的工作还有别人负责。"

严萍说:"对,我也要去!"

贾湘农说:"不,你要在这里坚持下去。要注意给他们送吃的,送穿的。有生病的人,要设法通过关系,给他们治病。同志们在监狱里困苦啊,要好好照顾他们。"

严萍眨着眼睛,说:"你就要走?"

贾湘农说:"你也要注意,找个别的地方住住吧!一直到住不下去了,你再回到家乡,我在那里等着你。"

严萍听老贾要走,心里着急,低下头,不说什么。

贾湘农说:"目前,你的任务是一方面保存自己,一方面营救他们。"

说话中间,窗外有人走动,贾湘农问:"是谁?"

严萍说:"是我母亲。"

贾湘农说:"我要走了。"他立刻挪动脚步,走出门来。

严萍送出老贾,立在台阶上,向南望了望,又向北望了望。街头上冷清清、黑漆漆的。她闩上大门走回来,继续整理那些书报。觉得心思烦乱,停下手,捂上眼睛待了一会儿。那一场悲壮的场景,又映在她的眼前:老曹、老刘、江涛……他们身上捆着绳子,脸上带着伤痕,迈着大步走上小桥的时候,还张开大嘴喊着:"一定要打倒日本帝国主义!"看的人们,没有不掉泪的。

江涛走到严萍面前的时候,大睁着眼睛看着她。她的视线一碰到江涛的眼光,泪水立刻积满了眼眶,暗暗点下头,又把头低下去,用手扪住心口,说:"望你珍重!"擦干了眼泪抬起头来,江涛已经走过去了。

她又后悔,不该低下头,说不定这是最后一次会面呢!

她在床边站了一刻,实在按捺不下烦躁的心情,就走出来在院子里散散步。隔着玻璃,看见父亲还在靠椅上躺着,一动也不动。母亲到房里铺床睡觉了。

她开门进去,在窗前站了一刻,说:"爸爸!你要想法儿营救他们!"

严知孝看了她一眼,摇摇头说:"营救,怎么救法?军阀们总觉得杀人是乐事!"

严萍一时激动起来,说:"不,不能叫他们杀,不能!"说到这里,她心里焦躁,慌乱得跳动。

严知孝看见女儿难过的样子,走过来拍着严萍说:"孩子!你年岁不小了,也要明白。尽管你心里难过得如同刀割,叫我这做爸爸的又该怎么办呢?他们手上戴了铐,脚上钉了镣,关在监狱里,拉也拉不出来,扯也扯不出来。等天明了,我还去见陈贯群……"

严萍低着头说:"他们要是一定要杀呢?"

说到这里,严知孝猛地甩乱了头发,咬着牙关,把手在大腿上一拍,说:"不,不能让他们杀!要是他们一定要杀,那就让他们先杀了我!"

妈妈睡在床上,听得父女两个又哭又闹,从床上抬起身来,说:"什么金的玉的呢?比他好的人儿多着呢!过了这个村,还有这个店儿……"

严知孝听老伴絮叨得不像话,走过几步,冲着房屋说:"你说的是什么?简直不通情理!"

严知孝一说,严萍身上摇颤着,趔趄两步,倒在靠椅上,抽泣起来。严知孝说:"不哭,不哭,孩子!我就你这一个……我知道你爱江涛。既然有此一来,就要有始有终。只要他在人间,你就该为了他努力!"

妈妈一听,掩上怀襟走出来,说:"什么话?你说的是什么话?嗯!"

严知孝不理她，只说："你打叠几件衣服被褥，给他们送进去。"

妈妈斜了严知孝一眼，说："当成什么好女婿呢？那算是什么，还送衣服，也不怕叫人笑话？"

严知孝说："要送衣服！要送衣服！我严知孝是无党无派的人，叫他们杀我吧！叫他们把我关在监狱里，那我才有了饭碗。"

严萍伏下身子，哭着说："走的时候，他还说，过两天就回来。可惜，他再也回不来了！"

严知孝两手拍着严萍，摇摇头说："回不来了！回不来了！"眼泪婆婆娑娑滴下来。

59

惨案的血迹还没有干，美国思罗医院里，小礼拜堂的铜钟焦脆地敲过。低沉的风琴声咿唔响着，修女们低音唱着圣诗，歌声飘进病室里。

张嘉庆从圣歌中醒来，睁眼一看，躺在病床上。头上一处伤，腿上一处伤，头上缠满了绷带，鼻子枯焦难受，嘴唇皮裂开了，津出血珠来。

他觉得身子轻身像鸟在云雾中飞，在暴风雨里折斤斗。两脚朝天，头顶触地，滴溜溜旋转，又觉得头脑晕眩，两腿麻木，硬挺挺像失去了知觉。

那是一间精致的小屋，粉白墙，红油地板，天花板上雕镂着花纹。门前是小礼堂，屋子后面是一片墓地，荒坟上长满了枣棘和红荆。有个穿灰军装的士兵，扛着枪站在门口，探头探脑向屋里窥望。他看那个士兵，瘪皱的脸嘴，油污的枪，破军装被汗水浸透了，发着臭气。整个说起来，他站在医院里，和这气氛很不相称。

张嘉庆愣着眼睛骂："你妈的！看什么？"

岗兵见他凶煞似的，战战兢兢地说："连长叫我给你站岗。"

张嘉庆冷笑一声，说："嘿嘿！给我站岗？我没这么大牌子！"他瞪着眼睛，头发也想乍起来。

岗兵以为他疯狂了，浑身起了鸡皮，抖颤着。

不一会儿，一个穿着白衣白裙、戴着白帽的女医生带着护士走进来。走到病床前停住步，看着护士试了体温，换了药，打了针。她凝神看着天花板，在怀里画着十字，默默祝祷："耶稣基督……"就走开了。

张嘉庆一闻到女人的气息，就皱起眉棱来，闭起眼睛。说不出是一种什么气味，说是香水，不像香水，说是肥皂，又不像肥皂。他晕晕眩眩地又睡了一觉，做了几个破碎的梦——散传单、飞行集会、街头演说、警察追袭……说不清做了多少梦，经过多少次的心惊胆裂。

到了黄昏时候，他第二次醒来，觉得头脑清醒了一些。翻过身，看太阳压住西山，像一只番茄。夕阳照着，从洋槐树的夹隙里，看见有人在墓地上送殡。一辆骡车载来十几口棺材，两个人抬起，一口口扔到墓坑里。棺木入葬了，没有爱人和孩子们，也没有友人送葬。没有仪式，没有音乐，没有花圈。黄昏伴着暮影……

他看着，泪水充满了眼眶。他又想起，那是一时意念之差——他只以为是意念之差——失去了多少战友，他们为自由解放的事业流尽了血，倒下去了。他摇着头，悔恨自己：为什么不早早把战友们分散到乡村里、农民的小屋里，把革命的种子，撒在广阔的土地上。等待时机一到，各人带了战友们走了来，同志们久不见了，握着手儿说说笑笑。斗争胜利，乡村里有了政权，抗日工作成了合法的……如今，尽管战斗是英勇的，也没躲过敌人的屠刀。战友们再也不能见面了，黑暗的日子在等待着……

低沉的风琴声响起来，唱诗班又在小礼堂里开始歌唱。

泪向心里流着，说不尽的悲痛。江涛的面影又到他的眼前，浓眉、大眼，怒着眼睛看着他。他觉得惭愧，很难判断，当时是一种什么思想支持他，讲出和江涛对立的话。只是勇往向前,却不认识环境。没有恰当的对策,就没有斗争的胜利!如今一场惨案,把影响传给后来的人,一代、两代、三代……无数青年学生们,永远追随烈士的血迹前进。青年人永远记住:他们有坚定的意志,崇高的灵魂,勇敢不怕牺牲。他们站在自由解放的最前列,奋不顾身地和阶级敌人搏斗了,可是,他们失败了,倒下去了……

他想着,泪花溅在枕头上,泡湿了脸颊。在睡梦里,觉得有一只温凉的手掌,放在额上。睁眼一看,是年轻的女医生,就忙把眼睛闭上。女医生屏着气不说不笑,闭着嘴唇,谨慎执行她的职务。见张嘉庆脸上有泪,轻轻问:"好好儿的!哭什么?"

张嘉庆擦干了泪,说:"痛得不行,哎!活不成啦!"

女医生在怀里画着十字,说:"好好儿的!没伤筋,没动骨,养息几天就好了。"

说着话,牧师挺着大肚子走过来。这人五十来岁,胖胖的,两抹短胡髭。隔着窗子,用阴森森的眼睛看着,见女医生安慰他,斜起白眼睛,说:"哭什么?有闹CP的劲头儿,这算个啥?卸下半拉膀子也不能吭声。看你们有多么硬的骨头!"

女医生退了一步,低下头,暗暗画着十字,向耶稣默祷。

牧师又撇起嘴说:"不信耶稣的家伙们,无神论者!"说着,仄起脑袋匆匆走过去了。

女医生缄默着,用眼睛送牧师走远,又走过来照顾换药,摸摸索索鼓捣了半天。在她眼里,这个长挑儿青年,是怪喜人的。高鼻子、乌黑的眼睛,好硬气的身子骨儿!她心里偷偷跳动几下,一股热烘烘的浪头儿从心上涌到手上,面庞上泛起一抹晕红。

张嘉庆在女人眼里,是一只雄狮,他有坚强的体魄,容光焕发的脸颊。那犷悍的性格,想用女人的爱情、用鬼神的魅力去驯服,是不可能的。他的斗争历史注定:他不能皈依女人,不能皈依神。他是一个共产主义者,一个勇于战斗、勇于牺牲的共产党员,他要为无产阶级事业奋斗一生!

女医生正愣着,朱老忠一步一步走进来,手里拎着一兜篓鸡蛋和挂面,好像串亲戚瞧病人。张嘉庆一看见他,眼角上浸出泪滴来,睖睁着眼睛,想爬起来,颤着嘴唇说:"爹,你可来了!"

朱老忠使劲眨巴眨巴眼睛,忍住泪说:"来了,孩子!我来看你了!"又猛然提高了嗓门说:"那门房,好可恶东西!麻烦了半天,说什么也不让进来。又是什么找熟人,又是什么打铺保,这么多的啰嗦事!真是欺侮我乡下人哪,拿枪打了俺的人,还不叫家里人见面?天底下有这么讲理的不?"

朱老忠唠唠叨叨说个不停,使粗布手巾擦着眼泪。

女医生见朱老忠和张嘉庆动了深沉的感情,摇摇手儿喃喃地说:"好好儿的!平静点儿,动那么大火气干吗?对身体不好啊……耶稣!基督!"又在怀里画着十字,微微点头。

朱老忠走过来,扑在张嘉庆身上,说:"我儿!你的伤可怎么样?"说着,动手翻开被子,要看张嘉庆的伤。

女医生忙走过去,伸手按住,笑笑说:"不!不能看哩!"

张嘉庆把上身向后仰说:"爹!我可活不成啦!脑子震坏啦!"说着,眼泪又像麻线一样落下来。

朱老忠听得张嘉庆说"活不成了",立时心血上涌,冲红了脸颊,心尖儿打起哆嗦,流下泪来。

女医生看他们难过得不行,就说:"哪里……不要紧!好好儿的!"说着,也由不得鼻子尖儿微微一酸。

正在这刻上,牧师又走过来,丧气地说:"哼!都说 CP 骨头硬,一点也看不出来!蝎螫蚊咬也成了伤身大症!"保定行营把看守任务交给他们,他只怕有个一差二错,不是好玩的。一会儿走过来看看,一会儿走过来看看,唯恐有什么闪失。

张嘉庆急躁地拍着床板说:"你这一说,枪子儿打在你身上不疼?"

牧师也不理他,还是嘟囔着:"红脑袋瓜子,没有一个是信服耶稣的!"

女医生低下头去,看着牧师走远,呢喃说:"医院总比监狱好吧?好好儿的!嗯?"她淡淡一笑,又跳跃起乌亮的眼瞳呼唤他,拿起医具,扭动身子走出去了。

张嘉庆瞄她走远,伸开长胳膊把袖子一捋说:"去你个蛋!老子比你明白得多!"

朱老忠一看,大睁着眼睛问:"嗯,怎么的?你好了?"

张嘉庆说:"不瞒大伯说,肉皮上的事。"

朱老忠把手拄在床沿上,翘起小胡子看着他,问:"老是有人看守?"

张嘉庆指着窗上的铁丝网说:"好像防贼!"

说话的工夫,又换了一个岗兵,盯着那个兵走远了,转游过来,把手在朱老忠身上一拍,说:"朱老忠,是你来了。"

朱老忠一听,这个声音怎么这么熟?浑身一机灵,问:"你是谁?"

那个士兵说:"我是冯大狗。"

朱老忠歪起头看了看,不知说什么好,扬起下巴颏思摸思摸,才说:"咳!日子没法过呀!在这里没有什么营生儿,只好拉洋车,挣个盘缠脚给,挣碗饭吃。我想,每天在这门口等座儿!嗯?"他合上嘴,点着下巴暗示嘉庆,又仄起头儿响亮地笑了,走过来说:"要是知道你在这儿,早来找你了!"

两个人才说念叨家长里短儿，牧师听得笑声，又走过来，隔着窗户看了看，说："笑什么？这里重病房，要保持安静。乡下人，一点不懂得耶稣的规矩！"说着又走过去了。

冯大狗瞪他走远，才说："哼！整个儿是外国的奸细！"

朱老忠说："大狗！你要好好照顾点儿，这是我的亲戚……"

冯大狗点了一下子下巴，笑了说："他也是我的亲戚。"

张嘉庆又问他："我在什么地方见过你？"

冯大狗说："八成，是那天晚上和江涛……"

张嘉庆笑得拍着床铺说："这就是了。看起来，咱也是一家人。"

冯大狗说："当然是！这算无巧不成书。"

张嘉庆为了母亲的不幸，特别同情贫穷妇女。一看见妖冶的女人，起心眼里不高兴。他想："守着这号人儿养病，一点没有好处。越养越病得厉害。"

过了几天，女医生又来看他。这一次，不像从前，门儿一响，踩着细碎的脚步声走进来。到了床边，微微笑着，先在怀里画了十字，揭开被单问："怎么样？好了吧？"又仄起头儿，瞟起白眼仁儿说："按日子，该好了。"张嘉庆摇摇头说："还是不好！腰酸，腿痛，脑袋沉重，浑身软洋洋的。"

女医生合上嘴，忸怩笑着说："那就该运动运动，嗯？你又瘦了。"看张嘉庆实在痛苦，对冯大狗说："他可以拄上拐杖，出去散散步，蹓跶蹓跶窝坏了呢！"

冯大狗："去蹓跶蹓跶吧，没什么关系。"

听得说，牧师又走过来，抬高声噪说："小心着点儿，这是'平头'。有个一差二错，我负不起责任！"

女医生说:"他的关节动着了一点儿,长时间不运动,怕出毛病呢!"

张嘉庆听牧师说话,心上一下子长了茅草,说:"平头?我是学生头……妈的,净说些个胡话!咳!实在立不起身子来,骨头还没长好,别光看表皮。"

也许,一颗眼泪,两声哀唤,会打动一个宗教徒的心。女医生偷偷看他美丽的眼睛,放散出痛苦的光芒。长头发黑黑的,飘着青春的幸福……一缕怜惜的念头,荡漾在心怀里。可是,她不敢表示什么,觉得越分,又合上眼睛,画着十字说:"耶稣……基督!"慢慢抬起眼睑,一丝笑容重又挂在脸上,连忙给张嘉庆盖好了被单,说:"阔少爷,担不起一点沉重!"说着,迈起轻巧的步子,一步一步走出去了。

张嘉庆故意蒙眬了眼睛,通过眼睑看她走远,耸耸肩膀倚在床栏上,挺觉好笑,想不出从什么地方,跑出这样一个人物儿。掏出烟来吸着,见冯大狗戳着枪,靠在门框上,捏起一根烟说:"喂!看烟!"

冯大狗接住烟,笑了笑,凑近来对了个火儿,说:"你的伤怎么样?"

张嘉庆说:"咳,不好呀,身子酸得不行,饭也懒得吃。"他又抬头盯着,说:"怎么样?再拉咱一把儿吧!"

冯大狗吸着烟,刚刚蹲在门槛上,又站起来说:"嗯,自己人,好嘛!"一步迈过来说:"你是老朋友!"

张嘉庆攥住他的两只手,愣了老半天,才说:"帮我出去吧!"

冯大狗说:"不要慌,慢慢来。"

张嘉庆把大腿一拍说:"嘿!真是……"到这刻上,他像觉得身上完全复原了,茁壮起来。

冯大狗走过去关上门,压低声音问:"伤到底怎么样?"

张嘉庆说:"还不太好!"

冯大狗说:"唉呀!有本事的人们!可惜江涛被捕了。他被捕了非同小可,他名声儿大,那天进攻的时候,上头指名儿要他。"又摇摇头说:"那天夜里进攻的时候,我就打死好几个反动家伙。我看见几个人追着江涛跑,伸枪撂倒他们!"

张嘉庆问:"这里还有谁?"

冯大狗说:"那边还有姓边的,姓陈的。"

张嘉庆说:"大哥!你得给我想法儿!"

冯大狗说:"行,傻哥哥助你一臂之力!医生既允许你蹓跶蹓跶,你就蹓跶蹓跶吧,身上不壮实些?"说着,挤了挤眼睛,又笑了。

张嘉庆说:"我走不动,还得有个人扶着。"说着话儿,他投给冯大狗第二根烟,说:"换换!"

冯大狗吸着烟,张嘉庆又说:"刚才忠大伯送了挂面、鸡蛋来,想吃也没法儿做,你拿去吃了吧!"

冯大狗走过去,把挂面一把一把儿看了又看,咂着嘴儿说:"家乡人送来的东西,还是留着你自个儿吃吧!"

张嘉庆摇头说:"甭客气,拿去吧!咱一遭生两遭熟,在一块久了就是老朋友。"

冯大狗说:"当个穷兵,这话也没法说了,连个鞋啦袜子的也弄不上。老早就闹胃病,吃也是小米干饭,不吃也是干饭小米。这可有什么法子?"他说着,像有无限的悲痛。

张嘉庆说:"是吗?你拿去,养息养息。"

冯大狗说:"看你也是个直性子人,好朋友!既有这个意思,就没什么说的了。"他用褂子襟把挂面、鸡子兜好,又笑着说:"也享享福。"说着话儿走出去,像得了宝物似的。出了门,又停住步,走回来说:"不当兵不行，开了小差抓回来打个死。当兵，家里大人孩子也是饿着。咳！混到什么时候是个头儿呀？"

张嘉庆就势说："那咱就不干这个了！"

冯大狗和张嘉庆两人在一块混熟了，盼得是他的岗，在一块说说笑笑，吸着烟拉家常。那天，张嘉庆看天上晴得干净，阵风吹过，洋槐树的叶子轻轻摇动。他说："我想往外边蹓跶蹓跶。"

他拄起拐杖头里走，冯大狗在后头背着枪扶着。

张嘉庆说："这才对不起你哩！"

冯大狗说："没关系，谁叫咱做了朋友哩，没什么说的。"

张嘉庆说："在一块待久了，咱就像亲兄弟一样，我看咱磕了头吧！嗯？"

冯大狗笑咧咧地说："那个不行，俺是什么身子骨儿？你们都是洋学生，阔少爷们。"

张嘉庆说："那是一点不假！把我父亲的洋钱摞起来，就有礼拜堂上尖顶那么高，成天价花也花不完，扔在墙角里像粪土，一堆堆地堆着。"他说着，抬头望着礼拜堂上圆顶和圆顶上的十字架。

冯大狗咧起嘴说："你家有那么些个洋钱？"

张嘉庆说："这还不是跟你吹，我父亲花一百块钱买过一只鹰，花五十块钱买过一条狗，花一百二十块钱雇过熬鹰的把式。"说完了，又怕他不信，反复叮咛："是呀，真的呀！"他想："是当兵的，都喜欢洋钱。"

两个人迈下大理石的石阶，院子里像花园一般，白色的玉簪、红色的美人蕉、爬山虎儿爬到高墙上，院子里开着各色各样的花。几个老人，穿着白布衣服，打扫院子。洋灰地上，没有一丝尘土。走到大门上，向外一望，一条大甬道直通门口，甬道两边，两行洋槐树。一看多老远，好像"西洋景"。日影通过槐树的枝叶，晒在地上，亮晃晃的。

冯大狗说："嘿！真是美气，外边多么敞亮！"

张嘉庆说："要是没有病，住在这地方多好！可惜咱的腿坏了，这辈子放下拐杖再也走不动路了。"

冯大狗说："快回去吧，叫牧师看见了有些不便。"

张嘉庆说："怕什么？这地方有多凉快。"

冯大狗说："可，这话也难说。"

张嘉庆说："咱是朋友嘛，我能叫你坐蜡？我有了灾难，你能抄着手儿看着？"

冯大狗笑了笑，说："当然不能。"

张嘉庆说："我想……"一句话没说出口，又停住。冯大狗跟了一句，问："你想什么？"张嘉庆本来想把这意思告诉他，深思了一下，心里说：还是不，社会人情是复杂的。他说："我想搬个靠椅在这儿躺躺。"冯大狗说："那可办不到。"

他们两人在槐树底下站了一刻，从那头走过一个老头儿，五十来岁数，光着脊梁，穿着短裤子。走近了一看，正是忠大伯。朱老忠笑开长胡子的嘴，使着天津口音说："车子吧！上哪儿？别看我上了年纪，还能跑两步儿。"

冯大狗看了他一眼，笑了说："去你的吧！快入土的人了，还拉车！"仔细一看，又问："怎么，你在这儿落了户？"

朱老忠说："落什么户，挣碗饭吃呗，咱家乡涝得不行！"又拍拍大腿说："别看不上我，跑不上两步儿，敢卖？"

冯大狗左看右看，看了看朱老忠，又看了看张嘉庆，像是肚子里憋着一堆笑。

朱老忠问:"你们不坐车?"

张嘉庆说:"你等着吧,早晚有坐你车的时候。"

朱老忠说:"好吧!几时没人坐,我就不动窝儿,老是在这儿等着,这年头,连棒子面也吃不上了。"

冯大狗眯着眼睛,看了看朱老忠,又看看张嘉庆,说:"看你俩像打番语。"

张嘉庆笑笑说:"哪里,你还是外人?"

冯大狗咬着张嘉庆的耳朵说:"也难说,你们共产党里有能人。"

冯大狗把张嘉庆搀回来,张嘉庆坐在床上说:"呀,腿好痛呀,可坏啦!"冯大狗嘟嘟囔囔说:"腿还不好嘛,非上外头去蹓跶!"张嘉庆伸手拉过冯大狗,对着他耳朵说:"大哥!你帮我出去!"冯大狗笑着摇摇着手说:"慢慢儿想办法。"这句话刚脱口,又说:"兄弟,你可不能叫我坐蜡!"张嘉庆说:"当然是。"

第二天,午睡的时候,蜜蜂在槐树上嗡嗡叫着,院里很静。张嘉庆看空儿拿起拐杖蹓出来。礼拜堂的尖顶,浴在七月的阳光里,嘎鸹鸟在槐荫里叫着。他急步走下台阶,站在甬道边一看,洋槐树底下还有那辆洋车。朱老忠在车上睡着,鼾声像打雷。张嘉庆瞅着近边没人,一溜烟儿蹓出去,用拐杖磕着车杠,说:"喂,老伙计!"

朱老忠睁眼一看,向四围逡巡了一下,说:"甭问价钱,上车吧!"他翻身抄起车杠,等张嘉庆上车。

张嘉庆跳上洋车,伸手抓下绷带,箍上块洋肚手巾。朱老忠匐下腰,撒腿就跑。张嘉庆坐在车上,只听得耳旁呼呼风响。顺着大道往南跑,拐弯抹角经过曹锟花园,出了南关,直跑得朱老忠满头大汗。张嘉庆说:"大伯!你坐上来,我给你跑两步看看。"

朱老忠问:"你跑得了?"

张嘉庆说:"早就跑得了!"

张嘉庆像出了笼的鸟儿,两手握着车杠,伸开长腿跑得飞快。朱老忠坐在洋车上,看路旁的黄谷穗儿蹦跳,红高粱穗儿欢笑,心里着实高兴。更高兴的,是党给他的任务,已经克服一切困难,坚决完成了。

正当夏日时节,平原上庄稼长得绿油油的。张嘉庆拉着这辆洋车,在田野上跑,像撑着一只自由的船,冲破千层巨浪,浮游在绿色的海洋上,飘摇前进!……

跑到一棵大树底下,才放下车,想休息一会儿,后面有人扛着枪赶上来。张嘉庆才说拉起忠大伯钻进青纱帐逃走,定睛一看,是冯大狗。等他走到跟前,伸开嗓子问:"怎么你也跑了来?"冯大狗说:"我一看没了你,能等着住军法处?抬起腿跑出来,一出城就看见你们,你们在头里跑,我殿着后,要是有人追上来,管保叫他嘴啃地!"说着,拿下枪来,拉了一下枪栓,得意地笑了。

朱老忠说:"好,回去咱有的使了。"

这时,朱老忠抬起头来,看着空中,辽阔的天上,涌起一疙瘩一疙瘩的浓云,风云变幻,心里在憧憬着一个伟大的理想,笑着说:"天爷!像是放虎归山呀!"

这句话预示,在冀中平原上,将要掀起壮阔的风暴啊!

图书在版编目（CIP）数据

红旗谱 / 梁斌著. — 北京：中国青年出版社，2021.1
（新时代青少年成长文库）（2022.11重印）
ISBN 978-7-5153-6252-6

Ⅰ. ①红… Ⅱ. ①梁… Ⅲ. ①长篇小说－中国－当代
Ⅳ. ①I247.5

中国版本图书馆CIP数据核字（2020）第257892号

策　　划：皮　钧　李师东
责任编辑：叶施水　马福悦
统　　筹：马惠敏　彭宇珂
书籍设计：瞿中华

出版发行：中国青年出版社
社　　址：北京市东城区东四十二条21号
网　　址：www.cyp.com.cn
电子邮箱：jdzz@cyp.com.cn
编辑中心：010-57350406
营销中心：010-57350370
经　　销：新华书店
印　　刷：北京中科印刷有限公司
规　　格：880mm×1230mm　1/32
印　　张：16.625
插　　页：2
字　　数：350千字
版　　次：2021年1月北京第1版
印　　次：2022年11月北京第2次印刷
定　　价：48.00元

如有印装质量问题，请凭购书发票与质检部联系调换
联系电话：010-57350337